BERNHARD TRECKSEL

Nebelgänger

Buch

Der Assassine Clach ist die letzte Waffe im Kampf gegen die Titanen. Diese finsteren Götter verfolgen kein geringeres Ziel als die Vernichtung der Welt. Clachs besondere Fähigkeit, nicht nur den Körper zu töten, sondern auch die Seele zu vernichten, ist das Einzige, was sie fürchten. Doch er hat kaum Hoffnung auf Erfolg, denn die Pläne der Titanen sind bereits zu weit fortgeschritten, als dass er sie alleine aufhalten könnte. Clach muss sich mit seinen alten Widersachern verbünden – doch denen scheint die Rache an ihm wichtiger als die Rettung der Welt.

Autor

Bernhard Trecksel, geb. 1980 in Papenburg an der Ems, bezeichnet sich selbst als leidenschaftlichen Eskapisten und absoluten Geek. Die Kunst des Erzählens lernte und verbesserte er während unzähliger Stunden, die er mit Fantasy-Rollenspielen verbrachte. Seine Inspiration als Autor findet er in den alltäglichsten Dingen wie dem Lesen der Morgenzeitung, doch seine schriftstellerischen Idole sind die alten Meister wie H.P. Lovecraft, Robert E. Howard und J.R.R. Tolkien. In seiner Freizeit spielt er Videospiele, Brettspiele und (auch als Erwachsener immer noch) Rollenspiele oder liest Fantasy- und Horrorromane. Seit seinem Universitätsabschluss in Archäologie und Skandinavistik lebt er in Münster und arbeitet als Übersetzer, Rezensent und – seit seinem Debüt *Nebelmacher* – als Autor.

Bernhard Trecksel

Nebelgänger

Roman

Originalausgabe

blanvalet

Der Verlag weist ausdrücklich darauf hin, dass im Text enthaltene externe Links vom Verlag nur bis zum Zeitpunkt der Buchveröffentlichung eingesehen werden konnten. Auf spätere Veränderungen hat der Verlag keinerlei Einfluss. Eine Haftung des Verlags ist daher ausgeschlossen.

MIX
Papier aus verantwortungsvollen Quellen
FSC® C083411
FSC www.fsc.org

Verlagsgruppe Random House FSC® N001967

1. Auflage
Oktober 2016 bei Blanvalet, einem Unternehmen der
Verlagsgruppe Random House GmbH, Neumarkter Str. 28, 81673 München

Umschlaggestaltung und -illustration: © Isabelle Hirtz, Inkcraft,
unter Verwendung einer Fotografie von Nico Fung
Karten: Jürgen Speh
Redaktion: Peter Thannisch
Lektorat: Holger Kappel
Herstellung: kw
Satz: Mediengestaltung Vornehm GmbH, München
Druck und Einband: CPI books GmbH, Leck
Printed in Germany
ISBN: 978-3-7341-6069-1

www.blanvalet.de

Der Generalmajor (schaudernd):
Hört das Beben
der Häuser Grundfesten,
sie geben ächzend nach!
Vorbei ist alles Wimmeln,
alles Streben!
Da entsteiget er der Grub',
endlos unsere Furcht,
endlos unser Ungemach!
Größer noch als er sind sie.
Er wachset höher, schreitet gar!
Dort geht er.

Alle (klagend):
Der Gottries'! Der Titan! Der Titan!

Der Rittmeister:
Was sollen wir, Archont, nun tun?
Meister unser, einzig Herr?

Der Archont (hauchend):
Was bleibet uns?
Die Waffen zu erheben?
Wo Götter schreiten,
vom Tod gehetzt, der
ohne Rast?
Krauchen, betteln, sterben
wollen wir(?)
Keine Schulter trägt diese
unsere letzte Last.

(Vorhang, Akt 2)

Aus: Des Archonten Niedergang – Theaterstück aus der Feder des Dramaturgen Thaen Sirrus, hingerichtet wegen volksverhetzender Reden, 520 adis Pentae

1. Der Archont

Ein weiser Mann hatte angeblich behauptet, dass ein einziger Moment ein Universum beinhalten könne. Vielleicht war es aber auch ein Narr gewesen, je nachdem, wen man fragte. Tam Adair jedenfalls hätte über solche Worte in seinem anderen, seinem früheren Leben gelacht. Vor Stunden, die ihm vorkamen wie ein Damals. Leider lag dieses andere Dasein nun hinter Tam – und Tam wiederum auf dem Tisch von Brogan Cairbre, dem eifrigsten unter den vielen Foltermeistern des Archonten. Und seine Momente waren zu einer Vielzahl von eigenen abgeschlossenen Universen geworden, die aus nichts bestanden als Qualen.

In seiner Zeit hier unten hatte Tam einen Bruchteil von ihnen kennengelernt: jene unterschiedlichen Haken, Ahlen, Klingen, die auf einem steinernen Kubus direkt neben dem Holz ruhten, auf dem er mit Schellen fixiert worden war. O ja, er kannte nun ihre Namen wie auch ihren Zweck, dafür hatte Cairbre Sorge getragen. Seit dem Beginn der kurzen Ewigkeit seines Aufenthaltes hier unten wusste Tam mehr über sie alle, als ihm lieb war.

Cairbre hatte ihm gezeigt, welche Verwendungsmöglichkeiten für Feuer es für einen Mann mit kreativen Visionen gab. Für einen Mann, der Tams Ansichten von Moral und Gnade nicht nur nicht teilte, sondern sie regelrecht zu verabscheuen schien.

Hier also lag Tam, um einige Erfahrungen reicher, auf die er gern verzichtet hätte – und dafür umso ärmer an Dentalmasse und Fingernägeln. Kein Quadratzoll seines Körpers, der nicht hämmerte, pochte, biss oder nagte. Keine Faser geschundenes Fleisch, die nicht aufbegehrte, herumkrakeelte oder wimmerte. Es hätte schnell vorbei sein können, schließlich war die Frage immer dieselbe gewesen. Das erste Problem war: Tam kannte die Antwort nicht, weil er aufrichtig unschuldig war.

Das zweite Problem war weitaus gravierender: Brogan Cairbre war es gleich, ob sein Opfer Schuld traf. Er wurde nur für die Antwort bezahlt. Bekam er sie nicht, machte er weiter. (Wie er auch manchmal weitermachte, selbst *wenn* er die Antwort erhielt, das wusste Tam.) Und Tam stand vor dem Dilemma, eine Antwort geben zu müssen, die ihm unbekannt war.

In der Dunkelheit waren das Tröpfeln des Wassers, das an kupfergrünen Moosen herabrann, und das Knacken der Kohlen in den Becken, in denen Cairbre seine Spielzeuge auf Rotglut erhitzte, seine einzige Gesellschaft. Tam hatte längst jede Vorstellung verloren, wie oft sein erbarmungsloser Gesellschafter seit dem Beginn von Tams Martyrium den Folterkeller verlassen hatte. Nur um entweder kurzfristig oder nach langer Wartezeit zurückzukehren – und Tam konnte sich des Eindrucks nicht erwehren, dass diese Rhythmik aus An- und Abwesenheit ebenfalls nur Teil der Marter war.

Denn während er hier so dalag und sein mit Qualen ausgekleideter Mund bittere, pochende Lamenti ausstieß, horchte sein Herz bang und still auf einen bestimmten Augenblick. Auf den Moment, wenn der Schlüssel in seinem Schloss kreischte. Wenn die massive Tür aus aufgequollenen Bohlen gegen die bauchige Steinmauer knallte und sich der blakende Schatten von Cairbres Wanst mit Schürze und Werkzeuggürtel im Kohlenfeuer in Tams Gesichtsfeld schob.

Als hätte er durch diese Gedanken etwas ausgelöst – durch jene grausamste und direkteste Form der Telepathie, die stets das eintreffen lässt, was der Mensch anfleht, es möge ihm fernbleiben –, war plötzlich das Klacken des Schlosses zu vernehmen.

Die Tür flog auf, krachte gegen die Wand. Tams Herz tat einen Satz. Er versuchte, den Kopf zu drehen, doch dieser war ebenso mit Eisenbändern an die Gestade seiner neuen Heimstatt fixiert wie der Rest seines geschundenen Körpers. Er konnte nur hilflos mit den Augen rollen.

Ein Schatten legte sich über ihn, gefolgt von einem zweiten. Sie überlagerten sich, wurden auf diese Weise nahezu massiv, sodass es Tam schwerfiel, noch etwas zu erkennen. Dann riss die Dunkelheit unvermittelt auf – das Licht einer Fackel legte sich ohne Vorwarnung auf Tams Gesicht. Er wimmerte, als die ungewohnte Helligkeit ihn blendete.

»Das ist er also?«, fragte eine seidige, volltönende Stimme, die Tam nur allzu gut kannte. Es war ein befehlsgewohntes Organ, das mit einem Ja oder Nein über das Schicksal Tausender befinden konnte – und dies auch regelmäßig tat. Das, was noch an Hoffnung und Zuversicht in Tams Herzen verblieben war, löste sich in nichts auf. Jede Chance auf Gnade oder Verständnis war dahin, wenn dieser Mann sich dazu herabließ, persönlich in die Verliese herabzusteigen.

»Ja, Eure Majestät.«

Tam hörte, dass auch Cairbres Stimme vor Furcht, einen Fehler zu machen, erzitterte. Und er hatte auch jeden Grund dazu.

»Lasst ihn Uns ansehen«, sagte die Stimme. Das Licht der Fackel wurde augenblicklich heller. Miniaturexplosionen aus Rot und Gold erblühten hinter Tams Lidern. Eine behandschuhte Linke fasste sein Kinn. Sein Kopf wurde in dem wenigen Spiel, das die Fixierung zuließ, von rechts nach links und wieder zurück bewegt. Neuerlicher Schmerz entflammte in seiner Stirn, als die gereizte Haut gegen derbes Eisen scheuerte. Der Neuankömmling betrachtete ihn. Mit der gleichen Sorgfalt, mit der ein Bauer vor den Toren Fomors den Gaul eines Mannes prüfte, den er für einen Rosstäuscher hielt.

»Blicke er Uns an!«, befahl die Stimme, und Tam verstand

ohne hinzusehen, dass nur er gemeint sein konnte. Langsam öffnete er die Augen und wimmerte. Mit einem unwirschen Kommentar brachte die Stimme Cairbre dazu, sich mit der Fackel zurückzuziehen. Tam blinzelte das Stechen und die tanzenden Funken auf ein erträgliches Maß herunter. Durch einen Schleier Tränenflüssigkeit (wenig, viel zu wenig) stierte er zu dem schattenhaften Umriss empor – und was der Klang der Stimme Tam verraten hatte, wurde absolute Gewissheit. Der falkengesichtige Mann in den kostbaren Gewändern, der auf ihn herabsah, war niemand anderes als der Archont von Fomor, der mächtigste Potentat in einer Welt, die fünf solcher Scheusale beherbergte.

»Hat er eine Vorstellung, was sein Versagen angerichtet hat?« Die Stimme des Archonten war wie Eis. »Ist er sich der Tragweite dessen bewusst, was seine Unachtsamkeit zu verantworten hat?«

Tam hatte mehr als nur eine Vorstellung, worauf der Archont hinauswollte. Doch bevor der rationale Teil seiner Persönlichkeit Tam bremsen konnte, hatte sich sein Mund zu einer Antwort entschlossen. Ein oblatenbrüchiges »In etwa …« entrang sich seiner Kehle.

Augenblicklich zuckte Tam zusammen – wegen der Schmerzen in seinem vertrockneten Sprechapparat und weil er erschrak, dass er den mächtigsten Mann der gesamten Dämmerwelt mit einem flapsigen Kommentar bedacht hatte. Doch statt der erwarteten Folterqualen war das einzige Resultat lediglich ein Schnauben, das ob dieser Dreistigkeit geradezu erfrischt, ja amüsiert klang.

»Erleuchte er Uns«, sagte der Archont und verschränkte die Arme. Augen wie erfrorene Sterne, die das auf ihnen tanzende Fackellicht in Zorn zu ertränken schienen, nagelten Tam so sicher fest, dass es keiner bindenden Eisen mehr bedurfte.

»Mein …« Tam leckte sich die schrundigen Lippen mit einer Zunge, die sich wie eine sterbende Nacktschnecke in seinem ausgedörrten Mund wälzte. »Mein Versagen als Wächter hat

Euch und Eurem Ansehen Schaden zugefügt, Majestät.« Tam war erstaunt, wie einfach es plötzlich war, mit einem so mächtigen Herrn zu reden, als wäre er nicht mehr als der Sergeant der Abendschicht.

Alle Leute scheißen am Ende in einen Topf – und jeder aus einem Arsch, der ist wie der andere.

Das hatte Tams Vater stets gesagt, wenn das Thema zur Sprache kam, ob ein Adeliger ein besserer Mensch sei als seine Untergebenen. Tam hatte seinen Vater immer für einen klugen Mann gehalten. Aber andererseits: Der Vater war friedlich in einem Bett entschlafen, während sich sein Sohn auf einer Folterbank wand und in den letzten Stunden einiger erstklassiger, liebevoll gepflegter Backenzähne verlustig gegangen war.

»Er hat wirklich keine Ahnung, nicht wahr?«, fragte der Archont, und auf seinem Falkengesicht lag so etwas wie ehrliches Erstaunen. »Er weiß nicht, was er angerichtet hat?«

»Man hat Euch bestohlen, Majestät. Das, wovor man uns bei unserer Einstellung in den Dienst in Eurer Garde gewarnt hat, ist passiert. Und nun zahle ich den Preis.«

»Er? Er zahlt den Preis?« Die Seide in der Stimme des Archonten von Fomor härtete augenblicklich zu einem Panzerhandschuh aus. »Er denkt, es ginge hier um einen Gesichtsverlust, weil Unsere Wächter Unsere Kostbarkeiten nicht behüten können? Er ist ernsthaft der Meinung, der Verlust eines einzigen Kleinods könnte Uns so aus dem Gleichgewicht bringen?«

Der Archont stapfte knapp außerhalb von Tams Gesichtsfeld durch die Folterkammer. Der Gepeinigte warf einen Blick auf Cairbre und sah, dass sich der ungeschlachte Foltermeister alle Mühe gab, zu schrumpfen und sich unsichtbar zu machen. Auf eine Weise sah er ängstlicher aus als Tam, der mehr und mehr spürte, dass sich eine gewisse stoische Akzeptanz seines Schicksals in seine Gedankenwelt zu stehlen begann.

Plötzlich war das Gesicht des Archonten ganz dicht über dem

von Tam, sodass der Wächter den sauren Geruch des Atems und das kostbare Rasierwasser seines Herrschers wittern konnte.

»Erkläre er es. Erkläre er Uns, was passiert ist. Wie es passieren konnte. Dieser Mann dort«, der Archont wies auf Cairbre, den kein Armbrustbolzen hätte härter treffen können als der Fingerzeig auf seine Person, »sagt Uns, dass er auch unter der Folter deine Mittäterschaft nicht gesteht. Dieser Mann sagt uns, dass er es gewohnt ist, Männer zu brechen, bis sie ihre eigene Brut dem Feuer überantworten würden, nur um seinen kundigen Fingern zu entgehen.«

Die Hand des Archonten ergriff Tams Stirn und bog schmerzhaft seinen Kopf zur Seite.

»Er sehe ihn an! Sehe er ihn sich an! Unser Foltermeister sagt Uns, dass er überzeugt ist, dass dieser hier nichts, aber auch gar nichts weiß. Dass er verdammt noch mal unschuldig sei!«

Tam blickte in Cairbres Gesicht, der bemüht war, eifrig zu nicken und nicht zur Zielscheibe für den Zorn des Potentaten zu werden.

»Wenn das also stimmt«, fuhr der Archont fort, »dann erweise er Uns – und sich selbst – einen Dienst und sage Uns, was er denkt. Sage er Uns, wer den Stab genommen hat! Und vor allem: wie! Erleuchte er Uns!«

Das wenige, was noch an Feuchtigkeit in Tams Mund war, verschwand mit einem einzigen Schlucken in seiner Kehle. Das war es also. Die ganze Zeit, die er hier auf diesem Tisch verbracht hatte, zermarterte er sich das Hirn, was genau die Diebe, die für sein Schicksal verantwortlich waren, erbeutet hatten. Nun hatte er seine Antwort.

Von all den wertvollen Dingen, die in den uneinnehmbaren Schatzkammern des Archonten dämmerten, wie sich Tam und seine Kollegen stets ausgemalt hatten, war es also ausgerechnet ein Stab gewesen, den man gestohlen hatte. Irgendein goldverziertes, schnörkeliges Ding aus Holz und edlen Metallen zweifelsohne.

Etwas, das der Adel höchstwahrscheinlich nur einmal alle zwanzig Jahre benötigte, wenn ein anderer hochedler Hintern auf dem Thron des Archonten Platz nahm. Da wurde das Ding vom Katechisten des Lichtfürsten oder irgendeiner anderen offiziösen Mumie mit einer nuscheligen Segensformel auf jeder Schulter des zukünftigen Herrschers abgelegt, bevor es in seiner Kammer verschwand. Genau wie Tam verschwinden würde. Und das nur, weil ein nebelverfluchter Hurensohn den drecksteuren Stock auf unerklärliche Weise aus dem absolut sicheren Gelass geraubt hatte, das Tam und seine Kameraden bewachen sollten!

Es gab für alles ein erstes Mal, und dies also war das erste Mal, dass die Obhut der Schatzkammern kompromittiert worden war. Dabei wusste Tam, so wie jeder, den man dorthin abgestellt hatte, dass dies unmöglich war. Vollkommen undenkbar.

Die Kammer war nicht nur uneinnehmbar, ja man kam ja nicht einmal bis dort. Immerhin erforderte ein Einbruch, dass jemand verrückt genug war, in die Zitadelle, in den Palast des Archonten einzudringen. Derjenige musste sich in den verschlungenen Korridoren der einstigen Hauptfeste des Tyrannen von Khael zurechtfinden. Ein Netz obsidianschwarzer Kammern durchstreifen, die selbst jenen, die in der Zitadelle lebten, unbekannt waren. Dutzende gut ausgebildete, bestbewaffnete Wächter umgehen.

Um schließlich in den Kavernen unter der Zitadelle, dort, wo die Schatzkammern lagen, jene zu finden, die gefüllt waren. Denn es gab Hunderte, und einige davon waren nicht mehr als gähnende schwarze Gruben. Schlünde, die in die nachtschwarze Tiefe unter der Stadt abfielen, wo Legenden zufolge noch immer der zerstörte Körper des Titanen und Namenspatrons der Penta ruhte. Uralte Menagerien, in denen noch immer Albträume aus grauer Vorzeit umgingen. Jagten.

Hatte jemand so viel Glück, die Kammer aufzuspüren, so musste er den jeweils vor ihr liegenden Korridor unbeschadet passieren – ein Ding der Unmöglichkeit, schließlich …

»Wir sehen, du kommst zu denselben Schlüssen wie Wir!«, bellte der Archont, der seine Façon schon lange auf dem Weg in den Kerker zurückgelassen hatte. Er war über Stände und Titel hinaus – sogar in dem Maß, dass er auch gleich den Majestätsplural missachtete. Wie Cairbre hatten sich die Höflichkeitsformen an diesem Ort in eine dunkle Ecke verzogen und hofften, der Aufmerksamkeit zu entgehen, so schien es.

Der Mann vor Tam war zwar noch immer der Archont, aber – und das fand Tam schlimmer – er war ein sehr, sehr wütender Mann am Rande seiner Fassung. Und Tam und sein ganzes Leben waren diesem vor unterdrücktem Zorn mit den Zähnen knirschenden Mann ausgeliefert. Er fasste sich ein Herz. Wenn er hier herauswollte – und das wollte er mehr als alles andere –, musste Tam ehrlich sein und um seine Freiheit kämpfen.

»Euer ... Euer Majestät. Ich schwöre Euch, ich habe mit der Sache nichts zu tun! Ihr zeiht mich der Pflichtvergessenheit – das ist ungerecht. Ich bin nicht fehlgegangen in meiner Aufgabe.«

»Nicht fehlgegangen ...«, raunte der Archont. »Du widersprichst also den Anschuldigungen? Du bekennst dich unschuldig?«

»Wie mir auferlegt, habe ich stündlich meinen Rundgang gemacht, Eure Majestät. Dabei habe ich größte Aufmerksamkeit walten lassen.«

»Hast du?« Die Augen des Archonten verengten sich zu Schlitzen. Seine mit Zobelpelz besetzten Handschuhe aus feinstem Leder spannten sich. Die Finger ballten sich zur Faust, das Leder glich in Tams Augen der zum Bersten gespannten Haut zerkochter Würste. Der Potentat stand kurz davor, sein gefesseltes Gegenüber besinnungslos zu dreschen.

»Ja, Eure Majestät. Die Sigillen des Arkanums waren intakt. Kein Mensch, kein Tier, nichts Lebendes, noch etwas anderes hat den Korridor passiert. Weder der Alarm noch die Schutzmaßnahmen wurden aktiviert.« Tam setzte alles auf eine Karte. »Wissen

Eure Majestät, wie die Sigillen funktionieren? Was demjenigen blüht, der sie unterbricht?«

Der Archont hielt in der Bewegung inne. Öffnete und schloss die Faust. Er starrte Tam einige lange Sekunden fragend an, suchte nach Spott, Häme oder Herablassung in seinen Augen. Er fand dort aber nichts, Tam hatte die Frage bewusst kalkuliert.

»Sprich«, befahl der Archont.

»Nun, Eure Majestät: Die Sigillen *erkennen,* wenn jemand den Korridor passiert, der nicht Ihr seid oder dies mit Eurem ausdrücklichen Segen tut. So hat man es mir erklärt. Es ist Arkanistik. Irgendwie *spürt* das Liniengitter, das unsichtbar unter dem Marmor des ganzen Korridors liegt, wer durch den Gang geht. Unerheblich, wer – oder *was* – er sein mag. Wenn es nicht Ihr selbst seid oder jemand, der in Eurem Auftrag handelt, so entfesselt das System verheerende Energien, verbrennt den Eindringling und röstet dabei sein Fleisch mit der Macht eines Gewitters.«

Langsam, bedrohlich kam der Archont näher. Er sah mehr denn je wie ein Falke aus, der seine Beute im Unterholz erspäht hatte und die Klauen vorstreckte, um zuzuschlagen.

»Und deine Worte bedeuten … *was?* Dass das System versagt hat?« Sein Tonfall wurde noch eine Nuance lauernder. »Oder gar, dass Wir es selbst waren? Dass Wir jemanden entsandt haben, nur um euch alle mundtot zu machen? Ebenso amüsant wie sinnfrei, denkt er nicht?«

Tam schluckte – aber da war nichts mehr außer seiner pelzigen und viel zu schweren Zunge in seinem Mund. Ein Hustenanfall schüttelte ihn. Der Archont gab Cairbre einen Wink. Dieser schüttete Tam einen Krug Wasser ins Gesicht. Die Kälte raubte ihm einen Pulsschlag lang schier den Atem. Er schluckte gierig, beruhigte seine geschundene Kehle. Das Nass schmeckte köstlich. Ambrosia.

»Was also willst du mit deiner Aussage implizieren, Wächter?

Erheitere Uns. Füge der Kakofonie eines katastrophalen Tages die letzte Dissonanz hinzu.«

Tam schüttelte den Kopf. »Ich will nichts unterstellen, Majestät. Im Gegenteil. Habt Ihr bereits mit Euren Arkanisten gesprochen?«

»Hält er Uns für töricht? Natürlich hatten Wir sie als Erstes in Verdacht. Tatsächlich teilen sich einige von ihnen hier unten mit ihm eine Heimstatt. Beantworten andere Fragen. Sie sind ebenso überzeugt von ihrer Arkanistik. Niemand außer Uns oder jemand, der in Unserem Auftrag gehandelt hat, kann es gewesen sein – sagen sie. Die zumindest, die ihre vorlaute Zunge noch im Munde tragen.«

»Aber genau das meine ich ja, Majestät. Darauf will ich hinaus. Es gibt eben doch eine dritte Option. Eine, die niemand zu äußern wagt, weil sie entweder zu fantastisch oder zu erschreckend ist.«

Tam machte eine bedeutungsschwere Pause. An seinen nächsten Worten hing sein Leben.

»Fahre fort.«

»Wenn Eure Majestät den Auftrag nicht gegeben haben und es auch selbst nicht waren, wie Eure Majestät sagen ... Wenn es kein Mensch und kein Tier gewesen sein kann, weil die Sigillen intakt und der Korridor vor der Kammer nicht voller Leichen ist ... Wenn jede Art des Einbruchs durch Lebende ebenso ausgeschlossen ist wie ein Einbruch durch Arkanisten oder ihre Zaubergeschöpfe und Apparaturen ... Wenn weder ein Lebender noch ein ... Untoter eingedrungen ist, bleibt nur eine Erklärung!« Tam hatte sich so in Rage geredet, dass er ein verschämtes »Euer Majestät« ergänzen musste.

»Wir sind gespannt«, schnurrte der Archont und sah auf verstörende Weise hungrig aus.

»Es war etwas, auf das keine dieser Kategorien zutrifft«, sagte Tam. »Das erklärt auch, warum es ungesehen in den Palast eindringen konnte.«

Das Gesicht des Archonten legte sich in Falten, als er Tams These erwog. »Willst du Uns etwa sagen, dass etwas anderes – eine Kreatur, ein Monster, was auch immer – in unsere Zitadelle eindringt und den Stab von Nathair gestohlen hat? Etwas, das nicht lebt, aber auch nicht nekromantischer Natur ist? Und was sollte dies deiner Meinung nach sein?«

Eine Faust wummerte gegen die Kerkertür und unterbrach die Assoziationskette des Potentaten. Cairbre warf dem Meister von Fomor einen fragenden Blick zu.

»Nun mache er schon auf!«, knurrte der Archont. Er warf einen letzten Blick auf Tam und drehte sich in Richtung der Tür. Einer der Myrmidonen, der Elitewächter des Archonten, die sich draußen zu seinem Schutz aufgebaut hatten, steckte seinen mit einem ostentativen Drachenflügelschaller gewappneten Kopf zur Tür herein. Die untere Hälfte des vernarbten Gesichts musterte Tam für einen Herzschlag mit einem Blick aus dem Zwielicht zwischen Schadenfreude und echter Empathie. Dann trat der Leibwächter ein, fiel vor dem Archonten auf ein Knie.

»Majestät! Verzeiht, auf der Mauer der Zitadelle hat man Kunde für Euch, die keinen Aufschub duldet.«

»Worum geht es?«, fragte der Archont, und Tam konnte sehen, wie der Myrmidone erbleichte. Was immer die Nachrichten sein mochten, sie waren nicht gut. Tam konnte das nur recht sein. Ihm war *alles* recht, was den Archonten davon ablenkte, den guten alten Tam martern zu lassen. Er hoffte nur, dass der Herrscher über diese Neuigkeiten Tams Theorie nicht vergaß.

»Eure Tochter, Majestät. Sie scheint vor den Mauern zu sein, soweit ich den Boten verstanden habe.«

»Das ist alles?«

»Sie … sie ist scheinbar nicht … allein, Majestät.« Der Mann trat auf eine Distanz an den Archonten heran, die für jeden anderen Menschen in Fomor den sicheren Tod bedeutet hätte. Er lehnte sich vor und flüsterte dem Potentaten etwas ins Ohr. Tam verstand nicht alles, nur dass Morven, die einzige Tochter des Archonten, wohl in Begleitung eines Mannes vor der Zitadelle aufgetaucht war.

Was auch immer es gewesen war, die Miene des Archonten verfinsterte sich schlagartig noch weiter, wenn so etwas möglich war. Mit einem Akt reiner Willenskraft, der dem Herrscher anzusehen war, wandte sich der Meister von Fomor zu Tam, der sein Geschick mit einer eigentümlichen Mischung aus nackter Furcht und unerträglicher Neugier erwartete.

»Er hat Glück, dass seine Theorie Uns überzeugt. Wir werden sie prüfen und über sein Schicksal befinden. Vorerst hat er es überstanden.«

Der Archont gab Cairbre einen Wink, der sich – sichtlich enttäuscht – daranmachte, Tam von seinen Fesseln zu befreien. Langsam setzte der Wächter sich auf, rieb seine geschundenen Hand- und Fußgelenke und betastete sich zögerlich.

Der Archont wandte sich zum Gehen.

»Majestät?« Tam machte einen schwankenden Schritt auf den Potentaten zu. Sofort schoben sich Cairbre und der schwer gepanzerte Myrmidone zwischen ihn und den Herrscher von Fomor. Der Elitewächter hielt wie durch Zauberhand ein Breitschwert in der Rechten, dessen Spitze auf Tams Herz zeigte. Tam wiegelte ab, hob die Hände und blickte den Archonten unverwandt an.

Der drehte sich an der Tür um und erwiderte seinen Blick. »Was will er noch?«

»Der Stab, Majestät. Der Stab von … Nathair? Warum wurde nur er gestohlen und nichts anderes? Was macht das Ding so wichtig? Und was wollen der oder die Täter damit?«

Der Archont schüttelte langsam den Kopf. Plötzlich sah er nicht mehr wie ein Raubvogel aus. Nur wie ein unendlich müder Mann, der dem Titanen und Namenspatron der Penta gleich das Gewicht, die Verantwortung der gesamten Stadt schultern musste, wie Fomor einst die Festung des Tyrannen von Khael getragen hatte. Tam wollte um kein Geld der Welt mit diesem Herrn den Platz tauschen, selbst in seiner momentanen misslichen Lage nicht. Vielleicht hatte Tams Vater sich ja geirrt? Vielleicht waren doch nicht alle Leute gleich beschaffen?

»Bete, Wächter. Bete er zum Lichtfürsten, zu den Heiligen der Penta und zu seinen Ahnen«, sagte der Archont. »Bete wegen Unser zur Herrin des Todes. Nur bete um eine einzige Sache: dass du es nie erfahren mögest. Denn wenn offenbar wird, was der Stab vermag, sind wir alle verdammt!«

Und mit diesen Worten verließ der Archont von Fomor die Folterkammer, ließ Tam und Cairbre zurück. Der Myrmidone folgte ihm. Der Foltermeister und sein befreites Opfer tauschten einen Blick – und beide Männer erkannten, dass sie nun gern an einem anderen Ort wären. Nur waren die Orte, an die ein Mann fliehen konnte, in der Dämmerwelt ein rares Gut. Und Tam hatte das untrügliche Gefühl, dass sie in Zukunft noch rarer werden würden.

Aus den Chroniken des Kataklysmus der Erzmagi, verfasst dreihundert Jahresläufe nach dem Titanensturm, Anonymus:

Gänzlich unsicher sind wir uns, wie Hunger und Fraß des Nebels beschaffen sind. Denn wo er den einen mit geißelnder Pein in die Knie zwingt und Vitriol oder Beize gleich das Fleisch von den Knochen und das Blut aus den Adern ätzt, sich daran labet, geißelt er andere mit Geschwüren und Auswüchsen, bis das Opfer das Übermaß der Wucherungen nicht mehr zu ertragen vermag. Dritte erstickt der Nebel, so als habe eine unsichtbare Kordel gewirkt.

Auch ist nicht geklärt, wo der Brodem Gnade walten lässt und wo sein Hunger kein Maß kennt. Denn jeder aufrechte Mann, der den Schutz von Kuppel und Stein hinter sich lässt, erleidet ein grässlich Schicksal.

Die Almharach, die Riesenvölker des Amboss, atmen den Dunst, ohne dass er ihnen schadet, wiewohl er nur Luft sei. Ist es, weil sie die Gunst der Titanen genossen, an ihrer Seite fochten gegen die zivilisierten Völker? Wir wissen es nicht.

Bei den Tieren der Erde und des Himmels ist es noch schwerer, eine Systematik zu erkennen: Wo Ziege, Hund, Pferd und Ochs verenden, gedeihen Wolf und Berglöw. Den stolzen Bären im Tann treibt der Nebel zu beträchtlicher Größe und irrzorniger Raserei. Die Tiere des Himmels, heißen sie nun Spatz, Specht oder Rabe, lässt er unberührt, Bienenvölker, Ameisen und anderes Gezücht vernichtet er an einer Stelle, wo sie anderswo gar prächtig in ihm gedeihen, wiewohl auch alle Pflanzen dieser Welt in ihm wachsen.

Wahrlich, es ist ein Mysterium.

Hora des Lichtfürsten, 301 adis Pentae

2. Greskegard

Während Fennek Greskegard die Allee des Triumphs hinunterwankte, kam er sich ausgeliefert und dumm vor. Zum einen war die Straße aus nachtschwarzen Quadern, die von monumentalen Statuen des Dutzends der vergangenen Archonten flankiert wurde, extrem einschüchternd. Die gestrengen, kantigen Visagen der früheren Gewaltherrscher hatten etwas Ehrfurchtgebietendes, wie sie so aus der Höhe durch den Niederschlag auf jeden Narren herabsahen, der sich anmaßte, den Hauptweg zur Zitadelle von Fomor zu gehen, um bei den Vertretern des Archonten vorstellig zu werden. Stumme Götter aus der Vorzeit, Richter, deren Blicke das Urteil fällten, bevor die Anklage ausgesprochen war.

Regennass und schwarz schimmerten die Straße und die Standbilder wie die Schuppen einer Otter aus den Ambossmooren. Fennek konnte die Spitzen von über einhundert Armbrustbolzen förmlich spüren. Sie starrten seinen Nacken und sein Herz an, schienen sich mit ungesehenen Blicken hineinzubohren. Sprungbereit und tödlich. Es musste nur einer der Wächter auf der Wehrmauer, die hinter den Standbildern die Straße flankierte, einen übermütigen Zeigefinger haben. Auf das Schnalzen seiner Sehne würde ein Trommelfeuer aus Bolzen folgen, das den Inquisitor und seine Last in Fleischfetzen verwandeln würde.

Und dann war da noch diese Fracht.

Ich hätte Sanftleben niemals wegschicken dürfen, schalt sich Fennek

Greskegard. *Wofür hat man Personal, wenn man selbst die Drecksarbeit machen muss?!*

Und eine Drecksarbeit war es. Die Leiche in Fenneks Armen rutschte immer wieder von links nach rechts, verlagerte ihr Gewicht in den unpassendsten Momenten und brachte ihn aus dem Tritt. Die Leiche in Fenneks Armen war schwerer, als der Inquisitor angenommen hatte. Die Leiche in Fenneks Armen war vor einer Woche noch seine Nichte gewesen. Und während er sie auf den Palast ihres Vaters und sein Schicksal zutrug, klaffte der Schnitt an der Kehle der Frau und schloss sich, wenn ihr Kopf hin und her wippte.

Es sah aus, als würde dieser Mund stumme Anklagen erheben. Fennek mochte es dem Mädchen nicht verdenken. Was hatte er sich nur dabei gedacht, seiner Nichte die Kehle zu durchtrennen? Was bei den kalten Zitzen der Mutter der Toten und dem flammenden Zorn des Lichtfürsten war in ihn gefahren?

Ein unwirsches »Bah!« entfuhr Fenneks Mund und hob sich so klar wie der Kopf eines Schmiedehammers auf dem Amboss vom monotonen Geräusch des Regens auf der Allee ab. Er schüttelte den Kopf, um die unerwünschten Gedanken an Schuld und Missetaten zu vertreiben. Das durchtränkte Vogelnest seiner Haare versprühte Tropfen in alle Richtungen. Während der Mann, der vor einigen Jahren noch der Oheim der Templerin gewesen war – in den Zeiten, als jene Streiterin des Glaubens noch ein Kind gewesen war –, angestrengt ob seiner morbiden Last durch die Zähne knurrte.

»Hätte mir nicht in den Weg kommen sollen, das Gör!«

Aber stimmte das? Wäre es ihm nicht ein Leichtes gewesen, das Artefakt zu nutzen? Den Skarabäus, den er für die vor ihm liegende Mission in Sanftlebens Obhut zurückgelassen hatte? Damit hätte er Morven zwingen können, ihm alles zu sagen, was er wissen wollte – nur um sie ihr Treffen vergessen zu lassen. Und der vergreiste Ambosskrieger, der bei ihr war, dieser Ormgair?

Wieso hatte er die Befragung des Riesen abgetan und Sanftlebens warnende Hinweise ignoriert? Damit hatte sich Fennek definitiv einen Feind gemacht.

Der Kopf der Templerin stieß schmerzhaft gegen sein Knie, riss Greskegard aus seinen unwillkommenen Gedanken.

Hast du sie nicht viel eher getötet, um ihm etwas zu nehmen? So wie er dir den Titel genommen hat? So wie er dir die Schwester genommen hat?

Gegen jede Vernunft zwang sich Fennek, nach unten zu blicken. In die götterlob geschlossenen Augen des Mädchens, das er als ein anderer Mann noch auf seinen Knien geschaukelt hatte. Einer Eingebung folgend, hob er sie höher, auch wenn das anstrengend war. Ihre Haare schleiften über die schmutzstarrende Straße. Aus irgendeinem Grund, einem letzten Aufschrei seiner Moral, die er zum Großteil dem Inferno seiner Vergeltung in den feurigen Rachen geworfen hatte, wollte ein Teil von Fennek nicht, dass Morven schmutzig wurde. Er fühlte sich besudelt genug.

Schweigend und mit unstetem Tempo wankte der Inquisitor mit der stummen Begleitung in seinen Armen die Allee hinunter, während ihn die Bewaffneten nicht aus den Augen ließen. Ebenso wenig wie die granitenen Blicke all der Vorgänger des Archonten, deren selbstgefällige Gesichter den Inquisitor mehr und mehr erzürnten. Seine Arme standen in Flammen, protestierten bei jedem Schritt, den er machte.

Sobald ich am Ziel bin, dieser götterverfluchte Thron fest unter meinem Hintern verankert ist, reiße ich als Erstes dieses Spalier blasierter Arschgesichter ab.

Fennek wankte weiter, den Blick auf das Ziel seines Marsches gerichtet. Das Herz schlug ihm bis zum Hals – und der Grund war weniger die körperliche Belastung als vielmehr das Wissen, wie entscheidend die nächsten Minuten sein würden. Das, was ihn in der Zitadelle erwartete, ließ sich nicht in komplexe Kreise einteilen, hatte keine Grauzonen. Es war eine Alles-oder-nichts-Situation.

Es wurde noch dunkler, als der Schatten der klingenbewehrten schwarzen Zinnen der Zitadelle auf Greskegard und seine Fracht fiel. Wie das vergessene Zepter eines Gottes, der die Dämmerwelt längst verlassen hatte, ragte der gigantische Wehrturm vor dem simulierten Himmel der Nebelkuppel auf.

Fennek befand, dass dieser Vergleich nicht so weit hergeholt war. Einst war der Turm der Punkt auf dem Rücken des Titanen Fomor gewesen, der die Zwingfeste des Mächtigsten aller Erzmagier hatte tragen müssen. Von diesen Zinnen aus hatte Vortigern, der Tyrann von Kael, über das Schlachtfeld des Titanensturms geblickt und mit einem einzigen Befehl die Welt zum ewigen Zwielicht des Nebels verdammt. Nun lebten die Nachfahren jener hier, die nach dem Weltenbrand die Überreste einer verängstigten Bevölkerung zur Penta Fomor geschmiedet und seitdem mit eiserner Faust unterjocht hatten.

Das zyklopische, zweiflügelige Eingangstor schälte sich aus dem morgendlichen Zwielicht und dem Dunst des Nieselregens. Es ragte so hoch auf wie zehn Männer, war ebenso breit und ähnlich monumental und Ehrfurcht gebietend wie die Statuen der Archonten. Es bestand in Gänze aus einem obsidianschwarzen Metall, auf das sich die Arkanisten dieses an Magie armen Zeitalters keinen Reim zu machen wussten.

In menschengroßen Runen prangte das Credo der Penta Fomor über den Torflügeln, auf ewig in den Granit der Feste geätzt und bei besserem Wetter weithin sichtbar. Es war in keiner der Sprachen der Pentae verfasst, sondern in der Sprache der Almharach. Jener Vorläufer der heutigen, riesenhaften Ambosskrieger, die sich vor mehr als einem halben Jahrtausend bereitwillig den Erzmagi unterworfen und ihre Armeen gebildet hatten. Sie waren die Adressaten dieser Botschaft, ihnen galt der Zorn der Archonten und der wenigen zivilisierten Menschen, die die Dämmerwelt noch kannte.

Zumindest in der Theorie.

»Arithist chubraidh!« stand dort.

»Niemals wieder!« Fennek war über den verbrauchten Klang seiner eigenen Stimme erschrocken. Wann hatte er das letzte Mal etwas getrunken? Sein Mund war trockener als die Wüsten Bai't Manoons.

»Hat ja gut funktioniert, wenn ein Hüne aus dem Amboss tagelang unter euresgleichen lustwandeln kann, ohne dass ihm ein anständiger Mensch ein Schwert in die Rippen jagt«, murrte er.

Fast so, als habe die mit arkanen Runen und uralten dämonischen Fratzen verzierte Pforte seine Worte vernommen und sie als Affront gewertet, lief ein Rumpeln durch das Metall. Zahnräder und Gestänge bewegten sich, eine Ausfalltür im Torflügel schwang auf. Im Dunst des Morgens war die Helligkeit dahinter gleißend. Das Licht projizierte eine Raute, einen Keil auf die Allee.

Da nach einigen Herzschlägen immer noch niemand heraustrat, fasste sich Fennek ein Herz und schritt auf das erhellte Rechteck zu, das wie mit einem Lineal gezogen vor ihm gähnte. Er lugte an seiner Stirn vorbei nach oben, wo das monströse Fallgatter vor dem Portal hing. Fiele es herab, von Fennek Greskegard würde wohl nicht mehr als ein Schmierfilm bleiben. Er schritt aus dem Zwielicht des vernieselten Morgens durch die Tür, hinein in das Licht der Zitadelle.

Die erste Überraschung für den Inquisitor war, dass der Archont persönlich zugegen war – jemand musste dem Potentaten mitgeteilt haben, dass der Bruder seines Weibes hier war. Und das, obwohl ihm das Betreten der Zitadelle, ja das Nähern bei Todesstrafe untersagt war. Die zweite Überraschung war der Archont. Der Mann war deutlich kleiner, als Fennek ihn seit ihrer letzten Begegnung vor Jahrzehnten in Erinnerung hatte.

Der Vorhof zu den unteren Stockwerken der Zitadelle war eine rechtwinklige Kammer mit den Ausmaßen eines kleinen Stadions. Eine der vielen magischen Besonderheiten des Gebäudes, dem Charakter des Tyrannen von Khael geschuldet. Der Fuß der

Zitadelle war mächtig, es war ein gigantisches Gebäude. Aber es war bei Weitem nicht mächtig genug, um solch eine Halle zu beherbergen. Magick.

Der Archont stand an einer Balustrade, vier Mannshöhen über dem schwarz-weiß geschachten Boden des Vestibüls. Er vollbrachte das Kunststück, zwischen den wappenbedeckten Gobelins und den pompösen, scheunentorgroßen Gemälden seiner Vorgänger nicht zu verschwinden.

Ein Spalier aus schwer gepanzerten Myrmidonen umstellte den Inquisitor, bevor er mehr als drei Schritte in die Vorhalle machen konnte. Obsidianschwarze Plattenpanzer aus überlappenden Lamellen, meisterlich gearbeitet. Nach hinten zulaufende Schaller, aus deren Oberseite die vorderen Körperhälften heraldischer Golddrachen ihre Tatzen nach vorn reckten und an deren Seiten Flügelverzierungen thronten. Die Rücken verziert mit pelzverbrämten Umhängen aus Purpur und Gold, nahtlos übergehend in die ausgehöhlten Köpfe von Karstlöwen oder Greifen. Auf dem linken Schulterschutz jedes Ritters starrten sie aus Glasaugen in die Welt.

Massive Bidenhänder und andere Zweihandwaffen bildeten, einander überlagernd, ein tödliches Geflecht in der Luft vor dem Inquisitor, die Spitzen und Schneiden auf seinen Adamsapfel gerichtet. Fennek blieb stehen, sich seiner Lage bewusst. Auf einen Wink des Potentaten auf der Balustrade würden diese Männer ihn mit diesen überlegenen Waffen niederhauen und in Stück hacken, noch bevor er nur zu fliehen versucht hatte.

Diese Myrmidonen waren die Elite der Penta, handverlesene Schlächter aus den Diadochenreichen der Flüsternden Küste, der Svartbucht. Es hieß, dass ihre Väter sie noch im Knabenalter dem Seewyrm, einer mythischen Bestie aus den Tiefen des Ozeans, vorwarfen. Dass sie sich, nur mit einem Messer bewaffnet, aus dem Schlund des Monstrums kämpften. Oder vergingen. Die Überlebenden wurden weiter gedrillt und ihre Dienste verkauft.

So erhielten diese Diadochen sich trotz ihrer angreifbaren Position ihre Unabhängigkeit. So hieß es.

Der Inquisitor hatte diese Gerüchte stets ins Reich der Legenden verbannt. Aber ein Blick in die Augen hinter den Schlitzen ihrer Schaller und seine eigene Erfahrung mit Dingen, die den Verstand eines Mannes überstiegen, waren ihm Hinweis genug. Ein kluger Mensch wusste, dass in jeder Legende mehr als nur ein Körnchen Wahrheit steckte. Er blickte an den Elitekämpfern vorbei, zur Balustrade hinauf. Bemühte sich, kontrolliert zu atmen – was kam, würde entscheiden, ob er lebte. Worauf hatte er sich hier nur eingelassen? Egal, kein Zweifel jetzt!

»Schwager!«

Die Stimme des Archonten war geölte Seide, die zärtlich die Schneide eines Giftdolches liebkoste. »Wir dachten eigentlich, Wir hätten uns unmissverständlich ausgedrückt, als Wir Euer armseliges Dasein schonten und Euch mit Eurem Amte zugleich reichen Lohn zuteilwerden ließen.«

Der Archont verließ seine Position auf der Galerie und kam eine wie einen Schwanenhals geschwungene Treppe herab. Wobei »kommen« das falsche Wort war. Er vollbrachte das Kunststück, wie ein Raubtier zu pirschen. Und das, obwohl er eine noch ostentativer verzierte Rüstung mit unzähligen verschnörkelten Goldätzungen trug als seine Leibgardisten. Beide Schultern wurden von den zur Seite glotzenden Schädeln von Karstlöwen und den Fängen ihrer Oberkiefer eingerahmt. Über seinem Haupt diente der Kopf einer der kapitalen Raubkatzen als prunkvolle Kapuze, die den Status eines der fünf mächtigsten Männer der Dämmerwelt unterstrich.

Er hat sich die Rüstung anlegen lassen, als er von meinem Kommen gehört hat, dachte Fennek nicht ohne Befriedigung. *Auch nach all den Jahren fürchtest du mich noch. Gut für dich. Schauen wir, ob es dir etwas nützt.*

Die Panzerstiefel des Archonten hallten auf dem Marmor der Halle wider, während der Potentat gemessen auf Fennek zuschritt. Sein Raubvogelgesicht wurde von feinen Koteletten eingerahmt, ein stattlicher schwarzer Schnurrbart ragte gezwirbelt und gewichst an beiden Seiten über die Wangen hinaus. Augen, in denen keine Spur von Gnade lag, wanderten über Fennek hinweg ... und erreichten das Bündel, das er trug. Fünf Schritte vor Fennek Greskegard blieb der Herr über Fomor stehen und sah für den Bruchteil einer Sekunde aus wie ein gewöhnlicher Mann, der in eine unsichtbare Mauer gelaufen war.

Es wurde Zeit für den nächsten Schritt der Scharade. Fennek fiel das verblüffend leicht. Er zapfte seine Schande über die Untat an, die er begangen hatte – und die Tränen schossen wie von selbst aus seinen Augen. Eine Mischung aus Scham und aufrichtig empfundener Reue ließ ihn mit Morven in seinen Armen in die Knie brechen.

»Majestät! Ich ...!«

»Was hat er getan?! Was hast du meinem Kind angetan?!«

Die Stimme des Archonten überschlug sich. Er stürzte auf Greskegard – nein, auf Morven – zu, riss sich von den Händen seiner Leibgarde, die ihn davon abzuhalten versuchte, los und sank auf die Knie. Er streckte die Hände vor, so als trügen sie eine unsichtbare Last – und Fennek folgte der stummen Aufforderung. Er ließ Morvens nur mit einer fleckigen Toga bekleideten Körper in die Arme ihres Vaters gleiten.

Ungläubig starrte der Archont auf sein Kind, seine einzige Tochter, der Blick seiner Eisaugen schwamm. Mit unendlicher Zärtlichkeit, so als habe er Angst, sie könne in seinen Händen zerbrechen, streichelte er Morvens regennasses Gesicht. Er strich ihr ein paar widerspenstige Haarsträhnen aus der erkalteten Stirn, wiegte sie und summte ein Lied.

Dann hielt der Herrscher inne – und sein Blick richtete sich auf Greskegard, der sich in diesem einen, kostbaren Moment so nahe bei seiner Familie fühlte, wie es nur ging. Und der sich zugleich unendlich klein und schmutzig vorkam. Er wandelte

Scham und Selbstekel zu Tränen, die sich den Weg durch die Stoppeln seiner Wangen suchten.

»Warum fühlt sie sich so ... falsch an, Fennek?«, fragte der Archont.

»Ihre Mörder haben einen Nebelmacher benutzt, Majestät«, sagte Greskegard und war überrascht, wie leicht ihm die Lüge über die Lippen kam.

Weil man eine Lüge immer mit mehr als nur einem Stück Wahrheit verkauft, dachte er. Und immerhin stimmte das. Ihr Mörder hatte einen – mittlerweile bedauerlicherweise verstorbenen – Nebelmacher damit betraut, den psychischen Abdruck der grausamen Tat und jeden Rest der Seele zu entfernen. Der Mann war Fennek noch einen Gefallen schuldig gewesen – und hatte sich überrascht gezeigt, dass Morvens Leib angeblich Spuren eines ähnlichen Ritus zeigte. Nur wie? War dies der Wirkung des Zauberschwertes zuzuschreiben, das Greskegard für seine Tat benutzt hatte? Eine Frage für einen anderen Tag. Falls es je einen anderen Tag für Fennek Greskegard geben würde. Der Blick des Archonten sprach Bände.

»Ihre Mörder? Wer? Wann?«

»Majestät, ich werde all Eure Fragen beantworten, aber ...«

Der Archont hob gebieterisch eine Hand und brachte den Inquisitor damit zum Schweigen. Seine Stimme troff nun vor Wut, vor Hass über den Tod seiner Tochter. Und diese Emotion hatte ihr Ziel gefunden, sah es vor sich. »Das wird er. O ja, und wie er das wird. Und auch der Tempel. Wir hatten sie dem Tempel des Lichtfürsten anvertraut.«

Bevor Fennek noch etwas sagen konnte, stand der Archont mit Morven in seinen gepanzerten Armen auf. Er gab seinen Myrmidonen ein Zeichen mit einer Bewegung seines Kopfes. Ehe Fennek sich versah, traf ihn ein brutaler Tritt in die Kniekehle. Ungebremst raste ihm sein eigenes, halb durchsichtiges Gesicht im schwarzen Marmor entgegen, begrüßte ihn Stirn an Stirn –

ein scharfes Knacken ließ Blüten hinter den Lidern des Inquisitors erblühen. Ihnen folgte dunkle, dumpfe Stille. Vorbei.

Die Besinnung, zu der Fennek zurückfand, war kein begrüßenswerter Zustand. Seine Nase pulsierte in einem Schmerz von derart intensiver Färbung, dass sie Fennek wie ein zum Bersten gefüllter Flaschenkürbis vorkam, der nur darauf wartete zu explodieren. Auch seiner Zunge ging es nur unwesentlich besser. Greskegard war sich sicher, dass er sich bei seinem unfreiwilligen Techtelmechtel mit dem Steinboden ein Stück davon abgebissen hatte. Das wenige, was er zu riechen vermochte, hatte den schweren, nur allzu bekannten Hautgout von heißen Kohlen, warmem Urin und kalter Angst. So stark, dass er Fenneks gemartertes Riechorgan noch zu passieren vermochte. Übervorsichtig und mit einem gequälten Stöhnen schlug Greskegard die Augen auf und erblickte erwartungsgemäß nur eine Decke aus Steinplatten.

Ein Blick auf seine Arme und Beine – im Übrigen unbekleidet – offenbarte ihm alles, was er befürchtet hatte. Er war mit schweren Schellen an einem Tisch der Sorte fixiert worden, die der Inquisitor sein halbes Dasein lang zur zeitweiligen Heimstatt von Nekromanten und anderem Gelichter gemacht hatte. Dies waren die Kerker der Zitadelle. Und sein Leben war verwirkt.

Er würde die Verfehlungen jener ausbaden, denen Morvens Leben vor Jahren anvertraut worden war. Offenbar hatte es der Tempel bislang nicht über sich gebracht, den Archonten von Morvens Verschwinden zu unterrichten.

Eine rundliche Visage schob sich in sein Gesichtsfeld. Aus der stoppeligen Larve des Mannes, der auf ihn herabsah, brach die Strahlkraft unverfälschter Bosheit hervor wie das Licht eines neugeborenen Sterns. Schweinsaugen von einer Tücke, die selbst zögerliche Mutterliebe nicht hatte zähmen können, trieben verloren in der Fettmasse der Fratze des Foltermeisters. Das Speckgebirge seines Antlitzes riss auf, gebar einen Schlitz, in dem schwarzgrüne Zahnstummel standen. Wolken von Mundgeruch zwängten sich feuchtwarm in Greskegards Atemwege, sodass ihm die Galle den Hals heraufstieg.

»Wir werden viel Spaß haben, Ihr und ich, Mylord!«, keckerte die aufgedunsene Monstrosität. »Hab noch jeden zum Reden gebracht.«

Greskegard zweifelte nicht daran. Er hatte es in der Kunst der Folter nie zu höheren Weihen gebracht – solche Tätigkeiten überließ er Sanftleben. Er war sich bewusst, dass er einiges an Leid ertragen konnte. Echte hochnotpeinliche Befragung in den Händen eines geübten Foltermeisters, das war etwas anderes.

»Vielleicht kommt es gar nicht erst so weit, Schwager!«

Greskegard wandte beim Klang der Stimme den Blick und konnte kaum glauben, was er sah.

»Ich sehe dich verwundert, Fennek«, sagte der Archont, der sich, gewandet in schwarze Seidenroben, aus dem Schatten schälte. »Glaub mir, du bist in dieser Woche nicht der erste Mann, der so empfindet. Von mir selbst abgesehen. Es wird langsam zu einer schlechten Angewohnheit, mich dauernd hier herabzubegeben.«

»Ist so etwas nicht deutlich unter deiner Würde, Baltus?«, fragte Fennek, den der Anblick des Mannes in dieser Kammer aufrichtig überraschte. »Solltest du nicht um deine Tochter trauern und meine Marter unwürdigeren Händen als den deinen überlassen?«

»Was fällt dir ein, so mit dem Archonten zu reden, du Hund?!«

Der brutale Fausthieb des Folterknechts kam prompt und wenig überraschend. Fennek hatte das Gefühl, das ein Streitross auf seinen Solarplexus getreten war. Greskegard wandte den Kopf und erbrach Galle und blutigen Speichel. Auf einen tadelnden Wink des Archonten trat der Wärter zurück und verneigte sich.

»Nicht doch, Meister, lasse er ihn. Fennek gehört zur Familie. Irgendwie zumindest …«

»Baltus, ich beschwöre dich – ich hatte nichts mit Morvens

Tod zu tun!«, hustete der Inquisitor. »Ich sah es als meine Pflicht, dir dein Kind zurückzubringen!«

»Mein Kind.« Das Gesicht des Archonten verzog sich im schwachen Fackelschein schmerzvoll. Flammen tanzten auf der Feuchtigkeit, die seine Augen schwimmen ließ.

»Wir waren nie einer Meinung, du und ich, nicht wahr, Fennek? Du hast mich schon immer verachtet! Ist es nicht so?«

Greskegard nickte, soweit es seine Fesseln zuließen.

»Wie könnte ich auch nicht, Baltus! Du hast mir alles genommen. Mein Reich. Meine Familie. Selbst vor meiner Schwester hast du nicht haltgemacht!«

»Nur der Ruchlose gewinnt in diesem Spiel. Ist das der Grund, warum du mir deinerseits mein Kind geraubt hast? Plumpe Rache?« Der Archont schüttelte den Kopf, und Fennek fand, dass er aufrichtig betroffen aussah. Doch der Inquisitor wusste es besser. Der Archont war – egal, wie es in ihm aussah – wie eines der baumstammartigen Reptilien, die in den südlichen Sümpfen der Geisterländer hausten. Sie konnten Wochen im brackigen Wasser liegen, bis sich ihre Beute an ihren Anblick gewöhnt hatte, um unvermittelt und mit brutaler Härte zuzuschlagen.

»Hätte ich das je gewollt, Baltus – ich hätte in zwei Dekaden jede Chance gehabt, mich an ihr oder deinen Söhnen zu vergreifen. Denk nach, was hätte ich davon außer dem Vergnügen kurzer Rache? Nur um genau in derselben Lage zu enden wie jetzt? Hältst du mich für solch einen Narren? Und selbst wenn? Warum jetzt?«

Der Archont nickte bedächtig und legte einen Finger an die Lippen.

»Tja, welchen Nutzen hättest du davon, hmm? Sag du es mir.«

»Angesichts meiner Situation hier würde ich freiheraus sagen: keinen. Dein Vasall dort wird sich einige Tage mit mir vergnügen, danach bin ich entweder des Todes oder verrotte in irgendeinem Loch.«

»Aber nicht, wenn du unschuldig bist, Schwager«, tönte der Archont. »Wenn du nichts zu verbergen hast, wird die Befragung doch nichts erbringen.«

Greskegard schnaubte: »Bist du dir da sicher, Baltus? Wir wissen doch beide, dass die Marter am Ende genau die Aussagen erbringt, die man hören will. Und nicht notwendigerweise die Wahrheit. Die bleibt meist unter all dem Blut, dem Schweiß und den Tränen verborgen und wird umso tiefer begraben.«

»Soso. Und welche Wahrheit wäre das? Bitte, erleuchte mich. Du musst wissen, *so* oft komme ich nicht hier herunter, dass ich mit all diesen Vorgängen vertraut wäre. Das Foltern überlasse ich – wie dir klar sein dürfte – meinen *Untergebenen*. Männern deines Schlages.«

Greskegard konnte kaum verhindern, dass sich ein Seufzer über seine Lippen stahl. Seine nächsten Worte würden entscheiden, ob er als gemartertes Wrack für immer hier unten verfaulen musste.

»Ich sagte ja, dass deine Tochter das Opfer einer Verschwörung wurde.« Er tat einen bedeutungsschweren Atemzug. »Die, die dahinterstehen, schicken dir auf diese Weise ein Signal. Sie haben … sie haben den Totenkaiser benutzt.«

In der Kammer blieb es still. Nur das bedächtige Knistern der Pechfackeln und des Kohlebeckens war zu vernehmen, während der Archont den Bruder seiner verstorbenen Frau musterte. Fennek hielt seiner Betrachtung stand.

»Der Tempel der Sharis würde sich niemals gegen mich wenden«, stellte der Archont fest. »Nur meine säkulare Herrschaft, der Thron des Archonten, hat all die Jahrhunderte vereitelt, dass der Orden des Lichtfürsten die Mörder ausradiert hat. Nur weil sich der Adel ihrer bedient hat, gehen die Diener der Todesgöttin noch ihren Geschäften nach.«

»Und füllen ihre Säckel, ich weiß, Baltus. Aber es gibt eine neue Macht in der Stadt. Ich bin bei meinen Ermittlungen auf sie gestoßen. Und dabei habe ich Morven gefunden.«

»Clach mag vieles sein, aber an seiner Integrität gab es nie einen Zweifel. Niemand sollte das besser wissen als du.«

Der Kommentar versetzte Fennek Greskegard einen Stich. Er bemühte sich, es sich nicht anmerken zu lassen. Der Archont hatte Clach einst angeheuert, um Fenneks gesamte Familie töten zu lassen – und er ließ es ihn erneut spüren.

Um mich zu testen?

Der Potentat betrachtete Fenneks Gesicht, forschte nach einer Reaktion, nach dem Hass, den er einst in den Augen seines in dieses Amt des Inquisitors verbannten Schwagers gesehen hatte. Greskegard erwies ihm diesen Gefallen nicht. Es war zu wichtig, jetzt nicht die Beherrschung zu verlieren. Fenneks Zeit würde kommen.

»Und was für eine neue Macht sollte das wohl sein?«, fragte der Herrscher von Fomor.

»Das weiß ich nicht. Noch nicht. Aber ich bin bei meinen Ermittlungen weit genug vorgedrungen, um zu erfahren, dass sie die Titanen verehren. Und dass sie Nebelmacher anheuern.«

»Und Morven?«

»Sie war ihre Gefangene.« Fennek schluckte. »Sie haben sie vor einer Versammlung geopfert. Dein favorisierter Nebelmacher hat den Schnitt geführt. Ich flehe dich an, Baltus. Diese Sache ist größer als unser Zwist. Es ist Jahrzehnte her. Ich werde dir nie verzeihen, aber ich habe die Aufgabe, mit der du mich verhöhnt hast, umarmt. Ich bin Inquisitor. Ich diene den Pentae und dem Licht, was immer sonst vorgefallen sein mag. Daran gibt es keinen Zweifel.«

Der Archont tigerte durch den Raum, während neuer Zorn, neue Zweifel in ihm aufloderten. Es war ersichtlich, dass er ein Ventil suchte.

»Und wo sind deine Beweise, Schwager? Damit ich sicher sein kann, dass deine Worte nicht nur der geschickte Versuch sind, *mich* zu verhöhnen, indem ich den Mörder meines eigenen Fleisch und Blutes auf freien Fuß setze?!«

»Ich habe Beweise, Baltus. Schick ein paar deiner Männer – vertrauenswürdige Männer – in die Katakomben. Viele der Siegel der Zugänge sind gebrochen. Schicke sie in den Titanen. Direkt in Fomors Herz. Dann wirst du sehen, dass ich die Wahrheit spreche …«

Der Archont betrachtete Fennek eine Weile lang abschätzig. Greskegard hatte das Gefühl, dass jede Sekunde etwas in ihm zerreißen würde. Gegen seinen Willen, gegen jede Kontrolle raste sein Herz. Er zwang sich zur Ruhe.

Schließlich nickte Baltus von Fomor, der mächtigste Mann der Welt. »Ihm wird kein Haar gekrümmt.«

Der Foltermeister schluckte, sein krötenartiger Hals wabbelte, als er nickte. Schweißperlen funkelten auf seiner pockennarbigen Stirn.

»Wenn ich zurück bin und du gelogen hast, Schwager, wirst du dir wünschen, dass die Nachtmutter dich in ihrem Streitwagen hier herausholt. Dein Tod wird dir wie die ultimative Erlösung erscheinen, du wirst ihn herbeisehnen. Aber er wird nicht kommen. Und wenn ich einen Nekromanten hinzuziehen muss! Verstehen wir einander?«

Fennek nickte erneut, so es ihm sein begrenzter Spielraum gestattete. »Jedes Wort ist wahr!«

Es dauerte Stunden, bis der Archont zurückkehrte. Bange, endlose Stunden, in denen Fennek darüber nachdachte, ob es den Kultisten gelungen war, ihre Banner und Kunstwerke sowie all die anderen Beweise aus dem Herzen des Titanen zu entfernen. Der Inquisitor rief sich zur Ordnung.

Da unten liegen Dutzende Tote. Die Roben, die riesigen Gobelins mit den Motiven. Das kann unmöglich alles weg sein.

Aber wenn doch? Ihre Gegner schienen Zugang zu Wahrer Magick zu haben, Fennek und Sanftleben hatten gegen einen von ihnen gekämpft. Der Lichttempler war unsterblich gewesen. In der wahren Bedeutung des Wortes. Kopftreffer mit einem Kriegshammer hatten das Monstrum nicht zu stoppen vermocht. Was, wenn diese Kräfte dabei halfen, einen riesigen Tatort auf die Schnelle zu reinigen und sämtliche Beweise zu vernichten?

Dann hast du immer noch deinen zweiten Plan. Sanftleben wird kommen. Er wird sich als Wärter anheuern lassen und dich hier herausholen. Auf ihn kannst du zählen.

Konnte er das? In letzter Zeit war der Ambossbarbar aufmüpfig geworden, hatte Fenneks Entscheidungen unablässig hinterfragt. Doch andererseits: Der Mann hatte einen Eid geleistet. Und jeder wusste, wie versessen die Giganten der Nebelbrachen darauf waren, ihre Ehrbarkeit dauerhaft und stets aufs Neue unter Beweis zu stellen.

Fenneks Zweifel wurden jäh unterbrochen, als die Tür aufgestoßen wurde. Einer der Myrmidonen trat ein, sein Gesicht bis auf das Kinn hinter der Drachenfratze seines Schallers verborgen.

»Dieser Mann kommt mit mir«, befahl er. Ein Befehl, der keinen Widerspruch zuließ. Der Folterknecht sah betroffen aus. Widerstrebend schnallte er Fennek los.

»Wir sehen uns«, sagte das feiste Monstrum.

»Verlasst Euch darauf«, entgegnete Greskegard mit einem eisigen Lächeln, das seinem Peiniger nichts Gutes verhieß. An der Seite des Elitekriegers verließ Greskegard den Kerker.

»Da siehst du das Problem«, sagte der Archont. Er deutete auf die Mauer der Festung. Auf den Nebelschild, der sich an der Stelle von der Brustwehr in die Höhe aufschwang, so als hätte man eine glasartige, gewölbte Wand auf die Stadtmauer aufgepflanzt. Auf den gut armlangen Riss, der dort klaffte. Nebel quoll in einem schenkeldicken Strahl durch den Spalt, prallte gegen eine halbmondförmig aufgestellte Barriere aus Metallpfählen, auf deren Spitzen in eisernen Klauen Nebelsteine saßen. Der Nebel verhielt sich wie ein lebendes Wesen, formte tastende Fangarme, die von dem zweiten, schwächeren Lichtschild abglitten. Die Finger eines

Kindes, das sich die Hand in einem Topf kochenden Wassers verbrannt hatte.

Greskegard unterließ es, dem Machthaber – der nach wie vor seinen Tod anordnen konnte – zu erzählen, dass er vor einigen Tagen hier gestanden hatte. Dass er Ermittlungen angestellt hatte, weil ein übereifriger Beamter es für seine Pflicht erachtet hatte, einen Inquisitor hinzuzuziehen. Da ein Barbar an dieser Stelle in die Stadt eingedrungen war.

Der Ambosskrieger, den Fennek einige Tage in die Finger bekommen und vor dessen Augen er Morvens Kehle durchtrennt hatte. Mit dessen seltsamem Runenschwert, das er – und erneut verfluchte er sich – liegen lassen hatte. Auch so eine Idiotie, die er auf die Bitte Sanftlebens in die Tat umgesetzt hatte. Ehre und so weiter. Pah! Was war nur mit ihm los?

»Sabotage?«, fragte Greskegard eine Spur zu hastig, damit der neben ihm stehende Archont nicht den Kopf wandte und sah, was sich in Fennek abspielte.

»Meine Arkanisten versuchen seit Tagen, diesen Spalt mit den üblichen Methoden zu schließen. Es funktioniert nicht.«

Greskegard sah es. Ein Teil des Nebels stieg auf, streckte sich in die Höhe und versuchte so, über den zweiten, provisorischen Schild zu gelangen. In Roben gewandete Arkanisten, Magierhandwerker und die einzigen Menschen, die in der Dämmerwelt noch die verderbte Kunst anwenden durften, trugen Fackeln mit Nebelsteinen. Sie eilten zu den entsprechenden Stellen und trieben die tastenden Scheinfüße aus bleichem Dunst zurück.

Greskegard erkannte, dass es nur noch eine Frage der Zeit sein konnte, bis der Riss so groß sein würde, dass das lebensfeindliche Titanenblut in die Stadt vordrang. Der Nebel war giftig, ließ Fleisch wie Wachs schmelzen und zerfraß die Lunge. Es gab einen guten Grund für die Schilde mit ihrem künstlichen Himmel, die zumindest ein Mindestmaß normaler Agrarwirtschaft erlaubten, und für die Lichtsteine. Den Beweis sah er vor sich, wann immer die forschenden Pseudopodien vor der Macht der arkanistischen Hilfsmittel zurückwichen.

Magie. Die Kraft. Magick. Der Grund, warum Thetis in Trümmern lag, nahezu der gesamte Planet verkarstet und ausgeblutet. Der Grund, warum der Kontinent Aehve nur noch die Fünfstädte kannte. Und eine dieser fünf letzten Grundfesten der Zivilisation schwebte in immenser Gefahr.

»Ich bin zuversichtlich. Meine Arkanisten werden des Problems Herr werden«, sagte der Archont. »Das sollten sie zumindest besser«, fügte er eine Spur lauter hinzu, was seine Wirkung nicht verfehlte. Greskegard wandte den Kopf und sah, wie die Männer und Frauen des Arkanums besorgte Blicke tauschten.

»Warum stehen wir dann hier, Majestät?«, fragte Fennek. Er drehte den Kopf eine Winzigkeit nach links, genug, um den dort stehenden Archonten zu studieren. Der Mann wandte ihm den Blick zu. In seinen Augen stand blanke Wut.

»Dieser Kult, den du entdeckt hast – was weißt du über seine Ziele?«

»Nicht viel. Die Kultisten waren ja fort oder lagen im Sterben, als ich ihr Heiligtum erreichte«, gab Greskegard ehrlich zu. »Aber ihre Banner und Wandteppiche sprechen eine ebenso deutliche Sprache wie die Gewänder, die sie trugen. Sie sind Kultisten, gleichwohl sie im täglichen Leben Mörder, Tagediebe oder Adelige sein mögen. Und der Lichtfürst oder gar Sharis scheren diese Leute nicht. Ich spreche von der Art Kult, für die man auf mehreren Klaftern Holz und Öl gen Nebel fährt, während man sich die Kehle blutig schreit.«

»Diese Bestien haben nicht nur meine Tochter getötet.«

Der Archont wandte den Kopf und starrte auf den Schild, sein Gesicht so hart wie jene der Monumentalstatuen auf der Allee des Triumphs. »Nun bedrohen sie auch noch die Stadt.«

»Ich bin mir sicher, dass der Barbar, der das hier angerichtet haben soll, keiner von ihnen ist«, warf Greskegard ein.

»Nein, was immer er hier getan hat – ob Absicht oder nicht –, es spielt ihnen in die Hände. Komm mit. Ich muss dir etwas zeigen.«

Der Archont wandte sich zum Gehen. Fennek verweilte einen Augenblick länger, starrte in den Nebel. Als hätte das Phänomen seinen Blick bemerkt, entrollte der dicke Hauptstrang aus der Öffnung Tentakel, und wie Rauch kroch der unheilige Dunst über die Steinplatten der Wehrmauer auf ihn zu. Dann waren die Arkanisten zur Stelle, ihm Einhalt zu gebieten. Fennek lächelte verstohlen. Die Stadt war also in Not? Besser hatte es nicht kommen können. Er schwor sich, dem Barbaren für seine Tat zu danken, wenn er ihn traf. Bevor er ihn töten würde, natürlich.

Als der Inquisitor ging, setzte er eine neutrale Miene auf. Ein weiteres Mal tauschten die Arkanisten besorgte Blicke. Fenneks Lächeln war ihnen nicht entgangen.

»Und es ist sicher, dass dies kein Missverständnis ist? Kein Verwaltungsfehler, kein übereifriger Schreiber, der das Objekt nur verlegt hat, als er es katalogisieren wollte?«, fragte Fennek ungläubig. Er fläzte sich in einem Schwanenhalsstuhl aus vergoldetem Holz und trank ein Glas des schweren, fast nachtschwarzen Weins, den ihm ein Mundschenk kredenzt hatte.

Die Schreibstube des Archonten war gigantisch. Wuchtige Brokatvorhänge, uralte Ölschinken und der karierte Marmorboden unterstrichen die Atmosphäre absoluter Macht. Archaische Rüstungen standen an den Wänden, hielten Fackeln, in denen arkanistische Kristalle und zusätzliche Nebelsteine mildes, ölgelbes Licht über den Raum ergossen. Die Panzerungen unterschieden sich nur wenig von den zwischen ihnen stehenden Myrmidonen, die sich in einem guten Dutzend an den Mauern des Raums verteilt hatten und keine Bewegung des gefallenen Inquisitors aus den Augen ließen.

»Nein. Kein Fehler. Kein Versäumnis. Der Wachmann wurde

befragt, er ist über jeden Zweifel erhaben. Der Stab wurde gestohlen«, antwortete der Archont. Er hatte Greskegard in der letzten Stunde über die Ereignisse in den Schatzkammern informiert – nicht ohne Selbstzweifel, ob es weise gewesen war, dem Bruder seines verstorbenen Weibes solches Vertrauen entgegenzubringen.

»In Anbetracht der Tatsache, dass in unserem Schild ein veritables Loch klafft, sicher kein Zufall«, sann Greskegard und ließ dabei den Wein langsam in seinem Kelch kreisen.

»Ich glaube nicht an Zufälle«, grollte der Archont. Er ließ die Faust der rechten Hand mit einem fleischigen Klatschen auf die Handfläche der Linken herabfahren. »Wir müssen diesen Stab zurückbekommen. Und die Täter in die Finger bekommen.« Er besah Fennek lange und schüttelte den Kopf, eine Miene des Unglaubens auf seinen edlen Raubvogelzügen. »Ich hätte nie gedacht, dich je wiederzusehen, geschweige denn dir dabei zuzusehen, wie du meinen Wein trinkst, während ich dir von einer Notlage berichte, in der die Stadt steckt.«

Greskegard zuckte mit den Achseln. »Ungewöhnliche Zeiten erfordern ungewöhnliche Maßnahmen. Ich hole dir deinen Stab zurück und liefere dir die Mörder deiner Tochter, meiner Nichte.« Die Lüge ging Fennek so leicht über die Lippen, dass er überrascht war.

»Was du nun brauchst, ist ein erfahrener Jäger, der Resultate liefern kann. Es gibt keinen Besseren als mich. Und ich kann dich auf diese Weise zugleich meiner Loyalität versichern.«

Der Archont ließ sich mit einem müden Ächzen hinter seinen Schreibtisch fallen, der die Ausmaße dessen besaß, was ein Stadtbürger für einen Garten halten mochte.

»Davon gehe ich aus«, erwiderte der Potentat. »Ich bestehe dennoch darauf, dass du Hilfe annimmst.«

Er schnippte mit den Fingern, und von der Ostwand des Skriptoriums löste sich einer der Myrmidonen, der die bei Weitem prunkvollste Rüstung trug. Der Mann trat vor den Tisch und schlug die gepanzerte Rechte mit einem so durchdringenden Krachen auf seine linke Brust, dass der köstliche Wein in Fenneks Kelch Ringe warf und seine Ohren klingelten. Mürrisch verzog Greskegard das Gesicht und war eine Spur zu langsam darin, seinem Antlitz die notwendige Neutralität zurückzugeben. Dem Archonten war dies nicht entgangen.

»Dies ist Hauptmann Waleran. Er wird deine Bemühungen unterstützen«, sagte der Archont, und trotz der tief in seine Züge eingegrabenen Trauer glaubte Fennek, den Anflug eines befriedigten Spottes in seinen Augen zu erkennen.

»Ein Kindermädchen?«, fragte Greskegard. »Hast du so geringes Vertrauen in meine Fähigkeiten?«

Der schwer gepanzerte Krieger nahm betont langsam seinen Schaller ab, doch er würdigte Fennek keines Blickes. Er klemmte seine Kopfbedeckung unter die linke Armbeuge und stand steif wie eine Statue vor dem Archonten. Der Mann war nur durchschnittlich groß, aber es war nicht seine Rüstung, die ihn bedrohlich und hünenhaft wirken ließ. Es war etwas daran, wie er sie trug. Der Schädel des Elitekriegers war rasiert – bis auf ausladende rote Koteletten, die ein zerschlagenes Gesicht einrahmten. Narben und Schmisse bedeckten eine Miene, die man nur als grausam bezeichnen konnte – das rechte Auge war erloschen und so grau wie der vor der Penta schwappende Nebel, die Lippen von einer alten Messernarbe gespalten.

»Eine Rückversicherung, mehr nicht«, antwortete der Archont. »Wenn dir die Auflagen deiner Mission nicht behagen, werter Schwager, so ist das kein Problem. Ich bin mir sicher, wir finden in unseren Kerkern noch eine bequeme Unterkunft.«

Langsam erhob sich Greskegard, trank im Aufstehen den Rest seines Weins. Dann verneigte er sich huldvoll und tief vor dem Potentaten.

»Was immer Ihr befehlt, Majestät, ich diene der Penta.«

»Ich hätte mit nichts anderem gerechnet, werter Schwager.

Nimm dir für deine Mission, was du an Männern oder Ressourcen brauchst«, antwortete der Archont. »Details und Einzelheiten scheren mich nicht – ich will Ergebnisse sehen. Und bring mir jene, die mir meine Tochter geraubt haben. Lebend.«

Er machte eine unmissverständliche Geste, mit der er die Audienz für beendet erklärte.

Fennek wandte sich ab und wartete, bis er mit den Zähnen knirschte. Es war zwar besser gelaufen, als er erwartet hatte – doch nun musste er des wandelnden Problems, das man ihm einem Mühlstein gleich um den Hals gelegt hatte, Herr werden.

Wie auf ein Stichwort vernahm er das Stapfen von Walerans gepanzerter Gestalt hinter sich, der sich an seine Fersen heftete. Ein Schatten aus Muskeln, Rüstzeug und Humorlosigkeit, der von nun an nicht von Fenneks Seite weichen würde. Und – da war sich der Inquisitor sicher – nicht zögern würde, ihn zu töten, wenn er ihn bei etwas Unbotmäßigem ertappte.

Du hättest die Mission ablehnen sollen, mein Freund, dachte Fennek und grinste sardonisch. *Nun bist du ein Fall für Sanftlebens kundige Hände. Mal sehen, wie viel »Elite« in dir steckt.*

Er wandte den Kopf über seine Schulter. »Kommt, Waleran, wir haben viel Arbeit vor uns!«

Doch der Einäugige überholte ihn bereits. Seufzend betrachtete Fennek den Hinterkopf und den ungeschützten, baumstammartigen Nacken des Soldaten. Noch nie hatte er so bereut, dass er seine Pistolenarmbrust nicht bei sich trug.

3. Clach

Der Totenkaiser hatte jede Wahrnehmung dafür verloren, wie lange er in dem Glockenturm des aufgegebenen Tempels saß. Es ist eine ungeschriebene Tatsache, dass alles, was lebt, dem Schlag eines Herzens den Rhythmus seines Daseins verdankt. Es ist der ungesehene Taktgeber, vom ersten bis zum letzten Pochen, wenn es endgültig verstummt. Und damit begann für Clach das gesamte Problem seiner jetzigen Daseinsform: Seine Pumpe schlug seit den Geschehnissen unter Fomor nicht mehr.

Mit traumwandlerischer Sicherheit hatte ihn sein Weg nach dem Kampf gegen die Anhänger des Titanenkultes hierhergeführt, wo er sich reinigen und erholen konnte. Hierher, in eines seiner letzten verbliebenen Refugien. Die Armen und Geächteten Fomors nahmen an, dass es in dem uralten Gemäuer spukte. Dass etwas darin umging. Clach hatte diesen Nimbus des Unheimlichen zu seinen aktivsten Zeiten bewusst verstärkt, sich die Zeit genommen, Eindringlinge zu ängstigen oder ihnen Fallen mit Halluzinogenen zu stellen. Alles, um den Eindruck eines verfluchten Gemäuers zu verstärken, von dem die Fliehenden jedem berichtet hatten.

Nun hatte sich die Legende vom Turm und seiner »Glocke der Verdammten«, die sich vor Jahren verselbstständigt hatte, auf seltsame Weise doch bewahrheitet. Eine selbsterfüllende Prophezeiung, die Clach einerseits in die Hände spielte, andererseits aber eine höhnische Ergänzung der Ereignisse darstellte, die ihn hierherverschlagen hatten. Nun spukte es an diesem Ort. Ein Phantom war eingezogen.

Clach thronte in einem wurmstichigen, von Stockflecken bedeckten Lehnstuhl, der einstmals dem Glöckner des Tempels gehört haben musste. Der Totenkaiser starrte durch die Rundbogen und ein vor Jahrhunderten zerschlagenes Rosettenfenster hinaus in die Penta. Hier, hoch über den Schindeldächern und dem Schmutz der Gassen, heulte der Wind durch zugige Ritzen. Moder und Fäule hatten sämtliche Holzteile des Turms zernagt, einst blendend heller Marmor und Fresken zu Ehren des Lichtfürsten waren schon vor Jahrhunderten erblindet und bröckelten.

Vereinzelt wanderte Ungeziefer über die staubbedeckten Stulpenstiefel des Totenkaisers, erwies dem frisch erkorenen Heimkehrer seine Reverenz, bevor es weiterzog. Eine Winkelspinne, vereinzelte Ratten. Ein vor Gift ölig schimmernder Hundertfüßler ringelte sich auf dem gebeutelten Leder zusammen und träumte die dunklen Träume seiner Art.

Fledermäuse hatten sich an den mit Spinnweben verkrusteten Dachsparren zu wärmenden Trauben gruppiert und blinzelten müde zu dem Neuankömmling herab; es war seine Dunkelheit, die sie anzog. Das nachtgeborene Versprechen unfassbarer Kräfte, das ihn umgab und in allem, was da im Dunkel kriecht, wimmelt und trinkt, etwas anrührte.

Clach bewegte sich nicht. Er hatte es seit Tagen nicht getan – ohne dies zu merken. Er thronte nur auf dem heruntergekommenen Sitzmöbel und lauschte. Hörte auf die Stimmen unter dem Heulen des Windes. Vernahm, was die Menschen in der Penta unter ihm sprachen und taten. Er sah auf sie herab.

Ich habe es mir zu einfach vorgestellt, machte sich ein Gedanke breit wie ein später, unwillkommener Gast. In der Tat hatte der Totenkaiser die umfangreichen Veränderungen unterschätzt, die seine Transformation mit sich brachte. Seit er in seinen Körper zurückgekehrt war, die vergessene Unterwelt Scathach hinter sich gelassen hatte. Seit Fahlsangs Angebot.

Der beste Mörder der Dämmerwelt war nun ein Heimkehrer. Er saß in dem alten Glockenturm, um dieser Tatsache und dem, was sie bedeutete, Herr zu werden. Aber tat er das? Wenn Clach ehrlich war – nicht unbedingt die hervorstechendste Tugend eines Berufsmörders –, saß er nur hier, um zu betrachten, was er zurückgelassen hatte.

Wie auf ein makabres Stichwort hin betraten die Schauobjekte seiner privaten kleinen Vorstellung ihre Bühne. Der Morgen graute hinter dem blinden Milchblau der Schildkuppel, als beide Gestalten dem Brunnen auf dem verwahrlosten Marktplatz entgegenrannten und sich an seiner Mauer aus derb gemörtelten Kiesbrocken trafen. Sie fielen einander – wie sie es jeden Morgen taten – in die Arme und tauschten geheime Küsse aus. Der Kleidung nach waren sie Knecht und Magd. Unfreie, vielleicht aus demselben Haushalt, vielleicht aus verschiedenen – Clach war es einerlei.

Es war in den letzten Tagen zu seinem bittersüßen Vergnügen geworden, ihrem Treiben bei Sonnenauf- und -untergang zuzuschauen. In gewisser Weise waren sie die Zeiger der Uhr geworden, nach der sich nun, Tage nach dem Kampf unter der Stadt, sein Dasein gestaltete. Hell, dunkel, hell, dunkel – außer dieser Abfolge und den Treffen dieser Menschen schien es keinen für Clach messbaren Verlauf der Zeit zu geben. Und das war beileibe nicht die einzige Veränderung.

Die Farben waren aus seiner Wahrnehmung verschwunden. Für ihn bestand die Welt nur noch aus monochromen Kontrasten, aus Stufen von Schwarz, Weiß und Grau. Was lebte, erstrahlte je nach Alter und Vitalität hell. Was dem Tode nahe war, war bleiches Grau bis hin zur beginnenden Schwärze.

Ebenso galt dies für den Nebel, der hinter der schützenden Kuppel wallte. Für Clach war er ein Ozean aus leuchtender Dunkelheit, eine Finsternis, die mit der Intensität einer sterbenden Sonne erglühte. Hob er seine zur gichtigen Klaue verkrümmte Hand vor das Gesicht, so sah er dort das gleiche Schwarz, das durch seine Haut zu scheinen schien, wie die bleiche Sonne durch die Flughäute der ihn umgebenden Fledermäuse blinzelte.

Das Paar am Brunnen war jung. Mit einem Knarzen uralten Leders lehnte sich Clach nach vorn und betrachtete die Liebenden zum ersten Mal eingehender. Hatte er je so etwas empfunden wie diese beiden Menschen? Hatte er es je gewollt? Soweit sich der Totenkaiser zurückerinnern konnte, war er nicht mehr gewesen als ein Werkzeug des Tempels. Hier unten aber standen junge Menschen, die das erlebten, was ihm verwehrt geblieben war: Liebe. Vertrauen. Offenheit. Dinge, die er zu Lebzeiten nie vermisst hatte. Nun, in den Tagen, die er als wandelnder Toter umging, spürte er einen verstörenden endlosen Hunger nach solchen Erfahrungen.

Eine blasse Imitation von Zorn und Neid stieg in ihm auf – es kam ihm so vor, als erlebte jemand anders seine Wut für ihn. Und er bekäme nur einen schwachen Abklatsch dessen zu spüren. Aber selbst diese hohlen, leicht fehlinterpretierbaren Gefühle waren mehr Emotion, als die kalte Seele des Totenkaisers zu empfinden gewohnt war – oder auch nur ertragen konnte.

Es fiel ihm auf verstörende Weise schwerer als zu Lebzeiten, seine Emotionen im Zaum zu erhalten. Was wenig verwunderlich war, schließlich war er ein Heimkehrer, ein Ding, das als Treibgut auf den Katarakten zwischen der Welt der Lebenden und dem Gefängnis der Titanen zurückgespült worden war. Die Macht des alten Priesters kettete die Seele des Totenkaisers mit Bändern aus Stahl an sein erkaltetes Fleisch.

Der Zauberer Fahlsang hatte Clach davor gewarnt, dass seine neue Existenz mit einem Preis einhergehen würde. Dass seine Natur offenkundig würde, wenn er sich nicht wappnete und seine unheilige Daseinsform mit der Lebenskraft anderer Menschen stärkte. Er hatte sich über den körperlichen Verfall ausgelassen, den Clach auch bereits empfand. Seine Haut war ledrig geworden, seine perfekt geschnittenen Fingernägel wirkten überlang, da das Fleisch sich weiter zurückgezogen hatte. Über die Veränderungen in Clachs Seele hatte sich die magische Projektion des Sehers damals ausgeschwiegen.

Clach hatte sich seit – was? Tagen? – nicht von seinem Platz erhoben. Er hatte sich noch nicht im Spiegel betrachtet, sah man von der ersten Säuberung seines Leibes nach der Rückkehr von den Toten ab. So konnte er nicht sehen, wie tief seine Augen in einem Gesicht mit der Farbe von Grabsteinmarmor eingesunken, wie lang sämtliche Zähne geworden waren.

Er merkte nicht einmal, dass er aufgestanden war. Er schritt an die Brüstung des Turms heran. Der Hundertfüßler machte sich davon, und seine langen Fühler erzitterten protestierend. Die Fledermäuse fiepten und fauchten in einer Imitation des Zorns, der sich auf Clachs Totenmaske abzeichnete. Er legte die Hände, die ihm trotz seiner Handschuhe wie spinnenartige, fremde Dinge vorkamen, auf den rauen Stein. Starrte zu dem jungen Glück hinunter, als ein einzigartiges Gebräu aus Neid und körperlichem Hunger Besitz von ihm ergriff.

Seit ihn die Sharis-Kirche in den Straßen Fomors aufgelesen hatte, den Waisenjungen ohne Freunde, Heim oder Familie, hatte er sich einreden können, er besäße so etwas wie Autonomie. Nun, da seine Augen offen waren für die Welt, in der er hauste, und er Zeuge der Mächte geworden war, die in der ewigen Finsternis von Scathach ihrer Rückkehr harrten, kannte er die Wahrheit: Freiheit war eine Illusion. Auch jetzt. Gerade jetzt.

Als er noch der Kirche der Nachtmutter gedient hatte, war er nur ein Werkzeug gewesen. Ein Hund, dem man eine lange Leine gelassen hatte, damit er nicht biss. Scharfgemacht und so sehr ein Gegenstand der Gewalt, wie auch ein Schwert oder eine Axt es war. Und jetzt? Jetzt war es nicht anders. Er mochte nun jemand anderes sein, *etwas* anderes. Aber nach wie vor war er nur eine Hülle für eine entfremdete Seele, der die Gier der anderen, der Mächtigen und Skrupellosen, jede Chance auf ein normales Leben genommen hatte. Er ballte die Hände zu Fäusten. Leder spannte sich hörbar.

Kontrolle. Disziplin.

Clach zwang sich zu einem bewussten Atemzug. Es war der erste, den er seit Tagen tat, und seine Lunge protestierte mit dem belegten Röcheln eines Todesseufzers.

Er tat einen zweiten. Einen dritten. Die Luft war morgenfeucht und herrlich kühl. Ihre schwere, dunstige Süße füllte seinen ausgedörrten Mund. Langsam erinnerte sich seine tote Hülle wieder an den Rhythmus – und daran, wie wichtig die richtige Atmung für Clachs Mantra von Kontrolle und Disziplin war.

Während er das Paar beobachtete, konzentrierte er sich darauf, den ihm unbekannten, fremdartigen Hass, ja die seltsame Mixtur widerstrebender Emotionen, zu vertreiben. Auch wenn es ihm nicht gelang, so vermochte er doch das Chaos seiner unbekannten Gefühlswelt auf ein erträgliches Maß zu senken. Und schleichend wurde ihm bewusst, dass er drauf und dran gewesen war, die beiden zu ermorden – aufgrund eines Gefühls von Neid, aufgrund emotionaler Verwirrung. Er konnte sich nicht erinnern, wann – und ob – er je so etwas empfunden hatte.

Dies also war der dunkle Hunger, die reine negative Energie der titanischen Urgötzen, die durch seinen kalten Kadaver toste. Mochte er den Tod besiegt haben, so war er unleugbar nicht allein *heimgekehrt*. Nein, er hatte etwas mitgebracht von der anderen Seite, das sich wie ein Gespinst von Ranken mit seiner Persönlichkeit verbunden, sich in seinem Leib und seinem Geist eingenistet hatte.

Das schwarze Unfleisch, das sich bei einer Verwundung seines Körpers wie Teer auf den angerichteten Schaden legte, war also weit mehr als das. Er war nun ein Hybrid, so schien es, ein Zwitterwesen aus Leichnam und Parasit. Mochte es so sein – Clach schwor sich in diesem Augenblick, dass er seinen Zustand ebenso meistern würde, wie er zu Lebzeiten jeden Aspekt seines Daseins gemeistert hatte. Er war der Totenkaiser.

Kontrolle. Disziplin.

Mit einer Sache aber hatte Fahlsang unleugbar recht gehabt: Das Töten war Clachs Freude. Seine Kunst. Eine Leidenschaft, die ihn sein ganzes Dasein lang erfüllt und seiner kalten Seele eine Aufgabe gegeben hatte. Egal ob dies nun freiwillig oder fremdbestimmt war, niemand konnte leugnen, dass er der Beste darin war. Nun aber dämmerte er einen ihm nur vage bewussten Zeitraum in seiner tranceartigen Lähmung vor sich hin. Er stagnierte, scheinbar gefangen zwischen Leben und Tod an einem zeitlosen Ort.

Zeit, dass sich daran etwas ändert, befand Clach. Zeit, das Brüten zu beenden und etwas Sinnvolles zu beginnen. Was immer die seltsame Umstellung auf dieses Nichtleben bewirken wollte, er würde ihm dieses Maß an Einfluss auf ihn nicht gewähren. Nicht mehr. Wie um sich zu bestärken und die bleierne Schwere zu vertreiben, schüttelte er seinen Kopf. Als er die Augen öffnete, war das Erste, was seine Ankunft im Jetzt begrüßte, ein Schrei. Und plötzlich war sich der Totenkaiser sicher, dass er seines neuen Seinszustandes in absehbarer Zeit Herr werden würde.

Sie war zurückgewichen, fort vom Körper ihres Geliebten, den sie bis gerade noch innig und warm an sich gespürt hatte. Dem Mann, der mit rollenden Augen in einer sich stetig ausbreitenden Pfütze aus Lebenssaft auf den Stufen des Brunnens lag. Er scharrte und trat mit dem Fuß ins Leere und tastete kraftlos mit der Hand nach der schrecklichen Wunde in seinem Rücken, während er mit der anderen Hilfe suchend nach ihr griff.

Ihre Hände lagen überkreuzt auf ihrem Mund wie ein riesiger Schmetterling, ihre Augen schwammen. Sie stieß ein hilfloses Wimmern aus, wollte den Geliebten in die Arme schließen, ihn bergen und ihm mitteilen, dass doch noch alles gut würde. Salzig-heiße Tränen quollen ihr aus den Augen, während ihre Träume mit ihm zu ihren Füßen starben. Doch erreichen konnte sie den Geliebten nicht – eine dunkle Gestalt hatte sich zwischen sie und ihn geschoben, gnadenlose Augen wanderten über ihre Brüste, ihre Hüften.

»Ich habe euch beobachtet, weißt du«, sagte die Stimme des Mörders. »Schon längere Zeit. Das konnte nicht so weitergehen!«

Sie wollte etwas antworten, ihren Hass, ihre Trauer, ihren Unglauben hinausschreien. Sie machte den Eindruck, nach vorn springen zu wollen, um den feigen Mörder anzufallen. Stattdessen wich sie kraftlos zurück, bis ihre Oberschenkel an den Brunnenrand stießen.

»Ich will, was er hatte«, fuhr der Mörder ungerührt fort und leckte sich über die Lippen. Der Dolch in seiner Rechten sah aus wie glasiert, die Klinge troff vor Blut. »Zier dich nicht, kleine Hure! Denkst du etwa, der Freiherr lässt sich sein Gesinde dick schießen? Nur um noch mehr Mäuler unter seinem Dach zu haben, die er durchfüttern darf?«

Die Worte des Mörders trafen sie wie Peitschenhiebe. Begreifen trat in ihre Augen. Dieser Mann war hier, um sie zu schänden und zu töten. Keines anderen Verbrechens als der Liebe wegen.

»Ich sehe, du verstehst. Aber sei unbesorgt, wir beide werden es uns schön machen. Du willst ja nicht enden wie dein Bursche, oder?«

Sie kreischte auf, rollte sich am Fuß des Brunnens zu einer Kugel zusammen und begann haltlos zu wimmern. Nur einen Herzschlag lang hatte ihr Peiniger Gelegenheit, sich als Grund für die Furcht seines Opfers zu wähnen. Da bemerkte er, dass ihr zitternder Finger nicht auf ihn deutete, sondern auf einen Punkt neben ihm. Hinter ihm. Er wirbelte herum.

Zu langsam. Clach hatte sein Ziel erreicht. Er war geräuschlos über den noch warmen Körper des Knechts gestiegen. Ebenso ohne einen Laut war der Totenkaiser hinter dem gedungenen Mörder aufgetaucht. Auf den Mann und sein wehrloses Opfer musste es wirken, als wäre Clach aus dem Boden emporgewachsen. Der Mietling brauchte einige Augenblicke, um sich zu fassen. Augenblicke, die in so einer Situation entscheidend waren.

Clachs Linke schoss vor. Er packte den Unterarm der auf ihn zurasenden Waffenhand des Mörders mit derselben Leichtigkeit, mit der die Kiefer eines Bären einen Lachs fixierten. Schweißperlen erblühten auf der Stirn des Abschaums, der seine zweite Hand zu Hilfe nahm. Dennoch vermochte er den Dolch so wenig zu bewegen, wie seine Hände eine Tempelmauer aus Granit hätten einreißen können.

Panik trat in seine Augen, als er seinen Blick zum ersten Mal während dieser Begegnung so weit unter seiner Gugel hervorhob, dass er unter Clachs Kapuze lugen konnte. Dann begann er zu kreischen, ebenso wie das Mädchen zuvor.

»Was bist du?«, wimmerte er, während er sich abmühte, sich dem eiskalten Schraubstock zu entwinden, der seine Waffenhand hielt.

»Darüber denke ich momentan sehr viel nach«, antwortete Clach mit einer Stimme, die zwischen dem Zischeln eines Reptils und dem Biss einer rostigen Knochensäge lag. »Verschwinde«, befahl Clach der wimmernden Magd. Das wenige an ihm, was noch menschlich empfand, wollte ihr das Schauspiel, das nun kam, ersparen. Sein Hunger nach Lebenskraft war schier endlos geworden, seit er in der Blutpfütze stand. Fahlsangs Warnungen waren keine Worthülsen gewesen.

Eine Loyalität, die Clach für bewundernswert hielt, ließ die Augen des Mädchens von dem monströsen Anblick, den sein mumifiziertes Gesicht im Schatten bieten musste, zu ihrem toten Geliebten wandern. Sie verließ den Schutz der Mauer und warf sich schützend auf den Leichnam des Knechts, so als könne sie ihn so vor dem Albtraum bewahren, den die Morgendämmerung in den noch jungen Tag entlassen hatte.

Clach ignorierte das Mädchen. Er spürte einen dumpfen Druck am Oberkörper, blickte nach unten. Ein Dolch hatte den Weg durch Clachs Rippen gefunden, steckte in seinem Unterbauch. Es schmerzte. Der Schmerz war geblieben, auch wenn er ihn anders empfand als ein Lebender. Stärker. Reiner.

Wieder und wieder trat der gedungene Mörder auf Clach ein, der sein strampelndes und sich windendes Opfer entrückt studierte. Wie er so den Kopf schief legte, glich Clach einem Forscher, der ein interessantes Insekt mit einer Nadel auf einen Korken gespießt hatte. Und ebenso wie ein Insekt vermochte sich das menschliche Studienobjekt dem Totenkaiser kaum zu widersetzen.

Clach fand, dass es an der Zeit war, seinen neuen, alten Körper zu erproben. Er ließ den Dolch stecken und ging mit mechanischen Bewegungen in Richtung jener nahegelegenen Gasse, die zum Tempelhof führte. Dabei zog er den Mietling mit sich. Der Mann, der erneut zutrat, ging durch das Manöver zu Boden. Clach schleifte ihn so mühelos und ohne jede Anstrengung hinter sich her, wie ein Vater es mit einem unwilligen Kleinkind tun mochte. Das Mädchen starrte dem monströsen Gespann aus verweinten Augen nach. Ein kalter Grimm stahl sich für einen Augenblick durch die Trauer auf ihre Miene. Zumindest blieb der Tod ihres Geliebten nicht ungesühnt – was immer das Monster aus dem Tempel auch war, es würde seinem Mörder geben, was er verdiente. Oder war es etwas anderes, das ihr Gesicht auf diese Weise veränderte?

In der Dunkelheit der Gasse war der Mietling dazu übergegangen, um sein Leben zu betteln. Clach schenkte seinen Beteuerungen und Bitten kein Gehör. Stattdessen spannte er einfach nur die ausgedörrte Muskulatur seiner Hand an, die immer noch den Unterarm des Verbrechers hielt. Der Druck, der sich aufbaute, kam dem Totenkaiser sanft vor – umso erschreckender war das Ergebnis. Der Mann schrie für ein paar Augenblicke wie am Spieß, dann erklang ein fürchterliches Knacken. Ohne jede Anstrengung knüllte Clach Elle und Speiche des Mannes zusammen, als wären sie Reisig.

Er packte das wimmernde Bündel Mensch am Kragen, ein Müller, der ein unerwünschtes Katzenjunges aufhebt, um es im Weiher zu ersäufen.

Bevor der Mörder reagieren konnte, schoss Clachs Rechte vor. Mit der fürchterlichen Wucht einer Sturmramme drosch er sein Opfer mit dem Kopf in die Granitmauer des Tempels. Der Leib erschlaffte, der Schrei riss abrupt ab. Das, was von Gugel und Kopf des Mörders noch übrig war, rann in dicken Bahnen am Mauerwerk herab, während die Leiche wie ein Gepäckstück in Clachs Hand baumelte. Sie zuckte und verspritzte Lebenssaft.

Clachs Magen – oder das, was jetzt sein Magen war – rumorte. Der Geruch, der über seine ausgedörrten Nasenwände strich, war Nektar und Ambrosia. Das reine rote Leben. Clachs Zunge strich reflexartig über das Grinsen, von dem sich die Lippen vor Tagen zurückgezogen hatten. Der Impuls, seine Zähne in das pochende, heiße Fleisch zu graben und zu fressen, wurde übermächtig. Das Leben, das dem Körper innewohnte, würde Clach sein altes Aussehen, seine jugendliche, blendende Erscheinung zurückgeben.

Aber war sie es wert, dass er sich wie ein Leichenfresser der Legenden herabließ, das Fleisch der Lebenden wie frisch Verstorbenen zu reißen? War er derart tief gesunken?

Nein, befand der Attentäter. *Kontrolle, Disziplin. Es ist ein rein kosmetisches Problem. Eine Frage des Aussehens, mehr nicht.*

Fahlsang hatte ihm gesagt, dass es darum ging, sein Erscheinungsbild zu bewahren – sterben konnte der Totenkaiser nicht, nur weil er dem Hunger nicht nachgab. Und Clach war sich sicher: Er würde einen anderen, einen besseren Weg finden. Diese Entscheidung gehörte ihm allein. Sie war sein Befreiungsschlag.

Das Werkzeug, das alle, die ihn benutzten, stets in ihm gesehen hatten, hätte sich am Fleisch dieser Beute gelabt. Aber er nicht. Er war der Totenkaiser, kein König der Ghule.

»Zeit, dass ich meinem Namen gerecht werde«, murmelte Clach.

Und Zeit, einer gewissen Hure einen Besuch abzustatten. Ich muss mich noch bei ihr bedanken.

Damit wandte er sich in Richtung des Turms. Als er gegangen war, machte sich das heimliche Heer seiner verborgenen Begleiter an die Arbeit. Sie verschwendeten kein gutes Fleisch. Umso enttäuschter waren sie, als der Tote sich einfach in nichts auflöste. Von einem Moment auf den anderen war er verschwunden. Rauchwolken stoben auseinander, die Gasse lag genau wie zuvor da. Keine Knochen, kein Knorpel, nirgends war Blut zu sehen.

Clachs Eingriff in den Mordversuch an der jungen Magd war genau das gewesen, was er gebraucht hatte, befand er. Die bleierne Müdigkeit war von ihm abgefallen, hatte einer rasenden Aktivität Platz gemacht. Als Erstes war er auf die Jagd gegangen, hatte statt des menschlichen Wilds eine ansehnliche Sau erbeutet und das Schwein zu seinem Versteck geschafft. Der Bewacher des Kobens würde erst in einigen Stunden mit einer Beule am Kopf erwachen.

Den ganzen Weg über hatte das Tier in seiner Gegenwart hundserbärmlich gequiekt und sich in Clachs stählernem Griff gewunden – es spürte, dass sein Entführer kein Mensch war. Welches Schicksal ihm in seinen Klauen blühen würde. Clach hatte dem Schwein trotz aller Gegenwehr mühelos den Hals umgedreht. Es war ihm so leichtgefallen, als wäre die kapitale Sau von fast zwei Zentnern nicht mehr als ein Huhn. Er hatte sowohl seinen unheiligen Hunger als auch seine Abscheu vor der kommenden Mahlzeit bezähmt. Statt sich auf das noch zuckendwarme Fleisch zu stürzen, hatte er seinen Dolch genutzt, um sich Zugang zu den muskulösen Flanken und dem Herz zu verschaffen. Hatte Besteck aus den Tiefen seines Refugiums geholt.

Mit höchster Willenskraft verspeiste der Totenkaiser seinen Fang mit Messer und Gabel, statt das Tier vor Fressgier mit den Zähnen zu zerfetzen. Muskelfasern, Knorpel – sein Gebiss und seine übermenschliche Kraft machten mit allem kurzen Prozess. Clach hatte das Gefühl, nie in seinem Dasein etwas Besseres gegessen zu haben, so köstlich mundete das Fleisch, das warme Blut des Schweins. Doch so etwas wie Völle oder Sättigung erfuhr er nicht. Es hatte fast den Anschein, als wandle sein Körper Fleisch und Blut direkt um.

Nachdem Clach sich eine Stunde für sein morbides Mahl genommen hatte, ließ der Effekt mit der sinkenden Körperwärme des Tiers, mit dem Ende dessen, was noch an Leben in dem Kadaver war, nach. Schließlich verebbten Nährwert und Geschmack.

Der Totenkaiser erhob sich und zückte einen Spiegel aus poliertem Messing, den er zusammen mit Wechselkleidung, Waffen, Gift und Einbruchswerkzeug in einem Schränkchen in den Alkoven des Tempels aufbewahrte. Das Gesicht, das ihn aus dem Metall heraus anblickte, war das seine – zumindest mehr noch, als es vor einigen Tagen der Fall gewesen war.

Er sah lediglich wie eine schwer gezeichnete Version seiner selbst aus. Seine wasserblauen Augen hatten ihren alten Glanz zurück, obgleich sie tief in den Höhlen lagen. Die Ringe darunter waren so schwarz und intensiv, dass sie ihm das Aussehen eines Mannes verliehen, der mit knapper Not dem Fraß der Pest entronnen war. Durch den Verfall traten seine ohnehin ausgeprägten Wangenknochen stärker hervor, was die noblen Raubvogelzüge seines Gesichtes noch verstärkte. Die strichdünnen Lippen hatten sich über seine Zähne geschoben. Alles in allem war Clach zufrieden.

Der Totenkaiser war sich sicher, dass eine grausigere, beseeltere Mahlzeit als ein Schwein ihm in Windeseile sein altes Aussehen zurückgegeben hätte. Aber zu diesem Schritt war er nicht bereit. Zumindest noch nicht. Er war schon immer ein Mann von Standards gewesen. Bei dem Gedanken, wie ein ghulisches Ding mit Klauen und Zähnen in den stinkenden Därmen frisch Getöteter herumzuwühlen, überkam ihn ein seltenes, auch zu Lebzeiten kaum gekanntes Schaudern. Er war der Totenkaiser – nicht irgendein Süchtiger, der sich auch den hinterletzten Rest Lotosstaub aus einem leeren Beutel kratzte, nur um seine Gier zu stillen.

Nachdem er sein blutiges Mahl beendet hatte, stieg der Attentäter in die Tiefen des Tempels hinab. Es war an der Zeit, sich frisch zu kleiden. Er würde ausgehen. Auf die Jagd nach der Mörderin, deren Ränke ihn getötet hatten.

Ihr seine Hochachtung ausdrücken. Sie verhören. Und dann würde er sie töten.

Nur wenige Minuten nachdem der Totenkaiser sein Exil verlassen hatte, trat die junge Magd aus dem Schatten einer nahegelegenen Gasse. Mit einem kalten Lächeln musterte sie den verwaisten Tempelbau. Ein violetter Schimmer zuckte für die Dauer eines Herzschlags über ihre Augen. Dann war sie ebenso fort wie die vermeintliche Leiche ihres Geliebten.

Aus den Chroniken des Kataklysmus der Erzmagi, verfasst dreihundert Jahresläufe nach dem Titanensturm, Anonymus:

Wo ob des Dunstes keine Sterne am Himmel mehr prangen oder nur noch vereinzelt zu sehen sind, da fällt es den Arkanisten schwer, ihre Künste zu betreiben, wie zuvor erwähnt.

Doch weitaus schlimmer trifft der Verlust des nächtlichen Gepränges jene, die in den Tagen nach dem Sturme dem Seemannshandwerk frönten. Der gesamte Handel, nicht nur in Aehve, sondern mit allen Breiten der Dämmerwelt, veränderte sich ob dieser Kalamität dramatisch.

Denn wo es vorher Zirkel, Sextant und Gestirne dem Kauffahrer mühelos gestatteten, den Kurs für seine Schutzbefohlenen wie auch für seine Fracht zu ermitteln, so war dies nach dem Kriege unmöglich.

Und wo Kartenwerke äußerster Präzision einst erlaubten, jeden der drei Kontinente mit nadelfeiner Genauigkeit anzusegeln, da hatte der Sturm das Land dergestalt umgewälzt und verändert, dass solch Ansinnen zum Scheitern verurteilt ward.

So bleiben uns nur die Küstenschifffahrt und der Fischfang dort, während alle Fracht bis auf weniges aus dem tiefsten Süden auf dem Landwege der Karawanen zu den Pentae gelangt. Seit Jahrhunderten ist die hohe See verwaist – keine Seele weiß, was dort draußen vor sich geht. Geschweige denn, welch Schicksal den anderen Kontinenten, Talamh und Iomallach, beschieden ist. Von jenen, die in diese stürmischen Gestade aufbrachen, ward nie mehr gehört.

Hora des Lichtfürsten, 301 adis Pentae

4. Clach & Ormgair

Es war nicht schwer gewesen, der Spur zu folgen, die der Cyning der Toten nach seiner unheiligen Wiedergeburt hinterlassen hatte. Sogar alles andere als schwer. Nichts an dem Mann – oder dem, was ein Mann gewesen sein mochte – hatte die unmöglich erscheinenden Gerüchte der Verschlagenheit und Gefahr bestätigt, als der Nebeljäger ihn zum ersten Mal getroffen hatte. Clach war ein lächerlich kleiner Mann gewesen, der sich dem glorreichen Zweikampf durch feige Hexerei und Freitod entzogen hatte.

Einen Freitod, von dem er sich auf irgendeine unheilige Weise befreit haben musste. Ormgair hatte die Spuren gesehen.

Von dem Ort, wo der Kadaver des Meuchlerkönigs in den Tiefen seines Gottes, des Titanen Fomor, gelegen hatte, hatte er sich auch wieder erhoben. Die Spuren waren jene unappetitlichen Hinterlassenschaften gewesen, die den Leib jedes Toten unvermeidbar verließen. Nicht nur Blut, sondern auch die Dinge, die ein Sterbender ausschied.

Und eben diesen Spuren war der Nebelscout bis zu einem vergessenen Tempel gefolgt. Tagelang hatte er das Gebäude observiert. Seine Rache geplant. Und drauf gewartet, dass der Meuchler sein Versteck verließ. Und endlich, endlich, war es geschehen. In frischer, sauberer Kleidung hatte sich Clach – beziehungsweise das Ding, das wie Clach aussah – auf den Weg gemacht. Es war durch das Dachfenster der Taverne eingestiegen, gegenüber der der Nebelscout sich nun verbarg.

Der Cyning der Toten würde diesmal sterben. Aber – und das war entscheidender – er würde Ormgair vorher verraten, wo er diesen Greskegard fand. Denn so viel hatte der Nebelscout begriffen: Die beiden, der Cyning der Toten und der Jagdrichter, waren Erzfeinde.

Der Stadtling hatte – wie alle seines Volkes – keine Rücksicht darauf genommen, welche Konsequenzen sein Handeln für andere hatte. Er hatte sich dem glorreichen Kampf entzogen und Ormgair dadurch entehrt – sodass dieser nicht auf Morven hatte achtgeben können, so sehr hatten ihn Schande und Scham in einen Stupor blanker Verzweiflung versinken lassen. So waren sie erst in die tückischen Klauen des Jagdrichters Greskegard geraten, Morvens Onkel, der sie mit Ormgairs Schwert vor seinen Augen ermordet hatte.

Ormgair straffte seine sehnige Gestalt. Der Riese mit den baumelnden Bartzöpfen und dem einzelnen Haarstreifen auf der verwitterten Glatze legte die altersfleckige Hand auf die Klinge, die auf seinen Knien ruhte.

In seinem Versteck in einer heruntergekommenen Gasse (gab es in Fomor, dieser Enklave der Fäulnis, noch saubere Orte?) hatte sich der Ambosskrieger neben einer Kiste mit Abfällen hingehockt und seine hochgeschossene, ausgezehrte Erscheinung mit Lumpen und alten Kartoffelsäcken verhüllt. Fetzen des falschen Mondlichts, das der Nebelschild der Stadtlinge erzeugte, fielen durch ebenso künstliche Wolken und spiegelten sich auf dem Blatt seines Schwertes. Das protestierende Quieken der Ratten, in deren zerfallendes Reich der alte Wolf in Kilt und Kettenhemd eingedrungen war, ignorierte er.

Er streichelte das perlmuttfarbene, von uralten Runen durchzogene Metall der Klinge, ein Vater, der die Haare aus der Stirn einer fieberkranken Tochter streicheln musste. Nahezu schlagartig fluteten Wärme und Wohlbefinden durch seinen verbrauchten, rheumatischen Leib und verliehen ihm Kraft und Zuversicht.

Sie war noch dort, irgendwo dort drinnen. Ormgair hatte selbst gesehen, wie sich das Wunder vollzogen hatte, wie etwas – ihre Seele? – auf die verwaiste Klinge Fahlsangs übergegangen war. Nein, korrigierte er sich, auf die Klinge Morvens. Selbst die Runen hatten sich neu angeordnet, zeigten nun ihren Namen in der vergessenen Sprache, dessen war er sich sicher.

Behutsam steckte er das Runenschwert in die Scheide, so als fürchtete er, eine zu hastige Bewegung könne das uralte Bastardschwert aus arkanem Metall beschädigen. Dabei war das Gegenteil der Fall. Er hatte oft genug bezeugt, wie dieser heilige Stahl Knochen und Rüstzeug mit gleicher Leichtigkeit zerteilte und auf mystische Weise nie eine Scharte nahm, nie stumpf wurde.

Ormgair schärfte Morven nur deshalb, weil es ihm in seinem einzelgängerischen Dasein zur zweiten Natur geworden war, auf seine Waffen besser achtzugeben als auf sich selbst. Sie waren alles, was er noch hatte. Alles, was ihm von seinem Stamm und damit von seinem Selbst geblieben war.

Ormgair stieß ein unwirsches Schnauben aus, das die Ratten dazu animierte, sich vorerst auf die Suche nach grüneren Weiden als dieser Gasse zu begeben. Sie stoben davon. Schon viel zu lang hatte er sich in den letzten Tagen vom schlammigen Pfuhl der Trauer und Melancholie aufhalten lassen. Es wurde Zeit, dass er damit aufhörte. Das Leben war kurz. *Sein Leben* war kurz. Er war zu alt, um hier grübelnd in einer Twiete zu hocken. Jetzt, da sein Ziel den alten Tempel nach einer Woche des Harrens verlassen hatte. Jetzt, da es Zeit wurde zuzuschlagen.

Der Gestank in der Gasse, eine Mixtur aus faulenden Kohlblättern, Tierdung und ausgeleerten Nachttöpfen, nahm eine andere, weitaus intensivere Qualität an. Ein Geruch wie verbrannte Vanille, derartig streng, dass er sich auf die Zunge des alten Barbaren legte. Bevor Ormgair bewusst auf dieses Phänomen reagieren konnte, schwanden ihm die Sinne. Sein Gesicht raste auf das Kopfsteinpflaster zu, das Nichts kam – nur um sich sofort aufzulösen und ihn in einem dunkleren, monochromen Zerrbild der Straße erwachen zu lassen.

Einer Gasse, in der die Schatten noch länger und tiefer, der Geruch des Zerfalls und des Todes noch erdrückender waren. Doch diesmal war Ormgair es, der augenblicklich begriff, was da passiert war. Wer sich da erneut durch diesen Wandel, dieses pervertierte Duplikat der Welt, die er kannte, ankündigte.

»Was immer du diesmal von mir willst, die Antwort lautet Nein«, knurrte Ormgair. »Ich habe genug von deinen Spielereien. Genug von diesen törichten Besuchen. Pack dich!«

Er spürte die sachten Schritte hinter sich in der absoluten Dunkelheit der Gasse eher, als dass er sie vernahm. Langsam, bedrohlich wandte er sich um, die Faust zum Schlag erhoben.

Die Gasse war ein schwarzer Tunnel in eine Unendlichkeit derart kompakter Finsternis, dass der Blick hinein ihn schwindelig werden ließ. Davor hob sich, schwarzes Leder vor schwarzem Samt, die Gestalt des Listigen ab. Wie bei jedem seiner Besuche war seine Erscheinung eine Imitation der Gewandung, die ein Mann von Clachs Berufung tragen würde. In seiner Lederpanzerung mit dem Kapuzenumhang war der Listige der Archetyp des meuchelnden Diebes. Die Finsternis unter der Kapuze war ein Gegenstück des Tunnelherzens.

»Aber du weißt doch nicht, worüber ich mit dir reden möchte«, schnurrte der Listige, der um so vieles kleiner war als der Nebeljäger. Seine Fäuste ruhten auf seinen Hüften, was ihm etwas von einem spöttelnden Narren verlieh. »Bist du denn gar nicht neugierig?«

»Nein«, blaffte Ormgair, »bin ich nicht! Du wirst dir einen anderen suchen müssen, der dir den Leibeigenen macht!«

»Man könnte den Eindruck bekommen, dass du zornig bist.«

»Du hast mich benutzt. Du hast mich belogen. Wer immer – was immer du bist … Ganz sicher bist du kein Diener der Titanen. Zumindest nicht der Titanen, an die ich glaube.«

»Du hättest auf mich hören sollen. Ich hatte dich gewarnt, den Totenkaiser mit dem Schwert anzugreifen. Das war äußerst unklug.« Das Wesen hob tadelnd einen behandschuhten Finger.

»Mir ist nicht entgangen, wie du mich dort unten verdammt hast, als es passiert war. Du warst dort, ich weiß es! Aber was hätte es für *mich* geändert, es nicht zu tun, hm? Der Mann lag im Sterben, das war offensichtlich«, merkte Ormgair an.

»Und jetzt ist er zurück. Was dein Verdienst ist.«

»Was schert es dich?«, grollte der Nebeljäger.

»Du kannst die Scharte noch auswetzen. Du kannst den Schaden, den du angerichtet hast, gutmachen. Noch.«

»Bist du deshalb hier? Um mich zu überzeugen, den Cyning der Toten ein weiteres Mal für dich und deine Hintermänner zu beseitigen?«, fragte Ormgair.

»Deinem Schwert wohnt nach wie vor starke Magick inne. Diesmal wäre es sogar *gut*, wenn du es verwendetest. Mach ihm endgültig den Garaus. Dein Lohn wird überreich sein.«

Der Listige machte eine einladende Geste, breitete die Arme aus, wie um einen verlorenen Sohn zu empfangen, der sich unartig gezeigt hatte. Vom Weg abgekommen war.

Das Schwert.

Instinktiv ging Ormgairs Waffenhand zur Rückenscheide. Seine Finger spürten den Griff der Klinge. Legten sich um ihn. Bislang hatten die Visionen mit ihrer Domäne aus Zerfall und endloser Ödnis eines gemeinsam gehabt: Fahlsang war dort stets ebenfalls vermodert, verrostet oder schlicht nicht vorhanden gewesen.

Morven aber lag tröstend unter seinen Fingern, pulste regelrecht vor warmen Schüben, so als wollte ihm die ermordete Templerin aus ihrem Gefängnis Kraft und Zuversicht spenden. Der fein gearbeitete Griff der Klinge vibrierte leicht, als Ormgair ihn umschloss.

Geste und Geräusch entgingen dem Listigen nicht. Auch ohne

Gesicht vollbrachte er das Kunststück, überrascht und besorgt zu wirken.

»Was genau hast du vor, Nebeljäger?«

»Woher der Respekt, Kreatur?«, fragte Ormgair und machte einen Schritt auf das körperlose Geschöpf zu. Der Barbar zog die Klinge einen Spaltbreit aus ihrer Scheide. »Weißt du, ich denke, ich mache es diesmal etwas anders. Seit ich mich zum ersten Mal vor deinen Karren spannen ließ, liegt mein Leben übler in Trümmern als davor. Ich glaube, ich drehe den Spieß mal um«, verkündete er.

»Und was genau willst du tun, Kind der Alten? Was hast du vor?«

»Ich denke, ich werde einfach mit diesem Clach sprechen. Er muss ja etwas an sich haben, dass ihn jeder tot sehen will. Seinen Kopf kann ich mir immer noch nehmen.«

Er tat einen weiteren Schritt, war nun fast an den Listigen heran. Dieser tastete sich langsam in Richtung des schwarzen Mahlstroms zurück. Ormgair zog die Klinge, die in dieser Schattenwelt in Flammen erstrahlte, rein und blau.

»Ich denke, ich fange mit deinem Haupt an, Kreatur. Ich habe deine Worte nicht vergessen, mit denen du mich bedacht hast. Du hast mich einen Versager genannt – mir mit der Rache deiner Herren gedroht.«

»Leere Phrasen, im Zorn gesprochen …«

»Und jetzt stehst du hier vor mir, feilscht wie ein altes Weib um meine Gunst und kannst nicht verhehlen, wie arg du diese Klinge fürchtest.«

Wie um seine Worte zu bestätigen, wanderten die Flammen über Ormgairs Hand, seinen Körper. Verschmolzen mit ihm zu einer Einheit. Doch er spürte keinen Schmerz, nur das Gefühl, zu Hause zu sein. Verstanden. Er war nicht überrascht, was sich in der Schneide des Schwertes spiegelte: Es war sein Körper, der dort loderte, aber es waren *Morvens* Augen, die voll heiligem

Zorn auf das angstvoll kriechende Ding zu ihre beider Füße blickten.

Er holte aus, um den Listigen mit einem wuchtigen Hieb niederzustrecken, aber das Wesen stieß einen unverständlichen Fluch aus. Es sprang in den Mahlstrom aus endloser Schwärze.

Im gleichen Augenblick riss Ormgair die Augen auf, so als erwachte er nach einem Wasserguss abrupt aus langem Schlaf. Er lag auf dem Boden der Gasse. Sein Gesicht schmerzte, sein Bart sog sich mit Unrat voll wie ein Kerzendocht. Noch immer leicht benommen sah er, wie eine Gruppe von Gestalten sich anschickte, die Taverne zu betreten.

Sie mochten wie ganz normaler Abschaum der Stadt wirken, gehüllt in derbe Wollhosen und -hemden. Arbeiterinnen und Arbeiter, die von den Flussdocks kamen, wo sie das wenige an Ladung gelöscht hatten, das die Fomor aus der Penta Gawr erreichte. Gerber, die nach einem langen Tag hier einkehrten, um die Scheiben, die die Stadtlinge »Fomori« nannten, in dieser Methalle der zivilisierten Menschen gegen Ale und wässrigen Wein einzutauschen.

Doch das waren sie beileibe nicht. Der Nebelscout wusste nach einem ganzen Leben des Kampfes und Überlebens in der Wildnis, wie sich Mörder bewegten, die ein Ziel verfolgten – egal ob sie Wölfe, Karstlöwen oder verkleidete Arbeiter waren. Er brauchte die Stoßgebete nicht zu hören, die sie an ihre Göttin Sharis, die Nachtmutter, richteten, bevor sie eintraten.

Langsam erhob sich Ormgair, sich versichernd, dass Morvens Klinge an ihrem Platz war. Sie würde bald trinken.

Es war bemerkenswert, wie leicht einem das Warten fiel, sobald man nicht mehr an die Fesseln eines atmenden, lebenden Organismus gekettet war. Selbst zu seinen Lebzeiten war der Totenkaiser ein Meister der Kunst gewesen, mit Verstecken auf engstem Raum auszukommen, für deren Inbesitznahme man sich die

Gelenke auskugeln musste. Zu harren, oftmals tagelang, ohne Zugang zu Nahrung oder Wasser – stets bereit, wie eine zubeißende Viper das erkorene Opfer mit einem einzigen verheerenden Streich zu töten.

Dieser neue alte Körper, den er bewohnte und dessen Beschränkungen und Möglichkeiten er erst erkunden musste, war ein Wunder. Clach fühlte sich stärker denn je zuvor – die kompakte, sehnige Kraft, die ihm zu Lebzeiten zu eigen gewesen war, war durch etwas anderes ersetzt worden. Diese Körperkraft war so gewaltig, dass sie ihn zusammen mit den Geschenken seines Zustandes in die Lage versetzte, neue Strategien zu wählen, wenn er sich ein Ziel erkoren hatte.

In diesem Fall bestand diese darin, an der Decke über der Tür zu hängen wie ein Insekt. Die Hände und Zehen in seinen weichen Stiefeln in die Holzsparren gekrallt, den Rücken gegen die Decke gepresst, sah der Totenkaiser direkt auf den Boden des Raumes. Gegen jedes Diktat von Schwerkraft oder der Ausdauer des menschlichen Körpers mochte eine Stunde vergangen sein, und noch immer fühlte sich Clach alles andere als müde. Seine toten und doch nicht toten Muskeln kannten keine Übersäuerung mehr, keine gerissenen Fasern. Kein einziger Tropfen Schweiß stand auf seiner Stirn bei diesem Akt, den erfahrenste Meister von Clachs Kunst nur als eine Notlösung erwogen hätten, die nach Minuten versagen musste.

Die Frau, die ihn vor seiner Konfrontation mit der Totenhand vergiftet hatte, war auf ihre Weise auch eine Meisterin. Ohne Frage. Ihre Waffen waren nicht der Dolch in der Nacht und das Pirschen in der Finsternis. Doch hatte sie ihren Körper, ihren Charme in Perfektion zu nutzen verstanden, um den Totenkaiser einzulullen. Dann hatte sie ihm das Spinnengift verabreicht. Der Anfang vom Ende. Sie hatte dieses Ballett, diesen tödlichen Tanz begonnen, an dessen unvermeidlichem Finale der Tod des Kaisers gestanden hatte. Nur dass er wiedergeboren worden war. Heimgekehrt.

In gewisser Weise müsste ich ihr ja dankbar sein, dachte Clach.

Als hätte ihr ein Stichwortgeber eine Regieanweisung souffliert, öffnete sich die Tür, und die vermeintliche Hure trat ein. Wie viele Attentäter – Clach nicht ausgeschlossen – zog sie viel ihrer Kraft und ihres Könnens aus Arroganz, dem Stolz auf ihre Fertigkeiten. Bei manchen Vertretern des Schattengewerbes war es dieser Hochmut, der ihnen das Genick brach. Mit ihr verhielt es sich nicht anders.

Sie hatte die Stirn, über eine Woche nach Clachs Tod noch immer unter derselben Tarnung zu operieren. Sie bewohnte sogar dasselbe Zimmer im dritten Obergeschoss.

Clach beobachtete sie. Er genoss sein Versteck oben im Schatten über dem Licht der Laterne, die sie in den dunklen Raum mitbrachte. Er war ein Raubtier, das außerhalb des schützenden Lagerfeuers einer Reisenden lauerte, die in einem mörderischen Forst lagerte, ohne es zu ahnen.

Sie waren beide Mörder. Beide erstklassig ausgebildet. Die seltsame Telepathie ihres Berufsfeldes, dasselbe Muskelgedächtnis. Als hätte sie seine Gedanken vernommen, suchte sie den Raum nach Fallen ab. Sie spürte, *wusste,* dass jemand (etwas?) mit ihr im Raum war. Ihre Instinkte waren geschärft. Aber sie waren nicht scharf genug. Der Totenkaiser hätte die Decke niemals außer Acht gelassen. Und er hätte mehr Licht gemacht.

In einem Punkt unterscheiden wir uns, meine Beste. Deine Nerven flattern. Meine waren tot, bevor ich überhaupt heimgekehrt bin.

Clach wartete, bis sie nahe genug war. Sie warf die Bettdecke zur Seite. Er bewunderte ihr Gespür. Mehr als ein Adeliger hatte ein schlimmes Ende gefunden, weil sein Mörder die Matratze ausgehöhlt und sich in die entstandene Grube unter dem Laken gelegt hatte. Diese Menschen waren gestorben, weil sie sich auf der Klinge ihres Todbringers aufgespießt hatten.

Sie schüttelte den Kopf. Clach gestattete sich ein Grinsen unter dem Sammelsurium aus Tüchern und Schals, hinter denen sich die untere Hälfte seines Gesichts verbarg. Diese winzige Bewegung genügte, um wie die Hände eines Virtuosen dem angespannten Draht der Nerven der Mörderin eine Note zu entlocken. Sie wirbelte herum. Zu langsam.

Viel zu langsam!

Er war direkt über ihr. Ein Stück Nacht, das lebendig geworden war. Das uralte Spiel. Die Eule und die Maus. Er schmetterte sie durch sein Körpergewicht zu Boden, sein Cape wie ein Grabtuch über ihnen. Er nutze einen raschen Griff – den *Rabenflügel* – nach ihrer Drosselvene, um sie bewegungsunfähig zu machen – eine Aktion, die sie trotz ihrer Überraschung vorhersah. Sie konterte mit *Fuchs entgeht dem Winter* und stand unvermittelt neben ihm. Ihr Dolch zuckte vor.

Zu Lebzeiten hätte ihm so ein Manöver Probleme bereitet – sie war flink. Doch sie war nie eine Killerin gewesen, die sich primär auf die Klingen des Meuchlers verließ. Doch war er ein übermenschliches Ding. Heimgekehrt. Er warf sich zur Seite, drehte eine Pirouette, bei der sein Umhang ihm nachfolgte wie das Herbstlaub dem Nachtwind.

Es wirkte, als würde die Mörderin durch Sumpfwasser waten, als wäre die Luft um sie herum zu einer Art Gelee geronnen. Sie bewegte sich lächerlich langsam, da Clach vorschoss und ihre beiden Körper sich relativ zueinander bewegten. Er stand neben ihr, als der Arm, der den Stich führte, gerade die Hälfte seiner Bahn erreicht hatte.

Clach ließ seine Waffenhand mit jener dosierten Kontrolle auf ihren Unterarm herabsausen, die ihn zwei Dekaden des professionellen Tötens gelehrt hatte. *Eisvogel und Stichling.* Der Effekt war verblüffend. Die Reserven seiner nicht lebenden Muskulatur, seine ungebändigte Kraft hatte er unterschätzt. Die Handkante traf Elle und Speiche mit schier unfassbarer Wucht, und der Unterarm der Mörderin platzte.

Ihre Beine gaben nach. Leichenblass sackte sie in die Knie.

Kein Maß an Kontrolle, an Ausbildung konnte verhindern, dass ein menschlicher Körper nach solch einem Treffer vom Schock erfasst wurde. Mit glasigen Augen, deren Pupillen zu verschwinden drohten, starrte sie auf das, was von ihrem Vorderarm übrig war. Ein fleischiger Fortsatz, mehr war da nicht. Die Pfütze aus Lebenssaft, in der sie saß, wuchs mit jedem Herzschlag.

Clach reagierte sofort. Tot nützte ihm seine Mörderin nichts mehr. Er ergriff den Baldachin des Bettes, zog einen langen Stoffstreifen ab. Er verdrehte ihn, legte ihn wie eine Schlinge um den Stumpf. Zog mit seiner neuen Kraft.

Die Mörderin schrie wie am Spieß, legte den Kopf in den Nacken, als die improvisierte Aderpresse einschnitt und den Stumpf abband. Ein Röhren, das die meisten Männer aus dem Munde einer Frau wohl für unmöglich halten würden. Der konstante Blutstrom verebbte, wurde zu einem schwachen Sickern. Fleisch lief purpurfarben an.

Fassungslos und mit bebenden Lippen sah die Schönheit zum Totenkaiser auf. Er stellte einen Fuß auf die abgerissene Hand, die noch immer den Dolch hielt und ab und zu im Feuer gekappter Nerven zuckte.

»Wir haben zu reden«, sagte er kühl und blickte auf sie herab. Der fleischgewordene Tod, der über ihr aufragte. Hinter ihnen, aus der Taverne, konnte Clach Lärm hören. Ihr Schrei hatte das Haus aufgeschreckt. Frauen und Männer riefen Befehle. Jemand kreischte. Der Tritt derber Stiefel erklang auf den Stufen.

Sie sah zu Clach auf, bemerkte jetzt das, was der Tod und seine Weigerung, seine Gestalt mit rohem Menschenfleisch zu erhalten, von seinen Augen übrig gelassen hatte. Es war genug, um seinen eisigen Blick für alle Ewigkeit zu konservieren. Jenen Blick, der vor einigen Tagen erst anerkennend über die Üppigkeit ihrer nackten Silhouette gewandert war. Ihr schmerzverzerrtes Gesicht verzog sich voller Unglauben. Die angeborene Angst des frühen Menschen vor dem, was die Dunkelheit der vergessenen Orte gebar, trat in ihr Gesicht. Sie hatte diesen Mann getötet – und nun stand er vor ihr.

»Du bist tot«, raunte sie, doch es klang selbst in ihren Ohren kaum überzeugt.

Bevor Clach antworten, auch nur eine Frage stellen konnte, warf sich jemand gegen die Tür. Sie krachte mit Schwung nach innen, schmetterte in die Wand. Eine Gruppe Männer und Frauen stürmte in den Raum. Fassungslos starrten sie auf die Szenerie, die sich ihnen in der Dunkelheit darbot – auf den raubvogelartigen Schatten, der über der verstümmelten Edelhure aufragte. Der auf der Hand stand, die an ihrem Körper fehlte.

Ein Drittel der Gruppe spürte aufrichtigen Zorn und das instinktive Bedürfnis, den verwundeten Menschen aus ihrer Mitte – die Frau – zu beschützen. Für den Rest der Gruppe war dies nicht mehr als ein sich bietender Anlass. Eine Gelegenheit, ihre ohnehin zahlenmäßig überlegene Jagd auf den Totenkaiser zu vergrößern.

»Packt ihn«, schrie einer.

Clach wusste nahezu augenblicklich, wer der Wortführer und seine Begleiter waren, die den Großteil der Gruppe bildeten. Er kannte ihre Namen nicht. Aber er erkannte, wie sie sich verhielten. Wie sie standen. Sich bewegten. Verborgene Dolche und Sichelschwerter umklammerten, die unter ihren überzeugenden Verkleidungen als gewöhnliche Arbeiter auf ihren Einsatz lauerten. Der Sharis-Tempel hatte ihn gefunden. Junge Meuchler, die sich einen Namen machen wollten.

Kontrolle. Disziplin.

Clach wusste, wann er zu gehen hatte. Hier würde er keine befriedigenden Antworten mehr bekommen. Nicht so. Ohne jede Vorwarnung explodierte der Totenkaiser in einem Wirbel hektischer Aktivität. Er schoss nach vorn, schlug auf der Liegefläche des Bettes einen Flickflack und zerschmetterte dabei mit Schlägen und Tritten die Säulen, die den Baldachin des Himmelbettes stützten. Er ergriff das fallende Material, ließ die gesamte Konstruktion aus Holzbalken und Stoffbahn in ihrer Gänze um seinen Körper rotieren – nur um sie auf dem Zenit ihrer Schwungmasse loszulassen. Wie ein sich ausbreitender Krake blähte sich das Wurfgeschoss und raste auf die Tür zu.

Heilloses Chaos brach aus. Als die ersten Männer in den Raum stürzten, schoss ihnen eine zentnerschwere Bola aus Tuch und gedrechselten Balken entgegen, beschleunigt von Clachs unheiliger Körperkraft. Die Gruppe ging unter dem improvisierten Wurfgeschoss zu Boden, verhedderte sich. Leiber wurden umhergeschleudert. Gedämpfte Flüche und Schreie drangen hinter dem Tuch ebenso hervor wie Blut, wo einer der Bettpfeiler Fleisch geküsst hatte.

Der Totenkaiser verlor keine Zeit. Er rannte an der Attentäterin vorbei, tätschelte dabei ihren Kopf. Sie stand so schwer unter Schock, dass sie es nicht zu bemerken schien. Seine Vergeltung hatte er – mit nur einer Hand würde sie im wenig wahrscheinlichen Fall ihres Überlebens nie wieder einen Kontrakt erhalten. Ein Mörder ohne Waffenhand war nahezu wertlos – ebenso wie eine verkrüppelte Hure.

Er spurtete los – doch statt über die strampelnde Gruppe seiner Verfolger hinwegzusetzen, rannte er in die Gegenrichtung. Zum Fenster. Er verschränkte die Arme vor dem Gesicht und schnellte mit der Sprungkraft einer Raubkatze nach vorn. Zeit, diesen Körper zu testen.

Das Butzenglas mit den Bleifassungen hatte ihm nichts entgegenzusetzen. Es ergoss sich als fächerförmiger Regen in die Nacht, in dessen Mitte ein Nachtvogel seine Schwingen zu spreizen schien. Clach fiel volle drei Stockwerke, traf auf den Boden. Mit der Geschmeidigkeit des trainierten Kämpfers rollte er sich ab, verwandelte den Schwung und die Tiefe seines Falls in nach vorn gerichtete Energie. Erstaunt stand er nach einigen Schritten auf der nachtdunklen Straße und blickte zu dem Fenster hinauf.

Eine bernsteinfarbene Wunde, die in der Visage des Gasthauses klaffte und umso stärker mit der nahezu undurchdringlichen Dunkelheit kontrastierte. Clach betastete sich – nichts. Er hatte den Fall ohne Schaden überstanden.

Das würde nicht so bleiben. Seine farblose Weltsicht offenbarte ihm noch, wie sich weiß glühende Gestalten aus zwei Richtungen näherten, und er erblickte Dolche und Kurzschwerter, die wie Schatten mit den Händen ihrer Träger kontrastierten.

Die Straße wimmelte von Kultisten der Sharis, die sich mit seinem Tod einen Namen machen wollten. Er stand gegen ein Dutzend Gegner! Ruckartig riss er den Kopf zur Seite, als ein Wurfmesser vorbeisauste. Es verfehlte Clach nur knapp.

Zu knapp!

Der Totenkaiser riss seine Dolche mit solch übermenschlicher Geschwindigkeit aus ihren Scheiden, dass es für seine Gegner aussehen musste, als fuhren sie aus den Handflächen hervor wie die Klauen einer Katze.

Keine Zeit zu kämpfen, egal was dieser Körper kann. Wenn sie dich einkesseln, bist du des Todes. Kontrolle. Disziplin.

Kurz entschlossen warf sich Clach der Gruppe zu seiner Rechten entgegen, stürmte auf seine Gegner zu und schlug dabei geduckt Haken, um weiteren Wurfgeschossen aus beiden Richtungen zu entgehen. Er sprang ab, schoss nach vorn, die Beine angezogen wie ein Athlet – viel zu weit, als dass seine sterblichen Gegner mit so einem Manöver hätten rechnen können –, und stieß mit beiden Klingen zu.

Der Stahl drang durch das Brustbein seines Gegners, während der Totenkaiser ihn umwarf. In einer einzigen geschmeidigen Bewegung waren die Dolche wieder in Clachs Händen, während er an der Brust des Todgeweihten emporlief.

Er sprang ab, schraubte sich um die eigene Achse, sodass seine Füße nach oben zeigten, sein Kopf auf einer Höhe mit denen der Männer hinter dem Sterbenden. Dabei breitete er die Arme aus wie ein Gekreuzigter. Die Dolche wirbelten an ihren Enden zweimal im Kreis wie die Flügel eines Quirls. Die Wucht, mit der sie der Rotation des Totenkaisers folgten, war immens. Wie angestochene Schweinsblasen vernebelten die beiden Meuchler ihr Leben grellweiß in die Nacht, die Hälse bis zu den Nackenwirbeln durchtrennt.

Der Totenkaiser ließ sich vom Schwung weitertragen, kam in der Hocke auf. Er war so flink, die drei Todeskandidaten hinter ihm waren noch nicht umgefallen. Weiter. Immer weiter. Vorwärts! Er stieß einem der Verbliebenen seinen Dolch mit Wucht in die Därme und riss die Klinge nach außen. Mit einem Heulen, das nicht von dieser Welt zu sein schien, ging der ausgeweidet zu Boden. Von links raste das Kurzschwert eines seiner beiden Begleiter herab. Clach parierte es mit einer ans Lächerliche grenzenden Gelassenheit. Funken sprühten, erhellten die Nacht und zerrissen das Dunkel für einen einzigen Herzschlag.

Den Feinden des Heimkehrertotenkaisers genügte dieser Moment – selbst die Funken kontrastierten so hell mit der Finsternis, dass sich Clachs Blickfeld in blendende Helligkeit tauchte. Er fauchte. Eine Katze, die protestierte, weil man ihr auf den Schwanz getreten war. Das verräterische Zischen war alles, was der Mann vor dem Totenkaiser an Hinweisen brauchte.

Bevor der sich fassen konnte, riss der Mietling die Blendlamellen einer Sturmlaterne an seinem Gürtel auf. In Clachs Welt erblühte ein Stern. Die Sonne des Lichtfürsten war, so schien es, in Glas und Blech eingekerkert – und nach ihrer Befreiung überstrahlte sie alles. Mit einem Schrei ging der Totenkaiser in die Knie, während das Gegenteil all dessen, was er verkörperte, seinen Kopf von innen aufzufressen schien. Grobe Hände packten ihn. Viele Hände. Zwangen ihn zu Boden. Zu hell. Viel zu hell.

Bleiern registrierte er, dass sich Klingen den Weg in seinen Körper bahnten, schneidend und stoßend und durchtrennend.

Ein schartiges Kurzschwert sägte mit Geräuschen, die seine Zähne vibrieren ließen, über seinen Schenkelknochen. Ein Dolch arbeitete zwischen seinen Rippen wie ein Holzbohrer. Die Schmerzen waren unfassbar – in einem bizarren Scherz, einer Ironie, die köstlich war, ließen die Titanen den abgestorbenen Nervenbahnen ihrer Heimkehrer dieses reinste aller Gefühle. Er, der Totenkaiser, dessen Dolche so viele Leben genommen hatten, er, Clach, der sich bemüht hatte, keines seiner Ziele lange leiden zu lassen, wurde von Dolchen in Streifen zerschnitten.

Plötzlich: Lärm. Es war wie im Körper des Titanen, kurz bevor Clach den Tod gefunden hatte. Und genau wie in Fomors Leib hörte er diese Geräusche. Das Stampfen, das Brüllen, die Stimme einer unfassbar zornigen Naturgewalt. Die Stimme des Barbaren, der ihn aufgespießt hatte. Was tat der hier!? War er Clach gefolgt? War er hier, um sein Werk zu beenden?

Einige der Hände lösten sich von Clach. Stimmen gellten aufgeregt, Echos brachen sich in den Gassen. Wuchtige Schwerthiebe hielten hörbar reiche Ernte unter ihnen. Die Nacht war erfüllt von Todesröcheln, von Klagegeschrei und dem Prasseln regnenden Blutes.

Kontrolle … Disziplin …

Nicht noch einmal. Er würde nicht noch einmal auf diese unrühmliche Weise abtreten. Clach würde sich wehren. Er war nicht tot. Und er würde kämpfen. Er rollte sich unvermittelt und mit aller Macht, die er aufbieten konnte, zur Seite. Stieß sich mit beiden Beinen vom Boden ab, warf sich nach vorn, sprengte den Griff, der ihn packte. Und biss zu.

Mit der gleichen Leichtigkeit, mit der seine Zähne das rohe Schweinefleisch zerteilt hatten, fanden sie Halt im warmen, pulsenden Kehlkopf eines seiner Mörder. Clach spannte die Kiefermuskeln, und der überraschte Schrei des Mannes verwandelte sich in ein ersticktes Gurgeln. Clach biss und mahlte. Gummiartiger Knorpel wurde zerteilt. Dann war sie da: eine Springflut aus salzigem Rot, die sich in seinen Mund ergoss. Die Gegenwehr des Mannes erlahmte schlagartig. Clach schluckte.

Nur dieses eine Mal. Nur dieses eine Mahl.

Die Augen des Mietlings waren groß wie Untertassen. Mit einem Blick, dem jedes Begreifen abging, glotzte er auf die Schneide des Bastardschwertes, die wie aus dem Nichts über seiner Hüfte in seinen Körper gefahren war. In seine Flanke getrieben wie die Axt eines Holzfällers. Sein Unterkiefer sank herunter, ein träger Strom aus Blut, im Zwielicht der Fackeln schwärzer als Teer, rann über seine Vorderzähne.

Ormgair trat dem Stadtling wuchtig vor die Brust, befreite Morven von dem sterbenden Ballast. Entkernt schlug der Mann auf der anderen Straßenseite gegen einen Futtertrog. Schweine quiekten protestierend und stoben davon.

Die anderen Mörder wandten sich ihm zu. Sie waren noch zu acht, und sie kehrten nur langsam, unwillig vom Totenkaiser ab, nicht gewillt, ihre blutige Arbeit vorzeitig zu beenden. Er war brüllend unter ihnen, bevor sie verstanden, dass einer aus ihrer Mitte sein Leben aushauchte.

Dem Vordersten, einem struppigen Hafenarbeiter mit Sichel, stieß er Morven durch den Leib, packte zugleich die Kehle seines Nebenmannes. Mit aller Macht stemmte Ormgair den kleinen Stadtling (sie waren so jämmerlich!) an der ausgestreckten Rechten in die Höhe. Der Kerl strampelte, Kopf und Hals verschwanden fast in der alles andere als altersmüden Pranke des Nebeljägers. Ormgair schwang den Arm einmal vor und zurück. Der fürchterliche Ruck setzte sich durch den Kopf des Mannes in seine Wirbel fort. Es knackte. Dann ließ er den Körper zu Boden fallen.

Ormgair ließ seine Demonstration wirken, zog Morven aus dem Leib des Aufgespießten, der wimmernd neben ihm auf die Knie sank, und hieb ihm beiläufig den Kopf von den Schultern.

Dann ließ er das Bastardschwert ein einziges Mal einhändig um die Achse seines Unterarms kreisen, um die Klinge zu säubern. Ein Schauer aus Lebenssaft ging auf die verbliebenen Mörder nieder. Einigen kauften die drei Toten aus ihrer Mitte den Schneid ab. Zwei der Mietlinge rannten um ihr Leben.

Diesen Augenblick nutzte der angeschlagene Cyning der Toten, um seine Peiniger anzuspringen. Vor Ormgairs Augen schoss er mit unfassbarer Geschwindigkeit vor und verbiss sich, ohne die Arme zu Hilfe zu nehmen, wie ein Terrier im Hals eines Mannes. In einer Blutfontäne sanken die beiden Leiber auf das Pflaster. Kaugeräusche erklangen. Die anderen, die nicht feige geflohen waren, starrten voll Abscheu auf das Schauspiel zu ihrer Rechten und auf den Koloss vor sich, der sie um gut vier Köpfe überragte. Sie tauschten einen besorgten Blick, begannen, ihn einzukreisen.

Einer der beiden nestelte, ein Kurzschwert in der anderen Hand, an der Sturmlaterne, während sein Kamerad vor Gift triefende Dolche zückte. Ormgair sah ihre Augen, den lodernden Fanatismus. Diese Männer würden sich den Cyning der Toten um keinen Preis entgehen lassen. Sei es drum!

»Kommt und sterbt, ihr Hunde!«, brüllte er.

Schlagartig riss der Mörder mit der Laterne die Blende seiner improvisierten Waffe auf, doch Ormgair war vorbereitet. Er hatte gesehen, wie sie Clach auf diese Weise überrumpelt hatten, riss den Kopf zur Seite und schloss die Augen.

Genau diesen Moment nutzte sein anderer Gegner, um mit aller Macht auf ihn einzudringen. Ormgair sprang zurück, doch der Attentäter setzte nach, während der andere den Barbaren in seinem Lampenstrahl hielt. Die Dolche schnappten vor und zurück – die Köpfe einer zweiköpfigen Schlange, die ihr Ziel gnadenlos und ohne Atempause beharkten.

Mit Morven parierte der Nebelscout nur blind, instinktiv. Funken und Giftnebel sprühten, Stahl sang, wo minderwertiges

Stadtlingeisen klagte, als Scharten in die Dolche geschlagen wurden. Doch der Meuchler ließ nicht ab. Ormgair spürte, wie einer der Dolche es nur knapp nicht durch seine Panzerung schaffte, die Schneide über das Kettenhemd schrammte.

Er musste diese beiden Plagegeister loswerden, bevor die Giftklingen ihr Ziel fanden. Das Toxin war ein mehr als probater Gleichmacher, um seine überlegene Reichweite und Körperkraft zu neutralisieren. Sie würden damit rechnen, dass er auf Abstand ging, weg von ihrem Licht und den Dolchen.

Ohne zu zögern, tat er das Gegenteil, warf sich der Nebelscout nach vorn. Er hielt den Giftmeuchler auf Armeslänge, ließ ihn am Ende der Schwertspitze und schenkte die gesamte Aufmerksamkeit seines Stahls nur diesem Gegner. Der Mann mit der Laterne meinte, in diesem Manöver einen Fehler zu erkennen. Mit seinem Kurzschwert preschte er vor, unter Ormgairs Faust abtauchend.

Darauf hatte der alte Wolf gewartet. Er ließ den Fuß in einem gestreckten Tritt nach vorn schnellen. Aber sein Ziel war nicht der im Gegenlicht so gut wie unsichtbare Schemen seines Gegenspielers. Sein Spann traf die Laterne, ließ sie nach oben schießen. Leder riss mit einem Peitschenknall, während der Leuchtkörper dem Mann mit Wucht unter das Kinn schoss. Glas splitterte, und flüssiges Feuer ergoss sich über das Gesicht des Meuchlers.

Dessen Kopf verwandelte sich in eine blakende Fackel. Kurzschwert ließ die Waffe fallen, riss seine Hände in nackter Panik zum Gesicht, wo sie an Ort und Stelle kleben blieben. Dampf stieg aus Nasenlöchern und Ohren. Seine Züge schmolzen. Ein grauenerregender Gestank nach kräuselnden Haaren und kokelndem Menschenfleisch breitete sich aus. Der Rest des Körpers ging in Flammen auf.

Chaos herrschte. Teile von Kurzschwertes abgerissenem, brennendem Fleisch lagen wie kleine Wachtfeuer auf dem Boden. Lampenöl war hierhin und dorthin gespritzt, brannte. Giftklinge hatte die Unruhe nicht zum Angriff genutzt, sondern bezeugte von morbidem Grauen gepackt das Los seines Kameraden.

Der Brennende lief blind gegen eine Wand. Dort blieb er mit einem kläglichen Röcheln, das aus der Membran seines sich verflüssigenden Fleisches drang, kleben. Ormgair wandte sich dem Begleiter der menschlichen Fackel zu.

Aus den tiefen Schatten, die das Feuer warf, erhob sich etwas hinter dem Giftmörder, als dieser sich zum Barbaren umdrehte. Der Cyning der Toten wuchs förmlich aus dem Boden. Seine Augen über blutgetränkten Tüchern waren winzige Stecknadelköpfe aus absoluter Schwärze, die sich an Ormgairs Gesicht geheftet hatten. Das Phantom fasste das Genick des zum Angriff auf Ormgair ansetzenden Meuchlers.

Die Bewegung kam so rasch, so unerwartet, dass der Barbar sich verdutzt die Augen rieb. Ein scharfes Knacken. Gerade noch stand der Mann mit den beiden Dolchen vor ihm, jetzt lag er bebend auf dem Boden, sein Hals unnatürlich verdreht.

Über ihm ragte Clach auf, der Cyning der Toten. Und obwohl ihm der Heimkehrer nur knapp bis zur Brust reichte, kam er Ormgair in diesem Moment vor wie der Herrscher, der diesem Namen zu Ehren gereichte. Er war in diesem Augenblick so wahrhaftig ein Geschöpf der Dunkelheit, dass der Nebelscout gegen seine ältesten Urängste ankämpfen musste. Die Schatten, die der Verbrennende und die Flämmchen auf der Straße warfen, schienen sich um Umhang und Kapuze zu verbiegen. So als könnten sie es nicht ertragen, von der Dunkelheit des Heimkehrers abgespalten zu sein.

So standen sie sich gegenüber auf dieser Straße, die sie binnen Sekunden in ein Schlachthaus verwandelt hatten.

»Du«, grollten beide wie aus einer Kehle. Ormgair richtete Morvens Spitze gegen Clachs Brust. Der hob seine leicht gekrümmten Dolche auf und spannte sich. Ormgair ließ ihn gewähren.

Das Herz des Barbaren schlug ihm bis zum Hals. Nun würde er doch noch seinen Kampf bekommen. Seine Prüfung. Ein würdiger Feind, der ihm entweder einen wahrhaftigen Tod gewähren würde oder …

Doch nein, er hatte sein Wort gegeben. Er würde Morvens Tod rächen. Vorher würde er keine Ruhe geben. Keine finden.

»Du bist schwer zu töten«, raunte der alte Barbar anerkennend. Ganz langsam ließ er die Klinge ein Stück sinken, um Clach zu signalisieren, dass er nur sprechen wollte.

Mehr Einladung benötigte der Attentäter nicht. Er schoss mit der Geschwindigkeit eines Armbrustbolzens vor, viel zu rasch, als dass der alte Barbar auch nur die Bewegung gesehen hätte. Er knurrte, spürte, dass er zu langsam sein würde. Clach würde ihn niederstrecken wie einen grünen Jungen. Das Ende seiner Straße war erreicht.

Morven flog in seiner Hand den vorschnellenden Dolchen von allein entgegen. Die Klinge fegte die beiden Stahlfänge zur Seite. Ormgair nutzte die Atempause der Verwirrung seines Gegners, um rasch zwei Schritte Abstand zwischen sie beide zu bringen.

Clach legte im Schatten seiner Kapuze den Kopf schief und unternahm keinen erneuten Versuch, Ormgair zu attackieren. Der Barbar senkte sein Schwert diesmal nicht, die Spitze der Runenklinge zeigte ruhig und ohne jede Vibration wie ein mahnender Finger auf das Gesicht des Cynings der Toten. Ormgair hielt das Bastardschwert jetzt zweihändig, bereit, vom fechtenden Stil in das reine, berserkerhafte Hauen zu wechseln, das er sich aus einem Leben des Axtkampfes bewahrt hatte.

»Du müsstest tot sein«, wiederholte er, nachdem sie einander eine gefühlte Ewigkeit mit bedächtigen Seitwärtsschritten umkreist hatten. Die wenigen Beobachter, die verrückt genug waren, ihrem neugierigen Drängen durch einen Blick aus den

Fenstern ihrer Fachwerkhäuser nachzugeben, sahen zwei Schemen, einer unmenschlich groß, der andere von unmenschlicher Dunkelheit, zwischen Leichen.

»Das Feuer wird bald verlöschen. Dann ist es dunkel«, stellte Ormgair fest.

Der Cyning der Toten nicke. »Sobald das Licht verlischt, gehört dein Leben mir. Ich bin eurer ermüdenden Nachstellungen überdrüssig.«

»Du schwätzt zu viel«, presste der Nebeljäger durch die Zähne hervor.

»Ich probiere gern Neues aus. Entdecke mich neu. Man könnte sagen, ich fühle mich wie neugeboren«, spöttelte der Totenkaiser und war auf der finsteren Straße und in seinem Verhalten dem Listigen ähnlicher, als es Ormgair lieb sein konnte.

»Und wenn ich dir sagen würde, dass ich nur mit dir reden möchte?«, fragte Ormgair. Sein Tonfall verhehlte nicht, dass ihn solche Offenheit einem Feind gegenüber Überwindung kostete.

»Dann würde ich denken, dass du ein noch größerer Idiot bist als dieses tote Fleisch«, antwortete Clach. »Aber ich würde sehen, dass ich einen Ambosskrieger vor mir habe. Einen Mann, von dem die Menschen der Zivilisation sagen, dass es ihm unmöglich ist zu lügen. Wegen seiner Ehre.«

»Und glaubst du das?«

»Ich habe noch keinen kennengelernt, der nicht sein eigenes Balg ans Messer liefern würde, nur um sich drei, vier Tage seines unseligen Lebens zu erkaufen, bevor Sharis' Sense Ernte hält. Also nein, nicht wirklich.«

»Dann haben wir ein Problem«, sagte der Barbar.

»Das kann man so oder so betrachten. Du hast ganz sicher eines. Verzeihen ist meine Stärke nicht – und ich erinnere mich nur zu gut an deine Stimme und den Biss dieses Schwertes. Du hast mich damit erschlagen.«

Der Barbar schüttelte den Kopf. »Du warst schon tot. Außerdem: Es hat ja nichts geschadet. Hier stehst du vor mir, stark wie zehn.«

»Wir drehen uns im Kreis. Ich denke, wir beenden unser kleines Gespräch und kommen zum Wesentlichen«, meinte Clach.

»Ich bin dagegen.«

»Das wäre ich an deiner Stelle auch, alter Mann. Du bist mir nicht gewachsen. Das warst du zu meinen Lebzeiten schon nicht – und nun habe ich das untrügliche Gefühl, dass es mehr der Fall ist denn je.«

»Du vergisst etwas.« Ormgair klopfte auf Morvens Schneide. Ein sanfter Schimmer, eine Lumineszenz wie glühender morgendlicher Dunst lief über die Klinge. »Sie lässt mich wissen, dass sie noch bei mir ist. Sie lässt mich nicht im Stich – und wir sind beide nicht mehr allein. Du hättest zwei gegen dich«, sagte Ormgair.

Der Cyning der Toten betrachtete die Klinge. In seinen schwarzen Käferaugen spiegelte sich so etwas wie Anerkennung. Respekt. Die Erkenntnis, dass Morvens magische Natur seinem heimgekehrten Kadaver gewachsen sein könnte.

»Es dauert noch etwas, bis die Flammen heruntergebrannt sind«, sagte er. »Überzeug mich bis dahin, dir dein Leben zu schenken. Was hast du mit mir zu besprechen? Was ist so wichtig, dass du ein kaltes Ende zwischen Pflastersteinen und Schweinescheiße riskierst, um mich zu stellen? Warum hast du mir geholfen?«

Der Nebelscout senkte das Schwert, ließ dabei sein Gegenüber aber nicht aus den Augen. Endlich kam ihr schier endloser Tanz zu einem Ende. Sie blieben wie auf ein verabredetes Kommando stehen.

»Wir haben einen gemeinsamen Gegner.«

»Ich habe viele Feinde. Im Moment könnte man sagen, dass

ich nur noch Feinde habe, jetzt, da auch der Hermelin tot ist. Wäre ich doch nur sentimentaler …«

»Greskegard«, sagte Ormgair. Der Cyning der Toten zeigte keinerlei Regung, aber der Nebelscout spürte, dass er einen Nerv getroffen hatte. Haben musste.

»Noch so ein alter Mann, der hinter mir her ist. Vielleicht der Beste von euch.«

»Er hat mein Mündel getötet«, knurrte Ormgair.

»Die Schwarzhaarige, die du auf der Versammlung bei dir hattest?«

Ormgair presste die Faust fester um den Griff der Klinge.

»Sie hat mir viel bedeutet«, gab er zu und war über seine Offenheit diesem Monstrum gegenüber verwundert.

»Komm zum Punkt, Barbar. Was willst du von mir?«

»Deine Hilfe. Die Wege der Stadtlinge sind mir zu unvertraut. Voller Lügen, Ränke. Ich finde ihn so nie.«

»Du hast *mich* gefunden«, warf Clach ein.

»Das ist etwas anderes. Dich konnte ich verfolgen. Ihn zwar auch, doch komme ich nicht mehr an ihn heran.«

»Warum? Wo ist er? Und was noch wichtiger ist: Warum sollte mich dein Problem mit dem alten Luchs stören?«

Ormgair schwieg. Statt zu antworten, wandte er den Blick einfach nur bedeutungsschwer in Richtung der Zitadelle des Archonten, die über der Stadt aufragte. Clach folgte seinem Blick und verstand.

Niemand kam dort hinein. Niemand außer einem wahren Meister in der Kunst des Verborgenen.

Dann sagte der Nebelscout: »Was immer dich zu dem gemacht hat, was du bist. Deine … Heimkehr …«

Clach wedelte mit einer Dolchspitze. »Vorsicht, alter Mann. Zu intim.«

»Ich bin mir nicht sicher, ob Greskegard etwas darüber weiß. Dass du zurück bist, meine ich«, fuhr Ormgair fort. »Aber Morven hat ihn vor euch Heimkehrern gewarnt, kurz bevor er sie ermordet hat. Und dabei hat er ihn uns verraten. Den Grund, warum er dich jagt. Den Grund, aus dem er seit so vielen Wintern an deinen Fersen haftet.«

Jetzt war Clach es, der seine Waffen sinken ließ.

5. Solus

»Das also ist er«, raunte das nicht tote Geschöpf, das einst der Körper von Rodamir gewesen war, Haushofmeister des so unglücklich verstorbenen Barons Falcatt von Fomor. Sein Schatten fiel auf den kostbaren Nussholztisch, der dem Dienstherrn seiner sterblichen Hülle gehört hatte. Und auf den Gegenstand, der darauf lag. Rodamir trug nicht minder kostbare Brokatroben und lächerlich wirkende goldgewirkte Pantinen mit Schnabel, die sein fahles Gesicht konterkarierten.

Die schwer gepanzerte Gestalt von Solus Terbast, wie Rodamir ein Heimkehrer, trat aus dem Schatten in den Kerzenschein und nickte bedächtig. Er war gut einen Kopf größer als Rodamir. Und in seiner kantigen Vollplatte mit dem Topfhelm an seinem Gürtel doppelt so breit. Wo Rodamir bleich und verschlagen wirkte, erschien Terbast muskulös, nobel und eingehüllt in die gepflegte Aura des höfischen Kriegers. Er war Zoll für Zoll ein Verteidiger der Pentae, der letzten Bollwerke von Zivilisation und Vernunft. Zumindest nach außen hin.

»Es gab keine Komplikationen. Wie ich dir sagte. Ihre Arkanistenzauber mögen Untote ebenso entlarven wie lebende Eindringlinge. Gegen die Nebelgeborenen ist ihre schwächliche Magick nicht mehr denn ein blinder Greis, der am Rande einer Schlucht wandert. Unfähig, die echte Bedrohung zu erkennen.«

»Und die beiden Wächter?«

»Haben ihren Zweck erfüllt. Ich habe sie einer … anderen Aufgabe zugeführt.« Solus rieb sich gedankenverloren den Bauch.

»Ich wusste nicht, dass du bereits zu solch rustikalen Delikatessen übergegangen bist.«

»Ich überrasche mich manchmal selbst«, sagte das Monstrum in der Plattenrüstung, die vor einigen Monaten noch einen der würdigsten und fähigsten Templer des Lichtordens beherbergt hatte. Nun war dieser Mann für Solus nicht viel mehr als eine Larve. Eine von mehreren Hüllen, in denen er die Dämmerwelt verlassen und in anderer Gestalt zurückgekehrt war.

Das Ding, das seinerseits die Hülle des Seneschalls Rodamir trug, spürte seine Gedanken, was wenig überraschend war. Das Erbe der Titanen verband sie alle. Solus hasste Ashavar, wie der Inhaber des Leibes seines Gegenübers hieß. Er verachtete ihn mit Inbrunst. Das unheilige Band, das zwischen ihnen, den Heimkehrern, bestand, machte es nahezu unmöglich, seine Gedanken zu verhüllen. Nahezu. Solus lächelte in sich hinein. Er war der Erste. Der Mächtigste. Und er ließ seine Brüder und Schwestern nur das fühlen, was er sie spüren lassen wollte.

Rodamir-Ashavar verzog das Gesicht, als die Wellen von Ablehnung über ihm zusammenschlugen.

»Du hast mir immer noch nicht verziehen, dass meine Knechte auf dich geschossen haben«, stellte er klanglos fest und verzog dabei keine Miene. Er machte seinerseits keinen Hehl aus seinem Neid und der Furcht, die er vor Solus verspürte.

»Verzeihen?«, höhnte Solus. »Hörst du dich sprechen? Du klingst wie einer der Fleischgeborenen. Ist es Fomors Erdblut, dass alle seine Diener so schwer von Begriff sind und so schwer die Vergangenheit loslassen können?« Er schnaubte.

Rodamir-Ashavar ging zu einem kostbaren Beistelltischchen hinüber. Er nahm die Karaffe, aus der vor gar nicht so langer Zeit noch Baron Falcatt und die Templerin Morven getrunken hatten. Das Templer-Monstrum fragte sich, was Ashavar wohl dazu sagen würde, wenn er erführe, dass Solus die Frau freigelassen und ihr zu entkommen geholfen hatte. Sie hatte ihm imponiert. In Solus' Augen verdiente sie das Privileg der Heimkehr viel mehr als sein dekadentes Gegenüber. Bedauerlich, dass sie in diesem Zeitalter geboren worden war. Er hätte nicht gezögert, sie zu töten und sie zurückzuholen. Eine bedauerliche Unmöglichkeit, die er der Klinge des Barbaren verdankte.

Ashavar setzte ein joviales Lächeln auf. »Wenn es das Blut meines Meisters in mir ist, Solus, so solltest auch du einen guten Teil davon abbekommen haben. Die anderen im Chor raunen in meinen Träumen über dich. Sie sagen, der Erste trägt das Blut aller fünf. Sie sagen, es muss so sein, weil keiner sich dir verwandt fühlt und wir doch alle spüren, dass du einer von uns bist. Doch die Väter und Mutter schweigen zu deiner Herkunft. Das sagen jene, die ihre Hülle aufgeben mussten.«

»Wir haben alle unsere Geheimnisse. Nicht jedes davon ist für den Chor bestimmt.« Solus neigte leicht den Kopf und legte eine Hand auf seine Brust. Er lächelte, und die Spannung im Raum ging etwas zurück.

»Und doch, bei all der Verachtung, die du für mich empfindest – du bist hier. Du bist es, der meinen Plan für gut befunden und sich entschlossen hat, ihn durchzuführen. Und ich habe anerkannt, wie deine Ideen ihn bereichert haben«, sagte Ashavar.

»Darum wollen wir uns nicht weiter zanken«, sagte Solus und bezähmte seine Ablehnung. Oder besser: Er schloss sie in seiner Brust ein und verbarg sie geschickt vor Rodamir-Ashavars geistigen Fühlern. Dieser zeigte sich – sowohl für Solus' Augen als auch was seine Gefühlswelt anging – beruhigt. Für ihn, einen Heimkehrer ohne Solus' Fähigkeiten, musste es sich so darstellen, als würde sich der Templer überwinden.

Sichtlich befriedigt, warf Falcatts einstiger Seneschall ihm einen fragenden Blick zu und deutete auf den schweren Wein. Solus hob ablehnend die Hand. Rodamir-Ashavar wandte sich dem Tisch und dem darauf liegenden Stab zu. Das Artefakt war kaum länger als der Arm eines Mannes und aus Haselholz gefertigt – in diesen Tagen ohne wärmende Sonne und deren Licht eine Seltenheit. Eine Schlange aus schwarzem Obsidian, kaum mehr als eine Silhouette, schmiegte sich an das Artefakt. Solus trat neben den Haushofmeister.

»Beachtlich, nicht wahr?«, sagte der mit schwelgerischer Stimme. »So klein und unscheinbar. Kaum verziert und von Händen geschaffen, die längst vergangen sind. Staub. Warum haben diese Narren ihn damals aufgehoben? Wussten sie und ihre schwächlichen Arkanisten nichts von der Macht, die dieser Stab gebiert?«

»Du tust ihnen in diesem einen Fall unrecht.« Solus lächelte verhalten. »Ich denke, dass Cisarian, der zu dieser Zeit Archont war, ganz genau wusste, was er dem Nekromanten da abgenommen hatte, den seine Knechte gefasst haben. Und die hohen Häuser von Fomor müssen den Wert des Stabes erkannt haben.«

»Schließlich vermag niemand zu sagen, wann der Frieden der Fünfstädte zerbricht. Wann es einen Archonten gelüstet, die anderen Städte in seinen Besitz zu bringen. Eine Rückversicherung.« Rodamir setzte eine selbstzufriedene Miene über seinen Schluss auf, die Solus gern mit seinem Panzerhandschuh aus der Welt getilgt hätte.

Stattdessen antwortete er: »Oder eine Offensivwaffe. Vergiss die Verschlagenheit der Archonten Fomors nicht. Die Lage der Stadt liefert sie seit jeher den Ambitionen der Almharach und der Diadochen aus.«

»Den Ambossbarbaren kann sie kaum schaden …«, setzte Ashavar an.

»Zumindest Letztere würden wohl vor einem konzertierten Angriff zurückschrecken, wenn ein Archont ihnen das Geheimnis dieser Waffe offenbart. Aber genug davon – der Stab nützt uns wenig, wenn wir nicht vier weitere replizieren«, gab Solus zurück.

»Diesbezüglich waren meine Vorbereitungen abgeschlossen, bevor du überhaupt mit dem Diebstahl des Artefakts begonnen hast«, sagte Rodamir nicht ohne Stolz. Solus nahm an, dass der Kopf des anderen Heimkehrers nicht mit einem Panzerhandschuh zerschmettert werden musste. Falls er sich mit noch mehr heißer Luft füllte, würde er von selbst platzen.

»Moreno«, fuhr der Seneschall fort. »Ein nicht wirklich bedeutendes, aber einflussreiches Haus der Penta, die auf dem Rücken des Feuervaters errichtet wurde. Der Mann ist ein Sammler Wahrer Magick, er hat eine ganze Schatzkammer voller Artefakte.«

»Ich nehme an, deshalb hast du deine Lakaien den Totenkaiser dorthin entsenden lassen? Hat es etwas mit der Rückkehr von Dochàthis Stimme im Chor zu tun? Sie hat einen neuen, einen quengelnden Unterton. Ich kann nicht behaupten, dass er mir gefällt.«

»Ich habe diesen Nebelmacher benutzt, um die Tochter von Moreno ermorden zu lassen und Dochàthi so eine neue Heimstatt zu schaffen. Unsere Pavosa Moreno hat die Familie nach ihrer Heimkehr unter ihre Kontrolle gebracht und erwartet den Ruf.«

»Wo wir gerade dabei sind: Ist dir der Gedanke gekommen, dass es ein Fehler gewesen sein könnte, diesen Clach für derart viele Morde anzuheuern?«, fragte Solus.

Ashavar hob die Brauen. »Befürchtest du etwas? Sprichst du von denen im Chor, die behaupten, er sei für den Anschlag auf die Zusammenkunft verantwortlich?«

»Wissen wir mit Sicherheit, dass er es nicht ist? Ordàgs gesamte Bande, diese Totenhand, wurde niedergemetzelt. Zu Nebel gemacht – das einzig Gute an dieser Misere. Ordàg war in der Nacht der Zusammenkunft der Vorsteher des Rituals, und nun ist er bei den Vätern und Mutter. Bislang ist er nicht heimgekehrt. Andere schon. Und sie sagen, der Totenkaiser sei ein Problem. Eine Gefahr. Sie bringen die Kunde des Erdvaters durch den

Nebel zurück. Dieser Quertreiber von einem Nebelmacher soll nun einer von uns sein.«

»Der Totenkaiser? Mach dich nicht lächerlich, Tuháth, wir hätten seine Stimme längst im Chor vernommen, wenn …«

Solus hob gebieterisch eine Hand. Die Schatten im Raum wurden eine Nuance tiefer, schienen ein Eigenleben zu entwickeln. Der Templer blickte auf Rodamir herab. Mit leisem Knirschen ballte er die Faust. Sein Zeigefinger entrollte sich daraus. Solus bohrte ihn dem Seneschall schmerzhaft in die Brust.

»Dieser Name … Nie wieder wirst du deine Fleischstimme benutzen und diesen Namen in dein schäbiges Maul nehmen. Habe ich mich klar ausgedrückt?«, zischte er. Sein Gesicht war eine vor Hass und dem Kampf um Selbstkontrolle verzerrte Fratze. »Nie wieder!«, brüllte er.

Der Raum erbebte. Ganz sacht. Kristalllüster klimperten, Staub rieselte. Die sündhaft teure Karaffe sang wie ein zu straff gespannter Draht. So schnell wie der Effekt gekommen war, verschwand er auch wieder.

»Ich … verstehe.« Rodamir senkte das Haupt und schluckte schwer. »Nie wieder«, betonte er. Seine Demut war nicht gespielt.

»Gut. Sehr gut.« Solus nickte. Helligkeit kehrte in den Raum zurück. »Ich bin froh, dass das geklärt ist.«

Rodamir-Ashavar fasste sich nach einigen Sekunden.

»Sollte der Nebelmacher der Katastrophe im Herzen des Erdvaters entgangen sein, ließe sich das klären – ich werde sofort Leute entsenden, die nach seiner Leiche suchen und …«

»Das wird kein leichtes Unterfangen mehr«, unterbrach ihn Solus erneut. »Im gesamten Areal wimmelt es von den Truppen des Archonten. Scheinbar hat auch die Inquisition ein Auge auf gewisse Ereignisse geworfen. Ich selbst bin einem Sterblichen und seinem Leibwächter über den Weg gelaufen. Sie schnüffelten herum. Zu viel, für meinen Geschmack.«

»Selbst wenn er heimgekehrt sein sollte. Ohne den Chor, ohne

Unterweisung kann er nichts ausrichten. Keiner wird ihm beibringen, was er zu tun vermag. Und außerdem hat er noch andere Probleme.«

»Inwiefern?«, fragte Solus.

»Er hat meinen Spionen zufolge nach dem Mord an Moreno irgendeine Art von Anschlag auf die Todesbotin verübt. Die Hetzhunde der verhassten Nachtmutter kleben an seinen Fersen wie Pech. Nicht lange, und es ist um ihn geschehen – so oder so.«

»Interessant«, sagte Solus, doch sein Gesichtsausdruck verriet seinem Gegenüber, dass er das keineswegs so empfand. »Aber das ist mir nicht Sicherheit genug.«

»Was schlägst du vor?«, fragte der Seneschall und nippte an seinem Wein.

»Vorerst sollen deine Quellen Ohren und Augen offen halten. Wir werden beobachten, wie sich die Dinge entwickeln. Sollte er einer von uns geworden sein und die Häscher der Sharis ihn nicht vorher erwischen, muss seine Stimme in den Chor, bevor er zu viel begreift.«

»Und der Plan?«

»Wir gehen vor wie beschlossen. Gib Dochàthi-Pavosa Bescheid, sobald du in den Chor eintauchst – spätestens in deinem nächsten Ruhezyklus. Sie soll ihre Vorbereitungen treffen, wir brauchen die Materialen.«

Rodamir-Ashavar senkte untertänig das Haupt. Einen Tick zu gehorsam. Beide Heimkehrer schwiegen und ließen ihre Augen über den Stab wandern. Über das Versprechen, das er darstellte. Das Ende der Wartezeit. Das Harren würde bald vorüber sein.

Aus den Chroniken des Kataklysmus der Erzmagi, verfasst dreihundert Jahresläufe nach dem Titanensturm, Anonymus:

In den Tagen, da die fünf unser Schicksal bestimmten, unsere Welt dem Untergange weihten, nahmen die Pogrome ihren Anfang. Wer aufrechten Glaubens war, der wurde anfangs nur der Lächerlichkeit preisgegeben, gleichwohl ob er sich dem Vater des Lichts oder der Mutter der Nacht verschrieb. Die hehre Wissenschaft, das Streben des Menschen, wie ein Gott zu sein, wurde das Credo dieser Tage. Rasch offenbarte sich, dass mitnichten die einfachen Leute streben sollten. Nein, die Erzmagi beanspruchten den Thron des Firmaments für sich. Sie verkündeten, überwunden zu haben, was nach dem Empfinden aller das Wesen des Menschen ist.

In der Zeit nach den Verboten sämtlicher Bekenntnisse des Glaubens begann die Jagd wahrhaftig. Unzählige wurden in den Tagen der Meisterzauberer den Flammen überantwortet, nur unbedachter Bemerkungen, Stoßgebete oder des zweifelhaften Verdachts neidischer Nachbarn wegen.

Solcherart ging ein Schatzhort des Wissens, der Anbetung und Riten verloren. Heute wissen wir zu wenig, um über IHN, der da der Lichtfürst geheißen wird, noch über die Nachtmutter zu berichten. Weder begreifen wir, warum der Kult des hehren Sonnenvaters den der Nachtmutter mit solcher Inbrunst zu vernichten sucht, noch was einst jedes Kind wusste: in welchem Verhältnis diese beiden Geschöpfe zueinander stehen. Ob sie wahrhaftig Verfeindete sind oder Verwandte, ob sie einander lieben oder hassen. Oder ob all dies und noch mehr zugleich zutrifft. Jeder, der anderes behauptet, weiß es schlicht nicht besser, ist ein Lügner – oder kennt eine Wahrheit, die uns bis dato verborgen.

Hora des Lichtfürsten, 301 adis Pentae

6. Greskegard

Es war das vielleicht hundertste Mal, dass er auf eine ganz und gar bewusste Weise einatmete. Obwohl die Abendluft, die als Begleiter des illusorischen Sonnenuntergangs durch die geöffneten Fensterläden in den Raum kroch, von der Unreinheit der Stadt schier überfrachtet war, roch sie unendlich süß. Für ihn. Es war die Nase eines freien Mannes, dessen Pläne funktioniert hatten, die nun die Atemluft eines freien Mannes einsog.

Sanftleben teilte Fenneks Enthusiasmus nicht – und das war nicht dem bestialischen Odeur der Penta-Luft geschuldet. Der fettleibige Koloss mit den drei Kinnen, die in seinem Nacken als Rollen ihren Widerpart fanden, kratzte sich an dem von Stoppeln übersäten Faltengebirge, das bei ihm als Gesicht durchging. Wobei »Stoppeln« das falsche Wort war. »Borsten« traf es eher.

Der ungeschlachte Scharfrichter war ein Oger von Kerl – ein verbannter Ambosskrieger, dem Fennek Greskegard einst das Leben gerettet hatte und der nicht mehr von seiner Seite wich. Und dieses Monstrum in der derben Lederkluft eines Foltermeisters lehnte seinem Meister gegenüber an der Wand neben dem Fenster. Aus Sanftlebens wulstigem Mundwinkel ragte ein Zahnstocher, der – hätte er sprechen können – um seinen Gnadenstoß flehte. Fennek verstand das. Er hatte eine genaue Vorstellung davon, wie es in Sanftlebens Mund zugehen musste.

Die bösartigen Schweinsäuglein des Giganten waren nicht auf Fennek gerichtet. Sie behielten Waleran unverwandt im Blick, ließen keine seiner Bewegungen unbeobachtet. Der schwere Streithammer, den Sanftleben bevorzugte und der mit seinen von Stahlpyramiden übersäten doppelseitigen Schlagflächen eher wie ein überdimensioniertes, besonders grausames Küchengerät aussah, lehnte griffbereit an der Wand neben ihm.

Fennek konnte sehen, dass es den Riesen in den Fingern juckte, das Ungetüm von einer Waffe zum Einsatz zu bringen. Ginge es nach Sanftleben, wäre Waleran längst ein missgestalteter Klumpen Fleisch. Ein Leichnam, dessen Gliedmaßen aus einer Abfallkiste in der nächsten Gasse ragten.

Der Myrmidone schien das nicht anders zu sehen. Er pirschte durch den Raum, ließ seinerseits Sanftleben nicht aus den Augen. Das Pochen seiner Stiefel wurde von den kostbaren Teppichen der Suite nur unzureichend gedämpft. Ein Tiger mit Zahnweh, bereit, bei der kleinsten Provokation zuzubeißen.

Versuch es, Wachhund. Der Heimkehrer-Templer hat meinen Knecht nicht töten können, warum sollte es dir also gelingen?

Ja, der Heimkehrer. Diese Wesen waren überhaupt das Problem, mit dem er sich konfrontiert sah. Sie hatten Fenneks Jagd auf den Totenkaiser empfindlich gestört. Irgendwie hatten sie den Assassinen ermordet oder zumindest schwer verletzt. War er einer von ihnen geworden? Was waren diese Kreaturen? Fragen über Fragen, derer er Herr werden musste.

Fennek rieb sich das stoppelige Kinn und konnte trotz all seiner Jahre der Jagd und seiner Erfahrung mit Männern wie Waleran einen verräterischen lang gezogenen Seufzer nicht unterdrücken. Er stahl sich ihm über die Lippen, und die Reaktion erfolgte prompt.

»Wann beginnen wir mit unseren Ermittlungen?«, fragte Waleran.

»Wenn wa anfang'n!«, knurrte Sanftleben. »Tu'n Lord nich' stör'n beim Denk'n, Hundsfott!« Langsam, mit jener zähflüssigen Grazie, die urgewaltigen Naturphänomenen zu eigen ist, löste sich der Koloss von der Wand und tat einen Schritt auf Waleran zu.

Der befingerte in einer miserablen Vorstellung einer vermeintlichen Routineprüfung seiner Waffe den Griff des Bidenhänders. Er hatte für ihre Mission die Weitsicht bewiesen, seine Prunkrüstung durch ein geschwärztes Kettenhemd und einfaches Lederzeug mit Pelzen zu ersetzen. Aber auf seinen Gassenhauer, die Flamberge mit langer Fehlschärfe und brutalen Parierhaken, hatte er nicht verzichten wollen. Es war eine ähnlich grausame Waffe wie Sanftlebens Hammer – und Fenneks prunkvolle Suite in der Pension »Stolz der Fünfstädte« bot beiden Kriegern wahrlich genug Platz, ihre Werkzeuge der Verwüstung zum Einsatz zu bringen.

Fennek erhob sich und stellte sich zwischen die beiden Kontrahenten. Ihm passte Walerans Anwesenheit ebenso wenig, er hatte jedoch eine genaue Vorstellung, was der Archont von einem zerschmetterten Lieblingshaustier halten würde – zu schweigen davon, wie Fennek es bedauern würde, Sanftleben zu verlieren. Oder seinen Kopf. Oder sein Prunkzimmer. Nach der Folterkammer wollte er auf diesen Luxus nicht verzichten.

»Genug jetzt«, blaffte er und legte die von seiner linkischen Erscheinung wohlfeil verborgene Autorität seines Amtes in jede Silbe. Seine Worte hatten auf die beiden Männer die Wirkung eines Peitschenknalls. Walerans militärisch gedrilltes Hirn ließ ihn Haltung annehmen, wohingegen sich Sanftleben einfach nur entspannte, sich erneut an die Wand lehnte und sich den scheinbar interessanteren Dingen in seinen Zahnlücken zuwandte. Seine Schmatzlaute übertönten das unbehagliche Schweigen.

Fennek setzte sich und demonstrierte Waleran gegenüber, dass er nicht vorhatte, sich von seiner Anstandsdame im Ringpanzer in irgendeiner Weise einschüchtern oder seinen Kurs vorgeben zu lassen.

»Wenn wir verstehen wollen, warum die Herrin Morven auf

solch tragische Weise sterben musste«, belehrte Fennek die beiden Zankhähne, »müssen wir zuerst begreifen, welcher Art die Verschwörung ist, die die Penta in ihrem Würgegriff hält.«

»Pentae«, warf Sanftleben ein, der für einen Augenblick seine künstliche Fassade des tumben Haudraufs fallen ließ. »In Argas hat's mindestens eine von 'n lebenden Tot'n.«

Fennek nickte. Die Herrin Pavosa Moreno. Jener Mordfall, der den Anfang vom Ende seiner Pläne markiert hatte. Die schnöselige Edeldame war nur Tage nach ihrem Ableben in der Stadt gesichtet worden. Unzähligen Menschen, die ihren Tod betrauert – oder besser: gefeiert – hatten, schien entfallen zu sein, dass die Göre je entleibt worden war. Es war ein eigentümlicher, verstörender Effekt, der in seiner Potenz und Reichweite alle Anzeichen jener Plage zeigte, die die Dämmerwelt erst in das Chaos der Nebelära gestürzt hatte.

»Wahre Magick«, sagte Fennek. »Die Heimkehr der Moreno markiert jene Verderbnis, die wir Wahre Magick heißen. Du hast recht, Sanftleben – wenn wir begreifen wollen, was die Heimkehrer sind, müssen wir einen von ihnen in unsere Gewalt bringen, mehr über ihre Pläne erfahren.«

»Argas, sagt Ihr, Lord Inquisitor?«, meldete sich Waleran zu Wort. »Ist das nötig?«

Fennek unterdrückte seinen aufkeimenden Zorn über die impertinente Einmischung des Elitekriegers. Er wandte ihm langsam den Kopf zu, schluckte die herablassende Entgegnung und den Befehl an Sanftleben, den Mann doch zu erschlagen, hinunter. »Ja, Hauptmann Waleran, ich denke, das ist es. Ich bin mir sicher. Seht Ihr, diese Heimkehrer sind Geschöpfe, die wir nicht begreifen. Mit so etwas hatten wir es selbst in den unseligen Tagen der Diadocheneinfälle noch nicht zu tun.«

In knappen Worten schloss Fennek einen Bericht jener Begegnung mit an, die Sanftleben und er am Rande des Gerberviertels mit dem gefallenen Templer gehabt hatten. Seine These, dass die

Kirche des Lichtfürsten hinter diesen Kreaturen steckte, behielt er vorerst für sich – die Hinweise in den Tiefen Fomors ließen eher den Schluss zu, dass dies Geschöpfe der Titanen waren.

Das sagte er Waleran, der achtsam lauschte und in einer unfreiwillig komischen Geste beim Denken den Finger an sein Kinn legte. Als Fennek geendet hatte, setzte sich der Leibwächter des Archonten auf einen der Korbstühle, die wie Atolle rund um die Insel des Schreibtisches verteilt waren.

»Er hat solche Hiebe überstanden?«, hakte Waleran nach. »Vielleicht habt ihr beide nur nicht hart genug zugeschlagen?«

Bevor sich Sanftleben auf den Soldaten stürzen konnte, schüttelte der Inquisitor mit Nachdruck den Kopf. »Er war tot. Zerschmettert. Gefaltet, wenn ihr so wollt. Aber sein Fleisch hat diese Hiebe regeneriert. Und er war entsetzlich stark.«

Bei seinen eigenen Worten und der Erinnerung an den Kampf in der Gasse erschauerte Fennek. Er war es gewohnt, Männer und Frauen zu jagen, die mordeten, schändeten und – was noch schlimmer war – zauberten. Oneiromanten, gefallene Arkanisten, Thaumaturgen, Geomanten, Elementaristen und Nekromanten. Sterbliche, die Umgang mit unfassbaren Kräften hatten, Tote auferstehen ließen oder die Elemente ihrem Willen unterwarfen, obwohl diese Praktiken aus gutem Grund verpönt waren.

Aber die Heimkehrer … Bei der Erinnerung an den geflügelten Schatten des Templers kamen Fennek uralte Schriften in den Sinn. Schriften, die die Kirche des Lichtfürsten verboten hatte. Texte und Folianten aus der Zeit vor der Nebelära, vor dem Aufstieg der Erzmagi. Und die Schilderungen der Dämonen des Abgrundes, der Dienergötzen, die einst gegen die Todesgöttin Sharis rebelliert hatten. Aberglaube, der als längst ausgerottet gegolten hatte. Fennek war sich nicht mehr sicher, ob er das noch als Tatsache hinnehmen konnte.

Waleran blickte zu dem feisten Barbaren an der Wand hinüber. Jede Herausforderung war vorerst aus seiner grimmigen

Miene gewichen. Auf seinen fragenden Blick, von einem Mörder zum anderen, antwortete der fette Koloss mit einem fast zahmen Grunzen und einer bestätigenden ausholenden Geste seiner Hand. Greskegard verstand sie nicht, aber sie schien etwas mit dem Grad des »Totseins« des Heimkehrers zu tun zu haben und anzuzeigen, wie zerschmettert der Templer auf einer erdachten Skala soldatischen Begriffsvermögens war.

Wenn der Inquisitor die Geste richtig interpretierte, war der Mann sehr, sehr tot gewesen, etwas, das sich durchaus mit Fenneks Beobachtungen deckte. Sanftleben hatte den Templerheimkehrer mit zerschmetterten Gliedern mit just dem Hammer, der neben dem Kleiderschrank lehnte, in eine Fachwerkmauer gedroschen und den Kopf des Wesens bis zur absoluten Unkenntlichkeit zermalmt.

»Ihr werdet mir nach so einer Schilderung zustimmen, Hauptmann Waleran, dass wir genau auswählen müssen, welche dieser wehrhaften Kreaturen wir in Gewahrsam nehmen wollen. Pavosa Moreno könnte eine von ihnen sein, es ist sogar mit Sicherheit so, nach dem, was wir beobachten konnten. Aber sie war zu Lebzeiten nur eine fette Göre, keine Kriegerin. Analog lässt sich folgern, dass wir ihrer leichter habhaft werden dürften als eines ausgebildeten Kämpfers …«

»… der noch dazu über solche Fähigkeiten gebietet.« Waleran nickte zustimmend.

»Einverstanden«, sagte er, so als benötige der Inquisitor seine Zustimmung für die Erledigung seiner Arbeit.

Greskegard schluckte den Geschmack bitterer Galle hinunter, mit dem das Verhalten des Hauptmanns seinen Mund füllte.

Sobald du nicht mehr gebraucht wirst, mein Freund, werden sich unsere Wege trennen, und es wird ein wahrlich schmerzlicher Abschied werden. Zumindest für einen von uns.

Fennek lächelte den einäugigen Krieger so falsch an, wie er nur konnte – ein Blick, der sämtliche knappen Milchvorräte der

Penta in einem einzigen Augenblick hätte im Euter sauer werden lassen. Huldvoll legte er die flache Rechte auf sein Herz und neigte nahezu unmerklich den Kopf in einer Geste geheuchelten Respekts.

Fennek nahm die Einmischung in sein nicht weisungsgebundenes Amt hin. Er war es gewohnt, dass sich andere, dreiste Stimmen in seine Tätigkeit einmischten. Meistens erschallten sie aus dem Mund protestierender Adeliger. Der Inquisitor und sein bulliger Kettenhund waren noch jedem dieser Querulanten beigekommen. Die wenigen Klugen unter ihnen hatten früh genug eingelenkt. Den Rest hatten sie … überzeugen müssen.

Bei Waleran schien das so funktioniert zu haben. Der Myrmidone machte ein Gesicht, das auf seinen brutalen Zügen nur umso verstörender wirkte. Ein breites Lächeln unverhüllter Selbstzufriedenheit, das für die gesamte Dämmerwelt zu verkünden schien: Seht her, ich habe einen Inquisitor in die Schranken gewiesen.

Fennek schwor sich, dem Mann dieses Lächeln mit einem Stilett, Meißel oder einem anderen geeigneten Instrument von den Knochen zu schälen.

»Wir kommen überein, dass wir mehr Informationen, mehr Kenntnisse brauchen, bevor wir einen Schlag gegen diese Heimkehrer führen?«, fragte er stattdessen. »Dann sollten wir uns vorbereiten und keine Zeit verlieren. Wir müssen nach Argas«, fügte er hinzu, bevor Waleran erneut die Kontrolle übernehmen konnte. »Wir sehen uns morgen früh im Speiseraum und reisen direkt nach dem Frühstück ab.«

Waleran deutete ein knappes Nicken an und stapfte aus dem Raum. Seine Aura sichtlicher Befriedigung begleitete ihn und war nach wie vor so stark, dass Greskegard befürchtete, sie könne jede Sekunde inkarnieren und als zweite, fleischgewordene Person neben dem Myrmidonen einherschreiten. Mit Waleran und seinem aufgeblähten Ego verließ die gute Laune, die der Inquisitor vorhin noch über den Geruch der Freiheit verspürt hatte, den Raum. Er stieß einen einzigen schier endlosen Atemzug aus, eine seltsame Sache, teils befreites Ausatmen, teils Stoßseufzer. So wartete der Jagdrichter. Wartete und lauschte, ob sich neugierige Ohren noch gefährlich nah befanden. Das Schweigen zog sich. Irgendwann wurde es Greskegards vierschrötigem Begleiter zu bunt.

Sanftleben durchmaß den Raum mit drei Schritten und ging zu einer Obstschale. Er nahm einen schrumpeligen Apfel und ließ das Obst in seinem Mund verschwinden, wie ein normal großer Mensch es mit einer Pflaume oder Kirsche tun mochte. Saft rann, begleitet von einer Kakofonie unappetitlicher Laute, über die borstige Wüstenei seiner Kinne. »Wat machen wir mit dem Arschloch?«

»Gemach, mein Freund«, beschwichtigte der Inquisitor. »Unser Trabant mag noch in einer Umlaufbahn um das Gestirn unserer Pläne kreisen – aber etwas sagt mir, dass dieser unerwünschte Mond bald der Sonne zu nahe kommen wird. Und dabei kann so ein Gerngroß von einem Begleiter schon verglühen.«

Sanftleben war kein Idiot, auch wenn dies sein Äußeres vermuten ließ. Er hatte nicht nur den Tonfall, sondern die Bedeutung der Analogie verstanden und grinste ein so mörderisches Grinsen, dass Fennek keiner Betrachtung der mangelhaften Zahnhygiene seines Leibwächters bedurfte, um zu erschauern.

»Lassen wir ihn vorerst den Herrscher markieren. Soll er sich doch als rechte Hand des Archonten aufspielen. Seine Aufgabe ist, auf diesem Ball unsere Anstandsdame zu spielen. Und das kann er gern weiterhin tun. Aber irgendwann geht jedes Fest zu Ende und die Gäste nach Hause. Manchmal gehen sie auf dem Heimweg verloren.«

Fennek bleckte bei diesen Worten die Zähne. Ein bösartiger Hund, der darauf wartete, die Hand an seiner Leine zu zerfetzen.

»Wir machen ja eh nix andres, als Heimkehrer zu jagen. So oder so«, entgegnete Sanftleben.

»Ganz genau. Wir holen uns die Informationen, die wir benötigen – und dann setzen wir unsere Hatz auf Clach fort.«

»Und wenner zu stark is'? Weil er nu einer von denen is', wie das Mädel gesacht hat? Was, wenn wir'n auch nich zu packen kriegen?«

Fennek legte geziert die Fingerspitzen über der Tischplatte aneinander. Er lächelte sein kaltes Lächeln, das auf seiner linkischen Fassade so fehl am Platze wirkte. Es war ein Lächeln, das Fennek für jene reservierte, die das Pech hatten, auf der Streckbank seines Knechts zu enden.

»Für diesen Fall habe ich einen Ausweichplan, mein Freund. Einen Plan, der zwar unsere Jagdlust auf den Totenkaiser nicht befriedigen mag – aber der uns ganz und gar die gleichen Resultate liefern wird.«

»Was ist der Haken?«, wollte der Koloss wissen.

»Der Haken ist, dass viele Leute sterben werden. Sehr viele Leute, wenn wir diesen Plan in die Tat umsetzen. Und dass er dem Machtgleichgewicht der Penta nicht guttun könnte.«

Sanftleben schniefte. Das Faltengebirge seines Gesichts erschlaffte, verriet Fennek, wie egal dem Ambossriesen solche Konsequenzen waren. Mehr noch, in den Augen des Barbaren blitzte es gefährlich. Für einen Mann seiner Herkunft waren unzählige Tote kein Problem. Sie waren eher ein Versprechen. Die Gewährleistung, dass es Beute und viel Ehre geben würde.

»Was für ein Plan ist das?«, fragte Sanftleben.

Der Inquisitor verriet es ihm.

In dieser Nacht gingen sie nicht früh schlafen. Ganz im Gegensatz zu Waleran, der eine Etage unter ihnen unruhige Träume träumte. Äußerst unruhige Träume, in denen die Penta in Blut ertrank.

Es war der erste Albtraum seit den Tagen seiner unermesslich harten Grundausbildung vor zwanzig Jahren.

7. Clach & Ormgair

Nur wenige sahen das seltsame Gespann, das sich durch die nächtlichen Straßen der Penta bewegte. Wo sich Zeugen ihres Wegs durch das Gewirr der Gassen und Straßen fanden, wandten sie den Blick ab. Zu verstörend war der Anblick des riesenhaften, verhärmten Mannwolfs im Kilt und seines neben ihm winzig erscheinenden Begleiters, der eine Schleppe aus gestaltgewordener Dunkelheit hinter sich herzuziehen schien.

Später würde es den Leuten schwerfallen, sich der schattenhaften Gestalt in Kapuzenumhang und Lederzeug zu erinnern. Einige würden Stein und Bein schwören, ausschließlich einen Ambossbarbaren gesehen zu haben, der Selbstgespräche führend durch die Straßen wandelte. Ihnen allen würde gemein sein, dass sie in dieser Nacht nur schwerlich Schlaf finden würden – und wenn doch, so sollte dieser von Albträumen geplagt sein.

So beschrieb das ungleiche Duo seinen Weg unter dem Auge eines falschen Mondes. Nach einiger Zeit schälte sich der Umriss des vergessenen Tempels aus dem Zwielicht.

Ohne zu zögern, schlüpfte Clach durch in ihren Angeln hängende, mit Bildwerk verzierte Torflügel, durch die sich silbriges Licht ergoss. Dahinter lag ein verwüstetes Atrium, das den bedrückenden Glanz vergangener Jahrhunderte atmete.

Klassische Statuen blickloser Frauen waren von ihren mannshohen Sockeln geworfen worden, um an die Edelsteine ihrer Augen zu gelangen. Reliefs und Mosaike waren des Goldes und

Platins wegen ausgekratzt worden. Die Zisterne in der Mitte des Atriums war ein schlammiger Pfuhl, in dem im Sommer fette Karpfen unter der Oberfläche gründelten. Bevor sie sich nun, im Sonneleid, dem, was in grauer Vorzeit als Herbst bekannt gewesen war, in die Finsternis der Katakomben unter dem Tempel verzogen. Es wurde zu kalt. Der Geruch von Moos und schleichendem Verfall lag über allem, verlieh diesem Ort zusammen mit dem bleichen Silber des Mondes eine würdevolle, verträumte Melancholie. Ein Versprechen, eine Sicherheit, dass dieses Schicksal dereinst allen Imperien, die von Menschenhand errichtet worden waren, blühe.

Hinter Clach zwängte sich Ormgairs Gestalt durch das Tor, das für weitaus kleinere Menschen erbaut worden war. Hier standen sie beide, der alte, ausgemergelte Nebeljäger und seine einstige erkorene Beute, ein schattenhaftes, bleiches Rudiment von einem Meuchlerkönig. Clach konnte sich wahrhaft keinen passenderen Hofstaat wünschen als die verfallenen Relikte einer untergegangenen Zeit, um eine solch seltsame Zusammenkunft zweier derart grundverschiedener Gestalten zu bezeugen.

»Wir sind hier«, sagte der Totenkaiser. »Fort von den Häschern des Sharis-Tempels. Zeit, deinen Teil der Absprache einzuhalten. Danach sehen wir weiter.«

»Du meinst, danach wirst du mich töten«, stellte Ormgair mit kühler Ruhe fest. »Oder es zumindest versuchen, sobald meine Nützlichkeit für dich endet.«

Clach ging auf eine der wenigen noch stehenden Monumentalstatuen einer der Heiligen des Lichtfürsten zu. Er erklomm sie in Windeseile, indem er Spalten und Flechten rund um den Torso der Statue nutzte, um auf ihre Schultern zu gelangen. Für einen Beobachter musste es wegen seines Umhangs und des Effekts, den Clach auf Schatten hatte, so aussehen, als winde sich eine schwarze Riesenschlange um die Figur, nur um als Humanoider neben ihrem Kopf zu erwachsen.

Clach setzte sich und ließ die Beine baumeln, sodass sie auf der linken Brust der Heiligen zur Ruhe kamen. Er legte die Hände geduldig zusammen und blickte aus sechs Schritt Höhe auf den Barbaren herab, der nur seines Alters wegen nicht bis an den Gürtel der Toga des Standbildes heranreichte.

»Nicht wirklich, nein«, antwortete der Totenkaiser. »Für jemanden, der es darauf anlegt, mich zu töten, klingst du geradezu vorwurfsvoll, alter Mann.«

»Das war einst. Jetzt ist jetzt. Das Morgen existiert noch nicht«, gab der alte Barbar formelhaft zurück und legte zur Bekräftigung vor seiner Brust die rechte in die linke Faust.

»Glaub mir, von dem, was war, verstehe ich etwas mehr als du, auch wenn du der ältere Mann bist. Das, was war, siehst du hier vor dir.«

Ormgair ließ seinen Blick durch den Tempel schweifen, so als suche er nach dem, was Clach meinte.

»Hier oben, meine ich!«, sagte Clach schroff und deutete auf sich. »Du sagst, du warst der Mann, der meinen Tod wollte. Nun, du hast ihn. Ich lebe nicht. Nicht mehr. Ich bin meine eigene Vergangenheit – ohne eine Zukunft als Mensch.«

Er lehnte sich nach vorn in das Mondlicht, dessen silbriger Glanz zu den Kontrasten gehörte, die er als Heimkehrer erblicken konnte. Er wollte, dass Ormgair sah, was von seinem Gesicht übrig war, doch der Barbar zeigte keine Reaktion.

Der Totenkaiser zog seinen Kopf in den Schatten seiner Kapuze zurück und entledigte sich seiner Handschuhe. Die Haut seiner Finger war makellos weiß. Er betastete sein Gesicht. Keine dehydrierten Täler, keine raue, vertrocknete und schwärende Haut. Nur kühle, blasse Intaktheit unter den Kuppen seiner Finger.

Der alte Wolf schaute Clach bei seinem Tun zu. Seine bärtige Miene mit den im Nachtwind pendelnden Bartzöpfen verriet weder Belustigung noch Furcht. Geduldig wartete er, bis Clach fertig war.

Fahlsang hatte recht, dachte der Totenkaiser. Die Worte des Phantompriesters hallten in seinen Ohren nach. Er hatte Clach gewarnt, dass er des Menschenfleisches bedürfe, um seine Gestalt zu erhalten. Sich zumindest körperlich nicht zu verlieren. Der Fluch des Heimkehrers würde Clach antreiben, selbst wenn er zu einem fleischlosen Gerippe verkümmert war. Und sein Verfall würde weitaus rascher voranschreiten als der einer echten Leiche.

»Du kannst sprechen. Deine Waffen führen. Kämpfen und töten. Das ist mehr, als ein Mann braucht, um sein Schicksal zu bestimmen«, sagte der Ambosskrieger im Brustton der Überzeugung. »Sieh mich an. Ich bin alt. Und dennoch kämpfe ich. Töte. Ich lebe.«

»Und genau darin unterscheiden wir uns«, gab Clach zurück. »Ich lebe nicht. Nicht mehr. Ich habe mich grundsätzlich verändert – und bin mir immer noch nicht sicher, ob mir diese Transformation behagt. Und ich töte nur aus zwei Gründen: wenn ich mich verteidigen muss. Und wenn mich jemand dafür bezahlt.«

Er war überrascht, wie bereitwillig er mit dem alten Wolf sprach. Dass er überhaupt so viel sprach. Zeitlebens war er allein gewesen. Hatte allein funktioniert, nur begleitet von den Kernprinzipien seiner Existenz, Kontrolle und Disziplin. Was faszinierte ihn an dem Alten so, dass er ihn hierhergeführt hatte, damit sie ungestört sprechen konnten? War es die Neugier darauf, was Greskegard mit ihm vorhatte? Kaum. Er war zeitlebens schon fühllos gewesen. Hatte instinktiv gewusst, dass sein Mangel an Empathie und anderen Emotionen außer Zorn und der Euphorie des Tötens ihn vom Rest der Menschheit trennte.

Nein, beschloss Clach. *Hätte ich das wissen wollen, ich hätte zehn Jahre Zeit gehabt, es herauszufinden.*

Waren es nicht eher ihre Unterschiede? Ihre Gemeinsamkeiten? Der alte Barbar war ein einsamer Wolf. Ein Kämpfer, der seinen Kampf ebenso wie Clach auf sich gestellt kämpfte. Doch er hatte mit dieser Daseinsform gebrochen. Sprach mit seinem einstigen Ziel. Und – nicht zuletzt – hatte er vereitelt, dass Clach den Häschern des Sharis-Tempels in die Klauen geriet.

»Ich habe eine Frage an dich, wenn es genehm ist«, sagte der Totenkaiser.

Der Barbar antwortete nicht. Bis auf sein schwingendes Barthaar und die leichten Bewegungen seines Umhangs und seines Kilts verharrte er ebenso unbewegt wie die Figurinen im Atrium. Der Mond glänzte auf seinen Sturmaugen, während er Clach aufmerksam musterte.

»Warum wolltest du mich töten? Ich habe nie auch nur einen Kontrakt angenommen, der in den Ländern des Amboss angesiedelt war. Keinen deines Volkes habe ich je angegriffen. Und aus heiterem Himmel tauchst du hier auf und trennst mich mit deinem Monstrum da durch.«

Clach deutete auf das Bastardschwert des Barbaren, das in normalen menschlichen Händen noch gut als echter Bidenhänder durchgegangen wäre. Als Reaktion darauf zog der Riese die Klinge. Ohne es unterdrücken zu können, gab Clach ein tierhaftes Zischen von sich. Für seine Augen brannte die Klinge einen Moment lang unirdisch hell, loderte in weißen Flammen, die mit dem endlosen Rhythmus einer Brandung über den weiß glühenden Stahl leckten. Er bezweifelte nicht mehr, dass dieser Alte ihn töten konnte. Und es vielleicht – nur vielleicht – schaffen würde, wenn er es denn versuchte. Dann erlosch die Flamme der Macht, die der Schneide innewohnte.

Statt ihn mit der Waffe zu bedrohen, ging der Barbar zu dem Kopf eines Heiligen, der sich beim Einsturz der Figur vom Rumpf gelöst hatte. Er setzte sich, holte ein Öltuch und einen Wetzstein aus den Beuteln und Taschen an seinem Kilt. Dann begann er damit, sein Schwert zu pflegen. Clach entspannte sich, wenngleich es ihm schwerfiel, seinen Blick von den intensiv schimmernden Runen neben der Blutrinne der Klinge zu lösen.

Der Wind fuhr winselnd durch das Mauerwerk, strich über

die Relikte vergangener Tage. In der Stadt schrie jemand – ob aus Lust, Furcht oder Vergnügen, war nicht auszumachen. Ein Hund antwortete. Abermals Stille. Schließlich durchbrach der Riese ihr Schweigen.

»Ich dachte, dein Kopf würde mir Ehre bei meinem Volk einbringen. Deine Legenden kennen wir bei uns, musst du wissen.« Die Stimme des Alten hatte etwas von Mühlsteinen, die übereinanderskratzten. »Und es stimmt nach wie vor. Dein Haupt wäre ein gewaltiger Siegespreis.«

»Und wieso willst du es nicht mehr?«, wollte Clach wissen. »In diesen Tagen scheint es jeder auf mich abgesehen zu haben. Nicht, dass ich mich beklagen könnte – es war meine eigene Schuld. Zu viele leichte Aufträge. Ich bin zu unvorsichtig geworden.«

»Das denke ich nicht«, antwortete der Barbar, ohne den Blick zu heben.

»Nicht?«

»Nein. Das, was hier vor sich geht, in der Welt, meine ich, ist größer als du oder ich.« Ormgair spuckte aus. »Viel, viel größer. Man hat uns beide benutzt. Und nicht nur uns, habe ich den Eindruck.«

»Wer hat uns benutzt? Diese fehlgeleiteten Irren aus den Tiefen Fomors?«, fragte Clach, obschon er die Antwort längst kannte.

»Diese Heimkehrer. Man müsste schon ein ziemlicher Idiot sein, um nicht zu merken, dass diese Teufel dahinterstecken.«

»Was macht dich so sicher, dass ich nicht dazugehöre«, fragte Clach. »Immerhin bin ich einer von ihnen.«

»Du gehörst nirgends dazu«, sagte Ormgair. »Du bist wie ich: allein. Und es gefällt dir so.«

Sie schwiegen erneut einige Zeit. Der unsichere Friede zwischen ihnen war im Verlauf ihrer gegenseitigen Annäherung scheinbar einer Form stummen gegenseitigen Respekts gewichen – das war zumindest das, was Clach für den tapferen alten Wolf empfand. Schließlich war es der Totenkaiser, der das Schweigen brach.

»Sag es mir, Barbar.«

»Ormgair.«

»Wie bitte?«

»Das ist mein Name, Cyning der Toten. Ich bin Ormgair Steinviper, Letzter der Tanleigh. Ich erspare es dir, die Reihe meiner ruhmreichen Ahnen aufzuzählen. Ich denke nicht, dass du ein Mann bist, dem Familie etwas bedeutet.«

»Genauer gesagt bin ich überhaupt kein Mann mehr«, gab Clach achselzuckend zurück. »Aber genug davon: Was will Fennek Greskegard mit mir?«

Ormgair schärfte weiter seine Klinge, pflegte das Metall. Er ging mit methodischen Bewegungen vor – und Clach geduldete sich, wartete in aller Ruhe. Er konnte sehen, dass der Barbar einer Kultur entstammte, die in der Regel nichts aus dem Stegreif und ohne sorgfältige Überlegung tat. Etwas, das diese Kultur mit Clach gemein hatte. Zumindest mit seinem alten Ich. Was sie und den Nebeljäger für ihn immer sympathischer werden ließ. Gerade eine Erzählung bedurfte gewisser ritueller Formen – der Totenkaiser hatte mehr als einen Barden gekannt. Und unter die Erde gebracht. Er legte die Hände gefaltet in den Schoss. Die Welt mochte farblos für ihn geworden sein, doch die Gerüche der Nacht, den ruhelosen Puls der Stadt – diese Dinge vernahm er umso deutlicher. Der Nachtwind säuselte um seine Nase, strich über den Körper, der ihm für eine Ewigkeit als Gefängnis dienen sollte.

Und da, nach einem letzten, seufzenden Luftholen, begann Ormgair zu reden. Sein Bericht, seine Geschichte hätte knapp ausfallen können, doch offenbarte sich, aus was für einer anderen Welt der Nebeljäger stammte. Steinviper berichtete alles, jede Nuance, jede Facette seiner Reise, die bei einer Verfolgung einer Gruppe feindlicher Stammesmitglieder begonnen hatte und hier, an diesem Punkt, endete.

Er erzählte Clach von jenem Wesen, das er »den Listigen« nannte. Und vom Fund der Klinge. Besonders dieser Teil der Schilderungen faszinierte den Totenkaiser. Schloss er doch einen Kreis und bestätigte zugleich die Worte, die der Geisterpriester Fahlsang in der vergessenen Unterwelt von Scathach, jener Hochburg der Älteren Dunkelheit an ihn gerichtet hatte.

Endlich war es so weit.

»Wir waren ihm hilflos ausgeliefert«, grollte Ormgair, und in den Sturmaugen des Riesen loderten ferne Flammen. Clach war fasziniert, einen Blick solcher Qual bei einem Krieger wie dem Nebeljäger zu entdecken. »Als Morven ihm sagte, dass er ihr Oheim ist, wurde es noch hässlicher«, fuhr der alte Wolf fort. »In diesem Moment offenbarte der Stadtling Greskegard, wofür er deiner habhaft werden will. Er ist mit dem Mann verwandt, den ihr den Archonten nennt – und dieser hat dich in jungen Jahren benutzt, seine Sippe auszulöschen. Greskegard war damals entweder nicht zugegen, oder er hat überlebt – das habe ich nicht wirklich verstanden. Aber er will deine Zeugenschaft, um vor einem Thing eurer Stadtlingältesten zu beweisen, dass er der wahre Archont ist. Dann hat er sie getötet. Weil sie ihm den Weg zu diesem Mann ebnen würde.«

Die Augen des Barbaren schimmerten in einer sachten Feuchtigkeit, und Clach achtete darauf, den greisen Wolf in dieser Lage nicht unbedacht zu provozieren.

Ormgair spie aus, teils aus Selbsthass und teils aus Trauer. Er wischte sich unwirsch über die Augen, so als wäre nur Staub hineingelangt, und kickte das Bruchstück einer Statue über den Hof.

»Nun weißt du es«, grollte er. »Nun weißt du alles. Den Grund meiner Anwesenheit hier – und den Grund, warum ich diese Gestade, eure Penta, verlassen will.«

Das also war es. Fennek Greskegard wollte Clachs Wissen. Ihn in einem politischen Ränkespiel benutzen.

Wann ist er mir entgangen?, wunderte sich der Totenkaiser. *Mir ist nie jemand entgangen. Jemand muss schützend die Hand über ihn gehalten haben. Oder er gebietet über Kräfte, die ihn vor der Entdeckung durch die Auguren der Sharis bewahrt haben. Die Totenleser machen keine Fehler. Der Kontrakt ging über die ganze Familie. Wie konnte mir Fennek durch mein Netz schlüpfen?*

»Was hast du nun vor, alter Mann?«, fragte Clach. »Willst du losziehen und einen Inquisitor der heiligen Korona erschlagen?«

»Genau das werde ich tun«, antwortete der alte Wolf. »Und danach werde ich herausfinden, wie lange man mein Volk belügt. Die Titanen, so wie wir sie verehrt haben, gibt es nicht. Diese Wesen kennen keine Ehre, keinen noblen Tod. Sie – oder eine andere, noch geheime Kraft – schicken Kreaturen wie den Listigen.« Er legte die Hand um die Schneide seines Bastardschwertes. Zog die Faust nach unten, so als umklammere er ein Seil. Angewidert und fasziniert zugleich stelle der Totenkaiser fest, dass er den Geruch des Blutes in der Luft nicht nur über diese Entfernung zwischen ihnen riechen konnte – sondern dass er ihn appetitanregend fand. Geradezu köstlich.

Der Nebeljäger murmelte unhörbare Schwüre.

»Bevor diese alte Hülle ihren letzten Atemzug tut, will ich wissen, wer hinter all dem hier steckt. Seit mich der Hexer der hundertfach verfluchten Kreenhunde in den dunklen Abgrund seiner Visionen geschleudert hat, zerbrechen die Welt und die Ordnung, die ich kenne. Ich stehe am Ende meines Lebens – fühle mich aber wie ein Welpe, der nichts begreift.«

Der Hass und die unstillbare Wut, die in der Stimme des alten Barbaren lagen, pulsten für Clachs neugeborene, heimgekehrte Augen durch die Nacht. Den Ringen ähnlich, die ein Stein im Wasser eines Tümpels warf – es waren Wellen, die mit jedem Schlag des alten Herzens von Ormgair ausgingen und den Totenkaiser mit der Wucht von Ohrfeigen trafen.

Clach war sich plötzlich sehr sicher, dass nicht einmal die Götter oder jene Monstren, die er in der Unterwelt gesehen hatte, diesen Mann aufhalten würden. Und dass es zweckmäßig und von einer kalkulierbaren Vernunft war, sich besser auf der Seite der Verbündeten des Alten zu wissen, als sein Können gegen dieses ergraute Raubtier auf die Probe zu stellen.

Wie um seine Gedanken zu widerlegen, stieß der alte Wolf einen resignierten Seufzer aus. Für einen Moment sah er nur wie das aus, was er ohne den Zorn und Kampfeswillen war: ein Mann am Ende seines Pfades, der nichts vor sich sah denn die endlose Nacht jenes winterlichen Waldes, dessen Stille dereinst jeden Menschen umfängt.

Mit einem Ächzen erhob sich Ormgair und strich seinen Kilt glatt. Fetische aus Rabenschädeln und Raubtierzähnen klickerten. Ein Windspiel aus Glas hätte vor dem Hintergrund einer solchen Begegnung wie der ihren keine würdigeren Töne verbreiten können.

Der Totenkaiser spürte einfach, dass es eine Nacht war, die die Dinge ändern würde. Es war, als hätte ihm seine neue Daseinsform die Sinne geschärft. Ihn hellfühlig gemacht für die feinsten Verästelungen und verschlungenen Pfade, auf denen sich das Schicksal an seine ahnungslosen Opfer anschlich. Clach wusste mit Gewissheit, dass ihr Handeln in der kommenden Zeit gravierende Auswirkungen haben würde.

»Was ist nun, Cyning der Toten? Wie soll es weitergehen? Kreuzen wir unseren Stahl? Oder unsere Pfade?«

Ormgair stand in herausfordernder Pose da. Der Totenkaiser musste sich bezähmen, um nicht auf die unausgesprochene Kampfansage einzugehen – es juckte ihn in den Fingern, seine neuartigen Fähigkeiten an einem Feind zu erproben, der nicht ohne Weiteres klein beigab. Aber nicht auf diese Weise. Nicht ohne triftigen Grund. Es würde genug Blut in den kommenden Zeiten zu vergießen geben. Mehr als sein unheiliger Hunger nach dem Kitzel der Jagd verschlingen konnte, der jetzt, da er ein Heimkehrer war, einem omnipräsenten Nagen in seiner Magengrube gewichen war.

Clach schob den Kopf unter seiner Kapuze vor, sodass die Fahle des Mondlichts seine Marmorhaut beleuchtete. Er zog die Schals und Tücher nach unten, enthüllte ein Gesicht, dessen gemeißelter Härte schon zu Lebzeiten jede Form von Gnade abgegangen war. Die Andeutung eines Lächelns lag auf strichdünnen Lippen.

Der Totenkaiser stieß sich ab und kam trotz der beträchtlichen Höhe des Standbildes nur eine Armlänge von Ormgair entfernt ohne die Spur eines Stolperns auf. Bevor der Wolf seine Torheit als Angriff werten konnte, schoss der Arm des Totenkaisers vor.

Der Nebeljäger blickte einige Sekunden verständnislos auf die dargebotene Hand – ergriff sie zu jener seltsamen Grußform, die zivilisierte Stadtlinge zu bevorzugen schienen. Clachs Hand verschwand in der seinen.

»Wir kreuzen unsere Pfade«, sagte Clach. »Und durchkreuzen die Pläne meines alten Freundes Fennek. Seine Jagd auf mich geht viel zu lange ohne jeden Lohn vonstatten – Zeit, dass er mehr von mir zu sehen bekommt als meine Arbeit und meinen Rücken.«

»Wo finden wir ihn?«, fragte der Barbar, verblüfft von Clachs Reaktion und ohne seine Hand loszulassen.

Der Totenkaiser betrachtete die Pranke des Alten, in die seine eigenen schlanken Hände zweimal hineingepasst hätten und die weiter kräftig auf und ab schüttelte. Es war dem Barbaren anzusehen, dass ihm die ungewohnte Grußform unangenehm war. Schließlich riss sich Clach los.

»Fennek und mich verbindet ein altes Band. Vielleicht das einzige, das es je zwischen mir und einem anderen Menschen gegeben hat. Auf eine bizarre Weise kennen wir einander und das Verhalten des jeweils anderen. Ich weiß nicht … es ist wie …«

»Wie bei Vater und Sohn?«, half Ormgair aus, und Clach konnte keine Spur von Spott oder Häme auf dem Gesicht des Alten erkennen.

Wobei er, wenn er ehrlich war, schon zu seinen Lebzeiten Probleme damit gehabt hatte, die Gefühle seiner Mitmenschen zu verstehen. Oder – was für seine Berufung unerlässlich war – sie nachzuempfinden. Es war, was ihn so gut machte. Er verstand Beziehungen auf eine andere Weise als seine Zeitgenossen. Wenn er sie überhaupt nachvollziehen konnte. Für ihn waren die Beziehungen zwischen den Menschen stets eine Sache gewesen, die er zu seinem Vorteil nutzen konnte. Mütter lieferten bereitwillig ihre Ehegatten ans Messer, wenn sie vor der Wahl standen, stattdessen ihre Brut zu verlieren. Solche Verhältnisse begriff er. Nicht, dass er je Kinder im Übermaß gemordet hatte, geschweige denn Freude an solch leichtem Wild empfand. Ein wahrer Meister der Schattenkunst folgte einem Kodex, der sich auf moralisch perverse Weise unumstößlichen Prinzipien unterwarf.

»Vielleicht das«, sagte Clach. »Jedenfalls habe ich es mir zur Aufgabe gemacht zu wissen, wo mein alter Feind steckt – und was er vorhat.« Er lächelte bei der Erinnerung, wie oft er den Inquisitor und sein riesenhaftes Haustier schon genasführt hatte.

Der alte Wolf legte den Kopf leicht schief. Das Leder seines Gesichts warf Falten. Dann rollte ein Geräusch aus seiner Kehle, ein raues Bellen mit dem Unterton abgehenden Gerölls.

»Wenn du lachst, dann klingt das, als würde man einen brennenden alten Köter den Hang eines Steinbruchs hinuntertreten«, stellte Clach fest.

»Du spielst mit ihm«, bellte Ormgair, dem Tränen in den Augen standen. Das war eine dieser Sachen, die den Totenkaiser verwirrten – wieso lachten manche Leuchte, vergossen dabei aber Tränen?

»Dieser Sohn einer räudigen Hündin brüstet sich damit, wie oft er dir bei der Jagd nahe gekommen ist. Sein Leben kreist nur um dich – und was du darstellst. Und du spielst nur mit ihm«, röhrte der Barbar.

»Du musst nicht gleich die Nachbarschaft zusammenschreien!«, zischte Clach. »Weißt du, wie lange es gedauert hat, bis die Leute diesen Tempel mieden?«

Immer noch von Lachkrämpfen geschüttelt, rieb der Barbar den Unterarm über seine tränenden Augen, schniefte und seufzte wohlig und lang. Schließlich schnäuzte er sich mit Wohlgefallen in die Haare auf der Oberseite seines Unterarms, den er an seinem zerlumpten Überwurf abwischte. »Das war gut. Das hatte ich gebraucht. Bei allen Höllen, die letzten zwei Monde waren einfach zu viel«, verkündete er.

Er schniefte nach wie vor und seufzte hier und da. Der Totenkaiser wusste nicht, ob aus Un- oder Wohlbehagen. Bevor der Meisterassassine reagieren konnte, schlug der Alte ihm mit seiner monströsen Pranke auf die Schulter und grinste. Die Kraft seiner Muskeln war ungeheuerlich und trotz seiner übernatürlichen Stärke zwang die freundschaftliche Geste – Clach verstand aus Erfahrung, dass sie so gemeint war – ihn in die Knie.

»Wir beide werden noch Waffenbrüder, du und ich. Wir trinken süßen Skech und Mjaedh und steigen Schildmaiden nach!«, verkündete der Riese. »Oder aber wir schicken unsere Seelen im Zweikampf schreiend in die Höllen! Bei den Titanen – was für eine Schlacht das wäre!«

»Das könnte eher geschehen, als dir lieb ist, wenn du mich noch mal anrührst«, versprach ihm der Totenkaiser. Doch innerlich war er beruhigt. Solange sich ihm der Riese verbunden fühlte, solange sie Interessen teilten, so lange konnte er die Konfrontation mit dem Barbaren vermeiden.

»Wie gehen wir sie an?«, fragte Ormgair. »Fallen wir einfach über sie her?«

»Ich habe da eine bessere Idee. Etwas dreister zwar, aber nichtsdestotrotz effektiver. Wir wollen schließlich nicht, dass unsere beiden Freunde Verstärkung bekommen, wenn wir sie konfrontieren.«

»Ich fürchte keine Verbündeten«, sagte Ormgair. »Ich würde die Herausforderung begrüßen.«

»Mag sein. Aber ich nicht. Ich will, dass diese Sache schnell und effizient über die Bühne geht. Wir fassen sie, machen Fenneks Leibwächter nieder …«

»Nein!«, unterbrach ihn der alte Wolf. »Der Mann gehört mir. Er hat mir Ehre erwiesen, wir werden ihn nicht einfach meucheln.«

»Von ›einfach‹ war keine Rede. Dieser Sanftleben ist ein harter Brocken. Aber gut, wie du meinst. Wir müssen uns jedenfalls beeilen«, sagte Clach.

»Ich stimme dir zu, würde jedoch gern wissen, warum du es so eilig hast?«

»Weil ich lange genug damit zugebracht habe, im Schatten zu brüten und abzuwarten. Ich sagte dir doch, den Inquisitor und mich verbindet ein Band.«

»Und? Du hast nur wenige Tage in deinem Tempel gesessen.«

Clach überging die Tatsache, dass der Nebeljäger ihn bis zu seiner Domäne verfolgt und ihn beobachtet hatte, ohne dass der Totenkaiser ihn bemerkt hatte. Entweder, seine Gewöhnung an seinen neuen Zustand hatte ihn zu sehr abgelenkt – oder aber der alte Wolf war so gut, dass er nur noch mehr Respekt verdiente. Es war einerlei.

»Und mir ist eingefallen, was ich als Nächstes tun würde. Wobei ich mir sicher bin, dass es der Schritt sein wird, den er auch unternehmen könnte.«

»Und das wäre?«, grollte Ormgair. Er war solch lange Unterhaltungen ebenso wenig gewöhnt wie der Totenkaiser.

»Später. Lass es mich nur so formulieren: Die Überraschung, die wir Fennek bereiten, wird ihm nicht gefallen.«

»Das kann ich verstehen«, knurrte der Nebeljäger. »Ich halte auch nicht viel davon.«

»Glaube mir, Ormgair. Diese hier wird dir gefallen. Greskegards Gesichtsausdruck wird dich entschädigen. Aber gut, lass es mich dir erklären.«

Schweigend lauschte Ormgair seinen Schilderungen, Unglauben trat mit jedem Wort deutlicher auf seinen Zügen hervor. Doch schließlich grinste er breit.

»Dreist«, gab er zu. »So dreist, dass es funktionieren könnte. Gemäß dem Fall, sein Band zu dir funktioniert nicht auch umgekehrt und er sieht dieses Manöver nicht kommen. Gefällt mir.«

Der Barbar nickte anerkennend. »Ich bin dabei!«, verkündete er.

Ohne dass er Notiz davon nahm, verzogen sich Clachs dünne Lippen zu einem Schmunzeln.

Aus den Chroniken des Kataklysmus der Erzmagi, verfasst dreihundert Jahresläufe nach dem Titanensturm, Anonymus:

Lange bevor der Mensch die Welt in das, was es gab, und das, was es nicht gab, einteilte, herrschte das Ungeformte. Ewiges Potentzial, ungehemmt und frei von dem nach Namen und Erkenntnissen trachtenden Hang des Menschengeschlechts. Älter als die Ältere Dunkelheit und die Ewigkeit des Lichtes, war das Ungeformte weder bewohnt von »diesen« noch von »jenen«. Begrifflichkeiten, die das eine vom anderen trennten, Raum von Zeit, hier von dort, ihn von ihr – so etwas gab es dort nicht.

Dann kam der Mensch, der ewig baut und fordert und träumt und benennt. Er tat den Abgrund der Älteren Dunkelheit auf, als er diesen Aspekt des Ungeformten zu bezeichnen suchte, so wie er das Licht von seinem jetzt vorhandenen Widerpart schied.

Doch wo es zwei Dinge gibt, herrscht auch stets ein »dazwischen«. Dort lagen der Hof aus Alabaster, der Seite des Lichts näher, sowie der Ebenhof, der der Dunkelheit zugewandt war. Jene, die die Höfe bewohnten, hießen wir die Fae, sie selbst gaben sich einen anderen Namen, um sich von unserem abzugrenzen. Sie waren die Sidhe. Sie klammerten sich an das wenige Ungeformte, was ihnen geblieben war – hassten den zivilisierten Menschen voll Inbrunst, der ihre Heimstätten zu einer Wirklichkeit geschmiedet hatte, die er erfassen konnte.

Es folgten Zeitalter des Krieges, in denen Menschen auf den Plan traten, die keine Feinde der Fae waren, sondern sie verstanden. Mit der Macht des Ungeformten belohnten die Fae ihre Günstlinge mit unfassbarer Größe und Gewalt über das Land. Sie hießen wir in den alten Tagen die Almharach – sie, die unsere Götter und unsere Lebensweise verachten, die den Fae jedoch Ehre und Dank zollen. Ihre Nachfahren nennen wir die Krieger des Amboss.

Hora des Lichtfürsten, 301 adis Pentae

8. Greskegard

Es wäre blanke Vermessenheit gewesen anzunehmen, die Veränderungen in der Penta hätten sich ewig vor ihren Bewohnern verbergen lassen. Die Häuser in der Nähe des Osttors waren teilweise vernagelt, hier und dort ragten vereinzelt provisorische Barrikaden vor Eingangstüren auf.

Manche Leute bekamen Wind von dem drohenden Schrecken. Davon, dass die Arkanisten dem Spalt, der sich abzeichnenden Entropie des Nebelschildes, diesmal keinen Einhalt gebieten konnten.

Gerüchte fanden immer ihren Weg zu genau den Ohren, die sie nicht erreichen sollten – es war eine unumstößliche Tatsache jeder unschönen Situation.

Sie wanderten durch den Morgendunst, durch noch menschenleere Straßen. Fennek fühlte sich nicht gut, seit er vor einer Stunde erwacht war. Etwas nagte an seinen Eingeweiden, ein Gefühl, eine Vorahnung. Dennoch hatte er Walerans Vorschlag abgelehnt, einige Soldaten mit auf ihre Unternehmung zu nehmen. Sie würden sich in der anderen Penta nur als diplomatischer Hemmschuh erweisen, Inquisition hin oder her. Die Archonten wurden stets nervös, wenn sie Kunde davon erhielten, dass sich Männer und Frauen ihrer Rivalen auf dem eigenen Grund und Boden bewegten. Außerdem hatte er nicht vor, dem Hauptmann zahlenmäßige Überlegenheit zu verschaffen, falls es zu einer Konfrontation kam.

Sie waren nun weitaus besser gerüstet als bei ihrer letzten Begegnung mit dem Templer in der Gasse. Sowohl Fennek als auch Sanftleben trugen einen versteckten Dolch aus kalt geschmiedetem Eisen, geätzt mit Schutzglyphen aus lauterem Silber und der Macht des Lichtfürsten geweiht. Gegen Ketzer und die Letzten der sterbenden Art der Fey hatten sich solche Vorkehrungen stets als nützlich erweisen. Darum trugen der Inquisitor und sein riesenhafter Vasall auch Beutel mit allerlei Tiegeln und Phiolen, in denen sich volkstümliche und arkanistische Überraschungen gegen Magieanwender aller Art befanden.

Er warf einen Seitenblick auf Waleran, der leicht versetzt zu seiner Linken über das Kopfsteinpflaster einherschritt. »Wie lange dauert die Fahrt nach Argas?«, fragte der Hauptmann, und der Klang seiner Stimme war das erste menschliche Geräusch außer dem Stakkato ihrer Schritte, das Fennek seit Minuten vernahm.

»Bitte? Oh, zehn Tage vielleicht, je nachdem, wie gut die Kutsche vorankommt. Ich will die Reise zwar nicht zu offiziell machen, das erlaubt es möglichen Gegnern nur, unsere Schritte besser zu überwachen, aber …«

»Heißt?«

»Dass ich am Kutschenhof mein Siegel offenbaren werde. Ich will keine anderen Passagiere in unserem Transportmittel. Wir müssen eilig vorankommen. Schneller, als die Heimkehrer ihre Spuren verwischen können.«

»Die Tauben sind los«, warf Sanftleben mit einer Stimme ein, die in den schweigenden Straßen widerhallte.

»Tauben?«, fragte Waleran.

»Die Agenten, die mir in Argas zur Verfügung stehen, müssen vorbereitet sein«, erläuterte Fennek. »Die Moreno muss Tag und Nacht beobachtet werden. Aber warum wollt Ihr all diese schrecklich langweiligen Schritte des Prozederes erfahren? Ihr macht fast den Eindruck, als hättet Ihr die Penta noch nie verlassen.«

Waleran schwieg, stierte geradeaus und stapfte unbeirrt weiter.

»Ihr werdet Euren Kampfeswillen beide nicht zu bezähmen brauchen«, sagte Greskegard. »Wenn das, was der Templer an physischer Pein erdulden konnte, als Gradmesser dienen darf, wird die Moreno erheblichen Widerstand leisten. Versucht aber, den Kopf auf ihren Schultern zu lassen und auch sonst keine der finalen Sanktionen anzuwenden, die bei anderen übernatürlichen Opponenten angeraten sind. Wir brauchen das Geschöpf lebend.«

»Wenn es immun gegen Schmerzen ist, wie wollt Ihr seine Kooperation erzwingen?«, fragte Waleran.

»Sagen wir es so: Ich verfüge da über gewisse Möglichkeiten«, antwortete Fennek geheimnisvoll und tätschelte das Artefakt in seiner Manteltasche.

Je weiter sie kamen, desto voller und lauter wurde es auf den Straßen – als sie die Kutschenhöfe am Osttor der Penta erreichten, fanden sie ein Gewimmel vor. Greskegard verstand, was vor sich ging – einige der Hauptämter der Stadt und ein Teil des Verwaltungsapparates lagen in derselben Gegend. Was sie hier sahen, waren jene Einwohner, deren Häuser und umliegende Straßen sie bei ihrem Weg hierher verwaist vorgefunden hatten. Die guten Leute von Fomor gingen auf die Barrikaden. Ein gewaltiges Gedränge aus menschlichen Leibern wogte über die Straße des Segens, schob sich mal hier-, mal dorthin. Mehrere Gebäude, darunter der Kutschenhof, ertranken im Getümmel, ragten wie Küstenfelsen aus der gischtenden Flut – nur dass diese Tide aus menschlichen Körpern bestand.

Gewalt lag in der Luft. Sprechchöre verlangten zu wissen, was die Amtmänner der Fünfstadt unternehmen würden. Von Angst und Wut verzerrte Gesichter bestimmten das Bild des Mobs. Einer Masse, die auf eine Gelegenheit wartete, ihren Zorn aus übervollen Waagschalen auf jeden Vertreter der städtischen Bürokratie oder Kustoden des Lichtfürsten zu ergießen, der sich ihr stellte. Doch bislang war niemand so töricht gewesen. Noch waren diese Menschen nur wütend und verängstigt, wie Waleran feststellte. Noch sahen der Inquisitor und seine Begleiter keine Äxte, Forken oder Fackeln in den vor Furor bebenden Fäusten.

Fennek pickte sich die erstbeste Schulter eines Schreihalses aus dem hintersten Glied des Körpermeeres heraus und tippte ihren Besitzer an. Der wirbelte prompt herum, nichts als Gewaltbereitschaft und Furcht in sanften Augen, die über hängenden, geröteten Wangen saßen.

Sie nahmen ihren normalen Ausdruck an, als der Mann erkannte, von was für Kriegsmaschinen der so harmlos aussehende, heruntergekommene Herr dort vor ihm begleitet wurde.

»J-ja? Was wollt Ihr von mir?«, fragte er, so barsch er sich noch getraute.

»Verzeiht mir, guter Mann«, sagte Greskegard und ließ sich nicht aus der Ruhe bringen. »Wie ist denn Euer werter Name?«

»Rewlen?«, sagte der Mann und schien sich angesichts von Waleran und Sanftleben über vieles – darunter seinen Geburtsnamen – nicht mehr im Klaren zu sein. Seine Augen huschten verzweifelt nach einem Ausweg aus dieser Misere suchend hin und her.

»Nun, Rewlen, könntet Ihr mir wohl die Güte angedeihen lassen, mich darüber in Kenntnis zu setzen, was dieser Aufruhr soll?«

Waleran nickte dem Mann aufmunternd zu – eine Geste, vergleichbar mit der Wirkung, die das Nicken eines Potentaten zu seinem Henker hatte, kurz bevor dieser ein Urteil vollstreckte. Statt sich ermutigt zu fühlen, wurde der Bürger sichtlich kleiner.

»Nu red schon! Oda soll ich nachhelf'n?!«, fügte Sanftleben in unnachahmlich motivierender Art hinzu.

Rewlen sah sich Hilfe suchend um, doch der Rest des Mobs schenkte ihnen keine Beachtung. So fasste der Mann mit einem Schlucken allen verbliebenen Mut zusammen.

»Es sind drei Leute gestorben letzte Nacht! Durch den Nebel!«

»Wer sagt das?«, fragte Fennek.

»Meine Nachbarin. Die weiß es von ihrer Base! Und die wiederum weiß es von einer, die es heute in aller Frühe von einem Krieger erfahren hat.«

»Ein Krieger? Wer soll das sein? Rede, Wurm!«, fuhr Waleran den zu Tode verängstigten Mann an. Fennek warf ihm einen strafenden Seitenblick zu – nun mischte ihre Anstandsdame sich auch noch in seine Arbeit ein.

»Beantwortet bitte die Frage«, ermutigte er Rewlen.

»Ich weiß es nicht. Nicht genau. Ich habe den Mann ja nicht gesehen. Aber meine Nachbarin schwört, dass ihre Base beschwört, dass die eine sich sicher ist, er sei ein Templer gewesen. Vom Lichtorden.«

Fennek und Sanftleben tauschten einen kurzen Blick. Waleran, der über die Intimität ihrer Arbeit nichts wusste und ihre Methoden nicht verstand, wandte sich zu Greskegard und fragte: »War das Euer Templer?«

Fennek stieß einen leisen Fluch aus, doch es war zu spät. Er konnte sehen, wie eine Erkenntnis auf Rewlens Gesicht reifte.

»Ihr kennt ihn! Ihr wisst, wer der Mann ist!«, rief er. Rewlen drehte sich zur Menge um, zweifelsohne, um den versammelten Mob darüber zu informieren, dass sich hier Menschen befanden, die ihm Erklärungen liefern würden. Greskegard gab Sanftleben ein Zeichen.

Mit einem Grunzen ließ der Gigant seine Rechte auf den Hinterkopf des Bürgers herabfahren. Es sah aus, als triebe der sprichwörtliche starke Mann eines Jahrmarkts mit blanker Faust einen Nagel in eine Holzlatte. Gerade noch stand Rewlen vor ihnen, da war er schon aus Fenneks Gesichtsfeld verschwunden.

Sie stiegen über den Bewusstlosen hinweg und tauchten in das Meer aus Rücken ein, das sich vor ihnen erhob. Der Inquisitor wandte sich Waleran zu, als sie seiner Meinung nach weit genug vorangekommen waren.

»Das Fragen überlasst Ihr in Zukunft mir. Ihr hättet uns beinahe diesen wütenden Pöbel auf den Hals gehetzt, Ihr götterverdammter Narr!«, zischte Fennek.

Waleran machte einen bedrohlichen Schritt auf ihn zu, nicht gewillt, so eine Beleidigung kommentarlos hinzunehmen. Sanftleben, der bewusst gebeugt ging, um in der Menge nicht noch mehr aufzufallen, schob sich ihm in den Weg.

»Wir diskutieren unsere Differenzen zu einem opportuneren Zeitpunkt«, befahl Greskegard. »Wenn wir eine Kutsche haben! Oder wollt Ihr Euren Herrn enttäuschen, indem Ihr meine Mission sabotiert – und mich erschlagt?«

Bevor Waleran antworten konnte, vernahm das Trio einen Schrei aus der Menge hinter sich.

»Hey, hier liegt einer!«

Sie hatten Rewlen gefunden.

Greskegard ließ Sanftleben und Waleran die Formalitäten in der Station lösen. Längst hatte er im geräumigen, mit kostbarem kirschroten Leder ausgekleideten Inneren des Vierspänners Platz genommen. Die Postkutsche würde ihn binnen Minuten hier herausbringen. Fort von den Zweifeln und der endlosen Reflexion seines Handelns in den letzten Wochen – hin zu Taten.

Er schäumte noch immer vor Wut über die dreiste Einmischung des Myrmidonen in seine Vorgehensweise. Wie lange musste er diese Schmähungen, diese unerträgliche Inkompetenz hinnehmen?

Nicht mehr lange, beruhigte sich der Inquisitor, *dann bin ich frei von der Obhut solcher Narren.* Bald würde er die Geheimnisse der Heimkehrer in seinen Händen wissen – und damit den Schlüssel zur neuen Existenzform des Totenkaisers. Und falls nicht?

Dann habe ich immer noch meinen Notfallplan.

Er erschauderte vor dem Gewicht der politischen Konsequenzen, die sein Plan B haben könnte – wusste aber auch, dass ihm möglicherweise keine Wahl blieb. Und war es nicht besser, über ein unruhiges Reich im Bürgerkrieg zu herrschen, als die Macht, die einem zustand, aufgeben zu müssen?

»Zweifelsohne!«, murmelte Fennek in die Stille der Kutsche hinein.

Nicht unbedingt, hielt ihm eine andere, mahnende Stimme vom Grund seines unbewussten Selbst entgegen. *Was, wenn dir nur noch Trümmer bleiben?*

»Dann herrsche ich eben über Trümmer. Zwanzig Jahresläufe habe ich den Stiefelknecht für jeden Mann, jedes Weibsbild und jedes verzogene Gör gespielt, der oder das mir Befehle erteilt hat.«

Irgendwann war es gut. Es reichte. Endlose Jagden auf den Schmutz der Gesellschaft in allen Pentae. Brutale Kämpfe und ermüdende Ermittlungen. Wochen der Hatz, von Schlafmangel und entkräftendem Hunger gekennzeichnet. Sicher, es war einfacher geworden, nachdem er Sanftleben errettet hatte. Er war freier gewesen, hatte viele der Aufgaben, die ihm verhasst waren, auf den Riesen abwälzen können.

Aber es war oft zu knapp verlaufen, haarscharf an den Klauen eines tödlichen Schicksals vorbei. Voller Grauen erinnerte sich Fennek an die Ermittlung gegen den Heptarchen Xoros Kunt, der gemeinsam mit seinem Kult die Hydra von Balor entfesselt hatte. Oder Parsenia, die Entomantin, deren Schwärme von Wespen und Hornissen die Landwirtschaft im Norden Menoits beinahe zum Erliegen gebracht hätten – von den Todesopfern ganz zu schweigen. Er selbst wäre damals beinahe gestorben, der Last der unzähligen Stachel in seinem Fleisch und des Giftes in seiner Blutbahn zum Opfer gefallen. Sanftleben hatte ihn – wie so oft – gerettet.

Wenn Fennek aufrichtig war, so hatte sich der Barbar seine Freiheit von dem Eid hundertfach verdient. Aber er konnte ihn nicht freigeben. Noch nicht. Und er wollte es auch nicht.

»Er ist der einzige Kamerad, den ich noch habe«, murmelte Fennek in die Stille der Kutsche hinein. Schuldgefühle stiegen in ihm auf. Das Interieur des Gefährts erinnerte ihn nur allzu sehr daran, was er vor Kurzem hatte tun müssen, um seine Jagd auf den Totenkaiser zu rechtfertigen. Eine Postkutsche wie diese war dabei zum Mittelpunkt eines Massakers geworden.

Er schloss die Augen und rieb sie mit den Knöcheln seiner Fäuste, presste sie so tief in die Höhlen, dass ein Farbenspiel aus Sternen in der Schwärze erblühte. Zwischen ihnen glomm das Weiß gebrochener Augen in blutverkrusteten Fratzen.

»Genug davon!«, blaffte er, so als könne eine einfache Zurschaustellung verbalen Zorns die Phantome verbannen. Er streichelte das Artefakt in seiner Tasche, das die Liebkosungen mit warmen Schüben und einem sanften statischen Knistern beantwortete. Fast augenblicklich fühlte Greskegard sich beruhigt.

Wie zur Antwort auf seinen Ausruf erbebte die Kutsche, als Sanftleben und Waleran ihre Ausrüstung und das Reisegepäck auf den Baldachin des Daches luden. Der Arm des Myrmidonen wurde kurz am Bullaugenfenster der Kabine sichtbar, als der Hauptmann über eine Leiter an der Flanke die Kutsche erklomm. Fennek hörte, dass er über seinem Kopf die Fracht auf dem Fahrzeug mit Seilen fixierte. Es rauschte wie beim Auftrennen einer Zeltwand, als Waleran dünne Seile durch Ösen führte und straff zog.

Sanftleben wuchtete seine Massen in die unzureichende Kabine und brachte einen unsichtbaren Freund mit. In der Mischung aus Zwiebelgestank, Zahnfäule und der Körperwärme des überdimensionierten Kolosses beschlugen die kleinen Fensterovale.

Fennek hatte sich längst an den Geruch seines bulligen Begleiters gewöhnt. Eine kindische Bosheit erfüllte ihn bei dem Gedanken, dass Waleran dieses einzigartige Aroma volle zehn Tage lang auskosten durfte, bis sie Argas erreichten. Er konnte nur hoffen, dass der Hauptmann der Myrmidonen und Sanftleben einander bis dahin nicht den Garaus gemacht hatten.

»Alles in Ordnung?«, fragte Sanftleben in einem der gar nicht so seltenen Anflüge von Empathie, die er für den Inquisitor zu reservieren schien.

Fennek winkte ab. Ihm stand der Sinn nicht nach Unterhaltung. Und Sanftleben, der seit langer Zeit nicht von seiner Seite gewichen war, verstand. Er fläzte sich breitbeinig auf die Fennek gegenüberliegende Bank, die Platz für drei Passagiere bieten sollte. Der Leibwächter schaffte es, die volle Breite des Sitzmöbels auszufüllen, dessen Quietschen und Ächzen verdächtig nach Hilfeschreien zu klingen begann. Fennek bedauerte die Pferde jetzt schon, die gerade hörbar vor die Kutsche gespannt wurden.

Waleran stieg ein. Er ließ den Blick kurz zwischen den beiden anderen Okkupanten des Gefährts schweifen, bevor er sich mit größtmöglichem Abstand neben Greskegard setzte und seinen unhandlichen Zweihänder wie einen weiteren Passagier samt Rückenscheide an die Wand lehnte. Aus den Augenwinkeln bemerkte der Inquisitor, dass der Elitesoldat die Nase rümpfte und sie einem aus der Art geschlagenen, unansehnlichen Karnickel nicht unähnlich wackeln ließ. Fennek grinste in sich hinein. Hauptmann Waleran standen interessante Zeiten bevor.

Das Fahrzeug erbebte zum dritten Mal an diesem Morgen heftig, als sich die Kutscher auf dem Bock niederließen. Wahrlich, die Pferde waren nicht zu beneiden.

Dann rollte die Kutsche an. Fennek spürte, dass ihn die Melancholie seiner Gedanken einholte. Auch wurde das Nagen in seiner Magengrube, das ihn seit dem Aufwachen begleitete, immer drängender. Übersah er etwas? War ihm ein Detail entgangen? Und wenn ja, warum wurde dieses Gefühl von körperlichen Symptomen begleitet? Wo er so darüber nachdachte, Zeit hatte, sich zu entspannen, während der Rhythmus der Räder auf dem Pflaster des Kutschenhofs ihn einzulullen begann – konnte es etwas anderes sein als nur ein Bauchgefühl?

Er spürte, wie das beruhigende Geräusch ihrer Fahrt ihn

nahezu schlagartig wegdämmern ließ – wurde aber unsanft aus seiner aufkeimenden Entspannung gerissen. Rufe und Pfiffe der Menschenmenge auf dem Platz empfingen die Kutsche, als sie durch die Tore des Hofes auf das Kopfsteinpflaster hinausrollte.

Die erboste Menge wähnte einen feigen Offiziellen in dem Gefährt – eine Annahme, die gar nicht mal so an der Wirklichkeit vorbeiging. Die Zugpferde stießen trotz ihrer Scheuklappen ein unruhiges Wiehern aus, so als spürten sie die in der Luft liegende Aggression. Oder lag mehr dahinter?

Greskegard fühlte sich alles andere als wohl. Kaum war er im Hier und Jetzt angekommen, kehrte das Nagen mit Verstärkung zurück. Er war ganz und gar nicht sicher, ob es sich bei seinem Unwohlsein um eine körperliche Unpässlichkeit handelte, um eine düstere Vorahnung oder eine toxische Mischung aus beidem.

Der Kutscher und sein Wachmann schienen seine seltsame Befangenheit und Unsicherheit an diesem Morgen nicht zu teilen. Die Kutsche verlangsamte ihre Fahrt zu keiner Sekunde, im Gegenteil, sie nahm erbarmungslos an Fahrt auf und hielt auf den Pöbel zu. Wütende Ausrufe markierten den Weg, den sich der Vierspänner durch die versammelte Menge bahnte und der Mitglieder des niederen Volkes dazu zwang, sich vor dem schnurgeraden Kurs des Gefährts mit einem Sprung in Sicherheit zu bringen. Die Kutsche glich einem Schiffskiel, der sich unbarmherzig seinen Weg durch eine Flut aus menschlichen Leibern brach und besonders zähe Widerstandsnester einfach entzweite.

Das Stampfen der Hufe und das erboste Wiehern der Zugpferde hallten auf dem Kopfsteinpflaster wider, brachen sich an den Hauswänden und schlugen über ihnen zusammen. Urplötzlich waren sie frei. Besonders Mutige ließen das eine oder andere vergorene, prall gefüllte Wurfgeschoss am Heck der Postkutsche seine Fracht entladen.

Greskegard drehte sich um, um durch das Oval der Rückscheibe einen Blick auf den Plebs zu werfen. Das Volk der Stadt war zornig – aber das würde nur ein Vorgeschmack auf das Chaos sein, das ausbrach, falls es den Spezialisten des Archonten nicht gelang, den Spalt im Schild zu versiegeln. Fennek war sich plötzlich nicht mehr sicher, ob es so eine kluge Idee gewesen war, ohne Eskorte zu fahren. Er machte sich einen geistigen Vermerk, seine Quellen in Fomor vor ihrer Rückreise aus Argas anzuzapfen, um sich über die Lage in Fomor zu informieren, bevor sie blind in ihr Verderben liefen.

Wenn es noch ein Fomor gibt, das ich beherrschen kann, dachte er.

»Habt Ihr etwas gesagt?«, fragte Waleran.

»Ja«, antwortete der Inquisitor. »Ich habe mich gefragt, warum die Gäule derart aus dem Häuschen sind. Sie schnauben und stampfen noch immer, als säßen ihnen sämtliche Teufel aller Höllen im Genick!«

Waleran ließ seine Faust gegen die vordere Trennwand zwischen Kabine und Kutschbock krachen.

»Heda, Pack! Eure Gäule sollen sich fügen!«, ranzte er, ohne sich die Mühe zu machen, den Schieber zu öffnen, der eine direkte Unterhaltung mit den Männern auf dem Bock gestattete.

»Verzeiht, Mylords!«, drang es gedämpft durch Holz und Leder. »Das Volk hat sie mit Steinen beworfen, sie sind außer Rand und Band!«

»Dann seht zu, dass sie diesen Rand halten, sonst tue ich es«, presste Waleran durch die Zähne.

Bedrückendes Zwielicht umfing die Kutsche, als sie durch den lang gezogenen Zwingertunnel des Osttors rumpelte. Wobei »rumpelte« der falsche Begriff war, es war unverkennbar, dass das vierspännige Fahrzeug mitunter schlingerte. So schossen sie in das Zwielicht des Nebels hinaus, und nahezu augenblicklich erfüllte das kränklich-wabernde Licht der Nebelsteine an den Laternen der Kutsche den Passagierraum.

Ein kurzer, dumpfer Ruck ging durch das Gespann, und Fennek nahm an, dass sie einen losen Kopfstein oder ein Stück Totholz überfahren hatten. Sie waren jetzt auf der Landstraße nach Osten unterwegs, dem wabernden endlosen Ozean des Nebels und seinem Phantomgespinst auf Gedeih und Verderb ausgeliefert, bis sie den nächsten befestigten Rasthof erreichten.

Hatte die Kutsche vorher geschwankt, hier und da geschlingert, so fuhr sie nun deutlich fühlbar in Schlangenlinien. Die Köpfe von Waleran und des dösenden Sanftlebens schlugen gegeneinander wie Klanghölzer. Von draußen war das Wiehern der Pferde zu vernehmen, das sich zu einem regelrechten Geschrei gesteigert hatte.

Irgendetwas versetzte die Tiere in Panik – nahezu ein Ding der Unmöglichkeit, wie Fennek wusste.

Sanftleben wusste dies scheinbar: »Die Viecher sind gezüchtet, um keine Angst vorm Nebel nich' zu haben!«

»Jetzt reicht es mir!«, knurrte Waleran und wirbelte zu der Sichtluke herum. Er riss den Schieber mit solcher Wucht in seiner Schiene zur Seite, dass es im Inneren der Kabine klang, als schlüge die Stahlsehne einer abgefeuerten Armbrust gegen ihren Korpus.

In diesem Moment flog etwas Gekrümmtes am Seitenfenster vorbei. Fennek war sich sicher, dass er einen Mann in einem Kutschermantel samt persönlichem Nebelstein gesehen hatte, der wie ein kolossaler Nachtfalter ihr Gefährt passiert hatte.

Sanftleben hatte es ebenfalls gesehen und reagierte prompt.

»Wir haben Gesellschaft!«, brüllte er. Trotz all der Animosität, die zwischen ihm und Waleran herrschte, zögerte er keine Sekunde. Er riss den Mann am Kragen von der geöffneten Luke fort.

Keine Sekunde zu spät! Eine Dolchspitze stieß in den Innenraum vor, wo gerade noch das verbliebene Auge des Myrmidonen gewesen war. Die giftgetränkte Klinge zuckte für eine Sekunde hin und her. Dann wurde die Waffe zurückgerissen.

Die Kutsche wurde fühlbar langsamer, rollte aus. Von den Pferden war nur noch Hufgetrappel zu hören.

»Was bei allen Höllen geht hier …« Fennek verschluckte den Rest seiner Frage. Natürlich. Sein Bauchgefühl.

»Obacht!« Weiter kam er nicht.

Die lederne Decke der Kutsche riss auf, gebar mit dem Geräusch reißenden Leders einen Albtraum aus sehnigen Muskeln. Eine altersfleckige Pranke schoss am unmenschlich langen Arm eines Ambossbarbaren herab, packte Fennek am Kragen und riss ihn in die Höhe, als wäre er nicht mehr als eine Puppe.

Der Ruck, der durch seinen Körper ging, machte den Inquisitor hilflos, war so brutal, dass Fenneks Zähne aneinanderschlugen. Sein Mund füllte sich mit Blut, als seine Zunge zwischen sie geriet. Er stieß in einer grotesken Parodie eines Kaiserschnitts durch die Membran des Baldachins aus Leder und Holz und befand sich nicht mehr in der Wärme und Behaglichkeit der Kutsche, sondern schlagartig in der diesigen Kälte auf dem Kutschendach.

Etwas schüttelte ihn von links nach rechts, wie es die baumstammartigen Sägezahnechsen der südlichen Sümpfe mit einem Reh tun mochten. Und wie der Blick einer alten und bösartigen Echse bohrte sich Ormgairs Sturmgrau in Fenneks Blick, glomm vor Triumph und Rachedurst.

»Ich grüße dich«, grollte Ormgair, und sein Atem strich über Greskegards Gesicht. »Du siehst, ich halte meine Versprechen.« Der alte Barbar grinste wölfisch, und Fennek Greskegard las all die Todesschwüre nach Morvens Ableben aus dieser Miene. Er ahnte, dass es diesmal kein Entkommen geben würde. Hinter dem Barbaren bewegte sich eine zweite Gestalt, unnatürlich geschmeidig – die pure Dunkelheit ihres Kapuzenumhangs wirbelte im Wind der Ebenen vor der Stadt wie ein ganzer Schwarm Fledermäuse. Greskegard hatte diese gebeugte, lauernde Pose und den schwarzgrünen Samt oft genug gesehen: Es gab keine Missverständnisse, wen er dort vor sich sah.

Nun hatte er die Erklärung für sein Bauchgefühl, für die

Gemütsschwankungen und die Übelkeit. Unbewusst hatte er die ganze Zeit über geahnt, dass er gewisse Gegner nicht hätte unterschätzen dürfen. Doch ihm blieb noch eine Chance.

Er riss die Linke aus der Tasche, den Skarabäus umklammernd, und richtete das Artefakt auf die wettergegerbte Fratze Ormgairs.

»Loslassen!«, befahl Fennek, spürte das Auflodern der Artefaktmagie wie einen statischen Schlag in seiner Hand – und die Wirkung erfolgte auf dem Fuße. Bevor der Barbar zu weiteren Aktionen ansetzen konnte, öffnete sich seine Faust gegen seinen Willen, und Fennek fiel in die Kutsche zurück. Hart krachte er auf den gepolsterten Sitzen auf, Sprungfedern sprengten ihr ledernes Gefängnis und bohrten sich in sein Gesäß.

Sanftleben, erst im Begriff aufzustehen, glotzte ihn derart verdutzt an, dass er einem Ochsen glich, der den betäubenden Stirnhieb des Metzgerhammers empfangen hatte. Waleran sprengte indes die Tür der Kutsche mit der Schulter auf und stürzte nach draußen, um Raum für den Einsatz seines Zweihänders zu haben.

»Der Totenkaiser – und dieser alte Bastard, den du verschont hast«, bellte Fennek. Er warf sich zur Seite, als Ormgairs Pranke ein weiteres Mal in die Tiefe langte und für zwei Herzschläge im Inneren der Kabine fischte.

Mehr Zeit brauchte Sanftleben nicht. Kurz entschlossen packte er den Unterarm seines Landsmannes und zog mit aller Macht. Fennek fluchte durch die Zähne, als ein viel zu großer, viel zu schwerer Schatten mit einem Reißen von Stoff durch die Decke brach. Es regnete Gepäckstücke und Fracht.

Mit einem beherzten Sprung kam der Inquisitor hart auf der Straße neben der Kutsche auf. Ein gleißender Schmerz explodierte in seinem Schultergelenk. Er nahm keine Rücksicht auf die lähmende Pein, riss mit taub werdenden Fingern sein altes Langschwert aus der Scheide.

»Bleibt hinter mir«, befahl Waleran – und zum ersten Mal sah

Fennek Greskegard keine Einmischung darin. Er verschaffte sich einen raschen Überblick. Die Pferde waren samt den Nebelsteinen an ihrer Deichsel einfach weitergerannt und standen einige Hundert Schritte entfernt auf der Straße. Der Nebel war hinter ihnen mit der Viskosität einer cremigen Suppe zusammengeschwappt, sodass die Kutsche dank ihrer noch verbliebenen Schutzsteine eine etwa fünfundzwanzig Schritte durchmessende Insel im Grau darstellte. Vom Totenkaiser war nichts zu sehen, weder auf noch unter oder neben der Kutsche. Vom Fahrer und seinem Wächter war ebenfalls keine Spur zu sehen, was wenig verwunderlich war.

Zwei kolossale Gestalten wälzten sich im Inneren des Fahrzeugs herum. Das gesamte Gefährt schwankte auf seiner Federung von einer Seite zur anderen, drohte über seinen Schwerpunkt zu kippen.

Dann explodierte die Flanke der Kutsche. Es sah aus, als würden sich das Holz der Zargen und die Tür der Kabine einer Schweinsblase gleich wölben – da riss das Material und überschüttete Waleran und den schimpfenden Fennek mit Glasscherben und Holzsplittern.

Das tödlich verwundete Gefährt spie die beiden Hünen aus, die einander in einer gnadenlosen Umklammerung hielten. Sanftleben hatte Ormgair gepackt, hielt ihn in einem schmerzhaften Schwitzkasten. Er versuchte, ihm das Genick zu brechen, und hämmerte zur Schwächung eine Serie brutaler Schläge mit der Faust in dessen Unterbauch. Der alte Barbar vergalt es ihm, indem er sich mit den Beinen und ganzer Kraft abgestoßen und sie beide so durch die Wand der Kutsche katapultiert hatte. Nun, auf dem Boden, wand er sich aus den Schlägen Sanftlebens heraus, änderte ihren Schwerpunkt. Fenneks Leibwächter, eindeutig der Schwerere der beiden, wollte vor Qual aufheulen. Die Luft wurde ihm aus der Lunge gepresst, als er mit Ormgairs zusätzlichem Gewicht und ohne eine Möglichkeit, sich abzurollen, lang auf dem Pflaster hinschlug.

Bevor er sich versah, hatte sich der ältere Barbar seinem Griff entwunden, hockte mit den Knien auf Sanftlebens Ellenbogen. Aus dieser Position ließ der Wolf, das Gesicht verzerrt von einem mörderischen Grinsen, Wuchthiebe auf das Antlitz seines Kontrahenten hageln. Dabei beschrieb er mit beiden Händen eine gewaltige Faust, die er wie einen Schmiedehammer einsetzte. Fennek sah, wie der Körper seines feisten Leibwächters unter den Schlägen regelrecht in Schwingungen geriet, wie rollende Fettberge beim Klatschen jedes Treffers erbebten.

Sanftleben, weit davon entfernt, besiegt zu sein, riss instinktiv das Knie empor, das unter dem Kilt des sehnigen Nebeljägers verschwand. Nun war es an diesem, seine Pein herauszuheulen.

Weiter kam Greskegard nicht dazu, den Kampf der beiden Riesen auf Leben und Tod zu beobachten. Eine unvorstellbare Kraft packte ihn am Kragen seines Mantels, riss ihn nach hinten, als wöge er nicht mehr als ein Daunenkissen. Hilflos ruderte er mit den Armen, während er über seine Schuhspitzen hinweg verfolgte, wie sich die stehende Kutsche von ihm entfernte.

Waleran war sofort zur Stelle. Er wirbelte herum. Sein Auge weitete sich, so als sähe er etwas hinter Greskegard, was er nicht glauben konnte. Dann fiel der Schock von dem Myrmidonen ab. Er hielt seinen Zweihänder auf Hüfthöhe wie einen Staffelstab, sprintete auf sein Ziel zu. Der Anblick machte Fennek neuen Mut, verdrängte die Überraschung und holte das kalte Kalkül zurück, für das der Inquisitor so gefürchtet war.

Er schaltete sofort, hörte auf zu strampeln. Und riss die Arme in die Höhe. Fast augenblicklich schälte er sich so aus seinem gebeutelten Mantel, der unter seinem Rücken weggerissen wurde, und ließ sein Langschwert los. Der Moment der Überraschung genügte, um den Angreifer aus dem Gleichgewicht zu bringen und damit Waleran seinen Entführer erreichen konnte. Mit einer Geschwindigkeit, die das Gewicht des monströsen Schwertes Lügen strafte, zuckte der Bidenhänder wie ein Speer vor.

Greskegard rollte sich zur Seite auf den Bauch und sah, wie die Schwertspitze nach dem Oberkörper des Totenkaisers stach. Doch Clach war schneller und drehte sich mit unfassbarer Geschwindigkeit zur Seite, sodass die Klinge des Gassenhauers nur gekochte Lederplatten seiner leichten Rüstung zerteilte. Bevor Waleran zu einem wirksamen Hieb ansetzen konnte, hatte der Totenkaiser etwas von seinem Gürtel gerissen und warf es zu Boden.

Fennek konnte sich gerade noch abwenden, da wallte unter einem Lichtblitz fetter gelbgrüner Qualm auf und hüllte ihn und Waleran ein.

»Bleibt unten!«, rief der Myrmidone. Sein mächtiges Schwert zerteilte die Luft, als er es Kreise beschreiben ließ.

Aber der Inquisitor dachte nicht daran, sich seinem Erzfeind kampflos zu ergeben. Irgendwo hinter dem Dunst konnte er sein eigenes Schwert ausmachen. Viel wichtiger noch war sein Mantel mit dem Artefakt – vielleicht das Einzige, womit er dem Totenkaiser beikommen konnte.

Fenneks rechte Hand, mittlerweile vollkommen fühllos, legte sich um den Griff seiner Pistolenarmbrust in ihrem meisterlich gearbeiteten Holster. Er zog die Waffe, was einiges an Kraft erforderte. Die Spezialanfertigung aus Waffe und Halfter spannte die Stahlsehne, die Feinmechanik legte beim Ziehen einen Bolzen auf.

Solcherart gewappnet, kroch Greskegard, der kaum mehr als die eigenen Unterarme sehen konnte, durch den alchemischen Qualm auf seinen Mantel zu. Er achtete tunlichst darauf, nicht den Kopf zu heben, um nicht von einem der Hiebe enthauptet zu werden, mit denen der ebenso geblendete Waleran den Totenkaiser auf Abstand zu halten suchte.

Der Qualm begann sich zu lüften. Da! Eine Bewegung zu Fenneks Rechter. Ohne nachzudenken, schoss der Inquisitor, hörte das befriedigende Klatschen, mit dem der von der Wucht von zwei Dutzend Pfund abgefeuerte Stahlbolzen Fleisch und Knochen spaltete. Wie ein übergroßer Nachtvogel flog der verwundete Totenkaiser an ihm und Waleran vorbei, statt einen tödlichen Hieb gegen den Hauptmann zu platzieren – und warf sich in den Nebel. Ungläubig beobachteten der Inquisitor und der Elitesoldat, wie der Meister-Assassine von der grauen Flut verschlungen wurde.

Ihnen blieb keine Zeit, die sonderbaren Ereignisse zu verarbeiten – hinter ihnen prallten die mit Macht geführten Hiebe der beiden Barbaren aufeinander.

Es wurde Zeit, dass sie Sanftleben zu Hilfe kamen.

9. Clach & Ormgair

Schmerz. In einer grausamen Verspottung all der fehlenden Begierden war es dieser eine körperliche Reiz, den die Transformation nicht beseitigt hatte. Der Bolzen schlug wie der Tritt eines Ochsen in die Flanke seines Rumpfs ein, zwängte sich durch seine Rippen wie ein bösartiger Parasit. Clach konnte spüren, wie einer der Knochen unter dem Treffer barst, Splitter in sein Fleisch streute.

Er verbiss den Schmerz und sah von einem Angriff auf den einäugigen Elitesoldaten ab. Stattdessen rannte er auf die sich vor ihm türmende Wand aus Nebel zu, sprang aus der Schildkuppel der Steine gehechtet in den Wirbel aus Schleiern.

Eine Handlung, die zu Lebzeiten sein Ende bedeutet hätte und ihn zum zweiten Mal an diesem Morgen zu überraschen vermochte. Als er vor einigen Minuten zum ersten Mal an der Seite Ormgairs in das Grau eingetaucht war, war er noch besorgt wegen der Reaktion der Substanz auf seinen Körper gewesen. Diese Sorge war rasch einer perversen Euphorie gewichen, als Clach erkannte, dass dieser Nebel und er im Grunde dieselben Wurzeln teilten.

Die Legenden besagten, dass der Nebel das Blut der Titanen sei, die Essenz ihrer urtümlichen Kraft. Und eben jene urstoffliche Kraft trieb ja auch seinen Körper, den Leib eines Heimkehrers an. So war es wenig seltsam, dass er in dem Wabern nahezu so gut sehen konnte wie unter dem klaren Himmel einer Nebelkuppel. Das Grau hatte etwas Glühendes an sich, eine Lumineszenz, die alle Dinge als harte Kontraste hervorhob. Ein wenig war es, als würde sich der Totenkaiser durch ein auf den Boden der Welt herabgesunkenes Nordlicht bewegen. Dafür war es ihm von hier außen unmöglich, in den Schild hineinzusehen. Das war ihm weder an der Außenmauer Fomors gelungen, von wo aus sie sich vor einigen Minuten auf die Kutscher gestürzt hatten, noch gelang es ihm jetzt, in den schwächeren Dom zu blicken, den die Nebelsteine zum Schutz um das Fahrzeug projizierten.

Achselzuckend machte sich der Totenkaiser daran, seine Pein zu lindern und sich von Fennek Greskegards unerwünschtem Geschenk zu befreien.

Tatsächlich spürte er fast schlagartig die Linderung, als er, im Nebel verharrend, mit aller Kraft den Bolzen aus seiner Wunde zog. Der Schmerz war übel, ein Guss aus flüssigem Blei direkt in die klaffende Wunde. Da gab das tückische kleine Stahlgeschoss seinen Widerstand auf, löste sich mit einem Schmatzen aus der Verletzung.

Fast schlagartig legte sich der Nebel zusammen mit der Dunkelheit von Clachs Umhang auf den klaffenden Spalt, versiegelte die Wunde, löschte die Pein. Als sich beides zurückgezogen hatte, sah er nur eine teerartige Stelle in dem grauen Leichenfleisch, zu dem sein Leib in den letzten Stunden ohne Nahrung zu verfallen begann.

Ja, dieser Zustand mochte seine Vorteile haben, aber er barg einige unbestreitbar lästige Eigenheiten. Die Pferde waren schon innerhalb der Stadtmauern kurz davor gewesen durchzugehen, weil sie seine Präsenz gespürt hatten. Als er und Ormgair den Kutschbock erstürmt hatten, schienen die beste Ausbildung und das Tragen der Scheuklappen nichts zu bewirken: Die Gäule waren in Panik losgeprescht, sodass Ormgair gezwungen gewesen war, die Deichsel mit einem Wuchthieb zu durchtrennen.

Ormgair! Clach war es gewohnt gewesen, so lange allein für

sein Dasein zu fechten, dass er seinen Kampfgefährten beinahe vergessen hätte. Tatsächlich vernahm er, wie der Kampf unter der Kuppel an Heftigkeit zunahm. Fennek und sein Begleiter mit dem Zweihänder setzten dem Barbaren an Sanftlebens Seite heftig zu. Der Totenkaiser beschloss, keine weitere Zeit zu verlieren.

Gerade als er sich anschickte, den Nebelschild zu umrunden, um überraschend zuzuschlagen, hörte er das Geräusch – Hufgetrappel. Viele Hufe. Sie kamen rasch heran. Als er den Kopf wandte, konnte er das für seine Wahrnehmung falsche Licht der Nebelsteine sehen, die sich in einigen Hundert Schritt Entfernung an Sätteln hoben und senkten. Ein Grund mehr, sich zu beeilen.

An der Stelle, an der er aus dem Nebel in den Schild spurtete, hatte er die Kutsche vermutet. Und der Totenkaiser sollte recht behalten. Hinter dem stillgelegten Gefährt konnte er den Lärm des noch immer tobenden Gefechts hören. Mittlerweile war jedes Hohngeschrei, jede verbale Stichelei verstummt. Eine Gewissheit lag in der Luft, jener statische, trockene Geruch, der einem Gewitter vorausgeht. Ormgair war ein mächtiger Kämpfer, aber drei solchen Feinden war er nicht gewachsen.

Was schert es dich? Du kennst diesen Riesen nicht einmal. Du schuldest ihm nichts.

»Aber nützlich ist er«, raunte Clach, so als müsse er seine Gedanken beschwichtigen.

Er sprintete, erreichte die linke Seite der Kutsche. In einer geschmeidigen Bewegung rollte er sich in vollem Lauf ab. Auf dem Zenit der Rolle, einen Herzschlag nur bevor der Totenkaiser sich erheben würde, um weiterzurennen, förderte er zwei seiner Wurfmesser zutage. Sogleich verließen sie, vom Schwung seines akrobatischen Manövers beschleunigt, seine Hand.

Er hatte gut gezielt: Er hörte den Aufschrei, sah, wie sich die Klingen in je ein Bein Sanftlebens und des Palastwächters vergruben. Dann war er weiter, zapfte die schier unerschöpfliche Kraftquelle an, derer sich sein Körper bediente, sprang ab und landete auf dem Kutschendach, machte einen zweiten Satz.

Von oben sah er, dass ihre Gegner Ormgair zugesetzt hatten. Blutend stand der Barbar mit dem Rücken zur Kutsche, sein Haarkamm auf einer Höhe mit Clachs Füßen. Der Inquisitor führte einen Stoß mit seinem Langschwert, den der Barbar sichtlich erschöpft beiseiteschlug.

Er preschte seinerseits vor, ließ sein Bastardschwert auf den einäugigen Hauptmann niederfahren, der den wuchtigen Treffer entschieden mit seinem Bidenhänder parierte und unter der Kraft des alten Wolfes in die Knie brach.

Clach war so flink gewesen, dass sich Sanftleben und der ihn begleitende Soldat noch nicht von den Wurfmessern hatten befreien können, Blut sickerte an ihren Schenkeln herab und beide Männer schwankten. Das betäubende Gift an den Klingen würde bald seinen unaufhaltsamen Sog auf ihre Körper entwickeln. Der Totenkaiser nutzte den kurzen Moment, den ihm sein Manöver und Ormgairs Gegenangriff verschafft hatten.

Nachtvogelgleich senkte sich sein Schatten auf das Trio ihrer Gegner, seine Dolche zuckten vor, stießen nach Sanftlebens Nacken. Doch rascher als erwartet fing sich der Leibwächter, dessen barbarische Instinkte denen Ormgairs in nichts nachstanden. Bevor Clach ihn ausweiden konnte, ließ die Linke des Kolosses das frisch aus seinem Fleisch gerupfte Wurfmesser fallen und streckte sich dem Totenkaiser entgegen.

Clach raste durch die Luft, war nicht mehr in der Lage, den Angriff zu kontern. So wie die rostige Kette an ihrem Pfahl den Hofhund in vollem Lauf stoppt, endete der Sprung des Attentäters. Sanftleben umklammerte seinen Hals mit der zermalmenden Kraft eines Schraubstocks, hielt Clach am ausgestreckten Arm. Bevor Clach auch nur daran denken konnte, sich zu befreien, geschweige denn, dass Ormgair, bedrängt von Krieger und Inquisitor, hätte einschreiten können, machte der Koloss einen Ausfallschritt nach vorn. Er holte Schwung und schmetterte den baumelnden Totenkaiser mit verächtlicher Leichtigkeit durch die Flanke der Kutsche in den Innenraum.

Clach heulte vor Pein. Sengende Blumen erblühten in Kreuz und Rücken, als sich unterarmlange Holzsplitter den Weg unter seinen Lederpanzer suchten und seinen Umhang zerfetzend in kaltes Fleisch gruben. Doch Sanftleben war noch nicht fertig. Mit Urgewalt schleuderte er Clach, noch immer dessen Kehle umfassend, im Inneren der Kutsche von rechts nach links. Der Totenkaiser wurde einem Glockenklöppel gleich mit Kopf und Rumpf gegen Sitzbänke und hölzerne Einbauten geschmettert und hörte über das Krachen des Aufpralls hinweg das Ächzen seiner Rippen. Langsam machten die brutalen Angriffe seine unheilige Konstitution zunichte. Er fühlte sich benommen.

»Sehr gut!«, keifte Greskegard, doch gegen das Splittern des Holzes klang es lächerlich leise. »Fixier ihn! Er darf uns nicht entkommen!«

»Hab ich dich!«, schnarrte Sanftleben und überging die Anweisungen seines Meisters. Er stieß Richtung Kutschenboden und schmetterte den Assassinen in den Fußraum des Fahrzeugs. Der Totenkaiser lag auf dem Rücken. Er brauchte ein, zwei Sekunden, um auf die Beine zu kommen – und erkannte, dass ihm genau diese Schonfrist fehlte. Sanftleben hatte keine Zeit verloren, sein Hammer schwang, am äußersten Ende des Stils gefasst und unter dem Protestgeheul Fenneks, zum tödlichen Hieb heran.

Aus reiner Verzweiflung warf sich Clach in den Streich hinein. Er katapultierte sich in die Höhe, ließ dabei seine Dolche fallen und streckte der Gewalt des Hammers seine eigenen, bedeutungslos erscheinenden Hände entgegen.

Und stoppte den Schlag in der Luft!

Der Leibwächter musste angestrengt die Zähne zusammenbeißen, als Clach das volle Ausmaß seiner Körperkräfte entfesselte. Schwer schnaubend vermochte keiner der Kontrahenten die Oberhand zu gewinnen. Sanftleben gab den Hammer nicht frei – es gelang ihm jedoch auch nicht, dem Totenkaiser den Kopf der Waffe zu entwinden.

Ormgair warf Clach und seinem Gegenspieler einen Seitenblick zu – die kontrollierten Hiebe seiner Gegner gaben ihm kaum die Gelegenheit, dem Totenkaiser zur Seite zu stehen. Sie tauschten einen Blick – da sammelte der alte Barbar seine letzten Reserven.

Er erkannte an der Art, wie der andere Ambossbewohner kämpfte, an den verhornten Fingerknöcheln und den scharfkantigen, zerbrochenen Vorderzähnen des feisten Kriegers, dass dieser ein Bjæresark war. Ein Schlachtenwüter, den Schmerz und Rausch in einen Zustand bestialischer, unaufhaltsamer Kampfeswut versetzen konnten. Es bedurfte eines schweren Treffers, um so einen Mann auszuschalten, bevor seine Wunden ihn noch gefährlicher machten.

In einem Ausfall kalkulierten Zorns ließ Ormgair seine Waffe mit einem Trommelfeuer aus beidhändigen Hieben auf seine Gegner hinabfahren, trieb Fennek und den Myrmidonen zurück. Bevor sich die beiden erholen konnten, wirbelte der alte Nebeljäger herum. Der Angriff galt nicht den beiden Männern, da ihm sein Ausfall Luft verschafft hatte. Morven grub sich mit einem fürchterlichen Geräusch oberhalb der Hüfte in Sanftlebens Flanke. Er brüllte dem Getroffenen etwas in einer der Zungen des Amboss zu. Etwas, das vor schierer Vergeltung und Herablassung troff.

Der Koloss heulte auf und krümmte sich in einem Blutsturz. Clach straffe sich, entriss dem Fettsack den Hammer. Er ließ die Waffe fallen, schnellte aus der eingefallenen Seitenwand der Kutsche, beide Füße voran. Rippen gaben spürbar nach, als seine Sohlen den Kontakt mit Sanftlebens Brustkorb herstellten. *Eisvogel entreißt Stichling dem Bachlauf* traf ungebremst.

Greskegards Leibwächter wog mindestens viermal so viel wie der Attentäter. Dennoch ließ ihn der Treffer nach hinten taumeln, er stieß seltsame Laute aus, geboren teils aus Schmerz, teils aus Wut, aber vor allem aus Resignation. Er landete auf seinem Gesäß und blickte verwirrt um sich, so als könne er nicht fassen, welches ungerechte Schicksal ihn dorthin verschlagen hatte. Nur in Wut geriet er nicht, der Angriff hatte ihm den Wind aus den Segeln genommen.

Bevor Clach und Ormgair ihren neu gewonnenen Vorteil ausbauen konnten, drang der einäugige Krieger aus Fenneks Begleitung auf sie ein. Erbitterter Widerstand schien den Mann nur zu noch härterem Vorgehen zu animieren. Er schloss die Lücke, die Sanftlebens Verwundung gerissen hatte, und bildete nahezu schlagartig eine Mauer aus Muskeln und blitzendem Stahl, durch die weder der Totenkaiser noch sein barbarischer Kampfgefährte zu gelangen vermochten.

Während sich Clach nur mit einer ganzen Serie von Sprüngen und blitzartigen Duckmanövern in Sicherheit vor der tödlichen Wucht des Zweihandschwertes zu bringen vermochte, verwandelte die Intensität des Augenblicks ihre Arena vor den Toren der Stadt in reinen Kristall. Sie ließ die Zeit für einen einzigen kostbaren Pulsschlag – oder das nicht wahrnehmbare Äquivalent, das Clachs Physiognomie auf unerklärliche Weise antrieb – gefrieren. Mit absoluter Klarheit begriff der Totenkaiser, dass ihr Gegner ebenso wenig ein gewöhnlicher Mensch war wie er selbst.

Seine Bewegungen, die schier unermüdliche Ausdauer bei der Wahl einer solch klobigen Waffe wie des riesigen Schwertes – der Mann war nicht nur extrem gut ausgebildet, sondern wurde auf irgendeine Weise arkanistisch gestärkt. Oder hatte sich der Inquisitor einen eigenen Heimkehrer als Schoßtier angeschafft?

Jede Überlegung wurde hinfällig. Greskegard kam mit Augen näher, in denen das Eisfeuer des Triumphs loderte. Er nestelte in seiner linken Manteltasche herum. Speichel sammelte sich in seinem faltigen Mundwinkel, die Vorfreude auf ein heimtückisches Manöver warf den Mann auf eine frühmenschliche Evolutionsstufe zurück.

Doch es kam nicht mehr zum Angriff. Aus dem Hintergrundtrommeln der Hufe, die Clach vernommen hatte, war Donner geworden. Der Nebel auf der der Stadt zugewandten Seite der Kuppel wurde zersprengt, verwirbelte wie kalter Pfeifenrauch. Ein Dutzend Reiter in Vollrüstung sprengte auf geharnischten Kaltblütern aus dem Zwielicht in die Kuppel der Kutsche, Wimpel mit dem Wappen des Archonten knatterten an Lanzen, zum Stoß gesenkt.

Ormgair und Clach tauschten einen einzigen Blick, griffen den einäugigen Krieger mit vereinten Kräften an. Ormgairs Runenklinge sirrte, Clachs Hände, Finger und Daumen formten vorzuckende Schlangenköpfe, verdrängten die Luft. Das Duo trieb den Krieger zurück, Ormgair warf sich unter dem Konter des Mannes zu Boden und rollte um die eigene Achse unter der Kutsche hindurch. Clach flog im Hocksprung durch die Öffnung in der Seitenwand. Er rollte sich zwischen den beiden Sitzbänken ab, steckte dabei seine Dolche ein und sammelte Schwung, mit dem er sich auf dem Aufwärtspunkt der Rolle abstieß.

Die Kopie des Manövers, das Sanftleben zu Fall gebracht hatte, machte Kleinholz aus der anderen Seitentür der Kutsche. Holztrümmer regneten in das Halbdunkel des Nebelschilds. Der Hagel aus Materie explodierte in das Dämmerlicht hinaus wie ein kosmisches Ereignis, gebar den Totenkaiser. Er rannte an der Seite des aufspringenden Barbaren im Schutz der Kutsche in Richtung der entfernt stehenden Pferde.

Hinter ihnen preschten die Streitrösser unermüdlich heran. Unter dem alles verschlingenden, alles zermalmenden Donner ihrer Hufe lag ein anderes, ein verstörendes Geräusch.

Greskegards Stimme war zu einem Krakeelen bar jeder Vernunft und in unmännlicher Stimmlage angeschwollen.

»Nein! Neeiin! Neeeeei-en!«, hallte sein sich überschlagender, mit der Essenz blanker Enttäuschung überladener Schrei hinter ihnen her, nur um in ganz und gar zusammenhangslosem Gekreisch und dem Tosen des Huforkans unterzugehen.

Sie stürmten weiter, so schnell sie konnten, aber beide vermochten sie an den Augen des anderen abzulesen, dass sie die Reittiere niemals erreichen würden, bevor die Lawine aus Stahl und Muskeln sie zermalmen würde.

»Renn! Hol die Pferde!«, rief Clach.

Ormgair nickte knapp und preschte vor. Clach hatte noch nie einen derart alten Mann gesehen, der zu solchen Leistungen fähig war. Seine Körpergröße und die beachtliche Schrittlänge katapultierten den alten Wolf nur so über das Pflaster. Der Nebel verschlang ihn, nahm seinen Schemen auf dem Weg zur Lichtinsel der Kutschenpferde mit sich.

Clach wandte sich um und blickte der Sturmflut aus massigen Leibern hinter kugelförmigen Einzelschilden entgegen, die ihn zu verschlingen drohte. Er verschwendete keinen einzigen Gedanken, handelte mit derselben Kälte, die ihn auch zu Lebzeiten befeuert hatte – und stürmte auf die Reiter zu.

Das sind Kriegspferde. Brachenriesen aus Gawr. Die kennen keine Furcht.

»Dann wird es Zeit, dass sie sie kennenlernen!«, raunte der Totenkaiser. Er blieb auf der Straße stehen, spreizte die Arme und ließ sich von seinem Instinkt leiten. Das war es, was ihm Fahlsang gesagt hatte – er war ein Heimkehrer. Ohne dass Clach es sah, geriet der Nebel hinter ihm in Wallung. Er färbte sich, wurde dunkler und finster. Die neugeborene Schwärze wallte, brodelte wie Sturmwolken in einem Wasserglas. Sie verband sich mit dem Schatten des Totenkaisers, seinem Umhang, seiner Seele. Die künstliche Nacht explodierte in Richtung der opaken Schildblasen der Kavallerie, die nur noch Schritte von Clach entfernt herandonnerte.

Der Totenkaiser warf sich zu Boden, während flatternde, unwirkliche Schemen mit einem Geräusch wie Segeltuch zerstoben und die Reiterei überfluteten. Was waren dies für Geschöpfe? Krähen, Raben, Fledermäuse? Geflügelte Schlangen? Molluskenartige Schatten, dünn wie der Rauch ersterbender Kerzen und flüchtiger als Bromdampf oder Pulverschnee. Sie brandeten über die Schilde der Reiter hinweg und zerstoben wie Phantome. Die Schilde flackerten, sodass Clach nun hineinsehen konnte, während er so dalag, die Hände über den Kopf geschlagen.

Die Pferde wieherten nicht, sie schrien. Sie stellten sich auf die Hinterbeine, wuchteten ihre enorme Masse in die Höhe, tänzelten. Sie sprengten davon. Ihre Reiter, starr vor Schreck, mussten sich mit aller Macht an sie pressen. So rasch es geschehen war, war es auch vorbei. Der Totenkaiser stand einsam inmitten des wallenden Nebels – ein Dutzend Lichtkugeln entfernte sich in die ewige Dämmerung, verblasste zusammen mit dem Hufgetrappel, während wiederum zwei aus der Gegenrichtung auf ihn zuhielten. Der Barbar hatte ihnen Reittiere beschafft.

Clach wartete nicht, bis Ormgair ihm ein ohnehin nutzloses Pferd brachte. Bis er sein ihm zugedachtes Ross gebändigt hätte – falls so etwas machbar war –, würden sich ihre Verfolger sammeln. Auch eine Rückkehr zur Kutsche verwarf der Totenkaiser. Zu riskant. Zu groß die Wahrscheinlichkeit, dass sich neben den drei ursprünglichen Zielen nun auch eine Armada an Verteidigern unter dem Schutz der Kuppel bereithielt.

Stattdessen ging er dem Barbaren entgegen, der in langsamem Trott die Landstraße herunterzockelte. Clach hielt sich abseits des Pflasters. Kurz schwebte dem Totenkaiser vor, ihre Allianz fortzuführen. Zu sprechen. Neue Pläne zu schmieden. Gemeinsam. Es war ein fremdartiger Impuls und ganz und gar nicht seine Art, zumal nach einem Leben, das er nach den Tagen seiner Ausbildung mit einem Minimum an menschlichen Kontakten bestritten hatte. Nun, da er noch weniger Mensch war – und zu Lebzeiten hatte Clach nur das absolute Minimum dessen erfüllt, was dazugehörte –, war dieser Impuls weitaus machtvoller als erwartet.

Der Attentäter kämpfte ihn nieder. Er und der alte Wolf, sie mochten sich ähneln, aber zugleich waren sie grundverschiedene Männer. Loyalität konnte in einer Lage wie dieser eine Schwäche sein.

Der Totenkaiser verharrte in absoluter Stille. Atmete nicht. Rührte keinen Muskel. Solcherart stand er, bis seine scharfen Sinne keinen Laut der beiden übernervösen Pferde und des Nebeljägers mehr vernehmen konnten.

Dann wandte er sich nach Osten. Fort von der Penta. Hier, im Nebel, schienen seine Ausdauerreserven schier endlos. Dass er weder menschliche Speisen noch Schlaf benötigte, hatten ihn die Tage und Nächte des grimmigen Brütens im alten Tempelturm gelehrt. Und auch wenn er zu Fuß langsamer vorankommen würde als mit speziell gezüchteten Pferden, so konnte er dies leicht ausgleichen, indem er rund um die Uhr lief. Falls ihm sein Körper dies gestattete.

Nur ein Weg, es herauszufinden.

»Ein kurzes Bündnis.«

Der Klang der Stimme ließ Clach herumfahren. Verblüfft stellte er fest, dass Ormgair hinter ihm stand. Der alte Barbar wirkte, neben dem Gebüsch und den von Grünspan gebeutelten Zaunlatten stehend, gigantisch. Zumal er voll aufgerichtet und säulengleich aufragte, die Hände an den Körperseiten.

»Wie hast du …?«, begann Clach.

»Dich gefunden? Welpe, du magst nun ein Teufel sein oder was immer das Sprengen der Fesseln des Todes aus dir gemacht haben mag. Aber mich hat der Amboss geschmiedet. Wind, Regen, Erde und Getier haben mich ein Leben lang gelehrt – ob Teufel oder Gott, hier draußen kann sich nichts vor mir verbergen.«

»Ich habe dich nicht kommen hören«, gab Clach verblüfft zu.

»Und wärst du ein anderer Mann, wäre es dein Tod gewesen.«

Sie schwiegen. Der Wind trieb über das flache Land, verwirbelte Schwaden, die ihm zu keiner Zeit weichen wollten. Das Gras erzählte dem Boden und ihren Ohren von seinen Geheimnissen.

»Sie haben standgehalten«, brach Clach das Schweigen.

»Sie hatten Verstärkung«, grollte der alte Wolf. »Und du gibst nach einem Rückschlag auf? Fliehst? Ich hatte mehr erwartet.«

Clach schüttelte den Kopf mit einer Vehemenz, die ihn überraschte. Was scherte ihn die Meinung dieses Relikts?

»Mitnichten«, wandte er barsch ein. »Sie sind auf dem Weg nach Argas. Sie wissen irgendwie, dass mein letztes Opfer heimgekehrt ist. Fennek will sie in seine Finger kriegen! Ich weiß es.«

»Waren. Sie waren auf dem Weg. Der Einäugige hat sie an der Seite eurer Ridir … wie sagt man … eurer Reiterei in die Penta zurückgebracht. Scheinbar unterstehen sie ihm.«

»Dann habe ich einen Zeitvorteil. Den ich nutzen sollte.«

»Wir verfolgen sie nicht weiter? Was ist mit der Rache?«

Ormgairs Stimme war aufs Neue vom Grimm ihrer früheren Begegnungen erfüllt. Es war offenkundig, dass er Clachs Entscheidung missbilligte.

Der Totenkaiser wandte dem Nebeljäger den Rücken zu, durchstieß mit wachen Blicken den Nebel, so als vermochte er auf diese Weise dem endlos glühenden Dunst seine Wahrheiten zu entreißen.

»Sie ist wie ich. Diese Moreno. Ein Mädchen, das ich getötet habe. Ich muss mehr erfahren.«

»Die Heimkehrer sind direkt hinter uns. In deiner Stadt. Wir müssen sie nur aufspüren. Gemeinsam könnten wir …«

»Sie sind organisiert. Mächtig. Vorbereitet. Die Moreno war zu Lebzeiten nur ein Kind. Sie hat noch immer diesen Körper. Sie ist kein Kämpfer.«

Das muss nichts heißen. Du hast den Hieb von diesem tumben Fleischberg mit bloßen Händen abgefangen …

»Gerade dir sollte klar sein, dass die Größe und Stärke eines Kriegers nicht alles sind«, sagte der Barbar, als hätte er seine Gedanken gelesen. »Wie du Sanftlebens Hieb begegnet bist …«

Clach antwortete nicht. Ormgair tat hinter ihm einen einzelnen schweren Seufzer.

»Also stehe ich allein gegen Feinde, die ich in der Sicherheit ihrer Verstecke nicht erreichen kann«, stellte er mit vor Bitterkeit gefärbter Stimme fest.

»Du wirst deine Gelegenheit noch bekommen«, sagte Clach. Bevor der Alte noch etwas äußern konnte, das in der Verwirrung des Totenkaisers Gefahr lief, ihn umzustimmen, wandte sich Clach um und fragte: »Wirst du nun doch gegen mich kämpfen? Meinen Kopf nehmen?«

Der Barbar spie aus, in seinen Augen glomm ein gefährliches Glitzern, so als würde die Frage einen Affront, eine schwere Beleidigung darstellen. Menschen und ihre Gefühle. Clach würde sie nie verstehen. Der Alte ließ sich Zeit für seine Antwort. Schließlich schüttelte er den Kopf.

»Jeder Mann hat sein eigenes Schicksal. Fürwahr, es war ein kurzes Bündnis.« Er legte die Rechte auf sein Herz. »Ich bin nicht dein Feind«, sagte er und bekräftigte die Formelhaftigkeit der Äußerung mit einem angehängten: »Nicht mehr. Aber ich bedaure, dass du gehst. Gemeinsam hätten wir unsere Gegner mit Furcht erfüllt.«

»Das soll mir genügen«, sagte Clach. Bevor die Situation, das ungewohnte Verhältnis zu einem anderen Menschen noch seltsamer, noch abwegiger zu werden drohte, drehte er sich auf dem Absatz um und ging. Nach einigen Augenblicken verfiel er in einen leichten Trab, dessen Geschwindigkeit sich auf den nassen Kopfsteinen immer weiter steigerte.

Er hatte einen langen Weg vor sich.

Ormgair sah nur noch, wie der Rücken des Heimkehrers im schwappenden Blut der Titanen nach und nach verschwand. Nun war er allein, und das an einem Ort, den er kaum verstand, ohne Verbündete oder nennenswerte Ressourcen. Er war sein Leben lang allein gewesen – doch nun fühlte er sich zum ersten Mal einsam. Aber ganz stimmte dies nicht. Er legte die Rechte um Morvens Griff, spürte den sachten, warmen Puls der Klinge in seiner schwieligen Pranke. Vertraut. Beruhigend.

»Ich gebe nicht auf«, knurrte der Nebeljäger. »Nicht so kurz vor dem Ziel.«

Wenn dieser Inquisitor zur Penta Argas wollte, gab es nur eine von zwei Routen, die er nehmen konnte. Er und Clach hatten diese Beute eingekreist, attackiert und in die Ecke gedrängt. Der Mann war nicht mehr als ein Hase, der von einem Karstlöwen in seinen Bau getrieben worden war und dort ausharren musste. Warten, bis das Raubtier verschwunden war. Doch dereinst würde das Wild seinen Kopf aus dem Versteck strecken, um zu wittern, ob alles in Ordnung war. Dann würde Ormgair zuschlagen.

Die Frage war: Konnte er es sich leisten, so lange zu warten?

Aus den Chroniken des Kataklysmus der Erzmagi, verfasst dreihundert Jahresläufe nach dem Titanensturm, Anonymus:

Dort, wo die mächtige Gawr stürzte, den Blick nach Süden gerichtet, wo sie ihrem Bruder Argas gleich erhoben, dort brach ihr Leib der Hülle reifer Feldfrucht ähnlich auf.

Heraus ergoss sich eine Fülle des Lebens, allerlei Kreaturen, Wuchs und Gezücht, die sich über die Länder verbreiteten, die wir heute die Stätten der Pentae heißen. Und wo der Rest von Aehve verkarstet und brach war, können wir es mit Fug und Recht einen Segen heißen, dass der Leib der Gawr sich auftat, machte er doch unsere Länder urbar, dass wir in der vom Kriege geschaffenen Hölle überdauern konnten.

Gawr war es, die ihren Palast, ihr Symbol der Knechtschaft noch im Tode von sich riss. Er bildet heute die Zitadelle der Penta Gawr, doch ruhet die Stadt nicht auf ihren Gebeinen. Die Titanin, vom Tode aufgetan, kroch vorwärts, bis sie dort verendete, wo sich zwischen den Pentae jener ungeheure Forst erhebt, den wir heute den Wildbann heißen.

Dieser Wald, für immer eine Grenze zwischen den Fünfstädten, legt beredteres Zeugnis über die unmenschlichen Kräfte ab, die der Titanensturm entfesselte, als es die kargen Ebenen je vermögen werden.

Denn unter dem endlosen Dach seines Laubwerks geht es schauerlich um, vergessene Geschöpfe aus den Adern und Eingeweiden der Zeit und der Titanin blöken und heulen und kratzen dort in der Finsternis, die mehr als ein kluger Geist ein Tor zu den Gestaden der Älteren Dunkelheit heißt.

Hora des Lichtfürsten, 301 adis Pentae

10. Greskegard

Nach einer Ewigkeit schwappte die Welt, die er kannte, an die Gestade seines Bewusstseins zurück. Sie war ein verwüsteter Ort, hatte nichts mit seinem so geliebten Refugium im »Stolz der Fünfstädte« mehr gemein. Und doch erkannten die Augen des Inquisitors genügend Details, um sicher sein zu können, dass es seine Suite war. Sein musste. Der letzte Rückzugsort. Verwüstet. Eine Heimstatt des blanken Chaos. Der Tummelplatz wahnsinniger Kobolde, die über Nacht hier gewütet hatten.

Sein Kopf und sein noch immer vergiftetes Blut trugen ihren Kampf hinter der Bühne seiner Augäpfel aus. Der Geschmack in Fenneks Mund war unbeschreiblich. Eine filzige Patina mit der Konsistenz von Brotschimmel lag auf seiner Zunge. Sein Hals fühlte sich an, als sei über Nacht irgendwelches Ungeziefer hineingekrochen. Bevor das Getier verendet war, hatte es noch seine Klauen an den empfindsamen Schleimhäuten geschärft.

Ächzend schob sich Fennek mit beiden Armen an seinem Schreibtisch – vielmehr dem, was davon noch übrig war – in die Höhe. Aufgrund seiner Verfassung wirkte die Bewegung wie eine nahezu körperlose Erfahrung. Schwindelgefühle und geißelnde Kopfschmerzen ließen es für einen Moment so erscheinen, als bewege nicht Fennek sein Haupt, sondern als kippe die Welt zur Seite.

Der Inquisitor legte verkrampfte Finger an die Schläfen, wimmerte. Sein Magen rebellierte. Auf einen sich ganz und gar nicht geziemenden Rülpser folgte ein noch unziemlicheres Prasseln, als er sich auf das feine Parkett übergab.

Ich trinke nie wieder, dachte Fennek und griff, noch während der müde Gedanke kaum die Zeit gehabt hatte, sich aus den Tiefen seines Denkens zu einem Beschluss zu formen, nach der Flasche vor sich.

Greskegard nahm einen tiefen Zug. Branntwein. Die würzige Schärfe vertrieb den widerwärtigen Geschmack. Als sich sein Körper halbwegs beruhigt hatte, ließ der Inquisitor den Blick durch den Raum wandern. Betrachtete das Ausmaß der Verwüstung.

»Du hast dich gehen lassen«, raunte er, während er die Ansammlung umgestürzter Möbel und zerfetzter Gobelins betrachtete. Kostbare Bücher, Erstausgaben und Handschriften, lagen kreuz und quer herum.

Sein Schwert steckte in der Mitte des Raums im Kopf einer hölzernen Nymphenfigur aus Nussholz. Das Gesicht der Schönheit war gespalten, was dazu führte, dass ihr Gesichtsausdruck verfremdet wurde. So, wie sie schielte, sah sie seltsam zurückgeblieben aus. Ihre Hand sollte eine Etagere für Pralinen halten. Stattdessen hing die eichene Gliedmaße – ohne Etagere – an einem eher unpassenden Ort.

Den klassischen Marmorknaben im Zimmerbrunnen schien diese kosmetische Veränderung seiner Gefährtin nicht zu stören. Im Gegenteil. Sein normalerweise Wasser verspritzendes Gemächt erfuhr zärtliche Aufmerksamkeit, da jemand die schlanke Linke der Nymphe, die das Tablett eigentlich auf gespitzten Fingern trug, wie eine Manschette darumgelegt hatte. Der verzückte Ausdruck, der ohnehin auf den rundlichen Zügen des Burschen lag, unterstrich den abseitigen Humor noch, mit dem jemand in der durchzechten Nacht für diese Tête-à-Tête zwischen den beiden Mitgliedern des Inventars gesorgt hatte.

Hilflos prustete Greskegard durch zusammengebissene Zähne.

Die Absurdität des Ganzen, die grotesken Ausmaße, die dieses Frustbesäufnis angenommen hatte, waren zu viel. Aber es hatte echt aussehen müssen. Und seine Wut hatte er nicht zu spielen gebraucht: Waleran, dieser Bastard von einer Soldatenseele, hatte ihn den Totenkaiser gekostet. Erneut war ihm Clach entkommen.

Doch erklärte dies Fenneks Verhalten? Sicher, er war zornig gewesen. Aber er hatte seit Wochen den Eindruck, dass etwas nicht mit ihm stimmte. Was war nur los? Sich dermaßen zu betrinken, seine Kontrolle zu verlieren, das war noch nie seine Art gewesen. Er musste dringend herausfinden, was mit ihm nicht in Ordnung war.

Bevor er sich sein ohnehin gärendes Hirn zermartern konnte, wurde die Tür aufgestoßen. Sanftleben stolperte mit schwerer Schlagseite hinein. Der Koloss sah aus, wie Greskegard sich fühlte. Und roch so.

»Alles, was recht is' – feiern kannste. Frustsaufen, meine ich«, verbesserte sich der Leibwächter, als er neben dem sauren Geruch im Raum auch die säuerliche Miene seines Meisters bemerkte.

»Wo ist er?«, krächzte Greskegard. »Wo ist dieser Idiot? Wird Zeit, ein paar Takte zu reden. Von Angesicht zu Angesicht.«

»*Der Idiot* ist hier«, erscholl Walerans Stimme, der in genau diesem Augenblick durch eine Seitentür aus dem Nebenzimmer hereinmarschierte. Angesichts der Theatralik, mit der der Hauptmann der Myrmidonen sein Zimmer ungefragt betrat, ihn noch dazu in so einem Zustand zu Gesicht bekam, knirschte der Jagdrichter mit den Zähnen.

Waleran durchmaß den Raum und blieb vor dem, was von Fenneks Schreibtisch noch an vorzeigbaren Resten geblieben war, stehen. Hochmütig, mit vor Herablassung gekräuselter Oberlippe taxierte er den Inquisitor.

»Was fällt Euch ein, in diesem Ton über mich zu sprechen?! Denkt Ihr, Euer hohes Amt macht Euch exemt? Ich habe Euer Leben gerettet, Greskegard. Und wo wir von Eurem Amt sprechen – denkt ihr, es sei sittsam, sich so zu betragen? Nur eines Rückschlags wegen?«

Fennek würdigte den Kommentar und seinen Verursacher keines Blickes, sah nicht auf. Stattdessen wedelte er unwirsch mit der Hand, bis ihm Sanftleben eine Karaffe mit Wasser brachte.

Greskegard füllte mit zitternder Hand einen Pokal, der noch nicht allzu mitgenommen aussah. Er trank das kühle Wasser mit gierigen Schlucken, goss nach, trank erneut, bis die Karaffe leer war. Die Aura unterdrückter Aggression, die Waleran umgab, schwoll mit jeder Sekunde, die Fennek ihn zappeln ließ, weiter an. Sie wurde beinahe zu einer eigenen Person, die mit ihnen im Raum stand, so dermaßen fassbar war ihre Präsenz.

Trotz seiner nicht unbeträchtlichen Verletzungen machte sich Sanftleben bereit, notfalls einzuschreiten. Etwas, das Waleran nicht entging.

»Euer Tier kann es gern versuchen«, zischte er dem Hünen entgegen.

»Ruhe!«, sagte der Inquisitor. »Es ist offenkundig, dass ich mich im Ton vergriffen habe, Hauptmann. Ich entschuldige mich.«

Waleran sah nicht aus, als würde ihn die halbseidene, geheuchelte Zerknirschung auch nur im Ansatz beeindrucken. Dennoch nickte er knapp. Entspannte sich ebenso wie Sanftleben.

»Der Idiot war ich«, legte der Inquisitor nach, bevor das sich entwickelnde Schweigen Fuß fassen konnte. »Ich war hochmütig. Ich habe Euch bislang als Problem betrachtet. Als Hemmschuh.« Er spie einen Klumpen sauren Speichels auf das, was vor Minuten noch in seinem Magen gewesen war. »Ich brauche mehr Wasser. Und wir sollten uns an einem Ausweichort besprechen, bis mein Domizil hergestellt ist.« Damit wandte er sich zu Sanftleben: »Ist sie da?«

»Seit 'ner Stunde. Wollte 'nen Lauten machen, weil de sie warten lässt«, antwortete der Riese kurzatmig. Zusätzlich zu seinen enormen Fettmassen schränkten die Seitenwunde und seine Verbände seine Atmung ein. »Aber ich hab ihr den Kopf zurechtgerückt. Noch mal muckt die nich auf.«

Waleran blickte verständnislos zwischen den beiden hin und her. »Wer? Wer ist da?«

»Lassen wir sie nicht länger warten«, sagte Greskegard. »Ich lass die Katzenwäsche bleiben. Will ja schließlich nicht, dass unser Gast vor Langeweile stirbt, bevor er Bericht erstatten kann.«

»Verdammt noch mal, Inquisitor! Der Archont hat mich damit betraut, für Eure Sicherheit zu sorgen. Und dafür, dass die Mission ein Erfolg wird! Wer also ist da?«

Sanftleben und Greskegard lösten ihren Blickkontakt und schauten den Myrmidonen an. Jetzt war es an ihnen, sich herablassend zu geben. Die gespielte Nachsicht, die sich nahezu zeitgleich auf ihren Zügen abzuzeichnen begann, musste Waleran zur Weißglut treiben. Seiner verkniffenen Miene war dies deutlich abzulesen.

»Aber, aber, Hauptmann. Gemach. Ihr verderbt uns ja die Überraschung. Und Euch selbst.«

Mit diesen Worten ließen sie Waleran stehen und gingen aus der Suite. Der Myrmidone blieb einige Sekunden baff zurück, bevor er ihnen folgte.

Waleran musste nicht lange warten. Er zockelte hinter dem Duo her, während sie den Flur der gesamten Etage durchquerten, die Fennek gemietet hatte. Ohne anzuklopfen, trat der Inquisitor ein.

Sie saß auf einer reich verzierten Ottomane, den Beistelltisch vor sich schier überhäuft mit all den Delikatessen, die ein solches Haus zu bieten hatte. Und die jemand ihrer Herkunft sonst nie zu Gesicht bekäme. Sie trug eng anliegendes, derb vernähtes Leder, Korsage und Hosen und verbarg ihre wohlgeformten Kurven normalerweise unter einem Poncho, der neben ihr auf der Ottomane lag. Daneben ruhte ein Rapier in einer liebevoll verzierten Scheide mit Tiermotiven. Der Griffkorb der Waffe war der aus geschwungenen Metallbändern geformte Schädel eines Löwen.

Ihr Haar war so rotblond wie der Sommerweizen, den die Dämmerwelt schon vor Jahrhunderten vergessen hatte und dessen Beschreibungen Fennek aus Büchern kannte. Wache Augen betrachteten unter schnurgerade geschnittenen Ponyfransen die Welt.

»Meine bezaubernde Rubica! Du wirst es einem alten Tropf nachsehen, wenn er sich ausnahmsweise nicht verneigt. Ich habe gestern Nacht etwas heftiger … gefeiert.«

Sie schwieg. Lächelte mit vollen Lippen. Wenn sie die Anwesenheit von Monstern wie Sanftleben oder Waleran aus dem Konzept brachte, so ließ sie sich dies nicht anmerken. Nicht, dass Fennek etwas anderes erwartet hätte. Nicht bei dem Auftrag, den sie überstanden hatte. Nicht bei dem, was sie *war*. Dagegen mussten sie alle drei verblassen.

»Erfahre ich jetzt endlich, was all das zu bedeuten hat?«, ereiferte sich Waleran. »Wer ist das Weib?«

Sie lächelte noch immer, griff sich eine Praline und ließ sie mit fast aufreizender Langsamkeit in ihrem Mund verschwinden. Genießerisch schloss sie die Augen.

Fennek legte Waleran eine Hand auf die Schulter. »Das ist Rubica. Sie beobachtet den Totenkaiser für mich. Seit Monaten. Mit aller Subtilität. Er hat sie nie bemerkt, dessen bin ich mir sicher. Genauer gesagt, ich weiß es. Sie ist ein Tilwyth.«

Zum zweiten Mal an diesem Morgen war Waleran baff. »Sie ist eine Sidhe?! Und Ihr habt sie nicht vernichtet?« Waleran legte die Hand um den Griff des Zweihänders, trat mit geweiteten Augen zurück.

Fennek zuckte mit den Schultern. »Ich werfe nie etwas fort, das mir nützlich sein könnte.«

Rubica nahm sich eine weitere Praline, sichtlich unbeeindruckt vom Posieren des Myrmidonen.

»Meine kleine Rubica weiß, dass die Arkanisten mir einen Splitter ihrer Knochen gegeben haben, der an einem verborgenen Ort in den Tiefen der Feste der Korona schlummert. Und dass im Falle ihres Verrats an mir jemand einen Streitkolben aus kalt geschmiedetem Eisen auf dieses Kleinod schmettern wird.«

Die Fae tat so, als hätte sie Greskegard gar nicht gehört.

»Sie weiß aber auch, dass dieser Splitter testamentarisch freigesetzt wird, sobald ich unter natürlichen Umständen sterbe. Doch sollte ich durch ihre Hand umkommen, so fände man das heraus, und Fall eins träte in Kraft. Und nun nehmt die Hand von Eurem missglückten Eisenbaum, Waleran. Rubica ist der Grund, warum der Totenkaiser seinen Turm verlassen hat!«

Greskegard setzte sich ihr gegenüber, während Sanftleben in einer Ecke des Raums Aufstellung nahm.

»Sie ist nicht reinblütig«, sagte Fennek. »Sie ist ein Wechselbalg. Also setzt Euch beruhigt in dem Wissen hin, dass Ihr sie zumindest zeitweilig mit Eurer Klinge töten könntet, Waleran!«

»Ich verstehe noch immer nicht …«

»Das merke ich, Hauptmann. Drum erlaubt mir, es Euch zu erläutern. Rubicas Mithilfe war von Anfang an Teil des Plans. Sie hat mich über alles informiert. Auch über Eure kleine Aktion mit der Reiterei des Archonten.«

»Aber … Woher …?«

»Denkt Ihr, es genügte, sich als Inquisitor einen feinen Titel aufs Hemd zu schneidern und ein bisschen mit dem Amtssiegel zu wedeln? Eine eigentümliche Vorstellung.« Fennek goss sich aus der Karaffe auf dem Tischchen frisches Wasser in seinen Kelch.

»Wenn sie so nützlich ist, warum habt Ihr den Totenkaiser nie mit ihrer Hilfe gefasst?«

»Auch wenn Euch das in etwa so viel angeht wie die Frage, woher der Dreck unter meinen Fingernägeln kommt – das hat diverse Gründe. Erstens werfe ich – wie gesagt – nichts fort, und Rubicas Talente im Kampf zu vergeuden wäre genau das: Verschwendung. Zweitens wussten wir bis nach dem Kampf in Fomors Leib nicht, in welchem seiner zahllosen Verstecke Clach seine Wunden leckt. Und drittens …«

»Drittens war ich kurzfristig an einem anderen Ort eingesetzt«, schnurrte Rubica. Die Stimme der blonden Schönheit war von einer übernatürlichen Wärme.

»Ich habe noch andere Verpflichtungen als die Jagd nach dem Totenkaiser«, ergänzte Fennek. »Doch seit einigen Wochen ist Rubica zurück – und wie ich sagte, sie war es, die den Totenkaiser erst aus seinem Versteck gelockt hat.«

»Wie?«, fragte Waleran.

»Unerheblich«, wiegelte Fennek ab. »Belassen wir es dabei, dass meine reizende Helferin hier den Menschen zu zeigen vermag, was sie wirklich begehren oder was sie sie sehen lassen will. Zumindest eine täuschend echte Illusion dessen.«

»Es war schwierig. Er ist tot und wandelt doch. Aber er hat eine Seele. Es hat funktioniert«, erklärte sie.

Fennek fand, dass sie auch ein Rezept hätte verlesen können – was immer sie auch mit dieser Stimme aussprach, es ließ einen allen Kummer vergessen. Er wappnete sich. Stählte seinen Geist. Er durfte nie vergessen, was sie in Wirklichkeit war.

Walerans Kopf ruckte zwischen den beiden hin und her, als verfolge er ein Turnier.

»Er hat eine Allianz mit einem Barbaren geschmiedet. Ich war zugegen, als sie ihre Pläne machten«, fuhr sie fort.

»Wir hätten ihn fassen können? In der Stadt?«, fragte der Myrmidone. »Und doch habt Ihr ihn ziehen lassen und dieses Wissen nicht genutzt?«

»Wenn wir ehrlich sind, mein lieber Hauptmann, wart Ihr es, der mich den Triumph gekostet hat. Mein Fehler lag darin, es zuzulassen. Ich hatte, aufrichtig gesprochen, nicht damit gerechnet, dass wir Clach so zusetzen würden, dass wir seiner fast habhaft geworden wären. Und: Der Totenkaiser ist nur ein Symptom der Krankheit, die Fomor in ihrem Griff hält.«

»Soll heißen?«

»Das heißt, dass er stets auf sich gestellt arbeitet – bis zu seiner Allianz mit diesem Ambosskrieger hat er niemals zuvor ein Bündnis geschlossen. Was bedeutet, dass es ihm nie um das Artefakt ging. Dass er nicht hinter dem Diebstahl steckt. Das waren eindeutig andere. Nicht, dass mich das interessieren würde, nun, da mir der Totenkaiser nicht mehr entkommen kann.«

»Was soll das bedeuten, es interessiert Euch nicht, Greskegard? Der Archont hat Euch einen klaren Auftrag erteilt!«

»Sicher. Einen Auftrag, den durchzusetzen er Euch mir mitgegeben hat. Notfalls, selbst wenn es mich das Leben kostet, nicht wahr? Dafür sitzt Ihr doch in meinem Genick?«

»Ich beaufsichtige nur die Abläufe«, widersprach Waleran. »Warum also dieses Gelage gestern? Wen galt diese List zu täuschen?«

Fennek ignorierte die Frage. Er wandte sich an Rubica: »Hat sein Aktivwerden den erwarteten Effekt gehabt?«

»Sie sind wie die Nattern aus ihren Löchern gekrochen«, entgegnete sie und ließ träumerisch eine Praline zwischen Zeigefinger und Daumen hin und her rollen. »Sie haben ihm in einer Taverne aufgelauert. Da hat er das meiste Fußvolk beseitigt. Der Barbar hat ihm geholfen, so sind sie überhaupt zusammengekommen.«

»Dann hat er also die Käuferin des Spinnengifts gefunden?«

»Es ist, wie Ihr sagtet, Mylord Inquisitor. Euer letzter Verdacht hat sich bestätigt. Sie hat sich unzähliger Hehler und gefallener Apothecarii bedient. Man hat ihr das Gift nicht gestellt.«

»Also ist sie eine freie Agentin. In Diensten der Heimkehrer?«

»Ihr könnt sie fragen, Mylord«, sagte Rubica. »Im Chaos auf der Straße habe ich sie festgesetzt.«

»Ausgezeichnet! Damit haben wir nicht nur seine wahre Mörderin in unserem Gewahrsam, sondern wissen, dass der Sharis-Tempel aktiv geworden ist und Schwertfutter geschickt hat, um seine Verteidigung zu überprüfen.« Fennek spürte, wie sich seine Laune mit jeder Minute verbesserte. Er musste dem Drang widerstehen, seine Hände schurkisch aneinanderzureiben. Die Neuigkeiten ließen ihn die Scharade des gestrigen Abends vergessen. Der Kontrollverlust mochte töricht gewesen sein, die List war dadurch nur umso glaubwürdiger gewesen.

»Was für ein Plan?!« Walerans Stimme bebte vor Zorn. Er stand mit geballten Fäusten noch immer gegenüber der Ottomane. »Ich bin es nicht gewohnt, dass man meine Anweisungen ignoriert. Ihr werdet mir unverzüglich verraten, was das für ein Plan ist, von dem Ihr da faselt.«

Fennek seufzte gekünstelt, aber in Wahrheit konnte er seine Freude kaum unterdrücken. Es gab für ihn wenig Befriedigenderes, als zu erleben, wie eine durchstrukturierte Strategie Früchte trug.

»Nun gut, mein lieber Hauptmann. Ihr habt das Recht, davon zu erfahren. Bitte setzt Euch. Ich werde Euch einweihen. Voll … und ganz.«

Verblüfft legte Waleran den Kopf schief und machte einen Schritt nach vorn auf das Sitzmöbel zu. Dann fiel ihm ein, mit was für einem Trio er sich in einem Raum befand.

»Ich stehe lieber«, sagte er knapp.

»Wie Ihr wünscht. Nun, es ist so: Der Plan hatte drei Phasen. Er trat in Kraft, als sich zwei Bedingungen erfüllten. Erstens: dass Clach aktiv wird. Da habe ich etwas nachhelfen lassen. Ich wusste, dass ihn jemand mit demselben Gift, das er vor einigen Wochen an einem vergreisten Scholaren in einer Postkutsche einsetzte, vergiftet haben musste.«

»Arachnox«, warf Rubica erläuternd ein. »Es macht aus dem sanftesten Mann einen Berserker.«

»Eben diese Giftmörderin ließ ich ausfindig machen. Arachnox ist sehr, sehr selten. Ein Käufer gewisser Mengen macht sich, egal wie subtil er vorgeht, verdächtig, wenn man die richtigen Quellen hat. In dem Wissen, dass sicher auch der heimgekehrte Totenkaiser ein nicht unwesentliches Interesse daran haben würde, seine Mörderin aufzusuchen, ließ ich diese Dame ermitteln. Damit begann Phase eins.«

»Und?«

»Und das bringt uns zur zweiten Phase. Meine Quellen hatten mir zugetragen, dass Clach es sich auf sehr, sehr unschöne Weise mit dem Sharis-Tempel verscherzt haben muss. Und dass der Tempel Jäger nach ihm aussenden würde – Männer und Frauen von Format. Echte Assassinen, keine Anfänger. Denn diese Anfänger haben Clach und sein unzivilisierter Begleiter nach Rubicas Schilderungen ja auf offener Straße hingeschlachtet.«

»Und in Phase drei werden wir tätig? Und beschaffen das Artefakt? Wie passt es in diese Strategie?«

»Gemach, mein lieber Hauptmann. Die Genialität liegt in der Einfachheit meines Plans – sie wird Euch von den Füßen holen, darauf habt Ihr mein Wort.«

Fennek lächelte und griff ein weiteres Mal zur Karaffe. Zeit, seine Ausführungen zu beenden, sein angegriffener Rachen würde sonst aufgeben.

»Phase drei beinhaltete, dass Clach mich aufsuchen würde. Mich gefangen setzen, um mehr über die Heimkehrer zu erfahren. Ich gebe zu, mit einer Allianz zwischen ihm und dem Ambosskrieger habe ich nicht gerechnet. Aber gute Strategien überstehen beträchtliche Modifikationen. Ich war mir sicher, dass der Totenkaiser es nicht direkt darauf ansetzen würde, mich zu töten. Was mir zwei Optionen gestattete. Seiner habhaft zu werden – an Eurer Reiterei gescheitert – oder ihn zu markieren. Was mir gelungen ist.«

»Ihn markieren?! Wie?«

»Simpel. Ich habe ihn angeschossen – mit einem arkanistisch

präparierten Bolzen, wie man ihn gegen Gezücht der Älteren Dunkelheit verwendet. Irgendwo in seiner Leibeshöhle steckt ein winziger Splitter alchemagisch aufgeladenen Berylls. Den ich jederzeit anpeilen kann.«

Fennek zückte eine daumendicke Kugel aus Gold. Sie verströmte einen vagen Glanz.

»Das hier wird wärmer, je näher ich ihm komme – und kälter, je weiter er sich entfernt. Nun habe ich alle Zeit der Welt, ihn vor den Agenten der Todesgöttin zu finden und meinen lang gehegten Traum zur Vollendung zu führen. Eine Strategie, die ich im Übrigen auch gegen die anderen Heimkehrer fahren werde, sobald ich mich ihrer zu entledigen habe.«

Greskegard konnte sehen, wie Walerans Verstand rotierte. Vielleicht würde sich das Problem in einigen Sekunden durch eine Hirnblutung von allein lösen.

»Aber was hat all das mit dem Artefakt meines Herrn zu tun?«, fragte der Hauptmann. »Und was war die zweite Bedingung des Plans? Was soll all das?«

»Die zweite Bedingung? Simpel: dass der Archont meine Worte glauben und mir einen seiner besten Männer als Aufpasser mitgeben würde. Das Gelage von gestern Nacht sollte vor allem die Agenten des Sharis-Tempels, die mich beobachten, in Sicherheit wiegen. Und nicht zuletzt Euch.«

»Mich?! Was …?« Walerans Hand schoss zum Schwertgriff. Doch weder Fennek noch der in der Ecke lehnende Sanftleben zeigten Anstalten aggressiven Handelns.

»Beruhigt Euch, Hauptmann. Mir war klar, dass der Archont mir kaum vertrauen würde, wenn ich ihm den Leichnam seiner Tochter zeigen würde. Und dass er mir seinen besten Mann als Wachhund zuteilen würde. Der nun an seiner Seite als Schutz fehlt. So simpel ist das.« Fennek zwinkerte dem Myrmidonen süffisant zu.

»Ihr seid von Sinnen. Ihr habt den Verstand verloren.«

»Das könnte man meinen. Ich aber bin überzeugt, dass es indes eines funktionierenden Verstandes bedarf, um ein solches Meisterwerk von einem Plan zu ersinnen. Und Ihr selbst habt mir Eure größten Stärken offenbart, als Ihr Eure Reiterei mobilisiertet. Ein zweites Mal werdet Ihr diese Chance bedauerlicherweise nicht haben. Ihr habt Euren Archonten im Stich gelassen. Und werdet dafür mit dem Leben bezahlen. Ich kann Euch nämlich nicht weiter dulden – Ihr stört meine Kreise.«

»Der Archont hatte mich vor Eurer Tücke gewarnt. Aber Ihr seid so töricht gewesen, mit Eurem geplanten Verrat zu prahlen. Selbst wenn Ihr das Kunststück vollbringen solltet, mich zu überwinden, das Haus wird von einem vollen Zug meiner Männer bewacht.« Die Augen des Hauptmanns wurden zu Schlitzen, während Waleran seinen Bihänder vom Rücken zog. »Ich werde Euch alle drei in Stücke hauen! Die Kunst, die Krieger wie mich geschaffen hat, überwindet Ihr zu dritt nicht.«

»Eure Annahme basiert auf zwei gravierenden Trugschlüssen.« Greskegard kicherte. »Erstens: Ihr werdet für Eure Männer nach wie vor am Leben sein. Nur dass sie jetzt meinen Befehlen folgen werden. Und überdies nehmt Ihr an, ich säße nach wie vor auf dieser Ottomane. Beziehungsweise, dass Sanftleben untätig in der Ecke steht. Euer letzter Fehler.«

Walerans Auge weitete sich in einem schrecklichen Augenblick des Begreifens, als er Sanftleben nicht mehr in der Ecke vorfand.

»Die Fae!«, raunte der Myrmidone.

Dann traf Sanftlebens Streithammer mit voller Wucht das ungeschützte Gesicht des Mannes, bevor dessen unmenschliche Reflexe dem Hieb ausweichen konnten, und verteilte, was Hauptmann Waleran Terdenge ausgemacht hatte, in einer Fontäne auf Parkett und Gobelins. Der Raum erzitterte, als der gepanzerte Leichnam zu Boden ging.

Rubica verließ den Teppich hinter der Ottomane, auf dem sie die ganze Zeit über neben Greskegard gestanden und ihren Glamour, ihre Illusionen erzeugt hatte. Die Augen der Fae waren noch immer in Konzentration geschlossen, als sie sich ihren Weg durch das Zimmer suchte. Sie kniete neben Waleran, tauchte einen Finger in das Blut des Toten, hob den Zeigefinger zu ihren vollen Lippen und schmeckte es. Genießerisch verzog die Schönheit das Gesicht. Dann lief ein Flimmern über die Gestalt der Frau, ein Flirren wie von Sommerhitze auf steinigem Pflaster.

Plötzlich stand ein neuer Waleran vor Fennek und Sanftleben. Gleichzeitig legte sich mit einem seltsamen Wabern eine Illusion der Normalität über den Raum. Die Leiche verschwand. Fennek und sein Leibwächter setzten sich auf die Ottomane.

In diesem Moment flog die Tür des Raums auf. Ein Myrmidone streckte besorgt wegen des Lärms den Kopf hinein, doch »Waleran« schickte ihn mit einem unwirschen Befehl wieder hinaus.

Zufrieden legte Greskegard die Finger aneinander. Sein Kater war verflogen.

»Ist die Schuld getilgt«, fragte Rubica mit Walerans Mund, aus dem Walerans Stimme drang.

»Sobald der Thron mein ist, gebe ich dich frei, meine Liebe.«

»Und jetzt?«, fragte Sanftleben, der mit höhnischem Grinsen auf die langsam aus dem Nichts auftauchende Leiche des Hauptmanns hinabsah. Der Koloss zeigte sich sichtlich zufrieden, diesen Störenfried los zu sein. Alles lief nach Plan. Clach brauchten sie vorerst nicht mehr. Was nun kam, würde die Karten neu mischen.

»Jetzt?«, sagte Fennek. »Jetzt sprechen wir mit unserem Gast. Und räuchern einen Tempel aus.«

11. Ormgair

Das Warten war im Laufe eines Lebens der Jagd zu seiner zweiten Natur geworden. Ein Jäger benötigte Geduld und Augenmaß. Er musste den Moment abwägen, das Verhältnis des Ausharrens zu dem einen entscheidenden Augenblick, in dem sämtliche Energien freigesetzt wurden. Erfolg stellte sich dabei zwar mit zunehmender Erfahrung ein – war aber keineswegs garantiert.

Das Jagdszenario, das sich seit Tagen innerhalb der Mauern Fomors abspielte, war eines, dessen Unabwägbarkeiten und frustrierende Seiten Ormgairs Geduld überstiegen.

Allerdings war es ihm diesmal um einiges leichter gefallen, die Wälle der Penta zu überwinden. Clachs Wissen, was die Patrouillen der Gardisten anging, hatte hierbei unschätzbare Dienste geleistet. So war er ungesehen in die trutzige Metropole zurückgelangt, die wie das vergessene schwarze Diadem der Sharis zwischen Weilern und kargen Feldern lag. Doch wie befürchtet galt dies auch nur für den Weg aus der Nebelödnis in die Stadt hinein. Im Inneren sah die Sache anders aus.

Aus den Vierteln der Gemeinen in die Rats- und Adelsviertel zu gelangen war aufgrund der Unterteilung der Enklave in ein Netzwerk bewachter Wehrmauern nämlich eine weitaus größere Herausforderung.

So wie Ormgair es prophezeit hatte, war er ohne die Hilfe des Totenkaisers – oder jedes anderen Stadtlings mit krimineller Erfahrung, was das betraf – vollkommen hilflos. Er musste sich der Tücke der zivilisierten Welt geschlagen geben, deren pervertierte Anschauung die Schwächsten und Wertlosesten ihrer Art, die Dekadenten und Privilegierten, mit dem größten Schutz versah.

Dort, wo er herkam, war der mächtigste Mann entweder der größte Krieger, der weiseste Seher, der listenreichste Täuscher – oder eine extrem gefährliche Mischung aus all diesen Qualitäten.

Hier aber galt das Recht des Reicheren, des Sattgefressenen und Verschlagenen, der sich seinen Wohlstand durch die Unterdrückung würdigerer Menschen erwarb. Und die Bessergestellten verschanzten sich in dem undurchdringlichen Irrgarten aus Gassen und Plätzen, die die Zitadelle des Archonten umgaben.

Selbst wenn es dem Nebeljäger gelungen wäre, dort einzudringen, so wusste er noch nicht einmal, welches der unzähligen Häuser zu Fennek Greskegard gehörte. So zog er sich nach viel zu vielen Stunden zurück. Stunden, in denen er am Rand des Nobelviertels herumgelungert hatte, unruhig hin und her pirschend wie eine gereizte Raubkatze.

Bei allem Respekt, den er für den Totenkaiser in ihrer kurzen Allianz gewonnen hatte, so zürnte ihm Ormgair dennoch. Wie sollte er seinen Schwur gegenüber Morven wahr machen, wenn dieses Reptil Greskegard sich auf solch unantastbare Weise zu verbergen verstand?

Nein, es wurde Zeit, anderswo Hilfe zu suchen – das musste er sich eingestehen. Kurz hatte er die Idee gehabt, einfach, wie er es als junger Mann getan hätte, mit dem Kopf durch die Wand zu rennen. Die Torwachen am Zwinger zwischen den Vierteln niederzumachen und vorzupreschen. Aber die Tage, die er hier in Fomor verbracht hatte, jener Großstadt auf den Gebeinen seines Gottes, waren ihm Warnung genug. Man würde ihn niederstrecken wie einen tollen Köter, und er würde seine Schwüre und Eide unerfüllt in dieser Welt zurücklassen, während er in das Dunkel stürzte, statt emporzusteigen ans Firmament.

Wenn nur irgendetwas von dem stimmt, woran ich ein Leben lang mein Herz gehängt habe. Wenn es ein Firmament überhaupt gibt, dachte er verbittert.

Der Nebeljäger war erschüttert. Entwurzelt. Der Wind, der durch die Gassen pfiff, peitschte Ormgair Niesel ins Gesicht, während er die seltsamen Pfade erwog, auf denen sich sein Leben bewegte. Vor einem halben Mond hätte nichts seinen Glauben an die Titanen, an ein glorreiches Schicksal im kriegerischen Tod und einen Kodex aufrechter Männer ins Wanken zu bringen vermocht.

Seinen zerschlissenen Überwurf um die Schultern gezogen, den Kopf gesenkt, schob der alte Wolf seinen Körper durch die Tür der Taverne. Es war ihm mit knapper Not gelungen, diesen Ort wiederzufinden – hier erhoffte sich der Nebeljäger die dringend benötigte Hilfe. Dies war der einzige Ort in Fomor, an dem man ihn mit einem Mindestmaß an Anstand und Respekt behandelt hatte.

Den Namen der Schänke, jenes Ortes, den er in seiner Unerfahrenheit vor Kurzem noch als »Methalle« bezeichnet hatte, wusste er nunmehr. Sie hieß »Blut & Sägemehl«.

Hier kannte er zumindest eine Person. Die Wirtin – er hatte die riesenhafte Exgladiatorin nie nach ihrem Namen gefragt – würde ihm Antworten verschaffen. Wenn auch nur gegen das Geld der Stadtlinge, von dem er nach einem Raubzug noch immer etwas besaß.

Ormgair stieß die Tür auf und duckte sich durch den Rahmen. Im Inneren war es unter der niedrigen Decke der heruntergekommenen Kaschemme so stickig und heiß wie bei seinem letzten Besuch.

Es hatte neben vielen Nachteilen auch einen unbestreitbaren Vorteil, als Ambosskrieger unter Stadtlingen zu weilen. Zumindest konnte sich diese Tatsache an diesem Ort als einer erweisen: Jeder erkannte Ormgair. Vor allem der bullige Türsteher, der ihn bei seinem letzten Aufenthalt hier genau in Augenschein genommen hatte.

So war es wenig verwunderlich, dass ihm der Mann beim Eintreten diesmal zunickte, statt in Panik zu geraten. Auch die Gäste, die beim ersten Besuch des Nebeljägers noch aggressiv reagiert hatten, schienen ihn zum Teil wiederzuerkennen. Oder die Exgladiatorin hatte verlautbaren lassen, dass er jetzt an diesem Ort willkommen war.

»Ist deine … Herrin da?«, fragte Ormgair, dem das Konzept eines Weibes als Anführerin oder Besitzerin einer solchen Lokalität nach wie vor fremd war.

Der ungepflegte Türsteher schüttelte den Kopf.

»Nee, aber sie hat gesagt, wenn du noch mal vorbeikommst, hättest du Kredit.« Er bemerkte Ormgairs verständnislosen Gesichtsausdruck. »Das heißt, du kannst noch saufen, weil du beim letzten Mal schon gut gezahlt hast.«

Ormgair nickte, um sich die Peinlichkeit weiterer Erklärungen zu ersparen, und trat in den Schankraum. Vereinzelt musterten ihn pockennarbige und struppige Visagen mit schlecht verhohlener Neugier oder Furcht. Bei den meisten Gästen war beides der Fall.

Er ignorierte die Stadtlinge, bemühte sich, nicht noch mehr zu provozieren als nötig. Als jüngerer Mann hätte er solche Blicke wie von dem Fettsack, der am Tresen saß und an dessen Gürtel ein Handbeil baumelte, auf andere Weise beantwortet. Aber er hatte nicht grundlos sein Alter erreicht. Wenn das Gesindel hier doch Blut sehen wollte, sollte es nur kommen. Nur einen Streit anfangen, das würde er nicht.

Er ließ sich am Ausschank einen seiner Größe angemessenen Krug mit dunklem Ale reichen und zog sein arg mitgenommenes Trinkhorn vom Gürtel. Den Karstwisentbullen, der es vor über dreißig Wintern voller Stolz trug, hatte er selbst zur Strecke gebracht. Das war drei Winter nachdem die Jagd mit seinem Vater Ormgair zum Mann gemacht hatte gewesen.

Er verzog sich an einen freien Tisch, goss das schäumende, fast schwarze Labsal in sein Horn, prostete dem Nichts zu und hob es an die Lippen. Das Ale war kühl und herbsüß, so wie es sein musste. Vom Brauen verstanden die Stadtlinge etwas. Sein Volk trank Ale nur, wenn welches geraubt worden war – die Ambosskrieger brauten nicht. Wie sollten sie auch, ohne Sonne? Ohne die Schilde der Stadtlinge und deren Hexerei? Manche nahmen, andere gaben.

Sein Volk. Der Stich kam überraschend, jedoch nicht gänzlich unerwartet. Er löste Morvens Scheide vom Schwertgurt, legte die Waffe auf den Tisch und betrachtete das fein gearbeitete Schwert. Einst war es Fahlsang gewesen, nach dem Hexer oder Priester benannt, dessen Macht darin gehaust hatte. Nun hieß es Morven. Einst hatte Ormgair einen Stamm gehabt, zu dem er heimkehren konnte, nun war er allein. Als er noch Nebeljäger der hingeschlachteten Tanleigh gewesen war, hatte er zumindest nach seinen brutalen Streifzügen an den Grenzen ihrer Territorien zu einer Art von Heim zurückkehren können.

Diese Heimkehr war ihm verwehrt. Auch seiner Allianz mit dem Cyning der Toten war nur eine kurze Dauer beschieden. Ormgair zürnte dem Meuchler nicht – sie waren sich teils ähnlich, zugleich aber grundverschieden. Er hätte es besser wissen müssen. Leiche hin oder her – Clach war nach wie vor ein Stadtling, mit Stadtlingblut in seinen erstarrten Adern.

Er füllte zweimal nach. Ging zum Tresen. Das Spiel wiederholte sich noch einige Male, bis sein riesenhafter Körper genug von dem Gift innehatte, um eine Wirkung zu spüren. Also fasste er nach. Mit jedem Schluck fand die Schwermut einen besseren Ankerpunkt und Ormgair spürte, wie das, was seit Wochen in seiner Seele gärte, grub und arbeitete. Sein Blick schwamm, aber es war nicht das Ale, das dafür verantwortlich war.

Sie sind alle tot.

Gewusst hatte er es. Die Asche ihrer Leiber klebte teils noch unter seinen Fingernägeln. Aber *realisiert* hatte er es erst jetzt.

Zornig wischte er sich über die Augen. Er ließ seinen Blick durch die Kaschemme schweifen. Der Zorn, den er ausstrahlte, hatte dafür gesorgt, dass es keiner mehr wagte, in seine Richtung zu schauen. Er sah einen Beutelschneider, der mit einer Hure herumschäkerte. Er hatte viele Paare gesehen, seit er die Penta betreten hatte, und auch Kinder.

Die letzten Kinder und Weiber, die seine Hände berührt hatten, hatten in einer schwelenden Grube gekokelt. Die Kreen hatten alle geschändet und ermordet. Er hatte ihnen Rache geschworen! Er senkte den Kopf und starrte auf den Tisch. Ließ seine Augen den beruhigenden Mustern der Maserung folgen.

»Ich habe es geschworen …«, murmelte er.

Nun saß er hier und erging sich in Selbstmitleid? Wie konnte er nur?

»Ich habe es geschworen!«

Seine Faust traf mit solcher Wucht die Tischplatte, dass die Taverne zu erzittern schien. Holz knackte, kurz vor dem Bruchpunkt. Der Alekrug taumelte trunken über das Holz. Fiel. Bevor er zerschellen konnte, fing ihn eine schwielige Pranke von einer Größe, die Ormgairs eigener Hand nur in wenig nachstand. Stühle wurden scharrend bewegt. Gäste erhoben sich, um zu gehen, bevor die Händel begannen, die unausweichlich folgen mussten.

»Na, na, na! Lass mein Inventar heil!«, tadelte ihn das Weib, das zur Hand gehörte, und setzte sich ihm gegenüber.

Sie war es. Ormgairs Laune besserte sich etwas, als er das vertraute breite Gesicht der Wirtin sah. Sie hatte sich das Geld für diese Taverne als Grubenkämpferin verdient, wie sie ihm bei seinem ersten Besuch hier erzählt hatte. Und sie trug auf ihrer derben Miene und auf dem wogenden Busen, der ihr wildledernes Mieder beinahe zum Platzen brachte, Narben und unzählige Tätowierungen zur Schau, die diese Behauptungen bewiesen. Ihre kupferroten Haare waren zu einem Dutt gebunden.

Nun, ohne dass der Tresen wie bei ihrer letzten Begegnung zwischen ihnen aufragte, konnte er erst ermessen, wie beleibt sie war. Aber das Wogen der Massen täuschte. Er wusste, dass ein Körper mit einem solchen Gewicht der Muskeln bedurfte, um ihn zu tragen und zu bewegen. Und dass sie diese Muskeln mehr als ein Dutzend Winter auf Sägemehl und im Kampf auf Leben und Tod mit wilden Tieren gestählt hatte. Mit solchen, die auf allen vieren gingen. Und der anderen Gattung.

»Hier ist der Handel«, sagte sie. »Du lässt mein Mobiliar heil, und ich hol uns noch einen Krug.«

Er nickte, wie betäubt von der Tatsache, dass er gerade dabei gewesen war, die Heiligkeit des Gastrechts, das ihm hier gewährt wurde, mit Füßen zu treten. Beschämend, wie tief er gesunken war. Sie wuchtete ihre Massen – keineswegs ungelenk – in die Höhe und kehrte nach kurzer Zeit mit einem neuen Krug Ale sowie einem Becher für sich zurück. Sie setzte sich, goss ihnen ein und prostete ihm zu. Als sie beide getrunken hatten, sprach sie mit sanfter Stimme weiter. Er hatte nur Augen für ihre Zähne, so breit und weiß und sauber, dass es geradezu verstörend war. Niemals zuvor hatte er weißere Zähne gesehen.

»Nur um das klarzustellen: Machst du hier irgendwas kaputt, kommst du für den Schaden auf. Außerdem prügele ich deinen haarigen, ungewaschenen Arsch persönlich hinaus. Verstehen wir uns?«

Er verstand und nickte.

»Ich nehme an, du hast viel durchgemacht und guten Grund, dich so zu verhalten. Aber darauf gebe ich einen Dreck. Das ist keine Entschuldigung. Ich hatte dir schon mal gesagt, dass ich in diesem Laden keinen Ärger will. Also lass es.«

Sie tranken schweigend. Ormgair suchte nach den richtigen Worten, aber sie entzogen sich ihm wie Phantome am Rande seines Denkens. Er bekam sie nicht zu packen. Er ließ den Kopf hängen.

»Ich sehe dauernd Kerle hier rein- und rausspazieren, die diesen Gesichtsausdruck zur Schau stellen. Zugegeben, keiner ist so groß wie du – aber gefährlich sind die alle. Ein Idiot kann sehen, dass dich deine Dämonen plagen.«

Er sah langsam vom Tisch auf.

»Ich mache dir dieses Angebot genau einmal. Danach stehe ich auf und gehe, falls du ablehnst. Willst du reden? Du bist nicht die Art Mann, die über ihre Sorgen spricht, aber ich würde sagen, nach solchen Mengen an Ale bist du ausnahmsweise entschuldigt.«

Er rang mit sich. Es dauerte nicht lange. Er wusste, dass er die Last seiner Sorgen und edler Schwüre nicht mehr würde stemmen können, wenn er sich nicht jemandem mitteilte. Und diese vernarbte, gezeichnete Kriegerin war in dieser Stadt, diesem Hort des Wahnsinns, vielleicht der einzige Mensch, der ihn verstand. Der Kampf war kurz, der Widerstand erlahmte. Mehr verlieren konnte er an diesem Punkt seines Lebens nicht mehr – selbst wenn dieses Weib mit seinen Feinden im Bunde war, was er nicht glaubte. Sie hatte ihn schon einmal vor einem Hinterhalt gewarnt, der draußen vor eben dieser Taverne auf ihn gewartet hatte. Er konnte nur noch gewinnen. Also berichtete er. Ausnahmslos alles.

Nachdem er geendet hatte, beorderte sie eine Schankmaid mit frischem Ale an ihren Platz. Er konnte sehen, wie der Verstand der Frau arbeitete. Schließlich räusperte sich die Wirtin und füllte für sie beide nach.

»Ich heiße Branka«, sagte sie und hielt ihm die Rechte über den Tisch hin. Ormgair ergriff sie.

Schweigend tranken sie weiter. Sie ließ seine Worte einsickern, er seine eigene Schwermut. Es war erneut Branka, die das Schweigen brach: »Ich stand an diesem Scheideweg, so wie du. Nachdem mein Halgert – mein Mann – gestorben war und man mich in den Schuldturm warf. Ich wurde unfrei.«

»Sklavin?«, fragte Ormgair.

»Leibeigene. Ein anderer Begriff, dasselbe Leid.«

»Ah«, sagte er und füllte sein Horn nach. Sein Kopf schwamm, er fühlte sich müde und ausgelaugt. Dennoch mühte er sich, ihren Worten zu folgen.

»Nach dem Schuldturm kam die Knechtschaft. Ich floh. Aber nicht ohne meinem neuen Dienstherrn die Geilheit auszutreiben.« Sie legte beide Hände um ihren Krug. Die Knöchel traten weiß hervor. Ormgair verstand.

»Natürlich fasste man mich, und man warf mich in die Grube. Wo du jetzt auch bist.«

»Bin mir nicht ganz sicher, ob ich begreife«, sagte Ormgair. Weil es so war.

»Ich lag dort. Allein. Verraten. Am Scheideweg meines Lebens. Da habe ich den Bären getroffen. Er kam zu mir, über die Sägespäne und die morschen Knochen meiner Vorgänger. Und ich musste mich entscheiden.«

»Leben oder Tod«, stellte er so sachlich fest, wie das Ale ihm noch erlaubte.

»Ja. Er zerwühlte mir den Wanst. Ich starb. Also beschloss ich, nicht wieder das Opfer zu sein. Und drückte ihm seine Augen mit den Daumen ins Hirn.«

»Aber du hast überlebt.«

»Mein Besitzer war so beeindruckt, dass er für die Arkanisten aufkam, die meine Heilung übernahmen. Ich hatte mich entschieden. Also kämpfte ich.«

»Eine gute Geschichte«, befand Ormgair. »Wirklich. Aber ich kenne sie zu Dutzenden, von ebenso vielen Kriegern am Feuer erzählt. Die Legenden unserer Sangespriester sind voll davon. Und mit noch unfassbareren Taten. Was ändert sie an meiner Lage?«

»Ich habe dir die Geschichte erzählt, damit du eine Sache begreifst«, fuhr Branka mit ruhiger Stimme fort. Wenn Ormgairs Einwände sie gekränkt hatten, so ließ sie es sich zumindest nicht anmerken. »Ich habe überlebt, weil ich meine Perspektive verändert habe. Den Blickwinkel, aus dem ich mein Leben lang die Dinge bis zu diesem Bären betrachtet hatte. Ich habe meinen Bären nicht gefunden – *er* fand mich!«

Der Nebeljäger kratzte sich am Kinn. »Du meinst, ich muss mich ändern?«

»Wer überleben will, muss sich anpassen, ja. Zumindest zeitweilig. Es ist simpel: Du sagst mir, du bist ein Jäger. Bogen und Speer, Nebel und Heide. Ich aber sage dir: Du musst denken wie ein Fallensteller. Mein Bär kam zu mir …«

»Also muss ich meinen Bären zu mir kommen lassen. Natürlich!« Ormgair schnaubte über seine eigene Torheit. Er stellte Greskegard nach, obschon er, der Nebeljäger, alle Vorteile auf seiner Seite wusste. Nach dem brutalen Überfall würde sich der Inquisitor die Gelegenheit nicht entgehen lassen, ihn zu fassen und persönlich zur Rechenschaft zu ziehen. Zumal Clach nicht mehr in der Penta war.

»Ich sehe, du begreifst«, sagte Branka. »Dieser Mann ist dein Bär – er kann auch spät im Leben noch die Zähne fletschen und einen packen. Jeder von uns trifft ihn – und jeder muss am Ende entscheiden, was er mit seinem Bären tut. Wer der Bestie nachgibt, kann trotzdem weiterleben. Aber von diesem Tag an …«

»… muss er oder sie im Schatten des Bären leben. Unfrei und nie wieder in der Lage, ihn zu stellen«, grollte Ormgair. Er konnte fast körperlich spüren, wie sein Mut und sein Wille zurückkehrten. Zu lange hatte er sich von den bedrückenden Mauern dieser Stadt und dem dekadenten Siechtum der Zivilisation verwirren und unterdrücken lassen. Der Impuls zu handeln war die ganze Zeit da gewesen, hatte unter all den Selbstzweifeln und der gärenden Wut keinen Atem fassen können. Doch damit war Schluss.

»Wirst du mir helfen?«, fragte er. »Die Nachricht, wo ich bin, die List – das muss an seine Ohren dringen. Ich beherrsche eure Runen nicht und habe außer dir keine Verbündeten in dieser Stadt.«

»Das werde ich – für einen Preis.« Sie hob eine Hand, bevor er antworten konnte. »Bevor du dich fragst, was ich davon habe: Ich spiele stets mit offenen Karten. Ich sehe, du hast immer noch den Goldbeutel bei dir, den du irgendeinem Pfeffersack geraubt hast. Und auch der Inquisitor wird gut für Informationen über deinen Aufenthaltsort zahlen. Ich werde dein Gold nehmen – und seines. Er hat mich eingeschworen, ihn zu verständigen, wenn ich dich sehe. Das werde ich tun – zu deinen Bedingungen. Und zu meinen.«

»Und dann wird er kommen?«, fragte Ormgair.

»Das, mein großer Freund, ist so sicher wie die Tatsache, dass zwei Kämpfer die Arena betreten, aber nur einer hinaustritt.«

»Dann sollten wir keine Zeit verlieren, wir …«

»Doch, das sollten wir«, unterbrach ihn Branka. »Wir sollten uns nun viel Zeit lassen. Du hast ihn gestochen, geschnitten, verwundet – nun muss die Verletzung, die du seinem Stolz beigebracht hast, Zeit haben, zu eitern und sich zu entzünden. Ein paar Tage wenigstens. Damit der Stachel der verletzten Ehre tief wandern kann. Nichts bringt Männer mehr aus der Fassung. Und nun komm, trink aus! Wir müssen gehen!«

»Wohin?«, fragte Ormgair.

»Erst einmal müssen wir uns um den Kerl dort in der Ecke kümmern.« Sie deutete unauffällig und warnend mit einer Bewegung ihrer Augen in eine Nische. Die Gestalt in dem Alkoven gab sich so viel Mühe, nicht aufzufallen, dass ihre Bestrebungen, Branka und Ormgair zu beobachten, offenkundig wurden.

»Der arbeitet für deinen Freund, den Inquisitor. Tut, als wäre er Stammgast, war vor dem Besuch von diesem Greskegard aber nie hier. Und er stellt Fragen, die mich schon länger stören.«

»Was kommt danach?«

»Dann?« Sie schenkte ihm ein unverfrorenes Grinsen und packte seinen Unterarm, bevor er reagieren konnte. »Du begleitest mich nach oben und nimmst ein Bad. Und dann will ich wissen, ob die Gerüchte stimmen, die man über die Krieger des Amboss verbreitet.«

Er brauchte eine Weile, um zu begreifen.

»Oh.«

»Ja«, sagte sie und lächelte. Und für diesen kurzen Moment der Ruhe, der auf der ansonsten tosenden See seines Daseins einkehrte, kannte Ormgair Steinviper keine schönere Frau.

Aus den Chroniken des Kataklysmus der Erzmagi, verfasst dreihundert Jahresläufe nach dem Titanensturm, Anonymus:

Nun, da der Mensch das Ungeformte voneinander geschieden hatte, ihm Gestalt verliehen, da wo er hier von dort trennte, gestern von heute, da schied er auch hell und dunkel.

Doch rasch spürte der Mensch, dass es ein höheres Lichte über dem gibt, was er »hell« hieß, eines, das gleichsam in der stofflichen Welt existierte, aber auch die Seele zu erhellen vermochte. Und er war voller Dankbarkeit.

Denn er vermutete seit Langem, dass es eine Finsternis gab, die keines Menschen Geist je vom Lichte zu scheiden brauchte. Und der Mensch tat wohl daran, diese Düsternis zu fürchten, war sie doch älter als selbst das Ungeformte und schwärzer und dunkler noch als der Stoff des Weltenraums.

Bewohnt war sie, von solcher Verderbnis und schrecklichen Wesen erfüllt, die der Mensch nach dem Tode des allreinen Ungeformten mit tausend Namen benannte, pries und zu beschwichtigen suchte, von denen keiner hier niedergelegt werden soll. Denn sie kennen uns und einander, und sie hier zu benennen käme einem Rufe gleich.

Es ist ohne Bedeutung, wen man fragt, die Antwort fällt stets anders aus. Mal ist die Rede von zehn, mal von zehntausend Höllen, die in dieser Schwärze aus dem Urgrund aller Zeiten liegen und die Tausende eigene Namen tragen: Basab'hul sagten die Völker des Westens, bevor der Sturm sie für immer von uns trennte. Rokhat hieß eine bei den Einwohnern jener Inseln, die unter den Fluten begraben wurden, die wir heute die Blut-Tiden heißen. In der alten Sprache des Amboss ist die Rede von Scathach, der Welt unter den Welten, Steppengrab aller ehrlosen Toten. Doch das Ganze, jene endlose Schwärze, die zuerst da war, sich durch die Taten von Ketzern und Besessenen erheben will, trägt einen eigenen Namen. Wir heißen sie: die Ältere Dunkelheit.

Hora des Lichtfürsten, 301 adis Pentae

12. Clach

Der Soldat verfluchte ihn mit seinem letzten Atemzug. Dann wich das, was noch an Zorn und Leben in dem Mann war, aus seinem Blick. Der Totenkaiser zog das Stilett unter der Achsel des Toten hervor, wischte es am Umhang des Mannes ab und schob es in seine Stiefelscheide zurück.

Ein Teil von Clach konnte die Reaktion des Soldaten verstehen: Der Mann hatte leben wollen. Alles, was atmete und gedeihte, wollte das. Was Clach nicht begriff, war der Unverstand des Reiters. Er sah auf den Körper herab. Er war einer derjenigen, dessen Reittier vor Clachs Präsenz gescheut hatte. Er war drei, vier Meilen von seinem panischen Brachenriesen getragen worden, nur von dem persönlichen Nebelstein an einer schweren Halskette geschützt. Dabei hatte das massige Ross die Straße verlassen.

Es war im Nebel ungezügelt vorgeprescht. Das Tier war zu rasch gelaufen. Weder Ross noch Reiter hatten eine Chance gehabt. Die Wucht des tief hängenden Astes musste dem Kürassier der unnatürlichen Schwellung nach den Hals gebrochen und ihn aus dem Sattel katapultiert haben. Das Gewicht seiner eigenen Rüstung und der Aufprall hatten seine Beine zerschmettert. So hatte Clach ihn gefunden. Sein Pferd war nicht viel weiter gekommen. Ohne den Nebelstein seines Dienstherrn war es in den Nebel gestürmt. Es lag als Haufen aus Gliedmaßen und Panzerplatten am Rand des Lichtkreises.

Der Reiter lag in der moosigen Stille, nur Schritte von der Straße entfernt. Der Duft von Harz hing schwer über allem, die Luft getränkt von der Feuchtigkeit der von den Leichen endloser Kriege satt gefressenen Erde. Die einzigen Begleiter des Verkrüppelten bildeten das Schnarren der Aaskrähen und sein verängstigtes Gemurmel. Unbeantwortete Gebete an einen Gott, der diese Welt vor einem halben Jahrtausend zu endlosem Siechtum verdammt hatte. Einen Gott, den das Schicksal ganzer Völker kaltließ, der unterschiedslos ignorierte, ob sich Zehntausende die Kehle blutig schrien oder nur ein einsamer verzweifelter Mann, der nichts als seine Pflicht getan hatte. Zwischen taunassen Tannen, umgeben von der unnachgiebigen Präsenz des flüsternden Nebels, hatte der Soldat gelitten, zu einem grausamen Ende unter Klauen, Zähnen, Schnäbeln verdammt – wenn er Glück hatte. Ebenso hätte es sein können, dass der Kürassier hier elendig verhungert wäre.

Als Clach aufgetaucht war, hatte ihn der Schwerverletzte angerufen und um Hilfe gebettelt. Dann, als der Totenkaiser in den Lichtkreis getreten war, hatte der Bursche erst vor Entsetzen gewimmert und zu fluchen begonnen, als Clach das Stilett aus seinem Stiefel gezogen hatte. Er war ein junger Mann gewesen.

Der Kürassier hatte geschrien und den Totenkaiser mit Verwünschungen überzogen, selbst noch als der Attentäter beruhigend in sein Ohr gewispert und sanft über die Haare des Sterbenden gestrichen hatte. Dann hatte das Stilett seinen Weg durch die Armbeuge des Mannes gefunden – Misericorddolch, Gnadengeber, so nannten Soldaten dieses subtile Werkzeug. Das letzte Geleit durch die Hand eines mitleidigen Kameraden oder eines Feldkaplans für Schwerverwundete und Verkrüppelte. Clach hatte erwartet, dass ihm der Mann Dankbarkeit erweisen würde, nicht weiter so unwürdig hinsiechen zu müssen. Und ein weiteres Mal offenbarte sich dem Totenkaiser, dass seine Gefühlswelt seit dem Tod zwar komplexer geworden war, und die kalte, raubtierhafte Einteilung seiner Lebenswirklichkeit in Jäger und

Ziel funktionierte auch jetzt noch. Aber von den Gefühlen der Menschen verstand er nach wie vor so gut wie nichts. Er nahm an, dass Empathie nie seine Stärke werden würde.

Der Gesichtsausdruck des Soldaten entspannte sich. Clach schloss die Augen des Mannes. Er zog den Körper an eine Tanne und setzte ihn aufrecht an die Borke. Eine Geste des Respekts. Sie würde wenig bewirken. Für die Aasvögel waren die Organe eine Delikatesse. Nach ihnen würden die Wölfe kommen. Und Schlimmeres, das der Nebel beherbergte.

Der Blick des Totenkaisers wanderte flüchtig über die gerüstete Gestalt. Clach redete sich ein, dass es seine übliche Vorgehensweise war: einen Toten nach Nutzbarem abzusuchen, der keine Verwendung mehr für seinen weltlichen Besitz hatte. Doch die mahnende Stimme der Vernunft, stets sein Leuchtfeuer im Zwielicht der Nebelwelt, hatte seine Motive längst durchschaut. Sie erkannte, wie Clach auf den elenden Geruch des noch warmen Leichnams reagierte. Was im Inneren von Clachs Körper geschah. Sie vernahm den Hunger, bevor er dem Totenkaiser bewusst wurde.

Du willst ihn. Du sagst dir, es sei logisch, das zu tun, bevor die Aasviecher ihn bekommen. Es ist dieser unheilige Appetit.

»Macht es keinen Sinn? Besser ich als sie«, sagte Clach, und seine Stimme hatte den gedämpften Klang von Sprache, die durch feuchte Tücher erklang. Jedes Geräusch im Nebel klang so. Zumal seine Lunge immer mehr verfiel.

Nein, das macht es nicht. Und du weißt das.

Er wusste es. Er hatte sich entschieden, diese Existenzform nicht so zu erhalten. Nicht aus rein kosmetischen Erwägungen. Es war keine ethische Entscheidung, kein Menschenfleisch zu verzehren. Zumindest nicht ausschließlich. Dabei ging es vor allem darum, sich nicht von externen Kräften kontrolliert zu wissen. Dem tierhaften Drängen des Hungers durch Kontrolle und Disziplin zu widerstehen.

Mit einer Kraftanstrengung riss er seinen Blick von dem Mann los. Dem Menschen, den er gerade noch respektvoll zur letzten Ruhe gebettet hatte, nur damit er Sekunden später den Stellenwert einer guten Mahlzeit einnahm? Töricht. Er riss den Nebelstein von der Rüstung des Mannes, als zöge er nur einen Kiesel aus dem Schlamm und nicht aus blankem Stahl, und steckte das Kleinod ein. Es mochte sich noch als nützlich erweisen. Fast schlagartig schwappte der Nebel über den beiden Toten, dem ruhenden wie dem stehenden, zusammen.

Der Totenkaiser sah den Haufen aus Muskelfleisch, der vor ihm auf den Nadeln lag. Noch immer warm und dampfend. Das Pferd musste reichen. Er zog einen seiner Dolche. Kämpfte gegen das Verlangen seines Körpers an, sich wie ein ausgehungerter Schakal auf das Fleisch zu stürzen und seine Zähne durch Haare und ledrige Haut zu graben. Etwas, wozu er durchaus in der Lage war, wie er wusste.

Nun stand er vor dem Kadaver. Konnte die straffe Wölbung des Bauches sehen, die kompakten Muskelpakete an den Schenkeln des gigantischen Tiers. Prallgefüllte Venen, die sich unter der dünnen Haut abzeichneten, überquellend mit dem köstlichen Versprechen des vergangenen Lebens, das sämtliches Aasgetier anzog.

Aasfresser wie mich, dachte er und war überrascht, wie wenig Bitterkeit oder Selbstverleugnung in seinen Worten steckte. Er war, was er war, zu Lebzeiten wie auch im Nichttod. Der Totenkaiser leckte sich mit seiner schrundigen Zunge über Zähne, die deutlich verlängert wirkten, weil sich das Zahnfleisch zurückgezogen hatte.

Sein Denken versteifte sich, konzentrierte sich nur auf das Pferd. Es nahm sein gesamtes Sichtfeld ein. Seine Augen in dem vor Qualen verkrümmten Kadaver stierten ins Leere. Der Nebel musste es erstickt haben. Das Pferd, das im Nebel gestorben war und das ihm als Nahrung dienen würde.

Nebel. Dienen.

Clach konnte spüren, dass etwas geschah, auch wenn er nicht verstand, was es war. Ein Schlag ging durch sein Bewusstsein, das Echo einer unfassbaren statischen Entladung, das Schnalzen eines ungesehenen Lederriemens, das Reißen eines zum Bersten gespannten Seils. *Etwas* wurde freigesetzt, *etwas*, das dem Pragmatismus seines Denkens folgte und sich gegen jede Kenntnis des Totenkaisers entschloss zu *wirken*.

Ungläubig beobachtete der Totenkaiser, wie der sie einhüllende Nebel Scheinfüßchen und Arme ausbildete. Verdichtete, halb wirkliche Tentakel aus reinem Grau. Tastende Nichtglieder, die fast zärtlich über den Körper des toten Tiers strichen, das der Nebel erst Minuten zuvor getötet hatte. In einer verdrehten Karikatur normaler Atmung verschwanden die Schwaden im Inneren der Tierleiche. Es sah aus, als liefe die Zeit rückwärts, als söge das Ross die Atemwölkchen ein, die es nach einem erhitzten Ritt durch den Frost ausgestoßen hatte. Nur waren es keine Wölkchen, sondern Taue, die kein Ende nehmen wollten.

Der unnatürliche einzige Atemzug schien eine gefühlte Ewigkeit zu dauern. Der massige Oberkörper des Streitrosses blähte sich wie der Balg einer Schmiede, bis seine Lunge prall gefüllt war. Von einer morbiden Faszination ergriffen, trat Clach einen Schritt von dem Schauspiel zurück, und als habe seine Bewegung den Zauberbann gebrochen, rissen die konstanten Nebelströme in Maul und Nüstern hinein ab wie mit einer Schere durchtrennt. Reste aus formlosem Gespinst zerfaserten, wurden eins mit dem endlosen Ozean aus Titanenblut um sie herum.

Dann geschah das Unfassbare. Ein Scharren ließ den Totenkaiser schlagartig eine kampfbereite Stellung einnehmen. Ein Vorderhuf zuckte. Schob sich vor. Setzte auf. Dann der andere. Die Hinterläufe. Unter Clachs ungläubigen Augen – den Augen eines Toten, der selbst ins Leben zurückgekehrt war und den Schock dieses Übergangs noch nicht voll ermessen hatte – richtete sich das Pferd auf.

Einer kolossalen Statue gleich ragte es über dem Totenkaiser auf, noch immer voll gerüstet. Wie ein zyklopischer Block aus Eis blutete die Kreatur Nebel. Er sickerte aus Nüstern, Schnauze, Poren. Er bahnte sich seinen Weg zwischen den Platten des Pferdeharnischs hervor, der Frosthauch der kältesten Eisenwinter, der vom Harsch der Gebirge rann. Der Nebel hatte die Augen des Kadavers verzehrt, er schwappte in den Höhlen, füllte sie aus, leckte hinaus.

Misstrauisch beäugte Clach die Kreatur. Sie gab ein Schnauben von sich, das auf verstörende Weise missbilligend klang. Stieß dabei Nebel aus den Nüstern wie der Skycholos, der bronzene Stier aus den Sagen des Südens. Vorsichtig, die Waffe noch immer erhoben, bereit, sich mit einem Satz in Sicherheit zu bringen, ging der Totenkaiser auf das wiederauferstandene Geschöpf zu.

Vollgerüstet, die Flanken unter Platten, Decke und Überwurf verborgen, thronte es über allem am Waldrand. Er berührte die Seite des Kopfes, der mit seinem gehörnten Pferdehelm und den schwappenden Nebelgruben regelrecht diabolisch aussah. Das Wesen scharrte und gab den Anflug eines Wieherns von sich. Das Geräusch erklang zwar hörbar aus seinem Leib, aber es war nun von einer ätherischen Qualität, so als erklänge es aus einem Blecheimer, der in einiger Entfernung stand.

Die Echos des Wieherns hallten durch die Einsamkeit des Waldlandes, und jene Raben, die nicht bei der unfreiwilligen Wiedergeburt des Tiers das Weite gesucht hatten, flohen. Ihr protestierendes Gekrächze zerstob an uralten Grabhügeln und hallte in den gähnenden Höhlen all jener vergessenen Ruinen der Städte wider, die der Titanensturm entvölkert hatte. Es war der Protest der gesamten Schöpfung über ein Leben, das gewichen und auf unheilige, arkane Weise zurückgekehrt war – ausgestoßen vom Ergebnis der Schandtat. Irgendwie wusste der Totenkaiser, dass dies das letzte Wiehern war, welches das Ross ausstoßen würde. Es würde kein weiteres geben.

Clach hatte wenig gegen diese Transformation einzuwenden. Er umrundete das nicht tote Wesen in Pferdegestalt. Machte einige Schritte davon weg. Der Blick des Wesens folgte ihm. Oder besser: Es wandte den Kopf dorthin, wohin auch immer er ging. Hatte er diese Kreatur erhoben? Daran bestand wenig Zweifel. Aber wie? Fahlsang, der uralte Priester, der in dem Schwert gehaust hatte, das Clach den finalen Todesstoß versetzte, hatte den Totenkaiser gewarnt, dass merkwürdige Dinge geschehen würden. Dass ihm Ehrfurcht gebietende Kräfte zur Verfügung stehen würden, wenn seine wahre Verwandlung begann.

Aber wundert dich das wirklich?

Nein. Er war Fahlsangs Rückversicherung, so wenig ihm das behagte. Darum war er zurückgeschickt worden. Um die Rückkehr der Titanen zu vereiteln, um ihre Diener in alle Winde zu streuen. Um Götter zu meucheln. Um das Untötbare zu töten. Scheinbar hatte sein Wille, sein Verlangen, Argas zu erreichen, mit seinem Hunger gerungen – und seine noch verborgenen Fähigkeiten hatten ein Ventil für seine Suche nach der Lösung seines Transportproblems gefunden.

Prüfen wir einfach, ob es stimmt.

Er entfernte sich noch ein paar Schritte von der qualmenden Erscheinung aus Dunst, Eisen und erkaltendem Fleisch. Machte die Probe aufs Exempel.

»Komm zu mir!«, befahl Clach.

Das Pferd gehorchte. Es stakste auf ihn zu, erst unsicher wie ein Füllen und kurz darauf mit jener tödlichen Mischung aus brutaler Präsenz und kampflustigem Stapfen, die jedes Kriegspferd auszeichnete. Sein für Clachs Augen leicht glühender, von einer Ätherhülle umspielter Körper machte einen Schritt vor dem Totenkaiser halt. Der Koloss ließ sich auf die Knie herab.

Clach konnte nicht umhin, anerkennend durch seine Vorderzähne zu pfeifen. Er gab noch eine Vielzahl an Anweisungen, die das wiederauferstandene Pferd ausführte. Zufrieden klopfte der Totenkaiser seinem ewig loyalen Vasallen auf die Flanke.

»Dann zum nächsten Punkt«, murmelte er. Mit einigen raschen Schnitten durchtrennte Clach die Haltegurte der Harnischplatten, ließ einen Teil nach dem anderen zu Boden fallen, bis nur noch das gesattelte, ungerüstete Geschöpf vor ihm stand. In der Zeit seit seiner Erweckung hatte es nur einen einzigen Atemzug getan, als es gewiehert hatte. Nun wartete es. Wartete und schwieg.

»Stille. Stille ist ein guter Name für dich«, sagte der Totenkaiser. Beim Klang seiner Stimme wandte die Kreatur mechanisch den Kopf, starrte ihn aus den Nebelgruben an, die unter der Panzerschiene lagen, die Clach an Ort und Stelle belassen hatte. Der Kopfschutz umhüllte die obere Schädelhälfte und verbarg die empfindlichen Ohren des Pferdes unter gelochten Schonern mit der Form von Drachenflügeln. Hörner schwangen sich darüber nach hinten. Wie erwartet antwortete das Wesen nicht mehr – damit war seine Taufe beendet.

»Du hättest dich beschweren können. Die Gelegenheit hast du vertan, mein Freund.«

Clach konzentrierte sich kurz auf seinen Ritt nach Argas – und Stille senkte seinen massigen Körper auf die Knie, damit der Totenkaiser mühelos aufsteigen konnte. Er schwang sich in den Sattel und genoss es, aus der erhöhten Position in das wallende Titanenblut hinauszuspähen. Clach wendete das Tier, und so stolzierten das Pferd und sein nicht toter Reiter an seinem einstigen Besitzer vorüber. Wie ein müder Wanderer auf der Rast lehnte er zwischen Moos und Pilzen an seiner letzten Ruhestätte und sah nicht mehr, wie der Totenkaiser davonpreschte.

Stunden nachdem sie fort waren, kehrte der Kürassier wie alles Leben durch die Mägen anderer Wesen, die stets hungerten, in den Kreislauf zurück, der seinem einstigen Gefährten vorenthalten war.

Der Verfall seines Körpers mochte Clach mit einer Vielzahl neuer Hindernisse und unerwünschter Überlegungen konfrontieren – doch er hatte seine unbestreitbaren Vorteile, sah man vom nagenden Hunger ab. Von der sie umgebenden Brühe nicht zu unterscheiden, wehten Ross und Reiter über das Land. Nur zwei Rauchfahnen mehr im unermesslichen Ozean des Zwielichts. Es war mitnichten so, dass sie sich weder Rast noch Ruhe gönnten, weil Clach es eilig gehabt hätte – sie brauchten sie schlicht nicht.

Über die uralte Verbindungsstraße nach Süden ging es durch die dösenden Fichten- und Pinienwälder des gigantischen Wildbanns. Aus der Trübnis der verdammten Welt wurde Finsternis, wo die Unzahl turmhoher, unnatürlicher Bäume das Licht verschlang. Wenig soll an dieser Stelle gesagt werden von den Begegnungen mit den Geschöpfen und vergessenen Albträumen, die in der endlosen Nacht unter Blatt und Nadel wandern.

Sie passierten die Penta Menoit, und so wandelte sich das Bild: Aus den verkarsteten, kargen Landschaften des Nordens, die hier und dort von Tannenforst bedeckt waren, wurden binnen kürzester Zeit die von Zypressenhainen und Kreosotbüschen dominierten Gefilde des südlichen Aehve.

Derart vollendete der Totenkaiser seine Reise nach Argas. Nur Tage nach Clachs Aufbruch glommen die vergoldeten Zinnen und Zwiebeltürme der südlichsten der Pentae wie eine fantastische Luftspiegelung in dem undurchsichtigen Schutz der Stadtkuppel, schienen über dem endlosen Grau zu schweben.

Hier lag es vor ihm, erwartete ihn, verspottete ihn und den Rest der gebeutelten Dämmerwelt mit seinem Prunk: das gottlose Argas. Einst Krone des Sultans aller Teufel. Konkubine des Südens. Die prächtige Perlmuttene. Das mächtige Argas. Clachs letzte unselige Wirkungsstätte.

Wie dem Geist eines wahnsinnigen Künstlers entsprungen, tänzelte Stille mit Clach auf seinem Rücken vor den Mauern der Penta. Der Totenkaiser war schon Dutzende Male hier gewesen, aber zum ersten Mal konnte er die Dekadenz, den Maßstab der gigantischen Enklave wahrnehmen und würdigen. Er war unwillkommen hier, dafür genügte ein Blick durch das irisierende, luminöse Farbenspiel des Nebels. Auf den Mauern wimmelte es von Wachen, weit mehr, als es bei seinen früheren Besuchen der Fall gewesen war.

Ihre Familie genießt großen Einfluss. Vielleicht ist sie gewarnt?

Er verwarf den Gedanken. Was immer der Grund für die erhöhte Präsenz der Wachen war, sie machte seine Pläne, die Mauern nach Art Ormgairs zu erklimmen, zunichte. Ihm standen andere Optionen offen. Optionen, die kein sterblicher Mann hatte. Und hätte ein Sterblicher diese Möglichkeiten gehabt, er hätte sich aus Furcht geweigert, sie zu ergreifen.

Mit leichtem Schenkeldruck – nur mehr ein blasser Reflex, es war der mentale Befehl, der von Belang war – trieb Clach Stille vorwärts. Im Laufe einer Stunde umrundeten sie die Penta. Ihr Ritt ging durch eine stattliche Anzahl von Filterkuppeln, die den Ackerbau sonnenhungriger Pflanzen gestatteten. Bei jeder, die sie passierten, befürchtete der Attentäter, dass die Magie, die seinem Ross das Nichtleben schenkte, in der Nähe der Kuppeln versagen musste. Er irrte sich.

Unberührt von äußeren Umständen flog der Schatten des Nebelpferds über das Land. Sie umrundeten Olivenhaine, passierten Orangenplantagen nebst sanften Hügeltälern. In deren Hanglagen das wenige wuchs, was der vom Nebel umnachtete Nordkontinent Aehve mithilfe der Steine und Kuppeln noch an exquisiten Weinen zu vollbringen im Stande war.

Immer wieder mussten sie Patrouillen ausweichen, Gelegenheiten, die Clach nutzte, um etwas über den Aufruhr zu erfahren, der in der Stadt herrschte. Soldatinnen und ihre Kameraden beklagten sich mit einer solchen Vehemenz und Lautstärke, dass von Lauschen keine Rede sein konnte.

Das einflussreiche Haus Moreno hatte eine Drohung erhalten, die dem Leben seines Patriarchen galt. Eine Drohung von außerhalb, aus Menoit oder Gawr. Manche waren überzeugt, ein verbannter Diadoche aus der Ödnis des Endwinters sei ein lange verstoßener Bruder des Patriarchen, der auf Rache sinne und in seinem Wahnsinn ein ganzes Heer nach Süden führe.

Bei der Vermutung einer schwer gepanzerten Obristin, die feiste Pavosa Moreno hätte erfahren, dass eine feindliche Macht es auf sämtliche Pralinen und das Gebäck der Penta abgesehen habe, konnte sich Clach ein verstohlenes Lächeln nicht verkneifen. Oder das, was bei seinem Leichengrinsen unter den Tüchern noch als Lächeln durchging.

Die Soldatin konnte nicht wissen, wie nahe sie damit der Wahrheit auf eine gewisse Weise kam. Dass es die einflussreiche Familie der Heimkehrerin war, die hinter der Absperrung der Stadt steckte, legte einen Schluss nahe: Jemand – oder etwas – hatte Pavosa Moreno gewarnt, dass Clach kam, um sie zu holen. Aber wer?

War es Fennek Greskegard gewesen? Der Totenkaiser verwarf den Gedanken sofort – mochten Fennek und er auch den gleichen Gedanken gehabt haben, der Inquisitor würde niemals riskieren, dass Clach in die Hände seiner Feinde fiel. Das wusste der Totenkaiser dank Ormgair.

Es war wahrscheinlicher, dass er von den anderen Heimkehrern bemerkt worden war – nur wie? Andererseits: Der Barbar hatte ihn mühelos gefunden, so sehr hatte Clach nach seinem Tod und der Heimkehr in diese erkaltete Hülle unter Schock gestanden.

Aber wenn dem so war, warum hatten sie ihn nicht beseitigt? Oder zumindest gestoppt? Der Sharis-Tempel hatte es ja versucht.

Weil sie es nicht waren. Es muss eine andere Erklärung geben.

Diese war die erschreckendste, aber wahrscheinlichste These: Pavosa Moreno beziehungsweise das Ding, das die Haut der

Moreno jetzt so trug wie Clach seine eigene, wusste, dass er kam.

Bei diesem Gedanken zügelte der Attentäter das Nebelross. Zu Lebzeiten mochte er ein vorbereitetes Opfer noch als Herausforderung betrachtet haben, der mit Kalkül und messerscharfer Präzision zu begegnen war. Aber diese Heimkehrer waren keine leichte Beute. Sie geboten, wenn er Fahlsang Glauben schenken durfte, über fantastische Kräfte – Kräfte, derer er vor einigen Tagen Nutzer und Zeuge geworden war. Allerdings hatte er nur an der Oberfläche dessen gekratzt, was diese Kreaturen vermochten.

Solcherart in Gedanken verharrte Clach im Sattel von Stille. Zu ihren Füßen fiel die sanfte Rundung eines Weinberges in die Tiefe ab, erhellt vom Lichthauch künstlich erzeugter Sterne, die wie Lichter auf der sich darüber spannenden Kuppel erglommen.

Ein Attentäter, der das Überraschungsmoment seines Angriffs verlor, der preisgegeben war, bevor sein Dolch der Beute die Stille brachte, wurde zu etwas anderem. Er war ein Krieger – er wurde zu der Waffe eines offenen Kampfes, die man kommen sah. Wer einen Schild hatte, war vor dem Biss einer solch enttarnten Klinge nicht nur gefeit, er konnte auch nach der Parade zum Konter ansetzen.

Zwar war es Usus des Tempels, jenen, deren Tod eine Signalwirkung oder eine strafende Funktion zukam, eine Vorwarnung zu schicken. Doch niemals verkündete eine Vorwarnung, wann die ungesehene Klinge, der vermeintliche Unfall durch den herabfallenden Lüster oder die vergiftete Speise ihr jeweiliges Ziel fanden.

Doch dies hier war etwas anderes. Um die Titanen zu vernichten, musste Clach das Netzwerk ihrer weltlichen Günstlinge eliminieren. Wie sollte er das vollbringen, wenn diese Diener um sein Nahen wussten?

Er knirschte mit den Zähnen. Ferner Jubel brandete über ihn

hinweg, zerfaserte an den milchigen Ausläufern der Kuppeln und flog über das neblige Hügeltal hinweg. Er riss Clach aus seinen Gedanken.

Sein Blick machte die Richtung des Geräusches aus. Die größte der Gruben von Argas. Dort mochten die Bestien des Circus reichhaltige Speise einfordern oder ihr Dasein auf der Spitze eines Speers beendet haben – je nachdem, wessen Blut der Jubel dort galt.

Ein Ende, das ihm beschieden sein mochte, wenn er keinen Weg aus dieser Zwangslage fand. Die Moreno würde seinen Kopf nehmen, wenn es ihm nicht gelang, sie zu überraschen. Er musste einen Weg wählen, mit dem die Kreatur nicht rechnete – da sie ihn für so unerfahren in den Wegen der Heimkehrer hielt, wie er es war. Aber was, wenn sie ihn so oder so kommen spürte?

Es war einerlei. Wenn er sich durch seine Zweifel und seine Unfähigkeit zu handeln zum Stillstand verdammte, würde sie nicht nur erfahren, dass er der Penta nahe war. Nein, sie würde seine Unentschlossenheit in ihren eigenen Vorteil verwandeln, die Initiative ergreifen. Zuschlagen. Das konnte und wollte er nicht riskieren. Er würde bei seinem ursprünglichen Plan bleiben – und ihn etwas erweitern.

Sie hatten den Ort erreicht. Mochte es auch schwerfallen, in die Penta einzudringen, so bereitete es dem Totenkaiser wenig Mühe, die Patrouillen der Stadtwache zu umgehen. Nachdem Clach erfahren hatte, was er wissen musste, hatte er den Agrarkuppeln den Rücken gekehrt. Auf Stilles Rücken war er nach Westen geprescht, an Argas' südlichsten Ausläufern vorüber. Er hatte sein Ziel erreicht.

Eine unfassbare Anzahl an Lebensaltern nagte der Ozean, der Gormuir genannt wurde, an den Klippen und Gestaden Aehves. Das Meer leckte und tat sich am Land, das es verschlang, gütlich, ohne dass sein Hunger gestillt werden würde. Für eine dem Alter der Welt lächerlich kurz scheinende Periode von Jahrhunderten hatte der Titanensturm die Fluten des Gormuir nahezu getilgt, bevor der Lauf der Zeit die fruchtbaren Ländereien des frei gewordenen Meeresgrundes mit den verkochten Wassern geflutet hatte. Wassern, die aus dem Erdengrund und dem Kreislauf von Regen und Verdunstung aufs Neue angeschwollen waren.

Clach stieg von Stilles Rücken und setzte seine weichen Stiefel auf die schwarzen, rund gelutschten Kiesel, aus denen der schier endlos lange Strand zu Füßen der Penta bestand. Er fiel trügerisch leicht ab. Unterhalb der Nebelgrenze konnte Clach die sanft rollende Brandung ausmachen. Der schwere Geruch von Salz, altem Fisch und Tang lag über allem.

Die Wracks zerschellter Schiffe ruhten hier und dort an den Felsen, erhoben sich im Nebel wie die Altäre vorzeitlicher Götzen. Geborstene Körper stolzer Potentaten, gepfählt auf nackten Fels, wo ihr Hochmut sie hatte zerschellen lassen, die hölzernen Rippen dem Hunger der Elemente preisgegeben, ihre Eingeweide vor Unzeiten von Plünderern ausgebeutet.

Da war das Geräusch, das über allem lag, der unermüdliche Taktgeber der Region. Das Rauschen des Ozeans hatte den Totenkaiser früher schon nicht beruhigen können, und auch jetzt verfehlte es seine Wirkung. Die Jahre seiner Ausbildung im Thron der Nacht hatten ihm Respekt und Abscheu vor den schwarzen Tiefen und dunklen Orten der Welt eingebläut. Mehr als ein unwürdiger Eleve des Meuchlerkultes hatte sein Versagen in den Mäulern der blinden Dinge beendet, die jene Fluten unter den Pfeilern der Welt bewohnten.

Nicht jeder Landstrich, der am Meer lag, hatte Glück gehabt. Wasser und Nebel waren schon immer eins gewesen, das wusste die Wissenschaft. Und das Wasser schien … Dinge mitgebracht zu haben, als es zurückkehrte. Die Blut-Tide, so hatten die ursprünglichen Bewohner, die Vorfahren der Ambossbarbaren, diesen Teil des Ozeans getauft. Sie hatten sicher schon zu ihrer Zeit gute Gründe dafür gehabt. Nach dem Fall des feurigen Titanen Argas, der sich zum Sterben so nahe ans verkochende Wasser geschleppt hatte, hatte sich erst der makabre Witz an diesem Namen offenbart. Das Meer hatte unzählige Opfer gefordert. Darin hausten Monster.

Du wartest hier und verbirgst dich, wenn Menschen kommen sollten, dachte der Totenkaiser. Er wusste, dass Stille seine mentale Order befolgen würde. Noch immer unsicher war er sich, ob die Kreatur nur mehr eine Art unsichtbarer Ausläufer seines eigenen Willens war oder ob sie als eigenständige Wesenheit existierte. Die Zeit würde es zeigen.

Er nahm den Wachsmantel des Vorbesitzers aus einer der Satteltaschen. In dieser Wetterkleidung verstaute der Totenkaiser den Großteil seiner Ausrüstung sowie seinen Kapuzenumhang. In kürzester Zeit hatte er sein Hab und Gut auf diese Weise in einer wasserdichten Rolle untergebracht. Diese verschnürte er, befestigte sie auf Höhe seines Steißbeins mit Seilabschnitten an seinem Oberkörper. Schlussendlich nahm er sich den nutzlos gewordenen Nebelstein, der vor Tagen noch Stilles Reiter geziert hatte, aus der Satteltasche.

Behängt mit seinen Habseligkeiten, nur mit einer Hose sowie einem seiner Dolche angetan, konnte Clach der Versuchung nicht widerstehen. Er sah an sich hinab und verfluchte sich noch im selben Atemzug dafür. Sein Körper war einst von einer sehnigen Geschmeidigkeit gewesen, eine Notwendigkeit seiner Tätigkeit und ein Vorzug, der der Eitelkeit seines Charakters entsprochen hatte. Doch davon war nicht mehr viel übrig.

Seine in die Höhlen gesunkenen Augen stierten auf einen mumienhaften, ausgemergelten Torso, dessen Rippenbogen sich unter dünner Haut abzeichneten.

Verfaulen oder Menschenfleisch fressen wie ein Ghul. Schöne Aussichten.

Vielleicht war eine der Kreaturen, die diesen Teil des Meeres bewohnten und seinem unrühmlichen Namen nach dem Titanensturm mehr Gewicht verliehen hatten, ja töricht genug.

Töricht genug, den seltsamen Eindringling in seiner lichtlosen Domäne zu attackieren – es würde interessant werden zu sehen, welcher der Kontrahenten gesättigt aus einer solch schicksalhaften Begegnung hervorginge.

Clach zwang sich, seine Frustration über seinen körperlichen Verfall auf einen passenderen Moment zu verschieben. Wenn es sein Schicksal, seine Aufgabe sein sollte, das zu morden, was nicht gemordet werden konnte, würde er kaum vor einigen zu groß geratenen Fischen und ähnlichem Gezücht kapitulieren. Mit einem für seine Verhältnisse wütenden Ruck wandte er sich den Fluten des Gormuirs zu.

Da ist er schon wieder. Dieser Zorn. Dieser seltsame Ausbruch von Gefühlen.

Unsinn. Er war einfach nur hungrig. Er hatte fast eine Woche nichts mehr zu sich genommen und Stilles Fleisch verschmäht, als sich der Gaul erhoben hatte. Aber irgendwann würde er essen müssen. Wenn er nur aus Knochen und Sehnen bestand, war er zu leicht, um in einem Kampf als ernst zu nehmender Gegner aufzutreten.

»Die Vorratskammern der Morenos und ihre Stallungen sind gut gefüllt«, murmelte der Totenkaiser in den Küstenwind hinein, der an seinem abgemagerten Leichenfleisch zerrte. Er schien höhnisch zu heulen, doch war er nicht imstande, den stets präsenten Nebel nur einen Fingerbreit zu verwirbeln.

Die Kälte der Fluten an seinen Knöcheln überraschte Clach. Auf mehrfache Weise. Er hatte angenommen, das Wasser wäre in dieser Region etwas wärmer als weiter nördlich. Und er war verwundert, weil die Sinneswahrnehmung seiner Hülle ihn mit dermaßen widersprüchlichen Informationen versorgte. Er spürte zwar, dass das Wasser kalt war – aber er verspürte die Kälte nicht, war auf seltsam taube Weise immun gegen den Biss.

Schritt für Schritt stemmte sich der Totenkaiser den Fluten der Blut-Tide entgegen, glich sein geringes Körpergewicht mit den Reserven seiner unheiligen Körperkraft aus. Bald stand ihm das Wasser bis zum Hals.

Es war ein Überbleibsel seiner Zeit als Mensch, dass er einen gierigen Atemzug tun wollte. Seine verdorrte Lunge, auf die Größe besserer Rosinen geschrumpft, gab ein resigniertes Fiepen von sich, das unter anderen Umständen und vor Zeugen komisch gewesen wäre. Clach nutzte das wenige, was er so an Luft eingesogen hatte, für ein verächtliches Schnauben.

Wenn ich weiterhin reden können will, muss ich ebenfalls essen. Und mich zwingen zu atmen. Wieder etwas gelernt, das meine Gegner schon seit Langem wissen und nutzen – wie sonst sollten sie sich in den Pentae verbergen können?

Geduld. Er würde sich die Antworten über diese Existenzform holen. Kontrolle und Disziplin würden ihm den Weg ebnen. Den Weg zu Pavosa Moreno. Und damit den Weg zu den Erkenntnissen, derer er bedurfte. Er wandte noch ein letztes Mal den Blick in den Nebel, zur Silhouette der Stadt. Dann öffnete er den Mund. Kämpfte jeden Instinkt, jede Furcht aus seinen sterblichen Tagen gegen das nieder, was nun kommen würde. Er ließ die salzige Schwere ein, bis sie ihn ausfüllte, seinen Magen, seine Lunge. Bis sein viel zu leichter Körper und das Bündel, das er trug, zu sinken begannen. Die Schwärze der Fluten schloss sich um ihn, hieß den Totenkaiser willkommen.

Es dauerte eine Weile. Am Ende des Kiesstrandes, knapp vierzig Schritte vor der Küste, kippte der Boden unvermittelt ab, neigte sich steil in die Dunkelheit, sodass Clach in die Tiefe sank. Nach einer schier endlosen Reise in lichtlose Gestade spürten seine Füße endlich wieder Grund.

Es war ein gewagter Versuch, der auf zwei viel zu hastig aufgestellten Thesen beruhte. Aber Clach erhoffte sich zumindest einen leichten Vorteil davon. Aus einem früheren Auftrag wusste er, dass die Arkanisten von Argas aus Angst vor Angriffen die Abwasserzugänge so tief ans Meer angelegt hatten, dass kein atmender Mensch sie zu erreichen vermochte, war das Meer erst einmal zurückgekehrt. Es hieß, um dem endlosen Druck der Fluten entgegenzuwirken, stießen sie den angesammelten Unrat und das Schmutzwasser in Intervallen aktiv aus. Und aus einem früheren Auftrag wusste Clach noch, wo diese Eingänge lagen – wenngleich er sie zu Lebzeiten niemals hätte nehmen können.

Die zweite Theorie war, dass Salzwasser okkultistisch nutzbare Eigenschaften aufwies. Clach hatte mehr als einen Arkanisten über die Klinge springen lassen. Er war bei manchen seiner Opfer ungesehen oder in einer Tarnung als Eleve ganze Wochen zugegen gewesen, während sie ihren Studien frönten. Dabei schnappte ein geduldiger Zuhörer so einiges auf. Damals war es scheinbar wertloses Wissen, doch im Hier und Jetzt wurden daraus nutzbringende Kenntnisse.

Meerwasser dämpfte aufgrund der Sättigung mit dem Heil spendenden Salz mystische Effekte und Strahlungen. Eine Vielzahl von Geistern und anderen Wesenheiten reagierte empfindlich auf das weiße Gold.

Von genau diesem Effekt erhoffte sich der Totenkaiser einiges an Erfolg. Zusammen mit seinem unorthodoxen Weg würde er in die Penta Argas gelangen. Vorausgesetzt, die salzigen Fluten dämpften seine Präsenz lange genug, bevor die Moreno seiner gewahr wurde.

Clach erreichte den felsigen Grund der Küste und zog den Nebelstein von Stilles unglückseligem Vorbesitzer hervor. Eine Glocke aus Lumineszenz breitete sich um ihn herum aus. Clachs Welt wurde zu einem schillernden Ball, dessen Zentrum er bildete. Zu einer Kristallkugel in einem nachtdunklen Raum, in deren brüchigem Schutz vor der sie umgebenden, alles verschlingenden Finsternis er sich befand.

Um ihn herum stoben Fischschwärme auseinander, aufgescheucht durch das Eindringen der feindseligen Helligkeit in ihre Welt. Myriaden trüber Partikel wirkten wie fahle Sterne in dieser Galaxis aus Finsternis, die sich nur einige Hundert Schritt von der von Menschen bewohnten Welt erstreckte, so unendlich geheimnisvoll.

Das Licht, das der Stein spendete, genügte dem Attentäter, um sich zu orientieren, den felsigen, teils schlammbedeckten Grund zu seinen Füßen zu erkennen. Mit einer Mischung aus Sprungbewegungen und Schwimmzügen orientierte er sich in Richtung der Küste, vor ihm das äonenalte Massiv Aehves, einschüchternd und drohend. Für einen Mann, der den Tod erfahren hatte und daraus zurückgekehrt war, hatte ein solcher Anblick seinen Schrecken verloren.

So machte er sich auf den Weg, suchte in dem Schimmer des Artefakts seinen Weg am felsigen Grat zu seiner Rechten entlang. Clach hielt Ausschau nach Einlassgittern, sedimentierten Torhäusern oder Rohren. Er passierte Wälder aus Tang und glitt über bizarr geformte Muscheln im Schlamm hinweg. Vor ihm, neben ihm, über ihm, wohin der Totenkaiser auch blickte, das Leben dieser vergessenen Welt floh vor seiner Präsenz.

Urplötzlich wurde er sich der Tatsache gewahr, dass er, Clach der Totenkaiser, der erste Mann, zumindest aber das erste menschenartige Wesen seit der Zeit der Erzmagi war, das dieses Königreich der Tiefe in seiner Pracht und rauschenden Einsamkeit zu Gesicht bekam. Wenn er bisher keinen Blick für solche Wunder gehabt hatte, wurde ihm die Einzigartigkeit dieses Augenblicks bewusst. Doch er vergaß in dieser zeitvergessenen Finsternis nicht den Sinn seiner Anwesenheit hier unten. Und vor allem vergaß Clach nicht, warum dieser Abschnitt des Ozeans diesen Namen trug.

Es war jene einzigartige Wahrnehmung von Zeit und Raum, die er seit den Tagen im verfallenen Tempelturm an sich bemerkt hatte, die sich in sein Denken stahl. Sie wand sich eher um seine Gedanken, umhüllte sie, schlug sie einer behaglichen Decke gleich ein. Die Dunkelheit seiner Gedanken und des maroden Gemäuers hatte den Effekt ausgelöst – nun waren es die endlos verborgenen Fluten. Die Allgegenwart von Druck und Finsternis, die Tatsache, dass Clachs Herz nicht mehr schlug. Er schien … alles zu vergessen. Sich selbst. Die Zeit.

Auf einer bewussten, einer rationalen Ebene war ihm klar, dass er erst seit Minuten hier unten war. Aber die Einzigartigkeit eines Wesens, das von den Ketten des ewigen Kreislaufes von Schöpfung und Verfall befreit war, machte jede normale Wahrnehmung der Abläufe an einem Ort wie diesem hier zunichte. Hier gab es nur eine nie endende, immerwährende Nacht – und der Zauber ihrer Düsternis machte ihn trunken, während er ohne Gewicht durch den allschwarzen Äther glitt.

Er mochte totes Fleisch sein, das noch seine alte Gestalt trug. Hier unten, in der Abwesenheit von allem Licht, fühlte sich der Totenkaiser zum ersten Mal seit den harten Tagen seiner Kindheit auf eine seltsame Weise geborgen. Er glitt dahin. Immer weiter. Er musste nur loslassen …

Er riss sich mit Macht aus dem einlullenden Kokon. Zu Lebzeiten hätte er vehement den Kopf geschüttelt, sich ins Gesicht geschlagen oder sich auf andere Weise Schmerz zugefügt. Doch Clach konnte sich wohl kaum am Ohrläppchen ziehen oder sich auf die Lippe beißen, um ihn zu erfahren.

Er orientierte sich. Wenigstens hatte er sich nicht von der Küste entfernt oder irgendetwas anderes getan, das die vor ihm liegende Aufgabe in Gefahr brachte.

Der Totenkaiser setzte seinen Weg am Rand des Massivs fort, immer nach einem Einlass in die Kanalsysteme Ausschau haltend. Er hatte Glück. Vor ihm drang ein Schimmer durch das Dunkel. Als er sich vorsichtig annäherte, den Dolch zum Stoß erhoben, erkannte er, um was es sich handelte.

Das Mauerwerk war von schleimigen Pflanzen überwuchert und nahezu eins mit den Felsen der Küste. Der Bewuchs schwang in sanften Bewegungen hin und her, folgte dem Verlauf der Strömung. Schwärme silberbäuchiger Fische hielten sich in den warmen Abwasserströmen auf, die sich in diesem Augenblick wie ein faulender, sichtbar gewordener Wind aus dem Gitter des mannshohen Rohrs ergossen, sich in Wirbeln mit dem Meerwasser verbanden. Unnennbare Dinge, Brocken, die beim besten Willen nicht mehr zu identifizieren waren, schwammen darin. Das Meeresgetier stürzte sich sofort auf die reiche Beute. Darauf hatten sie gewartet. Glyphen glommen bläulich rund um das Abflussrohr auf und erloschen in genau dem Augenblick, als der Strom versiegte.

Die Gerüchte stimmten – das Kanalsystem entledigte sich seiner fauligen Fracht gegen den Druck des Meerwassers. Arkanistische Magie. Als sich Clach der Mündung des Rohrs näherte, machten sich die Fischschwärme davon, bei ihrer täglichen Fütterung gestört. In perfekter Übereinstimmung schossen sie in ihrer eigenen, organischen Geometrie davon.

Clach legte die freie Hand um das massive Gitter, dessen rostige Waben den Zugang zum Rohr versperrten. Ein Rückschlag, aber nichts, was ihn stoppen konnte. Nicht, solange auch nur eine der Waben groß genug war, um seinen Kopf hindurchzulassen.

Die Ausbildung im Thron der Nacht umfasste äußerst schmerzhafte Lektionen der Aspiranten, bei denen es darum ging, welche Knochen, Bänder und Sehnen wie miteinander zusammenspielten. Bei diesen Unterweisungen ging es nicht um die Art und Weise, wie man ein Opfer tötete, sondern darum, was sich ein Mensch auf welche Weise gefahrlos ausrenken konnte – und welchen Nutzen man davon hatte.

Das Resultat, wenngleich es für Clach nur Teil seiner Ausbildung sein mochte, war für die Vorstellungskraft und den Verstand jedes normalen Bürgers ebenso beeindruckend wie erschütternd: Mit einer entsprechenden Aufwärmung und mentaler Beherrschtheit war selbst der Unbegabteste von Clachs Weggefährten aus dem Sharis-Tempel in der Lage, so gut wie durch jede Öffnung zu gelangen. Entscheidend war, dass sie groß genug für den Kopf war. So wie in diesem Fall. Sein Zustand wäre in diesem Fall der Sache noch förderlicher, hatte er doch sichtlich an Masse und Breite verloren.

Clach lehnte sich gegen das Gitter, stemmte sich in den Boden. Dann ergriff er mit der freien Linken einen der Gitterstäbe. Er steckte den Dolch in seinen Gürtel, verankerte den Nebelstein unter der Schnalle des Kleidungsstücks, setzte den rechten Arm höher am Gitter an. Auf diese Weise übte er eine Hebelwirkung auf seinen eigenen Körper aus, ließ gleichzeitig das höhere Schultergelenk rollen. Eine kurze, helle Lohe aus Schmerz – schon war die Kugel des Oberarms aus ihrer Knochenpfanne gesprungen. Der Totenkaiser ließ den Arm sinken, der nutzlos an seiner Körperseite hing.

Dann wandte sich Clach dem anderen Arm zu. Er umklammerte damit den Gitterstab und stieß sich vom Boden ab. Ein kurzer, angedeuteter Salto – und auch dieser Arm verließ mit einem schmerzhaften Ploppen seine Verankerung. So wandte sich der Totenkaiser dem Gitter zu. In diesem Moment gewann die Finsternis des Ozeans deutlich an Dichte. Bevor Clach reagieren konnte, spie die Tiefe schenkeldicke Fangarme aus. Ein Nest aus riesenhaften Tentakeln, das in seine Richtung explodierte, ihn binnen Sekunden einhüllte.

Vier der peitschenden Arme wanden sich so stramm und eng um ihn wie die Körper gigantischer Würgeschlangen. Zwischen ihren Schichten brachen vereinzelt Lichtstrahlen des Nebelsteins durch die Lücken. Unerbittlich rissen ihn die Fangarme vom Tor fort und führten ihn einem monströsen, ölschwarzen Leib zu, an dessen acht mannsdicken Tentakelstämmen sich segelgroße ledrige Häute spannten. Aus ihrer Mitte ergossen sich just in diesem Moment Massen trüben Schleims und erkalteten Eiters in das Wasser, gerannen dort zu sämigen Fäden, die in der Strömung davontrieben.

In der Parodie einer Geburt gab ein Schließmuskel einen

Schnabel preis, der in der Lage gewesen wäre, ein Rind in Gänze zu verschlingen. Er riss zu einem stummen Schrei auf – ein langer Rüssel stieß sondierend aus dem Vorhang an Luftblasen hervor, die entwichen. Sein verhorntes, astartiges Ende von schnappenden Kiefern gekrönt. Irgendwo in dem gummiartigen Fleisch darüber rollte ein gieriges Auge, in dem die Verderbtheit all der Albträume aus dem Urgrund der Zeiten lag, bevor der Mensch das Feuer gezähmt hatte. Doch hier hatte dieser vorzeitliche Albtraum weder Mensch noch Flamme zu fürchten – sein Gebaren verriet es.

Clach wurde unerbittlich auf den alles zermalmenden Schnabel zugezogen. Ihm blieben nur Herzschläge – er musste handeln. Aber wie? So etwas wie Panik stieg in seinem fühllosen Hirn auf.

Die Kreatur erhöhte den Druck ihrer Arme. Rippen brachen. Schmerzen ergossen sich in blendenden Sturzbächen in sein Bewusstsein. Der Schnabel riss zu seiner vollen Höhe auf. Nun war der Totenkaiser nahe genug, um die armdicken Schleimfäden zu sehen, Schnüre zwischen den rasiermesserscharfen Kanten. Er sah die Narben in der Gummihaut des Dings, die Reste einer rostigen Harpune.

Ihm blieb keine Zeit – er hatte sich ins Aus gedrängt –, selbst wenn er seine Arme hätte bewegen können, was nützten sie ihm hier? Als spürte die Bestie Clachs Resignation, drückte sie noch stärker zu. Er konnte spüren, wie etwas nachgab, fühlte aber keine Schmerzen mehr. War dies sein zweiter Tod? Dann kam die Hitze. Und wurde unerträglich. Mit ihr kam der Schmerz. Er verstand – nicht seine Knochen waren gebrochen. Seine Ausrüstung war es.

Das Bündel auf seinem Rücken enthielt alles, was er von seiner Habe mitgenommen hatte. Arzneien. Gifte, so potent, dass sie Fleisch zu Asche verwandeln konnten. Säuren, für die ein Stahlschloss nicht mehr Widerstand bot als warmer Brotteig. Ihre Vermischung war verheerend, die Kettenreaktion unvermeidlich. Das

Wasser um den Totenkaiser brannte. So wie das Fleisch der Fangarme. Das gierige Monstrum löste seinen Griff. Nur ein wenig zwar, aber das musste genügen.

Aus den Reserven seiner wiedergeborenen Kräfte zog Clach, was möglich war. Er entwand sich den Fangarmen unter Mühen, fühlte sich wie ein Mann, der eine Meilen hohe Düne zu erklimmen versuchte. Der Schmerz wurde dem Schrecken der See scheinbar zu stark. Das Tier fing an, sich aufzubäumen und mit den freien Tentakeln auf seine brennenden Gliedmaßen einzuschlagen. Clach stieß sich ab, stieg ein Stück empor. Das sie umgebende Meer kochte in vielfarbigen Flammen, Sturmwolken von aufgewirbeltem Schlamm brandeten auf, Vorhänge aus Blasen, die aus dem Leib der umherpeitschenden Kreatur aufstiegen.

Der Totenkaiser spürte, dass das Monstrum den Kampf gegen den Schmerz gewinnen würde. In dem brodelnden Chaos seines Kampfes gegen Hitze und Schmerz ließ es ihn nicht aus seinem Auge. Er würde nicht entkommen.

Sein Kopf fuhr hin und her, suchte nach einer Option. Es gab nur eine. Mit noch immer nutzlos ausgekugelten Armen paddelte er, nur von seinen Füßen vorwärtsgetrieben, in Richtung des Gitters. Mit einem Schulterblick sah er, dass die Kreatur sich erholte. Die schmerzvoll zur Knospe gesammelten Fangarme entrollten sich.

Sollten sie, er hatte nicht vor zu fliehen. Er schlug einen Salto rückwärts, die Schwerelosigkeit unter Wasser verstärkte sein akrobatisches Talent. Ließ sich eine Armeslänge treiben. Seine Füße berührten das Gitter. Kurz überlegte er, ob er die Arme einrenken sollte, verwarf den Gedanken jedoch. In der Zeit würde es ihn packen.

Er nahm kurz Maß, stieß sich mit aller Macht ab, ließ Kniegelenke mit der Wucht von Sprungfedern arbeiten und schoss wie ein jagender Hai auf den Rumpf der Kreatur zu. Hinter ihm wanden sich die Tentakel in der Leere, die Clach just noch ausgefüllt hatte.

Er biss die Zähne zusammen. Das Auge des Monstrums weitete sich in tierhafter Schläue, es begriff. Doch bevor das Geschöpf reagieren konnte, schlug der Totenkaiser in sein Ziel ein.

Clach wappnete sich gegen den Schmerz, der seinen gesamten Körper stauchen würde. Kurz bevor er auftraf, übte er Druck auf die Ferse seines Stiefels aus. Die unter seinen Zehen verborgene Klinge schoss hervor – kaum mehr als ein Spielzeug gegen so eine Bestie, aber im Zweikampf am Halse eines Mannes absolut verheerend. Oder in einem Auge. Dann traf sein Kopf die Lederhaut des Augapfels. Er spürte etwas wie einen Blitz, eine Art Schlag in seinem Verstand, der dem Schmerz vorausging.

Clach und Monster brüllten ihr stummes Schmerzgeheul. Doch der Totenkaiser hatte sich eine Beute erwählt – er würde nicht von ihr ablassen. Noch nicht. Bevor das Wesen ihn ergreifen, Vergeltung für den Angriff nehmen konnte, wendete der Totenkaiser seinen gestauchten Körper. Es sah aus wie eine Wiederholung des Manövers am Gitter – nur dass er sich nicht abstieß, sondern die Stiefelklinge im Augapfel des Monsters verkeilte. Erneut spürte Clach eine Art Impuls – diesmal war er für eine Sekunde überdeutlich.

Der Scherenschnitt einer Szenerie vor einem Gewitter, als Negativ eingebrannt in sein Gehirn. Er sah plumpe Mädchenhände. Wurstfinger, von einem weichen Lebenswandel herangezüchtet. Hände, deren Körper er einmal getötet hatte. Er blickte durch die Augen ihrer Besitzerin auf sie, sah, dass diese Hände Schnüre aus Feuer hielten wie die Fäden eines Puppenspielers. Schnüre, die ins Nichts führten. Aber das stimmte nicht.

Sie führen zu dir, dachte Clach grimmig und blickte in diesem eingefrorenen Augenblick in die primitive, von Hunger getriebene Seele des Tiers, des uralten Wesens, das unter dem Zwang der Kontrolle von Pavosa Moreno seine Angst vor ihm, dem Nichttoten, überwunden hatte. Dann war der mystische Moment vorüber.

Das Monster warf sich überrascht von den Schmerzen zur Seite – und sein Sehorgan wurde von der verkeilten dreieckigen Klinge der Breite nach aufgeschlitzt. Klarer Schleim ergoss sich zu dem Partikel- und Blasenchaos in die Flut. Es herrschte nur noch absolute Dunkelheit, als das Wesen Wagenladungen von Tinte ausstieß und zugleich in einer Explosion aus Gliedmaßen das Weite suchte. Der Druck der Flüssigkeiten war so enorm, dass der Totenkaiser fortgewirbelt wurde. Hart schlug er gegen das Küstenmassiv.

Der Attentäter wartete nicht darauf, dass sich die Schwärze verzog. Es mochte gut sein, dass die Kreatur sich berappelte, dass ihre Bösartigkeit ohne Morenos Kontrolle genügte, um sie Vergeltung üben zu lassen. Clach tastete sich an den Felsen entlang, bis er das Torhäuschen erreichte. Er beruhigte und zentrierte sich – eine bemerkenswert geringe Herausforderung, wenn man keinen Puls hatte, den man beruhigen musste, wie er fand. Seine Anflüge von Panik vorhin waren also keine organische Reaktion gewesen. Langsam ließ er diese Gedanken und Überlegungen fahren, wurde eins mit sich. Und begann, seinen protestierenden Körper durch das Gitter zu zwängen.

13. Clach

Es hatte eine Weile gedauert, sich den Weg durch die komplexe Anordnung von Röhren und Schächten hinter dem Siel zu kämpfen. In der schlammigen Enge uralter, teils zugewucherter Rohre hatte er seine Arme eingerenkt, bevor er seinen Weg durch die Düsternis fortgesetzt hatte. Irgendwann hatte der Totenkaiser die Kanalisation erreicht. Er schonte sich nicht, gönnte sich keine Pause. Die Kreatur, die Pavosa Moreno gewesen war, wusste um sein Kommen. Und jeder Augenblick schenkte ihr Zeit, sich darauf vorzubereiten.

Er machte lediglich einmal halt, um einen Großteil des Wassers aus seinem erkalteten Leib zu erbrechen – was weniger einfach war, als er es sich vorgestellt hatte. Überhaupt war der Plan aus Sicht des perfektionistischen Attentäters nur als »gescheitert« zu bezeichnen. Sein Ziel war jetzt vorbereitet, er hatte einen Großteil seiner Ausrüstung, seiner sorgfältig zusammengestellten Hilfsmittel eingebüßt.

So stand Clach am Rande eines mit kunstvoll verschnörkelten eingelassenen Schriftzeichen und schlohweißen Standbildern verzierten Platzes. Es war längst tiefste Nacht, die stetige Musik der Grillen war neben dem Säuseln, dem Streicheln warmer Winde das einzige Geräusch. Das sowie das Rascheln, mit dem der Totenkaiser die Reste seines Besitzes aus dem Bündel des Mantels löste.

Sein Kapuzenumhang glich eher den zerschlissenen Schwingen eines Dämons, wo sich einst versteckte Taschen samt Tiegeln nebst Phiolen befanden, klafften Löcher. Der Zustand glich auf gewisse Weise seiner eigenen Situation. Morbide, jedoch passend, wie der Totenkaiser fand. Er warf sich das zerfetzte Kleidungsstück um, befestigte es mit durch den Druck verformten Fibeln.

Die Fächer seines Ausrüstungsgürtels waren entweder aufgrund der ausgetretenen Substanzen unbrauchbar geworden oder zerstört. Er warf ihn fort, zog vorher einen an den Enden zweier Hartholzzylinder befestigten Draht aus einer der Taschen. Außer der Garrotte hatten seine Dolche, ein Wurfmesser, die Stiefelklinge sowie ein Stilett den Angriff der Kreatur schadlos überstanden.

Grimmig sandte der Totenkaiser dem Gürtel den Großteil seiner anderen Besitztümer hinterher. Er würde nicht nur damit leben müssen, dass seine erkorene Beute von seinem Kommen wusste. Nein, er war nicht in dem Maße gewappnet, für Eventualitäten vorbereitet, wie es ihm behagt hätte. Er musste improvisieren – auch wenn diese Tugend zum Arsenal jeden Attentäters gehören mochte, so hasste der perfektionistische Meuchlerkönig diese Situation. Er verabscheute sie mit einer Inbrunst, die ans Manische grenzte. Doch er war immer öfter gezwungen zu improvisieren.

Er ging auf die ausladende Prachtvilla der Moreno-Familie zu, die sich an der anderen Seite des Platzes erhob. Das Weiß feinsten Marmors und die goldenen Einlegearbeiten glommen gegen das Dunkel der Nacht. Es war noch nicht lange her, dass er nach einer Nacht wie dieser jenes Anwesen im Morgengrauen verlassen hatte. Er war in dieser Nacht überzeugt gewesen, die Herrin Pavosa Moreno nie wiedersehen zu müssen. Diesmal würde er Sorge tragen, dass es so war – oder bei dem Versuch endgültig sterben.

Clach war unsicher, welche Art eines tödlichen Willkommens ihn auf dem Gelände des Prunkbaus erwarten würde. Die hohen

Mauern und weitläufigen Parkanlagen boten unzähligen Wächtern Deckung. Eine Vielzahl übergroßer Amphoren, Statuen, Alkoven, Erker und Winkel konnten der totbringenden Kunst eines Armbrustschützen den benötigten Sichtschutz bieten, doch unbehelligt erreichte Clach das offen stehende Haupttor der Villa. Er trat hindurch, nachdem er keine Wächter auf den Mauern gesehen hatte. Clach passierte das verwaiste Wärterhäuschen am gusseisernen Portal. Nichts. Niemand. Keine Seele stellte sich ihm in den Weg.

Über allem erhob sich die Villa. Ihre Fenster ergossen bernsteinfarbenes Licht in die samtblaue Dunkelheit, blickten wie tausend Augen in die Nacht.

Mit aller gebotenen Vorsicht drang Clach auf das Anwesen vor, ließ den Blick über die schier endlosen Parkanlagen schweifen. Heckenlabyrinthe, Teiche, makellose Kiespfade – die Architekten des argasischen Adels schienen die Tatsache, dass die Welt in Trümmern lag, mit einer alles verlachenden Borniertheit zu ignorieren. Der hier zur Schau gestellte Reichtum könnte einen durchschnittlichen Fomorer Glauben machen, er sei durch die Zeit in die Tage vor dem Titanensturm gereist.

Zu seiner Rechten sprangen ein paar aufgescheuchte Perlhühner davon. Ein unwilliger Pfau stieß ein protestierendes Zischen aus, als er Clachs unnatürlicher Präsenz gewahr wurde. Im Käfig einer Menagerie am Rande eines Teiches voller Prachtkarpfen tigerte ein Gepard auf und ab. Er ließ einen merkwürdig bellenden Laut vernehmen, bleckte die Fänge.

Warum reagiert er so auf mich, aber nicht auf das Monstrum, das von seiner einstigen Herrin Besitz ergriffen hat?

Ein weiteres Geheimnis, das der Totenkaiser der schier endlosen Liste seiner Fragen hinzufügen konnte.

In diesem Moment umrundete er den Schirrhof. Erreichte das Eingangsportal des Haupthauses. Clach stutzte. Die beiden hohen Türflügel standen offen. Misstrauisch verengte er die

Augen zu Schlitzen. Die Hand an den Dolchen, trat der Totenkaiser in eine von archaischen Rüstungen flankierte Eingangshalle mit dicken Teppichen und Gobelins, die an den Wänden hingen.

Keine Angreifer. Niemand, der Clach zu stoppen versuchte. Was ging hier nur vor? Die Doppeltür unter der Empore gähnte. Dahinter – eine festlich gedeckte Tafel, auf der vielarmige Kerzenständer brannten. Ein gigantischer Kronleuchter spiegelte ihr Licht in zehntausend Facetten. Kristallglas klirrte, wo der Nachtwind es in sanfte Bewegung versetzte.

Doch nein, es war nicht das Glas des Lüsters, das Clach hörte. Es war der Hals einer Karaffe, der an den Rand eines Trinkglases stieß. Die Neugier war stark. Gegen seine Entscheidung, direkt vorzugehen, pirschte er näher. Verursachte kein Geräusch. Er kam keine fünf Schritte weit, als die Stimme erklang.

»Nur keine falsche Scheu.«

Es war die Stimme einer jungen Frau, aber es lag eine Mischung aus altersweiser Bosheit darin, die die Lebensjahre des Organs Lügen strafte.

Der Totenkaiser trat durch die Tür in den Speisesaal. Ein Raum von einer extremen Breite mit einer lächerlich hohen Decke. An der Tafel, die drei Viertel der Länge des Saals einnahm, saß eine dickliche Heranwachsende mit leichter Akne.

Pavosa Moreno. Seit er sie das letzte Mal gesehen – und ermordet – hatte, hatte sie in kürzester Zeit enorm an Gewicht zugelegt. Als hätte sie seine Gedanken geraten, strich sie fast schon peinlich berührt den schwarzen Spitzenrock unter dem Tisch glatt.

»Seid unbesorgt. Für meine nächste Heimkehr erwähle ich mir ein … ansprechenderes Gewand. Bitte, setzt Euch.«

Sie (oder er?) deutete mit den Wurstfingern ihres Wirtskörpers über die endlos lange Tafel auf den zweiten Lehnstuhl. Der Tisch war mit Köstlichkeiten nur so überfrachtet. Clach überlegte kurz, ob er stehen bleiben sollte, doch obsiegte die Neugier. Er beschloss, sich auf das Spielchen einzulassen.

Vorerst zumindest.

Der Totenkaiser setzte sich.

»Bitte. Seid mein Gast. Trinkt. Esst. Es ist mehr als genug für uns beide.«

»Das bezweifle ich«, sagte Clach mit Blick auf ihren aufgedunsenen Körper. »Ich nehme an, dies ist der obligatorische Versuch, mich für Eure Sache zu interessieren?«

»Wie kommt Ihr darauf?«, fragte das nicht tote Mädchen und aß mit Genuss. Oder besser: Sie schlang. Er schaute ihr dabei zu.

»Seid Ihr nicht hungrig?«, fragte sie zwischen den Bissen. Seine geschärfte Wahrnehmung ließ ihn jeden Krumen, jede Fleischfaser, die aus ihrem Mund flog, in ekelerregender Klarheit wahrnehmen. Seine Abscheu wuchs. Er musste sich zusammennehmen, um nicht über die Tafel zu hechten und diese Missgestalt zu vernichten. Diese aufgedunsene Spottgeburt, die Besitz von dem Mädchen genommen hatte, dessen Leben er geraubt hatte. Seltsame, nie gekannte Schuldgefühle stiegen in ihm auf. Er unterdrückte sie. Er durfte sich vor dieser Kreatur nicht die geringste Blöße geben.

»Keine Sorge«, sagte sie amüsiert, weil sie seine Blicke fehlinterpretierte. »Es gibt kein Gift, das uns beiden gefährlich werden könnte. Und Ihr seht wirklich hungrig aus. Sehr hungrig.«

»Ich verzichte«, antwortete Clach. »Weil Euer Schoßtier versagt hat, weil Ihr mein Nahen spürtet, versucht Ihr Euch so aus der Affäre zu stehlen? Ihr seid erbärmlicher als erwartet.«

Ihre Miene entgleiste kurz, und er sah in ihren Augen den gleichen mörderischen, jeden sterblichen Begriff übersteigenden Hass, der sich auf seinem Gesicht abzeichnen musste. Es war eine Pervertierung dieses menschlichen Gefühls, die das Antlitz der Heranwachsenden für einen Wimpernschlag auf unnatürliche Weise verzerrte. Eine Totenmaske mit Augen wie schwarze Perlen. Dann hatte sie sich im Griff.

»Es war nicht leicht. Aus einem Grund, den ich noch nicht

verstehe, fehlt Eure Stimme im Chor. Wer hat Euch zurückgesandt, Totenkaiser? Noch dazu in Euren eigenen Kadaver? Ein nicht alltägliches Privileg. Um nicht zu sagen: noch nie da gewesen. Ich hielt das bislang für unmöglich. Aber es erklärt Euren Verfall, nicht wahr?«

»Die Fragen stelle ich«, sagte Clach mit einer tödlichen Ruhe.

Pikiert tupfte sich das Wesen auf eine vergreiste Weise die Lippen mit einer Serviette ab. Minutiös faltete es den Stoff, legte ihn neben seinen Teller ab.

»Also?«, fragte die Kreatur, die vor einigen Wochen Pavosa Moreno gewesen war. »Was wolltet Ihr wissen?«

»Für den Anfang würde mich interessieren, wo all die Menschen hin sind, die hier leben. Die Wachen. Eure – oder besser – ihre Eltern.«

»Wir wollen doch keine Kollateralschäden, wenn der unvermeidliche Teil beginnt. Das Haus wird schon genug leiden – und ich brauche sowohl dieses Haus als auch meine Spielzeuge noch.«

Der Totenkaiser griff sich ein Fleischmesser, ließ seine behandschuhten Finger über die Schneide gleiten und genoss das Gefühl von Leder auf Metall. Er stellte es mit der Spitze auf die Tischplatte, fixierte den Knauf mit dem Zeigefinger, schnippte mit dem anderen gegen die Breite der Klinge und ließ das Messer rotieren.

»Was soll das alles? Was sind wir? Was ist der Sinn des Ganzen?«, fragte Clach.

»Wir? Ihr meint die Heimkehrer? Gestattet mir, Eure Fragen mit einer Gegenfrage zu beantworten: Denkt Ihr, dass es Gut und Böse gibt?«

»Ich glaube, dass es zwei Arten von Leuten gibt. Die, die handeln. Und die, an und mit denen gehandelt wird. Und ich gehöre nicht zur zweiten Gruppe. Stellt Ihr mir noch eine Gegenfrage, beginnt der ›unvermeidliche Teil‹ *jetzt*.«

»Ihr wisst wirklich nichts? Niemand hat Euch irgendetwas gelehrt? Interessant. Das vereinfacht vieles.«

»Inwiefern?«

Sie antwortete nicht, sondern erhob sich und fragte: »Wollen wir?«

Sie mochte ein übernatürliches Geschöpf in einer anderen Hülle sein, doch er war ein Meisterattentäter mit einer Erfahrung aus zwei Dekaden des Mordens. Er sah, wie sich ihr Körper spannte, bevor es ihr bewusst war – und reagierte. Mit einer blitzartigen Bewegung schleuderte er das Messer und nagelte den Tüll ihres Ärmels an den Lehnstuhl.

Das Manöver irritierte sie für einen Augenblick, doch mehr brauchte der Totenkaiser nicht. Er katapultierte sich aus dem Stuhl und auf den Tisch. Schoss auf sie zu. Seine Füße verfehlten bei jedem Satz Teller, Kerzenständer, Servierplatten. Einem Wasservogel gleich, der über die Oberfläche eines Sees lief, schnellte Clach über die Tafel auf seine Beute zu.

Er hatte zwei Drittel des Weges hinter sich gebracht – die Dolche flogen aus ihren Scheiden in seine Hände –, da sah er ihr Grinsen. Ihr Gesicht gebadet in reiner Tücke. Sie trat mit der Schnellkraft eines Katapultarms gegen die Tischkante.

Der Totenkaiser verlor den Boden unter den Füßen, als das Wesen mit dem trügerisch schwächlichen Erscheinungsbild das Möbelstück durch den gesamten Saal schlittern ließ. Clach kam gehockt auf dem Parkett auf, rollte sich ab, verwandelte die Energie in Kraft, die ihn vorwärtstrieb. Gleichzeitig krachte das Bankett mit alles zermalmender Gewalt gut fünfzig Schritte hinter ihm in die Wand. Durch die Wand. Täfelung splitterte, es regnete Trümmer, Besteck, Speisen. Noch bevor das Material auf dem Boden aufzuschlagen begann, war er bei ihr, doch sie kam ihm zuvor.

Die Heimkehrerin hob, einen Wimpernschlag bevor er zuschlagen konnte, den Fuß, stampfte auf. Sie sah dabei Zoll für

Zoll so aus wie die verzogene Göre, deren Körper sie beherbergte. Nur dass das Ergebnis atemberaubend war. Die gesamte Villa erbebte. Die Wucht ihres Stampfers atomisierte das Parkett in einem kreisrunden Bereich um sie beide herum, eine Nova aus Myriaden von Holz- und Gesteinssplittern, die schwerelos emporstiegen.

Die Schockwelle schleuderte Clach etliche Meter fort. Sämtliche Fenster der Prunkvilla explodierten, ergossen den gläsernen Inhalt der Rahmen wie aus übervollen Körben nach draußen in den Garten. Unter ihm, über ihm, neben ihm überzogen sich Holzboden und Wanddielen mit einem Gespinst aus Rissen. Der schwere Lüster an der Decke klirrte nicht nur, er krakeelte regelrecht. Bis der Zenit der vernichtenden Halbkugelwelle aus Schall und Druck den Kronleuchter einen Herzschlag später erreichte und ihn zerstäubte. Es regnete Glas.

Der Totenkaiser presste die Hände auf seine mitgenommenen Ohren, heulte in den Sturm, der kein Ende zu nehmen schien. Als das Tosen vorüber war, blieben von der pompösen Dekadenz des Saals nur noch Trümmerstücke. Mit bedächtiger Langsamkeit stieg die Heimkehrerin aus dem mehrere Schritte durchmessenden Krater, den ihr Tritt in Boden und Fundament gerissen hatte. Obschon ihr Mund geschlossen blieb, dröhnte ihre Stimme durch Clachs gesamtes Bewusstsein, schien ihn auszufüllen, sämtliche Fasern seines Fleisches in Brand zu setzen. Jedes Wort schmetterte wie ein Hieb auf ihn ein, schien seinen Schädel zu Staub zermahlen zu wollen.

»Du hast keine Vorstellung, wer wir sind. Du bist ein Insekt. Ein Nichts. Du wirst das erste Exempel sein, das wir im Namen der Väter und unserer Mutter an dieser siechen Welt statuieren!«

Bevor sie ihn erreichen konnte, schoss er erneut nach vorn – doch nicht, um sie frontal anzugreifen. Während sie – nach wie vor waffenlos – auf ihn zutrat, stieß er sich ab. Sprang. Er schlug eine Schraube über ihren Kopf, richtete gleichzeitig die Dolche nach unten, um sie ihr von hinten in den Leib zu treiben. Das Manöver misslang noch am Anfang seiner Ausführung.

Sie riss die Arme empor, packte seine Unterschenkel. Clachs gesamte Energie, der stahlfederartige Schwung, der ihn nach vorn getrieben hatte, kam binnen einer Sekunde zum absoluten Stillstand. Er biss sich ein Stück seiner Zunge ab, als seine Zähne schmerzvoll zusammenschlugen. Mit derselben Mühelosigkeit, mit der ein Vater sein Kind im Spiel umherwirbelt, ließ sie ihn an den ausgestreckten Beinen zweifach kreisen und gab ihn frei.

Der Raum beendete seine Karussellfahrt. Dafür raste nun eisenhartes Mauerwerk auf den Totenkaiser zu. Jeder Versuch, noch zu bremsen oder sich abzufangen, war zum Scheitern verurteilt. Er traf auf die Mauer wie zuvor die Tafel. Ein kompaktes Geschoss, das mit knochenbrechender Wucht Gesicht voran in die Vertäfelung einschlug. Ein dumpfer Knacklaut – und prickelnde Finsternis flutete in seinen Kopf, sein Antlitz. Zähne und Schultern brachen. Rippen wurden erst gestaucht und einen Herzschlag darauf zersplittert. Sehnen rissen. Dunkelheit flirrte durch sein Sichtfeld. Gerade hatte alles stillgestanden, jetzt drehte sich die Welt. Schwindel. Kühle Hitze rann über sein Gesicht, troff an seinem Hals herab.

Mein Schädel ist hinüber. Sie hat mir den verdammten Schädel gebrochen!

Clach lehnte wie ein Kniender im Beichtstuhl halb in der Ziegelmauer. Eins geworden mit dem Holz der Täfelung, mit der er sich in einem seltsamen Verbund aus Heimkehrer, schwarzem Blut und Material vereint hatte. Er stieß sich aus dem Schutt ab wie ein Mann, der seinen Körper an der Wand mit Liegestützen ertüchtigte.

Er hörte ihre Schritte hinter sich. Der Donner ihrer Stimme, jenes urtümliche, vulkanische Grollen.

»Wir sind die Kinder der Titanen! Wir sind die Hüter der Titanen!«, röhrte die Stimme. »Als die Erzmagi sie knechteten, knechteten sie uns. Als die Erzmagi sie vernichteten, vernichteten sie uns! Doch die Väter und Mutter haben uns nicht vergessen! Rache. Ewig süße Rache!«

Clach wollte herumwirbeln, doch sie packte ihn mit einer Ehrfurcht gebietenden Beiläufigkeit im Genick. Mit einem Ruck ihres Handgelenks katapultierte sie ihn durch den Raum – beinahe sanft. Er rutschte auf dem Hintern, prallte an die gegenüberliegende Wand. Diesmal war es sein Hinterkopf, der sich nach einer Reise von fast fünfzig Schritten in das Material grub. Die Rippen auf seinem Rücken erwischte es ebenso.

Sie drehte sich um, trat auf ihn zu. Ihre Langsamkeit war die bedächtige Gnadenlosigkeit eines Magmastroms. Ihre Augen waren fort, verdampft, so schien es. Dort, wo sie sein sollten, loderten Flammen, die wie Hörner über ihre Stirn strichen. Haare kräuselten sich, vergingen. Unfassbare Hitze ging von ihr aus. Clach beobachtete, wie sie wuchs. Das verwüstete Parkett zu ihren Füßen begann zu kokeln, jeder Schritt hinterließ einen geschwärzten Fußabdruck, wo die Flammen ihr Schuhwerk hatten platzen lassen.

»Wir waren der Kontakt!«

Ihre Stimme war nun dunkler. Das Röhren eines Schmelzofens, der seinen elementaren Zorn hinausbrüllte, fähig, Stahl wie Eis schmelzen zu lassen. Er versuchte, sich zu erheben, aber sein Körper musste noch regenerieren. Und er protestierte, weil es ihm an Nahrung fehlte.

»Wir waren ihre Hüter! Wir waren ihr Fleisch! Das Gefäß!« Hilflos musste der Totenkaiser mit ansehen, wie sich Schlangen aus Flammen aus dem Körper des Wesens bahnten, das einst Pavosa Moreno gewesen war. Wie sie den Körper überzogen wie eine lodernde Flüssigkeit. Seine Augen schmerzten ob der unfassbaren Helligkeit, in der der Körper der Heranwachsenden verschwand, sich stattdessen zu einem Moloch, einem dschinnartigen Albtraum formte.

Die Glut gebar Schwingen, legte sich wie ein fußlanges Gewand um den brennenden Schrecken, der an die zwei Mannshöhen maß. Ein Nimbus wie eine neugeborene Sonne lag um den Kopf der Heimkehrerin, deren gehörntes Haupt wie ein Feuermeer brannte, weit über dem Schädel Pavosa Morenos. Und trotz ihrer hünenhaften Statur, der Aura, war die Kreatur unbestreitbar als weiblichen Geschlechts zu erkennen. Ihre feurige Silhouette wurde von den charakteristischen Kurven einer Kriegerin dominiert. Die Aura, die Gloriole ihres unermesslichen Hasses, ihres Willens traf ihn und schlug über ihm mit der unerbittlichen Kraft zweier Eisberge zusammen, zwischen denen sein Verstand, sein Wille zerquetscht wurden.

Die Worte der Heimkehrerin mochten mit der Stimme eines Gewittersturms erklingen. Es war die Lautstärke ihres Willens, die unfassbare Kraft, mit der sie jede Silbe regelrecht wie ein Geschoss abfeuerte, die ihn so gnadenlos zu Boden drückte. Jedes Wort war eine Explosion in seiner Seele.

»Und so starben wir vergessen – doch wir sind heimgekehrt! Diesmal bedürfen sie keiner Gefäße mehr! Wir und sie sind noch immer eins! Sie werden wiedergeboren! Alles verwüsten! Und wir werden an ihrer Seite Vergeltung erfahren! Wir, die wir einst ihren Geist beherbergten!«

Das letzte Wort stieß das Ungetüm mit absoluter Inbrunst aus. Die Decke des Saals begann zu schwelen. Das Haus erzitterte. Goldene Einlegearbeiten in der gebeutelten Stuckatur verflüssigten sich, gingen als qualmender Regenschauer aus sich kräuselnden Rauchwirbeln nieder. Sie entzündeten Brandherde auf dem gegeißelten Parkett.

Das Monster war auf Schritte heran. Clach konnte die Hitze kaum ertragen. Auch er begann zu schwelen. Kleidung, trockenes Fleisch. Doch noch immer wollte sich sein zerschlagener Körper nicht regen – die Kraftquelle war in ihm. Sie toste als Reaktion auf die Herausforderung, auf den Angriff eines Wesens, das ihr so viel ähnlicher war als der Totenkaiser. Aber es war, als wäre es genau diese Präsenz der viel erfahreneren Heimkehrerin, die die metaphysischen Taue gekappt hatte, die Clach mit dieser Energie verbanden. Dadurch, dass sein Körper, sein Kampfeswille am Boden kauerten, hatte die tosende Macht des Heimkehrers in ihm keinen Spielraum mehr. Sie war ein Sturm im Wasserglas, mehr nicht.

»Wir waren das Gefäß!«, wiederholte die Kreatur. »Und ihr seid nur der Abglanz. Wie kannst du es wagen, das Kleid eines Heimkehrers zu tragen? Du! Ein Nebelmacher! Bastardenkel eines Sklaventreibers!«

Das Ding legte seine gesamte Verachtung und Herablassung in das Wort, es troff vor Gift.

»Für eine Zeit lang war ich Argas! Mein Körper trug seinen Geist in diese Welt! Selbst mein Meister Abd Masr fürchtete mich, als ich und der Feurige verschmolzen! Ausgerechnet du, ein Abklatsch der Nachkommen der Sklaventreiber, forderst mich heraus?!«

Die Flammen leckten nun so hoch, dass sie die Decke in Brand steckten. Die Heimkehrerin streckte eine tellergroße Pranke nach Clach aus. Vier Lohen wanden sich aus ihren Fingern hervor wie die Stränge einer Neunschwänzigen, legten sich um die Glieder des Attentäters. Sie fraßen sich in das längst taub gepeinigte Fleisch, dort, wo sie sich um die Gelenke von Füßen und Armen wanden. Schnitten ein wie ein Draht, sodass der darunterliegende Knochen nun ebenfalls in fettigem Qualm zu kokeln begann. Wie eine Marionette an ihren Fäden riss die Kreatur den noch immer erstarrten Clach mit diesem Peitschenarm in die Höhe. Zog ihn auf Armeslänge heran. Die Helligkeit brannte sich durch seine zu Leder verschrumpelten Augenlider.

Dem Totenkaiser blieb keine Zeit mehr. Aber was sollte er tun? Da fielen ihm die Worte ein, die Fahlsang in der Unterwelt zu ihm gesagt hatte. Den »Gottesmörder« hatte er ihn genannt.

Die Knechte der Titanen werden Euch folgen, wohin Ihr auch geht. Tötet Sie erneut. Vollzieht den Ritus ein zweites Mal an ihnen – das wird sie endgültig vernichten.

Der sechste, vergessene Erzmagus hatte ihn als ein Wesen bezeichnet, das wie die Heimkehrer war und zugleich anders – weder lebendig noch tot. In seinem eigenen Leib mehr der Domäne der Götter zugehörig als der der Sterblichen.

Welcher Gott fürchtet Feuer?

»Du bist nicht anders als unsere einstigen Herren. Getrieben von Machtgier waren es diese fünf, die uns und die Titanen verschmolzen – um alles ihrem Willen zu unterwerfen.«

Das Monstrum hob Clachs paralysierte Gestalt in die Höhe und brachte sie vor die feurige Fratze. Wann immer das Ungetüm sprach, sah es aus, als führe eine unsichtbare Klinge durch die Flammen, riss gezackte, an reißzahnbewehrte Schlünde erinnernde Spalten. Clach versuchte zu antworten, brachte aber nur ein klägliches Röcheln hervor.

»Narren! Damals wie heute. Ihr seht eine Frau, und euer tumbes Hirn kennt nur Begehren und Befehl! Sieht nur Schwäche, die Stillung eurer Lust! Du kamst durch die Tür in deinem Hochmut. Hast alle Vorsicht vergessen. Dein letzter Fehler! Von dir wird weniger als Asche bleiben!«

Er spürte, dass sie sich anschickte, ihn zu vernichten – wusste es nicht instinktiv, sondern konnte es fühlen, als plane er es in diesem Augenblick selbst. Natürlich! Die Verbindung, die sie genutzt hatte, um ihn zu finden, war irgendeine Form von Heimkehrertelepathie. Er setzte alles auf eine Karte.

Gottesmörder.

Er konzentrierte sich auf sein Denken. Überließ es den Reserven seiner unnatürlichen Wiedergeburt, die Botschaft zu übermitteln – so wie es bei Stille passiert war. Instinktiv.

Gottesmörder. Gottesmörder. Gottesmörder.

Gottesmörder!

Er pulste das Wort in ihre Richtung. Wo ihre Worte Hammerschläge waren, stellte er sich eine Salve, eine Batterie von Wurfmessern vor, die auf sie einprasselten.

Pavosa Morenos Parasit hielt verwirrt inne, das Wechselspiel ihrer Emotionen zeigte sich im Farbenspiel der Flammen. Ihre Flammenfratze verzog sich, züngelte nur eine kostbare Sekunde lang blasser.

Der Totenkaiser spürte, wie sich die Stahlklammern ihres Willens eine Winzigkeit lösten. Das Wort löste etwas in ihr aus. Mehr brauchte Clach nicht. Er öffnete seinen Geist, ließ seine Heimkehrernatur in seinen verbrannten Körper einsickern – und spannte sich. In einer einzigen Pirouette aus entfesselter Kraft wand er sich um die eigene Achse, sprengte den Griff der Feuerzungen.

Er musste dem Drang widerstehen, nach seinen längst verlorenen Dolchen zu greifen. Stattdessen tat er einen Satz nach vorn, kaum dass er mit den Zehen das geschwärzte Parkett spürte. Vorwärts, immer vorwärts, hinein in die tosende Feuersbrunst.

Er spürte hinter sich, wie ihre Pranken durch die Luft fuhren. Dann war er in ihr. Die Flammen schlugen über ihm zusammen, aber diesmal sperrte er den Schmerz für einen verdichteten Augenblick reiner Konzentration aus. Geblendet von dem tosenden Inferno, das ihn verzehrte, streckte er die Hände vor und stieß auf Widerstand. Die Zeit schien für einen Moment den Atem anzuhalten, als sie sich berührten – zwei Wesen, durch deren Adern das Blut längst verbannter Götter rauschte.

Der Totenkaiser stieß einen Seufzer aus. Die Feuerkreatur hauchte überrascht, sandte zugleich ihre Verwirrung als gedanklichen Impuls aus. Zeitgleich ertönte ein verzweifeltes menschliches Ächzen aus den Lippen von Pavosa Morenos echtem Körper im Inneren des Feuers. Clach schloss die Hände wie Pranken um ihren feisten Hals.

Er schrie. In der stofflichen Welt – und in seinem Geist. Brachte die Flammen ihres Hasses mit dem kalten, fühllosen

Wind aus der Unterwelt seiner Seele zum Erlöschen, da der Bann gebrochen war. Jetzt war sie sein. Das für ihn heilige Verhältnis zwischen Opfer und Täter war hergestellt.

Gottesmörder.

Er wuchtete sie am Hals in die Höhe. Die Korona um sie beide schrumpfte.

Gottesmörder.

Er ließ ihren Hals los. Sie stürzte. Ein Trommelfeuer aus Schlägen ging auf den übergewichtigen Leib nieder. Knochen splitterten.

Gottesmörder!

Die Flammen erloschen endgültig mit einem kläglichen Zischen. Er sah die Panik in ihrem hochmütigen Gesicht. Die Wunden, die er ihr mit bloßen Händen beibrachte. Wo vorher noch Magma geflossen sein mochte, rann kalte Asche aus ihrem Rumpf.

Sie versuchte, sich zu wehren, doch seine Tatenlosigkeit war abgeschüttelt. Aus der Vielzahl wütender Schläge wurden Manöver, die jetzt – endlich! – der eisigen Systematik seines Handwerks folgten. Er brach Knochen. Methodisch. Ellenbogen splitterten in gnadenlosen Griffen. Kugeln sprangen aus Gelenkpfannen. Kniescheiben barsten. Sie schrie, pulste zugleich in Gedanken ihre Verzweiflung in eine Welt hinaus, die zu beherrschen sie gekommen war und deren Regeln er ins Gegenteil verkehrt hatte. Sie rief die anderen ihrer verderbten Art, während sie zugleich versuchte, ihre schweren Verletzungen zu regenerieren.

Das funktionierte bei mir erst, als der Armbrustbolzen entfernt war. Der Fremdkörper aus der Wunde.

Der Totenkaiser sah sich um. Ein reichhaltig gedeckter Tisch hatte erst vor Augenblicken, die ihm vorkamen, als lägen sie tausend Jahre in der Vergangenheit, seine Last abgeworfen. Mitleidlos schleifte er den Körper der feisten Heranwachsenden hinter sich her. Fand, was er suchte.

Sollte das Ziel eines Auftrages übernatürlicher Art sein, so ist es sinnvoll, vor der Ausübung der Tat wahrlich alles über seinen Zustand in Erfahrung zu bringen, zitierte Clach die Lektionen seiner Ausbilder im Geiste. *Solltet ihr bei der Ausübung eurer Kunst versagen, eine Umdisponierung vonnöten sein, so haben sich Feuer, Meersalz und Silber als nützliche Konstanten erwiesen. Nutzt sie, so ihr noch könnt – oder sterbt, denn wahrlich, ihr habt den Tod der Schande verdient.*

»Feuer habe ich keins«, raunte-dachte er. »Aber Silber liegt hier in Massen.«

Ohne jedes Mitgefühl trieb er Tafelmesser in gesplitterte Knochen und Gelenke, verankerte Gabeln. Es war stets sein Credo gewesen, das Ziel eines Auftrages – ob durch Kontrakt oder selbst auferlegt – nicht leiden zu lassen. Doch dies war kein normaler Gegner. Sie war immun gegen einfaches Töten, gegen gewöhnliche Waffen. Was noch wichtiger war: Er brauchte sie hilflos. Ihm rannte die Zeit davon. Was auf diesem Anwesen vor sich ging, musste in der Penta einfach Reaktionen auslösen. Der Lärm, die Tatsache, dass das Anwesen dabei war, in Flammen aufzugehen.

Ihre Augen weiteten sich, als er die von ihrer sterblichen Hülle einst so favorisierten Kuchengabeln zur Hand nahm. Und ihr klarwurde, was er damit vorhatte.

»Nein …«, wimmerte sie.

»Du hast mir keine Wahl gelassen«, sagte er. »Und ich darf nicht riskieren, dass du Geistesgaben einsetzen kannst, die ich nicht verstehe.«

Dann erlosch ihre Welt in Dunkelheit, als die Gabeln ihr Ziel fanden. Er erhob sich. Ihr Leib glich einem Nadelkissen, der Lehmfigur eines Medizinmannes, in die unzählige Nadeln an neuralgischen Punkten getrieben worden waren. Nur dass es feinstes Besteck war, das aus dem Körper – und aus den Augen – ragte. Die Kreatur wimmerte vor sich hin. Versuchte, sich in ihrem Schmerz zu wiegen, um ihn zu dämpfen. Er wusste, was sie fühlte – nicht nur weil sie es telepathisch ausstieß. Von der grausigen Ironie, dass der Körper eines Heimkehrers immer noch Pein empfand, nur weitaus reiner als die eines Menschen, hatte er sich selbst überzeugen müssen.

»Und jetzt werden wir sprechen, du und ich. Meine Frage ist simpel. Warum Pavosa Moreno?«

Du erfährst nichts von mir, gab sie telepathisch zurück.

»Wenn du glaubst, du würdest leiden, hast du noch nicht verstanden, in welcher Lage du dich befindest.«

Ich habe Scathach erduldet. Ich habe Jahrhunderten stygischer Finsternis standgehalten.

Er würdigte ihre Tiraden keiner Worte. Stattdessen sammelte der Totenkaiser seine Dolche ein. Er warf sich die reglose Gestalt der Heimkehrerin über die Schulter, peinlich darauf achtend, dass ihr Mund nicht in Beißnähe kam.

Noch einmal würde er kein überhastetes Vorgehen riskieren. Diesmal legte er sich nach dem Muster, das ihn sein Leben lang geleitet hatte, Strategien für sein Entkommen zurecht, sollte das Haus umstellt sein.

Du wirst nicht entkommen!, schwemmte ihr Geist über ihn hinweg. Meine Brüder werden dich finden. Dich vernichten.

Sie verließen die prunkvollen Bereiche der Villa, traten in das Gewirr der Korridore und Räume ein, die dem Gesinde vorbehalten waren.

»Du verfällst«, sagte sie und benutzte ihre körperliche Stimme. »Du bist zu weich für die Heimkehr. Wieso frisst du nicht? Mitleid? Ethik?«

Clach konnte sich des amüsierten Kicherns nicht erwehren, das ihre Mutmaßung auslöste.

»Ich denke, die nächste Technik, die ich mir aneignen werde, ist die Abschirmung meines Geistes«, sagte er. »Wenn ich meinen Körper vor Beobachtern verbergen kann, warum sollte es mir mit meinem Geist nicht gelingen?«

Noch besser: Du wirst mir enthüllen, wie es geht, fügte er in Gedanken hinzu.

Du hast nichts, mit dem du meine Kooperation erzwingen könntest ... Die Folter, die Schmerzen, selbst der Tod – nichts davon hält Schrecken für mich bereit.

»Hier irrst du erneut«, hauchte Clach, als er sich einem der hinteren Dienstbotenausgänge des Herrenhauses näherte. »Ich weiß, wie sehr dich das Wort aus der Fassung gebracht hat. Gottesmörder. Für dich ist dies mehr als nur eine Phrase.«

Die Meister werden dich zermalmen. Sie werden deine Asche in alle Winde wehen wie den Sand der Khusaman-Wüste. Ich werde zugegen sein, wenn es geschieht.

Er ignorierte auch diesen Ausbruch und konzentrierte sich stattdessen voll auf sein Ziel, der Villa zu entkommen, ohne weitere Konfrontationen überstehen zu müssen. Vorsichtig spähte der Totenkaiser aus der Hintertür. Während sich das Feuer hinter ihm mit trügerischer Langsamkeit des Interieurs im Ballsaal bemächtigte, herrschte draußen nur die Stille der lauen Nacht. Keine Wächter. Keine Schützen. Zumindest keine, die er wahrzunehmen in der Lage war. Behutsam, Schritt für Schritt, pirschte er in den Park hinaus, der hinter dem Anwesen lag.

Er wusste nicht, ob es der Schmerz war. Ihre Aufregung. Oder einfach nur die Nachlässigkeit, die ihre Überheblichkeit ihrem Charakter aufgeprägt hatte. Aber er konnte es so sicher spüren wie den Nachtwind, der durch die Schnitte und die Hitzespalten seiner Lederrüstung die vom Flammenmeer gezeichnete Haut liebkoste.

Ihre Erleichterung war es. Sie hing in der Luft und um sie beide wie ein Miasma. Entspannung, weil sie das Haus verließen. Aber wenn durch ihre Adern das Feuer des Titanen Argas rann – und er hatte kaum Grund anzunehmen, dass sie in diesem Punkt log –, warum war sie derart erpicht, der brennenden Villa den Rücken zu kehren? Die Flammen musste sie ja kaum fürchten, oder?

Er versuchte es mit einem Experiment. Während er diese Fragen erwog, zapfte er die Kraftquelle an, mit der er unbewusst den Hengst Stille von seinem letzten Ruhelager erhoben hatte. Nur stellte Clach sich diesmal vor, dass er und seine Überlegungen wie ein nächtlicher Eindringling in einer der Hecken verborgen blieben, wie er sie dort vorn sah.

Weil hier draußen eine Falle meiner harrt?, dachte er. *Unwahrscheinlich, sie hat mich unterschätzt. Sie glaubte, sie würde mit mir fertig. So jemand macht keine Rückversicherung.*

Dann verstand er. Es war dasselbe Verhalten, welches einige seiner Opfer gezeigt hatten, die zwar um ihr Leben fürchteten, aber sich bewusst waren, dass sie durch ihren Tod etwas Schützenswertes vor Schaden, vor Entdeckung bewahren konnten. Etwas, das ihnen wichtiger war als ihr eigenes Überleben. Kinder. Schätze. Dokumente.

Er ließ Moreno unsanft zu Boden fallen. Sie stöhnte, als sich das Silberbesteck in ihr Fleisch grub. Aber ein Erkennen seiner Gedanken war weder aus ihrem Gesicht noch in den ihr entströmenden Emotionen abzulesen. Es mochte sein, dass sie das ältere Wesen und daher mit diesem Zustand vertrauter war als er – ihre Art, ihre Kräfte zu nutzen, war unsubtil. Wie die Flammen des Titanen war sie eine Verkörperung reiner Zerstörungskraft.

Diesmal schirmte er seinen Geist nicht ab, ließ die Schatten fallen, die er als mentale Bollwerke errichtet hatte.

Ob die anderen den übrigen Elementen folgen?

Nicht schlecht. Befrei mich, und ich werde dich ihnen vorstellen.

Diesmal funktionierte es. Weil er scheinbar gelernt hatte, seine Kontrolle über die Kraft zu dosieren.

»Weißt du, ich denke, wir bleiben noch ein Weilchen«, befand der Totenkaiser.

Hast du nicht längst, was du wolltest?

»Bis gerade dachte ich das.«

Abrupt machte er eine Kehrtwende auf das Haus zu, das zu ächzen begann. Sie konnte – ja wollte – ihre einsetzende Besorgnis nicht mehr verhehlen. Clachs mentales Lachen senkte sich auf ihre immobile Gestalt hinab. Er ließ sie spüren, dass sie durchschaut war.

»Du wirst dich doch nicht vor ein bisschen Feuer fürchten?«, spottete er, als er sie über Parkett und gesplitterten Marmor schleifte. Die Hitze war gewaltig. Sie verharrten vor einem protzigen Spiegel in einem der Außenkorridore des Baus. Sie sahen fürchterlich aus.

»Hier ist, was passiert: Du wirst mir zeigen, was sich in diesem Gebäude verbirgt.«

Ich sagte dir bereits – nichts, was du zu tun vermagst, kann mir schaden …

Spar dir das!, überrollte sein mentaler Befehl ihre Ausreden. *Genug davon!*

»Du kooperierst, oder ich werde dich nicht nur noch weitaus sorgfältiger verstümmeln. Ich kann dich auf zwei Weisen vernichten: Entweder ich nehme mir deine Seele – und diesmal gibt es für dich keine weiteren Chancen auf eine Rückkehr …«

Lächerlich! Nichts als leere …

»… oder ich verkehre deine Vorteile in ihr Gegenteil. Unsterblichkeit. Feuer. Ich habe hier einiges an robusten Kisten gesehen – ich wette, die Sippschaft deines Wirtskörpers hat in ihren Krypten den einen oder anderen Bleisarg. Ein paar Jahrhunderte in absoluter Dunkelheit, unter Wasser, verstümmelt und hilflos, sollten deinem Gedächtnis auf die Sprünge helfen.«

Er hatte ein genaues Bild vor Augen. Ein abgerissener Totenkaiser, der auf einem nicht toten Pferd über die Eisebenen des Endwinters ritt. Ein winziger Punkt, der sich vor endlosen Gletschern abzeichnete, bis er an das Ende Aehves stieß und dort die schwere Fracht seines Reittiers der Umarmung bodenloser Fluten übergab. Er machte sich nicht die Mühe, dieses Bild vor ihr zu verbergen.

Aus ihren Sorgen wurde Furcht. Über die körperlichen Schmerzen hinaus verzog sich ihr rundliches Gesicht zu einer Maske der Panik.

»Du wirst so tief sinken, dass ich bezweifle, dass die anderen dein Wehklagen in ihrem Chor hören werden. Ich weiß, dass wir immun gegen vieles sind. Aber selbst ich habe begriffen, dass unser Verstand in diese Hüllen eingeschlossen ist. Nach einigen Jahrzehnten dürftest du wahnsinnig sein – zumal umgeben von Wasser. Nicht gerade dein Element, wie ich annehme. Eine Endlosigkeit in der Dunkelheit, unfähig, dich zu entleiben.«

»Man wird mich befreien«, raunte sie. Ihre Stimme klang seltsam müde, verhehlte nicht, dass sie kaum daran glaubte.

»Wie? Du wirst keine Zeit haben, Kräfte einzusetzen oder jemanden zu rufen. Du wirst viel zu beschäftigt sein, mit reiner Willenskraft und deinen Tricks dein eigenes Grab zu schützen. Der Druck wird dich sonst auf Faustgröße zermalmen. Dein Körper wird sich heilen, zermalmt werden – ein Kreislauf, aus dem du nicht herauskommst, bis deine Kameraden oder deine Väter dich herausholen. Ich bezweifle, dass dir dein vielarmiger Knecht in dieser Tiefe noch helfen kann. Falls er meine Blendung überlebt. Wer sagt dir, dass ich den anderen nicht gewachsen bin?«

»Also soll ich kooperieren?«

»Dir bleibt keine Wahl.«

Er konnte deutlich spüren, dass es sie innerlich zerriss. Sie wusste, dass er nicht bluffte.

»Was passiert, nachdem ich dir geholfen habe?«

»Keine weiteren Fragen. Keine Forderungen mehr. Beuge dich – oder …«

»Bring mich in den Keller«, sagte sie.

Sie hatte ihn minutenlang durch das Gewirr uralter unterirdischer Gänge geführt, die in gutem Zustand waren. Benutzt. Längst waren diese Gänge mit Unmengen toxischer Gase und Rauch überflutet, die von oben herabsanken. Kein Mensch konnte hier unten noch überleben. Für sie beide galt das nicht. Sie konnten das Gift einatmen, noch immer sprechen, wo solches Handeln für einen Sterblichen einen qualvollen Tod bedeutet hätte.

»Pavosas Vater hat diesen Ort als Refugium betrachtet. Er hat ihn nicht nur in hohen Ehren gehalten, sondern auch gewartet und gehegt«, sagte sie.

»Zu welchem Zweck?«

»Er war sein Repositorium. Sein privates Museum. Wir sind da. Diese Pforte dort.«

Der Totenkaiser sah die schwere Panzertür an, die mühelos den Hausbrand oben überstehen würde. Sie war aus makellosem blauschwarzem Stahl, hatte weder Klinke noch ein erkennbares Schloss. Lediglich eine Art handtellergroßer Schale ragte aus der Mitte der Tür hervor. Eine Muschel aus goldähnlichem Metall.

Bevor die Heimkehrerin etwas sagen konnte, hatte Clach längst begriffen.

Ein Blutschloss. Geschickt. Und extrem selten. Hättet ihr Heimkehrer Vater Moreno selbst in Besitz genommen, wäre das wegen seiner Nähe zur Archontenfamilie viel zu riskant gewesen. Außerdem hätte sich sein Organismus durch den Tod zu weit verändert, nicht wahr?, dachte Clach.

»Also habt ihr dich durch meine Mordtat in den Körper seiner Tochter verfrachtet. So kamst du an ihn heran – und damit an das, was der Mann hinter dieser Tür verbirgt«, sprach er seine Gedanken aus.

Sie antwortete nicht. Würgte nur, und Blut rann über ihre Lippen. Echtes, menschliches Blut, in irgendeinem arkanen Reservoir ihres unnatürlichen Organismus davor bewahrt zu gerinnen oder zu verfaulen.

Er bückte sich, wischte mit seinem Finger etwas von der karmesinroten Flüssigkeit ab. Ihr müder Versuch, ihn aus impulsiver Wut heraus zu beißen, brachte ihr nur einen Hieb auf die Kehle ein.

Clach erhob sich. Er untersuchte die Tür ausgiebig nach Fallen, nach versteckten Geheimnissen. Zufrieden, dass er keine vorfand, hob er die Hand über die Goldmuschel. Gebannt beobachtete der Totenkaiser, wie sich der Blutstropfen am unteren Rand der verbrannten Lederwölbung seines Zeigefingers sammelte. Zu hängen begann.

Der Attentäter leckte mit seiner schrundigen Zunge unbewusst über Lippen, die durch Mumifizierung und die Feuersbrunst nicht mehr vorhanden waren. Der Anblick des Blutstropfens ließ ihn das Nagen des Hungers umso stärker spüren. Er verdrängte es. Der Tropfen fiel. Mit einem Gluckern verschwand er in der von einem Sieb bedeckten Öffnung am Boden der Muschel.

Es schien eine Ewigkeit zu dauern. Im Inneren der Tür rotierten Zahnräder. Uralte arkane Geräte schienen sich im Mauerwerk um sie zu bewegen. Darunter rauschte Wasser. Viel Wasser. Ketten rasselten. Ächzend öffnete sich die Tür nach innen – und gab den Blick auf ein wahres Museum okkulter Gerätschaften, Bücher, längst vergessener Artefakte frei.

Vorsichtig pirschte Clach durch die Tür ins Innere, schleifte dabei Moreno hinter sich her. Neben der Tür war ein Hebel, wie sich der Totenkaiser mit einem Blick versicherte. Das war gut. Das also war sein Weg hier heraus, falls ein Zeitschloss die Tür verriegelte oder die Heimkehrerin ihm eine Falle stellen wollte.

Der Attentäter ließ seinen Blick durch dieses Lager aus solidem Granit wandern: Der Raum beschrieb ein Achteck und hatte drei Stockwerke. Er war weder klein noch ausladend, aber sehr hoch. Seine Decke wurde von einem ausschweifenden Fresko verziert, das soldatische Szenen aus dem Titanensturm zeigte. Kavalleristen, die über einen Schildwall der Vorfahren der Ambosskrieger hinwegfegten. Ein Duell zweier Generäle, deren Namen heute niemand mehr kannte. Abd Masr – der Magiersultan raste auf einem Streitwagen aus Flammen durch ein Heer wehklagender Feinde, die er turbangekrönt mit einer kostbaren Kriegssense niederstreckte.

Bücherregale kleideten die Wände der Kammer aus, verschiebbare Leitern an einem System aus Rohren mit Ösen daran befestigt. Opferdolche lagen auf Samtkissen in Vitrinen gebettet, fremdartige Kristalle ruhten in klauenartigen Halterungen in hölzernen Schaukästen mit Glasdeckeln.

Clachs Blick huschte über das Schriftgut. Auf Anhieb machte er zehn Werke des Sharis-Tempels aus, für deren Besitz jedem der Weg zum Scheiterhaufen gewiss war. Er mutmaßte, dass viele dieser Artefakte Spuren verblasster Wahrer Magick beinhalteten – warum sonst hätte Morenos Vater sie so vor dem Blick eines Beobachters verbergen sollen? Ihre Kostbarkeit rechtfertigte solch ein Vorgehen nicht. Dies war sein Privatmuseum des Verbotenen.

Auf einer verzierten Stele lagen einige Waffen. Es waren kostbare, wunderschöne Antiquitäten, die auf Samtkissen dämmerten. Plaketten gaben den Namen jeder Rarität sowie ihres Vorbesitzers preis. Sie waren in ausnehmend gutem Zustand, arkanistisch restauriert und mit Waffenöl eingerieben.

»Mein Arsenal hat einiges an Schaden genommen, nachdem ich mich mit deinem vielarmigen Freund unterhalten musste. Und bei deinem hitzigen Auftritt vorhin wird es dem Rest nicht besser ergangen sein. Du gestattest?«, fragte Clach spöttisch.

Der Attentäter entschied sich für einen antiken Scheibendolch aus dem Besitz von Gualmu'd, dem dritten Archonten von Gawr, zumindest wenn man der Plakette Glauben schenken mochte. Er schuf Platz in seinen Scheiden, steckte den Dolch in eine davon und verstaute seine einst treuen Weggefährten im Brustgurt. Sie würden ihren Platz in seinen Satteltaschen finden, bis er festgestellt hatte, inwieweit die Hitze sie unbrauchbar oder spröde gemacht hatte.

Clachs Blick fiel auf einen Talwar, der angeblich aus der Sammlung des Magiersultans stammte. Es war ein schlanker, reich verzierter Krummsäbel mittlerer Länge. Der Totenkaiser nahm die

Hiebwaffe zur Hand, ließ sie einige Male durch die Luft pfeifen, nickte anerkennend. Er hielt die Klinge mit der Breitseite vor sich, studierte die feinen Schleifenmuster, die durch unzählige Drehfältelungen des Stahls und eine Ätzung mit Säure entstanden waren.

Eine wahre Kostbarkeit – die seinem Kampfstil entgegenkam. Er nahm die zugehörige, mit Perlmutt besetzte Scheide, verband sie mit seinem Schwertgurt.

Er wollte sich gerade einigen anderen Klingen zuwenden, da sah es der Totenkaiser: Auf einem extra freigeräumten Tisch, dessen einstige Kleinode beiläufig gestapelt auf dem Boden lagen, lagerte eine Ansammlung von Materialen. Daneben ruhte – sorgfältig gerollt – ein Pergament, das mit einer Schleife versiegelt war.

Clach spürte die Besorgnis der Heimkehrerin, weil er den Tisch erspäht hatte. Er beachtete sie nicht weiter, nachdem er sich vergewissert hatte, dass ihre Wunden noch immer vom Besteck verschlossen waren. Tatsächlich hatte sie es geschafft, einige der Stellen zu regenerieren, wobei sie die Metallgegenstände unter größten Mühen ein Stück weit herausgedrückt hatte. Er verankerte sie unter ihrem Schmerzgeheul, so fest er konnte. Spürte, wie die Zinken der Gabeln über Knochen kratzten und ein eigentümliches Vibrieren, das dabei durch seine Unterarme lief. Ein wenig wie das Gefühl, das die Fingernägel einer Hand auslösten, wenn sie über eine Schiefertafel strichen.

Zufrieden ging er auf die Lagerstätte zu. Eine extravagante Kollektion von Objekten. Lederbeutel, von festgestampften Pülverchen prall aufgebläht. Tiegel, die verschiedene Sorten von Talg oder Fetten enthielten. Phiolen, in denen Luftblasen träge durch rauchbernsteinfarbene, purpurne sowie zedernholzdunkle Öle schwebten. Hirschhorn. Federn. Nebst vier ungedrechselten, unterarmlangen Holzschäften und einigen Brocken Obsidian.

Eine ganz und gar undefinierbare Mischung eigentümlicher

Gerüche hing über all dem. Viele der Substanzen waren unbeschriftet, einige erkannte der Totenkaiser. Jeder, der Sharis im Auftrag des Tempels Seelen zuführte, war ein mehr als passabler Giftmischer. Eine Notwendigkeit. Clach war kein Magus, jedoch vermochte auch er durchaus zu erkennen, dass er irgendwelche alchemagischen Rohzutaten vor sich hatte. Paraphernalien für Riten, ein Artefakt – oder beides.

Diesmal bedurfte es keiner Telepathie. Um Morenos Sorge zu erkennen, reichte ein Blick in ihr Gesicht. Die feiste Kreatur heftete die geblendeten Gruben mit solcher Furcht auf die Objekte, dass es den Totenkaiser wenig verwundert hätte, wenn deren Inhalt vor seinen Augen in Flammen aufgegangen wäre. Doch nichts geschah.

Es lag ihr kaum daran, dass diese Dinge Schaden nahmen. Das Gegenteil schien eher der Fall. Gut. Am Fuß des Tisches stand ein Holzkoffer mit einem Trageriemen. Unter dem Protestgeheul der Kreatur sammelte Clach ein, was er in die Finger bekam, verstaute die Sammlung sowie das Pergament, von einem der Stäbe abgesehen.

Er hängte sich den Koffer um, ging auf die Heimkehrerin zu.

»Ich denke, wir werden uns noch einmal intensiver unterhalten. An einem anderen Ort. Wo uns niemand stört und uns kein brennendes Domizil auf den Kopf fällt«, sagte er. »Aber zuvor eine Frage: Was ist das?« Er ließ den Rohling vor ihren Augen hin und her wandern wie bei einer Schlangenbeschwörung. »All das muss mächtig sein, wenn du blind erkennen kannst, was ich hier halte. Also noch mal: Was. Ist. Das?«

Sie schwieg. Physisch wie mental. Der Totenkaiser hatte damit gerechnet, dass sie blockieren würde. Es wurde Zeit, ihr ihre Verstocktheit endgültig auszutreiben. Ohne jede Vorwarnung hielt er in der Bewegung inne, richtete den Stecken vor ihren Augen auf.

»Was genau habt ihr damit vor?«, fragte er. Gebieterisch hob er die Hand. »Und was auch immer aus deinem Geist oder

Mundwerk dringt – denk gut über deine Antwort nach. Meine Geduld ist am Ende.«

Ihr Dilemma, ihr hilfloser Zorn lagen in der Luft, sodass sie Clachs Zähne und Gehörknöchelchen in Vibration versetzten. Fahrig zuckte ihr geblendetes Antlitz mit dem Besteck darin von links nach rechts – die Aura machtvoller Überlegenheit, die dieses Wesen vor einer Stunde noch ausgestrahlt hatte, war absoluter Erbärmlichkeit gewichen. Sie war nicht mehr als eine Ratte. Ein Schädling, den ein gnadenloser Hund bis ans Ende einer Gasse gehetzt hatte.

Der Totenkaiser wusste, dass Menschen – und sicher auch Heimkehrer – in so einer Lage am gefährlichsten waren. Verzweiflung konnte verborgene Kräfte mobilisieren.

Er packte den Rohling urplötzlich mit der Faust. Er brauchte keinen Druck – ein kurzes Zucken des Daumens, und der Stecken zerbrach. Ebenso wie ihre Gegenwehr. Gebrochen sank sie in sich zusammen. Und gab damit preis, was er hatte wissen wollen. Diese Dinge waren Teil eines Plans. Sie hätten ihm niemals in die Hände fallen dürfen. Was gut war.

»Kehren wir diesem ungastlichen Ort den Rücken«, sagte der Totenkaiser. »Und gehen irgendwohin, wo man ungestört plaudern kann.«

Aus den Chroniken des Kataklysmus der Erzmagi, verfasst dreihundert Jahresläufe nach dem Titanensturm, Anonymus:

Man könnte annehmen, die Penta Fomor fördere des steinernen Titanen wegen das Erz der Fünfstädte, doch geht der geneigte Besucher in dieser Betrachtung fehl.

Ist doch das Handelsverhältnis zwischen den Pentae ungemein komplex, dieses Traktat aber in seiner Kürze keineswegs ausreichend, auch nur einen Bruchteil dieser Beziehungen eingehend zu behandeln.

So sei dem Leser an dieser Stelle eine simple Aufstellung zur Belehrung sowie als Grundlage für tiefer gehende Studien gewährt:

– Fomor gebietet über die größten Herden und die grundlegende Getreidewirtschaft aller Fünfstädte. Das meiste Leder und Schlachtvieh, um den Hunger der anderen Pentae zu stillen, stammt von dort.

– »Die tausend Qualen«, so nennen die Sklaven die zahllosen Minen Balors, die sich auf jener Insel befinden, wo einst der Konflikt der fünf seinen Anfang nahm und die Elemente aufeinanderprallten. Das tote Land dort ertrinkt darob in Bodenschätzen, seien es Gemmen, Erze oder Granit, die der Penta immensen Wohlstand bringen.

– Das Klima meint es gut mit Argas, das von allen Pentae die meisten Kuppeln hat, die uns das wenige an Luxus ermöglichen, das diese Welt noch bietet: Tabak, süßeste Weine und saftige Früchte gedeihen dort, sodass wir nicht nur existieren, sondern auch leben können.

– Das, was von der Kraft in der Welt verblieben ist, fließt aus Gründen, die bis heute unbekannt sind, durch die Mauern und Leute Gawrs. Keine der Pentae bringt begabtere Arkanisten und Gelehrte hervor, die ihre unverzichtbaren Gaben mit dem Rest der Fünfstädte teilen.

– Die Waren der anderen Städte zu transportieren obliegt Menoit, denn keine Penta beherbergt bessere Last- und Reittiere. Noch findet man kundigere Hände anderswo, wenn es um die Zucht von Hunden, Falken und anderem Getier zur Jagd oder Zerstreuung geht. Doch der größte Schatz sind die Gilden der Kutschen- und Botendienste, auf die die Windgeküsste das Monopol erhebt. Die Gildenmeister, die man die Sperber nennt, koordinieren und überwachen den Transport von allem, was Menoit und die anderen vier erzeugen. In 300 Jahresläufen ging unter ihrer Ägide keine nennenswerte Fracht verloren.

So bleibt das Gleichgewicht gewahrt – keine der fünf kann ohne die anderen bestehen. Aller Ruhm dem Lichte.

Hora des Lichtfürsten, 301 adis Pentae

14. Greskegard

»Hat er gesprochen?«, fragte Fennek. Die Angeln kreischten, dass es den Inquisitor in den Schneidezähnen schmerzte. Aber das Ölen der Kellertür dieses leerstehenden Hauses stand nicht auf seiner Agenda. Greskegard verfolgte andere Pläne.

Sanftleben wandte sich zu ihm um, umspielt vom Licht einiger Kerzen. Ansonsten herrschte Finsternis in dem Kellerloch. Er rieb sich seine Knöchel an einem speckigen Tuch. Sie waren derart voller Blut, dass nicht mehr ersichtlich war, was davon von Fenneks Leibwächter stammte. Und was von der Gestalt auf dem Tisch, der in der Mitte der nackten Kammer stand. Das orangerote Licht der Kerzen ließ den sehnigen Körper des Gefangenen im Zusammenspiel mit dem Blut aussehen, als wäre er von Kopf bis Fuß in Bienenwachs getaucht worden. Nur dass es hier drin nach allem Möglichem roch, nur nicht nach der sauber-würzigen Süße von Imkereiprodukten.

»Kein Wort bis jetzt«, grollte der Koloss. »Dauert noch. Aber wird schon!«

»Wenn er jetzt nicht redet, dann überhaupt nicht mehr. Ich sagte ja, Schmerz fruchtet bei solchen Leuten nicht. Der Tempel hat ihm als Kind Schlimmeres angetan, als selbst deine kundigen Hände es vermögen, mein Freund.«

Sanftleben nuschelte irgendetwas Fragwürdiges. Ein Beben ging durch die Landschaft seines Gesichts, als er eine Schnute zog.

»Ich habe ihm gesagt, dass es nichts bringt«, schnurrte Rubica, die sich in der Gestalt des falschen Waleran von einer der stockfleckigen Wände löste, an der sie im Halblicht gelehnt haben musste. Sie nutzte dafür ihre eigene Stimme, was der Situation etwas noch Verstörenderes verlieh.

»Wo hast du ihn gefunden?«, wollte Fennek von ihr wissen. Eigentlich waren ihm solche Details nicht wichtig, aber zum jetzigen Zeitpunkt wollte er nichts riskieren. Sie hatten Tage ausgeharrt, geplant, vorbereitet, um eine Beute wie diese zu erhaschen. Da kam es auf einige Sekunden genaueren Nachhakens nicht an.

»Im ›Priester & Falke‹. Er war gut. Ich hätte beinahe nichts gemerkt.«

»Was hat ihn verraten?«

»Das, was euch Sterbliche stets in die Bredouille bringt«, kicherte die Fae. »Eure plumpe Geilheit.«

»Wir haben alle unsere Schwächen«, gab Greskegard mit süffisantem Lächeln zurück.

»Wenigstens fang' wir nich' an zu heulen, nur weil einer 'n Amboss inner Nähe stehn lass'n hat!«, brummte Sanftleben. Er tätschelte eine der eisernen Zangen in seiner Werkschürze voll unangenehmer Überraschungen.

»Walerans« Kopf ruckte herum. Sein – ihr – Gesicht verzog sich zu einer höhnischen Fratze.

»Wo bleibt deine Verehrung, großer Mann? Du redest mit einer der Sidhe. Die ewig hungrigen Baen, die ihr in eurem kindischen Aberglauben zu Maiden der Götter erhoben habt, sind unsere Vettern. Mehr Respekt, bitte.«

»Genug jetzt, beide!«, sagte Greskegard. »Wie hat er sich genau verraten? Oder warte, lass mich überlegen. Wenn er von solch hohem Rang ist, macht er keine Fehler. Zumindest nicht bewusst.«

Der Inquisitor ging um den Tisch herum. Er passierte seinen riesenhaften Leibwächter und zog im Vorübergehen die Zange aus dessen Ausrüstung. Sanftlebens Mund öffnete sich zum Protest, schloss sich jedoch direkt, als er den Ausdruck auf Greskegards Gesicht sah. Es war Selbstmord, den Jagdrichter bei solchen Erwägungen zu stören.

»Du sagst, es war seine Brunst, die ihn verraten hat?«, fragte Fennek erneut. Sein Tonfall ließ keinen Zweifel daran, dass es eine Feststellung war.

Rubica schwieg.

»Ich wette, er hat mit einer Dirne geschäkert. Aus Gründen der Tarnung. Zuerst war es nur das. Aber sie war gut, stimmt's? Die Hure ist zu ihm durchgedrungen. Hat ihn so geil gemacht, dass ihm ein winziger Fehler unterlaufen ist. Nun, auch Meuchler sind letztendlich wohl nur Männer.«

Fennek umrundete den Tisch abermals, ergriff spielerisch den großen Zeh seines Gefangenen und wackelte daran, wobei er versonnen lächelte. Dann ging er zurück zum Kopf des Attentäters.

»Der Verstand eines Mannes kann den Kosmos bereisen, mag uneinnehmbare Kastelle bis auf die Grundfesten schleifen. Er vermag eine Zukunft zu sehen, die es noch nicht gibt, und sie aus dem Nichts erschaffen, sodass sie Wirklichkeit wird. Er kann sich gegen unfassbares Leid, gegen endlose Qualen abschotten, wenn er richtig ausgebildet ist – so wie Ihr. Aber wehe, er wittert eine Punze! Dann reicht dieses Instrument seines Willens nicht einmal mehr bis auf den Grund des nächsten Karpfentümpels.«

Zum ersten Mal blickte er auf den mit Schnallen fixierten Gefangenen hinunter, sah dessen Gesicht. Der Mann hätte nicht gewöhnlicher aussehen können. Alles an seinem Erscheinungsbild wirkte weich, sanft. Zumindest oberhalb seiner Schultern. Insofern man dies durch das Blut sowie die Platzwunden auf seinem geschwollenen Antlitz noch zu erkennen vermochte. Er hätte auch ein Müllersbursche, ein Schreiber sein können. Wahrscheinlich war das in der Stadt seine Tarnung.

»Hmm, mein Freund? Habt Ihr geschäkert? Habt schon den

Geschmack ihrer rossigen Futt auf den Lippen gehabt, was? Das ganze Blut, das Euer Hirn brauchte – alles weiter unten bei Eurer Rute. Ein Pech.«

Der Gefangene verzog keine Miene. Seine blaugrünen Augen schwammen im Rot seiner Verletzungen, durchbohrten den Inquisitor mit hilfloser Mordgier.

»Ja, das möchtet Ihr gern. Mich erschlagen. Aber ansonsten keine Antwort? Wenig überraschend.« Fennek konnte seine Amüsiertheit kaum verbergen. Er platzierte die Zange auf der knochigen Brust des Mannes, schürzte gekünstelt die Lippen. Legte einen Finger an den Mund, so als müsse er nachdenken.

»Vielleicht beantwortet Ihr mir ja diese Frage?«, fuhr er fort. »Was genau ist es, das euch Kultanhänger so daran fasziniert, mit der Gefahr zu liebäugeln? Ich meine, eure Domäne ist doch der Kampf aus den Schatten heraus, nicht wahr?«

Noch immer keine Reaktion. Fennek nahm die Zange wieder an sich, nachdem er Handschuhe aus robustem Leder angezogen hatte.

Seine Augen wanderten über den Leib des Mannes. Verharrten auf seinen Genitalien. Sollte er dort …? Aber nein, das wäre nicht der Stil eines Attentäters, dessen gesamter Eindruck weitaus pragmatischer, weitaus weniger überheblich erschien als das Gebaren des Totenkaisers. Rubica hatte das Zeichen der Zugehörigkeit dieses Auftragsmörders erblickt, als dieser mit einem Freudenmädchen getändelt hatte – die Augen des Feenwesens waren extrem scharf.

Es blieben nur der Kopf oder die oberen Extremitäten, auf denen sich das Zeichen seiner Konfession verbergen konnte. Die Arme schloss der Inquisitor direkt aus. So töricht war niemand, der dem Tempel als wahres Instrument des Todes diente. Und das waren bei den Selektionsmethoden der Sharisdiener ohnehin nie viele Individuen – noch dazu, wo der Titanenkult die Machtblöcke der Unterwelt der Penta neu geordnet hatte.

Mit diesem Wissen, mit der Erfahrung aus einem halben Leben, in dem solche Kreaturen auf seinem Tisch gelegen hatten, ging Greskegard zum Kopf des Attentäters. Er nahm sich eine Maulsperre aus Sanftlebens Inventar und tauschte einen Blick mit seinem Gefangenen. Der Mann presste die geplagten Lippen aufeinander, bis sie nahezu grau waren.

Fennek seufzte entnervt.

»Wirklich? Das ist die Art Widerstand, die Ihr mir entgegenbringt? Das ist Euer letztes Refugium, Eure uneinnehmbare Festung der Verweigerung? Beachtlich, dass ein Mann wie Ihr noch immer nicht begriffen zu haben scheint, dass dieses Leben nur für denjenigen Gerechtigkeit bereithält, der sie sich nimmt.«

»Wisst Ihr, in einer gerechteren Welt flöge die Tür auf, Eure schwarz gewandeten Kameraden würden hereinstürmen und Euch retten. Aber Ihr seid ein Todbringer des Tempels der Nachtmutter. Ihr seid überzeugt – nein, Ihr wisst! –, dass es keine Gerechtigkeit gibt, wo sie nicht von der kundigen Hand eines ihrer Agenten erschaffen, wo sie nicht umhegt wird.«

Greskegard lehnte sich zum Ohr des Attentäters hinunter und flüsterte: »Aber lasst mich Euch ein Geheimnis verraten: Ihr habt recht! Es gibt durchaus Gerechtigkeit, nur ist sie keine untreue Dirne, wie manch Zyniker sagt. Und sie ist beileibe nicht blind. Im Gegenteil, sie ist äußerst wachsam: hochgradig eigenständig. Das treueste Weib, das Ihr Euch vorstellen könnt. Und zugleich doch so flatterhaft und launisch wie all ihre Genossinnen.«

Der Inquisitor erhob sich. »Sie ist mit dem, der sie sich nimmt. Und egal wie Ihr Euch sperrt, im Moment ist sie mit mir. Weil es an meiner Zeit ist, Gerechtigkeit zu erfahren. Ich kann nicht mehr zählen, wie oft Euer Orden versucht hat, sich meiner zu entledigen.«

Er wandte sich mit ausgebreiteten Armen und theatralisch verzogener Miene an Rubica und Sanftleben. »Könnt ihr euch vorstellen, dass ich in all den Jahren so vernagelt war, so fokussiert auf ein einziges Ziel, dass ich den Zusammenhang des Ganzen aus den Augen verloren habe?«

Rubica und der riesenhafte Leibwächter tauschten einen Blick. Beide kamen stumm überein, dass es ihrer Gesundheit zuträglicher wäre, nicht auf diese rhetorische Frage zu antworten.

Durch ihr Schweigen offensichtlich zufriedengestellt, drehte sich Greskegard zu seinem Gefangenen um. »Ich brauche den Totenkaiser nicht. Nicht zwangsläufig, zumindest. Hätte ich schon viel früher gewusst, wie sehr die Stadt im Umbruch ist, wäre ich auch früher auf die Idee gekommen, die durch meinen Kopf geistert.«

Seine Augen glommen im gefährlichen Feuer des wahren Fanatikers. Sein Blick spiegelte sich in den Augen seines Gegenübers, die zwar keine Furcht zeigten, aber den Respekt vor einem Menschen, der bereit war, alles für die Erfüllung einer Vision zu tun.

»Ganz recht«, sagte Fennek. »Ihr seht, nichts wird mich stoppen, also könnt Ihr auch kooperieren. Ihr erspart Euch unnötiges Leid. Und mir lästige Arbeit.«

Seine Rede verfehlte den erwünschten Effekt. Der Mann kooperierte nicht.

»Eure Entscheidung – nicht, dass ich mit etwas anderem gerechnet hatte. Euch ist schon klar, dass ich Rubica hier … verzeiht, ›Waleran‹, nur meine Sachkenntnis offenbaren wollte. Aber gut, das geht auch mit Worten, ohne dass ich Euch die Lippen abschneide oder euch das Maul sperre.«

»Das Mal, die Tätowierung, ist unter seiner Zunge. Er hat mit der Hure geküsst, und dir ist es dabei aufgefallen, nicht wahr Rubica?«, fragte er über seine Schulter gewandt das Trugbild des Myrmidonen. »Zuerst hatte ich angenommen, er trüge es unter seinen Klötzen, aber das wäre einen Tick zu avantgardistisch für solch ein schnörkelloses Instrument wie den hier, nicht wahr?«

Fennek strich dem Gefesselten das verschwitzte, blutklebrige Haupthaar aus der Stirn. Er hielt Sanftleben die Rechte hin. Der

Leibwächter reagierte sofort, nahm Maulsperre und Zange wieder an sich und legte ein Skalpell hinein. Fennek führte es an ein Auge seines Gefangenen. Ließ es dort verweilen. Ein unausgesprochenes Versprechen.

»Die Zeit für Eure Spielchen ist vorbei. Ihr werdet hier sterben. Die Frage ist nur: auf welche Weise?«

Fennek griff mit der freien Hand in seine Manteltasche, streifte sich den Skarabäus über seine Hand und verband die Ringe und Ketten des Artefakts mit seinen Fingern und dem Daumen. Ein Edelstein auf dem metallisch grünen Leib des Schmuckstücks erwachte zu fahlem Leben.

Rubica gab durch Walerans Mund ein reptilienhaftes Zischen der Abscheu von sich, als sie der geformten Magie des Artefakts ausgesetzt wurde. Ihre Gestalt flackerte. Sie stürmte aus dem Raum. Augenscheinlich war die Fae als Kreatur des Ungeformten kein Freund von so viel konzentrierter Macht.

»Kommen wir also zum interessanten Punkt«, sagte der Inquisitor, während seine Rechte mit einem Tuch das Blut aus den Wunden auftupfte. Das Elmsfeuer des Artefakts irrlichterte auf den Augäpfeln seines Opfers, weiß und so groß wie Straußeneier. Die Magick verlieh ihnen ein ungesundes zyanfarbenes Glühen. Dann wurden sie starr, als sich die willensbrechende Kraft des Artefakts durch diese somatischen Kanäle in das ergoss, was der Lebenswandel des Mannes von der Seele des Attentäters übrig gelassen hatte.

»Sprechen wir über die Dunkelheit. Und das, was darin so herumkriecht«, sagte Fennek sanft.

Die Straßen erzitterten. Alleen wie Gassen erbebten unter dem Kanter der massigen Kriegspferde und dem Gewicht ihrer Harnische. Schwellende Muskeln spielten unter glänzendem Fell. An den Flanken des Trosses und als Bugwelle ritten leichter gerüstete Kavalleristen, mit Armbrüsten und Wurfseilen bewaffnet.

Pikeniere und Lanzenträger hatten trotz des niedrigen Tempos Mühe, mit der Reiterei mitzuhalten, was unter anderem an der Last lag, mit der diese Infanteristen behängt waren.

Mannshohe anachronistische Turmschilde aus alten Zeiten, die schon vor Jahrzehnten durch kleinere Drachenschilde ersetzt worden waren, gehörten bei dieser speziellen Truppe zur Grundausstattung. Zudem trug jeder Krieger, egal ob Reiter oder Fußsoldat, ein mit Bleigewichten beschwertes Wurfnetz an Rücken oder Sattel. Dreizacke, Kurzschwerter und Stoßlanzen zierten Gurtwerke und Fäuste statt der Waffen, die solche Soldaten in einer normalen Schlacht zu Felde geführt hätten.

Die Kolonne gab sich nicht die geringste Mühe, Subtilität oder Vorsicht vorzutäuschen. Im Gegenteil: Fanfarenstöße der Melder hallten durch die Straßen, sodass Butzenfenster klirrten. Die wenigen Passanten, die lebensmüde genug waren, auf der Straße zu verweilen, hielten sich die Ohren zu. Verstört und fasziniert starrten sie dem Regiment des Archonten nach. Mit eigentümlichen Waffen ausgerüstet, die normalerweise Gladiatoren vorbehalten waren, preschte es durch ihre geordnete Welt. Ein Regiment, das von ebenso bewaffneten Panzerreitern flankiert wurde, angeführt vom Hauptmann der Myrmidonen des Archonten selbst.

Ein Lauffeuer von Gerüchten verbreitete sich binnen Minuten in der Stadt. Fennek Greskegard hätte es nicht rechter sein können. Dies war sein Plan, bei dem es auf jede Nuance, jede Facette der Ausführung ankam. Diesmal würde es keine Fehler geben.

So war es wenig verwunderlich, dass sich der Inquisitor und sein monströser Begleiter nicht an der Seite ihrer Truppen bewegten. Sie anzuführen kam Rubica zu. Fennek und Sanftleben eilten, während über ihren Köpfen das künstliche Gewitter der Reiterei toste, durch die Kanalschächte der Stadt. Sie wurden von zwanzig handverlesenen Söldnern begleitet, die Fennek mit dem kläglichen Rest seines einstmals gewaltigen Familienvermögens bezahlt hatte. Summen, die ihre kompromisslose Loyalität sicherstellen würden.

Auch die Ausrüstung dieser hartgesichtigen und brutalen Vasallen war mehr als eigentümlich. Jeder von ihnen trug, so wie auch Sanftleben und Greskegard selbst, eine mit mächtigen Runen und Geasa – hemmenden arkanistischen Schutzzeichen – gravierte Kette bei sich. Das schwachblaue Glühen dieser Artefakte ließ die Gruppe der Jäger in der fauligen Düsternis der Kanalisation wie einen Schwarm lumineszierender Tiefseefische glimmen.

Jeder der Söldner trug seine favorisierten Waffen am Leib. Einige der Männer schwankten, selbst auf sicherem Boden. Eine Nebenwirkung der kostbaren und potenten Antidote, mit denen Fenneks Leibarzt ihre Körper schier überflutet hatte. Um den Hals jedes Mannes, einschließlich des Gespanns, das sie anführte, lagen dünne Metallkragen, die Fennek extra für diese Mission hatte anfertigen lassen. Kettenhemden ruhten auf Gambesons unter langen Wettermänteln aus derbstem Leder, Schienenplatten aus Stahl schützten Arm- und Beinarterien.

Dies waren keine einfachen Soldaten wie das Heer über ihren Häuptern. Dies waren Kammerjäger. Eine Truppe erfahrener Ausputzer und geschickter Schlächter. Erlesene Zweikämpfer, die ebenso wie das Regiment der Oberwelt nur zu einem Zweck mobilisiert worden waren: den Kampf gegen die Diener der Nachtmutter ins Herz ihrer Heimstatt zu tragen. Kein präziser Dolchstich unter Achseln oder in Schenkelarterien würde diese zwei Dutzend Mann fällen, kein Gift, und sei es noch so grausam und wirkungsvoll, ihrer rasch genug Herr werden. Niemand würde Krieger mit solchen gerundeten Kragen garrottieren.

Ihr Ziel war der Thron der Nacht. Über Jahrhunderte hatten Säle voll kluger Männer keinen Zugang in dieses geheimste aller Refugien des Kultes gefunden. Nur Fennek Greskegard und seinem arkanistischen Artefakt war dieses Kunststück gelungen.

Hätte er vorgehabt, den politischen Status quo in der Penta zu erhalten, sein Plan wäre in jeder Hinsicht Selbstmord gewesen, das wusste er. Die Adeligen, die Zünfte und selbst die Bürger bedienten sich des Tempels der Nachtmutter, um sich ungeliebter Nebenbuhler oder geschäftlicher Rivalen zu entledigen. Darum hielten auch mächtige Potentaten ihre Hand über den Sharis-Kult und seine Anhänger, wenn sie deren Taten natürlich nach außen hin verdammten. Niemand wusste besser als Fennek, dass dies Lippenbekenntnisse waren. Schlecht verhohlene Lügen, mehr nicht.

Aber der Inquisitor hatte nicht vor, den bestehenden Lauf der Dinge in der Penta zu achten. Es war nach so langer Zeit an ihm, die Zügel in die Hand zu nehmen, und genau das tat er. Es kam dabei auf jede Minute an, denn es war unvermeidlich, dass der Archont bei der Lautstärke seiner Ablenkung und des Hauptangriffs auf diese Festung in absehbarer Zeit erfahren würde, was Fennek durchführte. Und Greskegard vermochte beim besten Willen nicht abzusehen, was geschehen würde. Ob der Potentat diese Tat billigte, um seine Tochter zu rächen. Oder ob er – das war weitaus wahrscheinlicher – erkennen würde, was der Inquisitor bezweckte.

Im Schein ihrer Laternen näherte sich die Gruppe einem der verborgenen Schächte. Das sabbernde Wrack, in welches Fenneks Artefakt den Attentäter verwandelt hatte, hatte sämtliche Zugänge in eine Karte eingezeichnet. Fennek überließ nichts dem Zufall, verband bei diesen Befragungen seine jahrzehntelange Erfahrung mit dem Unwesen der Assassinengilden mit ausgedehnten Sitzungen mit dem Skarabäus. Er hatte den Geist des Gefangenen nicht gesichtet – er hatte ihn gründlich zerbrochen und geerntet.

Nun besaß der Inquisitor alles: Zugang zu sämtlichen geheimen Eingängen, Passwörter und an Kleidung und Ausrüstung verborgene Losungen. Die nötigen Gesten und Worte, um arkanistische Signalgeber der Eingangstore zum Tempelbezirk von der Legitimität seiner Anwesenheit zu überzeugen. Ebenso wie die Befehle in längst toten oder eigens erfundenen Sprachen, um Wachtieren wie Kampfhunden oder Schattenpardern seinen Willen aufzuzwingen, sie auf jene zu hetzen, die ihm im Wege standen.

Wenn alles so lief, wie er es geplant hatte, würde es gar nicht so weit kommen. Sein Trupp würde freie Bahn haben, wenn erst mal der Tumult ausbrach.

Sie standen bereit. Ausgerüstet und willens, das Geschwür aus dem Fleisch der Stadt zu brennen. Sie würden die Waffen der Assassinen gegen sie wenden – Tarnung und Täuschung. Ihre favorisierten Strategien würden ihnen das Genick brechen. Indem er von zwei Seiten eindrang, aber nur an einer eingriff, wollte Fennek diesen lebenslangen Erzfeinden den Todesstoß versetzen.

»Es wird gelingen«, flüsterte er nicht zum ersten Mal, während er mit seinen Begleitern durch die lauwarme Brühe watete. Der Gestank hier unten auf der dritten Unterebene der Schächte war bestialisch. Alles, was in den oberen Bereichen der Kanalisation in die Tiefe floss, sammelte sich hier.

Selbst die hartgesottensten der Söldner waren gegen den Ekel vor Jahrhunderten ungeklärter, stehender Fäulnis nicht gefeit. Immer wieder zogen der Jagdrichter und seine Begleiter kompakte Metallzylinder aus ihren Manteltaschen. Arkanistische Atemgeräte, die komprimierte Luft enthielten, damit keiner von ihnen ohnmächtig zusammenbrach.

Sie erreichten die Passage in die Tiefe. Die Gruppe machte halt.

Greskegard zückte eine winzige Kladde, fuhr mit dem Finger fahrig über die dort niedergeschriebenen Notizen, sprach ein Wort aus. Oder vielmehr, er öffnete den Mund. Unhörbar wurden Energien freigesetzt, als der Term, keineswegs für menschliche Zungen gemacht, in die Welt entwich. Ein kurzes Aufglühen violetter, kaum sichtbarer Runen in der Wand – eine aus Ziegeln geformte Tür schwang auf.

Der Tunnel dahinter stieg in leichter Neigung an, und bald blieb die Kloake hinter ihnen zurück. Die Wände, vorher aus gefügten Steinen, waren so glatt und schwarz wie Vulkanglas. Dies war ein anderer Ort. Fremdartig und definitiv nicht von Steinmetzen errichtet.

Ein erstickender Druck, der nicht nur eine Folge der Tiefe, des Gewichts der Erdschichten und Gebäude über ihren Köpfen sein konnte, legte sich auf die Männer. Er war so unermesslich, dass das Blut in den Ohren rauschte, als pressten sich unsichtbare Hände darauf. Sie waren unwillkommen hier, und dieser Ort ließ es sie spüren.

Dies war die Domäne der Nachtmutter. Und jedem Quadratzoll ihrer Hochburg haftete ein eigentümlicher Geruch von Kampfer, mumifiziertem Fleisch und Balsamierölen an. Die Atmosphäre ließ den Mietlingen und Sanftleben die Nackenhaare zu Berge stehen. Nur Greskegard war davon nicht zu beirren. Viel zu oft hatte er gegen Gegner bestanden, die sich Hexenkunst oder die Teufel der Älteren Dunkelheit zunutze machten.

Fennek schlug das Herz bis zum Halse, doch es war nicht Furcht, die seinen Puls trieb. Nein, er stand endgültig vor der Verwirklichung seiner Pläne. Bald würde er den Archonten niederwerfen, sich nehmen, was ihm so lange vorenthalten war.

»Bald«, hauchte er. Vor ihnen tat sich der Tunnel auf. Greskegard wandte sich zum Späher der Truppe, der auf den Namen Draven hörte. »Geht vor. Sobald der Trubel beginnt und die Kämpfe ausbrechen, ruft Ihr uns!«

Draven nickte. Er löschte seine Laterne, prüfte seine Ausrüstung ein letztes Mal und pirschte in die Schatten des Korridors.

Es bedurfte keines Berichts des Mietlings, um sich Gewissheit zu verschaffen, dass gekämpft wurde. Knapp eine Minute nachdem der Mann verschwunden war, waren aufgeregte Rufe zu vernehmen, denen das Sirren von Pfeilen und Armbrustbolzen sowie die Schreie Sterbender folgten. Holz, Stahl und Fleisch klagten den finsteren Tunneln ihre uralte Litanei von der Torheit und Blutgier des Menschen.

Sie mussten nicht lange ausharren, da kehrte Draven zu ihnen zurück. Greskegard ging kein Risiko ein. Er nutzte das Artefakt, um zu prüfen, ob dieser Kerl nicht ein mittels einer Illusion oder arkanistischen Maske verfremdeter Attentäter war. Beruhigt lauschte er dem Bericht des Spähers.

»Waleran ist durch ein Hauptportal in die Kaverne eingefallen, in der die Burg steht. Das Regiment arbeitet sich auf den Weg vor, der zur Feste hinaufführt. Nur von der Reiterei gibt es keine Spur.«

Fennek lächelte zur Antwort. Natürlich war er nicht so töricht, die Kavallerie hier herunterzusenden.

»Die wart'n ja auch ob'n! Um die Mörda einzufang'n, die uns entkomm'!«, belehrte Sanftleben den Mann, dem dies sichtlich unangenehm war. Ob aufgrund der Tatsache, dass dieser tumbe Koloss einen Plan verstand, den er nicht durchschaut hatte, oder weil er so den Todesgruß aus dem faulenden Gebiss des Hünen atmete, war im Halbdunkel nicht ersichtlich.

In diesem Moment ertönte ein widerwärtiges Brüllen aus Dutzenden missgestalteten Kehlen, das aus der Kaverne vor ihnen drang. Es wurde vom kollektiven Aufschrei aus Walerans Regiment beantwortet, unter das sich spitze Angst- und Todesschreie einiger Männer legten. Das Gebrüll hallte über den Tunneltrupp hinweg, setzte seinen Weg als geisterhafte Echos durch die Korridore hinter ihnen fort.

Der gefangene Assassine hatte Fennek von dem See zu Füßen des Throns der Nacht berichtet – und davon, dass vorzeitliche schwarze Schrecken in seiner endlosen Düsternis hausten, die nichts mehr liebten als den Geschmack von Menschenfleisch.

»Die haben die Viecha vonner Kette gelassen«, raunte Sanftleben und fasste Fenneks Gedanken damit zusammen. Der Gefangene hatte ihnen in allen Einzelheiten davon berichtet, dass das Gewässer zu Füßen der Feste gescheiterten Aspiranten des Nachtkults zur letzten Ruhestätte wurde.

»Auch das wird unsere Truppen nicht aufhalten«, sagte Greskegard. Er hatte auf Rubicas Befehle hin keinen der Soldaten des Archonten im Unklaren gelassen, gegen welche Schrecken der Älteren Dunkelheit sie hier unten antreten mussten. Und sie waren bereit dazu – für die Sicherheit ihrer Stadt. Dass sie Fennek als Ablenkung dienten, die bestenfalls Erfolg hatte, aber auch durchaus als Begleitschaden abschreibbar waren, ahnten diese Bewaffneten nicht.

»Wir rücken vor. Denkt an den Plan«, befahl Greskegard. Er deutete auf einen Söldner mit einer schweren Windenarmbrust. »Du weißt, was zu tun ist?«

»Die Mauer im Osten. Bolzen und Seil sind hier«, sagte der Mann. »Von dort wird uns bei dem Tumult keiner erwarten.«

»Gut. Sehr gut. Lichter aus. Vorrücken. Es geht los!«

Sie pirschten vorsichtig weiter, die Waffen zur Hand. Ein Drittel der Söldner hatte Kurzbogen, Armbrüste oder Wurfäxte in der Hand. Der Rest führte Einhandwaffen wie Kurzschwerter, Hiebdolche und kurze Stoßspeere, obschon viele der Männer zweihändige Äxte oder Schwerter auf dem Rücken trugen. Ihnen war klar, dass sie diese Mordwerkzeuge behinderten, solange sie die Tunnel nicht hinter sich gelassen hatten.

Die einzige Frau des Trupps, eine vernarbte Südländerin namens Falca, war die Einzige, die wie Fennek auf Pistolenarmbrüste setzte. Sie trug in jeder Hand eine geladene Waffe. Jeder der Mietlinge hielt einen Rundschild oder zumindest einen Faustschild bereit, um sich seiner Haut im Falle eines Hinterhalts erwehren zu können.

Die Anspannung zeichnete sich auf den Gesichtern deutlich ab. Aber in den Augen dieser Veteranen lag auch eine todesverachtende Entschlossenheit. Fennek war zufrieden. Dies waren die Leute für seine Mission. Teufelskerle, deren Belastbarkeit feststand. Sie würden nicht an dem, was sie im Thron der Nacht zu sehen bekamen, zerbrechen. Nein, diese Art Mensch war so geschaffen, dass sich bei ihnen Schrecken und Furcht in Hass und Kampfeswut verwandelten.

Der Tunnel erweiterte sich vor ihnen, mündete in die Kaverne. Der Trupp blieb stehen. Fassungslos betrachteten die Eindringlinge, was sich – nur wenige Schritte zu ihren Füßen – unter der Stadt verbarg.

15. Greskegard

Am Rande eines schwarzen Sees, dessen Fluten zu kochen schienen, erhob sich eine gigantische Festung aus onyxschwarzem Vulkanglas. Brustwehren und Schanzwerk waren zu gleichen Teilen von einer unvorstellbaren Anzahl an Totenschädeln und geschwungenen, schwertlangen Klingen bedeckt. Über das gesamte glasartige Bollwerk zogen sich kryptische Inschriften in Gold und anderen Edelmetallen.

Jenseits der Feste schwang sich die Decke der gigantischen Höhle wie ein schier endloser Nachthimmel, dessen Gestirne von Bändern eingeschlossener Quarzadern und Feldspate gebildet wurden. Türkiser Labradorit irisierte wie kosmischer Nebel zwischen vereinzelten Halbedelsteinen. Getragen wurde dieses mineralische Firmament von zyklopischen Säulen, die die gesamte Kaverne stützten.

Zu Füßen der Festung, dort, wo sich ein aus Hunderten Schädeln verfugter Serpentinenpfad den Fels auf das Torhaus der Bastei emporwand, tobte der Konflikt: Geschützt von ihren archaischen Turmschilden, rückten die Infanteristen in Blockformation Zoll um Zoll gegen den Thron der Nacht vor. Nur wenige aus ihren Reihen lagen tot hinter dem Regiment, die Schilde verrichteten vorzüglich ihren Dienst.

Doch kam ihr Vorstoß zum Erliegen. Mehrere Dutzend massiger Kreaturen zogen sich aus den Tiefen des Sees empor und stürzten sich auf die Angreifer. Es waren bleiche, blinde Abscheulichkeiten, anderthalbmal so groß wie ein Mann. Ihr Erscheinungsbild lag zwischen dem eines feisten nackten Humanoiden, dem Gewürm des Bodens, Egeln sowie den fischartigen Zügen von Hai und Aal. Ohne Rücksicht auf sich selbst schwankten die Monstren auf klumpfüßigen Flossen vorwärts, fielen auf das vorderste Glied der Infanteristen hernieder, die eitergelben Klauen vorgestreckt.

Fenneks Trupp sah, wie einer der Soldaten von einem aufgedunsenen Albtraum aus der Kette des Schildwalls gerissen und emporgehoben wurde. Die Kreatur rupfte den Kopf des Mannes von den Schultern. Seine Kameraden stießen vor, rammten der Bestie von sechs Seiten Speere in den Wanst. Blut mit der Farbe von verblühtem Flieder ergoss sich aus dem Balg des Fischwesens.

Die Schreie eines anderen Lanzenknechts hallten als seltsam gedämpfte Echos durch die Kaverne, da ein neunaugenmäuliges Ungetüm den Kopf in den Nacken legte und den Mann – Helm voran – in seinem Wanst verschwinden ließ. Seine Füße ragten noch zuckend aus dem Schlund, gedämpfte Klagelaute verhallten ohne Antwort – das Ungetüm biss zu, trennte die Füße an den Knöcheln ab, sodass die Stiefel zu Boden fielen.

Der erschütternde Anblick reichte aus, um Fenneks Leute aus ihrer Erstarrung zu lösen. Gerade jetzt durften sie nicht zögern – wer wusste, wie lange die Männer draußen noch diesem Grauen standhielten? Zumal Monster aus den Tiefen des Sees nachrückten. Greskegard konnte nur hoffen, dass Rubicas Soldaten dieser Herr werden würden – aber darauf stützen wollte er sein Unterfangen nicht.

Er trieb seine Truppe zur Eile. Geduckt schlichen sie aus der Höhlenmündung einen geneigten Felsgrad hinab. Als sie sich auf gleicher Höhe mit dem Regiment befanden, wandte sich das Kommandounternehmen nach rechts. Sie pirschten von Felssäule zu Felssäule, darauf bedacht, die toten Winkel zu nutzen, die der Attentäter Fennek beschrieben hatte, und näherten sich so schrittweise der Ostwand des Kastells.

Sie waren nur noch fünf oder sechs Dutzend Ellen von ihrem Ziel entfernt, als es geschah. Sie passierten einige stehende Pfützen – so dachten sie zumindest –, als eine davon zu brodeln begann. Bevor der Trupp reagieren konnte, schoss eine bleiche Pranke aus dem Wasser. Sie packte einen der Mietlinge am Knöchel, riss ihn mit spielerischer Leichtigkeit in die vermeintliche Gumpe. Der Mann hatte nicht einmal mehr Zeit zu schreien. Das blanke Entsetzen packte die Söldner, als sich zu ihrer Linken ein Ungetüm aus einer der Gruben erhob. Gestank umwehte den Nachtmahr aus der Tiefe, der Pesthauch eines Wassergrabes, in dessen trüber Bodenlosigkeit ein Fass Heringe vermoderte. Fennek erkannte, dass diese vermeintlichen Pfützen Verbindungstunnel zum See sein mussten, die dem Attentäter unbekannt gewesen waren.

»Reißt euch zusammen!«, zischte er, wenngleich er Mühe hatte, den eigenen Befehl zu befolgen. »Macht das Vieh kalt, bevor man auf den Mauern merkt, was hier los ist!«

Sein Kommandoton riss die Söldner aus ihrer Erstarrung. Falcas Pistolenarmbrüste klackten, zwei Bolzen wuchsen aus dem plumpen Leib des Ungetüms. Auch Draven schoss – sein Bolzen grub sich zwischen die Fettwülste des Halses, verschwand darin. Die Kreatur gurgelte, schlug um sich. Mehrere Reihen fingerlanger Zähne rotierten wie auf dem Reif einer von einem Wasserrad angetriebenen Bandsäge in ihrem Neunaugenmaul. Sie stolperte nach vorn, um Falca zu verschlingen, aber die Söldnerin rollte sich zur Seite. Sie machte ihren Kameraden den Weg frei, die Wurfäxte sowie Pfeile auf die Kreatur hageln ließen.

Fennek wollte Sanftleben ein Zeichen geben, doch der Barbar, so groß wie die Bestie, hatte längst reagiert. Während die Kreatur auf den Trupp zuwankte, umrundete er sie, schwang seinen Hammer und hieb von hinten auf das ein, was bei dem fischartigen Mischwesen als Kniekehle durchging. Knochen splitterte, traniges Gewebe platzte – der Moloch ging in die Knie, den Kopf zu einem schäumenden Gurgeln in den Nacken gelegt.

Bolzen, Pfeile, Äxte fanden genau dort ihr Ziel – Fenneks eigene Pistolenarmbrust pfiff ihr klackendes Lied. Der Kampf war kurz und nahezu stumm verlaufen. Das Monstrum schwankte, gespickt und endgültig erledigt, so schien es. Die Söldner wichen zurück, um dem Kadaver Raum zu bieten, damit er umfallen konnte. Doch einer der Männer war zu langsam.

Zwar gelang es ihm, dem fallenden Moloch auszuweichen. Die blutüberströmte Kehle des Ungetüms blähte sich wie die Kehlblase einer Kröte, und in der reinen Bösartigkeit ihrer Existenz spie die Kreatur noch im Tod einen eimergroßen Klumpen Gallerte aus. Das schleimige Abschiedsgeschenk traf den Söldner direkt gegen die Brust. Angeekelt wischte er in der sämigen Gabe herum, die augenblicklich Fäden zwischen seinen Fingern und seinem Rumpf zog – kurz darauf veränderte sich sein Gesichtsausdruck zu einer Fratze schmerzvollen Grauens.

Mit morbider Faszination beobachteten die anderen Mietlinge, wie Rüstung und Fleisch ihres Gefährten Blasen warfen. Seine Finger schmolzen von den Knochen, binnen Herzschlägen schimmerten Rippen durch seine Brust. Qualm strömte aus Nasenlöchern, Nase und Mund. Der Todgeweihte wollte schreien, aber Fennek schaltete von einem Augenaufschlag zum anderen. Bevor einer seiner Kameraden reagieren konnte, schoss er dem Mann in die Brust. Er erlöste ihn und verhinderte, dass er noch mehr Aufmerksamkeit auf ihre Position zog.

Der Tote verwandelte sich binnen Augenblicken mit einem ekelerregenden Zischen in gelben Qualm, zerfiel zu organischem Schlick.

»Man wird das bemerken«, zischelte Fennek. »Rasch jetzt, noch ist nichts verloren!«

Einige der Mietlinge warfen einen betretenen Blick auf das,

was von ihrem Kameraden übrig war. Sie erinnerten sich an das Versprechen des Inquisitors, dass der Sold der Toten auf die Überlebenden übergehen sollte, rissen sich los. Die Wasserlöcher nicht aus den Augen lassend, setzte der Trupp seinen Weg fort.

Sie entrollten Seile, packten Gurtwerke aus, als sie am Fuß der Felsmauer ankamen, auf der sich die Festung erhob. Fennek legte den Kopf in den Nacken. Ein harter Aufstieg, gute fünf Dutzend Schritt, erwartete sie. Auch wenn es von unten den Anschein haben mochte, dass die Mauer der Bastei plan mit dem Felsen abschloss, so wusste Greskegard es besser.

Der Gefangene hatte es enthüllt: Das schwarze Material, sein perfekter Schliff, ließen es im Dunkel der Kaverne aussehen, als sei die Obsidianfestung aus dem Massiv, das sie trug, herausgeschnitten. In Wahrheit verbargen sich dort oben, am Fuße der Burgmauer, Alkoven. Nischen und Zugänge zu geheimen Ausfalltunneln.

Selbst ein Mann, der in der Hierarchie der Nachtmutter so weit oben stand wie der gefangene Attentäter, wusste nicht, wohin sie führten. Aber der Inquisitor hatte ohnehin nicht vor, ihnen zu folgen. Die Windenarmbrust und das daran befestigte Seil würden ihnen vom Brückenkopf einer solchen Nische den riskanteren, weitaus kürzeren Aufstieg über die Brustwehr ermöglichen.

Gemäß dem Fall, die Ablenkung hielt lange genug vor und sie beeilten sich. Mit geübten Handgriffen teilte Sanftleben die Kolonne in drei Trupps, die sich mit den Gurtwerken und Seilen jeweils untereinander absicherten. Er wand das Kletterzeug um seinen stattlichen Schmerbauch, bevor er Fennek anschirrte.

Sie erklommen das Massiv, ohne auf nennenswerte Schwierigkeiten zu stoßen. Am Grat angekommen, hingen sie an der Flanke unter dem Fuß der Feste, blickten auf das Gemetzel versetzt hinter ihnen hinab.

Es machte den Anschein, als würden die Soldaten der Lage

Herr: Die mächtigen Schilde und langen Piken hielten die Kreaturen auf Distanz, damit die Schützen sie mit ihrer tödlichen Fracht spicken konnten. Während die Männer und Frauen gegen die Bestien kämpften, hatten die Armbruster der Feste alle Muße, schrecklich unter den abgelenkten Stadtmilizen zu wüten. Dutzende gingen unter dem Feuer ihrer vergifteten Waffen nieder, bis die Scharen endlich vorrücken konnten, eine Vielzahl hingeschlachteter Fischwesen auf ihrem Pfad zurücklassend.

Draven war der Erste, der nicht nur den Grat, sondern auch darauf Fuß fand. Geschwind erklomm er den glasartigen Fels, sodass es den Anschein erweckte, er stünde am Rande der Mauer in der Luft. Er spannte die Armbrust, lud sie mit einem Bolzen. Sprach einige Worte. Greskegards Herz tat einen Sprung. Wenn Draven nicht genau traf, würde sogleich Alarm gegeben, und ihre Mission war gescheitert.

Wie der Jagdrichter prophezeit hatte, tauchten Gesicht und Schultern einer schwarz gewandeten Wächterin auf der Brustwehr auf, um sich zu vergewissern, woher das verdächtige Geräusch kam. Der Söldner löste aus – der Bolzen drang der Frau zielsicher durch die Unterseite des Kinns, durchbohrte ihre Gaumenplatte. Sie schwankte leicht und blieb mit der Schulterpartie auf dem Mauerstück zwischen zwei Zinnen liegen.

Sie mussten sich sputen, bevor sich jemand auf der Vorderseite umwandte und die Bescherung an der Burgflanke sehen würde. Der Kundschafter lud die Armbrust nach. Diesmal war es ein spezieller Bolzen, ein extra für diesen Zweck geschmiedeter Wurfanker, an dessen Öse ein sündhaft teures, extrem leichtes Seil befestigt war. Erneut zielte der Söldner. Schoss. Im Flug öffnete sich der Bolzen wie die Blüte einer Orchidee, entfaltete Haken. Sie verankerten sich in den protzigen Zierklingen auf den Zinnen.

Die Gruppe erklomm das Seil, wobei Sanftleben die Speerspitze bildete. Fennek folgte ihm direkt – wissend, dass er an der Seite des Giganten sicherer war, als wenn er die Nachhut formte.

Oben angekommen, blickten sie sich um. Hinter der Schanzmauer war bis auf einen Blutfleck keine Spur menschlicher Präsenz zu sehen. Einige Dutzend Schritte zu ihrer Linken klackten Armbrüste in ständigem, maschinenartigem Rhythmus. Die Verteidiger schützten ihre Burg in einer tonlosen Präzision. Niemand bellte Befehle. Niemand rief.

Sie warteten, bis der gesamte Trupp auf den Mauern war, wandten sich einer Tür an der Flanke des massiven Binnenkastells zu. Einer der Mietlinge nestelte an seinem Zeuggürtel, wollte Dietriche und Haken bereit machen.

Fennek hob die Hand. Er ging zu der Tür, wenn man den nahezu nahtlos abschließenden schwarzen Block Obsidian in einer Mauer aus demselben Material so nennen konnte. Ein kurzer Blick in die Kladde. Er fuhr mit dem Finger ein rautenförmiges geometrisches Symbol auf dem Portal ab, wobei er mehrfach die Richtung änderte.

Ohne jedes Geräusch – und vor allem ohne eine der tödlichen, mit ihr verbundenen Überraschungen auszulösen – glitt die von arkanistischen Kräften durchdrungene Pforte auf. Der Trupp huschte ins Innere. Hinein in Korridore, in von schweren Vorhängen ausgekleidete Räume. Gänge, in denen schwarzviolette alchemagische Feuer in nach oben gewandten, versilberten Knochenhänden loderten und alles in ein diffuses Licht hüllten, das eher zu ersticken als zu leuchten schien.

Die Gegenwehr im Tempelkomplex war anfangs beachtlich. Die Söldner gaben sich keine Mühe mehr, ihre Anwesenheit zu verhehlen. Fennek Greskegard wusste, dass die Magick der Assassinenhochburg sie ohnehin aufspüren würde. Also investierte der Trupp seine volle Aufmerksamkeit darauf, die unvermeidlichen Angriffe aus dem Hinterhalt, die magischen wie nichtmagischen Fallen auszuhebeln.

Unermüdlich warfen sich ihnen Fanatiker in den Weg, doch sie hatten der kompakten Faust von Greskegards Spezialtruppe nichts entgegenzusetzen. Gnadenlos machten sie jeden Widerstand nieder, konterten die für den Kampf ungeeigneten Taktiken der Attentäter mit brutaler Zweckmäßigkeit, mit dem Arsenal an Vorkehrungen, mit dem der Jagdrichter sie ausgestattet hatte.

Schnell wurde offenkundig, worauf Fennek gesetzt hatte: Die Auslesepraktiken, das Elitedenken des Tempels waren Hemmschuhe. Im Umkehrschluss war es ihre absolute Unterzahl, die den Meuchlern das Rückgrat brach. Sie hatten sich darauf verlassen, dass niemals jemand die Festung finden, geschweige denn in sie eindringen konnte. Doch es war genau diese Selbstsicherheit, die dem Kult nach Jahrhunderten zum Verhängnis wurde. Dass er sich auf seinen Ruf verließ, auf die Gefährlichkeit seiner Diener und den politischen Schutz Alliierter und des Adels. Auf ein Manöver wie Fenneks Angriff war der Kult nicht vorbereitet.

Die Feste war hoffnungslos unterbesetzt – mehr Truppen von den Mauern abzuziehen, um auf die Alarmrufe im Inneren zu reagieren, hätte bedeutet, den Angreifern Raum für ihren Vorstoß zu bieten.

Jedes andere Kommandounternehmen, das auf solch eine Weise in ein feindliches Bollwerk eingedrungen wäre, hätte alles darangesetzt, den eigenen Truppen die Tore aufzutun. Den Weg freizumachen, damit das Heer über die Bewohner herfallen konnte. Doch der Inquisitor verfolgte andere Pläne.

Sie marschierten direkt zum Thronsaal durch, die Korridore hinter ihnen durchdrungen von der blutbesudelten Endstille der Verblichenen. Fennek glaubte zwar nicht, dass sich die Siegestrophäe einfach verdrücken würde. Er war sich sicher, dass sie das nicht so ohne Weiteres konnte.

Doch Fennek wollte nicht das Risiko eingehen, dass ihm die Beute entkam – die Hohepriesterin des Shariskults, die Todesbotin. Die Hierophantin des Ordens, sein Herz, seine Seele. Ein halb mythisches Geschöpf, dessen Ursprung, Daseinszweck und Erschaffer sich im Odem der Geschichte verloren. Ihre Haut war der Preis, auf den er es abgesehen hatte. Ihre Haut und das Wissen um die Kontrakte, die diese Kreatur für all ihre Attentäter im Lauf der Jahrhunderte abgesegnet hatte, wenn man den Gerüchten Glauben schenken durfte.

Der Inquisitor tat es – sein Gefangener hatte ihm unter dem Einfluss des Skarabäus alles über seine Herrin verraten, was er wusste. Sein Verstand war an diesem unauflöslichen Konflikt aus an Liebe zu ihr grenzender Treue und der Macht des Artefakts zerschellt.

Sie erreichten das Portal zum Thronraum, zum Heiligtum. Die steinernen Torflügel, aus einem eigentümlichen lapisartigen Halbedelstein geschnitten, waren verschlossen. In jede der Hälften waren längst vergessene Glyphen eingelassen, die kraftvoll glommen, den Korridor vor dem Portal in einen azurblauen Schimmer hüllten.

Fennek ließ seinen Blick über die Symbolik schweifen. Uralte Macht, in Zeilen und Spiralen kondensiert und so potent, dass seine Zähne im Kiefer zu vibrieren schienen, je länger sein Geist in den uralten Symbolen auf Wanderschaft ging.

Gemeinsam mit dem eigentümlichen Licht war die Wirkung nicht zu verleugnen – nicht zum ersten Mal, seit sie die Festung betreten hatten, wanderte Greskegards Verstand zu Fragen der Vergänglichkeit. Er hinterfragte den Sinn – nicht nur ihres Eindringens an diesem verdammten Ort verdammter Seelen, sondern in seiner Gänze.

Welchen Sinn hatte das Leben, wenn es ultimativ doch vor den letzten Wahrheiten kapitulieren musste? Was bedeutete ein Leben? Hunderte, Tausende Leben? In einem Kosmos, in dem nach Aussage der Astromanten Sonnen starben, was war da der Mensch? Warum ergaben sie sich nicht alle in ihr unvermeidliches Schicksal, sahen der letzten Stille mit mehr Würde und weniger Widerstand entgegen …?

Fennek spürte den Druck von Sanftlebens Pranke auf seiner

Schulter. Langsam, wie aus einem Traum erwachend, riss sich der Inquisitor von den Spiralmustern los, erwiderte dankbar den Blick des Leibwächters. Der Koloss sah besorgt aus, deutete auf Greskegards Hand. Er folgte dem Blick. Verwirrt stellte er fest, dass er einen Dolch aus den Tiefen seines Mantels zutage befördert hatte. Schlagartig wurde ihm die Perfidie dieser letzten Sicherheitsmaßnahme bewusst. Er zweifelte nicht daran, dass er sich vor dieser Tür damit entleibt hätte.

»Alles klar?«, fragte Sanftleben.

Fennek nickte. »Niemand versucht, den Sinn der Zeichen zu ergründen«, befahl er, ohne die Söldner anzusehen. »Sie sind eine letzte Teufelei, eine finale Falle. Das wird dich auch nicht mehr retten, Buhle der Nacht!«, fauchte er in Richtung der Tür gewandt. »Aufbrechen!«

Das Material mochte mit mächtiger Magie geladen sein, letztendlich war es aber nur eine weitere Eitelkeit des Kultes, nicht auf einen solideren Rohstoff zu vertrauen. Oder die Substanz des Tores war eine Paraphernalie, die Grundlage für die seltsame Magie der Inschriften, und musste darum derart beschaffen sein. Was immer der Grund sein mochte – das Portal bestand nur aus sprödem Halbedelstein, der den Hammerschlägen Sanftlebens und eines weiteren Hünen nichts entgegenzusetzen hatte.

Mit blitzenden Entladungen ging einer der Türflügel nach einigen Hieben in Stücke. Der Eingang in den Thronsaal war frei. Der Söldner mit dem Hammer stieg über die Türtrümmer, begierig darauf, die Reichtümer eines solchen Ortes zu beanspruchen. Er ging unter dem Ansturm einer Übermacht von Akoluthen zu Boden, die sich wie ein Rudel blutgieriger Schakale auf den Mann stürzten. Ihm blieb keine Zeit zu schreien – Dolche hoben und senkten sich, Blut prasselte auf schwarzen Marmor.

Es brauchte keinen Wink Fenneks, um die Mietklingen reagieren zu lassen – sie sprangen in den Raum, hieben voll Rachsucht auf die in Togen gehüllten Gestalten ein. Den Dienern des Kultes blieb keine Gelegenheit zum Kampf. Sie wurden regelrecht hingeschlachtet.

Der Jagdrichter und sein kolossaler Begleiter folgten. Hinter dem Tor lag eine in das gleiche schwarzviolette Halblicht gehüllte Rotunde, halb Thronsaal, halb Kapelle. An den Wänden des Raumes standen Statuen, die die Nachtmutter zeigten – in einer Abfolge von zwölf Varianten, die ein Leben einfingen. Sie reichten von einem Säugling mit Totenschädel, der von einer mönchsartigen Gestalt der Sonne des Lichtfürsten entgegengereckt wurde, bis hin zu einer gebeugten Vettel mit Schädelhaupt. An jedem Sockel der Statuen war eine Mondphase abgebildet. Fennek wusste, dass sie zugleich für die zwölf Grundprinzipien dieser verschworenen Gemeinschaft standen.

Am Nordende des Sanktums erhob sich ein monolithischer Thron, der aus dem Material der Festung herausgehauen und wie ein Baum im Boden verankert war. Seine Rückenlehne wurde von zwei geschwungenen, hochgereckten Rabenschwingen aus Schwarzglas gebildet. Er war leer.

»Genug der Spielchen, Kreatur!«, sagte Fennek. Seine Stimme war Stahl, der seine Erscheinung Lügen strafte. »Eure Burg liegt bald in Trümmern, Euer Mordgesindel ist geschlagen. Ergebt Euch!«

Das Tapsen nackter Füße erklang. Ein schwerer, zugleich unermesslich sinnlicher Duft waberte der Gemeinschaft der Söldner entgegen, als sie auf den Thron zugingen.

Sie kam hinter der Rückenlehne hervor, die alabasterweiße Haut ihres vollendeten Körpers unter einer Unzahl von Raben- und Schädeltätowierungen begraben. Volle, sinnliche Lippen. Katzenhafte Augen über Wangenknochen, geschwungen wie die Bogen einer Kathedrale. Ebenholzschwarze, endlos lange Haare, die sich wie ein Ölguss über makellose Brüste und die Rundungen ihrer Hüfte ergossen.

Fennek wappnete sich gegen den Anblick, doch die Söldner

waren von einfacherer und weniger asketischer Natur, ebenso wie Sanftleben. Ein kollektiver Seufzer ging durch den Raum, trockene Zungen leckten über Lippen. Einige der Mietlinge gingen unbewusst vorwärts, die Blicke wie magisch am Leib der Todesbotin festgeheftet. Einzig der Leibwächter warf Fennek einen fragenden Blick zu – der Inquisitor schüttelte den Kopf, und der Riese biss sich knurrend auf die Unterlippe.

Falca, die ebenso immun gegen den Anblick schien wie Greskegard, richtete ihre Armbrustpistolen auf die Schönheit, den von einer Messernarbe entstellten Mund zu einer Fratze blanker Verachtung verzogen.

Der Todesbotin entging nicht, dass dieses Trio gegen ihre eindeutig übernatürlichen Reize immun war.

»Ihr wollt mich?« Ihre schlanken Finger glitten über ihren Leib, folgten ihren Rundungen. Dann färbten sich ihre Augen schlagartig so ölschwarz wie ihr Haar. »Dann zwingt ihn in die Knie! Bringt ihn zu mir! Ich werde euch Freuden zeigen, gegen die alles verblasst, was euch in euren kühnsten Träumen erschauern lässt.«

Ihr Zeigefinger wies auf Greskegard. Der Großteil der Söldner tauschte unsichere Blicke, einige wendeten sich um, kamen mit von unnatürlicher Wollust verzerrtem Blick näher. Sie hatten ihr Leben lang mit dem Tod geflirtet – wer mochte es ihnen verdenken, dass sie ihn ins Bett führen wollten?

Fennek gab Sanftleben einen Wink. Bevor der erste bezirzte Wächter reagieren konnte, traf ihn der monströse Kriegshammer des Barbaren in die Brust. Unnatürlich verdreht rutschte der Leichnam über den glasartigen Boden. Er blieb zu Füßen der Schönheit liegen, die ihn mit einem verzückten Lächeln betrachtete. Ihre Bewegungen hatten eine zuckende, insektoide Qualität – die Königin eines Stocks mörderischer schwarzer Ameisen.

Ungeziefer zertritt man, dachte Fennek. »Noch einen«, befahl er.

Sanftleben hob erneut den Hammer. Unnötigerweise, wie sich herausstellte.

Der brutale Angriff auf ihren Kameraden hatte die Mietlinge aus ihrer tranceartigen Lüsternheit gerissen. Beschämt wandten sie sich zur Todesbotin um, deren Gesicht sich zu einer Fratze hochmütigen Zorns verzog, die jede Eleganz hinwegwischte. Sie begann zu murmeln, faltete die Hände in einer theatralischen Geste zum Gebet.

»Packt sie! Schnell!« Greskegard machte einen Satz nach vorn, auf die Schönheit zu. Auch Sanftleben und Falca rückten vor. Die Mietlinge schüttelten endgültig jede Verunsicherung ab. Sie zückten die Netze. Die Seile, mit denen sie ausgestattet worden waren, bildeten einen Halbmond, dessen Öffnung unerbittlich auf die Hohepriesterin zukam.

Die legte nur einen Finger an die Lippen, gab ein fast unhörbares »Shhh!« von sich – und deutete auf einen haarlosen Söldner namens Skhine. Der Mann fasste sich an den Hals.

»Kann nicht … keine Luft …«, stöhnte er und sank in die Knie, auf grässliche Weise röchelnd und fiepend. Die anderen Söldner ließen sich nicht beirren, stürmten vor. Lächelnd deutete die Todesbotin auf einen der Krieger, legte die Linke auf ihr Brustbein, schloss sie zur Faust. Der Mann schrie nicht auf. Er gab nur ein kurzes, überraschtes »Ha!« von sich, seine Waffe klirrte auf Obsidian, seine rechte Hand umklammerte den linken Oberarm. Mit grauer Haut und purem Entsetzen auf dem Gesicht sank er vor Greskegard zu Boden.

Ein weiterer taumelte an Sanftleben vorbei, hielt sich den Kopf, eine Pupille in einem blutunterlaufenen Auge geweitet. Ihn hatte der Schlag getroffen. Ein vierter Söldner, der die Todesbotin fast erreicht hatte, glitt mit nahezu unmöglichem Pech auf dem Untergrund aus, schlug mit dem Hinterkopf auf, blieb mit zertrümmerten Schädel nach einem unmöglichen Unfall reglos liegen.

Die Mietlinge stockten in ihrem Angriff, von der übernatürlichen Kraft der Hohepriesterin verängstigt. Einzig Falca schien genug zu haben. Noch bevor Fennek oder Sanftleben die Hierophantin erreicht hatten, feuerte die Söldnerin ihre Waffen ab.

Mit einem kalten Lächeln klatschte die Todesbotin nahezu zeitgleich in die Hände. Der Inquisitor meinte, sehen zu können, wie sich die Gesetzmäßigkeiten von Chaos und Entropie, von Beständigkeiten und Wahrscheinlichkeiten um das mächtige Geschöpf veränderten.

Die beiden kurzen Bolzen fanden ihr Ziel nicht in makellosem, nacktem Fleisch. Sie drangen stattdessen auf unmögliche Weise zwei von Falcas Kameraden in den Hinterkopf, die von den Schüssen niedergestreckt wurden.

Die Lippen der Söldnerin bebten im Schock, doch im nächsten Moment deutete die Todesbotin auf die junge Frau. Von morbidem Grauen gepackt, beobachteten die Überlebenden, wie das bisschen, das ein hartes Soldatenleben an Schönheit auf ihren Zügen belassen hatte, innerhalb weniger Herzschläge Falten warf.

Haut wurde dünner und von Altersflecken übersät, Haare färbten sich weiß, Augen trübten ein. Die gichtigen Finger mit endlos langen Nägeln konnten die Pistolen nicht mehr loslassen, die ihnen plötzlich viel zu schwer geworden waren. Zähne fielen aus, klickerten auf den Boden. Falca stürzte, und Hüften und Schenkel brachen. Statt eines Schreis drang nur ein Krächzen aus der zahnlosen Kluft des Mundes. Auf dem Boden blieb eine Greisin zurück.

Was in Fenneks Wahrnehmung eine lineare Abfolge von Ereignissen gewesen war, ging unrettbar im Tumult unter. Auf die Fähigkeiten der vermeintlich hilflosen Hohepriesterin war trotz aller Warnungen keiner der Söldner vorbereitet gewesen. Ihr Ansturm geriet ins Stocken, verkam zu einer Collage verzerrter Gesichter und geweiteter Augen. Sie suchten Nähe zueinander,

Rücken an Rücken, bildeten einen Schild aus Leibern und rückten doch nicht mehr auf die Schönheit vor.

Selbst Sanftleben wich vor dieser in der Welt so selten gewordenen Zurschaustellung echter übernatürlicher Kräfte zurück.

Die Dunkelheit im Raum schien sich am Rande des Throns zu verdichten, sodass es den Anschein hatte, als kämpfte die Gruppe auf einer verfinsterten Bühne inmitten eines Lichtkreises. Der Eindruck theatralischer Absurdität verstärkte sich noch, als die Nackte mit verführerischen Bewegungen auf ihre Häscher zutrat.

Das Lächeln der Todesbotin war ein Versprechen, ein Schwur. Sie würde niemanden entkommen lassen, ein Exempel statuieren. Ihr Blick bohrte sich in Greskegards Augen.

Sieh, was ich aus deinem Trupp mache, schien sie zu höhnen. *Dies ist mein Reich, und nun zahlt ihr den Preis eurer Anmaßung. Und dich hebe ich mir bis zuletzt auf.*

Wie ein Kind bei einem Abzählreim richtete sie die Finger auf die Ersten der Schar, die eine Flucht erwogen. Zwei Mietlinge brachen tot zusammen, stießen grässliche Schreie aus. Vorbei war der Habitus kampferfahrener, gestählter Veteranen.

Einzig der Inquisitor schaffte es, Herr seiner selbst und – was wichtiger war – seines Denkens zu bleiben. Und ihm war klar, dass sie allenfalls Augenblicke hatten, bis sie alle dieser Kreatur zum Opfer fielen.

Es wurde allmählich zur Gewohnheit, dass er sich auf das Ding in seiner Tasche verließ, doch in diesem Fall blieb ihm keine Wahl. Der Meuchler auf seinem Tisch war nie Zeuge dieser Fähigkeiten seiner Herrin geworden. Fennek hatte daher zwar mit dem Schlimmsten gerechnet, aber hier, auf ihrem heiligen Boden, gebot dieses Weib über Kräfte, denen sie nicht Herr werden würden, wenn er nicht einschritt.

Sie spürte die Veränderung schlagartig, die mit ihm vorging, und zeigte auf Greskegard. Es war, als zögen die Hände eines unsichtbaren Peinigers ein ebenso unsichtbares Stahlnetz um seinen Kopf zusammen. Für eine Sekunde sah Fennek Greskegard, was die armen Seelen gesehen hatten, die vor ihm von dieser Priesterin mit dem Geschenk des Todes bedacht worden waren.

Die Schwärze im Thronsaal bestand nicht aus einfacher Dunkelheit. Es war eine Legion flatternder Phantome, ätherische Wesen mit hohlen Fratzen und Leibern wie zerfetztes Segeltuch. Farblose, glasartige Hände an ihre Köpfe gelegt wie Wahnsinnige, bildete die endlose Flut ihrer Körper einen Strudel, der ungesehen durch den Saal heulte. Und aus dem Schwarm lösten sich einige, hielten dem Fingerzeig der Hierophantin nach auf ihn zu.

Noch bevor sie ihn erreichten, spürte Fennek den Schwall der Panik wie einen Wasserguss. Stirn und Hände entluden binnen einer einzigen Sekunde kalten Schweiß in Sturzbächen, der Raum drehte sich. Sein Herz flatterte in einer arhythmischen Salve gegen seine Rippen, und da war ein Geschmack in seinem Mund, als hätte er ein Pfund Münzen gelutscht. Es war der Kupfergeschmack von Blut. Der Schmerz in seinem linken Arm überkam ihn ebenso schlagartig wie grässlich.

Nein! So konnte, durfte es nicht enden!

Mit einer letzten Willensanstrengung ließ Fennek seine Waffen fallen und führte die Hand zur Manteltasche. Er riss das Artefakt hervor und streckte es der Todesbotin entgegen.

»Genug!«, befahl er.

»Stirb!«, kreischte sie.

Dann war da nur noch der Ton. Ein unerträgliches Pfeifen in den Ohren, so intensiv und zugleich mehr Druck als Geräusch, dass Greskegard befürchtete, es würde ihm Schädel und Herz zerreißen.

Die Todesbotin schrie, er heulte, die überlebenden Söldner kreischten, die Hände auf die Ohren gepresst. Die Phantome fügten der tonlosen Kakofonie aus unerträglichem Druck und unfasslichen Gewalten ein paar lautlose Choräle hinzu.

Die Frage war bis dato ungeklärt gewesen, was passierte, wenn eine unaufhaltsame Kraft auf ein unbewegliches Objekt traf. Das war nicht länger ein Mysterium. Zumindest nicht auf mentaler Ebene. Eine pilzförmige – für jeden außer dem Inquisitor ganz und gar unsichtbare – Druckwelle breitete sich aus, als die unheilige Gunst der Hierophantin und die Macht von Greskegards Artefakt aufeinandertrafen. Was er berührte, riss dieser Sturm von den Beinen oder aus seiner Verankerung.

Einzig Fennek stand, betrachtete mit einer Mischung aus Triumph und fassungslosem Erstaunen, wie etwas, das er irgendwie vollbracht hatte, die Todesbotin zu Boden schmetterte. Sanftleben, die Söldner, die Leichen der zuvor getöteten, Feuerschalen, Vorhänge – alles wurde mit der gleichen verächtlichen Leichtigkeit weggeschleudert, schlitterte über schwarzes Glas, prallte gegen Wände.

Wie mit Blödheit geschlagen, hob der Inquisitor die Linke vor seine Augen und studierte voller Unglauben den Skarabäus. Das Artefakt pochte heiß an der Schwelle des Erträglichen. Edelsteine glommen in einem inneren Feuer – doch jetzt, da es seine Schuldigkeit zum x-ten Mal verrichtet, dem Inquisitor erneut Leib und Leben gerettet hatte, erkaltete es.

Zögerlich, so als erwachte er aus langer Ohnmacht oder nach einer durchzechten Nacht, tat Fennek einen Schritt nach vorn. Er stieg über einen ins Leere stierenden Söldner hinweg – ob tot oder nur ohne Bewusstsein, scherte Greskegard nicht. Das Hochgefühl des absoluten Triumphs war übermächtig.

Er hatte gesiegt. Die Beweise des Mordes an seiner Familie lagen vor ihm, ohne Bewusstsein. Nicht mehr als ein anmaßender, nackter Mensch, der sich angeschickt hatte, ihn zu vernichten. Ein weiterer Gegner, der vor ihm das Knie beugen würde. Beugen musste. Er ging in die Hocke, als seine entzündeten Augen erspäht hatten, was der Inquisitor suchte.

Seine Finger glitten über die Haut, sie sich knapp über dem Ansatz ihrer Brüste auf gewelltem Knochen spannte. Dort machte er aus, was er so lange Clach hatte entreißen wollen: ein geflügelter Schädel, nicht größer als ein Daumennagel, in einer See aus gleichsam geschaffenen Symbolen. Nur dass dessen Stirn einen winzigen steigenden Peryton zeigte. Der Greifenhirsch, das heraldische Zeichen von Greskegards Sippschaft.

Immer noch in einem Zustand zwischen Wachtraum und einer seltsam schwerelosen Geistesschärfe gefangen, betrachtete der Jagdrichter den Goldkäfer in seiner Linken. Sein Blick ging immer wieder zwischen dem Zauberding und dem Symbol auf der Brust der Besinnungslosen hin und her.

Wäre der Inquisitor in diesem Moment Herr seiner Sinne gewesen, womöglich hätte er noch verstanden, wie ungemein seltsam es war, dass er direkt nach einem solchen Kampf ohne das geringste Zögern oder erschöpfende Suche in der Lage war, sein winziges Familienwappen zwischen Abertausenden auszumachen. Er hätte sich gefragt, wie es einem derart einfachen arkanistischen Gegenstand gelungen war, die im gesamten Gemäuer gespeicherte Todesenergie nicht nur zu kontern, sondern sie auf ihren Nexus in Gestalt der Todesbotin zurückzuschleudern.

Aber zu solchen Gedankengängen oder Schlussfolgerungen kam er nicht. Ein aus sämtlichen Öffnungen seines Kopfes leicht blutender Sanftleben trat neben ihn. Die Reaktion des Hünen auf den Anblick der niedergestreckten Hohepriesterin ließ den Jagdrichter weit genug aus seiner Euphorie erwachen, dass er langsam der Wirklichkeit des Raumes wieder gewahr wurde. Tonlos deutete der Koloss auf die ohnmächtige Frau. Jedes Haar ihres Kopfes war weißer als jungfräulicher Neuschnee.

Hinter ihnen flog die Tür auf. Greskegard und Sanftleben wandten sich mit der tollpatschigen Langsamkeit betäubter Tiere um.

»Hinüber!«, jubelte ein Soldat des Archonten, der zur Tür hineinstürmte. Eine Gruppe Bewaffneter, darunter Rubica in Gestalt Walerans, folgte ihm. »Sie sind alle hin! Einfach so! Sind einfach umgefallen!«

Sie schlug die Augen auf, als sie schon längst in Netze verschnürt und mit den antimagischen Seilen gebunden hinter Fenneks Sattel hing. In der Feste war sie die Stellvertreterin einer Göttin auf Erden gewesen – jetzt war sie nicht mehr als ein würdelos eingenetzter Rollbraten, der mit Kehrseite und Kopf an den muskulösen Flanken des Reittiers baumelte.

Greskegard war mit zwei Dutzend Mietlingen in die Tiefen des Throns hinabgestiegen. Heraus waren gerade mal acht gekommen. Es wäre Fennek ein Leichtes gewesen, die trotz ihrer horrenden Verluste noch stattliche Anzahl an Soldaten auf sie zu hetzen und damit diese Zeugen mundtot zu machen. Aber der Inquisitor war bester Stimmung. Er beschloss, dass er eine loyale Garde benötigen würde. Und er hatte schon immer mehr auf die durch Gold und Besitz erzeugte Treue des Menschen gegeben als auf hehre Schwüre und prunkvolle Uniformen.

An Fenneks Seite saß Sanftleben auf dem Rücken eines muskelharten Zelters. Es war noch nicht klar, welcher der beiden diesen Zustand mehr verachtete. Das Tier, das den Barbaren tragen musste, der weitaus mehr wog als sein ehemals vollgerüsteter Herr, der beim Versuch, fliehende Nachtkultisten einzufangen, gestorben war. Oder Sanftleben, der Pferde als wandelnde Vorratskammer betrachtete und normalerweise einen Bogen um diese seinem Stamm verhassten Vierbeiner machte. Auf dem Rücken des Tiers sah er aus wie ein riesenwüchsiger Dorftrottel, der den Müllershund erklommen hatte. Die Proportionen waren auf absurde Weise falsch.

Der mentale Angriff hatte den Köpfen, vor allem aber dem Gleichgewichtssinn seiner Truppe dermaßen zugesetzt, dass der Inquisitor für sie alle Reittiere requiriert hatte, damit sie nicht heimwanken mussten. Er nahm sich vor, dass er und Sanftleben sich bei der Hohepriesterin des Kultes bedankten, sobald er die Haut auf ihrem Körper einem Tribunal des Rechts vorgeführt und bewiesen hatte, dass sich der Archont seinen Titel nur erschlichen hatte. Er würde mit seinem alten Freund und dessen Söhnen auf eine Weise abrechnen, die ihr Geschlecht in der kurzen Existenzspanne, die ihm verblieb, nicht vergessen würde.

Aber war das noch nötig? Seine Finger tätschelten den Skarabäus. Hatte das Artefakt ihm nicht unfassbare Macht verliehen, die er gegen den Archonten wenden konnte? Warum sollte er sich mit kleinlichen Bürokraten und ihren antiquierten Prozeduren herumplagen, wenn er nehmen mochte, wonach ihn begehrte? Er würde darüber nachdenken müssen. Aber nicht heute. Nein, heute würde er feiern. Zum Grübeln blieb ihm noch genug Zeit.

Er streichelte das Artefakt, spürte dessen Wärme. Genoss das sanfte Flüstern, das seinen schmerzenden Leib und sein vom Angriff der Todesbotin entzündetes Hirn mit Labsal erfüllte. Der sorgenvolle Blick, den Sanftleben ihm schenkte, entging ihm ebenso wie der zweite, den der Koloss und Rubica einander zuwarfen.

Die Fae schüttelte den Kopf, und Fenneks Lakai spie über seine Schulter aus. Er machte sich Sorgen um seinen Herrn, aber er kannte den Inquisitor gut genug, um zu wissen, wann er ihn mit seinen Einsichten behelligen sollte und wann es besser war zu schweigen. Hätte Greskegard sich herabgelassen, den Riesen, dem er nach dessen Lebensrettung diesen lächerlichen Namen verpasst hatte, nach dessen Ansichten zu fragen – Sanftleben hätte eine Antwort parat gehabt.

Der Barbar hätte seinem einzigen Freund auf dieser Welt gesagt, dass er den Goldkäfer und das weißhaarige Weib packen und in die nächste Klamm befördern sollte. Aber Fennek fragte seinen Beschützer nicht.

Als sich die Hohepriesterin zu regen begann, wandte Fennek den Kopf und schenkte ihr ein reptilienhaftes Lächeln, in dem die gesamte verschlagene Tücke seines Charakters lag. Doch er erreichte damit nichts. Ihr Blick war so leer wie der eines Dorftrottels. Die entfesselten Energien des Throns der Nacht, die sie freigesetzt hatte, sowie die willensbrechende Macht seines Skarabäus waren Pole, wie sie unterschiedlicher und mächtiger nicht sein konnten. Mühlsteine, zwischen denen ihr scharfer, jahrhundertealter Verstand scheinbar zerrieben, ausgelöscht worden war. Lediglich so etwas wie eine Richtung besaß der leere Blick der einstigen Hierophantin des Todeskultes noch.

Sie starrte auf Fenneks Manteltasche. Sie wusste, was sich darin befand.

Obwohl eine vielversprechende Zukunft vor Greskegard lag, ihn eine lange vermisste Zufriedenheit von innen wärmte, fröstelte ihn bei ihrem Gesichtsausdruck.

Aus den Chroniken des Kataklysmus der Erzmagi, verfasst dreihundert Jahresläufe nach dem Titanensturm, Anonymus:

Der Teil Aehves aber, der nach dem Sturme noch bewohnbar ist, ist nicht mehr als ein winziger Ausschnitt des größten Kontinents von Thetis.

Umso verwunderlicher ist es da, dass das, was uns an Berichten aus der Zeit vor dem Kataklysmus zur Verfügung steht, von einer Welt berichtet, die viel weiträumiger war.

Vor allem, wenn es um ihr Wetter geht. Denn ein Mann kann in unserem Splitter Aehves zwei Wochen im Sattel eines Pferdes zubringen und dabei alles sehen, was in alten Zeiten eine Weltenreise erforderlich machte.

So findet er um Argas schwüle Luft und Wärme am Tage und in der Nacht Palmgewächse an Fontänen kühlen Wassers und kann doch nur zwei Wochen später den Biss des Endwinters in seinen Gebeinen verspüren, so er rasch reitet.

Wieso dem so ist, das wissen auch die klügsten Köpfe nicht zu sagen – Stimmen werden laut, dass das wenige, was von Aehve noch bewohnbar ist, mitnichten nur ein Teil eines größeren Ganzen sei.

Sie mutmaßen, dass hinter den Nebeln der Steppen und Meere nichts mehr existiert, da der Sturm unsere Länder aus der Weltenkugel gerissen, sie in die Schwärze des Alls oder der Älteren Dunkelheit geschleudert habe, wo diese unsere Heimat nicht mehr als eine unter tausend Höllen sei.

Hora des Lichtfürsten, 301 adis Pentae

16. Clach

Sie nannten dieses Land den Endwinter. Rein geografisch lag es nicht so dermaßen entfernt von Fomor, der nördlichsten der Pentae. Nicht, dass das etwas bedeutete. Der Titanensturm hatte sein eigenes Klima auf kleinstem Raum erzeugt. Nur ein paar Hundert Meilen lagen gegen jedes Naturgesetz zwischen der Wärme des Südens und der endlosen Wüstenei des Frosts, im Osten flankiert von den Steppen des Amboss und der Horizontbrache.

Und doch, wo das Wetter um Fomor noch verhältnismäßig mild war, war der Endwinter eine lebensfeindliche Hölle aus Eis und Schnee, in der nur jene lebten, die entweder verzweifelt oder töricht genug waren.

Südlich davon, in einer Zange zwischen den Reichen der Pentae und dem erbarmungslosen, grimmen Biss des Eises, lagen die Gefilde der Diadochen. Die Splitterfürsten des Nordens hatten sich mithilfe jener minderen Magieanwender, die den Pogromen nach dem Krieg entgangen waren, ihre eigenen Lehen erschaffen.

Stille stand auf einer Anhöhe, die sich weit über den Wald erhob. Clach sah klar, vom Glühen des Nebels einmal abgesehen. Wie Klippen ragten die Spitzen der Tannen unter ihnen aus dem sie umgebenden Ozean aus Grau.

Die Luft roch sacht nach Moos und Grünspan. Es war kalt hier draußen, auch wenn der Totenkaiser dies nicht mehr auf dieselbe Weise spürte wie ein Sterblicher. Er konnte nur beobachten. Raureif lag auf dem Grund, den Flanken der Bäume. In der Ferne knackte etwas im Unterholz, ein Leben endete, ein anderes wurde erhalten.

Clach senkte die entrollte Karte von Morenos Vater. Es war nicht der geringste Zweifel möglich. Die Landmarken hatten sich in Teilen geändert, nachdem der Titanenkrieg das rebellierende Fleisch Aehves nahezu umgestaltet hatte. Aber die Form des Turms auf der Karte sowie die Spitze jenes Gebäudes, das in einigen Meilen über dem Nebel vor sich hin dämmerte, glichen einander. Und das, obwohl bis auf Bergketten und andere Landmarken nur wenig den Kataklysmus ohne massive Veränderungen überstanden hatte.

Die von Silber durchbohrte Pavosa, die trophäengleich an seinem Sattel baumelte und nicht ahnte, wie ihr Schicksal dem glich, was die Todesbotin an diesem Tag durchmachte, machte ein missbilligendes Geräusch.

Clach verachtete, was von Moreno übrig war. Er verachtete die Kreatur, weil sie ihn zu diesem für seine Verhältnisse sadistischen Vorgehen genötigt hatte. Weil sie beständig klagte. Weil er sie seit vier Tagen unablässig vor Augen hatte. Weil sie ihn daran erinnerte, was aus ihm geworden war – dass sie sich beide zumindest organisch in nicht viel unterschieden. Es wurde Zeit, sich ihrer zu entledigen.

Clach sprang von Stilles unbewegtem Leib in die wabernden Schwaden, die dichter als der übrige Nebel um die Füße des Rosses dunsteten. Von grimmigem Willen erfüllt, riss er Morenos Überreste aus dem Netz, das ihre Heimstatt gewesen war.

Vier Tage ohne Nahrung, die harten Kämpfe – er glich nach den auszehrenden Belastungen dieser Zeitspanne mehr und mehr den Holzschnitten, die seine einstige Dienstherrin, die Göttin Sharis, in ihrer Gestalt als grimmige Schnitterin zeigten. Sein zerschlissener Umhang vervollständigte den Eindruck – er war in jeder Hinsicht der fleischgewordene Tod, gehüllt in zerrissene

Kleidung, für die die Bezeichnung »Lumpen« eine Schmeichelei gewesen wäre.

Was waren ein paar Tage schon für eine Kreatur wie ihn? Dies war der Grund, warum er den Ritt hierher auf sich genommen, eine solche Reise riskiert hatte. Der markierte Turm auf der antiken Landkarte aus Morenos Privatsammlung war noch immer vorhanden, und Clach spürte instinktiv, dass es mit dem archaischen Gemäuer eine Bewandtnis hatte. Haben musste.

Unsanft, ohne geheuchelte Rücksicht, warf er das Moreno-Ding auf den reifbedeckten Nadelgrund. Was ihn betraf, war es das Wesen, das diese Hülle geschändet hatte. Als *er* Pavosa Moreno, die echte Moreno, getötet hatte, hatte sie wenigstens nicht leiden müssen. Nach der Maßgabe des Totenkaisers war die widernatürliche Beseelung ihrer Hülle ein Affront. Eine Pervertierung seines Schaffens. Die Tatsache, dass er wusste, dass es bei einigen seiner Opfer der letzten Jahre genauso war, trug nicht zu seiner Besänftigung bei. Er war der Torhüter gewesen, seine Kräfte als Nebelmacher hatten den Heimkehrern das Portal in diese Welt aufgesperrt.

Kurz, Clach war benutzt worden. Und er hasste es mit inbrünstiger Abscheu, auf die Rolle eines Instruments reduziert zu werden, nur Werkzeug zu sein. Die Todesbotin hatte diese Tatsache hingenommen – bis zu ihrem Disput, der darin mündete, dass er die Hierophantin bewusstlos geschlagen hatte. Noch so ein Problem, dessen er sich beizeiten würde annehmen müssen.

Pavosas trübe Augen, so tief in den Höhlen wie die seinen, folgten jeder Bewegung. Beobachteten, wie er zu den Satteltaschen ging. Die geraubten Paraphernalien herausholte.

»Ist er das?«, fragte der Totenkaiser. Sie hatten viel geredet in den letzten Tagen. Die Kreatur, um zu schmeicheln und ihre Freiheit zu erlangen. Er, um mehr zu erfahren.

Siehst du einen anderen in dieser Einöde?, vernahm er ihre spöttische Antwort telepathisch.

»Du hast dich bis jetzt beharrlich ausgeschwiegen, wessen Refugium dieser Turm ist.«

»War«, röchelte sie und lachte, von Krämpfen geschüttelt, in sich hinein. »Dort lebt schon lange niemand mehr. Zumindest im Inneren.«

»Lass diese kryptischen Andeutungen und rede. An meinen Bedingungen hat sich nichts geändert – wenn du nicht in diesem unwürdigen Zustand hinsiechen willst, kooperierst du. Oder denkst du immer noch, deine Kameraden werden dich retten?«

»Vortigern«, überging sie ihn. »Dieser Turm war einst Teil der Domäne des Tyrannen von Khael. Des mächtigsten aller Erzmagi, wie manche sagen. Sein Refugium, wenn er nicht in jener Festung, die Vater Fomor als Ranzen trug, mit der Vernichtung unserer Welt beschäftigt war.«

»Ihr wolltet hierher«, stellte Clach fest. »Ihr wolltet diesen Haufen okkulter Objekte an diesem Ort benutzen. Weil ihr hier die nötigen Riten und Kenntnisse findet.«

Womit sie ihm unwissentlich geholfen hatten, wie Clach klar wurde. Denn Fahlsang hatte ihm eingeschärft, nach seiner Heimkehr Wissen zu suchen, das ihm einen Vorteil gegenüber der Übermacht der Heimkehrer verschaffen würde.

»Du magst ein Emporkömmling sein«, krächzte sie. »Doch du hast deine Befähigung bewiesen. Warum bekämpfst du uns? Männer wie dich interessiert nur ihre Mission. Ihr Handwerk, ihre Kunst. An unserer Seite könntest du deine Talente nutzbringend einsetzen. Und wir könnten dich lehren. Und vergüten.«

»Ich bevorzuge es, allein zu arbeiten«, antwortete er. Er ging neben ihr in die Hocke, bis sie auf Augenhöhe waren. »Und du solltest damit aufhören, in Anspruch nehmen zu wollen, was mich interessiert. Meine Geheimnisse sind nicht dein. Du hast kein Recht, mir so ein Angebot zu unterbreiten. Diese Chance hattet ihr – ihr hättet mich nicht benutzen sollen, um eure Drecksarbeit zu machen.«

»Du magst wie einer von uns wirken«, zischte sie. »Doch du bist unfähig, das größere Ganze zu erkennen. Anmaßend und beschränkt, so wie alle Sterblichen.«

Er lächelte. Oder besser: Er versuchte es. Seine Gesichtshaut lag so straff wie ein Ziegenbalg über den Knochen. Es war ihm nach wie vor ein Rätsel, wie er in so einem Zustand reden konnte.

»Ich habe mir das wahrlich lange genug angehört. Also, wozu diese rituellen Materialien? Diese Stäbe? Was wolltet ihr hier tun?«

Sie schwieg.

»Deine Entscheidung«, sagte er.

Er hatte sich dem Tod entzogen, um eine selbst auferlegte Mission zu erfüllen. Oder zumindest zum Teil. Denn genau genommen hatte er es diesen Kreaturen zu verdanken, dass er erst benutzt worden, gestorben und in diese Existenzform zurückgekehrt war. Das Letzte, was er wollte, war ein wie auch immer geartetes Bündnis mit dieser Brut.

Er signalisierte ihr seine Absicht auf eindeutige Weise. Direkt vor ihren Augen kehrte er den Holzkoffer um, in den er die okkulten Zutaten gestopft hatte. Dinge von unschätzbarem Wert, Pulver, Talgdosen – alles fiel auf den Boden. So trat er auf die Behältnisse ein. Pulver stoben, Fette und Salben quollen.

Bevor sie auch nur ihre Entrüstung zum Ausdruck bringen konnte, hatte er Flint und Stahl aus seiner Satteltasche gekramt. Das Moreno-Ding warf in einer Geste der Verweigerung den Kopf hin und her, schüttelte ihn wie ein Mensch, der sich einer unumstößlichen, schockierenden Tatsache verweigern wollte.

Clach beachtete sie nicht. Er ließ zwei Zunderschwämme auf den Haufen fallen und schlug die Metallstreifen und den Feuerstein aneinander. Ein Funkenregen senkte sich auf den staubtrockenen Pilz herab. Flammen züngelten. Gierig leckten sie empor. Fettsalbe schmolz, wurde gasförmig. Mit einem satten Geräusch gingen die Kostbarkeiten, die für die Heimkehrer von solcher

Wichtigkeit waren, in Feuer und Rauch auf. Ein Geruch, der sich jeder Beschreibung entzog, entstieg den Flammen.

Du hast keine Vorstellung, was du getan hast, pulste sie. Sie sah ihn nicht an, starrte nur in den Brandherd. Bevor sie irgendwelche Zaubertricks mit dem Element ihrer Macht anrichten konnte, riss er sie am Kragen von den stetig höher züngelnden Lohen fort.

»Du irrst. Ich fange erst an.«

Er zog seine Dolche. Ihre vermodernde Miene aus Hass und Verachtung veränderte sich nicht. Sie war noch immer überzeugt, wahrhaftig unsterblich zu sein. Clach würde ihr das Gegenteil beweisen.

Er rammte die Klingen in die Brust der Kreatur. Die gab ein überraschtes Zischen von sich, war aber über den Punkt hinaus, wo Schmerz noch Schrecken für sie beinhaltete. Ihre Augen loderten vor Hass, der alte Hochmut war zurückgekehrt. Verstand dieser Narr nicht, dass er sie so nicht zu töten vermochte?

Der Ausdruck änderte sich schlagartig, als der Totenkaiser die Litanei anstimmte, die die Ohren des von ihr beseelten Körpers schon einmal vernommen hatten. Die Litanei, die die wahre Pavosa Moreno ihrer sterbenden fleischlichen Hülle vor Wochen entrissen, ihre Seele aufgelöst hatte.

Als die arkanen Worte Mund sowie Geist verließen, spürten sie beide ihre Wirkung.

»Nein!«, krächzte sie. Ihre Panik flirrte über die Felszinne wie Sporen. Legte sich über den eisigen Brandgeruch, überdeckte ihn mit mentalen Schockwellen aus kopfloser Furcht vor der Endgültigkeit seines Handelns.

Der Totenkaiser ließ sich nicht beirren. Ohne Unterbrechung, ohne Rücksicht auf ihr gedankliches Betteln, Fluchen, Plappern, intonierte er die Formel bis zu ihrem unvermeidlichen Ende.

»Thian! Astrobh 'ni Sleed! Thian.«

Schlagartig war das Miasma ihrer Panik fort. Der charakteristische Geruch nach verbrannter Milch, nach faulem Marzipan und viel zu süßer Vanille lag über allem. Morenos Kopf sackte nach hinten, die Augen rollten in den Höhlen zurück. Ruhe.

Doch die erwartete klinische Reinheit, die folgen sollte, die absolut leere Aura, die über diesem Ort liegen müsste – sie blieb aus. Fasziniert beobachtete der Totenkaiser, wie sich Nebel zu den sie einhüllenden dünnen Schwaden hinzufügte, der aus ihrem Körper sickerte. Die Finger aus grauweißem Gespinst tasteten einige Augenblicke ziellos umher. Sie bewegten sich auf Clach zu.

Bevor der Totenkaiser reagieren konnte, sickerten die Pseudopodien unter seine Kleidung, krochen an seinem Körper empor, wanden sich um ihn wie Schlangen. Stoisch, von innerer Ruhe erfüllt, die sich sein Geist zu empfinden weigerte, beobachtete er das Phänomen. Als läge hinter den Löchern seiner verfallenen Nase ein unermesslicher Sog, verschwanden die Nebelschwaden darin. Er konnte spüren, wie eine andere Art der Stärke den Reserven seiner Kraft hinzugefügt wurde.

Dann war es vorbei. Pavosa Moreno und die Kreatur, die ihren Körper bewohnt hatte, waren beide endgültig vernichtet. Was er genommen hatte, auf welche Weise auch immer, war die Kraft der Heimkehrerin gewesen. Die Energie aus dem unerschöpflichen Vorrat der Titanen, die sie gegen jedes physikalische Gesetz in diese Welt gesandt hatten, war sein – das Bewusstsein des Monstrums aber verloschen, für immer fort.

Von einer inneren Ruhe erfüllt, die an Befriedigung grenzte, erklomm der Totenkaiser Stilles Rücken. Er wendete das Ross. Es zertrat unter seinen Hufen, was von dem Freudenfeuer aus Artefakten übrig war, ohnehin nur noch glomm. Die gierigen Feuerzungen hatten sich binnen kürzester Zeit über die so energiereiche und doch kärgliche Nahrung hergemacht.

Langsam steuerte er Stille mit sachtem Schenkeldruck und

von dieser eigentümlichen Ruhe gefangen von der Anhöhe. Hinunter in den Nebel.

Obschon es ihn verlangte, den Turm so rasch wie möglich zu erreichen, rief er sich zur Ordnung. Überhastetes Vorgehen hatte in den letzten Tagen beinahe seinen Untergang herbeigeführt – diesmal würde er sein Handeln überdenken. Sorgfältig planen und mit Bedacht seine Ziele wählen. Doch wie so oft, wenn Sterbliche – und scheinbar auch die Unsterblichen – Pläne machten, kam etwas dazwischen.

Er war etwa zwei Stunden in gemächlichem Schritt unterwegs, zockelte, in seinen ausschweifenden Gedanken verloren, eine uralte, nahezu von Farnen und Flechten zugewucherte Trasse hinunter, als er den Schrei vernahm. Weiter vor ihm wieherten Pferde. Jemand lachte derb. Alle Geräusche brachen sich in den diesigen Ebenen, waberten durch die nadelschweren Äste der Tannen. Sie fegten über das Land, so als wünschten sie sich nichts sehnlicher, als diesem Ort zu entfliehen.

Der Totenkaiser hob den Kopf. Vor ihm lag der Turm. Doch was Clach vorhin wegen der Entfernung nicht hatte sehen können, war die Tatsache, dass sich zu Füßen des Gemäuers ein aktiver, etwa eine Meile durchmessender Nebelschild erstreckte. Der Bogen der undurchsichtigen Halbkugel spannte sich solcherart, dass die obere Hälfte des Turms aus der Kuppel ragte. Auf eigentümliche Weise verlieh dies dem Ganzen den Anblick einer Servierglocke.

Clach stieß einen Fluch aus. Die Ruine war nicht unentdeckt geblieben – einer der Splitterfürsten, die von den Archonten mit dem Schandtitel »Diadochen« gebrandmarkt worden waren, hatte dieses Gebiet beansprucht und eine Siedlung samt Befestigungen dort errichten lassen.

Höchstwahrscheinlich hat er seine Hofarkanisten den Turm längst plündern lassen – kann denn nicht einmal etwas unkompliziert laufen?, dachte Clach.

In diesem Moment brandete erneutes Hufgetrappel an seine

Ohren. Sie kamen von links: vier glühende, blendend weiße Kugeln, die keine zwanzig Schritte vor ihm unter der nachmittäglich fahlen Sonne dahinrasten wie überdimensionierte Irrlichter, die Straße überquerten und gen Osten preschten. Weiter vorn, vor der ausladenden Stadtkuppel, hatten sich drei Schildkugeln zu einer Blase vereint. Der Schrei war ebenso aus dieser Richtung gehallt wie das derbe Gelächter. Die Schildgloben lösten sich in diesem Moment voneinander, als die unbekannten Männer hörbar ihre Pferde bestiegen, langsam in Richtung der Enklave trotteten.

Clach hielt mit Stille auf die eine Kugel zu, die verblieben war. Der Stein, der sie erzeugte, war eindeutig ein uraltes, schlecht geladenes Relikt. Er flackerte zeitweilig so heftig, dass das Innere des Schildglobus schlaglichtartig sichtbar wurde. Als er auf einige Schritte heran war, erkannte der Totenkaiser, was es war.

Auf dem Boden lag eine Frau – oder das, was von ihr noch übrig war. Die Kleidung in Fetzen gerissen, der Körper von Dutzenden Messerstichen entstellt. Ein Auge fehlte, es war beim besten Willen nicht zu erkennen, wohin es verschwunden war. Die Höhle stierte in einen Himmel, dem es in diesen Tagen an vielem, am meisten jedoch an Gnade mangelte. Das andere blickte durch den Attentäter hindurch.

Sie war vor ihrem Tod vergewaltigt worden, der Zustand ihres bloßgelegten Körpers sprach eine deutliche Sprache. Irgendwie war sie den Männern entkommen. Ein Stück weit, bevor sie hier ihr Ende gefunden hatte.

Der Totenkaiser studierte die Szene – es war nicht das erste Mal, dass er froh darüber war, nie auf dieselbe Weise wie einer der Menschen zu empfinden, die ihn so zahlreich umgaben. Er war sich sicher, dass er bei diesem Anblick etwas spüren würde, das seine Selbstbeherrschung gefährden könnte.

Und in der Tat: Da war etwas, eine Art schwärendes Brodeln, ein Druck, der gärte und auf Entladung, Befreiung zu warten schien, gepaart mit einem Anflug von echtem Mitgefühl. Zumindest nahm er das an.

In diesem Moment erregte ein Geräusch seine Aufmerksamkeit. So sachte, dass eine fallende Daune es zu übertönen vermocht hätte. Es war der Schatten eines Atemzugs – und er kam von dem Opfer. Der Totenkaiser sprang ab. Er zog den Flaschenkürbis von Stilles Vorbesitzer aus dem Sattelzeug, entkorkte ihn. Viele Todgeweihte litten in ihren letzten Augenblicken schrecklichen, unerklärlichen Durst. Mehr war Sterben nicht, er wusste es. Hatte es selbst erfahren: Leiden, Kälte, Durst.

Er ging neben ihr auf die Knie, führte die Öffnung an zerschlagene Lippen, hinter denen gebrochene Zähne rosig schimmerten. Es rann in ihren Mund. Sie schluckte mit einer Anstrengung, die andere beim Besteigen eines Berges oder Durchschwimmen eines Ozeans aufwenden mussten. Ihre Hand schoss überraschend vor – von trügerischer Kraft erfüllt. Umklammerte sein Handgelenk.

»Mutter …«, röchelte sie. »Mutter … Sharis.«

Clach begriff. Sie hielt ihn für einen Sendboten der Todesgöttin. Kaum verwunderlich, dass die Diadochen hier draußen den Glauben an den Lichtfürsten nie hatten Fuß fassen lassen. So wandten sich die Geplagten an das Einzige, was Erlösung brachte: die Herrin des Todes. Der Totenkaiser zog seine Schals herunter, sodass ihr brechender Blick sein Antlitz erfassen konnte. Sie brachte ein Lächeln zustande.

»Trag … mich fort … vorher eine Bitte, habe eine … Bitte …«, entwich es ihrer Kehle. Er strich die Haare aus ihrer Stirn.

»Schlaf, Schwester«, sagte Clach. Er hatte zeitlebens wenig auf den Kult gegeben, bei dem er seine Brötchen verdiente – hatte aber nie bezweifelt, dass es die Todesgöttin gab. Das war nicht nur seiner Ausbildung geschuldet – er kannte ihre halbgöttliche Stellvertreterin auf Erden, hatte ihr Bett geteilt. Er zweifelte nicht eine Sekunde an der Existenz der Nachtmutter. Sie war ihm nur zeitlebens egal gewesen – eine angenehme Vereinbarung, bei der sich beide aus dem Wege gingen.

Heimkehrer hin oder her – war er auf seine Weise nicht weitaus mehr als nur ein Priester dieser Macht? Immerhin hatte Sharis ihn aus ihrem Griff entlassen. Er war nicht tot. Was schadete es, diesem Opfer blut- und fleischeslüsterner Willkür sein Ohr zu schenken?

Ihre Hand ließ von ihm ab, doch statt an ihre Seite zu fallen, streckte sie empor, bis sie an ihm vorbei gen Osten wies.

»Cr… Creed. M… Mein Sohn. Bitte … nicht ihn … Alles, was … ich noch …«

Sie war fort. Kaltes Leder knirschte in der Stille, die nur vom Flüstern des Windes gestreift, hier wie dort von Hilferufen und Wiehern durchbrochen wurde, als Clach den Kopf in die Richtung wandte, in die ihr ausgestreckter Zeigefinger wies. Stilles Zaumzeug klimperte einem Windspiel gleich. Er sah die vier Globulen, die nach Osten unterwegs waren. Vor ihnen floh eine weitaus kleinere, flackernde Kugel – und die Geschwindigkeit sowie der Kurs der Häscher ließen keinen Zweifel daran, dass sie ihre Beute ausgemacht hatten.

Der Totenkaiser blickte auf die Geschändete. Er schloss ihr Auge und faltete ihre Hände auf der Brust. Eine Gewohnheit. Eine ebensolche Gewohnheit wäre es gewesen, seinen Weg fortzusetzen, sich nicht in diese Belange einzumischen.

Das Ziel war: Keine weiteren Ablenkungen mehr.

»Ja. Aber das war, bevor mich eine Sterbende gebeten hat.«

Aber war das alles? Für Clach war klar: Wer immer dieser Bursche war, er würde dort draußen verrecken. So oder so, selbst wenn er ihm half. Aber das gärende Gefühl in seiner toten Brust war nach wie vor da, gab keine Ruhe. Dieser Nachmittag würde dieser Welt eine weitere Waise gebären. Der Bursche, den die Frau Creed genannt hatte, war nun so einsam, wie Clach es gewesen war, als er als Kind durch die Slums von Fomor geirrt war. So lange, bis die Todesbotin und der Kult sich seiner angenommen hatten – sie hatten ihm ein Leben, einen Zweck geschenkt.

Und mit einem Mal verstand Clach das Gefühl, das erste echte Gefühl, das ihn überkam, lange nachdem sein Herz zu schlagen aufgehört hatte. Es war nicht Mitleid mit den Leidenden. Auch kein Hass auf die Männer, die dies anrichteten. Nein, er war … dankbar. Dankbar, dass seinem Leben ein Zweck und zugleich eine Befähigung verliehen worden war. Er würde nie enden wie diese Frau. Er würde nie aus freien Stücken so handeln wie die Bestien, die ihr das angetan hatten.

»Schlaf, Schwester«, sagte Clach. Er ließ sie liegen, überließ sie der erlösenden Ruhe des Ortes. Mit bedächtigen, fast feierlichen Bewegungen stieg der Totenkaiser in Stilles Sattel. Er blickte auf den geschändeten Körper herab, dem jede Würde genommen worden war, in dessen Zügen sich selbst jetzt noch wenig anderes als Qual spiegelte.

Halte dich heraus, dachte er, um den ungekannten Impuls unter Kontrolle zu bringen. *Bleib bei deinem Plan.*

Er traf eine Entscheidung.

Der Junge, den sie Creed nannten, wusste nicht mehr viel. Sein gesamter Kosmos hatte sich in etwas verwandelt, das auf einer Nadelspitze Platz fand. Seine Welt bestand im Prinzip nur noch aus drei bestimmenden Faktoren: dem unerträglichen Hämmern seines Herzens in seiner Brust, weil er kopflos in das endlose Grau des Nebels vorstürmte. Der absoluten, jeden Gedanken auslöschenden Gewissheit, was die Marodeure mit ihm machen würden, wenn sie seiner habhaft würden. Und der nahezu ebenso übermächtigen Furcht um seine Mutter.

Der Junge, den sie Creed nannten, hatte sich umgedreht, als die ersten Marodeure sie beide eingeholt hatten. In diesem Moment waren zwei Dinge geschehen: Der Junge hatte sich übergeben müssen – und er war sich sicher, dass das warme Gefühl an seinen Schenkeln daher rührte, dass er sich vor Angst besudelt hatte. Zugleich hatte er stocksteif dagestanden, als die Keule eines der Marodeure Lucinda übel am Kopf erwischt hatte. Nachdem sie zu Boden gegangen war, benommen von den Beutereitern fortkroch, hatte sie zu ihm aufgeblickt. Sie hatte etwas gehaucht, das ebenso »Flieh!« hätte heißen können wie »Ich liebe dich«.

Der Junge, den sie Creed nannten, wusste nicht mehr, was es gewesen war, das sie gesagt hatte. Er wusste nur, dass seine Beine angefangen hatten, ihn von der Frau, die er vergötterte, wegzutragen, während seine Faust den defekten Nebelstein umklammerte, den jedes Wild erhalten hatte. Er wusste nur, dass die Tränen seiner Scham mit dem kalten Wind und dem Nebel derart heiß in seinen Augen brannten, dass sie genauso gut aus Säure sein mochten.

Er hatte noch mitbekommen, wie die Marodeure mit einem Gelächter, das den Jungen viele Nächte verfolgen sollte, ihre Beinkleider geöffnet und ihre langen Entbeinungsmesser herausgeholt hatten. Und während hinter ihm das Schreien, das Wimmern sowie das Trappeln der Hufe der Jagdgesellschaft der Beutereiter erklang, während Lucinda das bekam, was Harl, der Grobschmied, vor den Burschen als »heißen Einlauf« bezeichnet und sich später sehr geschämt hatte, lief er um sein Leben.

So wie die anderen, die Hochfürst Castor Ludevik in diesem Jahr zur Hatz freigegeben hatte. Der Junge, den sie Creed nannten, wusste nicht, dass der Archont von Fomor Ludevik als »Emporkömmling« bezeichnete. Wie alle aus Ludhov ahnte der Junge nicht, dass es so etwas wie den Archonten gab. Es gab nur den Hochfürsten – und er war ihr Gott. Herr über Leben und Tod. Er hatte den Jungen und die Frau, die er seine Mutter nannte, als Jagdwild für seine Häscher, seine Vasallen freigegeben. Mehr brauchte der Junge nicht zu wissen, um den Mann mit Inbrunst zu hassen.

Das Donnern der Hufe war ganz nah hinter ihm – da hallte ein gellender Schrei über die nasskalte Ebene. Ein anderer Mensch – der Junge wusste irgendwie, dass es Nasum war, der ihn einmal übel verprügelt hatte – war tot. Er empfand keine Freude bei dieser Erkenntnis.

Seine Flucht führte ihn in Regionen, in denen scharfkantiges, von Reif bedecktes Gras ihm fast bis zur Hüfte ging. Es peitschte ihn bei jedem Satz, den er machte, schnitt durch seine fadenscheinigen, ärmlichen Beinkleider. Der Junge, den sie Creed nannten, spürte nicht, wie seine Schenkel bluteten. Er spürte nichts mehr außer dem Brennen der Galle in seinem Hals und dem Trommelfeuer seines Pulsschlags.

So war es kaum verwunderlich, dass er wenig empfand, als ihn etwas im Genick traf. Es war ein schwereloser Tanz: Er wirbelte durch die Luft, merkwürdig dumpf im Kopf, auf wattige Weise losgelöst von seinem Selbst. Hart schlug er auf dem Untergrund auf, und als seine mageren Rippen über den gefrorenen Boden schrammten, kam frischer Schmerz. Die Art, die ihn ebenso schlagartig wie wortwörtlich auf den Boden der Tatsachen zurückholte.

Es war ein engmaschig gewobenes Netz, mit eingeknüpften ovalen Steinen beschwert. Und es lag so um seinen Körper, dass der Junge keinen Finger mehr rühren konnte. Über ihm thronten vier Marodeure. Es waren Beutereiter des Hochfürsten. In ihren schreiend bunt lackierten Holzrüstungen mit den Gesichtsmasken sahen sie wie Teufel aus.

Der Junge, den sie Creed nannten, wusste aus leidvoller Erfahrung, dass das nicht nur ein Schein war. Die energiereichen Nebelsteine, die in ihre Brust eingelassen waren, pulsten in weißlichem Licht, das den dämonischen Eindruck ihrer Holzharnische noch verstärkte. In den harten Kontrasten der Lichtwellen war der Anblick ihrer Teufelsfratzen und der verzerrten Schatten kaum zu ertragen. Sie rochen nach altem Schweiß, nach Holzteer und nach geöltem Haupthaar. Monster, die sich als Monster verkleideten und nur zufällig wie Menschen aussahen.

Der Größte der vier stieg ab. An seinem Gürtel baumelte ein blutiges, nasses Ding. Waren das daran etwa … Haare?! Bei dem Anblick warf sich der Junge in seinen Fesseln hin und her, sein Denken ging in Wellen nackter Panik unter. Er mühte sich, wie ein Wurm oder eine Schlange davonzurobben, doch der Jäger war mit drei Schritten bei ihm. Hilflos musste der Junge mit ansehen, wie der Krieger ein langes Ausbeinmesser zog, gekrümmt wie der Fangzahn eines Bären. Es klebten noch Blut und Haare daran.

»Der hier bringt uns keine Ehre ein«, knurrte der Marodeur. Seine Stimme klang verzerrt und dumpf, wie sie so aus der Teufelsfratze drang. »Hörst du mich, du kleiner Wichser?! Die anderen fangen in diesem Moment die von euch, die sich wehren. Und wir bekommen dich. Dafür zahlst du!«

Er holte zu einem brutalen Tritt aus, der direkt in die Knochen ging. Der Junge wollte aufheulen, aber ihm war schlagartig die Luft genommen worden. Seine Rippen schnitten wie Messer in sein Inneres, die Schmerzen war so übel, dass er glaubte, sein Körper würde zugleich taub wie von Eiswasser und stünde doch in Flammen.

»Beeil dich, Larkhyn! Wenn wir hier fertig werden, finden wir vielleicht doch noch Beute, die den Namen verdient.«

»Nein, ich will mir Zeit lassen mit dem hier!«, gab der Teufel zurück. »Halvic, Gould – seht zu, dass ihr uns noch einen munteren Burschen fangt, an dem mehr dran ist.«

Die anderen Reiter wendeten ihre Pferde. Hoffnung keimte in dem Jungen auf, dass er einem Mann doch noch irgendwie entkommen könnte. Sie wurde ihm direkt genommen.

»Ho, Grinser – du nicht! Einer von euch muss bleiben und mir helfen – wenn ihn keiner hochhält, kann ich ihm das Fell nicht über die Ohren ziehen. Ich will mir seinen Balg mitnehmen. Mein bester Stuhl ist durchgesessen.«

Er wandte dem Jungen, den sie Creed nannten, das Gesicht zu, und das tückische Lächeln lag deutlich in seiner Stimme. »Meine Alte murrt mir deswegen die Ohren voll.«

Der Mann, der Grinser genannt worden war, sackte sichtlich enttäuscht im Sattel zusammen, während sich die anderen beiden Beutereiter davonmachten. Larkhyn ging vor dem Jungen in die Hocke. Der spürte nicht mehr, dass sich seine Blase entleerte. Er wollte nur noch, dass es vorbei war. Aber er wusste, dass es noch dauern würde.

»Bist ein feiner Bursche«, sagte der Marodeur und ergriff das Kinn des Jungen. »Und ein vortreffliches Lutschmaul haste! Wäre doch schade, das zu vergeuden. Ho, Grinser, was meinst du? Soll der Bengel als Mann aus dieser Welt gehen? Wollen wir uns noch ein bisschen mit ihm gesundstoßen?«

»Hm, hm«, machte Grinser und schwang das Bein aus dem Sattel. Der Junge, den sie Creed nannten, wusste, was jetzt kam. Er bekam jetzt seinen heißen Einlauf, ganz so, wie Harl es erklärt hatte. Aber er konnte nicht mehr Angst haben als ohnehin schon. Er war über den Punkt des Noch-mehr-Angst-Habens hinaus.

Larkhyn übernahm das Netz, zog den Jungen darin mühelos in die Höhe. Er drehte und wendete ihn, maß ihn mit den Augen. Der Junge, den sie Creed nannten, konnte den ranzigen Atem des Mannes spüren, wie er so über sein Gesicht strich. Er roch den Schnaps darin. Der Atem ging stoßweise, und der Junge, den sie Creed nannten, wusste, dass der Marodeur erregt war. Er schloss seine Augen, wünschte sich an einen anderen Ort.

»Das wird ein Spaß«, sagte Larkhyn. »Der kann's kaum noch erwarten, Grinser. Grinser?«

Es kam keine Antwort. Der Junge spürte einen kurzen Ruck, schlug hart auf dem Boden auf. Vorsichtig öffnete er die Augen. Larkhyn hatte sich umgedreht.

»Grinser?«, fragte er noch einmal. Wieder keine Antwort. Sowohl der Marodeur als auch die beiden Pferde waren fort. Der

Junge konnte sich nicht erinnern, dass er gehört hatte, wie sie sich entfernten. Er konnte sich an nichts außer seiner Wut, seiner hilflosen Furcht erinnern – und doch, Überraschung empfand er. Überraschung und einen Splitter Hoffnung, der in der Finsternis seiner Todesangst aufglomm. Wenn Larkhyn fortmusste, um seinen Freund zu suchen …

»Scheiße, das ist nicht witzig, du Hundskrüppel! Wo bist du?«

Der Marodeur zog ein Kurzschwert mit breiter Klinge und Elfenbeingriff. Er streckte den Arm aus, richtete die Spitze der Waffe auf den Nebel, drehte sich langsam.

»Wer immer da ist«, rief er, »ich diene dem Hochfürsten! Gebt euch zu erkennen!«

Keine Antwort. Nur Stille. Nein, mehr als das – es war *absolut ruhig*. Es war nichts von den anderen Jagdgesellschaften mehr zu hören. Keine Schreie. Kein Wiehern. Gar nichts.

Dem Jungen stellten sich die Nackenhaare auf – er erkannte, dass es dem mörderischen Teufel genauso ergehen musste. Eine andere Dimension von Furcht, alles andere als natürlichen Ursprungs, vereinte Peiniger und Opfer. Wie Pferde und Grinser verschwunden waren …

Der Junge, den sie Creed nannten, sah die Gestalt, die aus dem Nebel trat. Während sich die Marodeure als Teufel verkleideten, um Furcht in die Herzen von Volk und Feinden des Herrschers zu treiben, war die Gestalt mehr als das. Sie war schwärzer als die finsterste Nacht und roch nach altem Tod, so wenig der Junge von solchen Dingen verstand.

Und sie war so schnell, dass sie gerade noch am Rand des Lichtkreises aus dem Nebel geschritten war und im nächsten Moment wie ein Gedanke neben Larkhyn auftauchte, ohne dass sein Gehirn imstande war, dies zu begreifen. Dabei zog sie einen zerfetzten Umhang hinter sich her, an dem auch jetzt, bei Tage, die Nacht zu haften schien wie Pech.

Der Marodeur wirbelte herum, als er die Bewegung der Gestalt wahrnahm – und war doch viel zu langsam.

»Wa…?«, machte er. Es knackte zweifach, als Holzschienen und Knochen splitterten. Kraftlose Finger ließen das Kurzschwert fallen. Der Körper des Beutereiters ging zu Boden. Er wollte gellend schreien, brachte jedoch nur wimmerndes, halb ersticktes Gekrächze zustande. Mit nur einem einzigen Seitwärtstritt hatte die Gestalt ihm beide Knie zerschmettert.

Sie bückte sich, hob das Kurzschwert auf. Dann ging sie auf den Jungen zu, den sie Creed nannten. Fassungslos und gelähmt vor Entsetzen starrte der auf den zerlumpten Albtraum, der auf ihn herabsah. Auf die zerfetzten Überreste des Mantels. Auf die Ansammlung von Schals und Tüchern, über denen schwarze Gruben aus mumifiziertem Fleisch thronten; in deren Zentrum wiederum glommen zwei stecknadelkopfkleine Perlen aus kobaltblauem Feuer.

Die Stimme des Wesens war zugleich knarrend und doch schmeichelnd. Der Junge war sich sicher: Wenn es in den Höllen Raubkatzen gab und sie sprechen konnten, so würden sie klingen. Als das Wesen sprach, bewegte sich sein Mund, das konnte der Junge trotz der Tücher sehen. Doch war es so, als hörte er die Stimme gleichzeitig in seinen Ohren, aber auch an einem Ort in seinem Kopf, von dessen Existenz er bislang nichts gewusst hatte.

»Halt still.«

Das Wesen hob das Schwert, der Nachtmantel hinter ihm wallte wie ein gigantischer Farn, der sich im Wind wiegte. Der Junge blickte weg, er war sich sicher, dass sein Ende gekommen war. Er richtete den letzten Blick in seinem Leben in grimmiger Befriedigung auf den Beutereiter, der sich wimmernd und seinerseits besudelt mit gesplitterten Kniegelenken am Boden wand. Der Hochfürst hatte keine Verwendung für Krüppel, ebenso wenig wie die Stadt. Er würde bei der nächsten Jagd seinen eigenen Kameraden zum Opfer fallen. Falls er so lange durchhielt. Der Junge schloss die Augen. Er war bereit.

Jedoch blieb der tödliche Hieb aus. Stattdessen erklang ein metallisches Klicken. Dann sachte, kaum vernehmbare Schritte. Der Junge schlug die Augen auf. Das Wesen glitt über die Lichtung davon in Richtung Nebel, wandte Creed den Rücken zu. Direkt vor dessen Gesicht steckte das Kurzschwert im Boden. Der Griff wippte sacht hin und her. Der Junge spürte, dass das Netz seinen Klammergriff gelöst hatte. Zerschnitten.

»Warum?«, fragte er.

Die Kreatur verharrte, wandte sich ihm jedoch nicht zu. »Du hast seine Waffe. Dort hinten steht sein Pferd. Proviant, Ausrüstung. Nimm den Nebelstein und flieh von diesem Ort.« Das Geschöpf sprach mit einer Stimme, die der Junge, den sie Creed nannten, nie mehr vergessen sollte.

»Meine Mutter …«

»… ist tot. Du bist allein. Wir alle sind das.«

Der Junge hatte gewusst, dass sie tot war. Innerlich hatte er es die ganze Zeit gewusst. Die Scham kehrte zurück. Er hätte für sie da sein müssen. Sie beschützen. Frische Tränen, heißer als jedes Feuer, füllten seine Augen. Hilflosigkeit. Zorn. Er würde ihre Stimme nie wieder hören. Sie würde ihm nie mehr durchs Haar streichen, ihm kein Schlaflied singen.

»Wo …?«, wollte er wissen.

»Such selbst, wenn du musst. Aber du willst sie so nicht in Erinnerung behalten, glaub mir.«

»Was …?« Er schluckte. »Wer bist du?«

Das Wesen antwortete nicht. Es machte zwei unmöglich schnell-bedächtige Schritte. Es war davon, hinaus in den Nebel, ohne jeden Schutzstein. Der Junge, den sie Creed nannten, blieb zurück. Sein Blick traf den seines Peinigers hinter der Teufelsmaske. Dessen Augen weiteten sich, als er in der Miene des Jungen las, was geschehen würde.

Der Junge, den sie Creed nannten, war zu rasch zum Mann geworden. Er stand unter Schmerzen auf und zog das Kurzschwert aus dem Boden.

Der Totenkaiser ließ die Lichtinsel hinter sich zurück. Er machte bei Grinser halt, dessen blicklose Augen starr in den Himmel gerichtet waren. Clach bückte sich, zog sein Stilett aus dem Helm, wo es in das Ohr des Mannes gedrungen war. Er wischte den Panzerstecher am Umhang des Toten ab und befahl Stille herbei.

Er schalt sich innerlich einen Narren, dass er sich eingemischt hatte, doch zugleich stand er zu seiner Entscheidung. Es war egal, ob die anderen Marodeure und ihr Dienstherr der Toten in ihrer Mitte gewahr wurden. Er hatte so oder so nicht vorgehabt, höflich um Einlass zu bitten und sich unter die Menschen dieser Enklave zu mischen.

Alles, was ihn interessierte, war der Turm. Und ob das Gemäuer geplündert war. Falls ja, so musste er Zugang zu den Gemächern des Diadochen bekommen. Er hätte mit dem Jungen oder dem überlebenden Beutereiter sprechen sollen. Von ihnen hätte er erfahren, wessen Domäne dieses Reich war.

Jedoch sagte ihm ein Gefühl, dass es zu spät war, den Schlächter noch verhören zu wollen. Was den Herrn dieser Gestade betraf, so war sich der Totenkaiser sicher, dass er alles, was er über ihn zu wissen brauchte, erfahren hatte. Über einen Mann, der solche Kreaturen in Lohn und Brot hielt, der diesem zweibeinigen, seinen niedersten Impulsen folgenden Unrat gestattete, sein Herrschaftszeichen zu tragen, war alles gesagt.

Langsam trottete er abseits der Straße auf die Hemisphäre des Stadtschilds zu. Diesmal erwies sich sein Zustand als echte Krux. Gemessen an der Vielzahl der schwer bewaffneten Marodeure war davon auszugehen, dass die Enklave entsprechend bewacht war. Clach musste höllisch aufpassen, nicht unvorbereitet oder arglos in das Innere vorzudringen. Wenn er Pech hatte, würde er augenblicklich entdeckt. In Kampfhandlungen verstrickt – etwas, das er dieses Mal um jeden Preis vermeiden wollte.

Du hättest den Abschaum leben lassen, dich nicht einmischen sollen.

Aber vielleicht war dies ja auch genau die richtige Entscheidung gewesen. Es würde noch etwas dauern, bis man die beiden Männer vermisste. Bis Alarm gegeben würde.

Bis dahin könnte ich längst fertig sein, dachte er, wendete Stille und preschte zurück.

Der Holzharnisch des Grinsers stank abartig nach den Mitteln, mit denen er behandelt worden war. Und nach dem Schweiß, der ungewaschenen Erbärmlichkeit ihres Trägers. Selbst – oder gerade? – einem Ambossbarbaren wie diesem Ormgair mussten diese angeblichen Elitekrieger des Diadochen wie ungeschlachte Tiere vorkommen. In ihnen, in ihrem Verhalten wie ihrem Erscheinungsbild, spiegelte sich die perverse Widersprüchlichkeit der menschlichen Natur.

Clach lächelte hinter der ihn verhüllenden Teufelsmaske in sich hinein. Der Gedanke, dass es eines der kaltblütigsten Berufsmörder der Fünfstädte bedurfte, um dies zu erkennen, amüsierte ihn.

Er blieb auf der Hut. Trotz seines Amüsements, trotz aller widersprüchlichen Gefühle ob seiner Einmischung in die Menschenjagd des Diadochen blieb er Herr seiner Sinne. Er war sich der Lage bewusst, in der er sich befand. Als sie angriffen, war es dennoch längst zu spät, um noch zu reagieren.

Vollkommen unvorbereitet wurde er getroffen. Etwas schmetterte mit der Wucht einer Götterfaust in sein Kreuz, hob ihn aus dem Sattel. Er flog einige Schritte weit, schlug hart auf dem gefrorenen Grund auf. Er wollte sich abrollen, die kinetische Energie des Sturzes in Kampfbereitschaft verwandeln, doch es gelang ihm nicht. Genau genommen gelang ihm gar nichts. Ein unbegreiflicher Anpressdruck lastete auf seinen Schultern. Einen kurzen Augenblick lang musste der Totenkaiser gegen irrationale

Erstickungsängste ankämpfen. Die Kraft war so urgewaltig, dass er nicht hätte atmen können, wäre es nötig gewesen.

»Ist er das?«, fragte eine befehlsgewohnte Stimme, in der ein leicht säuselnder Akzent mitschwang, den der Totenkaiser nicht einordnen konnte. »Er trägt die Rüstung meiner Krieger.«

»Ich versichere Euch, o Meister über Leben und Tod, dies ist die Quelle, die ich gespürt habe.« Eine andere Stimme, kriecherisch, doch zugleich vibrierend vor Kraft. Schritte knirschten auf reifverkrustetem Gras. Kostbare Stiefel aus anschmiegsamem Hirschleder traten in Clachs Blickfeld. Daneben eine zweite Person, deren Füße nicht zu erkennen waren. Sie trug ausgebleichte Roben. Hinter den beiden waren die Beine von gut zwei Dutzend Marodeuren auszumachen. Wie nur hatte er all diese Gestalten übersehen können? Der Gedanke war absurd. Irgendeine Form von Unsichtbarkeitsmagie?

Der Diadoche und sein Arkanistenhaustier, kein Zweifel. Aber was hat mich verraten? Sie können unmöglich wissen, dass ich diesen Burschen abgestochen habe. Oder?

»Können wir es gefahrlos transportieren?«

»Seid ohne Sorge, Gebieter. Von ihm geht keine Gefahr aus. Ich werde schon bald wissen, wer dieses Spezimen nach Ludhov geschickt hat – und zu welchem Zweck.«

»Gut. Ich verlasse mich auf dich. Ich brauche rasch Ergebnisse. Wenn Soldern oder Lilheah diese Kreatur gesandt haben …«

»Ich verstehe, Gebieter. Es wird geschehen, wie Ihr befehlt. Euer Wille wird Fleisch.«

Bevor Clach begreifen konnte, wie er in diese Lage geraten war, vernahm er, wie die Seidenstimme einige arkan klingende Worte murmelte. Seine Welt versank in einem wahren Fluss aus Eisen, als sich eine Vielzahl von Ketten wie belebte Schlangen um ihn wand, seinen Körper fixierte. So betrat der Totenkaiser Ludhov. Weder im Verborgenen noch auf eigenen Füßen.

Aus den Chroniken des Kataklysmus der Erzmagi, verfasst dreihundert Jahresläufe nach dem Titanensturm, Anonymus:

Unter den Menschen aber gab es jene, die das Ungeformte, den Urzustand der Dinge, für heilig erachteten. Für diese Fehlgeleiteten war das ewige Streiten des Formlosen wider alles in sich selbst ein Symbol einer perfekten Welt. Die Unvereinbarkeit dieses Glaubens mit dem Wesen des Menschen schien ihnen kein Widerspruch.

Diese Verblendeten wollten nicht lassen von ihrem Irrglauben, und viele Konflikte und Kriege wurden ausgetragen zwischen ihnen und denen, die ihre Thesen als gefährlich ansahen.

Diese Fehlgeleiteten, deren Namen wir heute nicht mehr kennen, waren die Vorläufer derer, die wir heute schlicht die Almharach heißen. Schenkt man den Legenden Glauben, so waren sie nicht anders denn wir, von menschlicher Gestalt und Größe.

Sie verehrten die Fae als Sendboten des Ungeformten, erhoben jene kalten Wesenheiten zu Götzen, denen sie Treue gelobten. Wenig verwunderlich ist es, dass die Kalten dieser Anbetung mit Vergnügen begegneten. Sie »belohnten« ihre Vasallen mit einem Splitter der Lebenskraft ihrer Art, ihrer atavistischen Grausamkeit und körperlichen Größe sowie Stärke, um anderen ihren fehlgeleiteten Willen aufzuzwingen.

Es verwunderte niemanden, dass diese Almharach, wie sie später geheißen wurden, dereinst aufseiten der Erzmagi streiten sollten, willfährige Diener, die den Wirkern dabei halfen, nichts als Tod und Leid in die Welt zu tragen. Die Titanen aber erkoren sie zu Avataren des Ungeformten, zu Göttern, die nach Meinung dieser Wilden in den Gestaden des Firmaments noch immer existieren, ihrer Rückkehr harrend. Und jeden Krieger belohnend, der in ihrem Namen sein Leben lässt oder andere nimmt.

Dass der Nebel ihr Fleisch wie ihre Seelen dabei unangetastet lässt, erfüllt auch den gelassensten Geist mit Unruhe. Möge ER uns vor dem Zorn der Barbaren des Amboss bewahren.

Hora des Lichtfürsten, 301 adis Pentae

17. Solus

Der Raum, den Rodamir betrat, war einer der am kostbarsten eingerichteten, über die sein einstiger Dienstherr, der Baron Falcatt, zu Lebzeiten gebot. Kein Quadratzoll, der nicht aus kunstfertigen Intarsien, feinsten Hölzern, antiken Einrichtungsgegenständen bestand. Das Problem an der Sache war, dass davon wenig übrig war. Denn alles lag in Trümmern.

Solus Terbast stand in der Mitte eines Prunkzimmers, das nur noch aus Splittern und Sägemehl bestand. Obschon es unnötig war, atmete der Heimkehrer mit sichtbarer Intensität, ein Relikt sterblicher Tage, da der Instinkt ihn in seinen Klauen hatte.

Zwar registrierte Solus die Ankunft des reptilienhaften Haushofmeisters, er ließ es sich aber nicht anmerken. Ein Kommentar, eine unbedachte Bemerkung, und Solus würde seinen Mitverschwörer vernichten.

»Sie ist also fort?«, fragte Ashavar unsinnigerweise. Er war sich ihrer Abwesenheit im Chor genauso bewusst wie Solus. Scheinbar konnte er das Schweigen nicht ertragen, fürchtete, was der Templer mit ihm machen könnte.

»Sie hat noch eine Nachricht durchgebracht, bevor ihr Gesang verlosch«, sagte Solus, nachdem er Rodamir eine Zeit dem Schweigen und den damit verbundenen Unabwägbarkeiten ausgesetzt hatte.

»Die Paraphernalien?«, stieß der Haushofmeister hervor, noch bevor der Satz des Ersten verhallt war.

Der Templer drehte sich zu seinem Heimkehrerbruder um. Er ballte die Fäuste seiner Panzerhandschuhe mit solcher Kraft, dass das Metall zu zerreißen drohte und ein nahezu unhörbares Spannungssummen von sich gab. »Vernichtet. Diese … Kreatur hat sie zerstört. Dem Feuer überantwortet, bevor die Stäbe auch nur montiert werden konnten. Dochàthi ist so schlagartig verstummt – ich fürchte, er hat sie nicht nur getötet. Ich bin überzeugt, er hat sie ausgelöscht«, stellte Rodamir fest. »Er hat ein Exempel an ihr statuiert. Das wenige, was ich verstanden habe, kam aus weiter Entfernung, nur verschwommene Stimmen, ein paar Phrasen. Ich bin überzeugt, dass er den Turm gefunden hat.«

»Ich bin zu demselben Schluss gekommen.« Solus' Stimme klang beinahe sanft. »Es ist, wie die Väter und Mutter es seit dem ersten Tage haben kommen sehen – der Sechste hat sein Blatt aufgedeckt. Er hat in den alten Tagen Vorkehrungen geschaffen, seinen Gottesmörder aufs Spielfeld gebracht. Ihre verzerrten Schreie haben zumindest daran keinen Zweifel gelassen. Die Frage ist, wie wir seiner Herr werden.«

Solus hatte dies ganz und gar nicht vor, aber es war nicht an der Zeit, Ashavar solche Dinge auf die Nase zu binden.

»Du wirst zufrieden sein. Ich habe diesbezüglich Vorkehrungen getroffen.«

»Ach ja?« Solus hob eine Augenbraue. »Inwiefern?«

»Du erinnerst dich doch noch an diesen närrischen Fehler, den dieser Clach begangen hat? Sagen wir so: Er wird ihn noch bereuen.«

Die Tiefen, die sich unter dem Herrenhaus des verblichenen Barons Falcatt erstreckten, waren nicht im Mindesten von solch auserlesener Eleganz wie die überirdischen Bereiche. Im Gegenteil: Solus war nicht entgangen, wie viel Zeit Rodamir in den Abgründen des Komplexes verbrachte. Was erst einmal wenig erstaunlich war, bedachte man, dass Vortigern Fomor, dem Erdvater, dieses Reptil als Gefäß zugedacht hatte. Fragte man Solus, so hatte er seinen Kameraden seit dem ersten Tag, lange vor dem Titanensturm, einer solchen Ehre unwürdig erachtet. Ashavar war nie würdig gewesen. Ein unwilliger Schwächling, der sein Geschenk zumindest zum Nutzen der Sache der Titanen eingesetzt hatte.

Sei es drum. Dass Rodamir-Ashavar über Ehrfurcht gebietende Kräfte gebot, wenn es um die Domäne der Erde ging, wusste Solus nicht erst, seit der Heimkehrer Fomors Inneres unter der Stadt freigelegt hatte. Der Haushofmeister war es gewesen, der der neuen Macht in den letzten drei Jahresläufen Refugien in der Tiefe geschaffen hatte. Und der auf diese Weise für die menschliche Unterwelt der Penta ein stoffliches Gegenstück zu ihrer sprichwörtlichen erschaffen hatte.

Genau in einer solchen Erweiterung des Kellers befanden sie sich nach einigen Minuten der Wanderung. Solus hatte ein ungutes Gefühl – ein spürbares Prickeln in seinem Nacken, das er nicht mehr ohne Weiteres der Verwundung durch Greskegards Barbarendiener zuschreiben konnte. Seine Probleme wären viel weniger dramatisch gewesen, wenn es ihm gelungen wäre, den Inquisitor zu vernichten. Nun war er höchstwahrscheinlich deutlich mächtiger als bei ihrem ersten Treffen.

Wenn er sich nicht verraten wollte, musste er den Mann besuchen. Bald. Und sehen, wie weit die Transformation vorangeschritten war. Loyalität heucheln. Er hatte die Templerin Morven aus der Gefangenschaft von Rodamirs Knechten befreit, um solch einer Situation vorzubeugen. Bedauerlicherweise hatte dieser Greskegard sie ermordet, bevor sie ihren Zweck erfüllen konnte. Dabei hatte er, Solus Terbast, Träger des Ersten, doch alles getan, um ein Aufeinandertreffen dieser beiden Mächte zu vereiteln.

Ja, einige Fäden entglitten ihm allmählich, und das war kein angenehmes Gefühl. Wenn sein wahrer Meister herausfand, welches Spiel er hier trieb …

Hinzu kam noch der Ort, an dem sie sich befanden. Er war Rodamir-Ashavar auf gewisse Weise ausgeliefert, da sie von solch hohen Konzentrationen des Erdelements umgeben waren. Selbst wenn Solus der Erstgeborene war, der die Essenz der fünf in sich vereinte, so war ihm doch jeder der fünf Träger in der Macht, die ihm zugewiesen worden war, auf seine Weise überlegen. Spezialisiert.

Nicht überlegen genug. Dochàthis Zündelei hat den Gottesmörder nicht aufgehalten.

»Wir sind da«, sagte Rodamir – Solus hätte ihn des triumphierenden Tonfalls wegen mit Vergnügen erschlagen. Er verbarg den Impuls sorgfältig, ließ seinen Blick durch die Kaverne schweifen, in der sie standen. Der Gestank nach fortgeschrittener Verwesung war, als würde jemand auf seiner Brust hocken und ihm Faust und Finger mehrerer von Unrat bedeckter Hände in Nase, Mund und Rachen zwängen. Zu seinen Füßen erstreckten sich – im Schein derber Pechfackeln und eines Ozeans von Kerzen – die Linien eines Heptagramms von beeindruckenden Ausmaßen.

Der Zauberkreis durchmaß an die zwanzig Schritt und bestand ebenso wie jeder Zacken des Sterns aus faustdicken Kanälen im Erdreich der Kammer, die bis zum Rand mit Blut gefüllt waren. Im Zentrum des Ganzen lagen fünf Leichen. Bis auf eine waren sie alles andere als intakt. Vier Sammelsurien aus Gliedmaßen, Köpfen, Torsi und Händen, jedes zum verwesten Zerrbild eines Menschen zusammengebunden. Von archaischen, runenbeschriebenen Stricken, Silbernägeln und Metalldraht zusammengehalten. Totenfratzen, die teils gezeichnet von schweren Wunden aus schwarz gefaultem Fleisch grinsten.

Trotz der Fäulnis und des blutigen Ritualkreises lag über allen Leichen eine widernatürliche Reinheit, eine von sämtlichen Eindrücken befreite Nullzone. Erst an ihrem Rand schlugen Fäulnis und Verwesung gnadenlos zu, hinterließen ihren charakteristischen Hauch. Solus kannte diese Leute. Es war ein Kader von Assassinen, dessen Mitglieder Clach, der Totenkaiser, in einer Luxusherberge regelrecht zerhauen hatte.

»Du hast deinen Ordàg wieder. Und seine … Totenhand«, hielt Solus mit einer Nüchternheit fest, die nicht zu dem passte, was er angesichts dieser Wendung der Ereignisse empfand. Er hatte eine klare Vorstellung davon, was Ashavar-Rodamir mit diesen Gestalten vorhatte. Das würde sein kleines Projekt noch empfindlicher stören.

»Dieser Inquisitor wollte, dass die Überreste verbrannt werden. Ich konnte intervenieren, sie den Sterblichen rauben. Es war nicht leicht – sie waren alles andere als vollständig. Eine Menge Teile fehlten. Vier Paar Hände, um präzise zu sein. Und die Art und Weise, wie dieser Totenkaiser sie durch die Mauer geschickt hat – dilettantisch. Eindeutig war er schon nicht mehr Herr seiner Sinne.«

»So schlimm?«

»Der Großteil ihrer Identitäten kam auf der anderen Seite an. Sie waren Mörder. Ein Ego ist elementar. Sie sind nicht mehr die vier, die sie waren, bevor er sich ihrer angenommen hat, doch ihr Rachedurst sollte genügen. Sie müssen eh nicht lange durchhalten.«

»Besser wäre es«, sagte Solus. »Ich habe nicht vor, den Chor jetzt auch noch mit irgendwelchen Nachgeburten zu bevölkern. Das Versprechen des ewigen Lebens sollte nur die Karotte sein, die unsere sterblichen Esel lockt.«

»Sicher. Aber in diesem Fall scheint es mir angebracht. Ihre Loyalität wird außer Frage stehen. Hass schafft loyale Diener.«

»Und Ordàg? Ihr Anführer?« Solus deutete auf die fünfte, intakte Leiche. Es war der Körper eines jungen Mannes. Frischer Zorn keimte in ihm auf, als er den Toten erkannte. »Das da ist nicht sein Körper. Das ist Tariq Adjali! Dir ist schon klar, dass jene mit der Gabe in diesen Tagen nicht auf Bäumen wachsen, oder? Uns gehen bei dieser Geschwindigkeit in absehbarer Zeit die Nebelmacher aus.«

»Wir brauchen sie nicht mehr. Den Ritus können die von uns, die hier sind und keine anderen Aufgaben ausführen, ebenso durchführen. Sobald die Väter und Mutter zurück sind, steht uns ihre Kraft zur Verfügung und …«

»Noch sind sie nicht hier«, unterbrach ihn Solus. »Und auch wenn es nicht mehr lange dauert, bis es so weit ist, sollten wir mit unseren Ressourcen haushalten. Denkst du nicht? Warum also der Leib?«

Rodamir neigte das Haupt. »Ich werde deine Weisung beherzigen. Der Körper ist für Ordàg. Er hatte sich mit dem Ritus nach Scathach gesandt; Clach hat seine Hülle unbrauchbar gemacht, den Ritus ein zweites Mal daran vollzogen.«

»Er weiß also, wie man Kanäle versiegelt«, sagte Solus. »Das gefällt mir überhaupt nicht.«

»Ich hätte Ordàg ohnehin nicht in seine eigene Hülle reinkarnieren können. Bei Mundanen ist es schon nicht ohne Risiko – es hat seinen Grund, warum ich es so tief in der Erde tue, wo die Augen des Kosmos nicht hinreichen.«

»Tariqs Körper für den Anführer der Totenhand.«

»So ist es. Er wird seine einstige Zelle anführen«, sagte Rodamir-Ashavar. »Der Lohn für seine Treue ist ein Dasein als Abglanz von uns. Und für die anderen ein Dasein als seine willfährigen Knechte mit einer gewissen Halbwertszeit.«

»Wenn sie ohnehin im Norden sind, um den Totenkaiser zu vernichten, sollen sie in den Turm vordringen. Statte sie mit dem nötigen Wissen aus«, befahl Solus.

»Das wird schwer. Er hat ihn gut versiegelt. Selbst wenn es ihnen gelingt, du willst, dass sie die Paraphernalia ersetzen, falls dieser Attentäter sie vernichtet hat?«

»Wenn wir solche Ressourcen opfern, um eine Handvoll

Meuchler zu reinkarnieren, sollen sie sich ihre Wiedergeburt verdienen, findest du nicht?«

»Was immer du meinst. Ich kann jedoch nichts versprechen«, sagte Rodamir und widmete sich seinen Vorbereitungen.

Solus knirschte unhörbar mit den Zähnen. Kundige Jäger, gesegnet mit einer Vielzahl an Kräften, würden dem Totenkaiser nachstellen. Es gab nichts, was er dagegen tun mochte, ohne seine Ziele zu verraten. Er konnte nur hoffen, dass sich der Totenkaiser seinen Häschern entziehen, sie ebenso vernichten würde wie Solus' Schwester.

Zumindest so lange, bis ich dir unter die Arme greifen kann, Gottesmörder. Vielleicht fügt es sich ja doch noch.

Ja. Er musste schauen, wie weit die Verwandlung des Inquisitors vorangeschritten war. Dann konnte er eine Entscheidung treffen, was zu tun war. Notfalls musste der eine Stab reichen. Es war nicht ganz, was er sich erhofft hatte, aber das ausbrechende Chaos würde langen. Langen müssen.

»Fang an«, sagte er zu Rodamir-Ashavar. Er verließ die Kammer. Hinter Solus, in den Tiefen der Kaverne, erklang ein schauerlicher Gesang. Geisterhafte Winde erhoben sich im gesamten Tunnelsystem. Schwarzviolette Bänder aus urgestaltlicher Energie zogen an ihm vorbei in Richtung der unheiligen Kammer. Der Mann, den die Hochmeisterin der Templer des Lichtfürsten als Solus Terbast kannte, hing eigenen Gedanken nach.

Aus den Chroniken des Kataklysmus der Erzmagi, verfasst dreihundert Jahresläufe nach dem Titanensturm, Anonymus:

Wenig Unklarheit herrscht unter jenen Arkanisten und in den spärlichen Aufzeichnungen vergangener Tage, welchem der fünf die Oberherrschaft über welches Element zukam. Nur ist nicht ersichtlich, ob die fünf nach dem Verlassen ihrer kosmischen Kerker Affinitäten zu gewissen Elementen verspürten oder ob es der Wille der Erzmagi war, der in blanker Willkür entschied, welchem Gottriesen welches Element zuzuordnen sei.

Die Schriften, die uns darüber Klarheit geben könnten, ob und welchem von ihnen in den Tagen nach dem Fall des Ungeformten ein oder mehrere Elemente unterstellt waren, bevor ER sie zerschlug (gepriesen sei das Licht!), sind vernichtet.

So lässt sich folgende wohlbenannte Quintessenz ziehen:

– Fomor, dem Vielarmigen, kam die Herrschaft über Erde, festes Gestein und Erze bei.
– Argas, der Drachengesichtige, war Meister des Feuers und des Gesteins in seiner flüssigen Form.
– Menoit, fleischlos und ungesehen, war Luft, Sturm und Hauch.
– Gawr, bedeckt von zehntausend Wäldern, mit einem Geweih gekrönt, herrschte über das Holz, das Leben und allerlei Getier.
– Balor, Zorn aller Leviathane, brachte den Furor der Fluten zu den Menschen.

Danken wir IHM, dass dieses Gezücht vernichtet ist – die fünf ebenso wie die Unzahl der niederen Titanen.

Hora des Lichtfürsten, 301 adis Pentae

18. Ormgair & Fennek

Es waren gute Tage gewesen, die Ormgair hier verlebt hatte. In gewisser Weise hatten sie ihn eine Dankbarkeit gelehrt, noch am Leben zu sein. Auszukosten, was ihm geblieben war. Er hatte Brankas Bett geteilt, Freuden erfahren, die er sich in all den Wintern, die er seiner Existenz abgetrotzt hatte, viel zu lange versagt hatte. Er war nicht glücklich – waren Männer wie er das je?

Zufriedenheit war eingekehrt in jenen Tagen, in denen er wenig getan hatte, als mit einigen der Gäste der Taverne zu sprechen, Ale zu trinken und bisweilen jemanden vor die Tür zu setzen, bevor er zu der fülligen Wirtin in die Laken kroch.

Doch all das war nur Illusion – und Ormgair Steinviper musste sich eingestehen, dass er sich ein weiteres Mal vom Leben aufs Glatteis hatte führen lassen. Dass ihm so etwas passierte – geschenkt. Warum waren es immer jene, denen er nahestand, die sich bei seinen Stürzen den Hals brachen?

Das Innere der Schänke war trügerisch intakt, sah man von den rußgeschwärzten Wänden ab, wo hier und dort eine Laterne in dem Kampf hingeschleudert worden war. Ein paar umgestürzte Stühle lagen herum, der Gestank von Feuer und nassem Holz überlagerte den Blutgeruch. Einige hatten noch verzweifelt versucht, ein Ausbreiten des Feuers zu verhindern. Über allem lag Rauch, schwebte als geisterhafter Dunst über der Szenerie, verwandelte das Innere des Gebäudes in einen surrealen Albtraum, in dem sich der Ambosskrieger wiederfand, als er eingetreten war.

Feuer und Leichen. Er war zurück im letzten Lager der Tanleigh, bevor alles endete. Oder alles begann, je nachdem, wie man es betrachtete.

Ihre Leichen lagen auf dem Boden. Es waren nicht viele, die sich gestellt hatten. Der Nebeljäger erkannte den zweiten Wirt, Cantor. Ein Armbrustbolzen hatte ihn in die Stirn getroffen. Er hing über der Theke, die Arme auf eine Weise von sich gestreckt, die unter anderen Umständen komisch gewesen wäre. Halb geronnenes Blut tropfte mit einem konstanten Geräusch auf die Holzdielen.

Der Türsteher saß an der Westwand der Taverne, so als ruhe er sich aus – wären da nicht der Schnitt, der schmerzverzerrte Ausdruck, der sich in das Gesicht eingebrannt hatte. Die Lache, in der er Rast hielt.

Ormgair ging an ihnen vorbei, stieg über jene niedergemachten Gäste, die – den Waffen in ihren Händen nach – den Invasoren hatten entgegentreten wollen. Sie hatten einen fürchterlichen Preis bezahlt. Der Nebeljäger erkannte einen Kriegshammer seines Volkes, wenn er dessen Resultate vor sich sah. Manche der Besucher waren derart deformiert, dass man sie nur noch mit Mühe als menschliche Leichen erkennen konnte. Zerschlagene Puppen. Brei. Von den Angreifern lag kein Einziger inmitten der Erschlagenen. Entweder, sie hatten ihre Toten mitgenommen, oder – was noch wahrscheinlicher war – es gab keine.

Sie hatten alle hier mit ihrem Vorgehen überrascht und keine Rücksicht darauf genommen, dass sie womöglich die gesamte Einwohnerschaft dieses Viertels gegen sich aufbrachten. Eine Gefahr, die bestand. Was bedeutete, dass sie entweder extrem schnell und entschlossen gehandelt hatten oder mit einer Streitmacht hier gewesen waren. Mit Soldaten.

Branka lag hinter der Theke. Er war wenig überrascht, dass sie noch lebte. Sie war zäh. Es war überdeutlich, dass es kein Zufall war, dass sie sich hier in einem Pfuhl ihres eigenen Lebenssaftes wälzte, stoßweise hechelnd wie ein vom Fieber geschüttelter Mastiff. Bewusst so zurückgelassen. Würdelos.

Ihre Hände waren auf ihren fülligen Unterleib gepresst, aus dem es schwarzrot hervorquoll wie aus einem Schlammpfuhl. Blut mit der Konsistenz von Zungenfleisch leckte zwischen überkreuzten Fingern hervor. Der Gestank erinnerte ihn an jenen Tag, an dem er nach seiner Flucht vor den Kreen in das Lager zurückgekehrt war.

Ormgair ging neben ihr in die Knie. Ihre Hände ließen den Schnitt los, der sich unter der Kleidung auftat wie die grässliche Parodie einer vulkanischen Klamm. Blut und Unflat vermengt – ein Todesurteil, dem allenfalls die Hexerei eines Schamanen oder die Götter Einhalt gebieten konnten. Der Nebeljäger war weder das eine noch das andere. Er drückte ihre Hand. Sie biss vor Qual ihre intakten und sauberen Zähne zusammen, auf denen ein zartrosa Schimmer lag, während Rinnsale von rotem Speichel aus ihren Mundwinkeln rannen. Er sagte nichts. Sah einfach nur zu. Wartete. Strich ihr über den Kopf.

»Hab …« Sie schluckte. »Hab meinen Bären wiedergetroffen. Nicht … gedacht, dass es zweimal … passiert. Er hat gesagt, du könntest dich nicht vor ihm verkriechen …«

Er nickte. Er musste keine Emotionen niederkämpfen. Was er an Trauer zu geben hatte, war mit dem letzten Lager der Tanleigh und Morven gegangen. Das wurde ihm klar, während er hier kniete, Brankas Hand hielt und sie auf ihrem letzten Weg begleitete.

»Sein Kamerad … war sauer. Der Riese. Hat gehasst, was hier passiert … ist … was er … tun musste … für …«

»Shhhh«, machte Ormgair. Er kam sich dabei verlogen vor. Er wusste, dass es ihr nichts brachte, sich zu beruhigen. Sie würde erbärmlich verrecken, ob sie sprach oder nicht. Ihre Hand drückte mit bemerkenswerter Kraft zu. Er wusste, dass sie unfassbare Schmerzen litt.

»Ich gehe … als Freie. Die Arena liegt hinter … mir. Versprich mir, dass du dich deinem Bären stellst … Du verdienst deine Freiheit.«

Er antwortete nicht. Das musste er nicht. Es bedurfte keiner Worte. Ein dankbares Lächeln huschte über ihre aschgrauen Züge. Er beantwortete es, indem er weiterhin ihre Stirn streichelte, ihr einen Kuss auf die Stirn hauchte.

Er erhob sich, nachdem er ihr die Augen geschlossen hatte. Wie viel Tod konnte ein Mann – selbst wenn er ein Riese aus dem Amboss war – im Laufe eines Lebens ertragen? Der Nebeljäger wusste es nicht. Aber er war bereit, es herauszufinden und dem Leichenberg mindestens noch drei Leben hinzuzufügen: Fennek Greskegards, Sanftlebens – sein eigenes, falls es so kommen sollte.

Er zog Morven. Strich über die Breitseite des Anderthalbhänders. »Ich brauche, was du mir geben kannst. Sie werden eine Übermacht sein, und ich muss an diesen Hexenjäger heran. Hilf mir.«

Prickelnde Wärme in seiner Handfläche. Kraft, die alte, von der Müdigkeit und einem Übermaß an Kämpfen unendlich taube Glieder durchflutete. Er war sich unsicher, was davon von dem Zauberschwert stammte und was sein langsam vor sich hin simmernder Zorn verursachte. Es war ihm einerlei.

Er langte über die Theke, über den Kopf des zweiten Wirtes hinweg. Dorthin, wo die Gladiatorin ihre Waffen als Zeichen ihrer Freiheit aufgehängt hatte. Seine Finger fanden das Wurfnetz, das vor anderen Mordwerkzeugen hing. Er riss es aus der Verankerung, faltete es, befestigte es auf Höhe des Steißbeins. Hinter dem Tresen lagen ein Meißel und ein Hammer, mit denen die Deckel von Fässern geöffnet wurden. Beides steckte er ein. Der Plan reifte. Ein Plan, den Inquisitor bezahlen zu lassen für das, was er getan hatte.

Sie waren zu acht – und sie waren eindeutig langsamer unterwegs, als nötig gewesen wäre. Was bedeuten musste, dass sie mindestens doppelt so viele waren und Greskegards eigene Kundschafter ihm jeden Moment berichten würden, dass Ormgair ihnen auf den Leim gegangen war. Der Inquisitor spazierte – von Schreiten konnte keine Rede sein – an der Spitze seines Trupps, des Barbaren abgefallener Landsmann neben ihm. Kein Zweifel, sie warteten darauf, dass Ormgair blind vor Zorn vorstürmte, sich in Kampfhandlungen verwickeln ließ.

Sie würden eine unangenehme Überraschung erleben. Er hatte nicht vor, ihnen oder sonst jemandem in die Falle zu gehen. Nicht dieses Mal. Er pirschte noch eine Weile hinter ihnen her, und ihm entging nicht, dass sie sich bemühten, unverdächtig auf eine bestimmte Gasse zuzuhalten.

Ein Flaschenhals, der ihm zum Untergang werden sollte. Er spähte der Gruppe nach, dicht an das Mauerwerk der verwahrlosten Häuser gepresst. Die Nacht hatte ihre Ruhe verloren. Sie roch noch immer nach Brand, obwohl er die Taverne längst hinter sich gelassen hatte. Aus der Ferne drang eine Vielzahl von Schreien an sein Ohr. Zunehmender Aufruhr hatte einen Teil der Penta in seinem Griff. Üble Gerüchte, dass der Nebel in die Stadt vordrang, dass die Schilde versagten.

Sollte er. Sollte er kommen, den Schmutz hinwegspülen, der die vermeintliche Kultur dieses Nests aus Mord, Intrige und Dekadenz bildete. Ging es nach Ormgair Steinviper, so hatte dieser Ort seine letzten anständigen Individuen verloren, als ein Stadtling erst Morven und jetzt Branka getötet hatte. Und bald würde dieser Wurm, Inquisitor Fennek Greskegard, für seine Untaten zahlen. Mit seinem Leben zahlen.

Aber nicht sofort. Erst würde Ormgair ihm das Liebste nehmen. Denn durch das Gespräch mit dem Totenkaiser war der Ambosskrieger über etwas im Bilde, das der Jagdrichter nicht wissen konnte: Dass Greskegard sich derart entspannt gab, sich

Zeit nahm, auf die Jagd nach Ormgair zu gehen, bewies, dass er Clach entweder gefasst oder einen anderen Weg gefunden hatte, Macht über dieses Schlangennest von einer Stadt zu gewinnen. Und dies wiederum war etwas, das Ormgair dem Mann rauben würde. Er würde seine Träume zerfetzen, seine Großmannssucht wie eine Feste schleifen, niederbrennen und einsalzen – und den Inquisitor erst danach erschlagen.

Er spähte dem Trupp hinterher. In die Gasse. Er suchte nach etwas Bestimmtem. Als seine Augen es erblickten, stellte er seine Zähne auf eine Weise zur Schau, die wenig Menschliches an sich hatte.

Jetzt zu deinen Kundschaftern, dachte Ormgair. *Die Hatz hat begonnen.*

Als er sein Schwert in den Wanst der Wirtin gestoßen hatte, war Fennek an einem Punkt gewesen, an dem er überzeugt war, dass das Hochgefühl nicht noch wachsen konnte. Das anmaßende Weibsbild hatte sich erdreistet, ihm erneut Bedingungen zu stellen. Einmal hatte er es der riesenhaften Grubenkämpferin durchgehen lassen, weil ihm aus Mangel an Mitteln keine Wahl geblieben war. Diesmal sah die Situation anders aus. Diesmal hatte er Soldaten dabei, schwer gerüstete Fußtruppen, die kurzen Prozess mit dem anmaßenden Pöbel in der Kaschemme gemacht hatten.

Als ihm Sanftleben jetzt berichtete, dass die Späher den Barbaren ausgemacht hatten, waren die Wellen seines Hochgefühls kaum mehr zu bändigen. Sein Lakai schmollte noch immer, weil Ormgair das fette Weibsbild aufgeschlitzt hatte. Sanftleben hatte sich geweigert, sie zu töten, weil er es als ehrlos empfand. Manchmal waren Greskegard die abenteuerlichen Anwandlungen seines Gefolgsmannes unbegreiflich – es waren solche Augenblicke, die ihn daran erinnerten, dass der Riese kein Stadtbewohner war wie sie, keine Kultur hatte. Und dass er sich zugleich mehr und mehr Fenneks Befehlen verweigerte. Und das trotz der geleisteten Schwüre – eine Situation, die Fennek nicht hinzunehmen bereit war.

Seine Laune war zu gut, um sich darüber zu ärgern. Alles zu seiner Zeit. Erst galt es, diesen Barbaren in die Finger zu bekommen – zumindest so weit intakt, dass er ihn verhören konnte. Dann konnte er immer noch über eine adäquate Bestrafung seines Knechts nachdenken.

Wahrlich. Es hatte sich als weiser Schachzug erwiesen, die gebundene Todesbotin vorläufig Rubicas Obhut zu überlassen, um das Problem Ormgair Steinviper in Ruhe anzugehen. Immerhin hatte der Ambosskrieger ein Schwert in seinem Besitz, das ihn in die Lage versetzt hatte, die Schildkuppel Fomors zu beschädigen.

Er würde an dieses lose Ende anknüpfen. So eine Waffe würde ein weiteres Druckmittel sein, das er dem Archonten auf die Brust setzen konnte, der offenkundig genug Sorgen hatte. Zumindest hatte Fennek bislang nichts von der Verkündung einer pentaweiten Trauer vernehmen können. Und dem Volk wäre Morvens Tod egal. Das Volk fürchtete sich nur davor, dass der Schild versagen könnte. Nicht mehr lange, und es würde aufbegehren, jene Fratze des Mobs entblößen, die vor dem Kutschenhof durchgeschimmert war.

Nein, schwor sich der Inquisitor, diesmal würde es alles gut gehen. Nun hielt er alle Trümpfe in der Hand. Sobald er Ormgair gefasst hatte, würde er …

Das Hochgefühl verschwand schlagartig. Plötzlich waren da nur noch Wellen jener Übelkeit, die ihn schon vor ihrem zum Scheitern verdammten Ausflug nach Argas geplagt hatten, nur hundertfach intensiver. Was hatte er übersehen? Und woher kamen diese Vorahnungen? Seine Hand ging wie so oft auf Wanderschaft in seiner Tasche, streichelte den Skarabäus, spürte die beruhigende Wärme des Artefakts.

Er musste einen Medikus aufsuchen, wenn diese Sache ausgestanden war. Ganz bestimmt sogar. Andererseits fühlte er sich nicht krank, es war mehr eine Art … Präkognition? Ein sechster

Sinn? Das Gefühl einer nahenden Bedrohung, schmerzhaft intensiv. War das Artefakt dafür verantwortlich? Veränderte es ihn auf eine Weise, die sein Verständnis von Artefaktmagie überstieg?

Wenn dem so wäre, musste mehr als nur ein Hauch Wahrer Magick in dem Kleinod stecken – und das warf mehr Fragen auf, als er im Moment beantworten konnte. Ebenso wie die Frage, was genau er mit dem Schwert des Almharach machen würde, wenn er ihn gefasst hatte …

Almharach? Das ist die Zunge der Priesterkaiser.

Seit wann benutzte er die alte Sprache? Wann, beim Lichtfürsten, bei allen Höllen der Älteren Dunkelheit, hatte er je solche Wörter benutzt!?

Seine linguistischen Erwägungen wurden jäh unterbrochen, als hinter ihm in der Gasse ein Scharren erklang. Als Fennek sich umwandte, schoss jenseits des Scheins der Fackeln seiner Soldaten etwas aus der Schwärze, das sich wie die Klauen einer Pranke um ihn legte, gnadenlos festhielt. Der Inquisitor stieß einen überraschten Ruf aus. Oder besser: Er versuchte es. Ein Ruck fuhr durch seinen Körper – Greskegard ging noch auf, dass die Riesenpranke ein Netz war und dass das Geräusch von einem steinernen Kanalschacht stammte.

Die Welt rauschte einen Pulsschlag später an seinen Ohren und Augen vorbei. Fackelschein wurde zu Finsternis, aus Stehen wurde Fallen. Sein Magen stieg ihm in den Mund, so schien es, da war es vorbei. Er schlug so hart auf, dass er gepeinigte Knochen knacken hörte. Die Luft verließ den Balg seines Körpers explosionsartig. Er rollte zur Seite, vor Schmerzen stöhnend. Seine Realität, die eben noch zu gleichen Teilen von Triumph und Vorfreude erfüllt gewesen war, bestand nur noch aus Kälte. Aus Wasser. Er war im Wasser. Es füllte seinen Mund, seine Sicht. Das Netz!

Das Netz hielt ihn! So konnte er nicht schwimmen. Nicht atmen! Er strampelte, schlug um sich, planschte in der Finsternis, schluckte Wasser, das einen abartigen Geschmack hatte und in dem halb feste Bestandteile schwammen. Doch er dachte nicht darüber nach, was er da schluckte. Seine einzige Sorge galt dem nur halb erfolgreichen Versuch, den Kopf über der Brühe zu halten. Vergeblich mühte sich Greskegard, sich zu befreien, nur einen Finger an sein Schwert zu bekommen, um das Netz zu zerschneiden.

Dort oben, in der Decke der Kanalisation gähnte ein Steinquadrat, durch das Fackelschein in die Tiefe drang, nur Schritte entfernt und doch unerreichbar.

Irgendwo über ihm erklangen aufgeregte Rufe, das Scharren einer massiven Steinplatte. Die Dunkelheit war absolut. Mit einem metallischen Geräusch wurde etwas in den Stein getrieben, die Platte verkeilt, und sofort sog die Strömung Inquisitor und Netz in die Tiefe.

Ein Ruck ging schlagartig durch das Netz, und Fennek begriff, dass er mitgeschleift wurde. Aus dem Wasser hinaus. Über den Boden. Schmerzhaft scharrten seine nicht mehr jungen Knochen über Steinplatten und Stege aus Fels.

Keuchend hievte er die kostbare Atemluft in seine Lunge. Immer wieder drehte er sich um die eigene Achse, sodass Rücken, Brust, Schultern und Gesicht den alles andere als sanften Liebesbeweis des harten Bodens empfingen.

In der ewigen Nacht, die hinter ihm und seinem Entführer lag – es war nicht schwer zu erraten, um wen es sich handelte –, erklang ein Gongschlag. Das Geräusch eines Hammers, der auf eine massive Steinplatte einhieb.

»Sanftleben!«, versuchte Fennek zu rufen, brachte aber nur ein rachitisches Geräusch hervor. »Sanftleben!«, gelang es ihm beim zweiten Mal. Ein Ruck ging durch das Netz, sein Schädel schlug gegen etwas Hartes. Dann war alles gut. Ein gnädiger, ungesehener Helfer schien Erbarmen mit ihm zu haben – pelzige Wärme breitete sich in seinem Kopf aus, die den Gestank, die Schmerzen zudeckte. Ihn mit sich trug.

Als sich die Schleier lichteten, verspürte er üblen Kopfschmerz. Und als Fennek aufging, wo er sich befand, entfuhr ihm der Ausruf gegen jeden Willen:

»Oh Lichtfürst ...«

»Du musst dich nicht sorgen, wir bleiben nicht lange. Kein Grund, deinen Freund auf dumme Gedanken zu bringen. Irgendwann wird er zweifellos hier auftauchen.«

Fennek wandte sein Gesicht der Stimme zu, die nicht wenig vom Brummen eines urtümlichen Höhlenbären hatte, und erkannte Ormgairs riesenhafte, ausgezehrte Gestalt. Die Sturmwolken der Augen des Barbaren glommen im Halbdunkel über gefletschten Zähnen, die einem Tiger Respekt abgezollt hätten. Ein Raubtier, auf das der Schein einer einzigen Laterne fiel.

Die Erinnerung kehrte zurück. Daran, was passiert war. Daran, wo er gewesen war. Was er geschluckt hatte.

Der Krampf kam mit Urgewalt. Er hielt sich den Kopf, spie im Strahl zwischen seine Beine – als das Erbrechen nachließ, konnte er den Geschmack dessen, was er da geschluckt haben musste, nicht aus seinem Geist vertreiben. Sein Magen rebellierte, würgte, pumpte Galle. Schlussendlich ließ die körperliche Reaktion nach – der Ekel blieb. Fennek sah sich um.

Es war das Lagerhaus, in dem Morven gestorben war. Die Halle, in der er seiner Nichte die Kehle durchschnitten hatte. Vor den Augen jenes Riesen, dessen Hilflosigkeit er verhöhnt und der dem Inquisitor bei diesem Tun Blutrache geschworen hatte. Jener Barbar, den Sanftleben verschont hatte.

War das der einzige Grund für seine Misere? War es nicht viel eher so, dass er nachlässig geworden war, als er den Riesen unterschätzt und Sanftleben nachgegeben hatte? Einerlei. Jetzt zumindest.

Er war nicht fixiert. Hatte dieser riesenhafte Schlächter vielleicht vergessen, den Skarabäus an sich zu nehmen? Fennek's Linke ging zur Tasche – leer.

»Ich nehme an, du suchst das hier?«, fragte Ormgair Steinviper. Er deutete auf den Goldschmuck, der auf einer Holzkiste neben Fenneks Schwert und seinem Armbrustholster lag. Bei dem Anblick leckte Greskegard sich über die Lippen – er bereute diesen Instinkt im Moment, als er schmeckte, was daran haftete.

»Es scheint dir viel zu bedeuten, Fennek Greskegard. Dieses Ding, das du an mir ausprobiert hast. ›Fallen lassen!‹, brüllst du, und – zack! – der alte Ormgair Steinviper lässt dich los, ob er will oder nicht. Was für ein bösartiges Teil dieser Käfer doch ist – wie gemacht für die feigen Hände eines Stadtlings.«

Der Riese zog seinen perlmuttfarbenen Anderthalbhänder und ließ den Inquisitor die Runen der Klinge sehen. Dort stand der Name seiner Nichte – in einer längst toten Sprache, die außer den Ambosskriegern, der Kirche des Lichtfürsten und seit neuestem ihm selbst kaum jemand mehr als Zunge führte. Es war der Dialekt der Priesterkaiser – etwas, das vor den Kopfschmerzen noch um einiges wichtiger gewesen war, glaubte Fennek. Das Schwert hieß Morven. Morven?

Die Klinge hatte doch Fahlsang geheißen, nach ihrem Schmied oder Erschaffer? So war es Sitte bei den Wilden, sie benannten ihre Waffen meist, ätzten oder ritzten zumindest den Namen des Erschaffers hinein. Wie konnte dort der Name seiner unglücklichen Verwandten prangen? Er begriff: Dass ihr Leib entseelt gewesen war, ergab plötzlich Sinn. Irgendwie war etwas von ihr bei dem Kehlenschnitt auf die Klinge übergegangen. Innerlich verfluchte sich der Inquisitor. Sanftleben hatte ihm geraten, den vergreisten Riesen am Leben zu lassen, ihm seine Waffe nicht zu stehlen. Das hatte Fennek jetzt von seiner Milde.

»Du erinnerst dich?«, unterbrach der Nebeljäger seinen Gedankenfluss. »Was ich dir versprach? Du weißt, was ich dir auf diesem Stuhl gelobt habe?«

»Ich …«, begann Fennek.

»Dass ich dir die Därme zum Weidloch herausreißen würde,

sobald ich deiner habhaft würde. Du meintest, es wäre an mir zu leiden, sobald du mich erwischt. Tja, hier sind wir. Ich warte.«

Mit einem Wisch fegte der Ambosskrieger den Skarabäus auf den Boden der Halle. Er setzte die Klinge des Schwertes mit einem metallischen Tippgeräusch auf den Deckflügeln des Goldkäfers an.

Es hat Morvens Seele geraubt. Irgendwie in sich aufgenommen, wie es sonst nur der Ritus der Nebelmacher vermag. Darum war ihre Hülle leer – diese Klinge trägt ihren Namen.

Und mit einem Mal wurde ihm klar, dass dieses Schwert sein arkanistisches Kleinod zerstören konnte. Mühelos auslöschen.

»Nicht. Nicht! Was willst du?«

»Was lässt dich glauben, dass du etwas haben könntest, was ich will, toter Mann?«

»Ich lebe noch. Das muss einen Grund haben.«

»Du irrst, Fennek Greskegard. Du bist tot. Du bist tot seit dem Augenblick, da du sie ermordet und mich entehrt hast. Ich habe nur beschlossen, dass ein zu rasches Ende eine zu gnädige Erlösung für eine Kreatur wie dich wäre.«

»Also lässt du mich am Leben?«, fragte der Inquisitor überrascht.

»Du verstehst meine Worte nicht, so scheint es. Du bist tot, was mich betrifft. Die Feinheiten meiner Herkunft sind dir nicht geläufig, sonst würdest du begreifen, dass es unzählige Wege gibt, auf die ein Mann als tot gelten kann. Und ich habe beschlossen, dass ich dein Fleisch als Letztes sterben sehen werde.« Er nahm die Klinge von dem Artefakt. »Du willst diesen Käfer, Fennek Greskegard. Also nehme ich ihn dir. Du willst diese Stadt beherrschen. Also nehme ich sie dir.« Er richtete die Klinge auf das Kleinod. »Wenn alles vorbei ist, wenn du nichts mehr besitzt außer deinem nackten Fleisch, mache ich den Rest meines Schwurs wahr.«

Der Barbar deutete eine sich schließende Faust an, die eine Art unsichtbares Tau um ihr Handgelenk wand und ruckartig zog. Alles in Fenneks Eingeweiden verkrampfte sich bei dem Anblick.

Nimm dich zusammen. Warte auf deine Chance.

Er wartete. Sie kam.

Ormgair hob das Artefakt mit der Schwertspitze vom Boden auf, betrachtete einige Sekunden lang versonnen, wie es an seinen Ketten und Ringen baumelte. Fennek sah seinen Moment gekommen. Er sprang vor, um nach dem Käfer zu langen. Doch es war ein Trick, um ihn aus der Reserve zu locken. Die vom Schwertgriff beschwerte Faust des riesenhaften Kriegers ließ ihn zusammenklappen. Von seinem Solarplexus aus ergoss sich die Taubheit bis in Zehen und Fingerspitzen.

Ormgair packte ihn am Hals, hob ihn mit einer spielerischen Geste am ausgestreckten Arm empor, so wie Fennek es einige Dutzend Male bestaunt hatte, wenn Sanftleben es mit einem Gefangenen getan hatte. Er schnappte nach Luft, die Faust des greisen Barbaren war ein Schraubstock. »Genug deiner Lügen, Trickser! Einen von euch Listigen habe ich verbannt! Diesem hier werde ich ebenfalls seine Geheimnisse entlocken!«

Es war nichts Ungewöhnliches, dass Ormgair sich von Kopf bis Fuß beschmutzt fühlte. So erging es ihm, seit er mit der Asche jener beschmiert, die er seine Gemeinschaft genannt hatte, durch die Ödnis getaumelt war. Als er ihre zerbrochenen Überreste den Flammen überantwortet, ihnen das wenige an Frieden geschenkt hatte, was ihnen nach dem Massaker der Kreen noch geblieben sein mochte.

Seit diesen unglückseligen Tagen war jeder Friede, jede innere Ruhe rein illusorisch gewesen. Selbstbetrug und Flucht, mehr nicht.

Aber das jetzt, diese Art seelischen Schmutzes, den er auf sich geladen hatte, das war etwas gänzlich Neues. Er fühlte sich ausgelaugt. Jeder Schritt wie in Blei gegossen.

Ormgair war seit jeher stolz gewesen auf seine Integrität. Sie war das Einzige, was er noch hatte, der letzte Born seiner Kraft, der nichts mit Morvens geheimnisvoller Magie zu tun hatte, sondern ihm gehörte. Und diese Quelle hatte er nun zum Versiegen gebracht.

Weil ich auf dieser Reise meinen Pfad verloren habe. Ich habe mich unter diesen feigen Kreaturen verlaufen und bin nicht anders mehr als sie, so scheint es.

Es war eine Sache, einem oder einhundert Männern mit der Waffe in der Hand gegenüberzutreten. Hinter den Plattitüden von Heroismus und ewiger Glorie, die seine Existenz so lange geprägt hatten, war Ormgair pragmatischer gewesen.

Er hatte einst an den Ruhm der Titanen geglaubt – und war bitter enttäuscht worden. Hatte die Ehrbarkeit des ach so glorreichen Kampfes hochgehalten – und einen weiteren Menschen verloren, als Morven ihn am meisten gebraucht hatte.

Dieser Tiefpunkt jedoch übertraf dies alles bei Weitem. Als es ihm gelungen war, dieses Reptil Greskegard in seine Klauen zu bekommen, hatte er triumphiert. Hätte er ihn doch in diesem Augenblick erschlagen.

Nun wankte der Inquisitor vor ihm durch die Straßen, noch immer feucht von den Wassern des Acair, mit denen Ormgair den Unflat von Fenneks Körper gewaschen hatte. Unwirsch stieß Ormgair ihn vorwärts. Wann, so fragte er sich, war aus ihm, einem Nebeljäger der Tanleigh, ein von Bitterkeit zerfressener Foltermeister geworden? Ein Mann, der einen unterlegenen Stadtling so dermaßen gnadenlos zusammenschlug, bis dieser kapitulierte, jeden Widerstand aufgab.

Er hätte es sich leicht machen können, wie er und sein tropfnasser Begleiter so die Straße hinuntergingen. Er hätte sich einreden können, dass es nur der seltsame Goldkäfer des Inquisitors war, unter dessen Einfluss er stand. Sowohl Morven als auch Ormgair hatten es sofort gespürt, als er das eigentümliche Ding mit der Klinge gehoben hatte. Etwas ging davon aus, eine Präsenz, ein Impuls, der nichts als reinen Ekel gebar. Es war ein bösartiges Kleinod, mit dem der Barbar nichts zu schaffen haben wollte. Aber die Androhung hatte den Inquisitor, zwischen dem und dem Objekt eindeutig irgendeine Art von symbiotischem Band bestand, furchtsam zusammenfahren lassen.

Der Nebeljäger hätte es dabei bewenden lassen, es sich leicht machen können. Sich einreden, dass es nicht sein Tun war, den Alten zusammenzuschlagen. Das Problem an dieser Selbsttäuschung war, dass er es besser wusste. Er wollte, dass Fennek zahlte, so wie die Kreen zahlen würden – und spürte, dass er sich dabei auf eine tiefschürfende Art an seinen Prinzipien versündigt hatte. Auf eine Weise, die ihm, solange er zuschlug, herzlich egal gewesen war. Aber die ihn nun umso heftiger plagte. Auf bizarre Weise wollte er Greskegard jetzt misshandeln, nur weil dieser dafür gesorgt hatte, dass sich Ormgair derart beschmutzt fühlte.

Und es gab noch ein Problem: Morven wollte sich nicht im Mindesten daran beteiligen. Der Widerwille der Klinge lag ihm wie ein schlechter Geschmack im Mund – sie maßregelte ihn, indem sie ihm ihre Gunst entzog, so hatte es den Anschein. Er fühlte sich so lahm und alt wie seit dem Kampf gegen Clach nicht mehr.

Wenn er auf dem Weg in dieses bessergestellte Viertel den Wachen dieser Enklave in die Hände fiele, würden sie sich seiner entledigen wie eines lästigen Insekts. Verdammt, ein Bursche von fünf Wintern mit einer Schleuder könnte ihn in diesem Zustand erlegen wie ein Stück sieches Wild.

Egal, was kommt. Ich erschlage den Bastard, wenn es sein muss, aber ich lege nicht noch mal Hand an ihn.

Diese Reise würde entweder sein Tod sein – oder sie wäre der Auftakt zu einer allerletzten Chance für den Barbaren, sein Dasein doch noch zum Besseren zu wenden. Wenn am Ende dieser Reise das stand, was er erfahren hatte – es gab keinen Grund, dem Inquisitor zumindest in dieser Hinsicht zu misstrauen –, würde diese Beute vielleicht doch noch alles zum Guten wenden.

»Wie lange noch?«, fragte Ormgair.

»Es ist nicht mehr weit«, sagte Greskegard. Seine Stimme bebte vor einer Mischung aus Furcht und Demut, bei der sich Ormgair nach wie vor nicht sicher war, wie viel davon gespielt und wie viel aufrichtig war. Darunter gärte endloser Hass, bittere Enttäuschung, die ihrer Rache harrte.

Es spielte dem Barbaren in die Hände, dass der Morgen noch immer nicht eingekehrt war. Es waren nur wenige Stadtlinge auf dem Kopfsteinpflaster unterwegs. Jene, die in diesen grauesten aller Morgenstunden erblickten, was für ein Gespann da durch die Nacht stolperte, hielten es scheinbar für empfehlenswert und absolut vernünftig, seine Aufmerksamkeit nicht zu erregen.

Oder irgendeine Art von Aufmerksamkeit, was das betraf. Denn es war davon auszugehen, dass sie in Tätigkeiten verstrickt waren, bei denen diese Gestalten keine Zeugen gebrauchen konnten. Ormgair hatte gehört, dass in der Stadt seit Kurzem wegen der Gerüchte um den defekten Schild Plünderer umgingen. Er war überzeugt, dass der Menschenauflauf, den sie vor ihrem Kutschenüberfall erblickt hatten, damit zusammenhing.

Bislang waren sie keinen Wächtern begegnet, aber wie so oft war der Gedanke an ein Missgeschick den Mächten des Schicksals genug, es anzuziehen. Gerade als Ormgair Fennek fragen wollte, was er mit seiner Antwort gemeint hatte, wann sie ihr Ziel endlich erreichen würden, erblickte er den Fackelschein und vernahm das Klacken gepanzerter Absätze auf dem Gehsteig. Sie waren zu viert – und sie waren eindeutig schwer gerüstet und bewaffnet.

Der ergraute Barbar ließ den Blick kreisen. Einzig die rasche Bewegung genügte, dass ihm schwindelig wurde. Nichts. Kein Türeingang, der tief genug war – zum ersten Mal erblickte er in diesem Monument, in dieser labyrinthischen Albtraumstadt, in der sich menschlicher Erfindungsreichtum und zivilisatorische Dekadenz paarten, keine Seitengasse. Hatte der Inquisitor ihn bewusst hierhergelotst, damit er sein Ende fand?

»Ich hoffe für dich, dass dies kein Versuch war, dich meiner zu entledigen«, zischte er Fennek ins Ohr. »Denn egal wie gut diese Soldaten sind, mein Stahl findet seinen Weg durch deine Rippen – und zwar bevor ich zu Boden gehe. Denk daran.«

Greskegard nickte nur, antwortete aber nicht.

»Halt, wer geht dort?«, ertönte es vor ihnen. »Tretet ins Licht, so Ihr nichts zu verbergen habt!«

Sie gingen auf den Fackelschein zu. Vor ihnen standen vier Stadtwachen auf der Straße, mit jenen langen Hellebarden bewaffnet, über deren Unsinnigkeit als Waffe sich Ormgair seit dem ersten Tag in dieser Penta amüsiert hatte. Sie richteten die Spitzen ihrer Infanteriewaffen auf das ihnen entgegenkommende Duo, erwarteten seine Ankunft. Fennek und Ormgair traten ins Licht. Der Nebeljäger hielt sich bereit, Greskegard mit einem einzigen Streich beim Ziehen der Klinge zu fällen. Er wusste, dass dies seine letzte Handlung sein würde, bevor sie ihn niedermachten – er war so matt, so kraftlos, dass schwarze Pünktchen an der Peripherie seines Sichtfeldes tanzten, die Straße sich elastisch unter seinen Füßen anfühlte.

»Gebt Euch zu erkennen!«, blaffte eine der Wachen – und hielt inne, als sie Greskegard erkannte und sah, in welchem Zustand der sich befand. »Mein Lord Inquisitor! Seid Ihr es, Sire?«

Der Büttel war jung, sein Helm einen Tick zu groß für seinen Kopf. Die anderen Männer waren eindeutig älter, erfahrener. Ormgair sah Bärte, Narben, Schmisse. Wieder einmal hätte er über die Absurdität der Stadtlingbräuche nur den Kopf schütteln können. Was für ein Narr machte einen Welpen zum Anführer eines Kriegertrupps, der ansonsten aus versierteren Kämpen bestand?

»Es scheint so«, sagte Fennek Greskegard mit einem bemerkenswerten Maß an Sarkasmus in der Stimme.

»Verzeiht Sire, wir hatten Euch nicht erkannt. Ist … ist alles in Ordnung?«

»Alles in bester Ordnung, ja«, sagte Fennek. »Es war nur eine lange Nacht für mich und meinen Knecht hier.«

Die Männer tauschten einen kurzen Blick. Ormgair spannte sich. War dies das verabredete Zeichen, sollte Greskegard in Gefangenschaft geraten? Würden sie sich gleich auf den Nebeljäger stürzen, sein Leben mit diesen lachhaften Instrumenten in ihren Händen beenden? Das wäre eine solch bittere Ironie, dass Ormgair bei dem Gedanken an diesen letzten Witz ein Schnauben nicht unterdrücken konnte. Eingeschüchtert zuckte der Junge bei dem Laut zusammen, während die anderen Wächter ihre Langwaffen umklammerten. Doch die Gruppe wünschte ihnen eine gute Nacht, sah es als ihre Pflicht an, nochmals vor den Plünderern zu warnen, und setzte ihren Weg fort.

»Glück gehabt, Natter!«, raunte Ormgair dem Inquisitor ins Ohr.

»Mit Glück hatte das nichts zu tun«, sagte Fennek, dessen Stimme wieder dünner und kraftloser klang, während er nach Luft rang. »Sie erwarteten mich in Begleitung eines Barbaren zu sehen. Dass du nicht fett bist, aber dafür umso mehr Haare hast, scheint ihnen im Halbdunkel entgangen zu sein.«

»Es wundert mich, dass ihr Stadtbewohner einen Platz findet, um eure Notdurft zu verrichten, ohne dass ihr dafür einen Kundschafter anheuern müsst.«

»Da bist du nicht der Einzige«, sagte der Inquisitor.

Er schleppte sich vorwärts. Irgendwo vor ihnen glomm in der Nacht der Lichtschimmer der Herberge, von der der Jagdrichter unter Ormgairs Fausthieben berichtet hatte.

»Diese Palastwachen, die uns dort erwarten, sie sind besser ausgebildet als dieser Welpe und sein Trupp, nicht wahr? Sie werden erkennen, dass ich nicht dein feister Lebensretter bin?«, fragte Ormgair, ließ aber keinen Zweifel in seiner Stimme durchklingen, dass er die Antwort nicht längst kannte. Vor ihm sackten Fenneks Schultern noch einen Tick herab. Offenkundig hatte der

Inquisitor damit gerechnet, dass er Ormgair in eine Falle locken, einen letzten Trumpf ausspielen konnte. Diesen Zahn hatte ihm der Nebeljäger auf schmerzhafte Weise gezogen.

»Die meisten werden schlafen«, sagte Greskegard, Widerwille und Hass brachten jede Silbe zum Vibrieren.

»Und was willst du machen, wenn du sie hast?«, fragte der Inquisitor. »Was nützt sie dir?«

»Schweig! Und vergiss nicht: Was immer dort in deiner Heimstatt geschieht, attackiert man mich, erweist sich der Ort als Falle, schreist du nach Hilfe ... Du gehst mir voran. Egal was auch geschieht.«

Es geschah nichts. Das Licht kam näher, der übermüdete und von den Berichten über Plünderungen überreizte Torwächter des abgesperrten Wohnviertels ließ sie nach kurzer Prüfung ein. Sie passierten das von einer Laterne beleuchtete Tunnelportal, setzten ihren Weg durch das bessergestellte Viertel fort, bis sie vor der Prunkherberge standen. Drei Fenster mit rautenförmigen Buntglasmustern im obersten Stockwerk waren erleuchtet, ansonsten lag das Gebäude im Dunkeln.

Ormgair vertat keine Zeit mehr mit Gaffen – er hatte genug von den »Wundern« der Stadtlinge, von ihrer materiellen Entartung gesehen.

»Du kommst damit niemals durch«, sagte Fennek durch die Zähne gepresst. »Du wirst mir meinen Augenblick des Triumphs nicht verderben. Wenn das hier vorbei ist, werde ich dich finden. Ich werde dich und die deinen so gründlich auslöschen, dass du dir deinen Tod herbeisehnen wirst.«

Ormgair lachte. Ein kehliger Laut, ebenso bitter wie absolut aufrichtig in seiner instinktiven Reaktion. »Du kommst zu spät, Natter. Andere waren vor dir da – und sie haben mir alles genommen. Geh, oder ich weide dich hier auf der Schwelle aus.«

Der nächste Stoß. Greskegard schloss die Eingangstür des Villengebäudes auf, und kurz darauf standen sie in einer mit kostbaren Teppichen ausgelegten Empfangshalle samt Tresen. Das Haus schlief – und somit der Mann, der in einem solchen Haus normalerweise Gäste empfing, wie Ormgair wusste.

Vor ihm sah sich Fennek im Raum um, krampfhaft auf der Suche nach irgendeinem letzten Strohhalm. Doch der Nebeljäger hatte genug von diesen Spielchen. Er packte den Mann derb im Genick, stieß ihn auf die Teppiche und drückte ihm die Spitze des Schwertes auf Höhe der Nieren in den Leib.

»Ich wiederhole mich nicht noch einmal«, flüsterte der Nebeljäger.

Endgültig jeder Option beraubt, erklomm Fennek Greskegard die gepolsterten Stufen in die oberen Stockwerke. Ormgair nahm die Klinge nicht mehr aus seinem Rücken. Wissend, dass beim kleinsten Anlass all die Elitesoldaten des Archonten, die auf Befehl des Inquisitors im Gebäude untergebracht worden waren, über sie herfallen würden.

Nach einer gefühlten Ewigkeit erreichten sie das Obergeschoss, welches Fennek für sich und seine Vertrauten reserviert hatte. Ormgair, dessen Schwäche und Müdigkeit durch den Kitzel dieses aberwitzigen Handstreichs gegen seine Feinde vertrieben wurden, lauschte mit pochendem Herzen in die Dunkelheit. Nichts. Keine Atemzüge, keine Geräusche, die auf einen Hinterhalt Sanftlebens oder dieser Palastsoldaten hinwiesen. Lediglich Lichtschein, der unter den Türflügeln hindurchsickerte, verriet, dass auch um diese Uhrzeit jemand zugegen sein musste.

Er deutete auf die Tür, realisierte jedoch, dass der Inquisitor in dieser für Ormgair durchaus angenehmen Düsternis schlechter sah als der Nebeljäger.

»Durch die Tür«, wisperte er.

Der Inquisitor folgte der Anweisung mit tastender Unsicherheit. Es waren die ermattenden Bewegungen eines Mannes, der kein Quäntchen Kraft mehr in seinen Muskeln spürte, dem jede Hoffnung abging.

Ormgair wusste nur zu gut, wie der Jagdrichter empfand. Er hatte genau diese Art einer zermalmenden Niederlage oft genug in den letzten Wochen erlebt. All der Schmutz, den er in seiner Seele angehäuft hatte … Es fühlte sich gut an, wenn es ausnahmsweise jemand anderen traf.

Er schirmte seinen Blick gegen das Licht ab. Der gigantische Saal, den sie betraten, wurde von zwei Deckenlüstern erhellt. Abseits eines wuchtigen Schreibtischs standen ein Diwan mit Samtbezug sowie ein Sofa. Auf dem Sofa saß, die Augen geöffnet und in eine Unzahl schwachblau glimmender Seile gefesselt, der Preis, wegen dem sie hier waren.

Auf dem Diwan ruhte ein Mann, den Ormgair nur zu gut kannte. Es war der einäugige Palastsoldat, der bei dem unglückseligen Kutschenüberfall wie ein Teufel gekämpft hatte. Dem Barbaren entging nicht, wie das Verhalten des Inquisitors bei diesem Anblick umschlug, wie Selbstbewusstsein und Autorität in ihn zurückflossen – dass er sich besiegt gab, war nichts als ein Manöver gewesen?

»Waleran«, sagte Ormgair, und nach der Stille der vergangenen Minuten kam seine Stimme dem Nebeljäger lauter vor als jeder Donner.

Das Auge des Myrmidonen öffnete sich, der Mann sprang von seiner Liege auf, während sich Greskegard mit einem Schritt zurück in Sicherheit vor Ormgairs tödlichem Streich brachte. Doch dieser blieb aus. Der Barbar straffte sich, machte sich bereit, diesen unerwarteten Gegner zu empfangen – er tat einen Satz zurück, als Waleran mit dem Schwert auf ihn zukam.

Als der Elitekrieger auf einen Schritt heran war, versank der Raum in einem Tumult. Statt auch nur einen Hieb anzubringen, verpuffte der Angreifer in einem Lichtblitz sowie einer Wolke aus violettem Rauch. Gleichzeitig brach zwei Schritte neben ihm eine weibliche Gestalt in die Knie, die sich vor Schmerzen verkrampft auf dem Boden zusammenrollte, dabei Schreie ausstieß. Die gefangene Todesbotin, die bislang auf dem Sofa gesessen hatte, lag plötzlich weiter hinten auf dem Boden. Morvens Klinge glühte in einem unirdischen Perlmuttschimmer – ein seltsamer, moschusartiger Blumengeruch lag über der Szenerie.

Der Barbar rieb sich die Augen. Was ging hier vor? Ormgair sah, wie Greskegard in Richtung einer Samtkordel an der Wand preschte, um über den Zug Alarm auszulösen. Der Nebeljäger sprang über die am Boden Liegende, wobei die Klinge noch heller erstrahlte und sie von schlimmeren Krämpfen gepeinigt strampelte. Mit zwei Schritten war der Nebeljäger bei Greskegard und hieb dem Mann die Faust in den Nacken. Statt den Kordelzug zu ergreifen, prallte der Inquisitor mit dem Kopf voran gegen die Täfelung, sackte wie ein Mehlsack in sich zusammen.

Ormgair durchtrennte die Kordel mit einem einzigen Schwertzug. Der Nebeljäger drehte sich langsam zu der seltsamen Schönheit auf dem Boden herum. Sie rollte noch immer, von Schmerzen geplagt, auf dem Parkett umher. Als er näher trat, nahmen sowohl die Intensität ihrer Spasmen als auch die Lichtimpulse seines Schwertes zu. Sie vertrug offenbar die Nähe der Klinge nicht.

Ormgair steckte die Waffe weg, was eine geringfügige Linderung der Qualen dieser Frau zur Folge hatte. Sie nahm die Hände von ihren attraktiven Zügen, und eine Welle aus abergläubischer Furcht hüllte den Barbaren ein wie ein Guss Eiswasser. Eine klamme Hand legte sich um seine Kehle, als er sah, was für ein Geschöpf dort lag.

»Skitja!«, fluchte Ormgair und machte einen demütigen Schritt von der rotblonden Schönheit fort.

Sie musterte ihn. Hinter dem Fleisch einer attraktiven jungen Frau schimmerte eine zweite Gestalt hindurch, die wie eine Halbspiegelung aus Fensterglas in der Sterblichen zu ruhen schien. Und diese kindgleiche Version der sich windenden Schönheit musterte ihn mit kalter Ruhe aus Augen, die nicht mehr waren als Globen aus Amethyst ohne Pupillen oder erkennbare Emotionen. Ein halb transparenter, verwelkter Kranz aus einst rosigen Herbstzeitlosen flackerte als Diadem einer vorzeitlichen Göttin auf ihrem Haupt. Ihm entgingen die sachten Spitzen der Ohren nicht. Sie war zugleich jung und unendlich alt.

»Sidhe …«, raunte Ormgair. Die Furcht raubte ihm den Atem. Er musste dem Drang widerstehen, vor einem Kind aus den Tagen des Ungeformten auf die Knie zu fallen. Er hatte das Gefühl, dass zwei Ochsen Ketten um seinen Brustkorb strafften – und dieses Mal würde keine Zauberklinge vereiteln, dass sein Herz den Dienst versagte. Beim Klang seiner Stimme formte die Fae ihre Lippen zu einem spöttischen Lächeln, den Wölbungen einer Rosenblüte nicht unähnlich. Ein glockenhelles, ätherisches Kichern hallte durch den Raum.

»Sie wird nicht zögern, dich zu töten, weißt du«, erklang die Stimme der Todesbotin hinter ihm. »Du bist um meinetwillen hier. Ignoriere sie.«

Doch Ormgair ließ sie nicht aus den Augen. Sie war das gestaltgewordene Zeugnis seines verlorenen Glaubens an die Todesfeen, die würdige Krieger zum Firmament der Titanen emporführten. Sie war keine Baen'sidhe, aber sie gehörte zum Dunklen Hof. Die tödliche Schönheit des Wesens zerrte, schnitt gleich einem von Eisscherben übersättigten Schneesturm an den Fasern seines Verstands.

»Du weißt, warum ich hier bin?«, fragte er die Todesbotin über seine Schulter, den Blick noch immer auf die Fae gerichtet.

Irgendwo im Untergeschoss und auf der Straße ertönten Stimmen. Aufgeregte Rufe, die weit über die morgendliche Geschäftigkeit von Gesinde hinausgingen, so viel begriff auch ein Ambosskrieger, der die Zivilisation nicht verstand. Nicht nur die Herberge erwachte, es waren auch andere Stadtlinge hier. Menschen mit Einfluss, die Befehle bellten.

»Ich weiß, dass wir beide auf Rache sinnen«, sagte die Todesbotin. »Und ich weiß, dass es hier in Augenblicken von Männern wimmeln wird, für die das dort wie ihr Anführer Waleran erscheinen wird.«

Die Warnung verfehlte ihre Wirkung nicht. Ormgair schüttelte sich den Kopf frei, fuhr sich zweimal mit der Hand über die Augen, fasste einen Entschluss. Er riss den Blick von dem Ätherwesen auf dem Boden los und ging auf die mit Silberketten gebundene Hohepriesterin zu. Ohne viel Federlesens zückte er den goldenen Skarabäus – ein kurzer Augenblick des Zögerns, und er warf ihn auf den massiven Schreibtisch. Er nahm Maß und ließ Morvens Schneide auf das Artefakt niedergehen. Es barst in einem geräuschlosen Funkenhagel, Metallspäne und Splitter kostbarer Gemmen sirrten durch die Luft. Mit grimmiger Miene ergriff Ormgair die Fragmente. Er warf sie unter dem geheimnisvollen Lächeln seiner Geisel auf den bewusstlosen Greskegard. Schwertgehänge und Pistolenarmbrust des Inquisitors in ihrer Scheide folgten dem Artefakt nach – diese beließ Ormgair intakt. Er würde keinen Unbewaffneten erschlagen, wenn er zurückkehrte.

»Der Vorgeschmack meines Schwurs«, sagte der Nebeljäger.

Er würde den Rest erfüllen, doch plagten ihn dringendere Nöte. Er musste hier raus. Er hatte, was er wollte. Er warf einen letzten Blick auf die noch immer krampfende Fae, vergewisserte sich, dass das Wesen ihn nicht anzugreifen versuchte oder ihm folgte. Zufrieden warf sich der Barbar die gefesselte Hierophantin über die Schulter, ohne ihre sinnliche, kurvenreiche Silhouette zu würdigen. Auf dem Flur waren Schritte zu vernehmen. Waffengeschirr klapperte, Rüstzeug schabte. Ormgair schob eines der Bleiglasfenster auf. Er legte die Gefangene auf dem Sims ab, folgte ihr nach. Seine Pranke langte ins Innere, schloss das Fenster. Der Nebeljäger sah noch, wie die Fae wie eine Hitzespiegelung zu flimmern begann, der Anblick ließ ihn erschaudern. Dann war sie verschwunden.

Der Ambosskrieger und seine Beute taten es ihr nach. Sie ließen sich vom noch kraftlosen Grau des frühen Morgens verschlingen.

Das Meißeln in Fenneks Schläfen war das erste Gefühl, das ihn auf seinem Rückweg in die bewusste Welt begleitete. Das zweite war die Übelkeit, als er sich zögernd aufsetzte. Sein Nacken pochte, war taub.

Was war geschehen? Er erinnerte sich: Der Barbar hatte ihn niedergestreckt.

Wenn der Bastard mir von hinten eines mitgegeben hat, warum pochen meine Schläfen?

Langsam zog sich der Inquisitor an der Wand empor. Seine Knie fühlten sich an, als bestünden sie nicht aus Muskeln, Sehnen, Knochen, sondern aus aufgeweichtem Biskuit. Greskegard spürte, wie etwas von seinem Körper glitt und auf das Parkett zu seinen Füßen polterte. Da war sein Schwert. Die Armbrustpistole. Da war noch etwas anderes. Er kniff die Augen zusammen. War das …? Nein!

Wie betäubt – er wusste nicht, wie lange – stierte er auf die beiden Hälften seines unersetzlichen Kleinods. Auf die Schnittkante, auf gesplitterte Edelsteine, zerrissene Ketten. Dieses Tier hatte ihm nicht nur eins verbraten, es hatte Wort gehalten, Fenneks nicht mit Gold aufzuwiegendes Hilfsmittel zerstört.

Bei dem Gedanken an den Verlust flog Greskegards Blick wie von selbst hinüber zu seiner Gefangenen. Fort. Sie war ebenfalls dahin! Bei allen Höllen, der greise Ambosskrieger hatte ihm seinen Triumph geraubt. Er tat einen langen Atemzug durch die Nase, legte die zitternde Hand aufs Gesicht, krallte die Finger in Stirn und Augenhöhlen. So zog er die Hand langsam nach unten, bis er den Eindruck hatte, er könnte sich mit etwas mehr Spannung die Visage abreißen. Die Hand wanderte über den Nasenhöcker, strich über seine Lippen, fiel kraftlos herab.

Durch seinen Geist tobte ein nicht zu bändigender Sturm aus hilfloser Wut, unstillbarer Verzweiflung. Alles schien verloren. Alles *war* verloren. Nein! So konnte, so durfte es nicht enden. Nicht nach allem, was er durchgemacht hatte. Vielleicht blieb ihm Zeit. Ja! Das war es – der Alte konnte nicht weit sein. Und er kannte sich nicht gut genug aus in der Stadt. Sie würden ihn fassen und … Sie würden …

Erst da ging ihm auf, dass er nicht allein im Raum war. Hinter ihm stand eine Gruppe Gestalten. Fennek nahm sich einige deutlich in seinem Kopf widerhallende Pulsschläge Zeit, um sich zu sortieren. Betont langsam wandte er sich um. Er würde Rubica, Sanftleben und die Myrmidonen entsenden. Doch erst würde er sie Gottesfurcht vor seinem Rang lehren – er hatte die Zügel zu lange schleifen lassen. Damit war es vorbei.

Tatsächlich standen die Myrmidonen hinter ihm. Ein halbes Dutzend der Schwergepanzerten, um genau zu sein. Doch weder sah er die Fae, noch ragte Sanftleben neben ihnen auf. Die Palastwächter hatten die Spitzen ihrer Zweihandschwerter auf ihn gerichtet.

»Was …?«, fragte der Inquisitor. Mehr bekam er nicht mehr heraus, als er die Gestalt erkannte, die hinter den Männern hervortrat. Persönlich vor Ort, um über ihn zu richten.

»Mein lieber Fennek«, sagte der Archont. »Mir sind einige unschöne Dinge über dich zu Ohren gekommen. Wir müssen uns dringend unterhalten.«

19. Clach

Sie wussten scheinbar, was er war. Verstanden, welche Gefahr von ihm ausging – oder hatten die Leichen gefunden. Es war einerlei. Er war so straff fixiert, dass er kaum blinzeln konnte.

Sie hatten eine lange Kette mit einem Haken an derjenigen des Knäuels aus Gliedern befestigt, die zwischen seinen Fußknöcheln gespannt war. Er war eine Mumie aus Metall, die von einem der Pferde aus der Diadochenstadt über die Pisten und gefrorenen Wege durch den Nebelschild gezogen wurde. Solcherart außer Gefecht gesetzt, versuchte er sich zumindest einen Teil seiner Umgebung anzusehen. Sein Verstand raste, forschte nach einer Möglichkeit, sich zu befreien, suchte nach Fluchtwegen aus dieser Misere. Er fand keine.

Selbst der einfachste Ausbrechertrick, wenn es darum ging, Seilen und Ketten zu entrinnen, setzte darauf, dass ein Gefangener den Umfang seines Brustkorbs durch bewusstes Ausatmen verkleinerte. Das war der problematische Punkt an seiner Wiedergeburt. Von seiner Lunge war so gut wie nichts übrig – die Ketten saßen stramm.

Als er so durch den Nebelschild gezogen wurde, begann das, was das Ende von seiner Haut noch übrig gelassen hatte, am ganzen Körper zu prickeln. Eine fiebrige Hitze, die mit Spinnenfingern über seinen Leib kroch, sich bis in sein verhärtetes Zahnfleisch fortsetzte. Der Totenkaiser übte sich in Geduld, hoffte, dass der Effekt nachlassen würde. Vergebens. Er konnte auch nicht die Quelle dieser seltsamen Empfindungen ausmachen. Er schob es auf die arkanistischen Ketten.

Der Turm war von einer Vielzahl kleinerer Gebäude umgeben, die sich daran schmiegten. Krude Fachwerkbauten eines längst aus der Mode gekommenen rustikaleren Baustils. Sie standen im Rund, teils von gespitzten Palisaden umgeben, und waren schwer befestigt; viele der Wohngebäude verfügten über einen eigenen Zaun, über zinnenbewehrte Türmchen, auf denen Pavisen oder Sturmwände standen. An Drehlafetten montiert, verbargen sich Armbrüste und Ballisten beachtlicher Größe dahinter. Von den Dächern der Privathäuser aus boten diese Geschütze eine beeindruckende Feuerkraft in die Gassen der Stadt oder über die Palisade hinweg.

Clach pfiff bei diesem Anblick anerkennend durch die Zähne. Man wusste sich hier seiner Haut zu erwehren. Dies war kaum verwunderlich, wenn er bedachte, dass er sich in der Wildnis befand. Doch der wahre Fixpunkt dieses Ortes war der Turm, er überstrahlte in seiner nachtschwarzen Erscheinung und beachtlichen Höhe alles darunter, degradierte Gebäude und Einwohner zu Insekten.

Der Totenkaiser roch Feuer, gebratenes Fleisch. Menschen riefen aus, als sie sahen, was die Marodeure an ihren Pferden hinter sich herschleiften – wobei es nicht viel sein konnte, was sie unter all den Ketten erblickten. Es war eine vortreffliche Ironie, dass der Attentäter, nur wenige Stunden nachdem er sich der falschen Moreno entledigt hatte, in einer ähnlichen Lage steckte wie sie.

Die Hetzjagd vor den Stadttoren hatte ihm keine Wahl gelassen. Es wurde zunehmend schwieriger, die Menschen zu verstehen. Zu Lebzeiten hatte er ihr Verhalten schon kaum ermessen können. Jetzt, da er ein Heimkehrer war, plagten ihn zum ersten Mal Emotionen, deren Dimension oder Quelle er nicht im Mindesten begriff. Was für einen unbedarften Zuschauer so erscheinen mochte, als habe Clach Gnade, Mitgefühl entwickelt, war nicht mehr als ein sorgfältig kalkuliertes Manöver.

Seine Einmischung war eine bewusste Entscheidung gewesen. Er wollte in seiner Entfremdung von der menschlichen Rasse nicht tiefer versinken. Er hatte sich zu einer Empathie gezwungen, die er nicht spontan empfand, sondern die ein bewusster Prozess war, um nicht noch weiter zu degenerieren. Wenn er nicht zu einem Monstrum verkommen wollte, das sich ohne Unterlass von Menschenfleisch nährte, musste er sich eine gewisse Menschlichkeit erhalten.

Er hatte nicht damit gerechnet, dass man in dieser Enklave so rasch auf ihn aufmerksam werden würde. Wer konnte ahnen, dass die Arkanisten in Ludhov in der Lage waren, ihn wahrzunehmen?

Außer, es waren keine Arkanisten. Weil ein Heimkehrer hier ist.

Die Erkenntnis kam ebenso schlagartig wie ernüchternd. Zersetzte die Neue Macht die Wurzeln der Kulturen außerhalb der Pentae? Falls ja – wie tief waren die Sporen ihres verderbenden Einflusses eingesunken? Wie hatte sich solch ein Wesen vor ihm verbergen können? Wo er durch den Umgang mit der Moreno doch darin geschult war, sich ihre Präsenz bewusst zu machen – so wie die Heimkehrer es mit seiner Anwesenheit vermochten.

Dies war genau die Fähigkeit, nach der er gesucht hatte – welche Kreatur unter diesen Sterblichen den Ton angab, welchem der Titanen sie dienen mochte, er würde sich diese Fähigkeit aneignen. Clach entspannte sich etwas, das Ziel vor Augen.

Sie hatten ihn in das Innere einer aus kruden Würfelformen konstruierten Festung verfrachtet, die aus Basaltgestein verfügt war. Ihre gelbliche Fremdartigkeit, die eigenständige Geometrie hoben sich deutlich von den sie umgebenden Häusern ab, offenbarten die Hand der Baukünste des tiefsten Südens. Der Kontrast zu der Landschaft, zu den anderen Gebäuden von Ludhov konnte nicht absonderlicher sein.

Man hatte Clach unter dem schummrigen Licht rußender Talglichter in die Gebeine dieser seltsamen Befestigungsanlagen geschafft – hinunter in den Kerker, wo der Gestank des Elends zum Schneiden dick war. Der Totenkaiser hatte keine Vorstellung, wie viele Einwohner das winzige Diadochenreich hatte. Es konnten längst nicht so viele sein, wie hier unten Zellen waren, an denen man ihn vorbeigeschleift hatte.

Der bei ihm Hungergefühle auslösende allgegenwärtige Blutgeruch, die Räume, denen er entströmte, sprachen eine eindeutige Sprache. Sie verrieten ihm, wie zumindest die Bewohner dieses Bollwerks inmitten der kargen Ebenen des Nordens ihren Hunger stillten. Und womit sie es taten. Es war die dritte bittere Ironie dieses Tages, dass er, der abstinent lebende ghulische Heimkehrer, Genüssen entsagte, denen sich der Diadoche und seine Marodeure ohne Skrupel hingaben. Die Menschenjagd, derer er Zeuge geworden war, ergab so auch in praktischer Hinsicht einen perversen Sinn.

Nun ruhte er auf einer massiven Steinplatte, die einst der Sarkophagdeckel eines frühzeitlichen Königs gewesen sein mochte. Sie war in aufrechter Schräglage an der Südwand eines Raumes fixiert, für den keine andere Bezeichnung als »Labor« angemessen war. Clach hatte man an dem Tisch fixiert. Die ganze Konstruktion, Platte, Ketten, Stahlschellen, schien von irgendeiner Art von arkanistischer Härtung so durchdrungen, dass es ihm mit größter Gewalt nicht gelang, sie zu zerreißen.

Das Refugium des Arkanisten war von beeindruckender Größe, die Regale an den Wänden quollen über von Büchern und Schriftrollen. Die Größe der Sammlung stand der von Morenos Vater nur wenig nach. Dem Totenkaiser gegenüber stand ein menschliches Skelett auf einer Art hölzernen Rollplatte. Jemand hatte dem Gerippe in einem intimen Witz den klassischen Spitzhut eines Magiers übergestülpt. Clach blieb wenig, als seinem stummen Widerpart auf morbide Weise zurückzugrinsen.

Neben dem anatomischen Exponat stand ein massiver Holztisch, auf dem in allerlei Kolben und Glasspiralen Flüssigkeiten schimmerten. Hier und dort stiegen zischend Wölkchen in kaum beschreibbaren Farben auf. Auf Wandregalen über dem Tisch standen schwere verkorkte Gläser, in denen Sammelsurien an physiognomischen Abartigkeiten in der schwerelosen Umarmung verfärbten Alkohols träumten. Schwefel- und Bromflecken zeichneten die Steinwände, da wo sie nicht seltsame anatomische Zeichnungen, Ansammlungen von Kalendarien oder obsoleten astronomischen Schaubildern aus weniger nebligen Tagen verfärbt hatten. Ein abscheuliches Geruchsgemenge aus Gilb und dem Gestank von Alchemagie tränkte die Luft.

»Ihr müsst den etwas ruppigen Umgang sowie die rustikale Unterbringung entschuldigen«, sagte der Mann, der in diesem Moment durch die Tür trat.

Clach neigte nur den Kopf, blieb dem Gegenüber die Antwort schuldig. Im Sammelsurium der absonderlichen Dinge, die dem Totenkaiser in den letzten Monaten widerfahren waren, bildete dieser Geselle nicht den Höhepunkt, aber als gewöhnlich konnte man seine Erscheinung nicht bezeichnen.

Sein Körper war mehr als nur wohlgenährt. »Birnenförmig« war das Wort, das ihn am besten beschrieb. Fleckige, aschgraue Wollroben spannten sich um die Leibesmitte. Er hatte weißgraues Haar, dessen Ansatz sich bis zur Kopfmitte zurückgezogen hatte und das zu einem schlaffen Pferdeschwanz gebunden war. Die Glieder des Arkanisten formten einen absurden Kontrast zu seiner Erscheinung, denn sie waren auf seltsame Weise feingliedrig und schlank.

Doch den verstörendsten Eindruck bildeten seine Augen. Sie waren münzgroß, traten hervor und schielten nur einen Tick zu leicht nach außen, was dem Mann zusammen mit den filigranen Gliedern ein amphibienartiges Aussehen verlieh.

»Ihr seid nicht besonders gesprächig? Das werden wir ändern«, sagte der Arkanist. Sein jovialer Tonfall war Grund genug für Clach, ihn bei der ersten sich bietenden Chance zu entleiben. »Oh, ich fürchte, dazu werdet Ihr kaum Gelegenheit erhalten.«

Ihr versteht mich?, dachte der Heimkehrer.

»Glasklar, gewiss. Das heißt, ich vernehme, was Ihr denkt. Euch verstehen? Nun, dazu wird es wohl eines ausgedehnteren Studiums bedürfen. Ich werde wohl oder übel tiefer in die Ebenen Eures überraschend komplexen Bewusstseins vordringen müssen. Doch wer weiß, vielleicht besteht zu solch krudem Handwerk ja gar kein Anlass.« Er ging auf den Tisch zu, hielt trotz der Eisenbänder und Ketten respektvollen Abstand zur Gestalt des Totenkaisers. »Aber lasst uns nicht unsere Manieren vergessen. Wie ist Euer werter Name?«

»Wie lautet denn der Eure?«, fragte Clach zurück.

»Gut. Sehr gut«, sagte der feiste Arkanist. »Das wird interessant. Ihr seid Euch der Bedeutung des Namens für arkane Beeinflussungen bewusst. Doch muss Euch klar sein, dass ich Euch meinen wahren Namen kaum verraten werde, bis wir eine Ebene des Vertrauens geschaffen haben. Bis ich weiß, was genau für eine Art Kreatur Ihr seid. Solange werdet Ihr mich als ›Meister‹ betiteln.«

Die letzte Aussage war eindeutig als Befehl formuliert. Sie wurde von einer Geste begleitet, bei der Daumen und Zeigefinger aufeinanderlagen, die übrigen Finger abgespreizt. Clach spürte ein Prickeln in dem, was von seinen atrophierten Eingeweiden geblieben war. Ein Zauber? Arkanisten zauberten doch nicht.

»Interessant«, sagte der Arkanist – oder was immer diese Kröte war. Clach realisierte im gleichen Augenblick, dass der Mann gerade ein zweites Mal versucht hatte, irgendeine Formel auf ihn anzuwenden. Draußen vor Ludhov hatte er Metall befehligt, um den Totenkaiser zu binden. Jetzt, in der Sicherheit seines Labors, nutzte er einen anderen Spruch. Von einem Artefakt oder verzauberten Werkzeugen war dabei in seinen Händen nichts zu sehen. Hinzu kam seine Fähigkeit, die telepathischen Kräfte des Totenkaisers anzuzapfen, sie zu empfangen. Gleich drei verschiedene Arten magischer Ausprägungen.

Clach war kein Experte, aber Arkanisten und Ketzer waren durchaus häufige Ziele, sie hatten viele Feinde. Daher war jeder Zögling des Tempels zumindest in den Grundlagen ihrer Fähigkeiten ausgebildet. Über Ketten zu gebieten, das ließ auf einen ketzerischen Metallomanten schließen, keinen Arkanisten, der im Prinzip ja nicht mehr war als ein ätherisch begabter Handwerker. Dazu die Handgeste, von der Clach annahm, dass sie Nigromantie nutzte – ein Versuch, den vermeintlichen Untoten zu kontrollieren, den der Mann vor sich sah. Und schließlich Telepathie oder Divination. Sein Fänger schien all diese Künste zu beherrschen, was bedeutete …

»Ganz recht!«

Das selbstgefällige Grinsen auf den von Pflanzensäften und Arzneien verfärbten Lippen der feisten Gestalt hätte unter anderen Umständen mühelos Kriege zwischen befreundeten Nationen auslösen können. »Ich darf mich rühmen, ein Anwender Wahrer Magick zu sein, der diverse Schulen gemeistert hat.« Kröte legte den Zeigefinger an die beeindruckende Vielzahl seiner Kinne. »Ihr seht, jedweder Widerstand ist nichts als ein Hinauszögern des Unvermeidlichen. Ein schmerzhafter Aufschub, wie ich hinzufügen möchte.«

»Wahre Magick ist tot. Es gibt keine Magier. Nicht mehr«, sagte Clach.

»Halten wir fest, dass sich das Subjekt mit einer einzigartigen Mischung aus normaler Lautsprache sowie gerichteter Telepathie verständigt, die zweifelsohne aus der Nekrose des labialen Gewebes resultiert. Ein interessanter Effekt.«

Der Arkanist – oder was immer er war – ging mit verblüffender Leichtfüßigkeit zu seinem Schreibtisch hinüber. Er griff zu Tinte und Federkiel und begann sogleich mit Aufzeichnungen. Clach schwieg seinerseits, studierte jede der Bewegungen des Gelehrten, um mehr über ihn und seine Fähigkeiten zu erfahren. Zugleich achtete er ab jetzt penibel darauf, seinen Verstand, sein gesamtes Denken abzuschirmen, wie er es bei der Moreno getan hatte.

Nachdem er mit seinen Aufzeichnungen geendet hatte, stand Kröte auf. Er ging auf den Totenkaiser zu, hielt aber weiterhin respektvoll Abstand.

»Ihr ginget fehl, Kreatur, unterläget Ihr dem allgemeinen Irrglauben, dass die Wahre Magick unrettbar verloren wäre. Lasst mich Euch versichern: Sie kehrt zurück. Ich war vor wenigen Jahresläufen noch wie Ihr.« Er kicherte. »Also nicht im organischen Sinne, das wäre kaum möglich, ohne dass ich vorher stürbe. Aber ich gehörte zu jenen, die glaubten, dass solche Macht mit dem Sturm der Titanen diese Welt unrettbar verlassen habe. Ihr könnt Euch meine Überraschung vorstellen, als ich diesen Turm in uralten Aufzeichnungen der Akademie von Gawr fand, meine Reise mich zu diesem vergessenen Schatz führte.«

»Was hat er damit zu tun?«, fragte Clach und gab sich arglos.

»Er emittiert eine machtvolle Strahlung reinster Magick, und der Geist des Kundigen vermag diese zu absorbieren wie ein Schwamm. Doch gebt Euch nicht so naiv, Ihr wisst um seine Geheimnisse. Warum sonst solltet Ihr hier sein? Die Satteltaschen Eures außergewöhnlichen Reittiers beinhalteten schließlich eine der seltenen Karten, die auch mich hierherführten.«

Ohne Vorwarnung griff der Ketzer in seine Roben und förderte eine lange Nadel zutage. Er machte einen Schritt nach vorn. Stach sie mit chirurgischer Präzision in Clachs Solarplexus, mitten hinein in ein Ballungszentrum aus Nerven, das der Totenkaiser kannte, es als Schwachstelle Aberhunderte Male bei Gegnern attackiert hatte.

Der Schmerz war von einer Fremdartigkeit, für die es keine Beschreibung gab. Absolut lähmend. Clach biss die Zähne zusammen. Sein Körper bog sich bis zum Bruchpunkt durch, während er von Qualen gebeutelt wurde, die er mit dem Ende seines Lebens für unmöglich gehalten hatte.

»Ich hätte Euch beinahe nicht bemerkt«, sagte Kröte. Seine abartig schlanken Finger förderten ein ganzes Lederbündel dieser Nadeln zutage. »Ihr habt eine machtvolle Ansammlung von kostbaren aktiven Substanzen nicht unweit von Ludhov dem Feuer überantwortet, kurz bevor eine unfassbare Macht freigesetzt wurde. Eine Macht, über die wir noch werden reden müssen. Gewissermaßen habt Ihr damit ein Flammenmeer in den Schwärzen der astralen Leere entzündet und Euch über Meilen Weite preisgegeben. Aber lassen wir das.«

Er hob eine weitere Nadel.

»Ich frage Euch noch einmal: Wie ist Euer Name?«

Mit seinem Zeitgefühl war es ohnehin nicht weit her. Der Totenkaiser war überzeugt, dass er die Zuwendungen des Ketzers, die auf den ersten Stich mit einer seiner Nadeln erfolgt waren, seit Tagen ertrug. Hier hing er, unfähig, sich zu befreien, unwillig, der feisten Kreatur mehr über sich preiszugeben. Eine Einschränkung, die der gefallene Arkanist nicht empfand.

Zwar schwieg er weiterhin, was seinen Namen anging, doch ansonsten schwadronierte er so ausdauernd, dass sich Clach sicher war, dass dieses Vorgehen der zweite Teil der Folter war. Sie verfolgten dasselbe Ziel – in den Turm des Tyrannen von Khael einzudringen –, nur dass ihre Motive sich ganz und gar unterschieden.

Solange er ihm nützte, nahm dieser »Magier« – der Totenkaiser verwahrte sich gegen den Ausdruck, musste es sich jedoch eingestehen – nach eigener Aussage die Befehle des Diadochen Castor Ludevik hin. Doch würde es damit vorbei sein, sobald er die Geheimnisse des Gebäudes erschlossen hatte.

Es waren endlose Tiraden über Macht sowie Bestimmung, die eines überdeutlich vermittelten: Der Mann hatte nicht den Verstand verloren, als er hierhergekommen war – er war hoffnungslos vom Größenwahn zerfressen gewesen, als er angekommen war. Nicht minder wie sein Mäzen. Der Totenkaiser hatte eine eigene Theorie, was hier vorging. Und er nahm sich vor, sie beim nächsten Gespräch mit Kröte auf die Probe zu stellen.

Clach wusste in dem lichtlosen Laboratorium nicht, welche Tageszeit es war. Es war für ihn in seiner momentanen Lage auch nicht von Bedeutung. Als Kröte eintraf, machte sich der Totenkaiser bemerkbar. Der gefallene Arkanist trat in sein Blickfeld.

»Wenn der Turm Euch, einen Anwender der Kraft, mit Wahrer Magick speist … geht er selektiv zu Werke?«, fragte der Attentäter.

Ein überraschter, freudiger Ausdruck zeichnete die Miene seines Kerkermeisters, weil der Gefangene nach einer endlosen Dauer des Schweigens von sich aus zu sprechen begann. Noch dazu an seiner Expertise interessiert war.

»Euch ist es aufgefallen?«, fragte Kröte. »Die Deviationen des Charakters der meisten Marodeure? Die seltsamen Speisevorlieben?«

»Sie scheinen mir Kannibalen zu sein«, sagte Clach. »Und noch abartiger in ihrem Verhalten als der Pöbel der Pentae. Der Gestank. Das aggressive Gebaren. Die gewaltsame Lust ohne jede Kontrolle …«

»In der Tat«, sagte Kröte schulmeisternd. »Ihr müsst ein sublimes Gespür für energetische Strömungen besitzen. Eine wertvolle Information.« Er nahm einen Stuhl und setzte sich seinem Gefangenen gegenüber.

»Die magischen Entladungen, die sich im Gebäude manifestieren, zersetzen den Verstand Ungewappneter und haben Auswirkungen auf das Gehirn. Es ist im Prinzip die gleiche Energie, die während des Sturms frei wurde, dabei einen ähnlich erodierenden Effekt auf ganz Thetis hatte. Nur manifestiert sie sich hier eher lokal. Doch sagt: Möchtet Ihr mir nicht doch endlich etwas über Euch mitteilen? Ich bin mir sicher, wir könnten voneinander profitieren.«

Der Totenkaiser hatte ihn dort, wo er ihn haben wollte. Er hatte lange geschwiegen, um seine erkorene Beute stückweise dazu zu bringen, sich zu öffnen. Nach den Missgeschicken der vergangenen Zeit durchdrang ihn jetzt das sanfte Erschauern, das er verspürte, wenn er sich einem Ziel näherte. Das Unausweichliche eingeleitet wurde. Das Vorspiel.

Clach hatte die Schmerzen hingenommen, seinem Gegenüber nur Brosamen dessen hingeworfen, wonach es den selbst ernannten Magus verlangte. Jetzt, da er zum ersten Mal in einen echten Dialog mit seinem Ziel getreten war, konnte dieses sein Interesse kaum noch bezähmen.

Doch bevor der Heimkehrer den gefallenen Arkanisten um den Finger wickeln konnte, wurde die Tür aufgestoßen. Kröte senkte sofort das Haupt. Die Verwandlung war erstaunlich – er hatte nicht für einen Augenblick Zweifel daran gelassen, dass er in dieser Domäne Herr über alles und jeden war. Doch vor der Gestalt, die eintrat, verbeugte er sich nicht nur. Er katzbuckelte.

»Das ist das Ding also«, fragte der Neuankömmling.

Die markanten Züge, das an den Schläfen grau melierte, kurz geschnittene Haar verliehen dem Mittfünfziger einen Hauch von Aristokratie. Dieser wurde durch die gemeißelten Gesichtszüge zwar unterstrichen, doch die Illusion wurde von der fiebrigen Manie in den Augen des Mannes ebenso zerstört wie durch die kruden Tätowierungen. Das gesamte Gesicht war nach Art der Ambossbarbaren mit Schlingen und Schnörkeln in blauer Farbe bedeckt. In der Weise, wie sie die Riesen der Brachen im Krieg mit der Färberwaidpflanze noch verstärkten.

Es bestand kein Zweifel, dass dies der Diadoche von Ludhov war. Im Gegensatz zu Kröte war der Kerl alles andere als vorsichtig. Er trat in das Labor ein, gewandet in einen schweren Brokatmantel. Er trug hautenge Strümpfe, ein kostbares Wams, Clach konnte darunter das verräterische Metallrieseln eines Kettenhemdes vernehmen. An seiner Seite führte Castor Ludevik eine antike Spatha in einem reich verzierten Wehrgehänge. Er sah Zoll für Zoll aus, als wisse er mit diesem aus der Mode geratenen Schwert umzugehen.

»Es ist abstoßend«, stellte Ludevik im lakonischen Tonfall fest und bohrte ohne jede Furcht einen Finger in Clachs abgemagerte Brust. »So ohne Kleidung sieht man erst, wie hinüber der Bursche eigentlich ist, nicht wahr, mein bester Meister Dirth? Er sieht ein wenig aus wie die Kadaver, die die Almharach in diesen Steinhaufen vergraben.«

Der Magus erbleichte bei der Nennung seines Namens in Clachs Gegenwart, doch der Totenkaiser reagierte nicht. Er lag da wie tot, betrachtete den selbst ernannten Hochfürsten.

»Er stinkt fast gar nicht. Da ist ein leichter Leichengeruch, sicher, aber so wie unser Bursche hier aussieht, müsste er doch miefen? Er rührt sich ja gar nicht, Dirth.«

»Ich habe ihn noch nicht vollständig analysiert, Eure Erhabenheit. Sobald ich meine Studien abgeschlossen habe, setze ich Euch über die Ergebnisse in Kenntnis.«

»Natürlich wirst du das. Spricht es? Heda, sprichst du?«

Er bohrte seinen Finger erneut in Clachs Rippen. »Antworte mir!«

Clach schwieg. Er legte in gespielter Unkenntnis den Kopf schief, so als wäre er tumb. Dirth schien ebenfalls auf eine Reaktion zu warten – doch der Attentäter tat ihm den Gefallen nicht. Totenkaiser und selbst ernannter Magus tauschten einen Blick, der Ludevik entging, den Dirth jedoch verstand. Clach würde sich dem Diadochen nicht offenbaren, er würde nur mit dem Magus kommunizieren. Dirths Gesicht verzog sich für einen kurzen Augenblick zu einer Maske des Triumphs, er hatte sich jedoch rasch unter Kontrolle.

»Bislang hat sich das Spezimen nicht geäußert, Eure Erhabenheit«, sagte er, ganz der unterwürfige Lakai eines mächtigen Mannes. Ein Speichellecker, der vorhatte, sich seines Dienstherrn auf drastische Weise zu entledigen, sobald sich nur der Hauch einer Chance bot.

»Wie ausgesprochen langweilig«, sagte der Diadoche, unterdrückte gespielt ein Gähnen. »Ich erhoffte mir mehr. Was denkst du, mein guter Meister Dirth? Hängt die Ankunft dieses Geschöpfes im Reich mit meinem Turm zusammen?«

»Es lässt sich nicht ausschließen, Eure Erhabenheit.«

»Dann finde es alsbald heraus. Ich kann es kaum noch erwarten, diesem vermaledeiten Gemäuer sein Wissen und seine Waffen aus uralter Zeit zu entreißen. Mir wird gelingen, woran meine Vorfahren scheiterten.«

Dirth verbeugte sich. Der Magus erhob sich erst, als die Schritte des Diadochen in einem Gespräch mit einem der Marodeure auf dem Flur verhallten. Dann stand er zögerlich auf.

»Warum habt Ihr nicht mit ihm gesprochen?«, fragte der Magus.

Da war es also. Die Frage, das geweckte Interesse. Kröte war an genau dem Punkt, an dem Clach ihn haben wollte. Nun galt es, subtil vorzugehen. Zu warten. Er würde Bröckchen preisgeben, ausharren, bis Ludevik genug hatte, Resultate von Dirth verlangte, die dieser ihm nicht geben konnte. Dann wäre es an der Zeit, den Größenwahn des Magus in den unleugbar vorhandenen Hass zu dirigieren.

Es war die »Paarung der Spinnen« – ein Meisterstreich, den nur die fähigsten Attentäter beherrschten, die sich auf gesellschaftliche Anschläge spezialisiert hatten. Das Ausspielen zweier Todfeinde, meist Ehepartner, hatte dieser Strategie ihren Namen verliehen.

Der Totenkaiser war bei Weitem kein Meister dieser diffizilen Kunst, war sie doch von menschlichen Emotionen abhängig, die für ihn, bis auf die extremsten Ausprägungen, ein versiegeltes Buch waren. Doch sah Clach keinen anderen Ausweg. Was das Erkennen der Gefühle betraf, so war die einseitige Animosität zwischen Dirth und Ludevik selbst für Clach deutlich. Er würde seinen Peiniger und dessen Meister in eine Spirale treiben, die im Tod beider mündete. Er würde es müssen, denn er kam auf andere Weise nicht hier heraus.

»Das wisst Ihr genau«, sagte Clach. Er hoffte insgeheim, dass seine bislang verborgenen Gedanken hier seine Trumpfkarte bildeten. Mit Konzentration und Sorgfalt ließ er nach Tagen der Ruhe wohlkonstruierte Fragmente durch seine mentalen Schilde sickern. Bruchstücke von Lügen, die eine Anerkennung von Dirths Macht, einen Hauch von schmeichelhaften Gedanken vermittelten. Es waren keine echten Emotionen – es waren Konstrukte von Emotionen, etwas, das vorzutäuschen der Totenkaiser in seinen sterblichen Tagen gemeistert hatte.

Die Reaktion ließ nicht lange auf sich warten. Der Zauberer versuchte vergeblich, seine Selbstzufriedenheit zu verbergen – oder, was ebenso wahrscheinlich war: Clach war seinerseits nicht in der Lage zu durchschauen, wie viel Kröte davon vortäuschte. An diesem Tag sah der Magus davon ab, den Totenkaiser mit seinen Nadelriten zu martern – Clach gab einige Brosamen über sich preis, so, wie er es vorgenommen hatte.

Der Attentäter hatte sich angewöhnt, das Verstreichen der Tage durch Maßnahmen zu messen, die weder von einer inneren Uhr abhängig waren, noch dass sie des Firmaments bedurften. Der Totenkaiser beobachtete stattdessen mit der ihm eigenen Sorgfalt und Ruhe, was Dirth tat. Wann er eintraf, wann er ging. Welche Dinge auf seinen alchemischen und alchemagischen Tischen kochten. Wie lange es dauerte, bis ein Gebräu fertiggestellt war.

Dirth wusste nicht, welche Sprachen der Attentäter beherrschte. So unterlief ihm der Fehler zu offenbaren, wann er welche Ingredienzien und Tinkturen verwendete – die Flaschen und Tiegel waren beschriftet. Einiges davon kannte Clach nur zu gut, und er wusste, wie es sich mit diesen Substanzen verhielt, wenn man sie aufkochte oder anderweitig hohen Temperaturen aussetzte.

Langsam aber sicher konstruierte sich der Attentäter auf diese Weise gemeinsam mit den Strukturen von Dirths Abläufen einen Rhythmus, bei dem er sich sicher sein konnte, ob es Tag oder Nacht war.

Wie die meisten verkopften Scholaren war auch der Magus ein eigenbrötlerisches Gewohnheitstier, das zugleich in anderen Sphären driftete, zu denen der Rest der Menschheit keinen Zugang hatte. Es war diese Tatsache, die dem Totenkaiser bei seinen Bestrebungen in die Hände spielte.

Hätte sich Kröte die Mühe gemacht, Clachs Ausrüstung einer genaueren Inspektion zu unterziehen, er hätte über die rein profanen Dinge wie die gebeutelte Rüstung, den Umhang oder Clachs Waffen hinaus einiges über seinen Gefangenen erfahren können.

Zum Beispiel, dass es eine törichte Laxheit war, die Kreatur auf dem Tisch zusehen zu lassen, wie man ein extrem verheerendes Gift braute. Eine Substanz, so toxisch und virulent, dass sie nur unter bestimmten Umständen gebraut werden konnte. Ihre rasende, alles Leben vernichtende Potenz konnte nur von der Macht der richtigen Tageszeiten, Mondphasen und anderer Paraphernalien gebändigt werden. Da das Einkochen des kaustischen Sirups Wochen dauerte, der Zugabe höchst seltener Spuren von Stoffen bedurfte, verfügte der Attentäter somit durch die Lässlichkeiten seines Gefängniswärters über einen primitiven Kalender.

Sie spielten ihr Spiel noch einige Tage weiter. Dirth marterte Clach. Er versuchte sich, nicht begreifend, was er mit dem Totenkaiser wirklich vor sich hatte, mit Nigromantie und anderen Schwarzkünsten am nicht toten Körper und Geist seines Gefangenen. Vergeblich. Clach wiederum machte dem Magus den Mund mit der Kenntnis angeblicher arkaner Geheimnisse des Turms wässrig.

Es war ein unschönes Zusammenspiel mehrerer Faktoren, unter deren Auswirkungen Clachs mentale Barrieren schließlich kollabierten. Wobei er auf das, was daran die Hauptschuld trug, nicht vorbereitet war.

Es begann damit, dass Dirth mit ungemein schlechter Laune durch die Tür stürmte. Er schleuderte eine lederne Rolle mit Schriftstücken gegen die Wand, entgegen seiner sonstigen Art, mit seinen Preziosen auf höchst sorgfältige Art umzugehen. Unter den Augen des Totenkaisers biss er sich in die Faust, bis das gelbliche Fleisch blutleer und fahl war. Ein tobsüchtiges Balg, das seinen Willen nicht bekam.

Er wirbelte ohne Vorwarnung herum, schnappte sich seine arkanistischen Marterinstrumente. Mit zwei Schritten war er bei Clach, rammte die erste seiner Nadeln ohne die üblichen Fragen oder irgendeine Vorwarnung in den Hals des Heimkehrers. Seine Miene war zu einer sadistischen Fratze verzogen.

Noch während der verstärkte Schmerz durch Nervenfasern jagte wie ein Flächenbrand, machte sich der Totenkaiser klar, dass der Magus mit seinem Dienstherrn aneinandergeraten sein musste. Dirth suchte ein Ventil. Die niedere Natur des Mannes offenbarte sich in diesem Verhalten – seine Frustration entladen in nackter Grausamkeit. So viel zu der viel gepriesenen Immunität des Magus vor den den Verstand zersetzenden Strahlen des Gebäudes.

Wie üblich nahm der Attentäter diese Marter stumm hin. Lediglich sein Entschluss, dass diese Kreatur durch seine Hand sterben würde, trieb wie ein Korken auf den Wellen aus Schmerz, die sein nicht totes Fleisch fluteten.

Dirths triumphierenden Aufschrei vernahm der Totenkaiser nicht mehr. Es war nicht der überraschende Ausbruch des selbst ernannten Magiers, der Clachs Bewusstsein traumgleich davontreiben ließ – es war die Präsenz. Genauer gesagt: die fünf Präsenzen, die sich ihm näherten. Und in der absoluten Dunkelheit seines Geistes war Clach bewusst, was er hier empfand.

Es war dasselbe, was Pavosa Moreno gespürt haben, was jeder

Heimkehrer empfinden musste, wenn ein anderer ihrer Art sich näherte, davon war er überzeugt. Es musste so sein. Ein bizarres, für den fühllosen Attentäter unvertrautes Gefühl von Nähe und Wiedererkennen. Eine Emotion, die im endlosen Wurzelwerk der Untiefen seines Geistes irrlichterte, während er zugleich zu zusammenhängenden Gedanken in der Lage war – sich auf einer Ebene der Schmerzen bewusst, die er gerade empfinden sollte, es aber nicht mehr tat.

Körperlich war es ein Zustand, den der Totenkaiser in Ermangelung besseren Wissens mit dem vergleichen musste, was er kannte: dem Gefühl des Sturzes in jenen seltsamen dunklen Ort, an den der Verstand eines Menschen wandert, kurz bevor der tiefe Schlaf ihn erfasst.

Es war, als hätte Clachs Bewusstsein die Heimstatt in seinem Kopf verlassen, wäre in ein unbekanntes Nebenzimmer ausgewichen. Die Schmerzen der Nadeln waren nicht mehr als ein zorniger Nachbar, der mit einem Besenstiel ein dumpfes Wummern erzeugte. Es ignorierte ihn.

Eben jenes Fenster, durch das Clach jetzt blickte, war zugleich das Blickfeld des Vordersten der fünf, die anderen ritten versetzt an seinen hinteren Flanken, sodass sie gemeinsam eine Pfeilformation bildeten. Er sah auf den Nacken eines nicht toten Pferdes herab, das vor den Ausläufern eines Sturmwinds aus roher, ungezähmter elementarer Gewalt ritt. Es war, als schöbe der Wind selbst das Quintett bei seinem Ritt an, verleihe ihm Flügel. Ihre Geschwindigkeit war atemberaubend, sie wehten nur so über das Land.

Der Reiter war ein Heimkehrer so wie der Totenkaiser. Durch seine Augen vermochte der Totenkaiser Ludhovs undurchsichtige Schutzkuppel als fernen Punkt am Horizont auszumachen.

Unvermittelt verstand er die Gedanken des Mannes, in dessen Geist er der Eindringling war:

Schneller! Er ist nicht mehr fern! Ich spüre ihn.

Und mit einem Mal wusste Clach, wer diese fünf Gestalten waren, die sich auf eine teuflische Weise zu einem einzigen vollständigen Heimkehrer ergänzten. Und genau in diesem Augenblick seiner Erkenntnis brachen die so sorgfältig errichteten mentalen Befestigungen entzwei. Dirths sondierender Verstand bohrte sich in den Geist des Totenkaisers.

Clach ein rot glühendes Brecheisen in die Stirn zu rammen wäre die gnädigere Vorgehensweise gewesen. Krötes Sondierung ließ hinter den mumifizierten Augenlidern des Attentäter-Heimkehrers ein Nordlicht explodieren. Zurück im Jetzt des Laboratoriums schrien zwei Männer – der Magus aus Triumph und der Totenkaiser, weil er meinte, sein Kopf würde von einem rostigen Axtblatt gespalten.

»Ja! Jaa!« Durch einen Schleier aus flackernden Kontrasten sah der Totenkaiser, wie Dirth einem zurückgebliebenen Kobold nicht unähnlich durch seine Studierstube tanzte.

»Ich weiß, wer du bist! Ich weiß, was du bist! Ich ... nein.« Dirth krümmte sich plötzlich, sackte in eine Hocke, die einen noch erbärmlicheren Anblick bot als seine Erscheinung an sich. »Nein! Das kann nicht sein! Der Sechste? Welcher Sechste? Es waren nur fünf! Der Meister hat keinen Sechsten erwähnt!«

Er rieb sich das Gesicht, so als müsse er eine schwere Müdigkeit vertreiben. Er sah plötzlich wie ein Mann aus, der an ein und demselben Tag einen Schatz gehoben sowie von einem Heiler erfahren hatte, dass er tödlich erkrankt war.

Teuflischer Glanz trat in seine Augen, ein Lodern blanken Fanatismus wischte die Trübe der Verwirrung hinfort.

»Ein Jäger bist du also, ja? Er hat dir gezeigt, wie man den Turm auftut, ja? All die Macht! All dieses Wissen! Aber keine Sorge, ich werde dich vernichten, bevor du verstehst! Das schwöre ich! Selbst der Erste unter den fünfen wird mir den Ruhm nicht streitig machen, der mir zusteht! Es ist mein Turm! Meiner!«

Die Tür des Labors wurde mit solcher Wucht aufgestoßen,

dass sie mit einem Geräusch wie Donnerhall gegen die Seitenwand flog. Zwei Marodeure stürmten in den Raum. Das Skelett fiel ob der Wucht, mit der die Tür auf das Mauerwerk traf, der Länge nach hin. Sein Schädel kullerte, schlug unterhalb von Clachs Füßen gegen die Steinplatte. Sein ewiges Grinsen bildete einen höhnischen Kontrapunkt zum Antlitz des mumifizierten Totenkaisers, der mit hängendem Haupt durch Wolken aus geistiger Schändung und magisch erzeugtem Schmerz auf den Beinahezwilling herabsah. *Da sind wir nun, alter Knabe,* schien die Knochenfratze zu sagen. *Nur zwei Tote und ein Irrer, die in einem Laboratorium ein paar nette Stunden verleben. Nichts Besonderes, mein Freund.*

»Meister Dirth! Der Hochfürst verlangt nach Euch!«

Kröte fuhr herum. »Jetzt? Ich kann nicht, ich habe …«

Die Soldaten waren eindeutig nicht in der Laune für Diskussionen. Widerwillig packte einer den Magus am Oberarm, zog seine protestierende Fracht in Richtung Ausgang.

»Ihr müsst mitkommen. Wir werden angegriffen!«, bekräftigte der andere. »Der Hochfürst braucht Eure Fähigkeiten. Jetzt!«

Sie waren aus der Tür. In seinem vor Bienenvölkern aus Lärm und Pein tosenden Kopf vernahm der Totenkaiser das sich entfernende Protestgeheul des Magus. Im Laboratorium wurde es still. Doch in der Ferne war Geschrei zu vernehmen. Wiehern. Eine dumpfe Explosion. Etwas Großes stürzte. Das gesamte Gemäuer erbebte. Die Ausläufer erstreckten sich bis in das Labor. Flaschen klirrten, Bücher fielen aus Regalen. Deckenputz rieselte wie Wüstensand. Der Schädel rollte einige Schritte davon, scheinbar nicht länger willens, an diesem Ort zu bleiben.

Clach verstand das. Er wusste nur zu gut, wer diese Geschöpfe, dieses Heimkehrerquintett waren. Die Morlàmh. Die Totenhand.

Er hatte sie vernichtet, sie mit dem Ritus des Nebelmachers in das Vergessen der Unterwelt von Scathach geschickt. In einem rasenden Gewaltakt, der dem Spinnengift geschuldet war, mit dem die Hure ihn beim Akt erwischt hatte. Alle bis auf ihren

Anführer, den er bei einem Messerkampf in den Tiefen des Leichnams des Titanen Fomor tödlich verwundet hatte. Sein alter Erzrivale Ordàg, der sich mit dem Ritus entleibt hatte, statt wie die anderen vier durch Clachs Hand zu sterben.

Du hast sie dort in der Unterwelt, zu Füßen der Titanen, unwissentlich selbst wieder zusammengeführt.

Und die noch immer verborgenen, ihm nach wie vor unbekannten Diener der Neuen Macht, die Knechte der titanischen Urgötter hatten diese versierten Mörder und Kämpfer erhoben. Um seiner habhaft zu werden? Um Moreno zu befreien? Oder zu rächen? Es konnte kein Zufall sein – wären die Heimkehrer nur hinter dem Turm her, so hätten sie viel eher handeln können.

»Nein, die sind meinetwegen hier«, presste Clach durch Zähne hervor, die bis in die Wurzelspitzen ihrer nicht toten Nervenbahnen pochten so wie sein Körper. Und dem Totenkaiser wurde klar: Selbst wenn er nicht gefesselt gewesen wäre, er hätte ihnen nach der Urkraft, mit der Dirth seinen Geist vergewaltigt hatte, nichts entgegenzusetzen gehabt, Heimkehrer hin oder her. Seine alten Rivalen waren ihm gegenüber in einem gewaltigen Vorteil: Ihre Erwecker hatten diesen untoten Häschern das volle Spektrum dessen verraten, was sie konnten. Welche Fähigkeiten sie besaßen – die Beben und die Geräuschkulisse in Ludhovs Straßen legten davon beredtes Zeugnis ab.

Aber wie sollte er hier herauskommen? Dirth würde ihn vernichten, wenn er zurückkehrte. Irgendwie hatte der Lurch etwas im Totenkaiser entdeckt, von dem Clach nichts gewusst hatte. Etwas, das den Magus unfassbar geängstigt hatte. Verborgenes Wissen, das Fahlsang dort hinterlassen haben musste – wahrscheinlich verankert, als Fahlsangs Klinge in Ormgairs Händen in Clachs Brust eingedrungen war.

Was hatte der sadistische Zauberer seinem Kopf gerade nur entrissen, fragte sich der Totenkaiser. Der Erste? Der Sechste?

Sprach Kröte von den Titanen? Gab es einen weiteren der Großen, von dem die Welt nichts wusste? Aber wie konnte das sein, kannte die Elementarlehre doch angeblich nur fünf Grundbestandteile der Welt. Warum hatten die Erzmagi diesen sechsten Titan nicht geweckt? Oder wäre dieser Fahlsang zugefallen?

Fahlsang. Nein, es musste mit ihm zu tun haben. Fahlsang war der verborgene sechste der Erzmagi gewesen, Vortigerns Bruder, wie er selbst erzählt hatte. Dieser Erste, den Dirth erwähnt hatte, musste also der Tyrann von Khael sein. Doch wie konnte er Dirth den Turm nehmen? Vortigern war ebenso Staub wie die anderen vier, die diese Welt ins Unglück gestürzt hatten. Oder etwa doch nicht?

Alles lief bei Dirth zusammen. Der Totenkaiser musste irgendwie aus diesem Labor entfliehen. Und sich Kröte schnappen, bevor der in seiner Selbstüberschätzung der Morlàmh in die Hände fiel. Er würde aus dem Zauberer schon herausbekommen, was dieser sich an Wissen angeeignet hatte.

Frustriert warf sich Clach in seine Ketten. Zerrte und riss mit all der Macht, die seine Wiedergeburt ihm beschert hatte. Vergeblich. Das arkane Metall und dessen gravierte Formeln banden ihn sicherer als ein Schraubstock einen Käfer. Es gab kein Vor, kein Zurück. Die Hand- und Fußschellen waren mit flügellosen Muttern verschraubt.

Er warf der aufsteigenden Frustration an Kontrolle und Disziplin entgegen, was ihm die mentale Schändung gelassen hatte. Er durfte nicht der Wut nachgeben. Zorn verschleierte das Denken meist schlimmer als Furcht. Angst war ihm fremd – aber Zorn kannte er. Und er würde sich ihm nicht ergeben.

Er musste seine Perspektive ändern, sich die Einzigartigkeit seines Zustandes zunutze machen.

Binsenweisheiten. Ich habe alles versucht, um mich aus eigener Kraft hier herauszuholen.

Das Laboratorium bebte, diesmal stärker. Eine Explosion.

Wieder hallten verzerrte Schreie. Doch diesmal waren sie bedeutend näher, erklangen in der Nähe der Burg.

Oder sie sind schon drinnen. Ich habe bestenfalls Minuten. Denk nach. Denk nach.

Aus eigener Kraft. Die Lösung stand ihm klar vor Augen. Sie bestand aus der Hilfe eines Außenstehenden. In gewisser Weise zumindest. In ihrer Fremdartigkeit verstieß sie gegen alles, was sein Leben je bestimmt hatte. Gegen jeden Grundsatz, der ihn auf den Straßen am Leben erhalten, ihn durch die mörderische Ausbildung im Thron der Nacht getragen hatte.

Er musste es versuchen. Der Totenkaiser ließ sich in sein Mantra fallen, schloss die ausgetrockneten, trüben Augen. Er versuchte, gegen den Widerstand seines mumifizierten Körpers Luft zu holen. Füllte die Lunge mit der Konsistenz einer alten Tierblase mit Luft.

Er verdrängte die dabei entstehenden Schmerzen, füllte seinen Geist nur mit einem einzigen Wunsch, einem einzigen Bedürfnis. Er stellte sich vor, wie der Nebel aus Pavosa Morenos Hülle, den er regelrecht verschlungen hatte, seinem Leib entfleuchte.

Es gelang. Ein kaltes Ziehen füllte seinen Mund. Er schlug die Augen auf. Nebel entwich seinem nicht toten Fleisch, ein einziges, armdickes Pseudopodium. Das Titanenblut folgte dem Willen des Totenkaisers. Mehr und mehr davon entströmte als endloses Band durch seine verlängerten Zähne in die Welt. Es wand sich um die Gebeine auf dem Rollständer. Füllte den Brustkorb. Strömte in den Schädel auf dem Boden. Schwappte in den Augenhöhlen.

Es war ein absurdes Schauspiel. Der Nebelschweif aus dem Körper des Totenkaisers riss unvermittelt ab, als er ihn durch und um jeden Teil des Skeletts gewunden hatte. Der Kopf begann aus eigener Kraft entgegen den Unebenheiten des Bodens zu rollen, während sich am anderen Ende des Raums das konservierte Gerippe aus seinem drahtenen Gefängnis losriss. Danach schritt es wider alle Naturgesetze auf sein knöchernes Haupt zu, hob es auf, fixierte es auf seinem Nackenwirbel. Dann wandte es dem Totenkaiser die nebelvollen Augenhöhlen zu, sah aus wie die Silhouette eines Wandernden in einem örtlich begrenzten Fleck aus Brodem.

Clach sah, dass der Nebel an den Rändern der Gestalt dabei war, sich zu zersetzen – die Macht des Schildes würde seinem Diener bestenfalls Sekunden seiner widernatürlichen Existenz gestatten. Der Attentäter fokussierte seinen Willen, sein Verlangen nach Freiheit. Das Dienergeschöpf setzte den Befehl verzögerungsfrei in die Tat um. Es stand vor der Steinplatte, ergriff eine der Ketten. Wie erwartet, glommen blassrote Runen auf und wiesen den Nebeldiener ab. Flammen leckten über die Fingerknochen, der Nebel zischte wie ein Nest Vipern. Aber seine Wirkung setzte ein.

Mit Befriedigung beobachtete der Totenkaiser, wie der Dunst das gehärtete Metall angriff, wie seine magischen Runen und das Titanenblut einander Schaden zufügten. Die Inschriften stießen jede Magie ab, auch die des Dunstes. Aber zugleich fraß der Nebel auch an der Urkraft, die die Schutzzauber speiste, korrodierte überdies das Metall.

Clach harrte aus – die Dunstglocke um seinen unfreiwilligen Helfer zerfiel mehr und mehr, verblasste und löste sich in nichts auf. Die Schelle an seinem rechten Arm wurde unerträglich heiß, die Haut an seinem Handgelenk brannte. Beißender Qualm stieg auf, als die Schelle sich bis zu seinem Handgelenk durch ledriges Fleisch fraß. Der Totenkaiser biss die Zähne zusammen, während die widerstreitenden Mächte Schelle und Kette bis zur Rotglut erhitzten. Noch einmal warf der Attentäter alle Kraft in die Waagschale. Just in dem Moment, in dem das Gerippe in seine Einzelteile zerfiel, der Dunst mit einem letzten wütenden Zischen verging, riss Clach mit Macht an dem Stahl.

Die Hand oder das Eisen – eines wird nachgeben.

Ein peitschender Knall fügte sich der zunehmenden Kakofonie aus Schreien, Rufen und Kampfgeräuschen hinzu, die mittlerweile durch die Gänge der Feste hallte. Halb flüssiges Metall spritzte, Rauch kräuselte, wo sich die Tropfen durch Haut, durch Knochen brannten. Die Kette war gerissen. Sein Arm war frei.

Die anderen Schellen mochten ebenso stark sein – aber das galt nicht für seine Knochen. Die Attentäter des Throns der Nacht waren Meister, wenn es darum ging, sich aus Fesseln zu befreien – und Knochen und Sehnen hatten eine gewisse Flexibilität. Nun, da er nicht tot war, hatte er viel von dieser Elastizität eingebüßt. Doch er genoss andere Vorzüge.

Gemessen an dem rasenden Meißeln, das noch immer in seinem Kopf wütete, empfand Clach die schwersten Brandverletzungen kaum als Ärgernis. Was machte da ein kurzer Bruch? Er ergriff sein Handgelenk, nun mit der freien Hand endlich in der Lage, einen ordentlichen Hebel anzusetzen. Ein Ruck konzentrierter Kraft.

Schmerz und ein Knacken. Langsam gewöhnte er sich daran. Seine unheiligen Fähigkeiten regenerierten den Bruch augenblicklich, aber er war vorbereitet. Er brach das Gelenk drei weitere Male, während er seine Hand Stück für Stück aus der Schelle zog. Ähnlich verfuhr er mit seinen Fußgelenken. Und endlich, während sich der Kampf um die Feste tiefer und tiefer in deren Eingeweide vorarbeitete, kam der Totenkaiser frei.

Aus den Chroniken des Kataklysmus der Erzmagi, verfasst dreihundert Jahresläufe nach dem Titanensturm, Anonymus:

Als noch ungewiss war, wie mit der Magie umzugehen sei, die mehr und mehr Menschen in den frühen Tagen der Besiedelung Aehves für sich entdeckten, da fassten die Weisesten einen Beschluss. Wäre dieser in seiner Voraussicht und unermesslichen Vernunft nicht übergangen worden, die Welt wäre heute eine andere.

So wurde in diesen Tagen verfügt, dass jeder Mann, jedes Weib bei allem Wissen nur eine Schule der Höchsten Kunst betreiben solle. Solcherart konnte vermieden werden, dass sich die Macht der unzähligen Pfade in Individuen bündelte, und die Zusammenarbeit zwischen den Disziplinen sollte gewahrt bleiben. Das wenige, was wir über diese frühen Tage noch zusammenreimen können, lässt mutmaßen, dass es eine Zeit voller Wunder und ungeahnter Errungenschaften war. Eine Periode, in der Astromant und Augur, sowohl Arkanistin als auch Elementarist Hand in Hand, Seite an Seite Großtaten vollbrachten, die mehr waren als die Summe ihrer Teile.

Doch wo ein Idyll währt, da lauert die Niedertracht derer, die sich übergangen oder in ihrem Wirken eingeengt fühlten. Sie waren die Vorläufer derer, die später zu jenen heranreiften, die wir die Erzmagi heißen, jene, die wir als Vernichter unserer Welt anklagen. Denn diese frühen Magier, die sich die »Wirker« nannten und allerlei Schulen zu kombinieren suchten, fanden die Antwort auf ihre unheiligen Fragen in der Glaubenswelt der Almharach. Sie suchten nach dem, was die Stämme der östlichen Wildnis das »Ungeformte« hießen. Und sie fanden es.

Hora des Lichtfürsten, 301 adis Pentae

20. Ormgair

Sie war beileibe nicht das erste Weib, das Ormgair als Geisel zurück in seine Heimat brachte. Doch sie war bei allem, woran er noch glaubte, das seltsamste. Sie ritten seit sechs Tagen. In all dieser Zeit sprach sie nicht, egal wie oft er es versuchte. Sie trank nicht. Aß nicht. Entleerte sich nicht. Der Nebeljäger hatte im Laufe eines langen Lebens und vor allem in den letzten Wochen einiges an Leid und Seltsamkeiten erfahren müssen. Doch nichts davon reichte nur ansatzweise an die unirdische Gleichmut heran, mit der die Todesbotin ihr Schicksal erduldete.

Er hatte ihren mit Seilen gebundenen Körper betrachtet, dem brennenden Begehren widerstanden, das er bei ihrem Anblick, beim Geruch ihrer Haut empfand. Trotz seines Alters spürte er ein Pochen in seinen Lenden. Doch hatte er sich nicht dazu herabgelassen, der Frau auch nur ein Haar zu krümmen, geschweige denn, sie sich mit Gewalt zu nehmen.

Dies war nie seine Art gewesen. Die direkte Konfrontation mit dem, was Morven unter den Händen einer Bande gesetzloser Stadtlinge erfahren hatte, erfüllte ihn allein beim Gedanken, dieses Geschöpf seinen Trieben zu unterwerfen, mit Selbstekel.

Auf ihrem Weg durch die Heidebrachen des Amboss hatte er an verschiedenen Punkten haltgemacht, die allen Stämmen heilige Orte waren. Festungen aus der Zeit des Sturmes, von denen meist nur Bruchstücke geblieben waren. Bei jeder der Ruinen war er abgestiegen, hatte unter dem katzenhaften Blick der Todesbotin den Ruf jener uralten Schlachthörner erschallen lassen, die von allen Stämmen gehegt wurden. Ein geheimnisvolles Lächeln war über die vollendeten Lippen der Schwarzhaarigen gehuscht, auf das sich Ormgair keinen Reim machen konnte.

Dass er ein Sakrileg beging, dessen war er sich indes bewusst. Die gigantischen Signalgeber aus der Zeit des Krieges erfüllten seit den Anfangstagen des Nebels eine Funktion, die sie ohne Kenntnis der Ambosskrieger seit Urzeiten auf Schiffen innegehabt hatten: Sie verbreiteten Kunde, warnten im ewigen Zwielicht. Und riefen Scharen herbei, wenn es einen Zweck gab, der die Völker des Amboss einte.

Eigentlich war es den Medizinmännern und weisen Frauen vorbehalten, in die Hörner zu stoßen. Der Nebeljäger wollte zu den Höllen fahren und dem Firmament auf ewig fernbleiben, wenn er auf die steifen Sitten und Überlieferungen der Stämme noch Wert legte.

Die Kreen hatten sein gesamtes Volk ausgelöscht, ohne vorher auf dem Althing Wergeld von den Tanleigh zu verlangen oder nach Zeltbrand zu schreien. Es hatte kein Thing gegeben. Sie waren losgegangen und hatten eine Blutfehde, die älter war als Ormgairs Vater, zu ihrem endgültigen Ausgang gebracht. Ormgair war jetzt allein in einer Welt, in der seltsame Stadtlinge die Titanen zurückbringen wollten. Titanen, die nichts gemein hatten mit den noblen Geschichten und Traditionen der Skalden und Wanderpriester.

Der Nebeljäger hatte einst Clach vor ein solches Thing zerren wollen. Damit die Versammelten Ormgairs Ruhm und Tatkraft bezeugten, was dem Wort des stammeslosen Wolfes unter ihren Augen genügend Gewicht verliehen hätte, um gehört zu werden. Er hätte damit nach Rache an den Kreen verlangt, nach ihrer Tilgung durch Zeltbrand.

Das war einmal.

Der Nebeljäger hatte erkannt, dass es Dringlicheres zu tun

gab. Die verderbten Diener der Neuen Macht würden das wenige, was von der Welt noch übrig war, zerstören. Ihm würde es anheimfallen, die Völker des Amboss zu einen, um gegen alles zu fechten, was sie seit den Tagen ihrer Vorväter und Vorvorväter anbeteten. Gegen die Titanen, ihre eigenen Götter. Ein alter Mann ohne Stamm und Eidzeugen, die er benennen konnte, würde binnen Nächten zu den Earls, Thaigns und Ältesten aller Stämme sprechen, das Unmögliche behaupten. Er war es dem wenigen schuldig, was von der Welt übrig war, deren Einsamkeit er so schätzte.

Doch er führte Morven. Wenn es hart auf hart kam, würde er die Eidkrieger der Earls fordern, einen nach dem anderen. Ihr Blut im Gottesurteil vergießen, bis man ihm Glauben schenken musste, wie es alter Sitte Brauch war. Doch er hoffte inständig, dass es nicht so kommen musste.

Sein größter Trumpf lag hinter ihm auf dem Rücken des Kaltblüters. Das Tier war kräftig genug, ihn und seine Last zu tragen, reichte bei Weitem nicht an die Züchtungen der Askchuil-Pferdelords heran. Er hatte es in einem Weiler vor Fomor entwendet. Die Todesbotin war eine Halbgöttin der Nachtmutter, einer Gottheit, die in den Legenden der Almharach ebenso überliefert war wie der Lichtfürst. Einem Mann, der eine solche Kriegsbeute beibrachte, musste Gehör geschenkt werden.

Ormgair stieß einen gequälten Seufzer aus. Er war sich in seinem Dasein stets der Stärken bewusst gewesen, die ihn leiteten. Doch war er seit jeher klug genug, um seine Schwächen zu wissen. Ihm stand deutlich vor Augen, dass er spröder als ein Flintblock war. Dass Reden oder Krieger anzuführen ihm nicht lagen. Er war ein Einzelgänger. Wollte nie etwas anderes sein. Wozu auch?

Doch die Regeln hatten sich geändert. Jemand musste die Völker der Brachen warnen, egal ob sie verfehdet waren. Stadtlinge kamen, die so versierte Lügner waren, dass ihnen ihre eigenen Zeitgenossen gleich reihenweise auf den Leim gingen. Geschöpfe, die die Haut anderer trugen. Ihre Brandreden würden bei den verwilderten Giganten der Brachen auf überreichen Boden fallen.

Die Ambossbarbaren mochten viel sein, aber nicht arglistig. Die meisten agierten freiheraus, direkt. Kämpferisch. Den Seidenzungen der Neuen Macht, den Versprechen des Krieges hatten nur wenige außer einem klaren Verstand etwas entgegenzusetzen.

Bei der Vorstellung, die Titanen würden sich erheben, die Almharach in die glorreichen Tage zurückführen, würden sie zu den Waffen greifen. Die Jungen, die keine andere Perspektive sahen. Deren Feuer in Blut und Lenden erwachen würde, die Augen bei den Versprechen von Sieg, von endloser Glorie sowie Beute ohne Zahl aufleuchtend.

Doch ebenso jene, deren beste Tage vorüber waren, deren Bäuche zu hängen begannen, deren Haare wichen, jene, denen das Flackern in den Augen ihrer Söhne beim Anblick der Besitztümer des Vaters nicht entging. Sie alle würden ebenfalls diese Chance erkennen.

Auch die Weiber würden ihre Männer bestärken – die Stadtlinge hatten vieles, was sie begehrten. Nicht zuletzt Nahrung, die den Ältesten dabei helfen würde, die Jüngsten mit zumindest einem Mindestmaß an Schutz gegen den kommenden Eisenfrost zu wappnen.

Ein unschönes Kribbeln rieselte durch Ormgairs Bauchhöhle. Wie sollte er, ein einfacher Nebeljäger, die Stämme überzeugen, solchen Verlockungen nicht nachzugeben? Grundsolide Erwägungen, die allem entsprachen, was die Völker benötigten, was sie ausmachte. Dort, auf dem Thingplatz würde er stehen.

Er würde das Gegenteil ihrer ureigensten Lebensweise von den Almharach verlangen müssen, sie darauf einstellen, dass Krieger oder Weise Frauen kommen würden, die den Völkern all diese

Dinge versprachen. Ormgair würde die Söhne und Töchter des Amboss dazu bringen müssen wegzuhören.

Er zügelte das Pferd. Verharrte mitten auf der Heide, die leicht im Wind raschelte, und atmete die letzten Düfte des sterbenden Herbstes. Sie bereitete sich auf die kommende Kälte vor. Ormgair hob ein Bein über den Sattel, stieg ab. Mit einem Knacken von Gelenken, die den Winter ebenso nahen spürten wie die sie umgebende Landschaft, ging er in die Hocke. Er ließ die kühlen, von Feuchte bedeckten Stränge des Krauts durch seine verhornten Finger gleiten. Roch daran. Es war ein Duft, der ihn sein Leben lang begleitet hatte, vom ersten Atemzug durch jeden Augenblick von Freude oder Leid. Die Heide und er, dieses Land und der Nebeljäger, sie waren eins.

Ormgair senkte seine Finger auf die Erde darunter – den Boden, der hier draußen alles hervorbrachte. Und mit sich nahm, wenn die Zeit gekommen war.

Er riss Scholle aus der Umarmung feiner Wurzeln und zerrieb sie zwischen Daumen und Zeigefinger. Roch daran. Er sog den Duft ein. Dies war seine Heimat. Er kannte nichts anderes. Brauchte nichts anderes. Die Klarheit seines Zwecks, seiner Aufgabe kehrte mit Macht zurück. Der alte Karstlöwe betrachtete die Krume, die sich in die Schwielen seines Fleisches gesenkt hatte.

Unvermittelt, ohne sich selbst dessen bewusst zu sein, zog er Morven. Was kam, würde hart werden, das war ihm vollauf bewusst. Aber es war wichtig, dass nicht nur er selbst sich im Klaren war, was vor ihm lag. Dass auch sie verstand.

»Ich habe dich nicht lange gekannt«, sagte Ormgair. Er presste die Breitseite der Klinge an seine Stirn. Das Metall war handwarm. Angenehm. Er wusste, dass sie dort war. Ihm half – und ihr Missfallen ausdrückte.

»Doch ich habe genug Zeit mit dir verbracht, um zu wissen, dass du es hassen wirst. Das, was kommt«, fuhr er fort. »Wenn diese Welt genesen soll, so nur durch Beil und Bogen.«

Das Missfallen, das er verspürte, war echt. Er mochte es Morven nicht verdenken. Im Kampf war sie eine Furie gewesen, von einem unbeugsamen Willen, den ihre Vergewaltigung nicht hatte brechen können. Doch sie war nie dazu gekommen, ihre Fähigkeiten voll zu entfalten. Zu früh war sie ermordet worden.

»Da war etwas in dir. Mitgefühl. Es hat dich daran gehindert, eine herausragende Schlächterin zu werden, die sich mit den Besten zu messen vermag. Zugleich hat diese noble Kraft eine wahre Herrin aus dir gemacht. Sie tut es immer noch. Ich kenne deinen Cyning, diesen Archonten nicht – aber du wärest die bessere Herrscherin für dein Volk geworden. Du hättest die Taten der Neuen Macht, das Leid deiner Stadtlinge nicht ignoriert, bis es zu spät ist.«

Er löste die Breitseite des Schwertes von der Stirn.

»Ich habe dir einen Racheeid geleistet, das höchste Versprechen, das ein Ambossmann kennt. Ich werde ihn einhalten. Wir wollen nur die Wahrheit sprechen: Ich bin, so sehr ich es verleugnen will, eine alte Esche. Und ein Sturm zieht auf. Wenn mein Stamm nicht bricht, so wird der Wind mich entwurzeln. So ungern ich es mir eingestehen will, ich brauche dich in diesen letzten Monden, die ich dem Leben noch entreißen kann. Es müssen meine Worte sein, die die Stämme überzeugen. Meine Taten. Aber es muss mein Körper sein, der an ihrer Seite reitet, sonst werden sie mich verlachen, mich zum Sterben zurücklassen.«

Es war ihm, als pulste eine verborgene Kraft durch seine Rechte, die den Schwertgriff hielt. Er verspürte Neugier, die nicht die seine war.

»Du fragst dich, worum ich bitte. Aus gutem Grund. Wir müssen uns einig sein. Eins sein, du und ich. Doch ich befürchte, du wirst mein Tun nicht gutheißen.«

»Er will deinem Volk – unserem Volk – den Krieg bringen.«

Die Stimme der Todesbotin, ihr ungewohntes Timbre, ihr Klang fuhren wie die Zinken eines Rechens durch den Moment der Kommunion zwischen Schwert und Nebeljäger.

Ormgair drehte sich zu der Gefangenen um. Er war wenig überrascht, sie auf einen Punkt einige Schritte neben sich blicken zu sehen.

»Sie steht dort, direkt neben dir«, sagte die Hierophantin. »Sie trauert, weil sie weiß, was du sagen wirst. Sie weiß, der einzige Weg, dich davon abzubringen, wäre, dir die Macht des Schwertes zu nehmen. Dir seine Gunst zu entziehen. Sie ist sich im Klaren darüber, dass dich dies töten wird.« Ihre unwürdige Verfassung änderte nichts an der Gravität ihrer Worte. Steppenwind strich in diesem Moment über das im Zwielicht liegende, verblühende Violett. Er trieb pfeilförmige Wellenmuster über die wispernde Öde.

»Du lügst«, sagte der Nebeljäger. Er selbst fand, dass er nicht überzeugend klang. Nicht überzeugt. Irgendwie wusste er, dass dieses Wesen sich jenseits solcher Konzepte bewegte.

Die Todesbotin lächelte nachgiebig.

»Nicht nur Morven spürt, dass es mit dir zu Ende geht. Die Schmerzen, die deine Gelenke plagen …«

»Der Biss des Windes, der alte Knochen mürbe macht. Jeder mit meinen Wintern kennt ihn.« Er war nicht verwundert, dass sie solche Details über ihn kannte – er hatte in den vergangenen Monden mehr als genug Gelegenheit gehabt, sich an weitaus seltsamere Begebenheiten zu gewöhnen.

»Es ist mehr«, widersprach sie sanft. »Er hat einem Krebs die Tore aufgetan, der an deinen Gebeinen zehrt. Du stirbst.«

Ormgair nahm diese Behauptung tonlos hin. Selbst wenn es so war. Jeder starb. Es war eine Tatsache, mit der er sich in einem Alter abgefunden hatte, in dem die meisten Stadtlinge noch am Rockzipfel der Mutter hingen. Er würde keinem Strohtod erliegen, schon gar nicht, während sich Wucherungen an ihm satt fraßen. Nicht, solange er Eide zu erfüllen hatte. Damit war für ihn alles gesagt.

»Selbst wenn«, sagte der Nebeljäger. »Alles stirbt.«

Die Hierophantin neigte huldvoll den Kopf. Ormgair wurde bewusst, dass er unwissentlich eine rituelle Formel oder Bekräftigung des Credos der Nachtmutter ausgesprochen haben musste. Viele der Stadtlinge verehrten ihre Totengöttin, um genau dieses Schicksal von sich fernzuhalten. Vergeblich.

»Der Tod lässt nicht mehr von mir ab, seit mich der Seher der Kreen in die Schwärze geschleudert hat. Eine Botschaft mehr dieser Art, was macht das noch? Umso wichtiger, dass ich ein Ende finde, das ich bestimme. Nicht länger für die Titanen. Um meiner selbst willen. Wäre dies nur für mich, ich bräuchte mir keine Hoffnungen zu machen: Wenn ich fehlgehe, wird niemand leben, der von meinen Taten berichten kann. Niemand wird um mich klagen.«

Er richtete den Blick nicht mehr auf den sanften Perlmuttschimmer der Klinge. Stattdessen sah er auf den Punkt, den die Todesbotin fixierte. Dorthin, wo ihrer Behauptung nach ein Echo Morvens in der Heide aufragte.

»Ich kann verstehen, dass dir mein Weg nicht behagt. Aber wisse dies: Auch ohne deine Zustimmung werde ich ihn weitergehen, wenn ich dabei dahinsieche, ist dies nicht zu ändern. Mein Entschluss steht fest: Wenn die Neue Macht uns alle, Stadtlinge wie Almharach, nicht an ihre Meister verfüttern soll, muss ich dafür sorgen, dass sich die Völker erheben. Einige sind einem solchen Sturm nicht gewachsen.«

Ormgair wartete nicht auf eine Antwort, sondern rammte die Klinge in ihr Futteral.

»Bedenkt dies«, sagte er an beide Frauen gewandt. »Es lauert noch eine Kraft im Hintergrund. Etwas, das geduldig seine eigenen Fäden webt und die anderer zerschneidet. Etwas, das sich Zeit lässt. Es ist listig. Morven und ich haben es gesehen.«

Damit schwang er sich in den Sattel. Sie ritten in den Amboss hinein. Ohne ein Wort zu sprechen, wie es in den letzten Tagen der Fall gewesen war.

Binnen Stunden stieg das Gelände an. Bald konnte das ewige Zwielicht nicht mehr verbergen, dass vor ihnen die Ausläufer der Bergkette des Ostens aufragten.

»Wir sind weit vom Tempel entfernt«, sagte die Todesbotin und griff Ormgairs Aussagen auf, die lange zurücklagen. »Was immer diese Neue Macht getan hat, der Einfluss ihres Vergessens verliert Meile um Meile Macht über mich. Mein Geist klärt sich mit jeder Stunde. Doch von einer weiteren Partei höre ich zum ersten Mal.«

»Ich nenne ihn den Listigen. Anfangs dachte ich, mein Verstand habe gelitten, als ich in der Dunkelheit der Kreenhexerei um mein Leben kämpfte. Morven kennt ihn ebenfalls, ich habe ihn mit ihrer Hilfe vertrieben.«

»Ich verstehe.« Die Todesbotin nickte. Ihr Gesichtsausdruck hatte sich verfinstert. Sie wirkte wie jemand, der den Nachhall einer Erinnerung verfolgte. »Wenn wir dort sind, an eurem Versammlungsort – wirst du mich töten?«, fragte sie.

»Was nützt mir eine tote Kriegsbeute?«, fragte Ormgair. »Du liest scheinbar meine Gedanken. Solltest du da nicht wissen, dass es nicht meine Art ist, den Stahl meines Schwertes mit dem Blut unbewaffneter Weiber zu besudeln?«

»Was geschieht mit mir?«, fragte sie.

»Wenn du mir das Gehör verschaffst, das ich brauche, bist du frei«, sagte der Nebeljäger. »Ich kann mit dir verfahren, wie es mir beliebt.«

»Ich diene einer Göttin, die von deinem Volk verachtet wird, auch wenn dieses Volk zugleich zu den Pfeilern ihrer Macht gehört. Du grollst mir nicht?«

Er zuckte mit den Schultern. »Warum sollte ich? Zwischen uns ist kein Blut, weder gutes noch schlechtes. Was hätte ich davon, dich zu strafen oder zu töten? Außer, dass ich damit meine Ehre besudeln würde.«

»Es würde dir hohes Ansehen bei deinesgleichen einbringen«, sagte sie.

Er brachte das Pferd abrupt zum Stehen und sah sie an. Selbst ein Wesen wie sie zuckte vor dem Zornesgewitter in seinem Blick zurück, so rein, so ungefiltert war Ormgairs Verachtung, die er bei ihren Worten empfand. »Der Tag, an dem ich es nötig habe, ein hilfloses Weib abzustechen, um Ehre zu erringen, ist der Tag, an dem ich mich in dieses Schwert stürze. Ich habe dich nicht aus Greskegards Klauen befreit, um mich an dir zu vergreifen, Kind.«

Ihre Antwort war ein mädchenhaftes Kichern, ein Flackern ihrer endlos alten Augen, das Ormgair erröten ließ. Zornig trieb er sein Pferd wieder an. Auf dem Rest ihres Pfades schwiegen sie alle: der alte Karstlöwe, die nackte Schönheit, die keine Decke annehmen wollte, wie auch das Schwert. Ormgair hoffte, dass Morven sich ihr endgültiges Urteil über ihn aufhob, bis es so weit war und er seine Pläne verkündete, um die Stammesführer zu überzeugen.

Der Thingplatz lag auf einer Insel. Nach dem Sturm hatten Regen und Wind ihr Werk verrichtet. Jene Fußspuren der Titanen, die diese Länder verheert hatten, hatten sich mit Regen gefüllt. Die meisten waren irgendwann verschwunden, andere waren geblieben.

An einer Stelle war eine Vielzahl der Spuren aus der Vergangenheit zu einem stattlichen See ausgewachsen, in dessen Mitte ein nur einige Hundert Schritte messendes Eiland aufragte. Darauf hatten die frühen Almharach eine schier endlose Anzahl an Relikten aus den Tagen des Titanensturms aufgetürmt. Unzählige Waffen, Trümmerstücke und anderes Material erhoben sich zu Monumenten aus Rost und Stein.

Zu Füßen dieser Schutthalden lag der Thingplatz. Heiliger Boden, auf dem die weisen Frauen, Ältesten, Jarls und ihre Thains alljährlich zusammenkamen. Hier sprachen sie Recht und Urteil, hier wurden Querelen beigelegt und das Wergeld für unrechtmäßig Ermordete festgesetzt. Hier verkündeten sie ihre Entscheidungen den Stämmen, die ihre Zustimmung bekundeten oder sich verweigerten, denn sie waren freie Männer und Frauen, die unabhängig über ihr Schicksal entschieden.

Hierher kam Ormgair Steinviper. Lange bevor er und seine Begleitung die Mengen der Ambossvölker sahen, die sich in genau festgelegten Zeltstädten rund um den See einfanden, selbst noch bevor diese Lager zu riechen waren, hörten sie es: das Stimmgewirr, das Wiehern unzähliger Pferde, das Brüllen der Kriegsbestien, Hunde, Bären und Karstlöwen, die mancher Stamm mitführte.

Eine unüberschaubare Anzahl von Zelten schälte sich aus dem Nebel. Der Wind, von so vielen Körpern regelrecht aufgeheizt, trug unzählige Gerüche an Ormgairs Nase. Manche waren unangenehm, doch das waren die wenigsten. Jenseits der rasch ausgehobenen Latrinen roch er gebratenes Fleisch und würzige Brühe und die Dünste von Alkohol. Süßen Mjaedh und scharfen Skech. Den Geruch unzähliger Leiber. Leben.

Kinder lachten. Männer zankten, andere lachten. Egal wo der Nebeljäger hinblickte – er sah Gestalten, die um so vieles hochgewachsener und massiger waren als die Stadtlinge. Er erblickte Kettenhemden, Lederzeug unter Fellmänteln, Tartane auf Umhängen und Kilts. Er war – auf eine gewisse, noch tragischere Weise – zu Hause. Ohne ein Zuhause zu haben.

Hier mussten rund zweitausend Ambosskrieger sein. Nicht alle von ihnen musterten ihn freundlich, kaum dass sie den Tartan der Tanleigh erblickten. Es musste sich herumgesprochen haben, dass sein Volk ausgerottet war. Erwogen diese Krieger, ihn einen Betrüger zu heißen, weil er die Karomuster der Ausgelöschten zur Schau stellte?

Sollen sie kommen, dachte er grimmig, rief sich aber zur Ordnung. Er war nicht hier, um jungen Rüden den Stolz zu nehmen, geschweige denn das Leben. Er brauchte jede Axt, jeden Hammer für das, was vor ihnen lag.

Er ließ das Pferd am Rande der Zeltstadt zurück. Er kam auf keine fünf Schritte an die Wasser des Sees heran, da war er von Eidkriegern umringt.

»Bleib stehen, ich sehe dich!« Es war eine rituelle Formel, die Sicherheit in den Tiefen des Nebels geben sollte, gesprochen in der alten Sprache, die die meisten der Stämme beherrschten. Ormgair verstand.

»Ich sehe dich«, sagte der alte Karstlöwe, bestätigte damit, dass sein Gegenüber wie auch er weder Phantom noch Fae waren. Keine Diener des Ungeformten, keine Gespenster, keine Illusionen des Nebels, sondern Frauen oder Männer aus Fleisch und Blut.

Der Hüne, der aus der Menge der Eidkrieger trat, versank fast in seinem Übermaß an Bärenpelzen, die seine Schultern krönten. Die Kraft der Jugend sprach aus jeder seiner Bewegungen und Überlegenheit aus seinem höhnischen Gesichtsausdruck. Stadtlinge, die Ormgair für riesig gehalten hatten, wären bei seinem Anblick in Ohnmacht gefallen.

Schwielige Pranken umklammerten eine Handaxt von beachtlichen Dimensionen. Der mit Purpurkaros verzierte Rundschild war mit Zahnketten und Kerben für erschlagene Feinde nur so überhäuft. Er war ein Huskarl, ein Eidkrieger, dem die Verteidigung des Thingplatzes oblag. Seine Farben wiesen ihn als Krieger der Chu'thuil aus. Der Bärenstamm.

Er musterte den schäbigen Tartan des ausgezehrten Alten, der dort vor ihm stand, und das nackte Stadtlingsweib, das dieser als Kriegsbeute mit sich führte. Beim Anblick ihrer Hüften, ihrer makellosen Schönheit, von einer Unzahl Hautbilder unterstrichen, flackerte ein Feuer unter dem Eis in seinem Blick. Er leckte sich über die Lippen.

Ormgair ließ sich nicht beirren. »Gib den Weg frei. Ich muss auf die Insel.«

»Gib Ruhe, alter Mann. Jedes Kind hat den Ruf der Krähe vernommen. Die Tanleigh sind nicht mehr. Du bist ohne Stamm. Kein Medizinmann deines Volkes, keine Weise Frau der Tanleigh ist dort. Du hast kein Recht, die Insel zu betreten. Pack dich, bevor ich dir deine Spielgefährtin wegnehme und dein Arschloch mit meinem Stiefel weite.«

»Seit wann sind die Chu'thuil so ehrlose Hunde, dass sie einen geehrten Alten beleidigen?«, fragte Ormgair, sich wohl bewusst, was er damit bei den Eidkriegern vor sich auslöste.

»Sag das noch mal, Clanloser«, sagte einer der Riesen aus der Garde des Bärenkriegers. Er trug mehrere Silberreife am Arm, Zeichen der Gunst jenes bärtigen Kolosses, der den Nebeljäger beleidigt hatte. »Lass mich den Hundesohn töten, Ask'uir! Besudele deine Axt nicht mit der Pisse, die durch seine Adern rinnt.«

»Ich sagte, dass ihr alle ehrlose Welpen seid, die Hundeärsche lecken, wenn sie keine greinenden Zitzensauger oder Greise zum Quälen finden«, sagte Ormgair mit tödlicher Ruhe.

»Du hast es so gewollt, alter Mann«, grollte der als Ask'uir angesprochene Anführer.

Ormgair fühlte eine tiefe Befriedigung angesichts dieser Reaktion. In einer Welt, in der alles auf dem Kopf stand, war die halsstarrige, vor Selbstüberschätzung triefende Dummheit der Jugend eine Konstante, die einer frischen Brise in einem Krankenlager gleichkam. Etwas, worauf sich der Nebeljäger verstand, das nicht durch den zunehmenden Wahnsinn dieser Tage befleckt worden war. Etwas, das er benutzen konnte, um auf die Insel zu gelangen.

»Lass mich ihn ausbeinen!«, begehrte der Eidkrieger auf.

»Ruhe!«, grollte der Bär. »Der Alte gehört mir, wenn er es so haben will! Haselt mir ja einen feinen Teppich, es ist an der Zeit für den Holmgang!«

Der Nebeljäger schüttelte den Kopf. Er bedachte den Hünen mit einem Hohngrinsen. Der Junge dachte, er hätte die Kontrolle.

Vielleicht hat er sie ja. Das wirst du erst wissen, wenn es losgeht. Dann wird sich zeigen, ob du mir noch beistehst, Morven.

»Nein. Kein Teppich. Kein Holmgang, kein Balken, kein Gang auf drei Schilde. Im Kreis, direkt hier. Wir ziehen ihn selbst. Wir sind weit genug von der Insel entfernt, um nichts zu entweihen«, sagte Ormgair.

»Bei den Jöthainn, der Alte hat Mumm«, gestand Ask'uir ein. »Gut, wie du meinst, Großvater. Aber greine mir ja nicht die Ohren voll, wenn ich dir die Knochen zerhaue. Sterben ist Männersache.«

»Das brauchst du mir nicht zu erzählen, Welpe. Kommen wir zur Löse: Ich besitze nichts, womit ich mich freikaufen könnte, falls du mich zum Krüppel haust«, sagte der Nebeljäger, wohl wissend, wie die Antwort seines Gegners ausfallen würde.

»Was ist mit der da?«, fragte der.

»Sie?«, fragte Ormgair mit miserabel gespielter Unschuld. »Ein Weib der Stadtlinge, das ich erbeutet habe.«

»Ich nehme sie als Unterpfand. Du wüsstest mit so einer prächtigen Maid eh nichts mehr anzufangen. Ask'uirs Stahl hat keine Scharten und ist nicht rostig oder weich geworden.«

Er drehte sich in Beifall heischender Haltung zu seinen Eidkriegern um, die lachten. Mit kaum verhohlenem Begehren musterte er die seltsame Schönheit, die gefesselt und trotz der Kälte nackt ihr Schicksal zu erwarten schien. Den Bärenkriegern schien es nicht aufzufallen, dass sie nicht fror und sich auch ansonsten wenig natürlich verhielt.

Ein Ausdruck solch tumber Lüsternheit entstellte die noblen Züge des Bärenhünen, dass sich Ormgair zusammenreißen musste, nicht seinerseits loszulachen. Was die Todesbotin betraf, so fand sie das Ganze ebenfalls amüsant, und sie machte keinen Hehl daraus.

Sie lächelte Ask'uir verführerisch an, befeuchtete die Wölbung ihrer Lippen mit einem vielsagenden Versprechen auf ihren Zügen, klimperte mit den Wimpern, sprach aber nicht. Nicht zum ersten Mal fragte sich Ormgair, welches Spiel dieses Geschöpf trieb. Wollte sie sich so aus seiner Gefangenschaft befreien? Dann musste sie doch nur warten, bis er hier fertig war. Oder stachelte sie den Mann an, um dem alten Karstlöwen zu helfen. Falls ja, fand er es erniedrigend. Er konnte seine Kämpfe selbst bestreiten. Noch.

»Gut, Welpe, meinetwegen. Falls du mich verletzt, statt mich zu töten, und ich aufhören will, löse ich mein Leben mit ihr aus. Was bekomme ich von *dir*?«, fragte der Nebeljäger.

Der Bärenkrieger kratzte sich am Kinn. Er hatte darüber aus naheliegenden Gründen noch nicht nachgedacht. Mitglieder eines Dutzends Stämme bemerkten den Aufruhr, kamen näher. Sie bildeten einen Ring um das Geschehen.

»Was willst du denn?«, fragte Ask'uir, und der gewohnte Hohn färbte seinen Tonfall. »Ich löse mich mit Pelzen aus. Sagen wir fünf vom schwarzen Bären. Ein alter Mann kann Pelze gut gebrauchen. Nicht, dass du sie je bekommen wirst.«

»Ich will deine stinkenden Sackhaardecken nicht«, behauptete Ormgair. »Kann nichts damit anfangen.«

»Dann nenn deinen Blutpreis, bevor dich die nächste kalte Bö umwirft und mich entehrt.«

»Wenn ich dich bezwinge, dienst du mir auf einen Winter und einen Tag«, sagte Ormgair. »Und damit deine Männer. Ihr seid mein Clan. Die Steinvipern. Ich löse euch aus den Diensten der Chu'thuil.« Er verzog, während er sprach, keine Miene, und in seinen Worten schwang kein Hohn mit wie bei seinem Gegenüber.

Einige Herzschläge vergingen. Der ungläubige Blick der versammelten Eidkrieger des Bärenstammes, ihre stumme Weigerung, das eben Gehörte zu begreifen, verwandelte sich in Gelächter. Schenkelklopfend und mit Tränen in den Augen prusteten sie los. Ormgair zeigte noch immer keine Regung. Er ließ seinen Blick über die anderen Anwesenden schweifen und entdeckte auch dort amüsiertes Gefeixe.

Manche Gesichter erkannte er. Es waren die Nebelscouts anderer Stämme, und sie lachten nicht. Einige von ihnen hatten bezeugt, zu was Ormgair Steinviper fähig war. Die Brache hatte ihre eigenen Gesetze.

»Was ist, Welpe? Ja oder nein? Oder fürchtest du dich, entehrt zu werden? Hast du Angst, deinem Jarl sagen zu müssen, dass du aus seinen Diensten scheidest, weil du einem Greis den Folgeeid leisten musstest? Die hätte ich an deiner Stelle.«

Als das Lachen nach und nach abebbte, winkte der Bärenhüne ab. »Großvater, wenn du mich so verwundest, dass mir die Kampfesfreude vergeht, dienen meine Männer und ich dir für den Rest unseres Lebens. Oder eher: deines Lebens. Das gelobe ich dir bei meiner Ehre.«

»Soll mir reichen«, sagte Ormgair und schlug in die dargebotene Pranke ein. Um sie beide herum wurden Wetten aufgenommen. Dem Nebeljäger entging nicht, dass einige von Ask'uirs Männern alles andere als glücklich aussahen. Sie waren scheinbar klüger als ihr Anführer, da er jedoch für sie sprach, fühlten sie sich an die Abmachung gebunden.

Einer der Eidkrieger zog einen mit Nieten beschlagenen Rabenschnabel. Er benutzte die Spitze des Reiterhammers, um damit einen ausreichend großen Kreis in den Boden zu reißen. Beide Krieger traten unter Gejohle hinein.

»Du solltest dir überlegen, ob du ein würdiges Leben geführt hast, Ahne«, sagte Ask'uir. »Du wirst Eisen fressen. Es wird ein gutes Ende für einen abgetragenen Stiefel wie dich. Sag den Baen'sidhe, wer dich geschickt hat.«

Ormgair antwortete nicht. Er spie aus, wobei er darauf achtete, aus ihrem rituellen Kampfplatz hinauszuspucken. Zwei Eidkrieger traten in die Fläche und hielten Rundschilde vor die ihnen zugewiesenen Kämpfer. Ein Mann zählte am Ringrand herunter. Sofort sprangen die beiden Schildträger, die die Kombattanten trennten und deren Sicht versperrten, aus dem Kreis.

Ask'uir ließ die Axt kreisen, die selbst Ormgairs Bastardschwert an Reichweite überlegen war. Er wirbelte sie mittig am Griff, dass die Luft nur so über die Schwinge ihres Blattes sang.

Der Nebeljäger war nie ein Freund solchen Gepränges gewesen. Ohne Tamtam zog er Morven aus der Scheide. Schlagartig spürte er, wie Kraft und Zuversicht durch seine altersmüden Glieder flossen. Nur für einen Moment, sie versiegten ebenso rasch. Es war nicht schwer zu erraten, was die Frau, die in die Klinge gebannt war, von Ormgairs Kriegsplänen hielt. Sie entzog ihm die Gunst im unpassendsten Augenblick.

Ask'uir preschte vor. Er unterlag keinen solchen Beschränkungen. Muskelberge und Sehnen schwollen unter tätowierter Haut, das Axtblatt sauste auf den Nebeljäger nieder. Ormgair warf sich zur Seite, so knapp, dass er den Zug der Schneide auf dem Oberarm fühlen konnte wie einen gehauchten Kuss.

Er hätte ebenso gut gehäutet in ein Becken voll rostiger Klingen fallen können. Die Schmerzen in seinen Knochen waren so übel, dass sein Sichtfeld schlagartig in Tränen schwamm. Ein wehklagender Laut entwich ihm gegen jeden Willen.

Ich will ihn nicht …

Er konnte nicht einmal diesen Gedanken zu Ende führen. Erneut pfiff die Axt heran, die der Bärenkrieger mit Geschick führte. Noch bevor die ersten Schmerzen verdaut waren, musste der Nebeljäger wieder beiseitehechten. Er rollte sich ab. Jeder überalterte Knochen protestierte, jede in den letzten Monden überstandene Qual meldete sich mit Verstärkung zurück. Er zitterte am ganzen Leib. Schwitzte. Eine Welle von Übelkeit erfasste ihn.

Etwas traf ihn in die Brust. Faust, Stiefel, Axtblatt – es war einerlei. Er schlug derart taub vor Pein auf, dass er es nur beiläufig registrierte.

Ich will ihn doch gar nicht …

Ein weiterer Treffer, diesmal in die Flanke. Neue Schmerzwellen. Der Bärenkrieger trat ihn mit Wucht in die Seite. Der Einschlag war so lähmend, dass er alles an Kraft aufbieten musste, um sich nicht zu einem gichtverkrümmten Ball zusammenzurollen.

»Verflucht seist du, du Greis! Steh auf, du lässt Ask'uir Fangbrecher wie einen Idioten aussehen!« Der Bärenhüne knirschte über Ormgair, dort oben in den Wolken, mit den Zähnen. »Steh auf, Alter! Kämpf wenigstens ein bisschen! Du besudelst unsere Ehre!«

So sehr es dem Nebeljäger missfiel, der Bursche hatte recht. Ein Krieger führte sein Schwert, nicht umgekehrt. Was immer sich Morven dabei dachte, Ormgair würde das nicht hinnehmen. Er hatte ihr das Leben gerettet. Er hatte ihr gelobt, sie zu retten.

Was du tust, ist unwürdig.

Genug davon. Genug der Rechtfertigungen! Kämpfen oder sterben. Mit zusammengebissenen Zähnen zwang sich Ormgair auf die Beine. Er stand inmitten des Kreises, der sich gegen seinen Willen drehte. Gesichter, spöttisch und grölend, flogen vorbei, wo immer er hinsah. Er rieb sich über die Augen, sah den turmhohen Schatten mit der Axt, der auf ihn eindrang.

Diesmal sprang Ormgair nach hinten, zog den ohnehin kaum vorhandenen Bauch ein. Stahl ritzte sein Fleisch, Wärme rann über seine Bauchmuskulatur. Die Menge johlte. Die Schmerzen waren übel, aber nicht mehr so schlimm wie zuvor. Er nahm die Pein, ließ sie zu. Verwandelte sie in reine Wut. Er richtete sie nicht auf den Gegner, sondern auf das Schwert.

Die Axt kam. Er parierte, sein Arm nicht mehr als ein tauber Fortsatz, der zu einem anderen Körper zu gehören schien. Er musste das Ende nur zulassen, dann war alles gut. Doch Ormgair weigerte sich und kämpfte in seinem Inneren gegen das Aufgeben.

Ich bin nicht so weit gekommen, um hier zu scheitern.

Ein Schlag, den er nur mit Mühe und Not abwenden konnte. Wieder wollte Ask'uir den Nebeljäger zu Boden treten, doch diesmal war der vorbereitet. Er warf sich in den Strecktritt, packte die Kniekehle des Riesen, zog das Bein des Gegners mit Macht nach oben, und der Bärenkrieger fiel nach hinten.

Man muss seinen Bären treffen, erinnerte sich der Nebeljäger. *Aber dieses Kind mit seiner Axt könnte hundert Pelze tragen. Er ist nicht …*

»Mein Bär! Du bist nicht mein Bär!« Ormgair brüllte.

Ask'uir schlug hart auf, rollte sich direkt ab. Falls er die Worte hörte, so reagierte er nicht auf sie. Den alten Karstlöwen mit der Schneide seiner Handaxt auf Abstand haltend, kam er auf die Beine.

Ormgair spürte, wie sein Zorn, sein Wille mit der Entität, dem Schatten der Kriegerin in der Klinge kollidierte. Er legte seine Wut, seine gesamte Hilflosigkeit über den Mord an seinem Volk, über die Pervertierung seines Glaubens in diesen Zwiestreit.

Diesmal floss die Kraft nicht. Diesmal nahm er sie sich, wie es die Art, das Wesen seines Volkes war. Er spürte Morvens Widerstand, rang ihn nieder.

Verdammt, Mädchen! Ich will ihn nicht aus Eitelkeit töten. Er stellte sich seinen Plan vor, zeigte ihn ihr, und im nächsten Augenblick war der Widerstand der Templerin erloschen.

Das Schwert begriff, und er spürte mit einem Mal das berauschende Feuer der Jugend. Wärme vertrieb Kälte und Schmerz, altes Leder wurde geschmeidig.

Doch statt seine zurückgekehrte Kampfkraft unter Beweis zu stellen, stöhnte Ormgair vor Schmerzen, die er gar nicht mehr empfand. Ask'uir trat auf ihn zu, sein Zorn so überdeutlich wie sein Geruch nach nassen Pelzen. Resignierend warf er die massigen Arme in die Höhe.

»Wenn du dies Kämpfen nennst, alter Mann, dann ...«

Der Nebeljäger schnellte vorwärts, ließ die gesamte angestaute Kraft des Schwertes und seines eigenen Zorns durch seine Muskeln fließen. Er war ein Karstlöwe, war nie etwas anderes gewesen. Wie diese Raubkatze es mit einem Wisent tat, sprang der alte Barbar aus der Hocke vor, schnellte auf sein Ziel zu, und Ask'uir konnte nicht mehr reagieren. Schild und Waffe hatte er in sein hochmütigen Geste gesenkt, nicht vorbereitet auf das Manöver des alten Kriegers.

Diesen Schmerz konnte auch das Schwert nicht mehr dämpfen oder maskieren. Unter Ormgairs Knöcheln brachen die Vorderzähne des Bärenhünen aus dem Kiefer, Schmerz und Überraschung vereinigten sich in dem Blubbern, mit dem Ask'uir nach hinten taumelte. Bevor er sich fassen konnte, setzte Ormgair nach, platzierte Fausthieb um Fausthieb auf der Nase, den geplatzten Lippen. Er spürte, dass in seiner Hand etwas nachgab, doch er wusste, dass ihn Morven nicht im Stich lassen, ihn heilen würde. Sie waren eins.

Dieser Bursche war eindeutig noch nicht Ormgairs Bär. Er schlug der Länge nach hin, eine gefällte Ulme. Sein Gesicht war eine fürchterliche Ansammlung von Platzwunden. Der Nebeljäger gönnte sich ein, zwei Atemzüge. Er schob die Axt aus der Reichweite seines Kontrahenten und platzierte seinen Fuß auf der Brust des Riesen.

Erst langsam hörte er die Schreie der Menge. Der Hohn in den Mienen war blankem Unglauben gewichen. Das Hochgefühl des Triumphs, verdient, nicht als Gnadenbrot seines Zauberschwertes, ließ Ormgair sich so jung fühlen, wie es sein Körper ohnehin tat.

Der Nebeljäger wusste, dass die Eigensinnigkeit der Jugend in der Regel dort endete, wo die Domäne des Todes begann. Er setzte seine Schwertspitze an die Halsbeuge des Bärenkriegers, der schwer atmete. »Ich sehe dich, Ask'uir von den Chu'thuil. Willst du dein Leben auslösen, oder soll ich dich zu den Titanen senden?«

Oder wohin auch immer, du Tor.

Blutige Lippen bewegten sich. Ormgair lauschte. Er hatte seine Antwort. Er hatte seine Männer.

21. Clach

Der Totenkaiser eilte zu dem Tisch hinüber, auf dem sich Dirth in den letzten Tagen mit der kargen Habe seines Gefangenen beschäftigt hatte. Mit jedem Schritt, mit dem Clach die Stätte seiner Gefangenschaft zurückließ, floss die Kraft in seine Glieder zurück. Die Ketten, ihre mystischen Glyphen, verloren ihre Macht über seine arkane Energiequelle.

Am Schreibtisch angekommen, riss der Totenkaiser die Nadel aus seinem Solarplexus. Er betrachtete das Objekt der Qual einen Moment. Er hatte noch Verwendung für dieses kleine Wunder.

Mit Bewegungen, die mehr Instinkt als bewusste Entscheidung waren, zog er sich die arg gebeutelten Überreste der einst ebenso kostbaren wie ästhetischen Kleidung an. Er verschnürte Rüstung nebst Lederzeug, warf sich die zerfetzten Schwingen des Umhangs um. Zugleich nahm er das Wehrgehänge samt Waffen an sich. Er war ganz. Das dürfte für einen gewissen Magus nicht gelten, sobald er seiner habhaft würde.

Als seine Hände sich anschickten, die Totenmaske, die noch von seinen einst so geschätzten Zügen übrig war, hinter dem Sammelsurium aus Tüchern zu verbergen, entschied er sich dagegen. Er warf einen Blick in einen polierten Messingspiegel über der Werkbank. Eine Albtraumkreatur wie aus einem vor dem Tode mahnenden Kupferstich grinste zurück. Der Anblick, den seine mumifizierte Gestalt bot, würde übereifrige Sterbliche davon abhalten, ihn zu attackieren.

Mit größter Vorsicht pirschte der Totenkaiser aus dem Labor. Die Gänge, die sich dahinter erstreckten, lagen in einem schummrigen Halbdunkel. Es waren Korridore, deren Mauern bauchig waren vom Druck der auf ihnen lastenden Gebäude, von dem Untergrund, der mit dem Ende jeden Eisenfrosts zu kaltem Sumpfboden taute.

Rußige Fackeln mühten sich vergebens, ihr Licht der erdrückenden Dunkelheit entgegenzustemmen. Es blakte unstet, Ruß färbte die Wände, die hier und dort mit feucht glänzendem Salpeter und Salzwucherungen bedeckt waren. Es roch nach Ammoniak und einer beißenden Note abgestandenen Harns. Früher hatte man irgendwelche Tiere hier unten gehalten, zu welchem Zweck ließ sich nicht mehr sagen.

Clach konnte auf dem ausgelatschten, von Hunderten und Aberhunderten Schritten glatt polierten Steinboden keine Spuren ausmachen, die ihm weiterhalfen. Im Zweifel galt es, die Oberfläche zu erreichen. Da die Gänge von einer erdrückenden Enge waren, hielt er nur einen seiner Dolche stoßbereit.

Nach Art argasischer Fechtmeister warf er seinen Umhang so über seine Waffenhand, dass er den Anschein eines einarmigen Krüppels bot. Wer ihn trotz seines furchterregenden Anblicks angriff, sollte eine unschöne Überraschung erleben, wenn ihm erst der Umhang ins Gesicht und kurz darauf der Stahl in die Eingeweide klatschte. Nicht, dass Clach vorgehabt hätte zu kämpfen. Nicht in seinem Zustand.

Er war auf seine Weise verwundet, entkräftet, konnte dem nagenden Druck seines ghulischen Hungers nach der Zeit auf der Steinplatte wenig entgegensetzen. Dass die Luft, je weiter er kam, mehr und mehr nach Brand, Blut und Gewalt roch, war dieser Tatsache nicht förderlich.

So weiträumig und verwirrend das Labyrinth sein mochte – den Weg nach oben zu finden erwies sich für ein Geschöpf wie den Totenkaiser nicht als schwierig. Er hatte sein gesamtes Leben damit verbracht, widerrechtlich in so gut wie jedes erdenkliche Gemäuer einzudringen und sich dabei einen Fluchtweg offenzuhalten.

Als er vorsichtig den Kopf aus einem Kellerluk steckte, wurde eines offenbar: Die Burg war geradezu lächerlich klein im Vergleich zu den Gewölben und Stollen, die sich unter ihr erstreckten. Dass er hier oben im Hof der Feste des Diadochen eine Öffnung gefunden hatte, war seinem guten Orientierungsvermögen geschuldet – einige der Ausgänge mochten sich bis vor Ludhovs Tore erstrecken.

Was die Stadt betraf, so war sie in einem ähnlich bemitleidenswerten Zustand wie Clach. Zumindest das, was er durch das herabgelassene Fallgatter von seinem Spähposten im Schatten verwaister Stallungen erkennen konnten. Häuser standen in Flammen. Vereinzelte panische Schreie sowie Kampfgebrüll gellten durch die Nacht.

Wächter auf den Türmen entluden beständig ihre Ballisten. In der Mitte der Brüstung über dem Torhaus hing ein Marodeur, die Glieder von sich gestreckt. Waffen klirrten, eine Vielzahl von Kehlen schrie, brüllte, klagte. Etwas Brennendes, zu schnell, als dass man erkennen konnte, was es war, rollte jenseits des Burgtors durch die Nacht. Es war ein Ort des Wahnsinns und der Gewalt.

Reiter preschten durch das von Hausbränden umrankte Zwielicht. Marodeure, die fliehende Männer, Frauen und Kinder unterschiedslos niedermachten, bevor sie auf der Suche nach Beute weiterzogen, hingeschlachtete Leiber unter blutbesudelten Hufen zertretend oder an Schlachterhaken hinter ihren Pferden herziehend. Es war, als würde der Totenkaiser durch das Burgtor in eine andere Welt blicken, die sich jenseits der Mauern erstreckte.

Wer immer die Stadt attackierte, das war nicht die Totenhand, so viel war klar. Bis auf Clach und die wenigen Marodeure, die aufgeregt auf den Zinnen ihre Waffen abfeuerten oder sich eilten, um Munition zu laden, war die Feste verwaist. Ludevik war ein Despot. Es war unübersehbar, dass er seiner eigenen Bevölkerung ebenso wenig den Schutz dieser Trutzburg gewährte wie sich oder seinen Truppen. Für einen Vorstoß einer Meuchlerzelle, noch dazu seiner Erzrivalen, waren die Umstände perfekt.

Wie um seine Gedanken zu bestätigen, glomm der Nebelschild in einem harschen Kontrast gegen die Dunkelheit auf. Eine mannsgroße Leuchtkugel raste über den Nachthimmel dahin. Clach warf sich in die noch offen stehende Luke. Keine Sekunde zu spät. Das Geschoss schlug mit einem Donnerhall in den Burgfried ein, der Stücke von Mauerwerk erbrach, dort, wo die verheerende Fracht des Katapultarms sich in seine Flanke gegraben hatte. Die Burg erbebte unter dem Treffer. Die brennende Flüssigkeit, mit der die Steinkugel gefüllt war, spritzte in ausladenden Fächern über den Innenhof. Stallungen und Schießstände gingen in Flammen auf. Schwelende Geröllmassen krachten in den Hof.

Die Marodeure auf den Zinnen der Front schrien auf, doch niemand kam, um eine Eimerkette zu bilden. Ungehindert leckten die Feuerzungen über alles, was von dem öligen Brandbeschleuniger getränkt worden war. Aus seinem Versteck konnte Clach beobachten, wie schlechter gezielte Katapultgeschosse in Brand geratenen Zugvögeln gleich über die Feste hinwegtaumelten.

Hatte sich die Morlàmh mit einem von Ludeviks Kontrahenten verbündet? War es Zufall, dass Ludhov gerade jetzt attackiert wurde, noch dazu so massiv?

So etwas wie Zufälle gibt es nicht.

Der Totenkaiser nahm an, dass ein verfeindeter Diadoche mithilfe der Totenhand einen Handstreich gegen Castor Ludevik führte.

Alles Spekulieren half nichts. Er musste hier heraus, Dirth finden. Die Situation diktierte, dass sich Kröte an vorderster Front aufhielt, an der Seite seines Dienstherrn, wo seine Zauberkräfte das größte Vernichtungspotenzial entfalten konnten. Und es war ebenso klar, dass der korrupte Magus jede ersichtliche Chance nutzen würde, Ludevik beiseitezuschaffen, um seine Haut zu retten. Gemäß dem Fall, beide lebten noch. Falls der Diadoche am Leben war, würde Clach dem Zauberer den Gefallen erweisen – schließlich hatte er mit beiden eine Rechnung offen.

Doch eine innere Stimme warnte ihn. Jener einst untrügliche Instinkt, den er viel zu lange vernachlässigt hatte, um sich an seine Daseinsform zu gewöhnen. Was, wenn die Totenhand genau damit rechnete, dass er sein Versteck verließ, um kalte Rache an seinen Peinigern zu üben?

Was bedeuten müsste, dass sie sich über diese Tatsache im Klaren waren.

Vielleicht weil ein anderer Diadoche einen Spion an Ludeviks Hof eingeschleust hatte? Doch selbst wenn: Der Totenkaiser brauchte Dirth, um dem Turm seine Geheimnisse zu entreißen. Der Magus würde mit höchster Wahrscheinlichkeit etliche Wege hinein ausprobiert und somit ausgeschlossen haben.

Unwillkürlich warf Clach einen Blick in Richtung der Rückseite der Feste, wo sich diese an das zyklopische Gebäude schmiegte. Wobei dieser Begriff dem Ganzen nicht gerecht wurde. Der Durchmesser des Turms stellte den des Burghofes in den Schatten. Er war so glatt, dass er eher wie eine monströs hohe antike Säule wirkte. Kein einziger Stein war in seiner aalglatten Konstruktion auszumachen. Schwarzes Glas.

Die gesamte Bauweise erinnerte an die mit Wasserspeiern und Schanzwehren übersäten Labyrinthe der Zitadelle von Fomor. Doch während die Penta das vergessene Diadem einer Göttin war, bildete dieser Turm mit seinen ausladenden Zinnen den zugehörigen Streitkolben. Es kostete den Totenkaiser regelrechte Überwindung, den Blick von der Zitadelle loszureißen, auf der sich die Flammen des Gemetzels in einem Mitternachtsprisma brachen.

Clach fasste einen Entschluss. Er wartete, bis er sicher sein konnte, dass die Katapulte nachgeladen wurden. So verließ er sein Schlupfloch, glitt über den verwüsteten Innenhof auf die Vorderseite der Burg zu. Die züngelnden Schadenfeuer waren für seine nicht toten Augen von so einem reinen Weiß, dass es schmerzte.

Ohne zu zögern, erklomm er den rechten der beiden Wehrtürme. Er nahm Anlauf und krallte sich wie ein Insekt mit nur einem einzigen Sprung auf der Hälfte der Wehrmauer fest. Was immer Dirth mit ihm angerichtet hatte, es ließ mit der Zeit nach. Seine Kraft kehrte zurück. Mit fünf, sechs Zügen, bei denen er einer Eidechse gleich über das Gestein glitt, erreichte er die Brüstung des Außenkastells. Die drei Männer, die hier im Lichte im Wind flatternder Feuerkörbe ihre Speerschleuder bemannten, nahmen keine Notiz von dem Grauen in ihrem Rücken. Ihre Waffe war frisch nachgeladen, sie eichten das Instrument für den nächsten Schuss.

Der Totenkaiser zog sich mit einem Ruck solcher Energie in die Höhe, dass er gehockt auf der rückwärtigen Brüstung des Turms aufkam. Er rollte sich nahezu geräuschlos ab, war mit einem Satz bei der Besatzung der Kriegsmaschine. Den Ladeschützen schaltete er aus, indem er ihm den Griff seines Dolches ins Genick hieb. Die anderen beiden Männer wirbelten herum, die Gesichter im Schock verzerrt, den der Anblick des mumifizierten Attentäters auslöste. Mit einer Serie von Tritten und Fausthieben schickte er die Kämpfer ins Reich der Träume.

Aus dem Zwielicht raste etwas an ihm vorbei, so schnell, dass seine veränderte Wahrnehmung es kaum erfassen konnte. Die Besatzung des anderen Turmes hatte etwas mitbekommen und einen Speer auf ihn abgefeuert. Zwei der Ladeschützen stürmten auf den vermeintlichen Angreifer zu.

Clach verspürte nicht das mindeste Verlangen nach einem Kampf. Er würde fort sein, bis sie auf dem Turm ankamen oder die Balliste nachgeladen war. Stattdessen ließ der Totenkaiser seinen Blick über das Areal vor der Festung schweifen, wo der Überfall der feindlichen Marodeure ersichtlich wurde.

Ludhov stand in Flammen. Erschlagene Menschen lagen in den Straßen. Blutpfützen dampften als dunkle Spiegel auf dem hart gefrorenen Grund. Hier wie dort machte Clach Gruppen von Kämpfern aus, die nur noch ums nackte Überleben fochten.

Über all dem lag ein wahrlich atemberaubender Gestank, ein Destillat reinsten Elends. Blut, Schweiß, Moschus und der Geruch des Todes tränkten die Nacht, drohten Clachs überscharfe Sinne zu überwältigen.

Ein Tableau all dessen, was Männer wie der Totenkaiser oder Ormgair als Tatsache ihres Daseins hingenommen hatten, entfaltete sich dort unten in seiner verwerflichen Pracht. Doch dies war nicht sein Kampf. Der Attentäter riss den Blick von dem Theater der Zerstörung los, zwang sich, nicht noch mehr Eindrücke aufzusaugen, die ihn in einer Trance zu lähmen schienen. Es war, als habe seine Verwandlung ihn für den Tod in all seinen Facetten sensibilisiert, als nähme er solche makabren Streiflichter in sich auf wie ein Schwamm. Er musste aktiv dagegen ankämpfen.

Da sah er, wonach er Ausschau hielt: An der Südgrenze der Palisaden kämpften zwei Haufen von Marodeuren zu Pferde. Zwischen ihnen, in einer prunkvollen Rüstung auf seinem Kaltblüter, hieb der Diadoche mit einem schweren Rabenschnabel um sich, schlug Wunden in die Leiber seiner Feinde oder brach Gliedmaßen. Die Gegner hielten respektvollen Abstand zum tödlichen Wirbel seines Kriegspickels.

Und dort ritt Dirth, versetzt hinter seinem Lehnsherrn auf einer weitaus weniger edlen Mähre. Sein Körper bot beritten einen noch groteskeren Anblick, wie die überlangen Beine über den Grund schleiften. Doch dieser Eindruck trog. Voller Unglauben sah der Totenkaiser, wie der Magus die Fäuste ballte und seine Feinde mit seltsamen Verrenkungen zu Boden fielen und zu schwelen begannen.

Es wurde Zeit, den Zauberer vor eine Wahl zu stellen und diesen ungastlichen Ort zu verlassen. Clach ergriff den mit Bast umwickelten Handgriff der Balliste. Bevor er sein Ziel anvisierte, riss er die schwere Waffe nach rechts herum, zielte in Richtung der beiden Marodeure, die auf Schritte heran waren. Das Manöver verfehlte seine Wirkung nicht, zumal sie nun erkannten, was da für eine Kreatur die Belagerungswaffe bediente. Panisch warfen sie sich auf dem Wehrgang zu Boden.

Mehr Zeit brauchte der Attentäter nicht. Er brachte die Waffe abermals in Anschlag, nahm Maß und feuerte. Der speergroße Bolzen fand sein Ziel. Das Pferd stieß ein schmerzgetränktes Kreischen aus, als sich das Geschoss zur Gänze in seine Flanke bohrte. Ludevik, der einen Kreis ritt, den Rabenschnabel wirbeln ließ und seinen Feinden Herausforderungen entgegenschmähte, wurde mit einem Ruck zur Seite geschleudert. Er ging zu Boden, die Beine unter dem gepanzerten Leib des Destriers zermalmt, ohne Bewusstsein.

Sofort bildeten seine Krieger einen Schutzwall um den Mann, während die Feinde mit neuer Stärke vorpreschten. Jetzt zeigte sich deren Anführer – oder besser: Anführerin. Die behelmte Diadochin, der Silhouette ihrer Brünne nach eine Frau, sprang von ihrem Pferd, hieb mit einem Zweihänder auf die Beine der Reittiere von Ludeviks Schutzwall ein.

Wie vom Totenkaiser erwartet, suchte Dirth das Weite, kaum dass die Marodeure und Ludevik keinen Blick mehr auf ihn warfen. Erfreut über das Schicksal, das ihm einen vermeintlich verirrten Bolzen geschenkt hatte. Der Zauberer wendete seine Mähre mit einem harten Ruck, preschte in Richtung der Burg zurück – auf den Attentäter zu.

Clach wartete nicht, bis die beiden Angreifer sich von ihrem Schock erholten. Ohne zu zögern, sprang er von dem Turm in die Tiefe, hinunter in die vor Blut und Feuer kochende Nacht.

Als er aufkam, brach im Südosten der Stadt die von den Flammen angegriffene Palisade in sich zusammen. Nebelsteine platzten in der Hitze. Funken stoben auf, eine Myriade zum Firmament strebender Glühwürmchen. Im Gegensatz zu den fortschrittlichen alchemagischen Künsten, die in den Pentae für Sicherheit sorgten, waren die Schilde der Diadochen rustikalere Konstrukte. Es waren an den Palisaden und dahinter an den Gebäuden befestigte Nebelsteine, die Ludhov Sicherheit schenkten. Mochten sie in großer Zahl vorhanden sein – dem Ansturm der Flammen fielen Dutzende der Schutzmechanismen zum Opfer.

Dort, wo der Schild aufriss, drang der Nebel ein. Und diesmal gab es kein Tasten, kein vorsichtiges Erfühlen. Er schwappte wie eine belebte Welle über eine Schar Kämpfer hinweg, so als zögen ihn das Leid und all der Tod magisch an. Ein graues Raubtier, das seine Klauen nach allem ausstreckte, was hier um sein Leben kämpfte. Jene, die das Pech hatten, nicht rasch wegzukommen, stießen erstickte Schreie aus, die in ein Crescendo schier unmenschlicher Höhen übergingen.

Clach, der durch Ludhovs einzige Straße in den Nebel hindurchspähen konnte, sah die Gestalten im Inneren zappeln, so als wären sie nicht mehr als Insekten, in ätzendem Baumharz eingeschlossen.

Sie lösten sich auf, von der Macht des Ungeformten, des Titanenbluts, zerfressen und in ihre elementaren Bestandteile zerlegt, ertrinkend in einem endlosen Bassin aus gasförmiger Säure. Wieder andere schienen zu erblühen. Sie verschwanden binnen eines Lidschlags unter dem Gewicht einer Vielzahl wie Pilzgeflechte erwachsender Geschwüre, bis sie so überladen waren, dass sie sich nicht mehr auf den Beinen halten konnten. Sie verwandelten sich in Lachen, deren grausiges Ende das menschliche Begriffsvermögen überstieg.

Dies war, was Fahlsang erblickt, was er seinen Brüdern prophezeit hatte. Und der Totenkaiser verstand bei der Szenerie, die sich hier in Ludhov abspielte, was der Welt drohte, sollten sich die Titanen erheben. Warum der sechste der Erzmagi ihn zum Heimkehrer erhoben hatte. Was seine Aufgabe war. Dieser Wahnsinn war die Geburt eines Schreckens ganz anderen Maßstabes als die Taten eines einzelnen Attentäters, ja selbst der Kirche der Sharis. Der Nebel, seine Meister in der Anderswelt würden erst innehalten, wenn sie die Schöpfung auf die gleiche Weise vernichtet hatten.

Der Totenkaiser musste in diesen Turm. Er vernahm Dirths Pferd, sein verängstigtes Wiehern. Der Magus ritt, das teigige Gesicht an den Hals des Tieres gepresst, auf die Burg zu. Es würde nicht mehr lange dauern, und er war in Reichweite.

In diesem Augenblick erfasst eine zweite Welle aus Schwindel und dem Gefühl der Entkörperlichung den Attentäter, doch diesmal war er nicht geschwächt, reagierte aus dem Bauch heraus. Er presste sich dicht in den Schatten einer kokelnden, ausgebrannten Hütte, als er ihre Präsenz spürte. Maskierte jeden Gedanken. Wartete.

Da waren sie. Sie waren zu fünft. Glitten über die Dächer wie ein Rudel jagender Schakale, das sich der Macht der Schwerkraft verweigerte. Und hatte er gedacht, dass die Wiedergeburt als Heimkehrer seinem Erscheinungsbild schlecht bekommen war, begriff er nun, wie viel Glück er gehabt hatte.

Kapuzenmäntel und schwarzes Leder konnten nicht verbergen, was das Ende von den vier Fingern der Totenhand übrig gelassen hatte. Ein Tod, der den Namen Clach trug. Das war er gewesen. Sein Zorn. Sein Handwerk. Er hatte diese Leute zerhackt. Sie bewegten sich ungelenk in ihrer unnatürlichen Geschmeidigkeit, puppenhaft. Gelenke und Knochen ragten an manchen Stellen einen Tick zu weit über, um zu gesunden Menschen zu gehören. Drähte und Gestelle hielten diese Knochen, so viel war ersichtlich. Die Augen, wo noch vorhanden, glommen trüb.

Wo die vier ihre früheren Körper bewohnten – etwas, das Fahlsang Clach gegenüber als immenses Risiko und kosmisches

Paradoxon mit unabsehbaren Folgen beschrieben hatte –, war der Anführer jemand gänzlich anderes. Er hatte die mandelförmigen Augen eines Wüstenbewohners, buschige Brauen sowie eine halb unter seinem Mundschutz verborgene, edel geschwungene Nase. Nach der Art, sich zu bewegen, war der Mann jedoch eindeutig Ordàg. Das konnte er nicht verschleiern. Nicht vor dem Totenkaiser.

Der Anführer der Morlàmh lenkte sein Gefolge mit Gedanken, Gesten, Blicken. Sie mochten zu viert sein, aber Clach spürte sofort, dass nur sein Intimfeind der wahre Lenker dieser Gruppe war. Man hatte sie als Einheit zurückgesandt, die nun den Namen verkörperte, den sie zu Lebzeiten getragen hatte. Eine Hand, ein Glied mit einer zielgerichteten Zweckmäßigkeit, nur einem einzigen Willen folgend. Dieser Wille war der Ordàgs, des Schakals.

Einer Meute Wasserspeier gleich hockten die Albtraumgestalten auf den Dächern, ihre Köpfe ruckten hin und her, nach seiner geistigen Witterung suchend. Dieses Mal war der Totenkaiser vorbereitet. Er hatte eine lange Zeit gehabt, um seine mentalen Schutzwälle absolut undurchdringlich zu errichten, noch dazu war er dieses Mal in Kenntnis darüber, dass er verfolgt wurde.

Als offenbar wurde, dass die Heimkehrer nichts spürten, glitten sie von den Dächern herab auf die Straße. Die Wellen ihrer Frustration schlugen über Clach zusammen.

Der Totenkaiser rührte sich nicht. Was immer sie ihn spüren ließen, es mochten Finten sein. Er bezweifelte, dass sie nicht längst ihrerseits gelernt hatten, ihre Präsenz zu verbergen, wenngleich durch eine weniger harte Schule als er. Sie zeigten sich, um ihn zu ködern, davon war er überzeugt.

Ordàgs Gesicht ruckte in Dirths Richtung, den nur noch Sekunden vom Burgtor – sowie der Totenhand – trennten. Sofort bewegte sich eine der Gestalten auf den berittenen Magus zu, während der Rest von ihnen mit einer nahezu grotesken Mühelosigkeit die Burgmauern erklomm. Es war, als wären sie eins mit dem Stein, während sie die Wand emporkletterten. Clach folgerte, dass es so sein musste.

Die Gestalt, die sie zurückgelassen hatten, glitt schlangenhaft durch die Schatten der schwelenden Ruinen, bereit, den feisten Zauberer vom Pferd zu holen. Sie kannten seinen Wert! Der Totenkaiser vermutete, dass er der Größe nach Machan vor sich hatte, »Ringfinger« in der alten Sprache. Sie war die Kleinste gewesen, ein Geschöpf von täuschender Zierlichkeit. Er hatte sie sehr bewundert, als sie beide jünger gewesen waren. Sie begehrt. Das war, bevor er sie getötet hatte. Bevor er ihre Schönheit ausgelöscht hatte, nur dieser staksende Albtraum von ihrem Vermächtnis übrig geblieben war. Eine fremdartige Welle der Scham kam über ihn – und sie hielt schlagartig in ihren Bewegungen inne. Sie spürte ihn.

Verdammt!

Clach schoss aus seinem Versteck vor, Dolch und Dirths paralysierende Nadel umklammernd. Er preschte so dicht über dem Boden dahin, dass das Rennen eher einer Serie von Sprüngen glich. Sein Ziel vor Augen, dabei konzentriert, sich nicht durch noch mehr törichte mentale Signale zu verraten.

Die Nadel war für den Magus reserviert. Nun musste es eben so sein. Der Totenkaiser ließ im letzten Moment ein Fragment seines Geistes frei, nicht mehr als ein Jota eines Gedankens. Aber es genügte, um die Konzentration der Meuchlerin zu brechen. Sie fuhr herum. Er gewährte ihr keine Möglichkeit, ihn zu sehen und damit seine Präsenz an die Mitglieder der Morlàmh zu verraten.

Clach rammte ihr den Dolch mit so viel Wucht auf Höhe der linken Niere in den Körper, dass es sie von den Beinen riss. Sie wog nichts. Zugleich stieß er ihr mit der freien Hand die Nadel in den Nacken. Augenblicklich wurde das Wesen, das einst die entzückende Machan gewesen war, steif. Er war so nahe an ihr, dass der pfeffrige Gestank ihrer Wiedergeburt ihn einhüllte.

Er gewährte ihr keine Chance, sich von dem Angriff zu erholen. Mitleidlos packte er sie mit der freien Rechten im Nacken, nutzte den Dolchgriff als Handhalt und wirbelte sie um seine Körperachse. Solcherart schmetterte er ihren Körper mit dem Kopf voran gegen den nächsten hart gebrannten Pfeiler. Die Parodie eines Gongschlags erklang, ihr ohnehin nur durch Drähte und unheilige Kräfte zusammengehaltenes Genick war in einem grotesken Winkel verdreht. Mit erlahmten Bewegungen ruderte die Attentäterin auf dem Boden herum.

All dies geschah in dem einen Augenblick, den Dirth überhaupt hatte, um sein Tier zu zügeln. Der Totenkaiser beging nicht den Fehler, den Magus frei wirken zu lassen. Er sprang auf Krötes Reittier zu und gab ein bedrohliches Zischen von sich. Das genügte. Wie erwartet scheute die Mähre, warf ihren unerfahrenen Reiter ab.

Magick hin oder her, in solch einer Situation war Dirth nur eines: ein untrainierter Fettleibiger, der mit der fragwürdigen Eleganz eines aufgequollenen Tierkadavers aus dem Sattel rutschte. Er schlug hart auf dem eisigen Boden auf, während das verängstigte Tier mit Augen von der Farbe feinsten Porzellans davonstürmte.

Dem Totenkaiser war nicht entgangen, dass Dirth für seine Kunst Hände benötigte. Er stemmte einen Fuß auf den Rücken seines Fangs, nagelte ihn an den erstarrten Grund. Er riss Stoff aus Krötes Roben, band ihm die Handgelenke. Mit einem unprofessionellen Vergnügen zog Clach dem Mann einen seiner Stulpenstiefel aus und nahm den Socken an sich. Er drehte Dirth herum, nachdem er sich vergewissert hatte, dass Machan noch nicht kampfbereit war.

Die Augen des Magus wurden groß, als er begriff, was ihm widerfuhr. Zu spät. Das Kleidungsstück fand seinen Platz auf seiner Zunge. Ohne auf das protestierende Genuschel zu achten und ohne jede Anstrengung warf sich der Totenkaiser den feisten

Körper über die Schulter. Dann machte er sich mit seiner Beute davon, bedauernd, dass er zu wenig Zeit hatte, Machan zu vernichten.

Dirths Gewicht war kein Problem – seine Masse schon. Er protestierte, wand sich. Seine überlangen Glieder schwangen in einer Weise, bei der Clachs unbändige Körperkraft keinen Vorteil bot. Er torkelte vorwärts, seine unwillige Fracht machte jedes heimliche Vorgehen zunichte. Nach wenigen Schritten langte es dem Totenkaiser. Er stemmte den Magus am ausgestreckten Arm in die Höhe und presste ihn mit dem Rücken an eine Ruine.

»Es reicht! Halt still, oder …«, zischte er Kröte an – und bereute es im selben Augenblick. Nahezu schlagartig spürte er Wellen zielgerichteter Gedanken über sich hinwegbranden, den unhörbaren Schreien einer Fledermaus nicht unähnlich.

Jäh kam ihm ins Bewusstsein, was Dirth über den Verfall von Clachs Lippen, die Art seiner Kommunikation gesagt hatte. Teilweise telepathisch. Er ließ den Magus fallen, blickte zurück zur Feste. Das, was der Tod von Machan übrig gelassen hatte, wand sich in einer jeder Schwerkraft oder menschlichen Physiognomie spottenden Schraube mit abgehackten Bewegungen in die Höhe. Noch hielt die Nadel sie gelähmt, und ihre Regeneration wurde gehemmt. Das würde sich in wenigen Augenblicken ändern, wie Clach wusste.

Der Rest der Totenhand würde nicht lange brauchen, um die Burg hinter sich zu lassen. Clach ließ Dirth sinken. Er versetzte dem Mann einen Stoß in Richtung des Turms, an der Feste vorbei. Der Zauberer war von sich eingenommen, jedoch klug genug zu erkennen, wann er geschlagen war. Er taumelte vorwärts, bei jeder Bewegung des Attentäters zusammenzuckend.

Hinter ihnen schwoll ein Triumphschrei an, übertönte die Geräusche der Kämpfe. Der Totenkaiser konnte nur annehmen, dass eine der beiden Seiten ihren Anführer verloren hatte. Weiter. Die Totenhand würde bald wie eine Meute Wölfe an ihren Fersen hängen. Wölfe, die man weder kommen sah noch hörte. Bis dahin wollte er im Inneren des Turms sein, wo er sich erholen, eine Strategie ersinnen konnte.

Wohin genau?, sagte Dirths Blick. Dem Mann fiel es sichtlich schwer, Unterwürfigkeit zu heucheln. Clach mochte es ihm nicht verdenken – der Magus hatte eben noch die Verwirklichung all seiner Pläne und die absolute Freiheit vor seinen Unterdrückern in Händen gehalten. Nun war er eines anderen Wesens Knecht, kaum dass er Castor Ludevik losgeworden war. Seine Wut war eine spürbare Gewalt, die Wellen von Juckreiz durch Clachs ledriges Zahnfleisch jagte.

Sie kamen am Fuß des Turms an. Die unheilvolle schwarze Säule war direkt an ihrer glasartigen Flanke noch einschüchternder, ragte dräuend über ihnen auf.

Clach bändigte jeden Fetzen seiner Gedanken, bis er sich sicher war, jeden Laut, den er von sich gab, absolut unter Kontrolle zu haben. Erst dann sprach er.

»Ein'ang?«, fragte er. Seine Stimme war ohne Gedankenübertragung, die die fehlenden Silben im Hirn des Empfängers ergänzte, eine Mischung aus Krächzen und Nuscheln.

Der Totenkaiser nahm den Misston ungerührt hin, doch innerlich erschrak er. So klang etwas, dessen Lunge dahin, dessen Zunge vertrocknet war. Dirth sah nun noch appetitlicher aus. Der Totenkaiser war sicher, dass er nach solch einer Mahlzeit sein jugendliches Aussehen zurückbekäme. Er verwarf den Impuls, schüttelte ihn ab.

»Wo?«, fragte Clach lautlos, indem er den Kopf auf die Seite neigte und einen bedrohlichen Schritt auf Dirth zu machte. Der hob den Blick zur Spitze des Turms.

Es machte Sinn. Für einen Erzmagus mochten Naturgesetze wie die Schwerkraft nicht mehr gewesen sein als lästige Einschränkungen, die kaum der Rede wert waren. Warum sollte es jemand wie Vortigern seinen Feinden erleichtern, seine Zitadelle zu betreten, indem er sie mit einem ebenerdigen Eingang versah? Die Frage war, wie sie dort hinaufkommen sollten.

Auch ohne Telepathie fiel es Kröte nicht schwer, die Gedankengänge des Totenkaisers zu erraten.

»Ich könnte uns levitieren«, nuschelte er durch die Socke hervor. Trotz größter Mühe konnten seine Augen die Verschlagenheit nicht verhehlen, die hinter den Worten stand.

Und ich trete auf halber Strecke den Weg nach unten an? Netter Versuch, Kröte!, dachte Clach bei sich.

Nein, es war klar, dass sie klettern mussten. Für einen Normalsterblichen mochte der geschnittene Onyx der Zitadelle unüberwindlich sein, und in seiner momentanen Verfassung traute sich der Totenkaiser so einen Aufstieg ebenfalls nicht zu. Schon gar nicht mit drei Mehlsäcken protestierenden Fetts, die er dort hochbekommen musste. Nein, er musste Dirth zwingen.

Clach wandte sich dem Magus zu – eine Bewegung, die ihm das Unleben rettete. Hinter ihnen prallte etwas mit einem Heulen von der Onyxwand ab. Der Totenkaiser sprang behände zur Seite, riss den Zauberer mit sich. Kröte stieß einen überraschten Aufschrei aus, ging zu Boden. Der Attentäter kam gehockt auf drei Gliedern auf, eine Hand am Griff des Krummschwertes. Eine Salve metallischer Schemen fegte über sie hinweg, zersplitterte am Material des Turms.

Das mörderische Quintett war auf zwei Dutzend Schritte heran. Die Willkürlichkeit der Bewegung hatte dafür gesorgt, dass sämtliche ihrer mit perfekter Gleichzeitigkeit geworfenen Wurfmesser ihr Ziel verfehlt hatten.

»Clach«, sagte der Südländer mit sanfter Stimme. Das dunkle Timbre und die harten Konsonanten konnten nicht verschleiern, dass der Totenkaiser richtiglag.

Der Sprecher war Ordàg, Clach hätte diese Art zu sprechen unter Tausenden erkannt. Der Anführer der Morlàmh zog zwei rasiermesserscharfe Krummdolche. Das Quartett an seiner Seite wiederholte die Bewegungen um eine Sekunde versetzt, und dies in einem Einklang, der exerzierende Soldaten wie Amateure erscheinen lassen musste. Die Gruppe Attentäter pirschte näher. Die Schakale hatten den Wolf mit dem Rücken zur Wand gestellt.

Zehn Klingen gegen zwei: Der Totenkaiser ließ den Dolch zum Talwar aus der Scheide gleiten. Es war eine Geste grimmigen Heroismus, mehr nicht. Bei seinen eigenen Opfern hatte er so etwas als Verzweiflung gewertet – und die Totenhand wusste es.

»Wer ist der Fettsack«, fragte Ordàg. »Wegzehrung? Ein Spielgefährte?«

»Ich sehe, die Dunkelheit der Unterwelt hat euch fünf nicht euren Humor gekostet«, sagte Clach. »Das ist gut. Ihr werdet bald wieder dort sein. Dann könnt ihr ihn brauchen. Oder nein, ich irre. Diesmal geht ihr nicht zurück.«

»Hör auf zu posieren, Clach. Dein Hochmut endet hier, an diesen Mauern, zwischen all den anderen Toten. Du hast Götter verärgert, weißt du? Und uns wurde eine Gelegenheit zur Vergeltung geschenkt.«

»Du hattest deine Gelegenheit doch erst vor Kurzem. Ich weiß, wie das geendet hat – auf der Spitze meines Dolches. Du warst seit jeher ein Amateur, Ordàg. Reden, wenn du morden könntest. Lass mich raten: Ich kann mich ergeben? Mich dem ›Chor‹ anschließen, was immer das sein soll? Amüsant.«

Während der Totenkaiser sprach, bündelte er seinen Willen zu einem einzigen nadeldünnen Stilett reiner Geisteskraft, ebenso ungesehen wie die Waffen eines Assassinen in der echten Welt. Er richtete diese Spitze auf den Geist des Magus, zu einer Frage, bei der es darauf ankam, dass seine Gegner sie nicht vernahmen.

Sie werden dich in Stücke hauen, wenn sie mit mir fertig sind. Du hast die Wahl. Die oder ich. Entscheide dich.

Dirth nickte sanft. Verzögerungsfrei. Ihm schien bewusst, dass Attentäter, egal ob nicht tot oder lebendig, nur selten Zeugen für ihre Taten hinterließen.

»Mir wurde nahegelegt, dir solch eine Möglichkeit einzuräumen, wenn du dich willig zeigst. Streck deine Waffen. Bahne uns einen Weg in diesen Turm. Wie in alten Tagen: Ich setze Standards, du folgst und mühst dich vergebens, sie zu übertreffen. Darin warst du stets der Beste.«

Sie waren beinahe heran. Clach verlor keine Zeit. Er brachte sich mit einer Drehung hinter Dirth, setzte ihm schmerzhaft die Klinge des Krummsäbels an das Mehrfachkinn. Trotz des Mundschutzes, der fremdartigen Erscheinung des Assassinen, war Ordàgs Abscheu kaum zu übersehen. Nun war er nicht mehr amüsiert, sondern wütend. Angewidert.

»So tief bist du gesunken, Totenkaiser? Ein Diener der Sharis, der die letzte Nacht so fürchtet, dass er sich hinter einem Teigklumpen wie dem da versteckt? Wo bleibt deine verdammte Würde? Oder hat dir das Gift bei unserer letzten Begegnung zu viel von deinem Hirn verkocht?«

Nach oben! Der Totenkaiser rammte Dirth den mentalen Befehl wie eine von dessen Paralysiernadeln ins Hirn. Keine Tricks, oder wir sterben.

Clach riss mit dem Daumen, der am Säbelgriff anlag, den Socken aus Dirths Mund – und durchtrennte zugleich mit dem Dolch das Seil, das den Zauberer band.

Kaum dass seine Hände frei waren, wob Kröte komplexe Muster in die Luft. Der Totenkaiser verlor den Boden unter den Füßen. Er krallte sich wie ein Kind, das auf dem Rücken des Vaters reitet, an dem feisten Körper fest, überkreuzte die Beine um dessen Hüften. Er achtete tunlichst darauf, Kröte nicht die Gurgel durchzusäbeln. Sie stiegen in die Höhe, schneller als ein galoppierendes Pferd. Unter ihnen erklang Ordàgs Protestgeheul.

Die gigantische Steinsäule glitt in atemberaubendem Tempo an ihnen vorbei, bis sie nach Augenblicken ihre Spitze erreicht hatten. Dies war der kritische Punkt – Clach presste die Säbelklinge mit Nachdruck gegen Dirths krötenartige Kehle, drückte ihm zugleich den Dolch fester in die Nieren.

Jetzt waren sie über die Spitze des Turms hinaus. Zaghaft breitete der Magus die Arme aus wie ein Kind, das Vogel spielt. Sie setzten mit den Zehen auf der Spitze auf.

Der Totenkaiser gab dem Zauberer keine Möglichkeit, sich zu sammeln. Kaum dass dessen Fersen auf dem Gestein aufkamen, schlug er ihm die Handkante ins Genick, ließ ihn nach vorn taumeln. Ihm war nicht entgangen, dass Dirth seine Arme zum Rumpf gezogen und von seinen Fettmassen vermeintlich verborgen mit Gesten begonnen hatte.

Der Totenkaiser setzte dem Stürzenden nach, als dieser Worte der Macht zu intonieren begann, riss ihm einen Arm auf den Rücken, fixierte den Socken des anderen Fußes. Er band den Zauberer. Mit kundiger Hand tastete er die Gewänder des Magus ab, fand die Ledertasche mit den arkanistischen Nadeln. Er nahm sie an sich.

Du magst dir einreden, uns entkommen zu sein, pulste der Anführer der heimgekehrten Totenhand. Aber du irrst dich. Der Vater allen Steins hat uns dieses zweite Leben geschenkt. Kein Fels, der uns nicht trägt!

Clach würdigte das Geschwätz keiner Antwort. Er war mit zwei Schritten an der Brüstung der eigentümlichen Geometrie der Turmspitze. Als er hinuntersah, erklommen seine Häscher auf allen vieren den Turm, rannten wie eine Meute jagender Wildhunde gegen die Schwerkraft hinauf. Nichts Menschliches haftete dem Quintett mehr an, die Bewegungen waren so tierhaft, dass selbst er schauderte.

Die Jagdhunde der Neuen Macht. Von ihr im Wahn des Toxins erschaffen. Im Bruchteil einer Minute würden die Heimkehrer hier oben sein. Keiner von ihnen war nur einen Bruchteil so mächtig wie das Geschöpf in Pavosa Moreno, das spürte der Attentäter. Doch sie waren zu fünft. Hatten einen Grund, ihn zu hassen. Was Kombattanten oftmals einen Vorteil verschaffte, wenn sie in der Lage waren, diese Emotionen kalt zu lenken, statt sie in feurigen Zorn umschlagen zu lassen. Und kalt, das waren diese Kreaturen.

»Der Eingang«, sagte Clach und riss den Blick von ihren Häschern.

Dirth, der sich mühselig auf seine geschundenen Knie gerappelt hatte, sah ihn an und grinste tückisch. Er zuckte auf eine Weise mit den Schultern, die unter anderen Umständen mit der Socke im Mund und den gebundenen Armen komisch gewirkt hätte.

Der Eingang ist hier oben, man kommt jedoch nicht ohne Weiteres hinein, sagte dieser Gesichtsausdruck eines abnormen Triumphs. Der Ausdruck eines Rechthabers, dem klar sein musste, dass auch er hier oben sterben würde, dies aber in Kauf nahm, um einen Feind leiden zu sehen.

Der Attentäter musste alles an Willenskraft und Disziplin aufbieten, um Dirths Visage nicht in eine schmackhafte Mahlzeit zu verwandeln. Stattdessen riss er den Blick von dem feisten Zauberer los und suchte die Turmspitze methodisch ab. Es musste einfach einen Zugang geben. Etwas, das Dirth übersehen hatte.

Ist das so? Warum sollte ein Mann, der seinen Eingang mutmaßlich in die Spitze seines Turms einbaut, eine konventionelle Tür nutzen?

Vielleicht gab die Geometrie der Turmspitze ihre Geheimnisse preis. Die Erzmagi waren Giganten des Geistes gewesen, darin gab der Totenkaiser seinem Gefangenen recht. Sie würden daher kaum mit brutaler Gewalt hineingelangen. Doch der Zugang war zu gut verborgen, als dass es ihnen unter solchem Zeitdruck gelingen würde – gelingen *könnte* –, das Portal noch zu finden.

Er würde hier nicht kämpfen. Nicht so, nicht dem Diktat fünf rivalisierender Attentäter unterworfen. Wenn er kämpfte, würde er das Schlachtfeld bestimmen, auf dem sie sich das nächste –

letzte – Mal begegneten. Dort würde er ihnen den Garaus machen. Seine Strategie ändern.

Clach hielt inne, blieb an einer der konvexen, klingenartigen Wölbungen der Turmkrone stehen. Die Strategie ändern. War es das? Musste er seine Betrachtungsweise des Ganzen verändern? Was hatte Fahlsang in der Unterwelt zu ihm gesagt?

Ihr braucht Wahre Magick. Verschafft Euch Zugang zu altem Wissen, lernt die Formeln. Sucht sie an den alten, vergessenen Orten Eurer Welt, bereitet Euch angemessen vor. Alles, was Ihr können müsst, ist bereits in Eurem Erbe.

Eine überdeutliche, präzise Äußerung. Oder griff er hier nach einem Strohhalm? Hatte Fahlsang etwas geahnt? Gar vorausgesehen? Immerhin veränderte der Turm jeden Kundigen der Kraft, wie Dirth ihm erklärt hatte. Speiste Nutzer in seiner Nähe mit Wahrer Magick, der Fähigkeit, unzählige Schulen der Hexenkunst zu vereinen, wie es zu Lebzeiten der Erzmagi gang und gäbe gewesen war.

Und dieser andere Passus: Alles, was er wissen musste, war Teil seines Erbes? Natürlich war damit der Ritus gemeint, das Erbe der Nachfahren des Blutes der Erzmagi. Was die Wahre Magick betraf … Er glaubte zu verstehen. Er war ein Nebelmacher. Ein Tunnelgräber durch Sphären. Wenn dieser Turm nun gar keiner war? Zumindest im Inneren?

Sie konnten die Schritte, das Klatschen der ledernen Handschuhe ihrer Verfolger hören. Es trennten sie nur noch Augenblicke von der Konfrontation mit der Morlàmh. Es musste sein. Wenn er Fahlsang glauben durfte, hatte er alles hier, was er benötigte. Der Turm lieferte die Energie, den Ritus würde er beisteuern. Klappte es nicht, konnte er immer noch fliehen.

Der Totenkaiser zog einen Handschuh aus, presste die Hand auf den Onyx der Wand. Schlagartig durchflutete ein warmes, nicht unangenehmes Prickeln seinen Körper, das er mit der Kälte des Todes vergessen geglaubt hatte. Clach intonierte die Formel des Nebelmachers. Etwas in ihm, etwas Fremdes, kein Teil seines Selbst, sondern eindeutig etwas, das Fahlsang in ihm verankert haben musste, vereinigte sich mit der ihm eigenen Magick des Nachfahren eines Erzmagiers.

Der Effekt kam so überraschend, dass der Attentäter beinahe einen Schrei ausgestoßen hätte – ein Hochgefühl, eine Melange aus Überraschung und Siegesgewissheit durchflutete ihn. Der Stein riss der Länge nach auf. Ein Lichtstrahl brach aus dem Inneren hervor, eine Sensenklinge aus Energie, die in einer fließenden Bewegung von oben nach unten den Spalt nachzog. Er verbreiterte sich von Geisterhand.

Binnen Augenblicken hatte sich eine Tür gebildet. Das Material, das den Spalt freigab, war in Kaskaden zyanblau schimmernder Würfel zerfallen, die kränklich aufglühten, aufstiegen und scheinbar zu nichts zerfielen.

Ein Stöhnen, in dem Neid und Unglaube sich vereinigten, erklang hinter dem Totenkaiser. Fassungslos starrte Dirth auf das Mysterium, das zu erforschen ihn Monate seines Lebens gekostet hatte. Und das sich Clach mit nur einigen gemurmelten Silben auftat. Der Heimkehrer warf einen Blick auf Dirth. Derart hilflos würde der Magus ohne Zweifel dem ungezügelten Sadismus der Meuchlerzelle anheimfallen. Nur weil der Totenkaiser wie ein Monstrum aussah, wollte er nicht zu einem verkommen. Aber Dirth seine wochenlange Marter durchgehen zu lassen stand ebenso außer Frage.

Nur, wenn er den Mann mit sich nahm, wer garantierte ihm, dass Kröte die Macht des Turms nicht augenblicklich gegen seine Umgebung richtete? Und somit gegen Clach? Nein, das konnte er nicht riskieren, egal was der Magus in ihm gesehen hatte. Zugleich hatte Clach sich geschworen, keine unsinnigen Bluttaten mehr zu begehen.

Die Entscheidung wurde ihm abgenommen. Die erste lederumhüllte Hand erschien auf der Brüstung des Turms, einer der ungelenken Protoheimkehrer schickte sich an, die Zinnen zu erklimmen. Clach schoss auf den Magus zu. Er hob den Säbel.

Mit einer entschlossenen Bewegung schnitt er das Seil zwischen Dirths Handgelenken an, riss ihm die Socke aus dem Mund.

»Lebt. Sterbt. Mir einerlei. Folgt Ihr mir, sehe ich Euch je wieder, seid Ihr ein toter Mann!« Clach versetzt Krötes fettem Rumpf einen Stoß, der ihn auf das erscheinende Quintett zutaumeln ließ. Dirth brach in die Knie. Die Assassinen beachteten ihn nicht.

Langsam, mit siegesgewissen Bewegungen fächerten die puppenhaften Meuchler um Ordàg aus, Klingen und Stilette umklammernd. Der Anführer der Morlàmh richtete die Spitze seines Dolches auf den Totenkaiser, sein ungesehenes kaltes Lächeln tränkte das Timbre seiner Stimme, unterfütterte jeden Laut mit dem Hauch satter Befriedigung.

»Eine kurze, enttäuschende Jagd. Aber sie ist vorüber, Clach. Am Ende. Du kommst uns nicht mehr davon, selbst wenn du springst. Bei all deinen Heilkräften, du wirst derart zerschellen, dass es Minuten dauert, bis du wieder ganz bist. In dieser Zeit können wir dich mühelos töten. Du siehst also, es hat keinen Sinn. Streck die Waffen.«

Der Heimkehrer hatte genug vom selbstgefälligen Geschwätz des Schakals. Es reichte, dass er dessen hochmütige Zunge im Leben hatte hinnehmen müssen, er würde sich den Sermon nicht auch noch im Tode antun. Clach sah, wie Dirth seine Fesseln sprengte, Handgesten ausführte.

Der Zauberer ließ sich von der Ostwand des Turms fallen. Die zupackenden Hände und vorschießenden Waffen der Morlàmh griffen ins Leere.

Der Totenkaiser deutete eine spöttische Verbeugung an, ging rückwärts – und verschwand mit einem beherzten Sprung durch die Öffnung im Turm.

Aus den Chroniken des Kataklysmus der Erzmagi, verfasst dreihundert Jahresläufe nach dem Titanensturm, Anonymus:

Wenig wissen wir über die Diadochen. Darüber, wie sie ihre Staatsgeschäfte im Inneren führen, wie ihre Bevölkerung lebt. Wohl lässt sich sagen, dass die Diadochen des Nordens wie auch die Epigonen des Südens den Pentae und allen ihren Völkern Drangsal und Leid geschworen haben.

Denn obschon sie freiwillig gingen, weil sie sich ungerecht behandelt fühlten, wähnten sie sich betrogen um das Erbe, das ihnen doch nicht zustand. Obgleich sich die meisten von ihnen mit den Lehen begnügen, die sie an sich gerissenen hatten, weil keiner der Archonten Anspruch darauf erhoben hatte, zürnen sie den Pentae.

So kam es im Laufe der Jahrhunderte zu mannigfaltigen Angriffen ihrer Geschlechter, deren Barbarei wie ihr unauslöschlicher Wahnsinn mit den Dekaden zunahm, sodass sie kaum mehr von den Völkern des Amboss zu unterscheiden sind, denen sie ebenso mit Feindschaft begegnen.

Es gab im Laufe der Geschichte wenige Versuche, mit ihnen in Kontakt zu treten, aber diesen war wenig Glück beschieden. So mancher Archont, so manche Archontin entsandte Unterhändler oder Diplomaten, doch nicht wenige davon waren nie wieder gesehen.

Wohl nur die Zeit wird zeigen, ob Diadochen wie auch Epigonen dereinst in den Schoß der Pentae zurückkehren, ob sie den Archonten ein Dorn im Auge werden, den es zu ziehen gilt, oder ob ihre Übergriffe dereinst Erfolge zeigen werden.

Solange sie sich dort draußen mit den Ambossbruten morden und brandschatzen, haben die Pentae wohl nur wenig von ihnen zu befürchten.

Hora des Lichtfürsten, 301 adis Pentae

22. Ormgair

»Es ist mehr als ungebührlich, was dieser Kerl tut. Er hat keinen Stamm. Er ist ein Clanloser, kein freier Mann.« Die Stimme war schnarrend, protestierte mit einer Heftigkeit, die niemanden überraschte. Am allerwenigsten den Nebeljäger. Der Krakeeler war Isibroth, der Medizinmann der dreifach verhassten Kreen. Jener Greis, der Ormgair vor einigen Monden mithilfe seiner teuflischen Hexenkünste in einen schwarzen Abgrund geschleudert hatte. Der ihn gemartert und dem Nebeljäger so die Position des Lagers der Tanleigh entrissen hatte. Es stand nicht viel zwischen dem Stahl des Nebeljägers und dem Schandmaul des Seidrmannes. Ormgair bezähmte sich. Er würde seine Rache bekommen. Aber nicht so.

»Er hat Eidmänner. Vier Hände voll. Und ihren Bundsmann«, sagte eine Frauenstimme, so alt und trocken wie Reisig, doch große Macht schwang darin mit. »Da darf er Gehör verlangen.«

»Eure Eidkrieger, Jarl Skaighe, wenn mich nicht alles täuscht«, warf Tho'kat ein. Der Earl der Askchuil prostete seinem beleibteren und bärtigeren Gegenüber zu. Er lachte glockenhell.

Jeder wusste, dass Tho'kat mehr Skalde als Krieger war, der lieber die Zunge als das Eisen tanzen ließ. In jeder Hinsicht. Skaighe brummte nur und winkte in einer desinteressierten Geste ab. Er war reich, wie Ormgair wusste. Der Jarl konnte zehnmal so viele Huskarls mobilmachen wie die, die er durch das Duell verloren hatte. Er lächelte dem Nebeljäger zu. Ein Kompliment.

Sie waren mehr als drei Dutzend. Im tanzenden Schein der ausladenden Freudenfeuer saßen sie, einer Ordnung folgend, die nur die Weisen Frauen und Seher kannten. Sie hockten im Schneidersitz und bildeten eine Sichel zu Füßen der Halden aus Schutt und Relikten, in deren Mitte Ormgair stand. Bereit zu gestehen. Bereit, Zeugnis abzulegen, dass er es war, der gegen jedes Gesetz dieses Thing einberufen hatte. Der Geruch brennender Kiefernzapfen und würzigen Heidekrauts wogte über den Flammen. Ormgair sog ihn ein letztes Mal bewusst ein, bevor er einen Schritt auf die versammelten Karls und Earls, auf Clanlords, Seher, Hagzissen, auf Völven und Seidrmänner zu machte.

»Ich sehe euch«, sagte er in der alten Gemeinsprache, wohl wissend, dass mit ihm der Dialekt der Tanleigh diese Welt für immer verlassen würde.

Die Versammelten nickten, raunten ihre Zustimmung.

»Wir sehen dich ebenfalls, Ormgair Steinviper. Du bist mit Clan, aber ohne Stamm bei uns«, stellte die fest, die bei diesem Althing das Wort führte. Aslaugh, Tochter von Angrbodha, die mächtigste Völve, die noch über die Heide ging. So alt, dass sich Ormgair vor ihrer greisen Gestalt wie ein Jüngling vorkam. Sie war mit einer Stimme gesegnet, die so manchen Krieger zu übertönen vermochte.

»Du sprichst wahr, Mutter aller Eulen«, sagte Ormgair ehrerbietig. Falsche Unterwürfigkeit hielt er sorgfältig aus seinem Ton heraus.

»Vielleicht kann er ja das Mysterium entwirren, wer in die Hörner gestoßen und uns alle hierherberufen hat«, sagte Isibroth. Ormgair war bewusst, dass dessen lauernder Tonfall ihm galt. Längst mussten die anwesenden Stammesführer und Weisen herausgefunden haben, dass keiner von ihnen es gewesen war. Und da tauchte dieser stammeslose einsame Wolf auf, betrat die Insel gegen jedes Gebot durch ein Duell, mit dem er sich eine Schar Eidkrieger als Zeugen verschafft hatte.

»Das war ich«, sagte der Nebeljäger. Er stand aufrecht, Morvens Griff über seine Schulter ragend. Doch die Ruhe, die er nach außen ausstrahlte, empfand er keineswegs.

Sein altes Herz hämmerte ruhelos in einem Takt, der auf Dauer nicht gesund sein konnte, egal wie viele Jahre das Leben eines Mannes zählte. Kalter Schweiß machte seine Hände so klamm, dass er sich vorstellte, sie würden jede Sekunde tropfen. Die salzigen Perlen auf den Boden fallend, wo sie den Augen aller preisgeben würden, wie nervös er war. Das Einzige, was die ganze Situation erträglich machte, war die Tatsache, dass sich die Nacht herabgesenkt hatte. Der Nebeljäger war sich nicht im Klaren darüber, ob er bei Tag den Mut aufgebracht hätte, sich dieser Gemeinschaft auf solche Weise zu stellen.

»Du weißt, dass das Thing zu den ältesten und heiligsten der Traditionen der Stämme gehört?«, fragte Aslaugh. »Dass es gute Gründe gibt, warum nur denen, die die nötige Weisheit haben, eine Einberufung gestattet ist? Um das zerbrechliche Gleichgewicht der Stämme zu bewahren, das unser aller Überleben sichert?« Sie klang bemerkenswert gefasst, nicht so ungehalten, wie Ormgair befürchtet hatte. Vielleicht konnte er sie gewinnen. Mehr als scheitern konnte er ohnehin nicht mehr.

»Das weiß ich«, presste er hervor. »Ich erwarte und empfange euer Urteil, sobald ich gesagt habe, was gesagt werden muss.«

»Er gibt es offen zu«, sagte Isibroth. »Binden wir ihn und richten ihn. Dann kann jeder Stamm seiner Wege gehen. So kurz vor dem Einbruch der Flüsterkälte ist es Wahnsinn, so viele, zwischen denen Uneinigkeit und Zwietracht herrscht, an einem Ort zu versammeln.«

»Natürlich spricht er offen, er ist ein echter Krieger, keine Echse, wie gewisse andere Anwesende. Ich will hören, was er zu sagen hat«, erklärte Tho'kat, der allein mehr Pferde besaß als die Gesamtheit der anderen Stämme zusammen.

»Wenn wir schon hier sind …« Skaighe legte beide Hände auf seinen stattlichen Bauch und grinste.

»Wir werden diesen dreisten Akt doch nicht auch noch unterstützen, indem wir diesem Frevler unser Ohr schenken?«, erboste sich Isibroth.

»Krächz einen anderen Baum an, Krähe. Jeder hier weiß, dass die Kreen hinter dem Mordwerk an den Tanleigh stecken. Es verwundert nicht, dass du diesen Nebeljäger dort zum Schweigen verdammen willst.«

Tho'kats Tonfall ließ keinen Zweifel an der Verachtung, die er für den faltigen Hexenmeister empfand. Dennoch gehörte Mut dazu, einen Seidrmann, noch dazu eines anderen Stammes, mit solchen Worten zurechtzuweisen. Er musste über einen wirkungsvollen Schutz verfügen, wenn er die Teufel und Flüche der Kreen nicht fürchtete.

»Hast du Beweise für solche Reden?«, verlangte Orchas zu wissen, der Stammeslord der Kreen. Der Feuerschein tanzte auf seiner Halbglatze, sein gewaltiger weißer Schnurrbart blähte sich ob der Schmähung. »Ansonsten wirst du meinen Seidrmann mit Respekt behandeln!«

»Keine, die ihr Kreen nicht durch euer Gebaren längst erbracht hättet.« Der Pferdelord grinste noch breiter als Skaighe, der das Ganze mit sichtlichem Vergnügen verfolgte.

»Geh lieber zu euren Zelten zurück, die Furchen deiner Stuten mit der Zunge bestellen, Dichter. Solcherart Streit ist Männersache!« Orchas war kurz davor, mit dem Hammer in der Hand aufzustehen und Tho'kat zu fordern.

»Ich möchte euch alle daran erinnern, wo wir sind«, sagte Aslaugh und erhob sich, wobei sie ihre abgemagerte, altersfleckige Hülle auf einen schweren Stecken stützte. Sie gab dem reichen Pferdelord keine Gelegenheit, die Schmähung zu beantworten. Ihr Blick ließ gestandene Männer schrumpfen. Isibroth schien interessante Dinge unter seinen klauenartigen Fingernägeln entdeckt zu haben. Was bemerkenswert war, da der Seher der Kreen blind war.

»Lasst den Karstlöwen sprechen«, fuhr Aslaugh fort, »dann fällen wir das Urteil.«

»Ich danke dir, Mutter aller Eulen.« Ormgair neigte leicht das Haupt, weit genug, um ihr Respekt zu zollen.

»Sprich, Ormgair Steinviper. Warum hast du solch Missetat begangen?«

Ormgair berichtete alles, was ihm widerfahren war, seit er an jenem Tag die Patrouille der Kreen auf dem Land seines Stammes verfolgt und in deren Hände gefallen war. Was er in Fomor erlebt und dort gesehen hatte. Was er in der Konfrontation mit der Neuen Macht durchgemacht hatte. Seine Visionen, die ihm der Listige offenbart hatte.

Schweigend lauschten die Versammelten, während Ormgair das Garn seiner Erinnerungen mit dem Duft der Feuer in der Nase sponn. Niemand unterbrach ihn, selbst die Kreen schwiegen, wussten sie doch zu genau, dass es ein Sakrileg war, die Zeugenschaft eines freien Mannes infrage zu stellen, bis er geendet hatte.

Ormgair schwankte, das Herz schlug ihm bis zum Halse. Dennoch fasste er sich, berichtete wahrheitsgetreu, was er erlebt hatte, was er über Clach und den Listigen wusste. Und vor allem, was er in den Tiefen der Penta mit eigenen Augen gesehen hatte.

»Ich bin überzeugt, dass die Titanen erwachen werden«, schloss er seinen Bericht. »Und dass dies das Schlimmste ist, was uns widerfahren kann.«

Gemurmel und Geraune waren zu vernehmen. Der Nebeljäger wusste, dass es gefährlich für ihn wurde.

»Ich weise meinen Glauben an die Herren des Ungeformten zurück«, sagte er. »Unsere Götter sind nicht länger unsere Herren. Sie sind eine Gefahr, verstrickt in die Tücken und Ränke der Stadtlinge.«

Das Murmeln erstarb. Im zuckenden Schein der Flammen war der Unglaube in den Gesichtern ringsum zu erkennen. Hass, Zweifel, Verwirrung und die Frage, ob der Alte, der vor ihnen solche Reden führte, den Verstand verloren hatte. Hände fuhren durch die Luft, durch Bärte, zu Schwertgriffen. Die Münder Weiser Frauen, von Völpen und Hexern murmelten Schutzworte. Augen mit der Farbe von Schnee blickten zum Himmel hinauf, strafende Blitzschläge oder Schreie der Baen'sidhe erwartend.

Eine Stimme zerschnitt die Stille, bebend vor selbstgerechtem Zorn und tiefster Befriedigung. Isibroth.

»Ketzer! Leugner der Götter! Hierher kommt dieser Mann, dem die Einsamkeit der Öde den Verstand geraubt hat. Nicht nur erhebt er dreiste, unhaltbare Anklagen gegen die Kreen – nein, er verdammt sich und entweiht diesen heiligsten aller Orte, indem er solche Reden führt! Er gibt hundert Verbrechen zu, ohne den Zorn der Jenseitigen und des Ungeformten zu fürchten. Er hat gestanden, den Krater betreten zu haben, in dem nur die Toten und die Götter wandeln dürfen. Er gab freimütig zu, ein Schwert von dort gestohlen zu haben, das den Titanen zukommt. Wo, frage ich, wo sind seine Beweise für seine fantastischen Behauptungen?«

»Beweise?«, fragte Ormgair, der diesen Moment erwartet, ja herbeigesehnt hatte. »Ihr wollt Beweise, die meine Worte belegen?«

»Du musst zugeben, dass deine Rede unorthodox ist«, sagte Aslaugh. Ihre Stimme war nach wie vor sanft und respektvoll, doch es lag eine eiserne Härte darunter, die der Nebeljäger nicht einzuordnen vermochte. Und ihre Augen … Er blickte sich zum ersten Mal, seit er das Wort ergriffen hatte, bewusst um. In den Blicken der Stammeslords sah er nur seinen Tod, seinen Verrat. Doch viele der Medizinmänner und Zauberinnen wirkten auf ganz andere Weise aufgewühlt, und sie wichen seinem forschenden Auge aus. Wussten sie mehr als er?

Er musste sie alle überzeugen. Langsam, ohne bedrohliche Gesten löste er Morvens Scheide von seinem Rücken. In einer universellen Geste zeigte er seine Handfläche, die Finger gespreizt, bevor er die Klinge zog, darauf bedacht, die Spitze auf keinen der Anwesenden, keinen der Kreen zu richten. Er zeigte ihnen die Runen. Morvens Namen. Einige der Weisen tauschten Blicke untereinander. Sie erkannten die Klinge.

Weil sie die Höhle am Boden des Kraters kennen. Sie erkennen Morvens Namen nicht, aber die Waffe. Die kennen sie.

Ormgair sah, dass Skoltik, der Earl der Tibraich, seinen Blick nicht von der Klinge lösen konnte und sich über die Lippen leckte. War das Gier, dieses Meisterstück in seine Hände zu bekommen? Oder verbarg sich mehr hinter diesem fiebrigen Blick?

»Das Schwert Fhaelsungr, das Morven heißt, wie ich berichtet habe«, sagte der Nebeljäger.

»Jeder gute Schmied kann Runen ritzen oder ätzen!«, keifte Isibroth. »Das beweist nur noch mehr, was für ein Lügner dieser Gesetzlose ist. Töten wir ihn, bevor seine Zwietracht und sein Unglaube uns vergiftet!«

»Ja!«, kam es von Skoltik. »Der Seher der Kreen spricht wahr. Erschlagen wir diese Schlange, bevor ihre Zunge uns weiter Fäulnis eintrichtern kann!« Er bohrte einen Zeigefinger in Ormgairs Richtung und machte seinen am Rande der Insel stehenden Eidkriegern mit der anderen Hand ein Zeichen.

Bevor diese sich in Bewegung setzen konnten, sandte ihnen Aslaugh einen vernichtenden Blick. Sie verharrten wie eingefroren. »Solange seine Zeugenschaft nicht beendet ist, ist dieser Mann frei, egal ob der Klang seiner Rede uns gefällt oder nicht! Ihr gebt hier keine Befehle, Skoltik aus dem Stamm der Tibraich. Hier herrscht einzig die Meinung aller, und wir werden einen Entschluss fassen, wenn er gehört wurde!«

»Er sagt, er sei an der Seite des Cynings der Toten in die Schlacht gezogen«, sagte Isibroth. »Und dass dieser ein Widergänger oder etwas in der Art sei, der ihn in die Ränke – ich kann es kaum glauben, dass ich solcher Rede Vorschub leiste –, in die Ränke unserer Götter eingeweiht habe. Ich frage dich, Lügner: Wo sind deine Beweise dafür?«

»Ich bin nicht hier, um euch zu beleidigen …«, hob Ormgair an.

»… und doch tust du genau das!«, unterbrach ihn der Seher der Kreen.

»Ich stehe nicht vor euch, um mich als Lügner bezeichnen zu lassen! Was ich spreche, ist die Wahrheit!«

»Beweise es«, wiederholte Isibroth seine Forderung. »Du sagst, der Tempel der Nachtmutter der Stadtlinge sei geschleift worden. Und du hättest die Todesbotin in deine Gewalt gebracht. Dann sollte es dir ein Leichtes sein, sie diesem Thing vorzuführen, nicht wahr?«

Ormgair antwortete nicht, doch er gab seinen eigenen, frisch erkorenen Eidkriegern ein Zeichen. Ask'uir, den Kiefer in von Speichel und Blutflecken durchsuppte Verbände gehüllt, trat respektvoll aus der Dunkelheit am Rande der Flammenkreise. Sanft schob er die noch immer mit magischen Stricken gebundene Frau vor sich her, die gemessen an den anwesenden Ambosskriegern nicht größer anmutete als ein zehn Winter altes Mädchen.

Ormgair legte eine seiner Pranken auf die Schulter der Schönheit. »Die Todesbotin, ureigene Tochter der Nachtmutter. Ihr fragt, mit welchem Recht ich meine Rede führe? Ich sage es euch. Mit dem Recht eines freien Kriegers, dessen List so groß war, dass er einem der Lords der Stadtlinge solche Beute entreißen konnte. Ich bin Ormgair Steinviper, Sohn eines gemordeten Stammes, und ich bringe euch das Fleisch der Götter als Zeugin und Tribut. Meine Zunge spricht wahr!« Die letzten Worte brüllte er, fühlbar befreit.

Die Stammesfürsten wandten sich ihren Sehern und Völpen zu, fragend, ungläubig, ob das Weib neben dem wahnsinnigen

Alten sein konnte, was er behauptete. Aslaugh starrte gebannt auf die alterslose Geisel, deren durch die Hautbilder ölschwarz gewordene makellose Gestalt das Licht der Feuer einzufangen schien. Bevor jemand nur einen Zweifel äußern konnte, ließ das dunkle Timbre der Stimme der Todesbotin die Nacht erzittern.

»Alles, was dieser Mann euch berichtet hat, ist wahr«, sagte sie.

»Lassen wir jetzt schon Geiseln vor unserem Thing sprechen wie freie Männer?« Skoltiks Stimme bebte vor Zorn. Oder war da noch etwas anderes? Ormgair war sich nicht sicher.

Das Raunen der Versammelten war zu einem Inferno angeschwollen. Wohin der Nebeljäger blickte, er sah streitende Männer und Frauen. Wütende Gesichter, Hände an den Waffen. Skoltiks Stimme lag über allem, Tirade um Tirade hagelte auf die Anwesenden nieder, jeder Laut, jede Silbe wie ein Hammerschlag auf einem Amboss. Selbst Aslaugh rief die Lords nicht zur Ordnung, der Earl der Tibraich wetterte ungestört, während die Mutter aller Eulen mit der blinden Krähe Isibroth in einem Disput verstrickt war. Etwas stimmte hier nicht, das spürte der alte Karstlöwe.

Der Nebeljäger erwartete, die Todesbotin voll boshafter Freude zu sehen, weil ihre Feinde derart zerstritten waren. Stattdessen sah er eine Frau, die die Augen suchend zusammenkniff. Ihr Blick fiel für eine Sekunde auf Skoltik. Der Nebeljäger sandte der Hierophantin einen fragenden Blick, den sie durch leichtes Niederschlagen der Wimpern in Richtung des Earls der Tibraich beantwortete.

Hier ging mehr vor, als das Auge zu sehen vermochte. Mit einem Mal spürte Ormgair einen Klumpen, wo sein Magen hätte sein sollen. Eine schreckliche, kaum zu bezähmende Vorahnung überkam ihn. War er am Ende zu spät in seine Heimat zurückgekehrt? Hatte sich der Einfluss der Neuen Macht bis hierher ausgedehnt?

Er sah in Richtung von Isibroth. Der Hexer der Kreen war wie so viele dabei, sich zu setzen. Falls der Blinde Ormgairs Blick auf mystische Weise bemerkte, ließ er es sich nicht anmerken. Trafen Ormgairs von der Todesbotin bestärkte Verdächtigungen zu? War es Skoltik, der hier ein Spiel trieb, in welchem die Kreen nur Opfer waren?

Ormgair wartete, bis Ruhe eingekehrt war. Sätze trennten ihn davon, ergriffen und hingerichtet zu werden, wenn er diese Versammlung nicht überzeugen konnte. Doch alle Neugier war aus den Blicken der Versammelten gewichen. Die Seher und Völpen, die gerade noch interessiert seiner Geschichte gelauscht hatten, funkelten ihn auf eine Weise an, die man lediglich als bösartig bezeichnen konnte. Skaighe und Tho'kat musterten ihn voller Misstrauen.

Mit einem Mal erinnerte sich der Nebeljäger an das Wirken des Listigen. Daran, wie er ihn bei ihrer letzten Begegnung endgültig vertrieben hatte, indem er die magische Klinge als Drohung benutzt hatte. Daran, mit welchem Respekt eine Kreatur wie der Cyning der Toten das Schwert Morven betrachtete. Ein Plan reifte in Ormgair, wie er sein Los noch wenden konnte, bevor Aslaugh seine Aussagen vor diesem Thing beendete und er abgeurteilt wurde.

»Mir wurde das Wort erteilt«, sagte er. »Ihr habt meine Geschichte vernommen. Ich habe sie durch Zeugenschaft und Beweise bestätigt. Ihr sagt, meine Ansichten wären Ketzerei – ich sage euch, sie sind die Erfahrungen, die ich als freier Mann machte. Ich stehe vor euch, und einige hier nannten mich clanlos, noch bevor meine Zunge das erste Wort kundtat!«

Er richtete seinen Zeigefinger nicht auf Isibroth. Ormgair ahnte, dass die Kreen zwar in all dem hier eine Rolle spielten, aber dass es die Furcht vor dem Thing war, die sie gegen ihn wettern ließ. Es war Skoltiks Ungeduld, ihn zum Schweigen zu bringen, und der Gesichtsausdruck des Earls der Tibraich beim Anblick der Klinge, die ihm klarmachten, was diesen Mann antrieb.

Es war Angst.

»Hättest du geschwiegen, nicht alle gegen mich aufgewiegelt, du hättest triumphiert, Skoltik, Earl der Tibraich«, fuhr Ormgair fort. »Stattdessen wolltest du deine Männer auf mich hetzen, mich ergreifen lassen, obwohl Aslaugh diesem Thing vorsteht.«

»Wir haben genug gehört«, empörte sich Skoltik. »Mutter aller Eulen, wie lange soll dieser unsere Ohren noch vergiften?«

Der Nebeljäger ignorierte seine Reden. Langsam, Schritt für Schritt, trat er auf Skoltik zu. Bevor der Rat sein Verhalten tadeln konnte, drehte Ormgair Morven in seinen Händen, sodass die Spitze unter seinem Ellenbogen hindurchzeigte und die Klinge in ihrer Breite auf seinen Handflächen ruhte. Solcherart blieb er zwei Schritte vor Skoltik stehen. Der konnte den Blick nicht von der Klinge lösen.

»Was soll dieses Schauspiel?«, fragte er.

Ormgair ließ ihn nicht aus den Augen. »Du sagst, ich wäre ein Lügner, der unsere Traditionen entehrt. Ein solcher Mann hat nach Ansicht aller hier nur ein Schicksal verdient. Als mein Ankläger solltest du es sein, der mich niederstreckt. Der meine Lügenzunge zum Schweigen bringt. Ich bitte dich, zolle mir den Respekt und nimm mein Schwert dafür.«

»Ich fürchte, wir verstehen dein Ansinnen nicht«, sagte Aslaugh.

»Mutter aller Eulen, Isibroth und Skoltik bezichtigen mich der Lüge. Sie sagen, jeder könne ein Schwert ätzen. Ich lege solchen Männern, euch allen, die Tochter einer Göttin als Kriegsbeute zu Füßen, doch noch immer wird meine Ehre besudelt. Ich bitte dieses Thing, dass Skoltik mein Schwert vor Zeugen ergreift und sich seiner Echtheit versichert. Von der Macht, die durch den Stahl fließt. Wenn er danach immer noch überzeugt ist, dass ich lüge, so mögen er oder ihr mich niederstrecken.«

Er ruckte den Griff des Schwertes in Skoltiks Richtung. Die

Bewegung genügte, um den kampfgestählten Earl zusammenzucken zu lassen. Erneutes Murmeln und Geraune waren die Folge.

»Greif zu, Earl. Denn ich bin es müde, mir von mörderischem Krähengezücht und Nattern wie dir Mannbarkeit und Tugend absprechen zu lassen. Greif zu, warum zögerst du?«

Skoltik erhob sich wie in Trance. Er wandte sich den Anwesenden zu, richtete den Zeigefinger auf Ormgair, und seine Stimme erklang. Der Donner war daraus ebenso verschwunden wie jenes machtvolle Timbre, das die Versammelten bislang in seinen Bann geschlagen hatte.

»Dieser Mann ist ein Lügner. Er ist eine Gefahr für unsere Art zu leben. Er schmäht die Ahnen ...«

Diesmal ebbte das Geraune nicht ab. Die Bereitschaft der Anwesenden, die Partei des Earls zu ergreifen, war auf einen Schlag vorüber.

»Der nette Trick mit deiner Stimme klappt nicht mehr«, sagte Ormgair mit tödlicher Ruhe. »Ich habe vor Kurzem die Erfahrung gemacht, dass solche Tücke versagt, wenn ich die Klinge umklammere. Wir stehen zu nahe beieinander. Wer auch immer du sein magst. Was immer du sein magst.« Nach diesen Worten erhob er die Stimme und sagte laut: »Wer immer diese Gestalt ist, sie ist nicht Skoltik, Earl der Tibraich. Ich sehe ihn nicht.«

»Bist du von Sinnen, alter Mann?« Skoltiks Stimme sollte vor Zorn triefen, stattdessen überschlug sie sich, und dies eindeutig vor Furcht. Ihm war nicht entgangen, dass die Spitze Morvens gegen ihn gerichtet war. Den Eidkriegern jedoch auch nicht, und so kamen sie langsam näher, bereit, den Nebeljäger niederzustrecken.

»Der Stammeslord der Tibraich ist einer der wenigen hier, an dessen Seite die Tanleigh kämpften, als es darum ging, die Blutschuld von den Marodeuren von Glaibourne einzufordern«, rief Ormgair. »Damals war der Earl noch ein jüngerer Mann. Ich hatte das große Glück, seine Kunstfertigkeit mit der geworfenen Axt zu bezeugen – auf dem Feld der Ehre wie im Lager.«

»Fahre fort«, verlangte Aslaugh.

Ormgair entging nicht, dass Skoltiks Rechte zur Schwertscheide fuhr, die leer war, wie bei allen Fürsten und Zauberern, die am Thing teilnahmen. Außer den Eidkriegern und freien Männern war niemand bewaffnet – ein Mann mit nur einer Waffe konnte leicht gestoppt werden.

»Ein Krieger kann seine Waffenhand ändern, wenn er hart an sich arbeitet oder er es muss, weil er verstümmelt wurde. Jeder von uns hier weiß, dass es mit Kunstfertigkeit möglich ist, mit zwei Waffen zu kämpfen. Aber eine Wurfhand, die ändern so wenige, dass ich in meinem Leben noch niemanden getroffen habe, der das je getan hätte.«

Skoltiks Blick ging ohne sein Zutun zu seiner Rechten.

»Die Hand, mit der er zweifach auf mich gedeutet hat – und gerade nach seiner Waffe suchte«, erklärte Ormgair. »Earl Skoltik aber ist Linkshänder. Dieser hier nicht. Du hast dich verraten. Heimkehrer.«

Das Raunen der Anwesenden schwoll zu einem Crescendo an. Rufe wurden laut.

»Er hat recht!«

»Ich kenne Skoltik seit vielen Wintern! Er kämpfte stets mit der Linken!«

Die Eidkrieger Skoltiks blieben einige Schritte entfernt stehen. Sie verharrten an Ort und Stelle, machten den Eindruck, eine Ohrfeigensalve unsichtbarer Hände erhalten zu haben. Dann, als das Sextett die Wahrheit in den Worten des Nebeljägers erkannte, tauschte es schockierte Blicke.

Der falsche Skoltik verspürte augenscheinlich wenig Lust auf einen Kampf. Die Kreatur spannte sich, um davonzuhechten. Doch Ormgair war vorbereitet, er hatte gesehen, zu was der Cyning der Toten in der Lage war. Noch bevor Skoltiks geraubter Körper den Befehlen seines nicht toten Usurpators Folge leisten konnte, zuckte Morven vor.

Ein Aufschrei ging durch die Versammlung. Mord auf heiligem Grund! Er verstummte ebenso, wie er aufgebrandet war, als die Versammelten sahen, was geschah.

Mit einem Zischen wie von entweichendem Gas rollte der Kopf des Jarls in das von den Feuern angetaute Gras. Dort, wo Schädel und Rumpf jeweils endeten, erblühte eine feine Schnittkante aus Rotglut. Vielfarbener Rauch kräuselte sich, teerartige Masse quoll aus dem Stumpf am Oberkörper. Der Leib brach in die Knie.

Dem schwarzen Blut folgte Nebel, der aus allen Öffnungen der Kreatur waberte. Die Augen des Enthaupteten musterten Ormgair mit einem Hass, der kein Maß kannte. Dann lösten sie sich zu Gruben aus kaltem Rauch auf. Ein ephemerer Schemen entwich mit einem unhörbaren Schrei in die Nacht, verblasste. Nur noch das Knacken der Feuer war zu vernehmen.

Eine schiere Ewigkeit verging, ohne dass jemand sprach. Die, die sich erbost erhoben hatten, setzten sich. Selbst Isibroth und der Stammeslord der Kreen schwiegen.

Skoltiks Eidkrieger, seine Völpe und einige Earls waren eindeutig noch geschockter. Clach hatte dem Nebeljäger etwas verraten, das diesen Zustand erklärte. Diesen Menschen ging auf, wie sie genarrt worden waren. Sie erinnerten sich, dass ihr Jarl gestorben war und dass ein Wechselbalg seinen Platz eingenommen, ihre Gedanken verändert hatte.

Ormgair sah dies mit Wohlwollen – er war froh darüber, dass die Kreen ebenso geschockt waren wie sämtliche anderen Vertreter der Stämme. Das machte ihre Bosheit, ihren Mord an seinem Volk zu etwas, was er begreifen, einsortieren konnte. Es machte sie menschlich. Er würde sich ihrer annehmen, wenn die Zeit reif war. Doch seine Rache war in diesem Moment nicht das Entscheidende.

Ormgair Steinviper hatte wahr gesprochen. Es gab Agenten, Kreaturen, die die Gesellschaft jeder Kultur unterwanderten. Die

Ambosskrieger wie Stadtlinge den Tod eines Menschen vergessen ließen, damit ein doppelzüngiges Abbild Geist und Willen einer Gemeinschaft untergraben und nach den Plänen der Neuen Macht umgestalten konnte. Der Nebeljäger verstand das Dilemma der Anwesenden besser, als jeder andere es vermocht hätte.

»Er hat mir gesagt, die Rückkehr der Titanen sei der Anbeginn einer guten Zeit für alle Stämme.« Es war Fraiki, der Earl der Hichthain, der dies sagte. »Nichts als Lüge!«

Ormgair hatte ihnen berichtet, dass die Neue Macht alles im Namen der Gottriesen manipulierte. Nun saßen sie hier, am heiligsten Ort dieser Götter, ihrer Richter und Bewahrer, in deren Namen sie alle über Generationen nach dem Titanensturm die alte Lebensweise der Ambosskrieger bewahrt hatten. Alles, woran nicht nur sie, sondern ihre gesamte Kultur über Jahrhunderte geglaubt hatten, war dahin. Pervertiert.

So verwunderte es den letzten Tanleigh wenig, dass Aslaughs Stimme dünn und brüchig wie Herbstlaub klang.

»Was brauchst du, Ormgair Steinviper?«

23. Clach

Er war mit einem Satz durch den gähnenden Schlund in der Onyxmauer, aus dem das Glühen aktinischen Lichts waberte. Im Inneren wirbelte der Totenkaiser herum, suchte nach einer Möglichkeit, die Tür zu verschließen.

Es war nicht mehr notwendig. Kaum dass er das Portal durchsprungen hatte, spürte er das Prickeln. Langsam – zu langsam – schloss sich die Ätherpforte. Voller Unglauben beobachtete Clach, wie Ordàg und der Rest der Morlàmh mit nur einem Satz unnatürlicher Kraft auf die Tür zuschossen. Sie kamen nicht hindurch, verharrten vor der Öffnung.

Der Anführer der Totenhand stampfte mit dem Fuß auf, seine Frustration sandte Schockwellen reiner Stärke durch den Turm, ließ das Knochenglas der kristallinen Zitadelle singen. Der Totenkaiser konnte nicht verstehen, was Ordàg gesagt hatte, kein Laut drang durch die Öffnung. Das musste er auch nicht.

Es war offensichtlich, dass weder der Anführer noch die Morlàmh gesehen hatten, was der Totenkaiser getan hatte. Oder wie es ihm gelungen war. Der Spalt war gerade mal zu zwei Dritteln versiegelt, auf Augenhöhe breit sowie hoch genug, alles ab der Schulter eines Menschen preiszugeben. Dennoch sahen sie den Totenkaiser nicht, starrten durch ihn hindurch.

Sie sehen nur die Wand, dachte Clach.

Keine Reaktion seiner Jäger auf diese Gedanken. Die Anwesenheit im Turm schnitt ihn scheinbar von solchen Kräften ab.

Obschon sein Leib keine echte Ruhe brauchte, lehnte sich Clach an die schließende Portalöffnung, wie er es nach einer nervenaufreibenden Flucht mit einer Holztür gemacht haben mochte. Er ließ sich mit einem sachten Quietschen von zerschlissenem Samt und Leder daran hinabgleiten, während die Öffnung oben noch nicht ganz geschlossen war.

Obwohl es entsetzlich schmerzte und er kaum mehr als eine Froschblase Luft in seine Lunge bekam, stieß der Totenkaiser einen lange verschmähten Seufzer der Erleichterung aus. Er war sämtlichen Verfolgern entkommen. Hatte das Ruder herumgerissen. Selbstkontrolle und mentale Disziplin hatten gesiegt. Clach genoss die Atempause. Seine Reserven körperlicher Kraft mochten unerschöpflich sein, doch seine Seele, sein Wille kamen ihm im Augenblick eher wie fadenscheiniges Tuch vor.

Nach einer Weile erhob er sich. Studierte die Umgebung. Wie der Turm bot das Obergeschoss einen kreisrunden Aufbau, einem Rad nicht unähnlich. Dort, wo bei diesem die Nabe gewesen wäre, befand sich eine etwa zwei Schritte durchmessende und eine Handbreit erhöhte Plattform, in die Bahnen aus silbrigen Einlegearbeiten eingelassen waren. Sie beschrieben ein Heptagon, in das wiederum ein Heptagramm eingeschnitten war. In einer leicht versetzten Diagonale war es in den größeren Kreis eines zweiten, neunseitigen magischen Kreises eingepasst.

Ein mit unbekannten Glyphen durchwobener Verbindungsring aus Gold lag zwischen beiden Sternformen, verband die innere und die äußere Sphäre der arkanen Symbole. Die überlange siebte Seite des Heptagons ragte dabei aus der langen Gerade des Neunsterns heraus, erstreckte sich über die Plattform daran herab wie ein mahnender Finger in den Raum.

Dieser Zacken wies auf einen monströsen Schreibtisch aus Rauchglas. Er ruhte auf viel zu dünnen spinnenartigen Silberbeinen. Der zugehörige Stuhl war nicht mehr als ein aus einem Oynxblock geschnittener Winkel, groß genug, einem Mann als

Sitzmöbel zu dienen. Ein Winkel, der ohne jegliche Beine und gegen jedes Naturgesetz dicht über dem Boden schwebte und sich dabei leicht bewegte.

Die Konstruktion war in ihrer Gänze absolut fremdartig. Beinahe machte es den Anschein, als sei kein Stück davon in Aehve, ja nicht einmal auf Thetis gefertigt. In ihrer verwirrenden Geometrie glich diese Schreibkammer dem Inneren eines wahnsinnigen Geistes, ließ sich mit nichts vergleichen, was der Attentäter aus der Dämmerwelt kannte. Clach verspürte keine Lust, sich an diesen Tisch zu setzen.

Denn mit dem Möbelstück und dem Zauberkreis auf dem Boden endeten sämtliche Ähnlichkeiten, die der Totenkaiser mit dem Turm eines Zauberkundigen assoziierte. Nichts hier entsprach dem, was sich der Attentäter unter dem Refugium des machthungrigsten aller Erzmagi vorgestellt hatte. Clach war überzeugt, dass auch ein Mann wie Dirth erstaunt gewesen wäre, was er in diesem mystischen Ort vorfand. Und was nicht.

Jegliche Form von Komfort fehlte. Keine Diwane, Wasserpfeifen oder andere Annehmlichkeiten lockten, luden zum Genuss oder zur Rast ein. Keine prunkvollen Intarsien, keine Gemälde, keine Sitzkissen oder gar Dinge wie ein Abort, geschweige denn irgendwelcher Ausgänge.

Ließ der Attentäter seinen Blick über die Wände schweifen, so sah er keine unter Bücherlasten ächzenden, wurmstichigen Regale. Stattdessen war das Innere des Runds auf seiner gesamten atemberaubenden Länge von einem einzigen, etwa hüfthohen Ringtisch eingefasst.

Dieser war auf arkane Weise mit der Innenmauer des Turms verbunden, hatte keine Füße oder Säulen. Der Ring war ein nahezu vollständiger Kreis um das Innere des Turmes, lediglich an der Stelle unterbrochen, durch die der Totenkaiser eingetreten war.

In Dreibeinen, ebenfalls aus Gold oder Orichalkum, stand

eine unnennbare Vielzahl von Kristallen in jeder erdenklichen Form und Farbe auf diesen Tischen. Ein räsonierender Unterton, ein substanzloses Summen wie von Abertausenden Fingern, die in der Ferne über den Rand ebenso vieler Weingläser kreisten, erfüllte die Luft.

Der Geruch in Vortigerns Rückzugsort war der eines regenlosen Sommergewitters. Ozonische, trockene Sauberkeit, die vor dem Potenzial endloser Macht knisterte.

Das Unfassbarste waren die Wände. Clach hatte sie von außen gesehen, sie betastet. Sie aufgerissen. Doch hier, aus dem Inneren der Zitadelle hinaus, waren sie transparent wie reinstes Quellwasser, wie das teuerste und modernste Fensterglas. Durch diesen mehrere Hundert Schritt messenden Ring konnte der Heimkehrer in die Welt hinausblicken. Sehen, wie Ordàg und die Kreaturen, in die der gewaltsame Tod dessen Kameraden verwandelt hatte, in von Frust angefachtem Aktionismus auf die Wand eindroschen.

Doch Clach hatte keinen Blick für sie. Er starrte fassungslos in die dahinterliegende Nacht hinaus. Dort, wo im Norden endlose Bänder des Nordlichts glommen, wo ein Panorama der Gestirne in der uferlosen Kälte des Firmaments glitzerte. Unzählige Hände voller eisblauer Saphire auf schwarzem Samt, die den Himmel bedeckten. Doch keine Spur vom ewigen Zwielicht des Nebels. Nichts.

Der Totenkaiser wandte den Blick. Egal wohin er sah, er konnte keinen Dunst ausmachen. Einzig die grenzenlose Weite eines Nachthimmels, wie ihn in der Dämmerwelt niemand außer dem Heimkehrer seit mehr als einem halben Jahrtausend erblickt hatte.

»Beeindruckend, nicht wahr?«

Der Attentäter wirbelte herum, Dolch und Krummschwert in den Fäusten, bevor er nur bewusst daran gedacht hatte, sich zu wappnen. Das Wesen war von einem ebenso ätherischen Azurblau wie das Glimmen des gesamten Ortes. Es hob sich kaum vom Hintergrund des Turms ab. Es war menschenähnlich, eine von einem inneren Licht erfüllte schemenhafte Gestalt ohne echte Unterscheidungsmerkmale. Sie schwebte sacht über dem Boden, die Fußspitzen zur Erde geneigt.

Clach erkannte die Stimme des Wesens. Er hatte sie zuletzt vernommen, als er nach seinem Dahinscheiden in der Unterwelt erwacht war.

»Fahlsang?«, fragte er. Er konnte den Unglauben in seiner Stimme nicht unterdrücken. Er sah keinen Grund dazu.

»Ich bedaure, nein«, sagte das Wesen. Der blechern-kalte Klang seines Organs hatte etwas, das auf seltsame Weise vertraut wie gleichermaßen verstörend war. »Zumindest nicht ganz.«

»Ihr wusstet, dass ich hierherkommen würde. Eine Projektion Eures Selbst, wie ich annehme?«

»In etwa«, sagte das Wesen. »Ich war mir keineswegs bewusst, welches der Refugien meiner Brüder Ihr ansteuern würdet, geschweige denn, wie viel davon noch übrig war. Daher traf ich Vorkehrungen, Euch das wenige an Unterstützung zu gewähren, das ich zu geben vermag. Und diese in Euch zu verankern. Dieser Funke räsoniert mit der Wahren Magick meiner Brüder. Dieser Ort war der Rückzugspunkt Vortigerns. Hier hat er seinen Platz im Kosmos meditiert, wenn man so will. Bedauerlich für die Welt, dass weder er noch die anderen aus solchen Erwägungen eine Lehre zogen.«

»Und diese Gestalt …?«

»Ein dienstbarer Geist dieses Ortes, den ich für eine Zeit mit den Überresten meiner Seele ausfülle. Ihn ergänze. Stellt ihn Euch wie ein Stück Pergament vor, das ich um nützliche Kommentare ergänzt habe. Doch meine Tinte wird bald verblassen und der ursprüngliche Text hervortreten. Ich lege Euch nahe, spätestens dann diesem Ort den Rücken zu kehren. Er ist auch hier, um Eindringlinge zu vernichten.«

»Eindringlinge, wie ich einer bin?«

»Ganz besonders Eindringlinge, wie Ihr einer seid. Ihr werdet bald verstehen.«

»Das hoffe ich. Ich gehe erst, wenn ich habe, was ich brauche«, sagte Clach. »Mir scheint, Euer Pergamentgleichnis verliert an diesem wunderlichen Ort doch an Schlagkraft. Bücher wären mir lieber gewesen, doch hier gibt es nur diese Steine.«

»Ich muss mit dem arbeiten, was mir zur Verfügung steht«, sagte das Wesen. Es zuckte in einer seltsam menschlichen Geste des Fatalismus mit den Schultern.

»So wie jeder von uns.« Clach ließ seinen Blick ein weiteres Mal durch den Raum schweifen, sog das Panorama der unzähligen Kristalle vor dem Hintergrund des Nachthimmels hinter den Glaswänden ein. »Könnt Ihr oder dieses Ding, das Ihr übernommen habt, meine drängendsten Fragen beantworten?«

»Nein«, sagte das Geistwesen. »Dazu ist zu wenig von mir übrig und dieses Konstrukt als Diener und Wächter zu zweckgerichtet. Doch das wird auch nicht nötig sein.«

»Weil diese Steine eine Art Bibliothek sind? So wie sie angeordnet sind, ihre Anzahl, die nackte Zweckdienlichkeit dieser Halle …«, erwog der Totenkaiser.

»Korrekt. Wie habt Ihr dies herausgefunden, wenn ich fragen darf, Totenkaiser?«

»Es verwundert mich etwas, dass Euch Eure Neugier geblieben ist, da Ihr doch dermaßen tot seid, wie Ihr mir erzähltet«, sagte Clach.

Wieder zuckte das Wesen mit den Schultern. »Was soll ich sagen, Totenkaiser. Die dominantesten Wesenszüge eines Menschen überdauern stets am längsten. Ich war nicht nur der Besonnenste von uns, ich rühmte mich auch stets, der Neugierigste zu sein.«

»Wie Ihr meint. Es gibt einen Schreibtisch. Aber kein Schreibgerät. Kein Pergament, keinen Federkiel, keinen Griffel – nichts. Das Einzige, was dieser Raum bereithält, sind dieser Zauberkreis und die Steine. Daher nehme ich an, dass sie auf irgendeine Weise in dem Kreis oder auf dem Tisch gefertigt oder irgendwie befüllt werden.«

»Die Vorrichtung dient dazu, das gesammelte Wissen wiederzugeben«, sagte das Wesen. »Lasst den richtigen Kristall in die Vertiefung gleiten, Meister, und Ihr werdet sehen, was Vortigern sah. Es sind all seine Erinnerungen, die er an diesem Ort in die Speicher einspeiste, um sie wieder und wieder zu betrachten.«

»Ich bin nicht ganz sicher, ob ich Euch folgen kann«, gestand Clach. Ihm war nicht entgangen, wie ihn das Geschöpf genannt hatte. Die Stimme des Konstrukts war eigentümlich verfremdet, war noch blecherner geworden. Fahlsang verlor den Halt.

»Und welcher Kristall ist der richtige für meine Belange?«

Das Wesen antwortete nicht. Es ging auf den Schreibtisch zu. Clach folgte dem dienstbaren Geist. Als er dem Tisch näher kam, sah er, dass dieser eine Vertiefung aufwies, etwas weniger als eine Armeslänge vom schwebenden Stuhl entfernt. Vier silberne Halbmonde ragten aus der Vertiefung. Sie waren fingerlang und hielten einen Kristall.

»Ich nehme an, Vortigern war nicht mehr bei der Sache, nachdem er seine letzten Schritte und Entscheidungen katalogisierte. Ich vermute, er stand von diesem Stuhl auf und begab sich in seine Kriegsfeste zurück. Dorthin, wo es endete«, sagte Fahlsang.

»Die Zitadelle von Fomor«, raunte Clach.

»Bitte wiederholt die Anfrage, Meister.« Die Gestalt des Wesens flackerte.

»Fahlsang?«

»Noch ist der Diener unter Kontrolle. Ich schlage vor, diese Entität konzentriert sich ab jetzt darauf, dass es so bleibt, während Ihr Euer Verständnis erweitert, Totenkaiser.«

»Werden wir uns wiedersehen?«, fragte Clach.

»Vielleicht. Das hängt von der Dauer Eurer Sichtung ab. Ich befürchte, die Zeit meines projizierten Mentorendaseins neigt sich ihrem Ende. Dieser Turm speist, was ich bei unserem Treffen in der Unterwelt in Euch an Hilfe verankern konnte.«

Clach nickte. Entgegen seinem Wunsch, dem wenig vertrauenerweckenden Tisch nicht zu nahe zu kommen, nahm der Attentäter auf dem schwerelosen Sitzmöbel Platz. Der kalte Stein war überraschend bequem. Nicht, dass das noch etwas änderte.

»Was muss ich tun?«, fragte der Totenkaiser, aber der Tisch nahm Fahlsang die Antwort ab. Ein lähmendes Gefühl ließ Clachs Körper erstarren – ihm war, als sei ein Blitz in ihn eingeschlagen. Eine fremdartige Stimme hallte durch den Saal, noch blecherner und sonorer als die des Geisterdieners.

»Evaluation beendet. Grad der Blutsverwandtschaft nachgewiesen. Zugriff gewährt.«

Bevor Clach verstand, was vor sich ging, griff etwas nach seinem Bewusstsein und entriss es seinem Körper.

Der Attentäter trieb davon, hinein in eine aus einem fahlen Wabern bestehende Landschaft ohne jegliche Konturen oder Fixpunkte. Er stürzte, taumelte, fiel für einen schier endlosen Augenblick. Als er die Augen aufschlug, war das Innere des Turms verschwunden und durch eine andere Szenerie ersetzt. Er blickte durch fremde Augen.

Er befand sich nach wie vor auf einer Zitadelle, doch diese stellte in ihrer kristallinen, strahlend hellen Fremdartigkeit Vortigerns Turm bei Weitem in den Schatten. Er blickt auf fünf andere Gestalten, die wie er an einem Tisch saßen, der nicht mehr als eine schwebende Platte aus Keramik oder milchigem Glas war. Von diesen Wesen erkannte er einzig Fahlsang. Und dies nur, weil der Seher ähnliche Gewänder trug und von einem sacht luminösen Halo umgeben war wie bei ihrer ersten Begegnung.

Die Szenerie unter einem unnatürlich blauen Himmel voller Wolken von blendendem Weiß war surreal – keine Oberfläche, die nicht klinisch, konturlos, von einer Eierschalenfarbe oder aus spiegelndem Glas war.

Die Sinneseindrücke drangen bemerkenswert gedämpft an seinen Verstand. Er konnte die Gesichter der seltsam gewandeten Erzmagi kaum erkennen, so als wäre all das nur ein Traum. Dem widersprach, dass ihre Stimmen mit absoluter Klarheit an seine Ohren drangen.

»Ich verstehe den Sinn von all dem hier nicht«, sagte eine weibliche Person. Es musste Hesshern sein, die einzige Frau unter den fünf. »Der Beschluss ist gefasst. Wir werden niemals klären können, ob Abd'Masrs Plan machbar ist, wenn wir ihn nicht in die Tat umsetzen. Und tun wir das wiederum nicht, bleibt das Patt ewig bestehen. Warum also noch einmal, Fhaelsungr?«

»Ein letzter Appell an das, was von eurem gesunden Menschenverstand noch übrig ist! Wenn ihr diese Kraft entfesselt, wird kein Stein auf dem anderen bleiben. Ein Kataklysmus …«

»Du warst es und wirst es immer bleiben, Barde: ein Kleingeist. Hier geht es um Wichtigeres«, sagte ein anderer, an Fahlsang gerichtet. »Menschenverstand … Wir haben dieses Stadium längst transzendiert. Was scheren uns die Belange der Menschen noch. Derjenige, der die anderen bezwingt, wird nicht nur wie ein Gott sein. Er wird *Gott* sein.«

»Vergebt unserem Freund«, erklang eine volltönende Stimme aus dem Mund jenes Körpers, aus dessen Augen der Totenkaiser der Versammlung beiwohnte. »Der Barde war schon immer kurzsichtig. Ein Mangel an Tugenden, der sich auf unvorteilhafte Weise mit einer begrenzten Fantasie für unsere Vision paart. Er sieht nicht, dass der Letzte aufbauen wird, was auch immer dieser Wettstreit fordert. Dass es eine Welt sein wird, die nach den Maßstäben derer, die fähig sind, das Beste zu vollbringen, erstehen wird. Der Wille derer, die sie jetzt bewohnen, Barde, spielt dabei keine Rolle. Sie waren zu schwach und werden hinweggefegt.«

Fahlsang erhob sich. Er stemmte beide Hände auf den Glastisch. »Der Lichtfürst und Sharis …«

»… sind Relikte eines verblassten Pantheons. Es beschämt uns alle hier, dass der Sechste noch immer in Demut vor diesen Personifikationen kriecht, statt sich seinen eigenen Platz im Kosmos zu sichern!«, unterbrach ihn eine seidenweiche Stimme, die Clach für die des Magiersultans hielt. »Siehst du nicht, was wir vorhaben?«

»Ich sehe es, doch es wird nicht gelingen«, sagte Fahlsang. »Ich vergeude meine Zeit mit euch. Ihr werdet einen hohen Preis zahlen müssen.« Er klang unendlich müde. »Jeder von euch. Nicht nur Vortigern.«

»Kein Fortschritt kann ohne Opfer, ohne Preis erzielt werden«, sagte Hesshern. Sie legte die Hände zusammen.

»Nur dass ihn niemand von euch entrichten wird. Land und Leute werden eures Hochmuts wegen ausbluten. Ganz zu schweigen von denen, die ihr liebt.« Fahlsang wandte sich zum Gehen. »Lieben solltet.«

»Wenn du dich nicht beteiligen willst – geschenkt«, sagte Abd'Masr. »Doch hüte dich einzugreifen, Bänkelsänger. Es ist deine Sache, ob du das Ende deiner Tage und deiner Macht als einer von ihnen erleben willst, ausglühend wie ein Sterblicher, von deiner Notdurft besudelt im Bett der Finsternis anheimfallend. Aber wage es nicht, unseren Wettstreit nur um deiner Schoßtiere willen zu stören.«

»Ich halte mich heraus«, sagte Fahlsang, ohne sich umzudrehen. »Euch ist nicht mehr zu helfen. Ich hatte gehofft, dieses letzte Treffen könnte diesen Unfug doch noch verhindern, der jetzt schon Abertausende das Leben gekostet hat.«

Der Totenkaiser spürte Vortigerns Misstrauen, als dieser dem sechsten Erzmagier hinterherblickte. Der Tyrann von Khael wandte sich den vier zu. Bevor er etwas äußern konnte, ergriff ein anderer das Wort.

»Lassen wir ihn damit durchkommen? Wir sollten ihn vernichten, bevor wir beginnen. Er könnte das Prozedere verfälschen.«

»Lassen wir ihn.« Abd'Masr winkte ab. »Er ist wie diese Kreaturen, unter denen er so lange gelebt hat, dass sie ihn auf ihr Niveau herabziehen konnten. Er fühlt sich der Moral und den Prinzipien der Sterblichen verpflichtet und wird zu seinem Wort stehen. Stellen wir uns wichtigeren Fragen, bevor dieses Treffen endet.«

»Er hat recht«, sagte der Magiersultan. »Sind wir uns einig, dass dies unsere letzte Zusammenkunft vor der finalen Konfrontation ist?«

»Es wird interessant werden zu sehen, wer die Oberhand behält«, sagte die Magierin. Ihr Tonfall war siegesgewiss, was Vortigern mit Abscheu erfüllte. Doch das Gefühl wich der Vorfreude darauf, die Konkurrentin zu vernichten.

Strahlendes Licht überblendete die Erinnerungen des Tyrannen. Es war ein schlagartiger Übergang von der Vision des Turms zu einer weiteren Ansammlung von Eindrücken, die definitiv an einem anderen Ort erlebt worden waren.

Clach durchschritt als Tyrann von Khael einen schier endlosen Korridor. Immer wieder erbebte das Gestein, das in seiner Fremdartigkeit an die Zitadelle erinnerte, in welcher der Totenkaiser auf dem Stuhl saß. Es waren die Einschläge von gigantischen Geschossen, die gegen die Festungsmauern prallten. Clachs/Vortigerns Hand umklammerte einen mannshohen Stab, der mit unzähligen Intarsien geschnitzt war. Eine Kugel aus prismatisch funkelnder Energie kreiste wie ein Trabant um die Spitze aus Bergkristall.

Vor dem Tyrannen von Khael ging ein Mann, der noch keine dreißig Jahresläufe erlebt haben konnte. Sein Körper war von einer solch makellosen Definiertheit, wie sie der Attentäter nur selten zu sehen bekommen hatte. Bis auf einen Lendenschurz war er nackt. Seine Füße klatschten auf Schwarzglas, das dem des Turms Vortigerns ähnelte.

Zielgerichtet marschierten der Tyrann von Khael und der Athlet auf eine Tür aus schwarzem Onyx zu.

»Du bist bereit? Kein Zögern? Keine Zweifel?«, fragte Vortigern den Jüngling.

»Ja, Sire. Ich kenne meine Pflicht.«

»Wenn der Prozess begonnen hat, lässt er sich nicht umkehren. Du verstehst?« Vortigerns Tonfall hatte etwas Lauerndes.

Der Bursche blieb stehen. Langsam wandte er sich im Korridor um. Überrascht stellte Clach fest, dass er das Gesicht des Jungen in allen Details erkennen konnte. Seine Augen waren verweint, was seiner kraftvollen Ausstrahlung keinen Abbruch tat, ja sie noch verstärkte.

»Ich … verstehe. Ich werde Euch nicht enttäuschen, Mylord.«

»Gut. Ich hatte nichts anderes erwartet.«

Sie gingen einige Schritte. Dann blieb der Jüngling stehen.

»Mylord, was wird von mir bleiben? Wo werde ich enden, wo das Wesen beginnen?«

»Wer kann das ermessen? Du wirst das Gefäß sein, in dem der Erdvater in diese Welt berufen wird. Er wird deine Seele umschließen und so heranreifen, bis ihr untrennbar eins geworden seid. Du bist sein Anker in Thetis. Von diesem Tag an auf immerdar, egal was geschieht.«

»Die anderen, die niederen Titanen … Wurden sie auf diese Weise erhoben?«

»Du überraschst mich mit deinem Scharfsinn. Natürlich. Nur das edelste Blut mit dem größten Potenzial kann den Meistern des Kosmos Halt geben.« Vortigerns Anerkennung über die Intelligenz des Jungen war echt, ebenso wie sein Ärger über die Fragen so kurz vor der Erfüllung seiner Ziele, das spürte Clach. »Geh weiter.«

Der Jüngling setzte seinen Weg über den nackten Stein fort. Es trennten ihn nur noch Schritte von der Kammer.

»Wieso ich, Mylord? Stünde diese Ehre nicht Tholan zu? Er ist der Ältere.«

»Für ihn habe ich eine andere Verwendung. Sie ist mit weniger

Ehre verbunden, doch auch sie ist enorm bedeutsam.« Er legte dem Burschen in einer gespielt menschlichen Geste eine Hand auf die Schulter. »Sei ohne Furcht. Noch an diesem Tag wird die Welt unter der Last deiner Schritte erbeben – und du wirst mich zum Sieg führen!«

Mit diesen Worten schob er den Jungen in die Kammer. Sie war ein kugelförmiger, durchschnittlich großer Raum, dessen Wände glattpoliert waren. Ein Dutzend Gestalten, die der Totenkaiser für Lehrlinge des Tyrannen hielt, knieten mit dem Gesicht zur Mitte der Raumkugel.

Plan mit den Wänden der Kammer abschließend, hing ein Metallring in der Luft, der vor Kraft summte. Der Totenkaiser sah keine Führungsschienen, doch er hegte wenig Zweifel daran, dass der Ring mit seinen abgerundeten Kanten im Inneren dieser Kugel in jede erdenkliche Richtung rotieren konnte. Aufgrund der Beschaffenheit des Raums war es ihm unmöglich umzufallen. Die »Decke« der Kugelkammer wies ein Loch auf, das von einer Metallplatte versiegelt war. Diese war in vier Viertelkreise unterteilt, die wiederum eine Öffnung in ihrer Mitte aufwiesen.

Im Inneren des Ringkonstrukts befanden sich Lederschlaufen, deren Zweck offenkundig war. Sie waren für Gliedmaßen bestimmt. Als der Bursche die Kammer betrat, erhoben sich vier der Akoluthen, die Stäbe mit langen Haken führten. Sie verneigten sich vor Vortigern, nahmen den Jüngling in Empfang, hängten seinen vor Furcht zitternden Leib in die Gürtelschlaufen und zogen diese straff.

Seine Augen wurden riesengroß, die Bewegungen fahrig. Die wenige Sicherheit, die der Jüngling auf dem Korridor noch verströmt hatte, war wie hinweggefegt.

»Ich habe es mir anders überlegt, Mylord.«

Trotz der kaum vorhandenen Sinneseindrücke dieser Erinnerungen konnte der Totenkaiser den Gestank seiner Furcht riechen. Der Bursche wand sich nun gegen die Riemen. Vergeblich. Er war im Inneren des Kreises aufgezogen worden wie das Netz einer Kreuzspinne.

Vortigern antwortete nicht. Er gab den Aspiranten einen Wink. Wie ein Mann erhoben sie sich, zückten Dolche unter ihren Roben hervor. Die Knäufe der Waffen waren reich verziert. Clach erkannte sie augenblicklich, die in Gold und Silber gegossenen Schädel von Raben, Krähen und anderen Vögeln waren unverkennbar.

Dies waren Nachtmesser, Sharis geweihte Klingen, Opferdolche des heiligsten Todes, aus den Tempeln der Nachtmutter geraubt. Sich in perfekter Gleichzeitigkeit bewegend, traten die Akoluthen vor, legten die Spitzen ihrer Klingen an den Leib des Jünglings. Schweiß lief über seine Brust, die sich panisch hob und senkte. Er warf Vortigern einen flehentlichen Blick zu.

»Beginnt mit der Reinigung!«, befahl der Tyrann von Khael. »Leert einen Teil dieses Gefäßes, auf dass die Seele des Erdvaters in ihr ein Heim finde.«

»Nein. Nein!« Die Stimme des Burschen überschlug sich. Er krampfte wie wild, aber die vier stabbewehrten Eleven des Magus zogen seine Gurte straffer.

»Wer bedarf der Gestirne, wer der Sonne und des Mondes, wenn wir unser eigenes Äquinoktium schaffen? Lasst Licht auf Schatten treffen! Reinigt das Gefäß!«

Die vier Stabträger stemmten sich in ihre Werkzeuge. Als sie die Metallplatte öffneten, erfüllte mit einem Mal der Lärm einer draußen tobenden Schlacht die Kammer, und reinstes Sonnenlicht flutete in den Raum. Es brach sich auf den Klingen der Nachtmesser.

In diesem Moment stimmte Vortigern eine Clach vertraut klingende Formel an, und die Akoluthen fielen mit ein. Die Worte waren anders, aber der Rhythmus vertraut.

Hellrotes Blut schäumte. Der Bursche warf sich hin und her,

als die Klingen ohne jede Hast, ohne jegliches Mitgefühl geführt, Symbole in sein Fleisch schnitten.

»Mylord! Vater, ich bitte Euch! Ich flehe Euch an, lasst das nicht zu!«

Vortigern sang weiter, vom Flehen des jungen Mannes ungerührt, bis die Gestalt nach schier endlosen Minuten erschlaffte, von ihrer Fixierung gnadenlos an Ort und Stelle gehalten. Sie verschwand beinahe unter den Zauberzeichen, die in ihr Fleisch geschnitten waren. Ein tierhaftes Winseln war zu vernehmen.

Vortigern atmete die Luft der Kammer ein. Er roch nichts. Fühlte nichts. So ging der Tyrann von Khael tiefer in das Gelass, auf die beinahe besinnungslose Gestalt zu.

»Vater …«, röchelte der Gezeichnete, dessen misshandelte Hülle mit jeder Sekunde erglühte. Unwirkliches, übernatürliches Licht zeichnete die Wunden, brach daraus hervor.

»Vater …«, sagte der Geopferte.

Vortigern legte den Kopf leicht schief. »Ich bin stolz auf dich, mein Sohn. Verzage nicht. Schmerz ist vergänglich. In nur wenigen Stunden wirst du ein Gott sein, der einen noch mächtigeren Gott in die Schlacht tragen wird. Und noch bevor drei Tage vergangen sind, werde ich mit deiner Hilfe Thetis meinem Willen unterwerfen. Frohlocke, Ashavar.« Er wandte sich zu den Akoluthen. »Beginnt mit Phase zwei. Überflutet ihn mit der Macht des Ungeformten.«

Der Tyrann beschloss zu gehen. Er wurde an diesem Ort nicht mehr benötigt. Nicht mehr, bis der Augenblick des Erwachens kam. Es war an der Zeit, sein kristallines Archiv aufzusuchen. Die Details all dessen festzuhalten, was sie alle fünf heute getan hatten. Dieses Wissen für die Zukunft aufzubewahren. Seine Zukunft. Wenn er Zugriff darauf benötigte.

Während die Gestalten den entseelten Körper seines Sohnes in Rotation versetzten, ließ Vortigern die Kammer hinter sich. Das Klagen seines Fleisch und Blutes vernahm er nicht mehr. In seinem Kopf war kein Platz für andere. Immerhin galt es, eine Welt zu erobern.

Der Strom aus Erinnerungen riss ab, versiegte zu einem Tröpfeln aus fragmentarischen Gedanken. Die Wirklichkeit kehrte in Clachs Bewusstsein zurück. Er brauchte nur Augenblicke, um die fremdartigen Eindrücke abzuschütteln.

»Ihr versteht nun?«, fragte das Dienerwesen und sprach immer noch mit der Klangfarbe von Fahlsangs Stimme. Es war augenscheinlich nur wenig Zeit vergangen. Noch immer stand das Konstrukt zum größten Teil unter der Kontrolle des Erzmagiers – oder was immer er sein mochte.

»Verstehen?«, fragte der Totenkaiser. »Nein. Aber ich begreife. Es hat ihnen nicht gereicht, ihrer Gier eine Welt zum Fraß vorzuwerfen. Sie haben ihre eigenen Kinder in die Rachen der Titanen geworfen.«

»Ungewohnt poetisch, doch durchaus korrekt.«

Der Totenkaiser antwortete nicht. Er erhob sich, von grimmer Entschlossenheit durchdrungen. Zu morden, das war eine Sache. Der Maßstab des Hochmuts, der lebensverachtenden Selbstgerechtigkeit, mit der die Erzmagi zu Werke gegangen waren, stand auf einem anderen Blatt.

Zum Teil fühlte sich der Totenkaiser beeindruckt von der eiskalten Logik ihres Wahnsinns. Sie agierten frei von religiösen Dogmen und moralischen Zwängen. Doch zugleich erfüllte ihn das Tun dieser Kreaturen mit Abscheu. Er war ein Skalpell, eine chirurgische Klinge, die eingesetzt wurde, um gezielt Entfernungen vorzunehmen. Was diese Magier getan hatten, entzog sich jeder Größenordnung.

»Die Gefäße für diese Kreaturen«, sagte Clach. »Kein Wunder, dass sie nichts außer Wut kennen. Wäre ich jemand anders, ich könnte so etwas wie Mitgefühl empfinden für diese Heimkehrer. Es hat zumindest einen guten Grund, warum sie sind, wie sie sind.«

»Ihr habt erkannt, was damals geschehen ist? Es in seiner Gänze erfasst?«

Der Attentäter nickte. Er begriff nun, was hier vorgefallen war. Wie sich die Ereignisse in der Opferkammer – oder besser den Opferkammern, denn es gab neben etlichen kleineren Titanen die fünf Pentae – in den jahrhundertelangen Wirren nach dem Titanensturm auf den gesamten Lauf der Geschichte ausgewirkt hatten. Ashavar, Vortigerns Sohn, war mit dem Ritus des Nebelmachers vorbereitet worden, wie dieses Ritual in der späteren Zeit genannt werden würde. Ein vergessener, heiliger Akt des Tempels der Totengöttin, von den Magiern zweckentfremdet, um ein lebendiges Gefäß für eine magische Neubeseelung zu reinigen. Mit diesem verbotenen Wissen, diesem Sakrileg hatten die Erzmagi die Essenzen der Titanen wie Samen in die Hüllen von Zauberwirkern gepflanzt. Für die fünf Pentae, ihre mächtigsten Titanen, hatten die Zauberer ihre eigenen Kinder genommen.

In der langen Zeit der Überlieferung bis in Clachs Tage hinein hatte sich das Ritual verändert. Es war das Mittel gewesen, mit dem der Totenkaiser für den Tempel Tatorte gereinigt und Seelen endgültig ausgelöscht hatte. Er konnte es nutzen, weil er ein Nebelmacher war – dies hatte man ihn seit frühester Jugend gelehrt. Er hatte nie hinterfragt, was diese Macht ursprünglich gewesen war, welchem Zweck sie vor dem Titanensturm gedient haben mochte. Er hatte nie einen Grund dafür gesehen.

»Vor allem weiß ich jetzt, was ich zu tun habe und warum sich diese Kreaturen Heimkehrer nennen«, sagte Clach. »Was sie antreibt. Für sie scheint es eine Form poetischer Gerechtigkeit zu sein. Sie kehren zurück, weil noch immer ein Teil, ein unersetzlicher Teil von jedem von ihnen hier verblieben ist. Und der schlummert in jedem der Titanen, die nicht vernichtet wurden. Die Neue Macht hat nicht gelogen, als sie ihren Günstlingen eine Rückkehr der Titanen versprach.«

»Ich denke, für meine Projektion gibt es nur noch wenig zu tun. Ihr wisst, was Ihr erfahren solltet, Totenkaiser.«

Clach nickte. »Nicht im Ansatz. Aber genug, ja. Vor allem begreife ich, was mit Morenos Heimkehrerin vor den Toren Ludhovs geschehen ist. Ich habe sie verschlungen. Das ist es, was Ihr damals in der Unterwelt aus mir gemacht habt: einen unbeschriebenen Heimkehrer. Ich bin eine Leere. Darum die Schattenkräfte, die keinem der Elemente zugeordnet sind. Die Zeitlosigkeit, die mich zu verschlingen scheint. Der unstillbare Hunger. Das ist Euer Gottesmörder. Ein Gefäß.«

Das Wesen antwortete nicht. Reagierte nicht.

»Das erklärt auch Euren kryptischen Hinweis darauf, ich solle Orte Wahrer Magick aufsuchen«, fuhr Clach fort. »Dirth sagte mir, dass dieser Turm eine aus reiner Kraft bestehende Strahlung absondert. Ich bin mir sicher, ich sauge mich damit voll, seit ich in Ludhov bin. Ich kann es spüren, seit man mich in Ketten über die Grenzen der Enklave geschleift hat.«

Das Konstrukt antwortete noch immer nicht. Stattdessen stieß es einen plärrenden Signalton aus, dessen quäkende Dissonanz das gesamte Obergeschoss des Turmes füllte. Der Totenkaiser war augenblicklich kampfbereit. Bewaffnet, um den dienstbaren Geist notfalls zu attackieren.

Doch das Wesen hielt nicht auf den Eindringling zu. Wenngleich Fahlsang etwas anderes gesagt hatte, glaubte der Attentäter nicht, dass der Geisterdiener ihn noch als Störenfried wahrnahm. Instinktiv wusste Clach, dass er sich mit der der Zitadelle entströmenden Magie insoweit vereinigt hatte, dass das Geschöpf ihn nicht mehr als Fremdkörper begriff.

Sein Blick ging daher zum ersten Mal seit seinen Visionen zu den transparenten Mauern. Die Totenhand war noch immer dort, doch der plärrende Alarmschrei des Dienergeistes galt nicht Ordàgs Protoheimkehrern. Sie hockten im Schneidersitz da und warteten darauf, dass der Totenkaiser wieder herauskam.

Was aber hatte diesen Zustand ausgelöst? Clach ließ es darauf ankommen. Schon zu Lebzeiten war er ein mehr als passabler Stimmenimitator gewesen. Zu den Fähigkeiten eines wahren Assassinen gehörte es, in eine Vielzahl von Rollen zu schlüpfen und Wächter zu narren, die sich der Kammer eines Dienstherrn näherten.

In diesem Fall war er in einem massiven Vorteil – er kannte Vortigerns Stimme, Gebaren und Denkweise aus dessen Erinnerungen. Noch dazu hatte er in den letzten Wochen eine bessere Kontrolle über seine telepathischen Fähigkeiten erlangt.

Er ließ es darauf ankommen. Mit herrischem Gebaren trat er auf das plärrende Geistwesen zu.

»Bericht!«, herrschte er den körperlosen Diener mit einer passablen Imitation von Vortigerns Stimme an.

»Meister! Ihr befahlt mir, Euch zu warnen, wenn der Ritus vollendet ist.«

Der Ritus, dachte Clach. *Was …?*

»Die Zitadelle registriert das vorhergesagte Erwachen Eures Titanen, Meister. Wie befohlen, gebe ich Alarm.«

»Das Erwachen meines Titanen?«

Das Wesen begann sofort zu flackern, feindselige grelle Farben loderten durch seine schimmernde Gestalt. Der Totenkaiser rief sich rasch zur Ordnung. Für diese Kreatur musste er Vortigern sein. Kaum dass seine Überraschung von disziplinierter Willensstärke verdrängt wurde, beruhigte sich der Diener.

Was war geschehen? Wie war es ihnen gelungen, einen ihrer jenseitigen Meister zu erwecken? Clach begriff: Er hatte Moreno die Grundzutaten für vier Artefakte geraubt. Vier magische Gegenstände für vier Titanen. Vortigerns Titan war Fomor – dort musste sich ein weiteres dieser Kleinodien befinden. Eines, das funktionsfähig war. Zeit zu handeln.

»Sag mir, wie lange es noch dauert, bis er erwacht«, befahl der Totenkaiser.

»Circa eine Stunde bis zum vorausberechneten Zeitpunkt der Sättigung, Meister.«

»Sättigung? Was bedeutet das?«

Das Geschöpf blieb stumm. Es schien von der Frage überfordert. Der Blick des Totenkaisers wanderte zur Totenhand. Noch immer unberührt von dem, was im Turminneren vor sich ging, saß die Attentäterzelle draußen, bereitete sich mental auf die letzte Konfrontation mit Clach vor. Eine Konfrontation, die, sollte er sie überstehen, zu viel seiner Kraft und seiner Zeit beanspruchen würde. Er ließ seinen Blick durch den Raum schweifen, suchte nach einem Ausweg.

Ihm wurde klar, dass ein Mann wie Vortigern für solch einen Fall vorgesorgt hatte. Zumal der Erzmagier den Titanen, seinen Sohn, mit magischer Kraft hatte unter Kontrolle bringen müssen. Kraft, die er für einen Rücktransport zu seinem frischgeborenen Schoßtier nicht hatte vergeuden wollen.

»Ist mein Rückweg vorbereitet?«, fragte Clach den Geist. Er legte ein Höchstmaß an gebieterischer Überheblichkeit in seine Stimme.

Das Dienerwesen verneigte sich und glitt zu dem erhöhten Podest in der Mitte des Repositoriums herüber. »Euer Teleporter steht bereit, Meister.«

Ein köstliches, lange vermisstes Schaudern lief durch Clachs Körper. Es war an der Zeit, dem Zweck nachzukommen, für dessen Erfüllung er den Klauen des Grabes entrissen in diese Welt zurückgekehrt war. Seine Fragen konnte er beantworten, wenn ihm ein Heimkehrer in die Hände fiel.

Zeit, einen Gott zu töten, dachte Clach. Er schritt auf die Plattform zu.

24. Solus

Gefasst hinter dem Schreibtisch des verblichenen Barons Falcatt sitzend, lauschte der Erstgeborene der Heimkehrer dem Bericht Rodamir-Ashavars. Hinter ihm blinzelten träge gefilterte Sonnenstrahlen durch die Rautenfenster des Herrenhauses, in denen Staubpartikel trieben. Solus legte seine Panzerhandschuhe auf den Schreibtisch aus Nussholz. Er mochte dieses Haus. Seinen Geruch nach Leder, nach alten Büchern und Zitrusfrüchten, die unangetastet in Schalen verdorrten. Die aufgeräumte Sauberkeit dieses Ortes regte etwas in ihm an. Zu schade, dass morgen um diese Zeit von dem Gebäude nichts mehr übrig sein würde. Ein Jammer.

Was den Rest betraf, so war Solus alles andere als unglücklich mit der Wendung der Situation. Zwar war es der Zelle der Totenhand nicht gelungen, in den Turm Vortigerns vorzudringen, aber das war nur ein winziger Rückschlag. Nichts, was sie nicht ausgleichen konnten. Er hatte sich längst mit dem Verlust der Katalysatorstäbe abgefunden. Ashavars zweiter Teil des Rapports gefiel ihm dafür umso besser.

»Er ist bislang nicht herausgekommen. Er wartet im Inneren, bis sie sich verziehen, nehme ich an, um sich davonzumachen.«

»Bedauerlich«, log Solus und verbarg seine Erheiterung geschickt. »Doch zugleich wenig überraschend. Wir wissen, dass er sie mit Sicherheit von innen sehen kann und erst herauskommt, wenn er sich sicher sein kann, ihnen nicht in die Falle zu tappen. Du weißt, wie paranoid die Sklaventreiber waren. Vor allem Vortigern.«

»Niemand weiß das besser als ich«, sagte Ashavar. Sein Selbstmitleid begann Solus anzuwidern. Er überging die Bemerkung.

»Zieh sie ab«, befahl Solus. »Sie erreichen dort nichts. Sollen sie sich in dem verbergen, was von Ludhov noch steht, und auf ihre Möglichkeit warten. Wir kriegen unsere Gelegenheit, mit dem Totenkaiser abzurechnen.«

Ich zumindest. Was dich betrifft, werter Bruder … Du hast deine Nützlichkeit überlebt.

»Du willst ihn ignorieren?«, fragte Ashavar. Er konnte das Zittern der Fassungslosigkeit, die beginnenden Wehen eines Vorwurfs kaum aus seiner Stimme heraushalten.

»Mitnichten«, sagte Solus. Er stemmte die Ellenbogen auf das polierte Holz, legte die Fingerspitzen zusammen. Ohne den Blick von der Maserung zu nehmen, sich in der göttlichen Willkür ihrer Perfektion verlierend, sagte er: »Ich will ihn … vertagen, diesen Wurm. Wir werden beizeiten mit ihm fertig. Nun steht Wichtigeres an.«

Die Miene des Haushofmeisters erhellte sich.

»Du meinst …«

»Ja. Genug gewartet. Die Zeit ist reif. Ich werde es einleiten. Noch heute.«

»Dann wird es morgen geschehen. Gegen Mittag«, sagte Ashavar. Der Vorwurf war aus seiner Stimme verschwunden und hatte einer verzückten Ehrfurcht Platz gemacht.

»Ja. Zu diesem Zeitpunkt wirst du in der Zitadelle sein. Du wirst, so nötig, den Archonten und seine engsten Vertrauten vernichten, sollten sie nicht bei dem Beben umkommen. Das Chaos wird so immens sein, du musst nicht länger verbergen, was wir sind. Nutze alles, was in deinem Arsenal ist.«

»Ich werde mitten im Turm sein, wenn Vater … ersteht?«,

fragte der andere Heimkehrer. Seine Stimme war kurz davor zu brechen. Ebenso wie Solus, den diese Gefühlswallung mit Ekel erfüllte.

»Dieser Körper, in dem du jetzt steckst, wird deinem wahren Ich so nahe sein wie seit einem halben Jahrtausend nicht mehr, ja. Geh und verschmelze.«

»Endlich ist die Zeit unserer Heimkehr bereitet. Endlich werden wir den Platz einnehmen, der uns schon immer zustand«, raunte Ashavar.

»Das werden wir«, sagte Solus. Diesmal bedurfte es keiner Lüge. Nur sah sein Plan keinen der anderen vor. »Wenn sich Fomor an dieser Penta gemästet hat, wird er genug Kraft haben, die Väter und auch Mutter zu erheben. Das sollte Dochàthis Verlust ebenso wie die Zerstörung der Stäbe abmildern.«

»Also keine abgestimmte Aktion mehr mit den anderen?«, fragte Ashavar. »Das ist … unorthodox. Wer wird Vater Argas nach Dochàthis Tod leiten?«

»Wir werden jemanden finden«, sagte Solus. »Ich bin sicher, der Flammende wird nicht wählerisch sein, wenn es gilt, die Unterwelt zu verlassen. Falls du der Meinung bist, dass wir noch warten sollten, füge ich mich selbstverständlich deinem Ratschluss.« Er musterte den anderen Heimkehrer. Sah das fanatische Lodern der Vorfreude in dessen Augen beim Gedanken an die Ehre, dass Fomor, jenes Gottwesen, das er Vater nannte, als Erstes erstehen würde.

»Nein, nein.« Ashavar hob abwehrend die Hände. »Du hast recht. Den einen Stab haben wir. Von ihm hängt zu viel ab. Handeln wir, bevor wir auch ihn an unsere Feinde verlieren.«

»Das sehe ich genauso. Daher steht mein Entschluss. Halte du dich bereit. Sei in der Zitadelle, wenn es beginnt, um so schnell wie möglich zu verschmelzen und das Trauma für den Erdvater zu lindern. Wir können uns keinen Fehler leisten. Ohne ihre Pyramiden der Gesellschaft, ohne ihre Anführer und ihren

Archonten können wir diesen Pfuhl voller Lämmer zur Schlachtbank führen. Du darfst nicht fehlgehen, Ashavar.«

»Das werde ich nicht«, sagte das Geschöpf, das die Larve des früheren Haushofmeisters des Barons Falcatt trug, und verneigte sich. »Du kannst dich auf mich verlassen. Unsere Väter und auch Mutter können auf mich zählen.«

Er ging derart beschwingt aus dem Raum, dass man für einen Augenblick hätte vergessen mögen, dass er kein Mensch war. Morven, die diesem Wesen und der blutgetränkten Wollust seiner Häscher in die Hände gefallen war, hätte beide niemals für ein und dieselbe Person halten können. Es war Ashavar gewesen, der den Archonten hatte aus der Bahn werfen wollen, indem er dessen Tochter auf offener Straße schänden ließ. Nicht, dass Solus das zugelassen hatte – Morven war seine erste Wahl für das Projekt seines eigenen Herrn gewesen.

Er schüttelte den Kopf, kaum dass sich die Tür hinter Rodamirs Körper schloss. Er schlenderte zum Tresor hinüber, entnahm den Stab. Probeweise schwang er das Kleinod ein-, zweimal.

Die Pflicht, die jetzt auf ihn zukam, war mehr als nur lästig. Es war ein grimmiges Opfer, das gebracht werden musste. Das wenige, was von seiner sterblichen Ethik übrig war, begehrte auf. Aber der Meister hatte vor über fünf Jahrhunderten Sorge dafür getragen, dass das, was an Skrupeln in Solus noch vorhanden war, keinen Unterschied mehr machte. Solus würde nicht vergessen, sich bei ihm zu bedanken, wenn es an der Zeit war. Doch jetzt hatte er zu tun. Er schob den Stab in eine Schlaufe seines Prachtumhangs und verließ forschen Schrittes das Falcatt-Anwesen.

Die Sonne war erst vor Minuten untergegangen, die Tempelglocken verkündeten die siebte Stunde des Abends. Die Luft war lau, streichelte sein ungepanzertes Gesicht. Es war einer der letzten warmen Abende vor dem Einfall des Eisenfrosts. Der Geruch des sterbenden Monats Sonneleid, nach verblühten Blumen, dem

Leben, das sich erst auf den Tod und hernach auf die Wiedergeburt vorbereitete, berührte seine überscharfen Sinne. Es versetzte ihn in eine Nostalgie, die von dem Glühen malvenfarbenen Lichts noch angefacht wurde. Sein Kopf war gedankenschwer, während er in stattlichem Tempo der Vollendung des Schicksals der Penta Fomor entgegenschritt.

Solus hatte erwartet, angesichts der Unruhen in der Stadt auf verunsicherte Menschenmassen und Mob zu treffen, wie sie in den letzten Wochen zum Alltagsbild geworden waren.

Wie Tiere, die spürten, wenn ihr unweigerliches Ende nahte, hatten einige, die Weitsicht besaßen, ihre Häuser verlassen und Verwandte in anderen Teilen der Penta aufgesucht. Wer es sich leisten konnte, war in Gasthäuser umgezogen. Der Großteil der Menschen verzog sich eindeutig in seine Buden. Das Volk spürte den herannahenden Sturm, und beinahe, nur beinahe, taten die Leute Solus leid.

Wäre da nicht die Tatsache, dass es Menschen wie diese gewesen waren, Pöbel, die vor Unzeiten seine Familie eines simplen Nachbarschaftsstreites wegen der Hexerei und Unzucht mit Dämonen bezichtigt hatten. Während er, nicht mehr als ein Schäfersbursche, die Tiere auf der Weide gehütet hatte, waren sie ermordet worden.

Das Wesen, das den Körper von Solus Terbast bewohnte, war zu einer schwelenden Ruine zurückgekehrt und hatte vier verbrannte Körper vorgefunden. Sie baumelten, zwei große und zwei so entsetzlich winzige Leichen, an der Esche vor den kokelnden Überresten des Häuschens.

Ihn hatten derbe Soldatenhände gepackt. Fassungslos vor Trauer hatte er keinen Widerstand geleistet, während das Seil über jenen Ast geworfen wurde, an dem seine Sippe ihr unwürdiges Ende gefunden hatte. Während man den Schäfersjungen emporzog, hatte er nichts empfunden, den Blick auf die Überreste seines einstigen Heims gerichtet. Und auf den Punkt dahinter, wo der Magistrat sowie einige von ihm handverlesene »Nachbarn« dabei waren, Vaters Herde unter sich aufzuteilen.

Erst der Schmerz der Schlinge, das Ersticken holte ihn in die Wirklichkeit zurück, wenn nur kurz. Er war beinahe in eine bessere Welt übergewechselt, dem Licht entgegen, das Jenseits all der Qual und Ungerechtigkeit voll unstillbarem Hunger seiner Seele harrte, als der Meister erschienen war. Der Meister, der ihn von seinen Peinigern befreit, sein Leben gerettet hatte. Nur um es gründlicher zu zerstören, als es der Magistrat und die Nachbarn je vermocht hatten.

So war aus dem Schäfersburschen der von Hass zerfressene Meisterschüler seines künftigen Dienstherrn geworden. Die Magick war ihm leichtgefallen, genährt von all dem Feuer und dem Zorn in ihm. Zwei Jahre später waren das Haus des Magistraten sowie das Dorf den Taten eines Brandstifters zum Opfer gefallen.

Das Ding, das sich in der Hülle von Solus Terbast festgefressen, sich mit den Überresten von dessen Seele zu einer perversen Pseudoidentität vereinigt hatte, verwarf diese Erinnerungen. Dies war nicht die Zeit für Selbstmitleid oder gar jene Rudimente von Empathie, zu denen es noch in der Lage war. Die Penta Fomor bekam, was sie verdiente. Das würde für alle der Fünfstädte gelten. Kein Stein würde auf dem anderen bleiben.

Wie viele Menschen gab es, die verzweifelten, die ihr Leben als etwas betrachteten, das sie so gern wie ein Fuhrwerk in eine Richtung lenken würden. Bevor es den unausweichlichen Abgrund erreichte. Unter seiner Führung würde dieses Kunststück gelingen – aus dem, was am Ende blieb, würde er eine Weltordnung schmieden. Etwas, das den Namen »Zivilisation« verdiente, ohne dass es den Beigeschmack von Sarkasmus oder Bitterkeit in sich trug.

Doch eines nach dem anderen. Solus beschleunigte seine Schritte. Es waren viele Wächter in den Straßen – er wusste, dass die besten Köpfe des Archonten dem sich stetig erweiternden

Riss der Kuppel nicht Herr wurden. Gegen besseres Wissen versuchten sie um jeden Preis zu verhindern, dass noch mehr Bürger von der Notlage erfuhren, sich die brodelnde, teils ausbrechende Furcht in eine echte Panik verwandelte.

Rodamirs Spione bei Hofe hatten in Erfahrung gebracht, dass die Verhöre des Inquisitors Greskegard einiges ergeben hatten. Verzweifelt suchten die Truppen des Archonten intensiv nach dem Barbaren Ormgair. Nach dessen Schwert, um es zu untersuchen und den angerichteten Schaden mit Verstehen der Wirkungsweise dieser Waffe umkehren zu können. Das verdammte Schwert. Noch so ein Punkt auf seiner Liste.

Zu spät. Viel zu spät, dachte Solus. *Selbst wenn euch dies jetzt noch gelänge, macht es keinen Unterschied mehr. Außer für mich.*

Das, was vor ihm lag, würde bedeutend leichter werden, da der Schild so dermaßen geschwächt war.

In diesem Augenblick passierte er eine Gruppe Soldaten. Sie ließen ihn ungehindert ziehen, wussten sie doch, dass sie Woher und Wohin eines Tempeldieners des Lichtfürsten bei aller Sorgfalt nichts angingen. Bis zum Wall stand es ihm frei zu lustwandeln, wohin es ihm beliebte.

Wahrlich, es war ein Vergnügen, die primitive Feudalpyramide der Gesellschaft nach dem Titanensturm zu manipulieren. Es war so simpel, dass es lächerlich war. Ein halbes Jahrtausend, und diese Welt war in einen Zustand zurückgefallen, der alles beleidigte, für das die Zeit stand, der der Meister entstammte. Seine Völker hatten Städte aus Glas errichtet, fliegende Zitadellen, dienstbare Geister aus Aethyrlicht beschworen, Feuerwaffen konstruiert, die mit einem Schuss wahrer Magick über Meilen den Tod bringen konnten.

Und hier ging er, in dieser Enklave des Aberglaubens und der Rückständigkeit, fühlte sich wie ein Mann, der seine Gewänder fortwarf, um sich mit den Schweinen im Pfuhl zu suhlen. Es wurde Zeit, reinen Tisch zu machen.

Er erreichte den Fuß der Mauer – hier endete bei aller Ehrfurcht vor seinem Amt jede Zuständigkeit seiner Kirche. Ein Sergeant der Stadtwache, flankiert von zwei Hellebardieren, trat auf ihn zu. Sie wurden von einer hochrangigen Arkanistin in einer mit Broschen von Kolben und Brenner verzierten Toga begleitet. Das Quartett versperrte ihm den Weg auf die in das Mauerwerk eingelassene Steintreppe, die hinter der Wand verschwand, wo sie sich in einem Treppenhaus verlor.

»Verzeiht, Mylord Templer, dieser Bereich ist Sperrgebiet«, sagte der Truppführer. Die Ringe unter seinen Augen hatten sich zu Schiefergebirgen aufgetürmt, auch der Rest von ihm war in einem stoppeligen, unwürdig-übermüdeten Zustand. Seinen Begleitern war es in den letzten Wochen nicht besser ergangen. Vor allem die Zauberwerkerin hatte in den Tagen, seit sie hier stationiert worden war, sichtbar an Jugend sowie Kraft eingebüßt, erstes Grau zog sich durch ihre Haare.

Es wurde Zeit, dass jemand diese Truppen ablöste. Erlöste.

Solus würdigte die Anrede keines Wortes, blieb keineswegs stehen. Keiner der vier sah den Angriff kommen. Weder erwarteten sie ihn, noch waren ihre Augen in der Lage, der Geschwindigkeit, mit der das Templerding seinen Bidenhänder zog und schwang, nur zu folgen. Sechs Ellen feinster Blaustahl von über dreißig Pfund Gewicht pfiffen mit der Leichtigkeit eines Dolchhiebs, von der Kraft von einem halben Dutzend Männer geführt, durch die Luft. Einhändig. Schnitten den Leib des Sergeanten an der Hüfte entzwei wie die Sense Sommerweizen.

Die beiden Milizionäre und die Arkanistin wirkten verdutzt. Sie blickten dümmlich drein, weil ihre Vorderseiten von salzigem Nieselregen gesprenkelt wurden, der Körper ihres Truppführers mit einem Herzschlag Verzögerung in zwei Teile brach wie ein Bambusrohr.

Solus gestattete keinem der Überlebenden Zeit für eine Reaktion. Noch bevor der Tote auseinanderfiel, stand das Templer-monstrum vor den Soldaten. Es ergriff die Schneide des Zweihänders mit dem freien Panzerhandschuh, drosch den beiden die Breitseite des Schwertes einem Kampfstab gleich unter das Kinn. Es war ein leichter Schlag für Solus' Verhältnisse. Die Köpfe flogen mit enormer Wucht zurück.

Das Geräusch, mit dem die Genicke der Soldaten brachen, riss die Zauberhandwerkerin aus ihrer Erstarrung. Mit dem Mut schierer Verzweiflung, der Solus unter anderen Umständen beeindruckt hätte, riss sie einen Dolch aus der Schärpe ihrer Toga. Sie stürmte auf ihn zu, die Lippen hochzogen. Seine Linke ließ vom Schwert ab, schoss vor. Der Panzerhandschuh tilgte ihre Züge aus dieser Welt, trat an der Rückseite des Schädels aus. Sie brach an Ort und Stelle in die Knie.

Nicht realisierend, dass ihre Zeit auf dieser Welt beendet war, versuchte ihr Leib, Atemzüge durch die fransige Kluft zu saugen, die einst ein Gesicht gewesen war. Ohne seinen Weg auf die Treppe auch nur eine Sekunde unterbrochen zu haben, stieg er über dieses letzte Hindernis auf seinem Pfad hinweg.

Ihr solltet mir danken. Euch bleibt erspart, was dem Rest blüht. Solche Gnade wurde mir nie zuteil.

Er zwängte sich in seiner Vollplatte durch die bewusst eng gehaltenen Stiegen des Treppenhauses. Metall kratzte über Stein. Die Mauer war von beeindruckender Höhe, der Weg nach oben dauerte in dem rechtwinkligen Stiegengeviert.

Unter ihm erschollen Alarmrufe. Es war einerlei. Nichts würde ihn aufhalten. Vor Solus preschten gepanzerte Stiefel die Stufen herunter. Ein Mann mit einem Stoßschwert und einem bemessenen Schild versperrte ihm den Weg, drang augenblicklich auf den Unbefugten ein.

Die Kreatur, die einst Solus Terbast und lange davor ein Schäfer gewesen war, hatte genug von dem anmaßenden Kampf dieser Leute gegen das Unvermeidliche. Genug von ihren Versuchen, sein Vorankommen zu verzögern. Er war der Erste. Er beschwor ein Körnchen dessen herauf, was von der Essenz des Feuers in ihm war. Einem Drachen der alten Mythen gleich, sog das Templerding hörbar Luft ein und atmete in einem Ehrfurcht gebietenden Schwall aus.

Schlagartig entzündete sich der Odem, wurde zu einer Wolke, tausendfach heißer als jedes Feuer. Die Lohe strich über seinen Gegner, der nicht mehr schreien konnte, weil seine Lunge verdampfte. Solus stieg über die glosenden Überreste und glühendes Metall hinweg. Am Ende des brennenden Treppenhauses lag der Wehrgang.

Er hatte nicht erwartet, hier endlich in Ruhe gelassen zu werden, und wurde nicht enttäuscht. Im beginnenden Dunkel dieser letzten Nacht der Penta Fomor stellte sich ihm ein Halbrund eines Dutzends Infanteristen und Armbruster entgegen. Hinter ihnen klaffte der Riss in der Struktur der Kuppel, eine doppelt mannshohe Narbe aus vielfarbigem Leuchten, das Negativ eines Nordlichts. Davor standen etliche seltsame Geräte und Säulen mit einer Vielzahl von Nebelsteinen, die das Vordringen des Nebels eindämmen sollten.

Er verspürte wenig Lust, ein Dutzend Armbrustbolzen aus Fleisch und Rüstung zu pulen. Mit einem gedanklichen Befehl ließ der Heimkehrer Erdstärke und Luftmacht in seine Füße beziehungsweise Hände fließen. Er war der Erste. Niemals würde er sein Haupt beugen, vor nichts und niemandem und sicher nicht vor dem anmaßenden Posieren törichter Sterblicher.

Noch bevor der Leutnant des Kommandos den Befehl zum Schießen geben konnte, stampfte der Heimkehrer auf. Die Mauer erbebte in ihrer Gänze über fünfzig Schritt. Eine Bodenwelle, die vor einem sich ausbreitenden Spinnennetz aus berstendem Gestein ritt, schoss wie ein emporgerissener Teppich auf die Soldaten zu.

Frauen und Männer wurden in die Höhe katapultiert. Bevor sie aufschlugen, klatschte der Templer in die Hände. Eine Schockwelle aus Luft und Donner brach in einem Halbmond hervor, wo die Handflächen aufeinanderprallten. Der Sturm, zwischen zwei Panzerhandschuhen komprimiert, brach in einem einzigen Schwall hervor wie eine Flutwelle. Die Sterblichen wehte es von der Mauer, durch den angegriffenen Kuppelschild hinaus in den Tod, der bald alles und jeden in dieser Stadt heimsuchen würde.

Mit von Grimm und unheiligen Lichtspielen entstellter Miene stapfte der Tempelritter unaufhaltsam seinem Ziel entgegen, dem Rand der Mauer. Ohne auf die sich nähernden Truppen zu achten, zückte er den Stab. Er warf mit Fußtritten die Halterungen und Stative mit den Nebelsteinen um, sodass der Nebel in den Riss einsickern konnte.

»Und so beginnt es«, murmelte das Wesen. Es hob das arkanistische Artefakt, richtete es auf den Spalt, ließ ein Minimum an Magick fließen. Runen glommen eine nach der anderen an der Flanke der Onyxschlange auf. Erst dunkel glühend, dann in leuchtendem Blauweiß. Die Augen der um den Stab geformten Reptilienskulptur entflammten. Energien, so mächtig, dass Solus meinte, seine Zähne würden von innen zerrissen, sammelten sich. Ein unerträglicher Summton schwoll an, brachte seine Gebeine zum Vibrieren. Die Luft roch unfassbar, teils nach einem vergangenen Gewitter, teils nach Weihrauch und auf Gusseisen verbrennendem Kohl. Dann kam der Befreiungsschlag.

In einem vielfarbenen Lichtspiel ergossen sich knisternde Lichtbogen aus dem Schlund der Schlange. Sie verbanden sich mit dem Riss im Schild, und an der gesamten Ostflanke flackerten die parallel zur Schildkante in die Brustwehr der Mauern eingelassenen Steine. Sie stotterten und erstarben. Schreie hallten über das Mauerwerk, als das Begreifen der Soldaten einsetzte.

»Fidaech, Fomor, Vadir! Gealthast!«, brüllte die Kreatur, legte den Kopf in den Nacken.

Freiheit, Vater Fomor! Es ist getan!

Wie als Antwort auf sein Tun brandete der Nebel über die

Brustwehr. Er quoll vorwärts, erst langsam, doch rasch forscher. Eine Brandungswelle, die über die Mauern der Penta trat, den Deich überspülte, der ihr ein halbes Jahrtausend ihre erkorene Lieblingsspeise vorenthalten hatte. Doch nicht länger. Hier war sie, eine Springflut, rasend und unaufhaltsam. In ihrem Hunger allenfalls von Göttern zu stoppen – doch wie gehabt breiteten diese den Mantel des Schweigens über das Leid der Sterblichen.

Der Nebel umfloss den Heimkehrer, für einen Augenblick waberte er um ihn herum. Er war ein auf einem Fels thronender Leuchtturm, das Auge des Sturms, der ruhende Pol. So verschwand das Geschöpf in der Umarmung des Gespinstozeans. Langsam wandte sich Solus in Richtung Stadt. Folgte der Flut nach, die begierig alles Leben verschlang, die Soldaten, Bürger, Kinder auflöste, Häuser überspülte, durch Fenster, Kamine, jede Ritze drang. Sie zerfraß Fleisch, verflüssigte Knochen, erstickte, umrankte, ertränkte, bis auf ihrem Weg nichts mehr lebte.

Wehklagen und panisches Geschrei erhoben sich, binnen Minuten versank der Osten Fomors im Chaos.

»Ja. Lauft. Lauft und krakeelt. Versucht, dem Unvermeidlichen zu entgehen.« Köstliche Schauer rieselten über den Rücken des Templerdings. »Sie waren ihre Kinder«, sagte Solus in das Wallen und Wabern hinein. Niemand antwortete. »Es ist nur gerecht. Nur gerecht, dass ihr jetzt wehklagt, ohne dass es ein Herz rührt, denkt ihr nicht?«

Er drehte sich beim Gehen mit ausgestreckten Armen um die eigene Achse, machte den einen oder anderen Hüpfer. Es war ein spöttischer Siegestanz durch verwaiste Straßen. Vor ihm kreischten die Massen, die rasch genug davongekommen waren und als panischer Mob vor der grauen Sturmflut davonzurennen versuchten.

»Ah, die Ironie. Zahlt. Zahlt den Preis hundertfach! So viele Leben, die man uns geraubt hat. Chancen, die wir nie ergreifen konnten, Frauen und Männer, die wir nie werden konnten. Kinder, die wir nie empfangen würden. Verdammt, die Last eurer Sünden zu tragen. Jemand musste dafür zahlen, denkt ihr nicht?«

Der Nebel fraß. Er wuchs, mehrte sich, nahm Hunderte und Aberhunderte Leben. Als er sich an dem Schutzwall der zweiten Vorkuppel eine Viertelmeile hinter der ersten Stadtmauer brach, war sein Hunger noch immer nicht gesättigt. Das musste er auch nicht. Das Raubtiergespinst musste nur warten, bis der Templer und der Stab dort ankamen.

Als das geschah, verschwand der Nebel vor den verdutzten Augen jener, die vorerst überleben sollten, in den Tiefen jenes Kanalschachts, in den zuvor der Schemen des Tempelritters gesprungen war. Für Stunden folgte ihm ein endloser Strom aus Grau in diese Öffnung.

Als Solus die verwaisten Häuser passiert hatte, dampfte hinter so manch gähnendem Fensterloch noch unangetastetes Abendbrot vor leeren Stühlen. In dieser Nacht jedoch stillte in diesem Viertel der Penta nur einer seinen Hunger.

25. Greskegard

Ein weiser Mann hatte angeblich einmal behauptet, dass ein einziger Moment ein ganzes Universum beinhalten könne. Fennek Greskegard hatte schon vor einer gewissen Zeitspanne beschlossen, diesen Klugscheißer der Liste der Gestalten, mit denen er abrechnen würde, hinzuzufügen.

Vorausgesetzt, er kam hier heraus. Was nicht gesagt war. Ganz und gar nicht. Der Archont hatte Fenneks Umtriebe am Thron der Nacht nicht mit der wünschenswerten Begeisterung aufgenommen. Seitdem war Brogan Cairbre, der eifrigste unter den Foltermeistern des Archonten, zu einer der beiden einzigen Kreaturen geworden, mit denen der einstige Inquisitor noch zu tun hatte.

Cairbre hatte ihm das Schreiben, mit dem er vom Rat der Korona exkommuniziert worden war, an die Brust genagelt. Wörtlich. Auch die Bezeichnung »Kreatur« war für den Foltermeister treffend, denn für den Begriff »Mensch« kam er nicht ansatzweise infrage.

Die zweite Kreatur war ein Mann. Zumindest mutmaßte Fennek das, denn sehen konnte er in dem strohlosen Loch nicht, wer dort, seit Unzeiten an die Wand gekettet, lebendigen Leibes verfaulte. Nur die Klangfarbe des Stöhnens in der Dunkelheit verriet, dass dieses Geschöpf einst ein Mann gewesen sein musste.

Immer wenn Cairbre mit ihm fertig war, ließ er Greskegard in dieses Gelass werfen. Gemartert und am ganzen Körper zitternd, wie ein waidwundes Tier an die fiebrigen Reste seines Verstandes geklammert, spürte der entmachtete Inquisitor nicht mehr, wie er auf glitschigen Steinen aufschlug. Er war am Ende seiner Kräfte und wusste nicht, was ihn noch immer am Leben erhielt. Außer Cairbre natürlich, der mit einer Akribie zu Werke ging, die Fennek in einer anderen Ära der Greskegard-Geschichte bewundert hätte. Jetzt war er selbst das Ziel dieser Bestrebungen geworden.

Fennek war dermaßen am Ende, dass er sich in einem Zustand befand, der dem Tod nicht unähnlich sein konnte. Vom Tod sprachen viele als Jenseits. So war dies auch. Er war jenseits von allem: jenseits von Bedürfnissen, jenseits von Kommunikation, jenseits von Ekel. Selbst der viehische Gestank in der Kammer, die er sich mit diesen atmenden Überresten eines Menschen teilte, drang nicht mehr zu ihm durch.

Manches Mal ertappte er sich in der Schwärze, die ihn bald erblinden lassen würde, beim Gedanken daran, ob er nicht doch allein hier unten verblasste. Ob nicht in Wahrheit er es war, der an dieser Wand hing, ein Mann, den sich sein gemartertes Hirn lediglich als Begleiter erschaffen hatte, um die Isolation erträglicher zu machen.

Falls dem so war, hatte sein Denkapparat auf ganzer Linie versagt. Der Gefangene regte den Exinquisitor auf. Wer immer er gewesen war, er wurde ebenso wie Fennek noch gespeist, am Leben erhalten. Und egal wie am Ende dieses Relikt von einem Gefangenen war, seine Verdauung funktionierte noch. Die würdelose Existenz dieser Kreatur war ein ewiger, ein unsichtbarer Spiegel von Fenneks eigener Lage, die der ehemalige Jagdrichter kaum ertragen konnte.

Es mochte verschiedene Gründe haben, warum der Kerl hier angekettet war. Greskegard mutmaßte, dass man ihn bewusst zu diesem Hassobjekt in eine Zelle gesteckt hatte, damit er nicht vor der Zeit unter Cairbres Händen aufgab. Er hatte sich als Inquisitor oft genug ähnlicher Taktiken bedient.

Und hatte er es nicht verdient? Er hatte den Mord an Morven unter der Marter gestehen müssen, ebenso wie die Tötung Walerans. Dazu sein Eingriff in die Strukturen der Penta, die sich Jahrhunderte bewährt, den Status quo, das Machtgefüge erhalten hatten.

Und als wäre das nicht genug, hatte er wenig unternommen, um die Beschädigung des Nebelschildes einzudämmen. Nein, hier sprach nichts für ihn. Doch man würde ihm die Gnade des Todes verwehren, bis sein Schwager, der Archont, Zeit fand, sich mit ihm zu befassen. Er würde sein Versprechen wahr machen, Fennek bei lebendigem Leibe erst zu häuten, danach zu salzen und in Tran zu sieden.

So lag er hier im Dreck, spürte den Biss der Fäulnis in seinen frischen Wunden und lauschte dem Tröpfeln des Kerkerwassers von Decken und Wänden. Er konnte nur hoffen, dass die Reste seines Verstandes in diesem zeitlosen Abgrund menschlichen Grauens vergingen. Er wartete darauf, dass die Luke über ihnen geöffnet würde, um das Weiß einzulassen, das seine Augen martern würde.

Niemand würde ihn hier herausholen. Jede mögliche Strategie, sich zu befreien, war ohne Waffen, ohne Ressourcen zum Scheitern verurteilt. Er hatte mehr als einen Versuch unternommen, und das Ergebnis waren nur noch unerträglichere Schmerzen gewesen. Wahrlich, sie erzogen ihn gut.

Seit seiner Gefangennahme hatte er weder von Rubica noch von Sanftleben etwas gehört. Er nahm an, dass der Koloss tot war. Die Ehre des Mannes hätte nichts anderes zugelassen, als alles zu versuchen, um Fennek zu befreien. Vielleicht war ihm genau das zum Verhängnis geworden.

»Die Pocken auf ihn. Scheiß drauf!«, grollte der Exinquisitor. Er erschrak über den Klang seiner Stimme, die so fremd klang. Zudem war er über diesen Ausbruch überrascht.

Noch überraschender war es, als jemand antwortete.

»Aber, aber …« Der Hohn in der Stimme war nur zum Teil gespielt. »Wer wird denn solche Reden führen? Gerade ein Mann in Eurer Situation sollte sich den Rest seiner Würde bewahren.«

»Wer ist da?«, fragte der ehemalige Inquisitor. »Zeigt Euch!«

»Ich?« Es war die Stimme eines Mannes, nicht mehr jung, aber sie gehörte mit Sicherheit keinem Alten.

»Ich mag solche Spielchen nicht«, grollte Fennek.

»Damit wären wir schon zwei«, antwortete der Unbekannte.

In der Dunkelheit über der Zelle glomm ein Licht auf. Es war schwach, bewusst abgeblendet. Es hätte auch der feurige Tod eines Sterns in einer Nova sein können, soweit es Greskegard betraf. Seine Augen füllten sich schlagartig mit Tränen. Er schlug die Hände vors Gesicht und senkte den Kopf.

Der Unbekannte dimmte seine Laterne herunter, bis die Migräneschübe und die Übelkeit bei Greskegard nachließen. Vorsichtig nahm der Exinquisitor die Hände von den Augen.

»Ihr!«, sagte er. Voller Unglauben starrte er zu dem Tempelritter hinauf, dessen Gesicht hinter den Gitterstäben der Deckenluke zu sehen war. Es war jener Krieger, der versucht hatte, Sanftleben und Fennek in einer Gasse zu erschlagen. Er mochte wie ein schneidiger Bursche in Vollplatte wirken, doch er war einer der Heimkehrer, wie Greskegard wusste. Eine der Kreaturen, über deren Zweck und Ziele er mehr hatte erfahren wollen.

»Ich«, sagte das Geschöpf. »In all meiner Pracht.«

Falls das überraschende Auftauchen des Wesens und sein jovialer Ton Fennek beeindrucken sollten, so verfehlte diese Zurschaustellung ihren Zweck. Er war über den Punkt der Furcht hinaus.

»So hat man Euch entsandt, um zu Ende zu bringen, was beim letzten Mal misslang. Gut. Ich bin bereit. Wenigstens nehmen wir meinem Schwager so die Befriedigung, mich als Spielzeug seiner Tiere zu missbrauchen.«

»Inquisitor, ich bitte Euch«, sagte das Templerding. »Ich bin nicht hier, um Euch zu töten, noch um Euch zu verspotten oder sonst wie zu schaden. Nicht mehr. Und ganz sicher arbeite ich nicht für den Rat der Korona, also hört endlich mit dem Wälzen dieser albernen These auf. Ist ja schrecklich.«

»Das war bei unserer letzten Begegnung anders. Da habt Ihr Euch die größte Mühe gegeben, mich zu vernichten.«

Fennek hörte ein Scharren von Rüstungsplatten, das ein entschuldigendes Achselzucken sein musste.

»Zugegeben, ich muss an meinen Manieren feilen«, sagte der Heimkehrer. »Aber zu meiner Verteidigung: Da hatte ich die Frau gerade befreit. Daher hielt ich Euch für verzichtbar. Und von ›Mühe geben‹ kann keine Rede sein. Hätte ich das getan, würden wir dieses Gespräch nicht führen.«

»Verzichtbar?«

»Gefährlich sogar. Für meine Pläne. Die sich deutlich von denen des Meisters unterscheiden. Aber es ist gut, wenn Ihr in der Nähe seid. Er kann uns so nicht hören.«

»Wenn ich in der Nähe bin? Lasst diese Rätsel! Ihr sprecht von einem der Titanen?«

Das Wesen gab ein verächtliches Schnauben von sich, das in einem kehligen Kichern unterging. »Oh bitte! Die Schläfer von Scathach mögen mich zurückgesandt haben, aber sie sind nicht mein Herr.«

»Wer immer dieser andere Meister ist, Ihr habt vor, ihn zu hintergehen, wie mir scheint.« Fennek hustete und schmeckte Blut. Das war etwas Gutes. Immerhin funktionierte sein Geschmackssinn noch.

»Ihr habt einen scharfen Verstand. Beachtlich für einen Mann in Eurer Verfassung. Wundert Euch das nicht?«

»Ich war mit anderen Dingen als Reflexion beschäftigt. Gefoltert werden, zum Beispiel. Ihr müsst verzeihen«, krächzte Greskegard nicht ohne Bitterkeit. Seine Kehle fühlte sich an, als hätte er Sand gefressen. Er nahm eine Kelle brackiges Wasser, versuchte sich nicht zum tausendsten Mal vorzustellen, was in dem Eimer schwamm. »Was wollt Ihr hier?«, fragte er anschließend. »Und vor allem, was wollt Ihr von mir, wenn Ihr Fennek Greskegard weder vernichten noch verhöhnen wollt?«

»So viele Fragen, so wenig Zeit.«

»Oh, ich habe heute nichts mehr vor. Was diese eine Sache betrifft, schwelge ich im Luxus. Welche Frau meintet Ihr, und wer ist Euer Meister?«

»Die erste Frage ist leicht zu beantworten. Sie ist – war – Eure Nichte. Sie hatte eine Begegnung mit ein paar unfreundlichen Gesellen. Auf das Geheiß eines ... sagen wir einmal ›Mitstreiters‹ von mir, der bald ebenso wenig ein Problem darstellen wird wie die Hand, die meine Knute hält. Die zweite Frage muss vorerst unbeantwortet bleiben. Er spürt es, wenn sein Name fällt. Und er ist jemand, der im Voraus denkt. Sehr weit überdies.«

»Morven? Was wolltet Ihr von dem Mädchen?«

»Frau. Glaubt mir, sie hat tapfer gekämpft. Nicht wie ein Gör, sondern wie eine Löwin. Sie hat mir imponiert. Was Eure Frage betrifft: Bevor Ihr sie auf so unschöne Weise entleibt habt, war sie meine ideale Kandidatin für das, was vor uns liegt. Nun aber ist sie dahin. Dieser vermaledeite Barbar. Ich hätte das Problem selbst angehen sollen, als ich noch konnte. Andererseits gut, dass ich es nicht tat. Seine Handlungen haben den Meister aus dem Konzept gebracht. Was meine Pläne betrifft: Da ist nichts, was sich nicht korrigieren ließe.«

»Mit jedem Wort aus Eurem Munde begreife ich weniger«, sagte Fennek. Er nahm noch einen Schluck.

»Oh, das werdet Ihr, Fennek Greskegard. Im Grunde ist es einfach, aber wie ich sagte: Mir fehlt die Zeit, Euch sämtliche Zusammenhänge begreiflich zu machen. Jetzt zumindest. Ihr müsst Euch nur zweierlei fragen: Wollt Ihr hier heraus?«

»Ich dachte, Ihr wäret nicht hier, um mich zu verhöhnen. Offenbar entspricht dies nicht der Wahrheit.«

»Aber nicht doch«, sagte der Heimkehrer. »Also? Wollt Ihr?«

»Eine törichte Frage! Natürlich! Was ist der andere Punkt? Ich bin nicht in der Verfassung, Euch zu folgen.«

»Oh, Ihr irrt. Und wie Ihr irrt. Merkt Ihr nicht, mit was für einer Akkuratesse Euer Verstand arbeitet, Fennek? Wie die Präzisionswerkzeuge eines Arkanisten.«

Der Inquisitor konnte es nicht verleugnen – bei all der Erschöpfung, all der körperlichen Zerschlagenheit, sein Hirn schien seit dem Beginn ihres Gespräches auf merkwürdige Weise in seinem Potenzial unerreicht. Seine Gedanken waren glasklar, unverfälscht wie seit Jahren nicht mehr.

»Gut«, fuhr der Heimkehrer fort, »ich will Euch nicht auf die Folter spannen. Oho, verzeiht mir. Welch ein Fauxpas!«

»Die andere Frage!«, knurrte Greskegard.

»Sie dreht sich um den Skarabäus und ist denkbar einfach: Glaubt Ihr, dass sich ein Mann, der sein Leben lang verkrüppelt war und geheilt wurde, noch an seine Krücken klammern sollte?«

Fennek hielt inne. Woher wusste dieses Geschöpf von dem Artefakt? Sicher, er hatte es gegen den Templer eingesetzt – mit sichtlichem Erfolg. Aber woher kannte das Wesen den Namen? Und worauf wollte es hinaus?

»Wenn ich nicht wüsste, dass das nahezu unmöglich ist, müsste ich jetzt versuchen, Euch zu töten. Warum dieses Rätselraten? Heraus damit, was wollt Ihr?«

»Nein, Fennek. Ich habe Euch gegeben, was Ihr braucht. Nun ist es an Euch, aktiv zu werden. Der Augenblick kommt. In ein paar Stunden ist es so weit. Ihr solltet Euch bereithalten.«

»Und danach?«

»Das fügt sich, sobald Ihr die Teile zusammensetzt. Es sollte Euch recht einfach gelingen, jetzt, da der Skarabäus fort ist. Ihr habt nie logischer gedacht!«

»Woher wisst Ihr …?«

»Fragt Euch dies, nachdem die Stunden Eurer Gefangenschaft hier vorüber sind: Warum eine Familie einschließlich des eigenen Weibes austilgen, aber den verschlagenen, brandgefährlichen Schwager am Leben lassen? Welcher Mann, der des Titels Archont würdig ist, begeht solch einen Irrtum? Zweifach? Und: Wieso nimmt er einen Nebelmacher her, wenn ein simpler Unfall gereicht hätte?«

»Ich weiß nicht.«

»Es braucht einen, um einen zu erkennen, Fennek. Doch genug jetzt. Was Ihr wissen müsst, wisst Ihr. Wenn das Beben auf seinem Höhepunkt angelangt ist, wollt Ihr nicht mehr hier sein.«

»Das Beben? Welches Beben?«

Greskegard erhielt keine Antwort. Der Templer war fort. Fenneks Gedanken rasten, aber es war nicht das Chaos blanker Verwirrung, bei dem sich hundert Stränge zu einem unauflösbaren Knäuel verwoben. Nein, es hatte mehr von einem Bienenstock oder Ameisenhaufen. Ein auf den ersten Blick wirres Gewimmel, dem eine perfekte Ordnung zugrunde lag. Ein mathematisches Ballett absoluter Perfektion.

Fast fühlte sich Fennek, als könne er sich in diesen meditativen Strom fallen lassen, um davongetragen zu werden. Er sah davon ab, urplötzlich durchdrungen von einer überwältigenden Furcht vor so einem Schritt. Instinktiv wusste er, dass er sich davor hüten musste, wenn er überleben wollte. Hier ging mehr vor, als sich ihm bislang offenbart hatte.

Stattdessen fokussierte er seine gesamte Energie darauf, das ihm gestellte Rätsel zu lösen. Denn damit hatte der Heimkehrer recht: Über die anderen Fragen, die verwirrenden Widersprüche konnte Greskegard nachsinnen, wenn er erst einmal aus dieser Zelle raus war.

Trotz der ihn umgebenden absoluten Finsternis schloss der einstige Inquisitor die Augen. Er sperrte sämtliche äußeren Eindrücke aus. Wie er es beim Armbrustschießen tat, wenn Geist und Fleisch zu einer Einheit verschmolzen, kurz bevor der Bolzen mit kompromissloser Genauigkeit das Ziel fand. Schmerzen, Hunger, Ekel verblassten. Gerüche, Geräusche wichen einer Frage.

Glaubt Ihr, dass ein Mann, der geheilt wurde, immer noch Krücken braucht?

So saß er da. Sann nach. Es mochten Stunden vergangen sein. Und Fennek begriff.

Es war bedauerlich, dass es in der Zelle so finster war. Hätte der Mitgefangene des Inquisitors diesen Gesichtsausdruck gesehen, sein geschwächter Geist hätte freiwillig die lange verwehrte Erlösung des Todes gesucht, um hier herauszukommen.

26. Greskegard

Fennek harrte geduldig in seinem Gelass aus. Seine Meditation war längst beendet – er nahm an, dass es Stunden her war, seit er damit begonnen hatte. Danach hatte er sich etwas Schlaf gegönnt, um sich auf die tägliche Marter vorzubereiten. Doch diese war bislang ausgeblieben. Erst hatte der ehemalige Inquisitor angenommen, dass dies ein Teil einer perfiden Folter war, bei der das Warten auf die Tortur unerträglich wurde. Etwas, das er selbst erfolgreich eingesetzt hatte.

Als die Zitadelle sacht, beinahe spielerisch in ihren Grundfesten erbebte, erinnerte sich Greskegard an die Worte des Templergeschöpfs. Daran, dass er fort sein sollte, wenn diese Erschütterungen ihren Zenit erreichten. Er harrte in der Dunkelheit seiner Zelle aus, auf seinen Moment wartend, und sann darüber nach, was es mit den Beben auf sich haben könnte. Am Ende lief es auf eine einzige unvorstellbare Antwort hinaus. Sie deckte sich mit allem, was er über die Pläne der Neuen Macht gehört, was er auf ihren Bannern und Wandteppichen gesehen hatte.

In diesem Augenblick folgte ein Erdstoß, der das Gebäude bis in seine Grundfesten erzittern ließ. Bröckchen aus Stein und Verputz prasselten nieder.

So verrückt können sie nicht sein? Das wagen sie nicht.

Mach dir doch nichts vor, du siehst es doch. Du musst hier raus!

»Heda, Cairbre! Euer Haustier hier ist von der Wand gefallen! Hört Ihr mich, Ihr fetter Trampel?«

Keine Antwort. Entweder vernahmen Foltermeister und Knechte das Geschrei nicht, oder sie wussten mehr als er und hatten das Weite gesucht. War die Zitadelle am Ende verlassen und nur die Gefangenen zurückgelassen worden? Das konnte er nicht glauben, kein Archont würde seinen Herrschaftssitz freiwillig aufgeben. Nein, er musste seine Strategie ändern.

Er richtete den linken Arm in der Finsternis dorthin, wo er seinen Mitinsassen vermutete. Konzentrierte sich, so wie er es getan hatte, als er noch im Besitz seines Kleinods gewesen war. Wer immer dieser Mann war, es war den Machthabern hier daran gelegen, dass er lange lebte und litt.

Glaubt Ihr, dass ein Mann, der geheilt wurde, immer noch Krücken braucht?

»Schrei! Schrei um Hilfe! Als gelte es dein Leben!«, befahl Fennek. Er spürte, wie sich die Fühler seines Willens ohne das Artefakt ausdehnten, sich wie die Arme eines Kraken um den Geist des Opfers wanden. Sich hineinbohrten, Widerstände niederreißend.

Der Gefangene begann zu röcheln. Erst heiser, kraftlos, doch auf den mentalen Druck des einstigen Inquisitors hin nahm seine Stimme an Kraft zu.

Greskegard hatte diese Fähigkeit direkt nach seiner Meditation erprobt, war schockiert gewesen, dass es ohne Skarabäus funktioniert hatte. Der ehemalige Jagdrichter hatte sein Gegenüber gezwungen, triviale Dinge zu tun, zungenlos zu lallen, wie ihn sonst nur das Artefakt dazu in die Lage versetzt hatte. Wahrlich, er benötigte diese Krücke nicht. Hatte er sie am Ende nie gebraucht? Hatte er schon immer – so unglaublich das klang – »laufen können«, Magick beherrscht?

Eine weitere Erschütterung. Die Abstände wurden kürzer.

Was immer auch der Grund war, was immer Greskegard zu derartigen Kräften befähigte, es gab einen besseren Zeitpunkt, darüber nachzusinnen. Und definitiv einen geeigneteren Ort, um es zu tun. Er erhöhte den Druck auf den Geist seines Ziels. Aus dem Röcheln und Klagen wurde etwas, das sich zu einem Schrei auswuchs. Zu spielen brauchte der Insasse diese Schmerzen nicht, Fennek hatte eine Vorstellung davon, wie er sich fühlte.

Aus dem Krakeelen und Lamentieren seines Zellennachbarn wurde ein hohes Kreischen. Er wimmerte atemlos, vor Jahren seiner Zunge beraubt, zwischen den Schmerzschüben um Gnade, traf jedoch auf taube Ohren.

Endlich wurden sowohl Täter als auch Opfer erlöst, als ein Schlüssel im Schloss einer Stahltür auf dem Korridor gedreht wurde. Schwere Schritte näherten sich. Fennek schloss die Augen, die beißende Helligkeit der Fackel durfte ihn dieses Mal nicht blenden und kampfunfähig machen. Dieses eine Mal musste er das Ganze durchstehen, damit er die mentale Kraft aufbrachte, seinen Peiniger zu überwältigen.

Das Licht traf schmerzhaft seine Lider.

»Was ist das für ein Aufruhr?«, fragte Cairbre. »Gebt Ruhe, ihr Maden!«

Greskegard nahm den ungeschlachten Foltermeister ins Visier. Er hauchte den Befehl, ließ zugleich die angestauten Energien in seinem Geist los. Sein Zellengenosse sackte kraftlos in sich zusammen, das Schreien endete abrupt.

»Öffnet und lasst mich heraus!«

Cairbres Blick wurde schlagartig leer. Er rammte den Schlüssel in das Luk, fischte Fennek mit seinem Schlingenstab um die Hüfte aus der Grube. Er stellte den Inquisitor auf dem Korridor ab, ohne nur einen Augenblick sein Tun zu hinterfragen oder zu zögern.

»Sanftleben?«, fragte der Exinquisitor. Tonlos deutete Cairbre auf die am weitesten entfernte Luke am Ende des Korridors. Sie war deutlich breiter. Ein Wink Fenneks – und sie eilten darauf zu, so gut sein durch die Gefangenschaft geschwächter Zustand dies erlaubte.

»Aufsperren!«

Cairbre folgte der Anweisung.

»Fennek?«, erklang Sanftlebens Stimme aus der Tiefe. Sie hatte nichts von der Kraft verloren, rumorte nur etwas zahnloser als zuvor. Greskegard antwortete nicht. Er wies den Foltermeister an, seinen Lakaien zu befreien. Wortlos ging der Knecht der Zitadelle zu einer schweren Eisenleiter, die in der Horizontalen an der Wand des Korridors lehnte. Ließ sie hinab.

Augenblicklich vibrierte das, was von der Leiter aus dem Luk im Boden ragte, als der Barbar seine Massen emporwuchtete. Ins Tageslicht befördert, bis auf ein Lendentau ebenso nackt wie Greskegard, blinzelte er erst den einstigen Inquisitor an, tat einen drohenden Schritt auf ihren Peiniger zu.

»Halt«, sagte Fennek. Sanftleben rieb sich die Stirn, als habe er dort einen Peitschenhieb bekommen.

»Wir brauchen ihn«, fügte er ohne Zugriff auf seine mysteriöse Macht hinzu. Mit einer Skepsis, die an Misstrauen grenzte, kniff der Koloss die Augen zusammen, ließ von dem ihm bis auf die Größe ähnlichen Mann ab.

»Unsere Ausrüstung – wo?«, fragte Fennek. Wieder setzte sich Cairbre kommentarlos in Bewegung, taumelte den Korridor hinunter wie ein Schlafwandler.

»Fennek, dein Käfer …«

»Später, Sanftleben. Du musst fürs Erste nur wissen, dass wir frei sind. Rubica?«

Der Koloss hob die Schultern. »Hat sich dünngemacht, als sie über mich her sind. Ist mit ein paar Soldaten mit, um dem Archonten Bericht zu erstatten. Es würde mich wundern, wenn die je angekommen wären.«

»Ich verstehe. Das regeln wir, wenn wir hier heraus sind.«

»Das Beben?«

»Ich habe einen Verdacht. Ich glaube, die Neue Macht hat ihren Plan in die Tat umgesetzt. Was für uns bedeutet, dass wir dringend das Weite suchen müssen.«

»Fomor?«, fragte Sanftleben. Der Unglaube in seiner Stimme ging in einem deutlich stärkeren Erdstoß unter. Fenneks Konzentration riss. Cairbre erwachte, wirbelte zu den beiden Gefangenen herum, denen er wissentlich – wenn auch nicht willentlich – zur Flucht verhalf. Geschockt stellte er fest, dass sie aus dem Hauptkerker heraus waren.

»Was …«, hob er an. Sanftlebens Pranke umschloss seinen Kopf in Gänze. Er hielt den Mann am ausgestreckten Arm knapp über Bodenhöhe, wo er keinen Schaden anrichten konnte.

»Warum habt Ihr so lange gebraucht? Warum hört man niemanden durch das Schloss eilen?«, fragte Fennek.

»Da war Geschrei. Viel Geschrei. Da hab ich mich verschanzt«, nuschelte Cairbre. »Irgendwann war es ganz still, richtig unheimlich. Bin nur zu deiner Zelle gekommen, um dir das Maul zu stopfen.«

»Da vorn ist die Zeugkammer. Brauchen wir den Drecksack hier noch?«, fragte Fenneks Lakai.

»Nur seine Schlüssel«, sagte der. Er brachte seinen Mund an Cairbres Ohr, das zwischen Sanftlebens Zeige- und Mittelfinger gequetscht wurde. »Ich habe Euch damals versprochen, dass wir uns noch einmal sehen. Es wird das letzte Mal sein.«

»Schade, dass wir wegmüssen. Hätte mich gern bei dir bedankt«, sagte der Koloss zu seinem Fang.

»Der hier wird seine Strafe bekommen.«

Der Jagdrichter schloss die Tür zur Zeugkammer auf. Er nahm die Schlüssel vom Bund, von denen er annahm, dass sie die aus dem Kerker führenden Türen öffneten. Er drückte dem strampelnden, durch einen stinkenden Handteller geknebelten Mann den Ring mit den übrigen Schlüsseln in die Hand. Ein kurzer mentaler Kraftakt, Cairbre gehört abermals ihm. Fennek genoss die Schauer von Macht, die dabei durch seinen Leib pulsten, das Gefühl absoluter Kontrolle. Es war ein Labsal nach der langen Zeit hilfloser Gefangenschaft.

»Wenn wir fort sind, wirst du alle anderen Insassen befreien. Du wirst ihnen die Schlüssel aushändigen – und deine Waffen strecken«, befahl Greskegard.

Auch diesmal entging dem einstigen Inquisitor der verunsicherte Blick seines Handlangers nicht. Sie ließen Cairbre stehen, betraten die Zeugkammer. Ihre Ausrüstung war durchsucht worden. Bargeld und das wenige, was sie an Schmuck besaßen, waren fort – was nicht überraschend war, wenn man wusste, was die Knechte der Zitadelle verdienten.

Doch für die mitgenommene Kleidung und ihre Waffen hatte bis dato niemand Verwendung gefunden, oder der Archont wollte die Dinge für seine Sammlung.

Da hängt meine Armbrust dann an einer Wand, wo er sie versonnen vor seinem Kamin betrachten kann. Falsch gedacht, Baltus – du wirst ihr geschäftsmäßiges Ende kennenlernen.

Sie schlüpften in ihre bescheidene Habe. Sanftleben drückte seinen Hammer an sich wie eine Mutter das lang verschollene Kind.

»Hätte nich' gedacht, dass wir hier rauskomm'«, sagte der Koloss.

»Noch sind wir nicht frei.«

Fennek schnallte sich das Spezialholster um, dessen komplexer Zahnrad- und Federmechanismus binnen Augenblicken in der Lage war, seine gefaltete Pistolenarmbrust zu laden. Er gürtete sein altes Schwert, nahm Mantel und Umhängetasche an sich.

Er spürte, dass in der Tasche etwas vibrierte. Das Geheimfach! Eine machtvolle Wärme strömte aus dem Leder des verborgenen Verstecks in seine Fingerspitzen, eine Hitze, die über eine reine Veränderung der Temperatur hinausging. Es war, als habe er einen neuen Sinn entwickelt. Magick. Er konnte es noch immer nicht glauben. Behutsam griff er in seine Tasche. Seine Finger ertasteten die Kugel aus goldfarbenem Orichalkum. Spürten den Puls, der sich beinahe im Sekundentakt erneuerte. Der Bolzen!

Die Splitter, die im Totenkaiser steckten, reagierten auf dessen Präsenz. Und er war nahe.

»Wir müssen los!«, sagte Sanftleben. Die Schreie Cairbres drangen an ihre Ohren. Der Foltermeister und seine einstigen Spielgefährten hatten einiges zu besprechen. »Was ist? Worauf warteste, Fennek? Du sachtest doch, wir müss'n raus hier!«

»Er ist hier, Sanftleben«, sagte Fennek Greskegard, die Miene vom Ausdruck fanatischer Befriedigung verzerrt. »Der Totenkaiser! Hier in der Zitadelle!«

Sie pirschten aus den letzten Ausläufern des Kerkertrakts, wobei Greskegard seinem Lakaien die Führung überließ. Er hatte genug gelitten, es wurde Zeit, dass sich Sanftleben der Probleme und Gegner annahm, die sich ihnen entgegenstellten. Sein Versagen, die andauernden Einwürfe und Quengeleien der Vergangenheit wiedergutmachte. Dass er seine Nützlichkeit unter Beweis stellte.

Sie hatten der Zitadelle ein Stück abgetrotzt, den Kerker hinter sich gelassen. In den Korridoren, die dem Personal vorbehalten waren, herrschte gähnende Leere. Die Feste rumorte mittlerweile in immer kürzeren Intervallen, die an Stärke zunahmen. Der Boden unter ihren Füßen vibrierte regelrecht.

»Dort entlang«, sagte Fennek. Er starrte gebannt auf die Goldkugel, deutete mit der freien Rechten auf eine Stiege, die höher in die labyrinthischen Gänge der Zitadelle führte statt zu einem Ausgang.

»Was willst du noch mit ihm, Fennek? Du hast doch, was du willst«, sagte Sanftleben.

»Alles verloren habe ich, du Narr.« Der Inquisitor fauchte. »Dein Landsmann, den ich aus Gnade leben ließ, hat mich zusammengeschlagen. Mich mein Artefakt gekostet – Rubica und die Todesbotin. Alles weg! Wenn ich den Herrn dieser Hallen entthronen möchte, brauche ich den Totenkaiser.«

»Fennek, es ist keine Seele mehr hier. Jeder, der Verstand hat, riecht, dass etwas in der Luft liegt. Selbst die Irren, die du befreit hast, sind nicht hinter uns.«

»Jeder, der Verstand hat, hmm? Willst du mir etwas sagen? Hast du deine Eide etwa vergessen?«

»Ich bleibe bei dir bis zum Tod.«

»Dann hör mit diesen plumpen Unterstellungen auf. Clach ist irgendwo dort oben in der Zitadelle. Würdest du mir zuhören, wüsstest du, dass ich meinen Thron nicht mit Gewalt will. Und dieser untote Schemen kann mich legitimieren!«

Fennek spürte, wie die Auszehrung, die Mühen der letzten Tage seine ohnehin kaum noch vorhandene Selbstbeherrschung derart aufgezehrt hatten, dass sie vor dem absoluten Kollaps stand. Mit einem Schlag traten die Marter, der Hunger und die Dunkelheit des Kerkers klar vor seine Augen. Die Zerschlagung aller Pläne, der Raub der Todesbotin.

Der Zorn kam mit Urgewalt über ihn, animalisch, elementar, ganz und gar menschlich, doch stärker als alles, was er je in seinem Leben empfunden hatte.

»Es ist mein Thron. Meiner, hörst du! Ich will, was mir zusteht!«

Fennek konnte nichts dagegen tun, er brüllte Sanftleben an. Die Fenster in dem schmucklosen Korridor klirrten, die Kerzenflammen in den Standlüstern bewegten sich wie in einem Windhauch. Der anderthalbmal so große Koloss machte einen Schritt von seinem Freund und Meister weg, abergläubische Furcht auf den Zügen, die sich mit Sorge mischte. Fennek konnte den Impuls auf seiner fetten Visage sehen zu fragen, was los sei. Aber Sanftleben war klug genug, nicht nachzuhaken.

»Gut. Suchen wir den Totenkaiser. Und machen wir, dass wir hier rauskommen«, sagte er stattdessen, so als hätten sie sich geeinigt, wo befohlen worden war. Darüber würde zu sprechen sein. Später.

»Da lang, wir müssen nach oben«, ordnete Fennek Greskegard an.

Zum ersten Mal, seit sich die beiden Männer kannten, spürte Fennek, dass es dem vierschrötigen Barbaren unangenehm war, vor ihm zu gehen, ihn im Nacken zu haben. Und er genoss es.

Der Inquisitor, der vor einigen Monden noch Skrupel und moralische Bedenken gehabt hatte, eine Kutsche voller Reisender zu ermorden, um Ermittlungen zu decken, hätte den Koloss verstanden.

Nur gab es diesen Inquisitor nicht mehr.

Sie stiegen höher, ohne dass ihnen eine einzige Menschenseele begegnete. Nach einiger Zeit befanden sie sich in den oberen Geschossen der Zitadelle. Dort, wo der Adel und die Speichellecker des Archonten lebten. Prunkvolle Suiten, kostbare Gemälde sowie feinste rote Teppiche, wo man nur hinsah. Poliertes Holz, das im Kerzenschein wie Bernstein strahlte. Geheizte Kemenaten und Wohlgerüche. Zumindest sollte man Letztere hier wahrnehmen, doch sie wurden von einem Hauch des Todes verdrängt, der jeder Beschreibung spottete.

Hier fanden sie den ersten anderen Menschen außer ihnen beiden. Nur lebte er nicht. Das, was von dem Myrmidonen noch vorhanden war, hatte sich über karierten Marmor verteilt. Hier und dort ragten Rüstungsteile aus den Überresten. Etwas hatte sie mit unfassbarer Kraft zerfetzt.

»Heimkehrer?«, fragte Sanftleben bei dem Anblick, der die Mägen solch hartgesottener Kämpen, wie sie es waren, zum Rumoren brachte.

»Sieht so aus«, sagte Fennek. Seine Stimme war nahezu unhörbar. »Vielleicht die Antwort, warum es auf der Etage so stinkt und wir niemanden getroffen haben.«

»Meinst du, diese Viecher können eine Burg voller Leute entvölkern, ohne dass wir weitere Leichen finden oder ihnen auch nur einer entkommen kann?«

Greskegard antwortete nicht. Er öffnete eine Tür an der Seite des Korridors, wo der Blutgestank überwältigend war. Verdutzt blickte er auf eine massive Platte aus dem schwarzen Gestein, aus dem die Zitadelle bestand. Stirnrunzelnd öffnete Fennek die nächste Tür. Und noch eine.

Überall dasselbe Ergebnis. Wände, wo Türen sein sollten. Sie gingen weiter, hatten keine vier Schritte gemacht, als sich Fenneks Verstand einen Reim darauf machte, was hier vorgefallen war. Gefallen war. Das kalte Grauen packte ihn.

»Das ganze Stockwerk«, sagte er. Seine Stimme war jetzt nichts als ein tonloser Hauch.

»Was ist damit?«

»Es ist irgendwie runtergekommen. Das Stockwerk über uns. Wie ein Müller einen Wurf Katzen entsorgt, wenn ihm der Tümpel zum Ersäufen fehlt. Er lässt einen Quader passgenau in die Kiste fallen.«

Greskegard war schlecht. Das Böse, das diesen Ort heimsuchte, überstieg seine Vorstellungskraft. Abseits dieses Korridors, den die oder der Heimkehrer benutzt hatten, war der Kern des Turms um einen Stock gekürzt worden.

»Nur ist die Zitadelle durch irgendeine magische Teufelei nicht eingestürzt. Das Gewicht ihres oberen Drittels hat sich nur schlagartig auf all diese Leute gesenkt. Es gab kein Entkommen.«

Die Faust, die sich mit Fingern wie Drähte um sein Herz gelegt, es in seinen verhärteten Magen hinabgezogen hatte, drückte noch fester zu. Fennek ging auf, dass der Archont ebenso verflüssigt worden sein konnte wie all jene, die das Pech hatten, in diesem Stockwerk zu leben. Unter all dem Stein, den gigantischen Quadern vermengte er sich mit diesen armen Teufeln – mit ihm war jede legale Möglichkeit dahin, nach der Macht zu greifen.

»Genug jetzt! Zum Thronsaal!«

Nun gingen sie nicht, sie stürmten. Fennek Greskegard preschte durch die Korridore, nicht willens, sein Vorgehen zu überdenken. Schwert und Armbrust lagen ohne bewusstes Zutun in seinen Händen, obgleich ihm klar war, wie lächerlich sich diese Waffen gegen einen Heimkehrer ausnahmen, geschweige denn eine Vielzahl der Kreaturen.

Wenn es mehr als einer ist. Du hast ihre Kräfte gesehen, einer allein könnte dies hier vollbracht, das Stockwerk eingerissen haben. Du rennst in deinen Tod.

»Oder zu meiner einzigen Möglichkeit, den Archonten zu fassen.«

Sanftleben antwortete nicht. Er war über den Punkt hinaus, wo er die Anwandlungen seines Herrn, die Selbstgespräche noch kommentieren wollte.

Sie erreichten den Thronsaal. Gegen jede Willensanstrengung, gegen jeden Impuls, die Fassung zu wahren, ging ein Ruck durch den Leib des Inquisitors. Sein Körper unterwarf sich nicht länger dem Drill seines Willens. Sanftleben ging es gleich. Der ungeschlachte Riese und sein abgemagerter Dienstherr erbrachen sich, die Augen vor blankem Entsetzen geweitet.

Fennek hatte in seinen Jahren als Jäger sowohl übernatürlicher Schrecken als auch gottloser Ketzer viel gesehen. Doch das Innere des Thronsaals überstieg seine kühnsten Fantasien. Er erkannte das knappe Dutzend der Gestalten sofort. Die Hälfte waren die Söhne des Archonten, die anderen waren Myrmidonen, die vor gar nicht so langer Zeit noch auf Walerans Kommando gehört hatten.

Sie ragten aus den Wänden, von manchen nur die Köpfe, bei anderen der Rumpf oder Gliedmaßen. Ihr Fleisch war wie Wachs zerflossen, hatte sich auf unfassbare Weise mit dem Schwarzglas des runden Thronsaals verbunden. Sämtliche Anwesenden waren zu einem frevelhaften, gegen jede Vernunft lebenden Fresko verschmolzen, das die Wände der Kammer auskleidete. Menschen, die mit dem Stein verwachsen waren, dennoch gegen sämtliche Naturgesetze weiterexistierten.

Als wären die Körper gegen jede Schwerkraft in aufrecht stehenden Schlammpfützen versunken, ragten sie hervor. Arme und

Füße ruderten, Gesichter verzogen sich in blankem Entsetzen, Augen rollten.

Die Münder, die noch reden konnten, bettelten, wimmerten. Sie forderten einen Tod ein, der nicht kommen würde. Noch nicht. Ihre Stimmen verfolgten den Inquisitor und seinen Diener, als diese sich dem herrschaftlichen Thron zuwandten.

Es war ein monolithisches Konstrukt aus weißem Marmor, ein prunkvoller Machtsitz. Fennek hatte immer davon geträumt, dort zu sitzen. Auf jener jungfräulich geäderten Bank, deren Masse sich zwischen zwei Säulen erstreckte, um die sich wiederum Riesenschlangen aus reiner Jade wanden. Der Thron, der einst Vortigern und später den Archonten Fomors gehörte.

Etwas, das die Macht über Fels und Stein besaß, etwas, das in der Lage war, Männer und Mauerwerk zu einer Fusion zu vereinigen, hatte die Schlangen für einen Augenblick erweckt. Ihnen zu unheiligem Leben verholfen. Dieser Moment hatte genügt. Ihre kantigen Schädel in all ihrer kunstfertigen Detailfülle waren aus den luftigen Höhen zu einem Biss herabgestiegen. Der Blick ihrer geschlitzten Pupillen, groß wie Wagenräder, war meisterlich eingefangen.

Zwischen ihnen, knapp auf Schulterhöhe des einstigen Inquisitors, hing der Archont. Als stritten sich die beiden Jadevipern wie echte Schlangen um einen köstlichen Fang, hing sein Körper gespreizt in ihren Mäulern.

Es war eine Form der Kreuzigung. Und wie das Opfer einer solchen Tat lebte Baltus von Fomor noch. Irgendwie. Denn sein Leib bestand ebenfalls aus Jade. Seine Prunkrüstung, sein fein gewirbelter Schnurrbart. Alles war zu Schmuckstein geworden, erstarrt wie moosgrünes Eis. Sah man von einem Detail ab. Die Augen des Archonten rollten von einem Wahnsinn ergriffen, den kein Mensch außer seinen Söhnen nachempfinden konnte.

Der Widerstreit der Gefühle war zu viel für Greskegard. Das Groteske der Situation, das Grauen in der Kammer, das unrühmliche Ende seines Gegners. Der Vanille- und Brandgestank reiner Magick, der den Thronraum wie die Nachwirkung eines Jahrhundertgewitters erfüllte. Mit solcher Kraft durch jede Faser von Fenneks Körpers fahrend, dass dieser sich der Urkraft bewusster war als seines eigenen Pulsschlags.

Sämtliche Haare standen ihm in diesen tosenden Nachwehen der Allmacht zu Berge, der Strom reiner Schöpfungskräfte füllte jeden Quadratzoll seines Mundes, seiner Nase, seines Leibes.

Jeder Plan, jede Strategie, was sie tun würden, kamen sie erst einmal hier oben an, war dahin. Hinweggefegt von Gewalten, für welche die Erwägungen einfacher Sterblicher ohne Belang waren.

Er wandte sich zu Sanftleben um, wollte etwas sagen, etwas denken, sich an etwas klammern, das ihm in diesem Irrsinn Halt gab.

Was auch immer es gewesen war, es ging unter, als der Schlag durch die Zitadelle fuhr, gegen den die vorherigen Erschütterungen nur das Vorgeplänkel waren.

Wenn das Beben auf seinem Höhepunkt ist, wollt Ihr nicht mehr hier sein.

Zu spät. Viel zu spät. Warum hatte er nicht auf den Templerheimkehrer gehört? Jetzt war alles dahin.

Die folgende Schockwelle ließ sie abheben. Sie kullerten über den Boden wie Spielzeug, prallten hart gegen die Wand neben dem Eingangsportal zum Thronraum. Neben dem Portal, das jetzt, je mehr sich das Obergeschoss der Zitadelle neigte, zum gähnenden Einlass eines vierzig Schritte tiefen Schachtes wurde, der vorher noch ein Korridor gewesen war.

Was eigentlich nur bedeuten konnte, dass der Turm einstürzte. Doch er tat es nicht.

27. Ormgair, Fennek & Clach

Ein Dutzend Stammeslords hatten zugestimmt, den Nebeljäger nach Fomor zu begleiten. Nach der Sichtung seiner Beweise wollten sie, ihre Hexer und Völpen sich ein Bild von der Fäulnis machen. Sie wollten die Unterwanderung ihrer geordneten Lebenswelt, die den Schilderungen des Letzten der Tanleigh nach in den korrupten Pentae der Stadtlinge ihren Anfang genommen hatte, mit eigenen Augen sehen. Die Schlachtenbanner im Herzen ihres Gottes, auf denen sich wiedererstandene Titanen erhoben, nur um diesmal unterschiedslos sämtliche Völker – auch das der Ambosskrieger – unter ihren Füßen zu zermalmen.

Jeder der Lords wurde von zwei Händen seiner besten Huskarls, Schützen und Kundschafter begleitet. Sie waren noch nicht bereit, die Penta auf Ormgairs Hinweise hin in voller Besetzung zu erstürmen. Aber eine Entsatztruppe, die in die Enklave eindringen und sich dort umschauen sollte, dazu hatte er sie bewegen können. Sie wären in den Augen der Stadtlinge ein Plündertrupp primitiver Barbaren, falls sie gefasst würden.

Obwohl es langsam Nacht wurde, konnten sie den Schaden sehen, noch bevor sie an die Mauer heran waren. Was unter anderem daran lag, dass der Nebel vor dem Osttor der Penta verblüffend licht war. Mancherorts klafften Löcher im Grau, und vereinzelte Schreie aus der Penta gellten über das Land.

Ihre Pferde wurden unruhig, der Boden erbebte leicht, doch fühlbar. Hier und dort scheuten einige der kampferprobten Brachenriesen, der einzigen Rasse, der stark genug war, Ambosskrieger zu tragen.

Die Stammeslords Skaighe und Tho'kat waren unter Ormgairs Fürsprechern für dieses Unterfangen. Sie brachten ihre Tiere unter Kontrolle. Der Lord der Chu'thuil machte einen mürrischen Eindruck, was vor allem daran lag, dass der Bärenstamm normalerweise keine Pferde benutzte. Man sah dem vollbärtigen Hünen an, dass er sich im Sattel unwohl fühlte. Tho'kat grinste breit, doch sein Gesichtsausdruck änderte sich, als er nur Schritte von der Stadtmauer entfernt den Schaden begutachtete.

Der Schild war in seiner Gänze zu zwei Dritteln eingerissen. Ein gebrochener Deich, der dem Druck des Wassers nicht länger standgehalten hatte. Sie konnten über die zyklopischen Wälle hinweg das Flackern sehen, wo der Nebel jene Mauerschilde erprobte, die die Stadtlinge als Rückversicherung zwischen ihren Vierteln für so einen Fall errichtet hatten.

»Ihre Steine haben sie endlich im Stich gelassen«, sagte Skaighe. Er ließ die Knöchel seiner beeindruckenden Hände knacken. Er trug verstärkte Handschuhe, die mit Bärenklauen zu kruden Waffen umfunktioniert waren, doch Ormgair bezweifelte, dass ein Kämpfer wie er solchen Behelf benötigte. »Warum nur setzen sie auf diese faule Hexerei? Sie zögern das Unvermeidliche hinaus.«

»Die Gunst des Titanenbluts ist ihnen nicht hold«, sagte ein anderer Earl aus der Führungsspitze ihres Trupps, Ormgair kannte seinen Namen nicht. Die anwesenden Lords brummten zustimmend.

»Sie sind nicht die Einzigen«, sagte Ormgair. »Auch die Kreen benutzen diese Steine.«

»Warum?«, fragte Tho'kat. Die Augen des Pferdelords sprühten vor Hunger. Nach Glorie, nach Leben? Der Nebeljäger wusste es nicht zu sagen.

»Ich weiß es nicht«, sagte Ormgair. »Aber ihre Krieger, ihre Zelte, sie sind damit gewappnet.«

»Eine Frage für einen anderen Tag«, grummelte der Bärenjarl. »Ich will jetzt deine Beweise sehen.« Er stieg ab.

»Über die Mauer zu kommen wird einfacher als gedacht«, sagte Ormgair. »Niemand wird uns aufhalten.«

Als sie die Brustwehr erklommen hatten, erblickte die Gruppe das Ausmaß der Verwüstung. Kein Soldat stellte sich ihnen in den Weg. Zwei Dutzend Stammesfürsten, einige ihrer Seher sowie über zwanzig Hände voller Krieger standen als Erste seit Jahrhunderten auf einer der Mauern des alten Feindes.

Diese erbebte leicht unter ihren Füßen. Vor sich konnten die Almharach die Straßen des Ostviertels sehen, in dem sämtliche Häuser in Dunkelheit und Stille dalagen. Dafür war es im Rest der Enklave umso lauter. Kampflärm erklang.

Der Nebel in diesem Viertel war noch weniger dicht als vor der Stadt, die Straßen waren bis auf Sumpfschwaden regelrecht leer gefegt.

Keiner der Barbaren hatte so etwas je gesehen – mit einer Ausnahme. Im Tal, in dem Ormgair Fahlsang geborgen hatte, war noch weniger Nebel gewesen. Er behielt diese Erkenntnis für sich.

»Wo ist der Nebel?«, fragte Skaighe. Niemand antwortete, jeder der Lords und ihrer Begleiter erwog eigene Thesen.

»Ein schlechtes Omen«, sagte eine junge Völpe, die zum Gefolge des Pferdelords gehörte. Sie trug wenig mehr als ein paar Wolfspelze sowie ihren Speer. Ormgair sah, dass die Rundung um ihren Bauchnabel mit getrocknetem Blut in sinnverwirrenden Mustern bemalt war. Sie hatte vor Kurzem die Runen geworfen.

Er riss seinen Blick von der rothaarigen Schönheit los, studierte die Mienen der anderen Weisen Frauen und Medizinmänner. Sie sahen verbissener aus, als er angesichts solch guter Neuigkeiten wie des Zusammenbruchs eines Nebelschilds für möglich gehalten hätte.

»Was ist?«, fragte er sie. »Ihr verheimlicht uns etwas.«

»Wir spüren eine Macht. Böse. Unersättlich«, antwortete die

Rothaarige. »Dort vorn.« Sie deutete auf den Festungsturm, der wie eine Radnabe im Zentrum der Penta saß. Der Ort, den Ormgair Steinviper als die Zitadelle des Archonten kannte. Als hätte diese Macht sie verstanden, erbebte die Erde wie zur Antwort. Diesmal um einiges heftiger.

»Sie werden andere Probleme haben als uns. Was wir hören, dürften Plünderungen sein«, sagte Tho'kat. »Ich würde es genauso machen, wäre dies ein Stammeslager.«

»Gehen wir endlich. Ich will Fomor sehen«, sagte der Bärenjarl.

»Diese Macht?«, fragte Ormgair die Medizinfrau und überging Skaighe. »Kommt sie aus der Tiefe unter der Festung?« Er wusste nur zu gut, was sich dort befand. Was das Beben bedeuten konnte.

Sie schüttelte den Kopf. »Dort unten schläft der Erdvater. Er erwacht bald. Seine Kraft ist gewaltig.«

Der Nebeljäger nickte.

Der Finger der jungen Weisen wies auf den Turm, der diese Nacht übler Vorzeichen überstrahlte wie ein schwarzer Stern. »Dort. Ganz oben. Zwei Pole. Das Reine, das Ungeformte in all seiner Macht – und eine schreckliche, todlose Finsternis, die nur Hunger kennt.«

Ihre Hand fuhr zu ihrer Nase, aus der Blut rann. Auch die anderen Weisen und Hexer sahen alles andere als gesund aus. Zu viele Kräfte wurden in dieser Nacht frei, zu viele überschneidende Phänomene, als dass es Zufall sein konnte.

»Lassen wir sie hier«, sagte Ormgair. Er schickte sich an, stadtwärts von der Mauer zu steigen.

»Wir werden sie brauchen«, sagte der Pferdelord. Sein Protest wurde nicht gewürdigt. Er musterte die Medizinleute, zuckte mit den Schultern. Er und seine Huskarls folgten Ormgair in die Nacht.

»Geht zu den Pferden«, befahl der Bärenjarl. »Die Zeit für

euren Ratschluss ist vorüber. Etwas sagt mir, dass, wenn stimmt, was dieser entwurzelte Tanleigh behauptet, der Winter, der vor uns liegt, der Axt vorbehalten bleibt!«

Geschlossen verließen die Ambosskrieger den Schutzwall, machten sich auf den Weg zur Zitadelle.

Wie es der Nebeljäger vorhergesehen hatte, waren die Verteidiger der Penta über alle Maßen damit beschäftigt, die Wellen der Panischen und Plünderer einzudämmen. Hinzu kamen noch die Beben, deren Intensität sowie Häufigkeit sich in den letzten Minuten gesteigert hatte.

Die Straßen, die sie passierten, waren teils menschenleer. Anderswo, hinter den zweiten Schilden, tobte der Mob, zwang den Tross der Ambosskrieger, andere Pfade einzuschlagen. Verwüstung und Leid bestimmten an jeder Straßenecke das Bild. Der alte Nebeljäger spürte ein wütendes, entzündetes Pochen in der Hand, die Morven hielt. Er war sich sicher, dass der Schemen der Frau, der in der Klinge eingesperrt war, durch seine Augen das Leid der Menschen erlebte, die sie einst zu beschützen geschworen hatte.

Die Luft roch nach Feuer und Elend, überlagert von einer Note allgegenwärtiger Furcht, die die gesamte Penta in ihren Raubtierklauen hielt und sie für lange Zeit nicht mehr loslassen würde. Es nieselte. Das Wasser brachte keine Wohltat, sondern tränkte nur, ohne zu lindern oder Flammen zu löschen.

Es kam zu einigen Begegnungen mit Stadtwachen, doch das rasche, entschiedene Handeln des Trupps verhinderte, dass diese Verstärkung rufen oder Alarm auslösen konnten. Bei ihrem Vorstoß in die Enklave gab es lediglich ein Problem: Ormgair kannte die Völker des Amboss gut genug, um sicher zu sein, dass ihre Eintracht nicht lange anhalten würde.

Wie vom Nebeljäger befürchtet, begann der Pakt zu bröckeln, als einige der Stammeslords die Beute erblickten, mit der sich die sich vereinzelt durch die schattenhaften Straßen bewegenden Gestalten davonmachten. In den Augen der Anführer der Almharach stand die Gier nach den Reichtümern der Stadtlinge, die sich ihre Vorfahren während des Titanensturms schon hatten aneignen wollen.

Weder Ormgair noch die reicheren Lords waren verwundert, als sich Gruppen von Ambosskriegern vom Tross lösten, um zu brandschatzen. Begleitet von ihren Stammesführern, die nicht so vermögend und reich an Tributen waren. Mehr als die Hälfte ihrer Gemeinschaft verabschiedete sich in die Nacht, um zu tun, wonach ihnen der Sinn stand. Der Nebeljäger versuchte gar nicht erst, die marodierenden Mitstreiter von ihrem Vorhaben abzubringen, wohl wissend, dass es ihm weder anstand noch von Erfolg gekrönt gewesen wäre.

Sie erreichten die Außenbereiche des Viertels, das von der Zitadelle dominiert wurde. Dort lagen auch jene Zugänge zu den unterirdischen Kavernen, die Morven und Ormgair bei ihrem Vordringen in die Gebeine Fomors genutzt hatten. Der monolithische Herrschaftssitz des Cynings der Stadt, des Archonten erhob sich jenseits einer Mauer keine fünfzig Schritte neben ihnen. Seine spärlichen Fenster und Schießscharten waren hell erleuchtet, Fackelkörbe loderten auf Mauern, doch es war niemand zu sehen.

Der Nebeljäger riss seinen Blick von dem Gebäude los, ließ ihn über ihre Gemeinschaft schweifen. Sie waren nur noch ein Drittel so viele wie bei ihrem Aufbruch. Vielleicht war das ihrem Unterfangen förderlicher. Der Barbar langte nach dem Schachtdeckel zu seinen Füßen, der sie in die Abwassergräben unter dem Viertel führen würde. Er hielt in der Bewegung inne. Ein weiteres, heftigeres Beben fuhr durch die Gebeine der Stadt.

Der Letzte der Tanleigh hatte nie zuvor erlebt, wie sich ein Erdbeben anfühlte. In seiner Sprache kannte man das Wort nicht. Aber er hatte die flammende Rhetorik der Neuen Macht aus erster Hand vernommen. Erinnerte sich an die Beschreibungen der Götter des Ungeformten, die ihre höllischen wie irdenen Gefängnisse abschütteln, sich erheben würden. Sie würden die Erde spalten und den Himmel in Brand setzen.

Der Letzte der Tanleigh hegte keine Zweifel, was das Beben bedeutete. Jetzt dort hinunterzugehen kam einem Selbstmord gleich. Die Gänge würden über ihnen zusammenfallen, sie begraben, falls diese Eruptionen noch an Macht zunahmen. Schon jetzt schwankten einige der Eidkrieger und Jarls, die sie begleiteten, und blickten sich furchtsam, von Aberglauben gegeißelt um.

Die Entscheidung hinabzusteigen wurde ihm abgenommen.

»Mir scheint, einige von uns sind dreister als angenommen«, sagte Tho'kat. Ormgairs Blick folgte dem Fingerzeig der feingliedrigen Hand des Pferdelords. Er konnte einen flüchtigen Blick auf zwei Gestalten im zweiten Stock der Feste erhaschen. Die eine war gedrungen, der Kopf ein Nest aus wirrem Haar. Die andere hingegen war durch und durch ein Koloss aus dem Amboss, von beachtlicher Leibesfülle, die selbst Skaighes Massen in den Schatten stellte.

»Ein Geist«, raunte der Bärenjarl. »Diese Nacht ist verflucht. Ich habe einen Widergänger gesehen.« Sein Gesicht hatte die Farbe alter Herdasche angenommen, seine Hand lag bergend auf seiner Brust, so als wolle der Häuptling verhindern, dass ihm das Herz heraussprang. Es war offenkundig, dass er von Sanftleben sprach.

»Nicht nur du«, sagte Ormgair, noch immer hin- und hergerissen, ob er seine Zeugen in die Tiefe führen oder dem Mann, dem er den Tod geschworen hatte, folgen sollte. Beide Wege schienen ihm gleich gefährlich. Doch sah er keine andere Menschenseele in der Nähe der Zitadelle oder darin. Der Letzte der Tanleigh traf seine Entscheidung.

»Wir brauchen nicht mehr nach unten«, sagte er. »Ich bin überzeugt, dass Fomor bald seinem Grab entsteigen wird.«

Die ohnehin von Furcht gepackten Almharach blickten Ormgair an, als habe er den Verstand verloren. Als hätte er ihnen den Vorschlag unterbreitet, sich kollektiv hier an Ort und Stelle zu entleiben.

»Sucht Schutz in der Ferne und bezeugt, was ich euch berichtet habe! Ihr werdet sehen, dass mein Mund nichts als die Wahrheit verkündet hat! Ich sehe euch.«

»Wir sehen dich, Ormgair Steinviper – so wie die Erde klagt und dröhnt, kann es an deinen Worten wenig Zweifel geben. Doch was hast du vor, während wir wie alte Weiber das Weite suchen, ginge es nach dir?« Tho'kat überspielte das Erschrecken, das sie alle erfasst hatte, mit seinem üblichen selbstgefälligen Grinsen.

»Ich werde dort oben einen Mann zur Strecke bringen, der mir Antworten – und einen Tod – schuldet. Außerdem ist ein Gefährte dort.«

»Die Völpe hat etwas von einem todlosen Grauen berichtet, das in dieser großen Burg umgeht. Sie meint den, von dem du uns berichtet hast?«

»Der Cyning der Toten, ja. Clach ist dort oben, da bin ich mir sicher. Wenn ich ihm beistehe, kann ich zugleich meinen Racheschwur an dem Wurm erfüllen, dem ich die Todesbotin entriss.«

»Aber nicht allein«, sagte Skaighe. »Auch ich habe dort etwas zu erledigen, scheint mir!«

»Euch beiden den ganzen Spaß überlassen? Nicht für allen Reichtum dieser Penta!« Der Pferdelord deutete auf die Zitadelle. »Keine Wachen. Kein einziger Mensch. Ein schlechtes Omen.«

Noch während er sprach, brachen hinter ihnen weitere Teile ihrer Gruppe ab; Jarls und ihre Eidkrieger verschwanden in der Nacht. Die Erde erzitterte mittlerweile so regelmäßig, dass Knochen wie Zähne bebten und das Sprechen einen merkwürdigen vibrierenden Unterton bekam. In der Ferne sackten ein paar Dächer ein. Glasfenster klirrten, Risse zogen sich durch das Kopfsteinpflaster, aus dem mehr und mehr Steine in die Tiefe verschwanden.

Der Nebeljäger verlor keine Zeit mehr mit Worten, sondern wandte sich der Zitadelle zu. Tho'kat, Skaighe sowie drei Hände voll Eidkrieger folgten ihm.

Es war mehr ein Stürzen gewesen als eine gerichtete Bewegung. Der Kreis im Inneren von Vortigerns Refugium hatte ihn in einer Umarmung aus Licht empfangen. Nun befand er sich in einer weiteren Liebkosung, nur waren es diesmal Dunkelheit und Enge, die ihn umfingen. Der Totenkaiser tastete um sich. Rasch realisierte er, dass es sich um ein winziges Gelass handelte, das weniger Platz bot als ein üblicher Wandschrank – und dass es aus Stein bestand. Ziegel und Mauerwerk statt des schwarzen Glases, das er im Inneren seines angepeilten Ankunftsortes, der Zitadelle des Archonten, erwartet hatte. Er war so sicher hier drin eingeschlossen wie ein Käfer in einer Faust.

Die Überreste seiner Finger in den Handschuhen tasteten nach einem Schlüsselloch, einem Mechanismus, irgendeinem Weg, den Ausgang zu finden. Es gab keinen. Der Totenkaiser kämpfte die Wellen der Panik bei der Vorstellung, hier begraben zu sein, nieder. Stattdessen hielt er inne, beruhigte sich, wartete darauf, was ihm seine verfeinerten Sinne verraten würden.

Er spürte einen Luftzug, nicht mehr denn ein Hauch, der seine Stirn streifte. Wo war er?

Clach zog einen Handschuh aus; der Finger darunter war beinahe entfleischt, hatte aber durch eine Fügung des Nichttotseins wenig von seinem Tastsinn verloren. Er hielt ihn in den Luftstrom, folgte ihm bis zu einem Spalt im Mörtel, den die knochige Spitze seines Zeigefingers zu ertasten vermochte.

Langsam ging ihm auf, was los war. Man hatte bei der Restauration der Zitadelle nach dem Titanensturm scheinbar erkannt, welche Gefahr ein aktiver Teleporter für ihren neuen Gewaltherrscher darstellte, und die Kammer zugemauert.

Mochte diese Umsicht bemerkenswert sein, so war das damals herrschende Misstrauen aller Magie gegenüber zugleich ein Hemmschuh. Man hatte die Kammer zugestopft, aber keinen Arkanisten hinzugezogen, der den Stein gegen einen übernatürlichen Besucher härtete. Es waren Ziegel, die der Totenkaiser dort unter seinen Fingern spürte, ein halbes Jahrtausend alt.

Er ballte die Fäuste, sammelte an Schwungkraft, was ihm die begrenzten Verhältnisse erlaubten, und schlug zu. Nach zwei Hieben spürte er mit Befriedigung, wie das Mauerwerk unter seinen Händen zerbröselte wie Zwieback. Er spaltete Steine, rammte sein Knie in den entstehenden Spalt und zerteilte die meterdicke Ziegelmauer.

Es dauerte nicht lange, ein letzter Hieb, Ziegel barsten nach außen, gegen die Rückseite eines dicken Vorhangs aus Samt, durch den sich der Totenkaiser mit wenigen Handgriffen arbeitete. Er zückte einen Dolch und stieg kampfbereit über den Gobelin hinweg.

Der Attentäter war wenig überrascht, dass er sich in einem prunkvollen Schlafgemach in den höchsten Höhen der Zitadelle wiederfand. Ein Blick in die Nacht aus einem fein gearbeiteten Rundbogenfenster offenbarte, was er angenommen hatte: Dies war das Schlafzimmer des Archonten von Fomor. Das im Überschwang mit Goldstuck, Satin sowie Schleiern überhäufte Himmelbett ließ diesbezüglich keine Zweifel zu.

Wider Erwarten stürmten keine Wachen in den Raum, nachdem die Ziegel mit unüberhörbarem Lärm geborsten waren. Niemand kam. Weder Myrmidonen noch der Meister von Fomor. Das prunkvolle Gemach wurde von kostbaren Lüstern erhellt, deren Flammen flackerten, als ein Beben durch das Gemäuer ging. Genauer gesagt, war es eine Serie von Erschütterungen, bei denen das Fensterglas klirrte.

Es stimmt also. Diese Narren haben einen Titanen erweckt.

Dabei durfte es sich um den Grund handeln, warum niemand zugegen war, kein einziger Mensch hereinstürmte, um den Eindringling zu stellen. Der Totenkaiser bezweifelte, dass in dieser Festung noch irgendjemand war.

Dafür ging etwas anderes hier um. Clach spürte unter den Eruptionen, mit denen der Gottriese sein Erwachen ankündigte, die Präsenz eines anderen Heimkehrers, der höchstwahrscheinlich für diesen Wahnsinn verantwortlich war.

Das Problem war nur: Der Titan lag weit unter ihm. Sehr weit. Die Präsenz des anderen Heimkehrers befand sich ohne jeden Zweifel über ihm auf den Zinnen. Der Totenkaiser hielt seine Gedanken und Kräfte seit dem Betreten der Transportplattform verborgen, doch die andere Kreatur tat dies nicht. Sie konnte ja nicht ahnen, dass er hier war.

Clach würde den Gottriesen zerstören müssen, bevor er sich erhob. Doch wie sollte er, unausgebildet in seinen seltsamen Fähigkeiten, gegen solch ein Wesen bestehen? Ein Geschöpf, dessen Größe und Macht allem spotteten, was der menschliche Geist zu erfassen vermochte? Konnte er den Wahnsinn noch umkehren, das Erwachen Fomors vereiteln, wenn er die verantwortliche Partei zur Strecke brachte?

Er wandte sich in Richtung Ausgang. Wer immer sich dort oben aufhielt, die Kreatur würde ihn erst bemerken, wenn es zu spät war. Er zückte zwei der Paralysenadeln Dirths. Was ihn lähmte, würde auch andere Heimkehrer immobilisieren.

Selbst hier oben noch war die Anzahl der Stiegen, die zur persönlichen Beobachtungsplattform Vortigerns beziehungsweise der Archonten führte, endlos. Er hatte vergessen, wie unfassbar sinnverwirrend die Architektur der Zitadelle war. Man musste Clach zugutehalten, dass er sich in seinem Leben nur einmal hier aufgehalten hatte.

Damals war er jung gewesen, noch ein Kind, hätte es da nicht die Ausbildung des Tempels gegeben. Er hatte von dem frischvermählten Archonten von Fomor, der nur wenig älter als der Attentäter gewesen war, eine prekäre Mission angenommen. Eine Mission, mit der er dem Tempel und sich seinen Wert erwiesen und Fennek Greskegard zu einem unauslöschlichen Gegner gemacht hatte.

Die letzten drei, vier Wendeln des Treppengangs erklomm er so geräuschlos wie möglich, sein Leichenfleisch an die Stufen geschmiegt, sodass er mehr wie eine Schlange emporglitt, als zu klettern. Die Tür am Ende der Stiege stand offen, lautlos pendelte sie im Spiel der Erschütterungen, schwang gegen ihren Rahmen, glitt auf. Clach wusste, dass dahinter die ausladende Plattform lag, auf der so mancher Archont über den Dächern der Stadt rauschende Feste gefeiert hatte.

Ein paar Dutzend Schritte entfernt stand eine Gestalt, doch soweit der Totenkaiser dies erkennen konnte, war ihm das Geschöpf unbekannt. Kostbare Roben, einem Hausmantel nicht unähnlich, wehten von den Höhenwinden der Zitadelle gepeitscht. Die Gestalt trug keine Schuhe.

So behutsam, wie es ihm der regelmäßig erzitternde Turm gestattete, pirschte der Totenkaiser auf seine Beute zu. Er bekam nur diese eine Möglichkeit, das war ihm bewusst. Nur diese eine Gelegenheit, den erfahreneren Heimkehrer zu stellen. Clach bezweifelte, dass er dieses Wesen wie eine Pavosa Moreno im Zweikampf überrumpeln konnte, da die Neue Macht vor ihm, vor seinem Tun gewarnt war.

Er sammelte jedes Quäntchen übernatürlicher Stärke in seinen ausgedörrten Gliedern, entfesselte sie wie den Hieb einer Neunschwänzigen. Er schoss auf sein Ziel zu, ein Pfeil, ein Armbrustbolzen, schneller als ein Falke.

Geschafft!

Die Nadeln fanden ihr Ziel – und zerbrachen!

Der Attentäter prallte regelrecht gegen den Fremden, und dieser drehte sich langsam um. Der Totenkaiser erblickte einen älteren Herrn, dessen Gestalt nicht aus Fleisch und Blut war.

Der Heimkehrer vor ihm bestand von Kopf bis Fuß aus etwas, das wie eine Mischung aus Marmor und Basalt wirkte. Auch die Kleidung war verwandelt, sie flatterte von einem Augenblick auf den anderen nicht mehr im Höhenwind. Clach war kampfbereit, die Dolche in den Händen, doch das an eine klassische Büste erinnernde Gesicht des anderen Heimkehrers verzog sich zu einem höhnischen Lächeln.

»Zu spät, Emporkömmling«, sagte das Geschöpf.

Der Totenkaiser erkannte das, was unter der stofflichen Stimme lag, mit demselben Instinkt, der ihm Ordàg in dessen neuer Gestalt enthüllt hatte.

»Ashavar!«, sagte er.

Das Lächeln des steinernen Heimkehrers flackerte. »Ich bin überrascht. Kennen wir uns? Ah ja, der Turm des Tyrannen. Du hast die Erinnerungen Vortigerns durchforstet. Mein ach so liebender falscher Vater. Unhöflich von dir, aber nicht unerwartet.«

»Falscher Vater?« Clach blieb auf der Hut. Er wusste aus eigener Erfahrung, zu was für einem Energiebündel jeder Heimkehrer explosionsartig werden konnte.

»Einerlei. Nur noch Augenblicke trennen mich von meinem Triumph. Wenn mein wahrer Hirte der Grube entsteigt, werden wir abermals eins werden.«

»Ich kann das nicht zulassen«, sagte Clach. Die alte Kälte war in seine Stimme zurückgekehrt. Er richtete die Dolche gegen seinen Gegner.

»Es wird dir wenig übrig bleiben, Totenkaiser«, sagte Ashavar. »Ich bin beeindruckt, wie gut es dir gelungen ist, dich vor uns zu verhüllen. Doch damit endet deine Siegesserie, befürchte ich.«

Der Heimkehrer drehte Clach mit absoluter Geringschätzung den Rücken zu – und der Attentäter begriff, dass ihn seine Klingen hier nicht weiterbringen würden.

»Du wirst dich festhalten wollen«, sagte Ashavar, dessen Füße in einem Kontrast aus weißem Marmor und Schwarzglas mit dem Boden der Plattform verschmolzen. Seine Stimme klang tonlos, von Vorfreude durchdrungen.

»Wie meinst du …?«

Weiter kam Clach nicht.

Urplötzlich neigte sich der Turm, schoss die gesamte Spitze zur Seite, als ein knochenzermalmender Ruck durch die Zitadelle ging. Clach rutschte über das Deck auf die Balustrade zu, die sich in einen Vorsprung verwandelte, nun, da der Turm beinahe auf der Seitenfläche lag.

Ein explosives Crescendo explodierender Glasscheiben im Umkreis von Meilen erfüllte die Nacht, das Mahlen von protestierendem Gestein, von zehntausend Tonnen Erde, die zitterten und rumorten.

Mit aller Kraft, die er aufbieten konnte, rammte der Totenkaiser seine Hände gegen die nachtschwarzen Platten, bremste die Schlitterpartie, indem er seine knochigen Finger in den Spalten dazwischen verankerte. Schmerzhaft krachten seine Knie gegen jene Steilwand, die vor einigen Augenblicken noch der Boden der Aussichtsplattform unter seinen Füßen gewesen war. Er blickte nach oben. Über ihm ragte Ashavar aus der Steilwand, aufrecht und unbeeindruckt von den unfassbaren Veränderungen um ihn herum wie ein eingeschlagener Nagel.

Da war der Lärm, das Donnern, das sich jeder Beschreibung entzog. Es waren Ketten, die sich in der Tiefe der Erde strafften. Ketten, deren Rasseln angesichts ihrer Größe mit einer gewaltigen Lautstärke erschall. Mit dem Kippen der Hochburg schwoll der Lärm auf ein unerträgliches Maß an.

Ein Gefühl der Schwerelosigkeit folgte. Clach realisierte, dass es der Schwung eines rapiden Aufstiegs sein musste. Er sah zu Ashavar hinauf, sah die künstlichen Wolken der Schildkuppel hinter ihm. Sie stiegen empor.

Falsch, er steigt. Er steht auf. Der Titan. Bis gerade konntest du dir einreden, dass dies alles aufzuhalten sei. Und jetzt?

Der Laut beendete jeden Gedanken, jeden Zweifel und jede Zuversicht. Zuerst war da ein unermesslich kurzer, kostbarer Ruhepunkt, als der Aufstieg des fleischgewordenen Gottes sein Ende fand. Ein kollektives Luftholen der gesamten Schöpfung, so schien es.

Da ertönte der Schrei. Er entstammte den Kehlen all derer, die dort unten, in der Penta Fomor, hinaufblickten und das volle Ausmaß der Katastrophe erkannten. Die fassungslos sahen, dass sich die Festung ihres Meisters hundert Mannshöhen über der Stadt befand, nur Schritte unter dem Zenit der Schildkuppel. Der Schrei all derer, die realisierten, *worauf* die Festung thronte, gehalten von Ketten, die vor einem halben Jahrtausend in steinernem Fleisch verankert worden waren.

Der zweite Schrei entzog sich sämtlichen Konventionen, jedem menschlichen Bemühen, Dinge zu benennen, einzuordnen. Es war das Klagen der Schöpfung, Geburt und Vergehen eines Sterns, das triumphierende Blöken eines kosmischen Götzen. Es war kein Schrei. Es war ein Wort. Ein Unwort, ein Nichtwort, einer Sprache entstammend, die keines Menschen Ohr verstehen sollte. Das Triumphbrüllen des zum Leben erwachten Gottriesen schien keinen Anfang und kein Ende zu haben. Es drohte jeden Knochen im Leib des Totenkaisers zu zerstäuben. Dann war es vorbei. Es mochten tausend Jahre vergangen sein.

Ashavar riss die Arme in verzückter Ekstase in die Höhe. »Vater! Wir werden eins! Ich komme!«

Der Totenkaiser blickte nach unten. Er sah nichts außer aschgrauem Fels, eine schier endlose Wölbung, die mit der Fantasie, die nur der heulende Wahnsinn gebären kann, als gigantische Schulter durchging. Darunter, viel zu weit entfernt aus dieser Höhe, sah er die Penta. Sie waren so hoch, so unfassbar hoch. Wie konnte ein Geschöpf nur solch eine Größe erreichen? Wenn sich Ashavar genug streckte, konnte er die Hand an die Schildkuppel legen.

Das Gefühl der Verzweiflung, das Clach nach seinem Tode in Scathach ergriffen hatte, wo er die Titanen in ihrer wahren Gestalt erblickte, kehrte mit Macht zurück, tilgte jede Hoffnung aus.

Wie sollten zehntausend meiner Sorte auch nur einen von ihnen stoppen?

Die Schulter bewegte sich. Tektonisch, ein kalbender Gletscher, zähflüssige Langsamkeit, die sich gegen jede Vernunft als Geschwindigkeit erwies. Die Welt kippte unaufhaltsam in die Waagerechte zurück, das Rasseln der monströsen Ketten fraß die Stille. Dann ein Schlag, ein Krachen, mit dem die zur Seite geneigte Zitadelle plan wurde, nun in einem sanften Winkel nach hinten abfiel. Der Totenkaiser stand auf eigenen Beinen.

Erst ein Arm und die Schulter sind frei. Der Rest folgt noch. Ich muss Ashavar stoppen.

»Gib dir keine Mühe, Totenkaiser«, sagte Ashavar, der sich noch immer nicht von dem steinernen Glas gelöst hatte. Die Verzückung in seinem Tonfall spottete jeder Beschreibung. »Dies ist die Stunde der Ernte. Die fünf werden erstehen, die Minderen werden ihnen folgen – und am Ende wird nichts als köstliche Stille sein.«

Der Totenkaiser knirschte mit den Zähnen. Was übersah er? Wie sollte er einem Wesen beikommen, das gänzlich aus Marmor bestand, über die Kräfte eines Heimkehrers gebot.

Die Kräfte eines Heimkehrers …

Clach hatte in sich aufgenommen, was aus Moreno geworden war, und konnte den Nebel in sich mit Gedankenkraft formen.

Feuer schmilzt Stein.

Er hatte die unfassbare Hitze erlebt, mit der die falsche Pavosa gekämpft hatte. Hatte diese Kraft absorbiert. Konnte er sie replizieren?

»Nicht schlecht, Emporkömmling. Du lernst. Komm in den Chor. Werde einer von uns. Die Glorie der Leere erwartet uns!«

»Was hätte ich davon?«, fragte Clach. Neben ihnen stieg einer von zwei rechten Armen des Titanen in die Höhe, pflügte mit einem ohrenbetäubenden Lärm eine Schneise durch die Stadt, unter der er gelegen hatte. Eine Faust ballte sich, in der zwei Dutzend Pferdefuhrwerke Platz gefunden hätten. Der darunterliegende kleinere Arm krallte sich in die klaffende Narbe, die sich durch den einstürzenden Boden dreier Viertel zog.

»Rache. Würdigung. Vollendung in einem Zweck, den kein Sterblicher versteht. Endlose Einheit, kein Anfang, kein Ende. Ganzheit mit allem. Sehnst du dich denn nicht nach Frieden? Du musst ihn doch in dir spüren, den Widerhall der Zeitlosigkeit.«

Ashavar wollte ihn verlocken. Oder er war ehrlich. Es war einerlei. Der Totenkaiser gab ein kehliges Lachen von sich. Er hatte den Hinweis erhalten, was er zu tun hatte. Ashavar hatte ihm bestätigt, dass er die Flammen der Heimkehrerin anzapfen konnte. Er konzentrierte sich – im Gegensatz zum Lenken der Schatten und des Nebels fiel Clach dies ungleich leichter. Feuer war Wut. Zorn. Und Wut war eines der Gefühle, die auch er begriff.

»Nichts für mich. Ich arbeite allein«, sagte der Totenkaiser. Und beobachtete mit Befriedigung, wie sich schwelendes Flimmern um seine Fäuste legte, das zu lodernden Flammen wurde.

Langsam, ohne die Füße von der Zitadelle zu lösen, begann Ashavar, sich umzudrehen. »Wir sind nicht mehr unter uns. Jemand kommt. Viele. Ich werde für etwas Gesellschaft sorgen«, sagte der Steinerne.

Clach ließ ihm keine Zeit für Reden. Er spurtete los.

Sie taumelten vorwärts, krochen über Wände, erklommen Berge aus Hindernissen, wo sich Mobiliar, Wandteppiche, Rüstungen zu Haufen an den Mauern formierten, die zu Korridorböden geworden waren. So mussten Fennek Greskegard und Sanftleben Umwege nehmen, die sich meistern ließen – für das derart geschwächte Duo keine geringe Herausforderung. Mittlerweile machten sie einiges an Boden wett.

Die Schrecken des Thronsaales zehrten immer noch an ihren Nerven. Es wäre gnädig gewesen, die Gezeichneten zu erlösen. Doch selbst wenn sie in der gekippten Feste an sie herangekommen wären, keiner der hartgesottenen Veteranen hätte es über sich gebracht, die Versteinerten zu berühren. Zu makaber, zu grausam war die Verschmelzung von Fleisch und Gestein.

Hinter den beiden waren seit einiger Zeit Geräusche zu vernehmen, die darauf schließen ließen, dass Personen in die Zitadelle eingedrungen waren. Invasoren, die sich weitaus geringere Mühe gaben, verhalten vorzugehen. Sie wurden verfolgt. Dies und die Umstände im Gemäuer waren nicht ihre einzigen Hindernisse, wie sich zeigen sollte.

Ohne jede Vorwarnung erfasste der Schalldruck ihre Körper, als das Gebrüll des Titanen erklang. Das Duo brach zusammen, die Hände auf die Ohren gepresst, die Münder weit aufgerissen, während das Schwarzglas der Zitadelle jede Schwingung des unermesslichen Basses in ihre Körper übertrug. Sie verloren jedes Gefühl dafür, wie lange der akustische Angriff dauerte. Als er vorüber war, lag Fennek eingerollt auf der Seite. Die Festung hatte sie nicht beschirmt, sondern stattdessen das überwältigende Grauen noch verstärkt.

Wie durch ein Wunder hatte es keinem das Trommelfell zerrissen, doch ihre Körper waren in Mitleidenschaft gezogen worden.

Fennek hörte nichts als ein endloses Pfeifen in beiden Ohren, Sanftleben sickerte Blut aus jeder sichtbaren Körperöffnung. Seine Augen lagen so tief in den Höhlen, als litte er unter der Schwindsucht. Die Schmerzen an und vor allem in Fenneks Körper machten ihm überdeutlich, dass er keinen Deut besser aussehen konnte.

Ihnen war ohne Gehör keine Erholungspause oder ein dringend nötiger zwischenmenschlicher Austausch gestattet, und so kam Sanftleben zu keiner Antwort.

Die Feste kippte ohne jede Vorwarnung in ihren ursprünglichen Zustand zurück. Ein unsanfter Sturz, der in einer Tirade aus Flüchen mündete, auch hinter ihnen aus dem Gewirr der Gänge.

Greskegard war froh, dass sie sich in einem Flur aufhielten. So konnten sie zumindest vermeiden, von einem Wirbelsturm umhersausenden Inventars zermalmt zu werden oder aus einem Prunkfenster zu stürzen. Schwer atmend blieben sie auf dem verschobenen Läufer liegen, sammelten Kraft.

Sanftleben war der Erste, der sich aufraffen konnte.

»Skitja!«, las Fennek von seinen Lippen. Sein Lakai stierte mit ehrfürchtigem Unglauben aus den gähnenden Fensteröffnungen des Korridors. Blut rann aus seinen Tränendrüsen, haftete wie rotes Farngeflecht auf blassen Wangen und Stoppeln.

Der Anblick, den Fenneks unbeugsamer Lakai bot, verstärkte den verstörenden Eindruck noch. Das Gefühl, dass nichts von all dem hier echt sein konnte, echt sein durfte. Doch es war blanke Realität. Ein Arm des Gottriesen erhob sich neben dem Obergeschoss der Zitadelle aus der Tiefe, rauschte mit der schier endlosen Dauer einer passierenden Wildtierherde schräg vor ihnen am Fenster entlang.

Der Exinquisitor musste jedes Quäntchen Selbstbeherrschung aufbringen, um den Blick von diesem Grauen zu lösen. Sich dem Gefühl aktiv widersetzen, sich auf die Seite zu legen und auf den Tod zu warten, während sein Verstand wie Wachs in der Wüste zerrann. Langsam kehrte das Gehör zurück. Er tippte Sanftleben gegen die Schulter, was diesen aus der Erstarrung riss. Er blickte Fennek mit einem Ausdruck in seiner Mastiffvisage an, der bis zu diesem Tage Müttern vorbehalten war, die nicht nur eines, sondern alle Kinder auf einen Schlag verloren hatten.

»Fennek …«, hauchte der Koloss. Wenn man ihn angesichts der Entwicklungen denn noch als solchen bezeichnen konnte, gemessen an dem, was dort draußen vorging.

»Ich weiß. Ich sehe es. Wir müssen weiter. Es führt kein Weg zurück!«

Beim Anblick seines Dieners verspürte Greskegard keineswegs Mitleid oder Verständnis. Er war angewidert, musste mit aller Macht dem unleugbaren Drang widerstehen, seinem Zeugknecht das Schwert in die Nieren zu rammen.

Sie taumelten ihrem Ziel entgegen. Die Kugel in Fenneks Hand pulste mittlerweile so regelmäßig, dass kaum noch Abstände zu verspüren waren.

Der Aufruhr hinter ihnen nahm zu, ihre Verfolger waren viel zu schnell, ihre Stimmen zu dunkel. Ambosskrieger? Hier? Zu allem Überfluss brach genau in diesem Moment überall im Stockwerk Lärm aus. Eine Wand zu ihrer Linken explodierte in den Flur hinein. Fennek und Sanftleben duckten sich durch den Trümmerschauer, stolperten vorwärts.

Ein Blick über die Schulter bestätigte Fenneks Befürchtungen: Ihre Probleme begannen erst. Ein Dutzend Myrmidonen stakste über das geborstene Gestein hinweg, die Gesichter starr, gemeißelt wie klassische Büsten, die noch aus Fleisch bestehenden Augen der lebendig Eingekerkerten darin von blankem Grauen gezeichnet. Waffen, Rüstungen und Haut waren zu Fels geronnen. Von einer unaufhaltsamen Schwere erfüllt, stapfte der Trupp hinter ihnen her, Zweihandwaffen aus Nephrit von einem solchen Grün umklammernd, dass er beinahe schwarz war: Hämmer, Äxte, Flamberge, die mit einem einzigen Treffer ein grausiges Ende brachten. Sie waren langsam, die entschlossenen Bewegungen verrieten, dass sie in hundert Jahren nicht aufgeben würden, bis ihr Ziel niedergemacht war. Kein Albtraum konnte schlimmer sein.

Sanftleben wollte sich stellen, endlich etwas haben, das er erschlagen konnte, ein Ventil für den sie umgebenden Irrsinn, bevor er daran zerbrach, das war ihm anzusehen. Doch mit einem scharfen Befehl zwang ihn der frühere Jagdrichter weiterzulaufen.

Sie waren nur noch einige Schritte von der Tür entfernt, hinter der die Stiege zur Aussichtsplattform des Archonten lag. Dort, wo der Totenkaiser war.

Und dann? Der Templer hatte dich gewarnt zu fliehen. Was willst du mit ihm, wenn du dort oben stirbst? Es gibt keinen zweiten Ausgang!

Vielleicht konnte man diese Geschöpfe bekämpfen? Sich in die Freiheit durchschlagen? Clach zumindest konnte das.

Sie preschten durch die Tür. Fennek wollte sie mit aller Macht zuwerfen, doch Sanftlebens Pranke hielt sie fest. Greskegard spürte frische Wellen von Zorn auf seinen Lakaien aufsteigen, doch folgte er dem Fingerzeig der Linken des Kolosses. Voller Unglauben sah das Duo, wie eine Horde Ambosskrieger in den Korridor vordrang, sich die Steinkrieger zu ihnen umwanden. In diesem Augenblick erkannte Fennek, wer die Riesen anführte, ebenso wie sein Verfolger seines Gesichts im Türspalt gewahr wurde.

»Du!«, brüllte Ormgair Steinviper.

Fennek schlug die Tür zu. Ihm entging nicht, dass Sanftleben noch immer aussah, als habe ihm ein Anblick den Verstand geraubt. Fennek hatte das Gefühl, dass eiserne Bänder um seinen Hals lagen. Der Schweiß rann ihm aus allen Poren. Vor ihm der Totenkaiser, unter ihm der Gottriese, hinter ihm Steinmänner und Ambossbarbaren. Die Welt pochte hinter seinen Augen. Die Luft roch sauer. Er selbst und Sanftleben stanken, als wären sie bereits tot, ihr Schweißgeruch so penetrant wie Schweinegülle. Dies war das Ende – und es war seine Torheit, die sie hierhergebracht hatte.

»Was ist los, du fetter Trampel? Wir müssen weiter, solange deine Landsleute mit diesen Monstern beschäftigt sind. Noch können wir entkommen!« Fennek fand nicht, dass er überzeugend klang.

»Ich kann nicht«, sagte Sanftleben. Seine Stimme hatte jede Kraft verloren.

»Was soll das heißen, du kannst nicht? Was ist aus deiner Ehre geworden?«

»Ein Schwur ist älter. Ältere Schwüre haben Vorrang.«

»Was, bei den Zitzen der Nachtmutter, könnte Vorrang davor haben, nicht in diesem Treppenhaus von Golem oder Ambossriesen erschlagen zu werden?«

»Rache«, sagte Sanftleben und schob Fennek sacht, aber voll ungezähmter Kraft mit der flachen Hand die Stufen empor. Der Koloss hatte arge Mühe, in der engen Stiege seinen Hammer zu ziehen. Zum ersten Mal, seit die beiden Männer einander kannten, standen sie sich auf Augenhöhe gegenüber.

»Rache an wem? Was für eine Rache, verdammt?!« Fennek nahm kaum wahr, dass er zu kreischen begonnen hatte. »Ich brauche dich, der Totenkaiser ist da oben!«

»Ich helfe dir, wenn das hier erledigt ist«, sagte Sanftleben. Er schickte sich an, die Tür wieder zu öffnen.

»Wovon bei allen Höllen sprichst du?«

»Mein Bruder ist dort draußen. Der Mann, der mich zum Verrecken zurückließ, Fennek, mir die Herrschaft über meinen Stamm raubte. Ich muss meinen Schwur erfüllen, ihn fordern. Ich kann mir zurückholen, was ich verloren habe.«

Die Ohrfeige traf Sanftleben unerwartet. Seine Visage erbebte. Fassungslos blickte er seinen Dienstherrn an. Voller Unglauben starrte Fennek auf seine Rechte, die vor Schmerzen brannte.

»Dein Bruder«, sagte er und hatte jede Furcht vor Sanftlebens Berserkerzorn verloren. »Dein Bruder! Dein götterverdammter Bruder! *Ich* bin dein götterverreckter Bruder! *Ich* habe dein beschissenes, unwertes, verfettetes Leben aus der Gosse gezogen. Und jetzt, auf dem Tiefpunkt unserer gemeinsamen Zeit, lässt du mich im Stich?«

Er wandte sich um und Sanftleben den Rücken zu. Es reichte. Fennek Greskegard hatte in den letzten Monaten zu viel hinnehmen müssen. Das Maß war voll. Sein Mund schmeckte nach nassem Eisen, die Hände klamm, der Hals zugeschnürt. Das Gebräu aus Zorn und Todesangst ließ seinen Kopf pochen wie einen entzündeten Zahn. Seine schmerzende Rechte öffnete und schloss sich. Zu klein, um den Fettwanst zu erwürgen.

Irgendwo hinter der Tür hörte der einstige Inquisitor, der Dienstherr des Lakaien, den er Sanftleben getauft hatte, Ormgair Steinviper brüllen. Das gab den Ausschlag.

Greskegard fühlte sich körperlos. Er war ein Zuschauer, der beobachtete, wie sein Leib handelte – während er mit einem wattigen, schwerelosen Kopf danebenstand. So musste es sich anfühlen, wenn die Macht, die das Artefakt in ihm freigesetzt hatte, den Willen anderer übernahm.

Sanftlebens Hand wanderte zur Klinke, die von Fennek zum Schwert. Der Inquisitor drehte sich um, und ihre Blicke begegneten sich. Der Riese begriff. Die Stiege war eng, der Folterknecht zu massig, der Streithammer zu sperrig. Zu langsam, viel zu langsam. Sanftleben blieb keine Chance.

»Fennek?«, fragte der Koloss, obschon sein Gesichtsausdruck verriet, dass er begriff.

Greskegards Antwort bestand aus mehreren Zoll rostigem Stahl, die ihr Ziel zwischen den Speckfalten seines Halses fanden. Die zärtlich eindrangen, nur auf schwachen Widerstand trafen. Es war beachtlich, welche Kraft ein wütender Mann zu entwickeln imstande war. Die Spitze der Klinge kam in Sanftlebens Stiernacken zum Vorschein, in Rot getaucht. Mit nassen Augen starrte der Koloss seinen Herrn an.

Mit einem seidigen Laut glitt die Klinge heraus. Rosiger Schaum blubberte aus dem winzigen Spalt in den Fettkinnen, die sich darüber schlossen. Die Entrüstung in Sanftlebens Blick wurde zu endlosem Zorn, als die tödliche Verwundung seine Berserkerstärke entfesselte.

»Du willst sterben, du Tor?«, fragte Fennek. »Du wirst sterben. Aber nicht mehr als freier Mann. Geh dort raus, töte alles, was sich bewegt. Los doch, Sklave.«

Er spuckte dem Sterbenden ins Gesicht. Es war lächerlich einfach. Die Macht, die ihn durchpulste, brach Sanftlebens ersterbenden Willen mit derselben verächtlichen Leichtigkeit, mit der eine Dogge eine Ratte totschüttelte.

Der todgeweihte Riese drehte sich, wankte gegen das Holz des Portals. Er riss die Tür auf, Schaum vor dem Mund. Greskegard hörte den Lärm aus dem Flur, das Kampfgebrüll. Er sah, wie sich eine Wurfaxt in die Brust seines untreuen Lakaien bohrte, und hörte Sanftleben brüllen.

Ohne einen Gedanken an den Freund zu verschwenden, den er kaltblütig dem Tode überantwortet hatte, erklomm Greskegard die Stiege. Er kannte noch jemanden, der so mächtig war, dass er Fennek hier herausschaffen konnte. Falls er es vermochte, ihm zu befehlen.

28. Clach & Ormgair

Der Totenkaiser war überzeugt gewesen, nie mit beeindruckenderen Körperkräften konfrontiert zu werden als jenen von Pavosa Moreno. Die Wucht, mit der er gegen die Brüstung aus Schwarzglas geschmettert wurde, belehrte ihn eines Besseren.

Der Kampf gegen die Heimkehrerin war genau das gewesen: ein Kampf. Der steinerne Alte kämpfte nicht. Er sah den Totenkaiser kommen, passte den Moment ab und berührte Clach mit trügerischer Langsamkeit. Er tippte ihn lediglich an. Schulmeisterlich, absolut gelassen. Als der Finger des Wesens ihn nur streifte, entfalteten sich Energien, die den Attentäter wie ein lästiges Insekt beiseitewischten. Ein kurzer Flug. Schmerz. Er lag mehr als dreißig Schritte entfernt an der Wand neben der Tür zur Plattform.

Der Totenkaiser hätte nicht zu sagen gewusst, wie viele Knochen er sich diesmal gebrochen hatte, es waren mehr als bei allen Konfrontationen nach seiner Wiedergeburt zusammen. Die Schmerzen waren übel. Er lag hilflos da, wartete darauf, dass der Heimkehrer sich ihm zuwenden, ihn töten würde. Doch nichts geschah.

Als habe er nur ein Kind gemaßregelt, drehte Ashavar dem Totenkaiser den Rücken zu. »Du richtest hier nichts aus, Emporkömmling. Nimm unser Angebot an – oder geh. Du bist mir nicht gewachsen.«

»Das hat deine Vorgängerin auch behauptet«, sagte der Totenkaiser. Er musterte seinen Gegner, der unbewegt wie ein Stein dastand und den Ausblick auf die sich anbahnenden Ereignisse genoss.

»Schau es dir an. Diese Höhe. Vater ist noch nicht voll erstanden, doch schon blicken wir auf diese Welt hinab, die bald aufs Neue das Gewicht unserer Schritte ertragen wird«, sagte der steingewordene Heimkehrer. »Aber nicht lange. Nicht lange.«

Der Totenkaiser antwortete nicht. Er schonte sich, bis er sich sicher war, dass sein Leib regeneriert war.

Mit einem Satz war Clach auf den Beinen, die Rauchwirbel um seine Hände entflammten erneut, wurden zu vernichtenden Feuerzungen. Er schoss vorwärts, doch mit einer Geste perfekt für den Augenblick konservierter Energie glitt Ashavar mit überraschender Geschwindigkeit beiseite, ließ die Fausthiebe ins Leere gehen. Clach bewunderte die Ökonomie des Manövers, das absolut makellose Zusammenspiel von Bewegung und Zeitpunkt. Wieder hatte sein Gegner keinen Fuß vom Boden der Plattform gelöst; es wirkte, als schöbe eine unsichtbare Hand den Heimkehrer einer Schachfigur gleich über ein Spielbrett.

»Stell deine Angriffe ein«, sagte Ashavar. »Es wird langsam lästig. Ich könnte sonst in die Versuchung kommen, dich doch noch zu zermalmen. Aber mir ist nach Gesellschaft in diesen letzten Momenten. Du wirst deinen Zweck erfüllen. Bezeugen, was an diesem Tage geschieht.«

Bevor Clach antworten konnte, wurde ihm das Heft des Handelns aus der Hand genommen. Die Tür hinter ihm flog auf, und Clach wirbelte zu dem Neuankömmling herum. Es war Fennek Greskegard, ein blutiges Schwert in der Rechten. Er sah fürchterlich aus, eine mitgenommene, versehrte Parodie des Mannes, der dem Attentäter so lange nachgestellt hatte. Rußgeschwärzt und voller Brandnarben und anderer Folterspuren, das Gesicht bedeckt von Blutspritzern. Unwillkürlich leckte sich der Attentäter über scharfkantige Zahnreihen, die von keinen Lippen mehr bedeckt wurden.

»Du hier?«, fragte der Totenkaiser, der bis zu diesem Punkt überzeugt gewesen war, dass ihn nichts mehr überraschen konnte.

Der Inquisitor antwortete nicht, sondern warf sich mit dem Rücken gegen die Tür, um sich zu sammeln, einen gehetzten, gezeichneten Ausdruck in seinem Blick. Er rammte ein Stiefelmesser wie einen Keil unter die Tür, wandte sich Clach zu.

»Ich«, sagte Fennek. Der Schatten eines geheimnisvollen Lächelns huschte über die altersmüde Miene, während er die linke Faust aus der Tasche zog und sie langsam öffnete. Die Hand war leer. Keine Spur des seltsamen Spielzeugs. Nicht, dass Clach annahm, dass es nun, nach der Verfeinerung seiner mentalen Techniken, noch etwas nützen würde. Oder – was noch wichtiger war – dass irgendwer von ihnen hier herunterkam.

»Du hast dir den miesesten Ort für deinen letzten Versuch ausgesucht, alter Fuchs! Unsere Jagd ist vorüber.« Clach musste brüllen, um den sich anbahnenden Lärm eines Sturmhauchs zu übertönen, der nicht mehr als ein Einatmen war, etliche Schritte unter ihren Füßen.

Von dort ertönte einmal mehr der blökende Donnerhall der Stimme Fomors, in dessen Gebrüll Ashavar in perfektem Einklang einstimmte. Beide Eindringlinge, Inquisitor und nicht toter Attentäter, gingen unter dem Schalldruck in die Knie, während unter ihnen die Häuser, die in diesem Viertel noch standen, ihre Dächer verloren.

In dem Moment, als sich der Donnerhall gelegt hatte, krachte etwas mit Macht gegen die verkeilte Tür. Erst schien es, als hielte sie stand – da schnitt die Klinge eines Schwertes mit der Farbe von Perlmutt mühelos durch das Holz.

Der Totenkaiser und sein Verfolger hatten sich erhoben. Noch immer reagierte Ashavar nicht, wandte dem Trio der Gestalten, die einander auf der Plattform gegenüberstanden, den Rücken zu.

Ormgair Steinviper gab ein Grollen von sich, das auch angesichts des sie umgebenden Lärms seine Wirkung auf Greskegard nicht zu verfehlen schien. Der Inquisitor machte einen Schritt zurück, auf den Totenkaiser zu.

»Ein guter Tag, um die Penta zu besuchen, was, Ambosskrieger?«, fragte Clach.

Der Riese schien nicht in der Stimmung für Witzeleien. Er nickte dem Attentäter knapp zu, richtete das Schwert auf Greskegard.

»Du, Schlange – dein Hund ist erschlagen. Skaighe hat ihn vernichtet. Die von uns, die überlebt haben, werden bald hier sein.« Er trat auf den Inquisitor zu, schien erst da die statueske Gestalt in ihren Marmorroben zu bemerken. »Ist das …?«

»Ein Heimkehrer, ja. Vortigerns Sohn, Ashavar«, sagte Clach.

Greskegard schien genug Atem geholt zu haben. Er machte den Eindruck eines hin- und hergerissenen Mannes, als diese Informationen an sein Ohr drangen. Der verzerrte Ausdruck unstillbarer Machtgier legte sich auf seine Miene.

Gestalten kamen durch die Tür. Krieger der Ambossriesen, angeführt von einem schlanken, hochgewachsenen Exemplar ihres Volkes sowie dem größten Barbaren, den Clach je gesehen hatte. Ein Riese mit einer stattlichen Wampe, der bemerkenswerte Ähnlichkeit mit Greskegards Schoßtier aufwies, jedoch deutlich behaarter war. Keiner der Ambosskrieger war unverletzt.

Der Inquisitor verlor bei dem Anblick sichtlich an Haltung. Ormgair sagte etwas in einer Sprache zu den Kolossen, die Clach nicht verstand.

Greskegard reagierte rasch. Er deutete auf den Totenkaiser. »Du wirst mich hier rausschaffen! Alles Weitere wird sich finden!«

Der Attentäter spürte, wie die Welle eines Willens, gegen den sich Dirths mentale Sondierung wie ein laues Lüftchen ausnahm, über ihn hinwegrollte. Doch er widerstand. Er hatte seinen Teil an magischen Zwängen in den letzten Wochen hingenommen.

Der Inquisitor trug das Artefakt nicht. Wie vollbrachte er dieses Kunststück?

Fenneks Blick wanderte zu Ormgair. Er schickte sich an, den Ambosskrieger zu beherrschen.

»Gib dir keine Mühe, Schlange«, sagte der alte Karstlöwe. »Was immer du für schändliches Hexenwerk versuchst, auch ich bin gefeit.«

Greskegard sackte sichtlich zusammen, doch trat ein tödlicher Glanz in seine Augen. Der Blick eines Mannes, den man wie ein Tier in eine Ecke gedrängt hatte.

»Diese Kraft«, sagte Ashavar, der sich zu ihnen umwandte. Etwas unerträglich Mächtiges schwang in den beiden Worten mit. Die Anwesenden stellten voller Grauen fest, dass der Mund des Titanen unter der Feste ein Echo dessen aussprach, was der steinerne Heimkehrer sagte.

»Diese Kraft! Ich kenne diese Kraft«, presste Ashavar jetzt durch die Zähne hervor. »Du!« Er zeigte auf Greskegard, und seine Miene war von einem unbändigen Hass verzerrt. Synchron mit seiner Bewegung ballte der Titan eine Faust und streckte eine Hand vor, den Finger ausgestreckt. »Kennt deine Tücke keine Grenzen? Hast du nicht genug angerichtet?« Langsam glitt er auf Greskegard zu, der scheinbar ebenso wenig verstand wie die anderen Anwesenden. »Selbst in diesem Moment des Triumphs musst du mich beflecken?!«

Clach fasste einen Entschluss. Die Stimme unter ihnen gab den Ausschlag. Er erkannte das, was die ganze Zeit in seinem Hinterkopf genagt hatte. Die Verbindung zwischen dem Titanen und seinem Heimkehrer … Es war so offenkundig, dass es fast schmerzte, schließlich hatte der Totenkaiser die Kammer in den Erinnerungen des Tyrannen von Khael gesehen. Er war hier oben falsch. Die Vorbereitungen Fahlsangs, seine eigenen Thesen über seinen unstillbaren Hunger … Er glaubte endlich zu wissen, was zu tun war.

Abermals ging in diesem Augenblick ein Ruck durch die Masse des Gottriesen, wieder stieg die Feste ein Stück empor. Es musste jetzt sein oder niemals.

»Zurück!« Fenneks Stimme war ein Kreischen. Wie eine Waffe richtete er die linke Hand auf das Wesen, was den Zorn des steinernen Heimkehrers nur noch anzustacheln schien. Unaufhaltsam wie ein Gletscher glitt er auf den Inquisitor zu.

Die Entscheidung, die er traf, verlangte mehr Überwindung vom Totenkaiser. Die Prinzipien, denen er verhaftet war, mussten gegen jeden Entschluss gebrochen werden. Dieses Mal war der Übertritt so gravierend, dass Clach mit den Zähnen knirschte. Er hatte niemals zuvor um Hilfe gebeten.

»Ormgair Steinviper«, sagte der Totenkaiser, »du sagtest, ich könne dir vertrauen. Du willst diesen Heimkehrer aufhalten?«

Der Koloss nickte, auch seine Kameraden schienen nach einer Aufgabe zu hungern. »Das waren meine Worte. Ich sehe dich, Cyning der Toten.«

»Dann beschäftigt diese Kreatur. Gebt auf mich acht!« Der Totenkaiser machte sich ans Werk, bevor er seine Entscheidung bereuen oder es sich anders überlegen konnte. Er ließ sich auf die Knie fallen. Er war so hungrig. Zeit, diese Leere auszufüllen, sich zu laben.

Der Ritus des Nebelmachers, wie ich ihn verstanden habe, ist eine Lüge. Er soll ein Gefäß vorbereiten und es von äußeren Einflüssen reinigen. Er schafft einen Tunnel, durch den Dinge entweichen oder in das vorbereitete Gefäß eindringen können.

Clach presste die Hände auf das Schwarzglas.

Zu ihm. Dorthin, wo er ist, nicht nur dieser Abglanz von ihm. Verbinde dich.

Clach begann, die Worte zu intonieren, während die Ambosskrieger um ihn herum ausschwärmten, sich auf den anderen Heimkehrer und Fennek zubewegend. Greskegards Schwert zuckte in einem Verzweiflungsschlag vor, um die Faust des Wesens abzuwehren. Der rostige Stahl splitterte, die Faust Ashavars streifte ihn, und er wurde wie eine Puppe fortgeschleudert, ging zu Boden, rutschte über den Stein. Er prallte gegen jene Wand, die schon Clachs unfreiwillige Rutschpartie gebremst hatte.

Greskegard lebte noch, doch umklammerte er nicht seine gebrochenen Rippen, sondern schlug die Hände auf ein Gesicht, aus dem sich rote Spinnennetze ergossen, wo die Schwertsplitter eingeschlagen waren.

Ashavar wandte sich um, als er zweierlei erkannte. Er schien zu spüren, was Ormgair in den Händen hielt, sah dieselbe unauslöschliche Macht in der Klinge des Runenschwertes, die der Totenkaiser einst bemerkt hatte. Da begegneten sich ihre Blicke – und Ashavar begriff, was der Attentäter plante. Er spürte es. Voller Hass stapfte der Steinerne vorwärts, auf den die Formeln murmelnden Attentäter zu.

Da begann Clach zu versinken, verlor sich, als die Macht des Ritus seine Seele davontrug, sie aus seinem Körper löste. Er fiel aus seinem eigenen Rücken, seine Seele ein Geist aus reiner Magick. So sank der Totenkaiser in das Schwarzglas der Zitadelle ein wie Öl. Tiefer und tiefer – hoffend, dass er noch rechtzeitig kam, um die Vereinigung zu beenden. Jenen Grund, warum Ashavar nie den Fuß vom Boden der Plattform gelöst hatte.

War dies sein Bär? Der Moment? Ormgair deutete mit Morvens Spitze auf den Heimkehrer, forderte ihn. Das Monstrum schien ihn zwar zu bemerken, glitt jedoch wie eine der Statuen aus dem Korridor, die sie nur mit knapper Not besiegt hatten, auf den Totenkaiser zu. Dieser lag totenstill.

»Das sind deine Heimkehrer, was, Steinviper?«, fragte der Pferdejarl. Er ließ sein Falchion durch die Luft pfeifen und grinste. Er verbarg seine Angst gekonnt, fand Ormgair. Skaighe zückte seine Waffe, machte den Eidkriegern ein Zeichen. Sie stellten sich dem Heimkehrer in den Weg. Das Wesen betrachtete sie. Lächelte. Schüttelte sich wie eine Katze.

Der Titan folgte der Bewegung verzögerungsfrei. Bevor die Ambosskrieger reagieren konnten, schwankte die Festung in ihrer Gänze hin und her. Sie verloren den Boden unter den Füßen. Ormgair kam hart auf. Geistesgegenwärtig rammte er Morven in das Schwarzglas, stieß den Runenstahl bis zum Heft wie einen Kletterhaken in das Gestein.

Die anderen hatten keine solche Chance. Murmeln gleich kullerten die Almharach über das Beobachtungsdeck, schlugen hart gegen Brüstungen und Geländer, die für die Hüften normalgroßer Stadtlinge gemacht waren. Ihr Schwerpunkt trug einige darüber hinaus, gellend stürzten sie in ein frühes Ende auf den Basaltschultern Fomors.

Skaighes Wanst rettete ihm das Leben, zog ihn auf den Boden der Plattform, wo er sich in den Spalten der Bodenplatten festklammerte. Tho'kat preschte vor, als es begann, und umklammerte eines der Beine Ashavars, weil ihm nicht entgangen war, dass das Geschöpf sich verwurzelt hatte.

Fennek Greskegard war ebenfalls gegen die Brüstung gerutscht. Nicht in der körperlichen Verfassung, sich festzuklammern, hatte ihm reines Glück das Leben gerettet. Voller Grauen sah Ormgair, wie der Inquisitor seine Hand dem verbliebenen Quartett der Eidkrieger entgegenstreckte, während er Befehle in der alten Sprache zischte. Gegen ihren eigenen Willen taten die Kolosse alles in ihrer Macht Stehende, um dem Jagdrichter zu helfen. Doch von hier oben vermochte der Barbar nichts dagegen zu unternehmen.

Der Heimkehrer tat ihnen nicht den Gefallen, die Feste in die Gerade zu bringen. Er schüttelte den Pferdejarl mit einem Beugen des Knies ab, sodass dieser gegen die Brüstung krachte, die nur ein schmaler, aus Geländersäulen bestehender Vorsprung unter ihnen war. Dort blieb er atemlos liegen.

Ohne den Bärenjarl oder Ormgair zu beachten, glitt das Wesen, die Schwerkraft verleugnend, auf den bewusstlosen Totenkaiser zu, der ebenso durch geheimnisvolle Kräfte an der Plattform zu haften schien. Ging in die Hocke. Hob die Faust, um den Schädel seines Widersachers zu zermalmen.

Der alte Karstlöwe hatte nur eine Chance, einen Moment. Seine Zehen in den Stiefeln suchten eine der Spalten zwischen den Steinplatten. Der Nebeljäger spannte sich, stieß sich mit Macht ab. Wenn er sich verschätzt hatte, würde er fallen. Er spürte, wie sein Magen in der Schwerelosigkeit seines Sprungs an der Steilwand hing – er bekam den Steingürtel des Wesens zu fassen, als dessen Faust sich senkte. Er schlug zu.

Morvens Stahl sang wie ein Chor. Es gab ein sattes Knacken. Die Hand des Heimkehrers fiel. Ashavar brüllte vor Pein. Fomor brüllte vor Pein.

Der Heimkehrer sank in die Knie, der Leib des Titanen zurück in die Aufrechte. Schwer schlugen die Hängenden auf den Platten auf. Fassungslos starrte das Steinwesen auf den Stumpf seines Handgelenks, der sich nicht regenerierte. Die Schnittkante glomm wie Eisen aus der Esse.

Pferde- und Bärenjarl erhoben sich, tauschten einen Blick. Sie liefen auf das Wesen zu. Ormgair stieß einen Warnruf aus. Zu spät.

Tho'kats Falchion biss zu, brach an der Marmorhaut der Kreatur entzwei. Ashavar blickte seinen Angreifer mürrisch an. Seine verbliebene Faust schoss vor, packte den wohlhabendsten aller Ambosskrieger – er riss ihm kurzerhand den Arm aus. Tödlich getroffen, sank der Pferdejarl zu Boden, sein Gesicht weißer als eine gekalkte Wand.

Ashavar wandte sich Skaighe zu. Das Geschöpf attackierte ihn nicht. Es deutete nur mit anklagendem Finger auf ihn. »Ihr … Ihr anmaßendes … Gewürm!« Ashavars Stimme und das Brüllen des Titanen waren endgültig eins. »Ihr handelt wider Eure Götter! Zahlt den Preis!«

Skaighe blieb stehen wie vom Donner gerührt. Er umklammerte Hals und Brust. Pudersand rann ihm aus Mund, Nase, Ohren. Der Bärenjarl brach in die Knie.

Mit der ihm eigenen Langsamkeit wandte sich Ashavar Ormgair zu. »Selbst wenn du diese Hülle mit deinem Runenschwert noch stoppst. Es ist zu spät.«

Ich hoffe, der Cyning der Toten weiß, was er tut, dachte Ormgair.

Der Letzte der Tanleigh hob Morven. Er konnte nur beten, dass die Runenklinge ihn vor den Hexenkräften des Heimkehrers ebenso bewahren würde wie vor deren Macht über den Geist eines Mannes. Hinter ihm ließ sich Greskegard von Skaighes überlebenden Eidkriegern stützen, humpelte auf die Tür in die Zitadelle zu. Etwas blitzte in seiner Hand auf.

Dem Nebeljäger blieb keine Zeit, dem Reptil nachzublicken. Ashavar musste von Clach ferngehalten werden. Der Heimkehrer ballte die Faust, trat auf den Letzten der Tanleigh zu. Plötzlich war da der Schmerz in Ormgairs Kniekehle. Er stürzte, sank auf das verwundete Bein. Hatte ihn ein Armbrustbolzen erwischt?

Dieser Hundesohn hat mich angeschossen.

»Ihr zögert das Unvermeidliche nur hinaus!« Ashavars Mund bewegte sich noch, doch war es endgültig die Stimme des Gottriesen, die seine Rede führte. Gegen das Dröhnen, gegen den Schmerz in seiner Kniekehle brachte der alte Karstlöwe Morvens Stahl wie eine Schranke zwischen Clach und den Heimkehrer.

»Wenn solch sinnlos Ende dein Wunsch ist«, dröhnte der Titan. Es waren die Augen eines Gottes, die aus dem Gesicht Ashavars auf Ormgair blickten.

Gott. Bär. Mann. Alles stirbt.

Das Wesen hob den Finger, deutete auf den alten Karstlöwen, um ihm ein ähnlich grausames Ende zu bescheren wie dem Bärenjarl. Es hielt verdutzt inne, als es keine Resultate spürte. Morven bewahrte Ormgair vor dieser Hexerei.

Der Nebeljäger legte, was ihm noch an Kraft geblieben war, in diesen einen alles vernichtenden Hieb. Er spürte den Kampfeswillen der Klinge, die Verletztheit der Frau, die jener Kreatur Auge in Auge gegenüberstand, die für ihre Schändung, für den Mord an ihrer Penta verantwortlich war. Ormgair ließ sich davon leiten, sog diese Wut ein, vereinigte sie mit seiner.

Der Treffer kam mit so viel Macht, so überraschend, dass selbst solch ein Gegner ihm nicht gewachsen war. Ashavar hob die Hand, um den tödlichen Streich zu blocken. Morven zuckte hinab, drang mühelos durch die Finger, zerschnitt die Hand, spaltete die Schulter ihres Gegners vom Blatt bis zum Nabel. Ormgair riss die Klinge heraus, ließ sie nochmals vorzucken, hackte dem steinernen Ungetüm das linke Bein über dem Knie ab. Ashavars Hülle ging zu Boden.

Auch Ormgair sackte schweißüberströmt und ausgebrannt zusammen. Der Nebeljäger umklammerte Morvens Griff, doch nach der Vernichtung einer solch machtvollen Kreatur war ihre Macht erschöpft. Die schmerzlindernde Wirkung setzte nicht ein.

Kein verzerrter Schrei des Titanen ertönte, kein Ausdruck von Pein auf dem Gesicht des Heimkehrers. Er hockte einen kostbaren Moment der Stille da. Dann erschöpfte er seine verbliebene Kraft in einer einzigen Geste.

Bevor der alte Karstlöwe reagieren konnte, traf ihn eine Rückhand an der Brust, mit dem Stumpf von Ashavars Unterarm geführt. Diesmal gab es keinen Schmerz, nur dumpfen Druck, Schwerelosigkeit. Wie durch Watte nahm der Letzte der Tanleigh wahr, wie hoch sie waren, während er über die Brüstung der Zitadelle hinwegsegelte.

Die ersten unteren Türme des Palastes rauschten an seinem sich verdunkelnden Gesichtsfeld entlang, und er stürzte am halb freigelegten Rumpf des Gottriesen vorbei. Sämtlicher Nebel, der die Stadt umgeben hatte, wurde von dem ungeschlachten Leib des Titanen eingesogen. Über sich sah Ormgair die Spitze der Zitadelle. Und darüber mehr Sterne, als er je zuvor in seinem Leben erblickt hatte.

Unter ihm die Penta, aufgerissen und entflammt wie eine Wunde. Er fiel, die Dächer unter ihm stürzten auf ihn zu, bereit, sein Fleisch zu umarmen, für immer davonzutragen in die kühle Dunkelheit des Firmaments. Ein letzter Gedanke.

Wo ist Morven?

»Hat meinen ... Bären ... erwischt«, hauchte Ormgair Steinviper, der Letzte der Tanleigh. Er lächelte. Dann umfing ihn das Nichts.

Die blendende Helligkeit der Kammer war ein Kokon, ein Zentrum unfassbarer, reiner Energien, in deren Mitte ein Kugelkaleidoskop aus flirrenden Blitzen zuckte. Es war das Gestell aus Vortigerns Erinnerung, ein umeinander rotierendes Gyroskop kreiselnder Ringe.

In ihrem Zentrum hing der aufgespannte Astralleib Ashavars. Die flammend blau-weiße Parodie eines anatomischen Holzschnitts, bei dem das nackte Muskelspiel eines männlichen Körpers in einem komplexen alchemistischen Kreissymbol auseinandergefaltet worden war.

Er kannte diese Energien nur zu gut. Sie nahmen fühlbar zu. Es war eine ähnliche Kraftquelle, wie er sie nach der Vernichtung Pavosa Morenos verzehrt hatte, nur war diese mächtiger. Kein Splitter eines Titanen, kein Heimkehrer, sondern ein Gefäß, das sich mit der Essenz eines Gottriesen füllte.

Solche Speisung würde seinen endlosen Hunger stillen. Er glitt auf die Seele in der Apparatur zu, er selbst ebenso wie sie ein körperloser Schemen. Nur war der Clachs nicht von blendender Farbe, sondern glomm in Schwärze.

Als er sich der Gestalt näherte, spürte er die Präsenz des anderen Willens an diesem Ort. Es war die jeder Beschreibung spottende Kraft, die er in Scathach gesehen hatte. Doch er wusste, dass diese Kammer diesem Wesen keinen Zutritt gewähren würde. Das, was der Titan war, ein den blanken Wahnsinn bringender Götze aus der Finsternis zwischen den Sternen, konnte diesen gesicherten Ort nicht betreten. An diesem Ort konnte sich die Essenz eines solchen Gottes lediglich mit dem Gefäß des vorbereiteten Magiers vereinen, der hier zu diesem Zweck geopfert worden war.

Vortigern hatte vorgesorgt. Dies war ein Gefängnis, in dem sich die Essenz des Titanen Fomor und das Fleisch seines Sohnes in unheiliger Kommunion vereinigten. Mit solchen Kammern war es den fünf Erzmagi gelungen, die verderbten Götter der Älteren Dunkelheit zu kontrollieren, an diesen Orten konnten sie ihnen Schmerzen zufügen. Clach war sich sicher: Die Erzmagi hatten für den Fall eines Sieges vorgesorgt. Wenn der letzte Überlebende ihres Krieges seine Titanen nicht mehr brauchte, konnte er die Kammern in ihren Körpern nutzen, um die Monstren von hier aus in die Unterwelt zurückzuschicken. Sie zu verbannen. Nur hatte ihnen der Lichtfürst einen Strich durch die Rechnung gemacht.

Ich kann mehr. Ich kann sie hier verschlingen.

»Gottesmörder!«, dröhnte die Stimme Fomors. Drohend.

Mahnend. Doch in dieser neutralisierenden Kammer nicht mehr als eine Stimme. Sie bewirkte nichts. Clach verstand, warum diese Götzen das Fleisch ihrer Titanengestalten den Kerkern der Unterwelt Scathachs vorzogen. Hatten sie erst einmal einen Leib, der nicht mehr dem Willen der Magi unterstand, konnten sie einander befreien, gegenseitig ihre Essenz aus diesen Hüllen entfesseln. Wahre Götter sein, die zwischen den Sternen herrschten, in der Lage, Tausende Welten wie diese zu unterjochen. Dazu würde es nicht kommen.

»Du hast es erfasst«, sagte Clach.

Er erreichte sein Ziel, wenn es in dieser Kammer ohne Raum oder Zeit so etwas wie Bewegung überhaupt gab.

»Vater? Vater, bist du zurückgekehrt? Ich kann nichts sehen! Ich sehe nichts, Vater! Ich habe Angst!« Es war die Stimme Ashavars.

Des Jünglings aus Clachs Vision. Auf seine Weise ebenso eine Waise, wie der Attentäter es gewesen war. Dies war die wahre Seele, das wahre Wesen des Jungen, das der Heimkehrer oben auf dem Turm schon lange zurückgelassen hatte. Und doch waren beide verbunden.

»Sei unbesorgt! Ich befreie dich«, sagte der Totenkaiser. Es lag kein Hohn in seinen Worten. Seine Opfer litten nicht. Das taten sie nie.

Er verschmolz mit dem aktinischen Glühen des Eingekerkerten. Er umarmte es, biss hinein, trieb geistige Klauen in das eingekerkerte Zwitterwesen, halb Gott, halb Wirt, dessen Anker es immer zu einem Teil in dieser Welt, in diesem steinernen Leib gehalten hatte. Hinter ihm, neben ihm, über ihm – draußen in der Welt – brüllte ein sterbender Gottriese seine Frustration, seine Furcht hinaus.

So trank Clach – und sämtliche Feuer des Kosmos entfachten seine Seele, während einer der fünf größten Titanen verlosch und in ihm aufging.

Dann: Stille.

29. Greskegard

Es gab keinen Knochen in seinem Leib, der nicht schmerzte. Dennoch erfüllt ihn das Hochgefühl des Überlebenden. Fennek Greskegard wankte aus der Schreibstube, in die er sich verkrochen hatte, als ihm klar geworden war, dass Fomor im Begriff war zu fallen. Er hatte den Almharach seinen Willen aufgezwungen – in der perfidesten Demonstration seiner Macht, zu der er in der Lage war.

Doch dies hatte sein Leben gerettet. Die Ambossriesen hatten ihn mit ihren Körpern umhüllt, ihre Arme im Kriegergriff an den Unterarmen um seine Gestalt umschlossen, sich mit aller Macht aneinanderklammernd. Ein Schild aus Fleisch, dessen Anwendung niemand außer dem ehemaligen Inquisitor überlebt hatte.

Sie waren gestorben, damit er leben konnte. Ein würdiges Opfer, wie er fand. Das würdigste. Er taumelte durch leicht auf die Seite geneigte Korridore und Treppenhäuser zur Plattform, nachdem die letzten Erschütterungen verebbt waren. Er musste sehen, ob der Barbar und der Totenkaiser vernichtet waren.

Er stieg über gefällte Steinwesen und Rüstungsreste hinweg, vorbei an den Leichen von Ambosskriegern, die in Blutlachen lagen oder an Wänden lehnend wie rastende Pilger hockten.

Er stieß die Tür zur Plattform mit der Schulter auf, ein Schwert in Händen, das einer gestürzten Ritterrüstung abhandengekommen war. Er hätte auf seine Armbrustpistole vertraut, doch der

Sturz hatte sie ebenso verbogen und unbrauchbar gemacht wie seinen Körper.

Er blieb stehen, schaute ehrfürchtig zum Himmel, wo echte Sterne strahlten und wie Myriaden Diamanten durch den kraftlos flackernden Schild glitzerten. Greskegard riss den Blick von diesem grandiosen Anblick los und sah herab auf die Beobachtungsplattform.

Hier lagen zwei Ambossriesen, einem fehlte ein Arm, der andere war ein in Sand ertrunkener Koloss.

»Sieht aus wie du, Sanftleben«, sagte Fennek zu niemandem im Speziellen.

Vor ihm lag die Gestalt, die er gesucht hatte. Beim Sturz des Titanen war sie gegen die Brüstung gerollt. Als Greskegard näher trat, sah er, dass der Totenkaiser sein Antlitz wiedergewonnen hatte, wie ein Mensch aussah. Die bleichen, so überaus noblen Züge wirkten entspannt wie im Schlaf. Etwas, das sich jede Sekunde ändern konnte.

Da erspähte er etwas anderes neben dem bewusstlosen Geschöpf, das er mehr als sein halbes Leben lang gejagt hatte und das zu seinen Füßen lag. Es war ein Glanz, von einem zarten Rosa wie das Innere einer Muschel. Beim Fall des Titanen war es gegen die Brüstung gerutscht wie die Leiber auf dieser Plattform. Doch es hatte sich mühelos in das Schwarzglas des Geländers gebohrt, statt hindurchzurutschen. Er bückte sich, hob es auf.

Ein Widerstand pochte gegen seine schmerzenden Finger. Er zermalmte den Unwillen des Schwertes mit einem Hammer reiner Willenskraft.

»Sei gegrüßt, Morven«, sagte Fennek Greskegard. Er stählte seinen Willen. Schlug viermal zu.

Jene, die den Hunger des Nebels und die Gewalt, mit der sich der Vierarmige aus seinem unterirdischen Kerker in die Höhe gewuchtet hatte, überlebt hatten, würden diesen Anblick niemals vergessen.

Er lag vor ihnen, der unwiderlegbare Beweis, dass die Predigten der Diener des Lichtfürsten ebenso wahr waren wie all die Legenden aus den Tagen vor dem Nebel.

Es war der größte Leichnam, den sie je gesehen hatten. Ein titanischer Rumpf, der an der Gürtellinie aus dem Boden ragte, ein nicht unbeträchtlicher Teil ihrer Heimat unter seiner Brust begraben. Straffe Ketten, so mächtig, dass kein Wort sie zu beschreiben vermochte, lagen um seinen Torso, hielten die Feste ihres Archonten, von dem nach dieser Nacht nie mehr jemand hören sollte.

Die, die überlebt hatten, standen unter Schock – hungernd nach Führung, nach Schutz, den die Kirche nicht mehr zu geben vermochte. Ihre Hochtempel waren unter dem Kadaver des Gottriesen zerborsten.

So strömten sie zur Zitadelle, wo sich, wie jeder wusste, nach den Tagen des Sturms der erste Archont seinem Volk verkündet hatte. Und wie es in diesen Tagen geschehen war, sahen Tausende unter einem Firmament voller Sterne, wie ein Mann aus der Zitadelle über einen der Arme des Titanen humpelte.

Ein Mann mit wirren Haaren und einem schimmernden Runenschwert auf seinem Rücken, der einen Torso ohne Beine und Arme an einem nachtschwarzen Umhang hinter sich herzog. Die Menschen strömten zusammen. Ihre Gebete waren erhört worden. Sie hatten einen Archonten. Erlöst hießen sie Greskegard von Fomor willkommen.

30. Epilog

Der Körper ruhte seit Wochen in der Dunkelheit des Hauses, das niemand mehr betreten wollte, und das, obwohl Wohnraum in den Tagen nach dem zweiten Fall knapp war. Es war auch nicht wegen des fortgeschrittenen Fäulnisgestanks, der nicht nur von diesem einen Leichnam ausging, sondern von den übrigen Leichen, die in einer anderen Stube lagen.

Nein, die Menschen spürten, dass etwas mit diesem Haus in einer der heruntergekommensten Gegenden Fomors nicht stimmte. Und damit hatten sie recht. Der Geist dieses einen Toten ging hier um, wahnsinnig vor Zorn und Qual. Ihm war von einer Frau und ihrem barbarischen Begleiter ein erlösendes Begräbnis verheißen worden, doch keiner der beiden war je zurückgekehrt. Jetzt war er in diesem Haus gefangen, rüttelte machtlos an Gegenständen herum und klagte.

Der Körper des Mannes war mit einer gewissen Achtsamkeit niedergelegt worden. Zu diesem Zweck hatte man die Kadaver zweier Marder auf seinem Leib drapiert, die die Leiche mit einer Geste bargen, die etwas Respektvolles, Zärtliches hatte. Zwei Münzen lagen auf seinen Augen, Sold für den Fährmann der Sharis. Solus nahm an, dass es Morven gewesen war, die dem armen Teufel diesen letzten Respekt erwiesen hatte. Sie war damals an seiner Seite in die Gefangenschaft von Ashavars Schergen geraten, die beiden übel mitgespielt hatten.

Solus Terbast hasste, was kam. Ashavar, wo immer er jetzt

war, hatte recht. Im Notfall waren Heimkehrer in der Lage, den »Ritus des Nebelmachers« durchzuführen, wie die Formel von den Rückständigen dieser Tage genannt wurde. Die Wesen wollten es nur nicht. Es erinnerte sie zu sehr daran, was ihre Eltern mit ihnen allen gemacht, ihnen angetan hatten. Egal, ob sie für einen der Großen bestimmt gewesen waren oder ob es mindere Wirker waren, denen man die Opferung des Nachwuchses befohlen hatte, um einen der weniger bedeutenden Titanen zu binden.

Solus hasste diese Magick mehr als alle anderen. Er war der Erste. Ihm war die zweifelhafte Ehre zuteilgeworden, von seinem Meister lange zuvor an alle fünf gekettet zu werden – ohne das Wissen der anderen vier Erzmagi.

Die Macht über eines der Elemente hatte ihn vor Tagen verlassen. Clach hatte sich Fomor einverleibt, dessen war Solus sich sicher. Der Templerheimkehrer vermisste die Kontrolle über das Erdreich, wusste aber, dass das nicht lange so bleiben würde. Fruchteten seine Pläne, würde er bald frei sein.

Doch bis dahin musste er mitspielen. Der Meister war so weit. Es verlangte ihn nach einer Reinkarnation, ob das weise war oder nicht. Solus Terbast hatte auf die Schnelle keinen passenden Nebelmacher seiner Linie mehr auftreiben können, da Morven mit einer magischen Klinge ermordet worden und sich der Inquisitor seiner Kräfte bewusst geworden war. Der frischgebackene Archont war kein Dummkopf – er schirmte sich ab, da er wusste, welche Bedrohungen die Welt bereithielt. Solus würde ihn dem Meister nicht überlassen, er verfolgte andere Pläne mit Fennek.

So bot er dem Meister den einzigen anderen Nebelmacher, den letzten Nachfahren aus der Linie Tholans, auf den er noch Zugriff hatte, als Gefäß an. Hermodes, zu Lebzeiten »Hermelin« genannt, ein Spitzel der Unterwelt, dessen Magick sich darin geäußert hatte, dass er mit Tieren sprach. Hermodes, der Ashavars Truppen in die Hände geraten war. Dennoch – oder deshalb – war der »Hermelin« der letzte Erbe der Blutlinie Tholans, der für Solus erreichbar war.

Solus erinnerte sich an Tholan. Tholan, Ashavars Bruder, der zweite Sohn seines Meisters, den dieser vor dem Krieg und seinen Schrecken verborgen hatte. Tholan, dem der Meister nur eine Aufgabe übertragen hatte, eine Mission: sich zu vermehren, sollte der Meister versagen. Damit die Welt nach dem Krieg vorbereitet war für die Rückkehr des Meisters durch die Macht seiner eigenen Blutlinie. Tholan, dem der Meister die angenehmste Aufgabe übertragen hatte, während Solus und Ashavar geopfert worden waren, um wie brave Schachfiguren ihren Part in den Plänen des Meisters zu spielen.

Der Heimkehrertempler riss sich aus seinen finsteren Gedanken und machte sich an die Vorbereitungen. Das Ritual musste zu Ende geführt werden, wollte Solus den Verdacht des Meisters nicht erregen. Dass Hermodes eine Leiche war, tat der Sache keinen Abbruch. Die Seele des Mannes, die Essenz seiner magischen Blutlinie hatte dieses Haus nie verlassen. Die Magick darin war zu potent, um ihrem Eigner ein natürliches Ende zu erlauben. Und damit kam der tote Körper als Wirt infrage.

Solus ließ sich auf ein Knie nieder, berührte die Brust des Toten. Voller Abscheu wirkte er den Zauber. Er konnte sehen, wie jeder Einfluss aus dem Gefäß gereinigt wurde. Vor seinen Augen fuhr ein ephemeres Glühen unfassbarer Kraft in den leeren Körper ein. Etwas, zu dem der Meister vor Tagen noch nicht in der Lage gewesen wäre.

Doch die Erweckung eines Titanen hatte genügt. Sie hatte ausreichende Mengen der Macht des Ungeformten, reiner Magick, an einer Stelle konzentriert, sodass der Meister sich aus diesem magischen Urstoff zusammenballen konnte.

Die Münzen fielen zu Boden. Langsam erhob sich die Kreatur. Bewegte Hände und Glieder, während unreine Flüssigkeiten an ihrer derben Lederkleidung herabrannen. Der Gestank war unbeschreiblich. Das Wesen betrachtete sich. Purpurnes Glühen, ein Auflodern zeitloser Bösartigkeit, die selbst die Titanen und den Willen der Götter überlistet hatte, erfüllte die Augenhöhlen. Das verfaulte Antlitz unter der Kapuze glomm in diesem Licht.

»Ich hoffe, Ihr seid zufrieden, Meister?«, fragte Solus, der das Monstrum betrachtete.

Es wird reichen, sandte der Untote. Für den Anfang, mein guter Tuháth.

Die verfaulte Hand, die vor einigen Wochen noch die des Informanten und Nebelmachers Hermodes gewesen war, tätschelte Solus' Haupt wie das eines Jagdhundes. Der Heimkehrer musste seine volle Konzentration aufbringen, um nicht auf die Kreatur loszugehen.

Ormgair Steinviper hätte Klangfarbe und den Willen zur Macht in diesem Organ sofort erkannt. Es war die Stimme des Wesens aus seinen Albträumen. Die Stimme dessen, den er den »Listigen« nannte. Die Stimme eines unfassbar mächtigen Mannes, den Clach in den Visionen der Turmkammer gesehen hatte. Einer der fünf. Sie barg entfernte Ähnlichkeit mit der Stimme Fennek Greskegards.

»Deine Ränke sind gescheitert, Barde. Die vier sind gefallen, doch ich erstehe auf. Diese Welt ist mein. Sie gehört dem Letzten, der übrig bleibt«, sagte der untote Erzmagier. »Sie gehört Vortigern. Dem Tyrannen von Khael.«